Sommer 2006, im Westen von Island. Auf der Halbinsel
Snæfellsnes wird die Architektin eines Wellness-Hotels tot am
Strand gefunden. Sie wurde vergewaltigt und brutal
erschlagen, in ihren Fußsohlen stecken Nadeln.
Rechtsanwältin Dóra Gudmundsdóttir findet heraus, dass die
Ermordete sich sehr für die Geschichte der verlassenen
Gegend interessiert hat. Vor vielen Jahrzehnten standen auf
dem Hotelgrundstück die Höfe zweier Brüder. Offenbar ist sie
auf ein unaussprechliches Familiengeheimnis gestoßen ...

Yrsa Sigurdardóttir, geboren 1963, ist eine vielfach
ausgezeichnete Bestsellerautorin, deren Spannungsromane
in über 30 Ländern erscheinen. Sie zählt zu den »besten
Kriminalautoren der Welt« (Times Literary Supplement).
Sigurdardóttir lebt mit ihrem Mann und zwei Kindern
in Reykjavík.

Yrsa Sigurdardóttir bei btb
Das letzte Ritual. Thriller (71440)
Das glühende Grab. Thriller (71837)
Die eisblaue Spur. Thriller (71839)
DNA. Thriller (75656)
SOG. Thriller (75664)
R.I.P. Thriller (75665)
Abgrund. Thriller (75847)
Schnee. Thriller (77249)

Yrsa Sigurdardóttir

Das gefrorene Licht

Thriller

Aus dem Isländischen von Tina Flecken

btb

Die isländische Originalausgabe erschien 2006 unter dem Titel
»Sér grefur gröf« bei Veröld, Reykjavík.

Sollte diese Publikation Links auf Webseiten Dritter enthalten,
so übernehmen wir für deren Inhalte keine Haftung,
da wir uns diese nicht zu eigen machen, sondern lediglich auf
deren Stand zum Zeitpunkt der Erstveröffentlichung verweisen.

Penguin Random House Verlagsgruppe FSC® N001967

7. Auflage
Wiederveröffentlichung Oktober 2016
btb Verlag in der Penguin Random House Verlagsgruppe GmbH,
Neumarkter Str. 28, 81673 München
Copyright © der Originalausgabe 2006 Yrsa Sigurdardóttir
Published by agreement with Salomonsson Agency
Erstmals auf Deutsch erschienen 2007 im
S. Fischer Verlag, Frankfurt am Main.
Umschlaggestaltung: semper smile, München
Umschlagmotiv: Robert Postma/First Light/Corbis/Ghettyimages
Druck und Einband: GGP Media GmbH, Pößneck
MA · Herstellung: sc
Printed in Germany
ISBN 978-3-442-71441-4

www.btb-verlag.de
www.facebook.com/penguinbuecher

DAS GEFRORENE LICHT

Anmerkungen

Die isländischen Buchstaben werden wie folgt ausgesprochen:

Æ bzw. æ	wie ai in Kaiser
Đ zw. ð	wie englisches stimmhaftes th in this
þ bzw. þ	wie englisches stimmloses th in thick

Weil sich alle Isländer üblicherweise mit dem Vornamen anreden, wurde auch in dieser Übersetzung grundsätzlich die Du-Form gewählt.

Die deutsche Übersetzung des Verses aus der *Edda* auf S. 250 ist aus folgendem Band entnommen: *Die Edda*. Nach der Übersetzung v. Karl Simrock neu bearb. u. eingeleit. v. Hans Kuhn. 3 Bde. Reclam, Leipzig 1935–1947, Stuttgart 1997, 2004.

Dieses Buch ist meinem neugeborenen Enkel gewidmet,
Reginn Freyr Mánason.
Besonderen Dank an Páll Kjartansson,
Schrecken aller Briefträger.

Yrsa

PERSONEN DER HANDLUNG

Dóra Guðmundsdóttir	Reykjavíker Rechtsanwältin und alleinerziehende Mutter
Matthias Reich	ihr Freund aus Deutschland, ehemaliger Kriminalkommissar
Sóley und Gylfi	Dóras Kinder
Sigga	Gylfis schwangere Freundin
Bragi	Dóras Kollege in der Anwaltskanzlei
Bella	ihre Sekretärin
Jónas	Hotelbesitzer, Dóras Mandant
Birna	Architektin
Þórólfur	Kriminalkommissar

Nachbarn

Bergur	Bauer
Rósa	seine Frau
Gvendur	Rósas Vater
Steini	junger Mann im Rollstuhl

Die Familien der Brüder von den alten Höfen in Snæfellsnes:

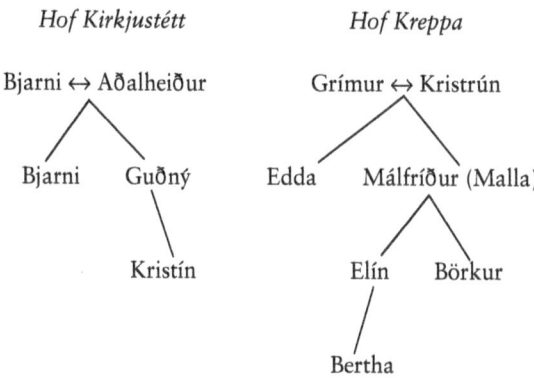

Hof Kirkjustétt

Bjarni ↔ Aðalheiður

Bjarni   Guðný

Kristín

Hof Kreppa

Grímur ↔ Kristrún

Edda   Málfríður (Malla)

Elín   Börkur

Bertha

Hotelangestellte und -gäste:

Vigdís	Empfangschefin
Sóldís	Zimmermädchen
Lára	Sóldís' Großmutter
Jökull	Kellner
Sibba	Masseurin
Kata	Kosmetikerin
Eiríkur	Hellseher
Stefanía	Sexualberaterin
Teitur	Börsenmakler
þröstur	Kajakfahrer
Robin Kohman	amerikanischer Fotograf
Magnús	pensionierter Politiker
Baldvin	Magnús' Enkel, Kommunalpolitiker
Herr Takahashi und sein Sohn	japanische Hotelgäste

PROLOG

Das kleine Mädchen spürte, wie ihm die Kälte die Beine hinauf bis in den Rücken kroch. Sie versuchte, sich auf dem Vordersitz hochzurecken, um besser hinausschauen zu können. Konzentriert betrachtete sie die schneeweiße Landschaft, konnte aber kein Vieh entdecken. Draußen ist es zu kalt für die Tiere, dachte sie und wünschte sich, aus dem Auto steigen und wieder ins Haus gehen zu dürfen. Aber sie traute sich nicht, etwas zu sagen. Eine Träne rann langsam über ihre Wange, während der Mann neben ihr sich mühte, den Motor in Gang zu bringen. Sie presste die Lippen aufeinander und wandte ihr Gesicht von ihm ab, damit er es nicht sah. Er würde sehr wütend werden. Sie beobachtete das Haus, vor dem der Wagen stand, und versuchte, das andere Mädchen zu erspähen, aber das einzige sichtbare Geschöpf war der Hofhund Snúður. Er lag schlafend auf den Stufen vor der Haustür. Plötzlich hob er den Kopf und blickte sie starr an. Betrübt lächelte sie ihm zu.

Das Auto sprang an, und der Mann richtete sich im Sitz auf. »Na endlich«, sagte er mit tiefer, rauer Stimme und fuhr los. Er warf dem Mädchen, das sich wieder zur Frontscheibe gedreht hatte, einen raschen Blick zu. »So, jetzt machen wir einen kleinen Ausflug.« Als sie über den holprigen Zufahrtsweg vom Hof wegfuhren, wurde das Mädchen auf dem Sitz durchgeschüttelt. »Halt dich fest«, sagte er, ohne sie anzuschauen.

Schließlich erreichte das Auto die Straße, und sie fuhren eine Weile schweigend. Das Mädchen schaute aus dem Fenster, in der Hoffnung, ein paar Pferde zu sehen, aber alles war öde und leer. Ihr Herz machte jedoch einen Sprung, als sie die Gegend erkannte. »Fahren wir zu mir nach Hause?«, fragte sie mit dünner Stimme und großen Augen.

»Könnte man vielleicht so sagen.« Das Mädchen reckte sich noch mehr und musterte die Umgebung genauer. Vor ihnen lag der vertraute Landstrich: In der Ferne war der Felsen zu erkennen, von dem Mama erzählt hatte, er sei eine versteinerte Trollfrau. Instinktiv beugte sie sich vor, um besser sehen zu können. Auf einer kleinen Anhöhe tauchte ein Auto auf, das ihnen entgegenkam. Das Mädchen glaubte, ein Militärfahrzeug zu erkennen. Der Mann bremste ab und befahl ihr, sich zu ducken. Sie tat es widerspruchslos; sie war es gewohnt, sich zu verstecken. Anscheinend war der Mann derselben Meinung wie Großvater, dass das Militär nichts Gutes brächte. Ihre Mama hatte ihr zugeflüstert, die Soldaten seien ganz normale Männer, genau wie Großvater. Nur jünger. Und hübscher. »So wie du.« Wie lieb ihre Mama sie dabei angelächelt hatte.

Das kleine Mädchen hörte, wie sich das Motorengeräusch des anderen Wagens näherte, anschwoll, bis die beiden Fahrzeuge aneinander vorbeifuhren, und dann wieder schwächer wurde, als sie sich entfernten. Sie rutschte auf dem Sitz herum. »Du darfst dich wieder hinsetzen«, sagte der Fahrer, und sie setzte sich auf. »Weißt du, wie alt du bist?«, fragte er.

»Vier Jahre«, antwortete sie.

Der Mann schnaubte. »Du bist furchtbar schmächtig für eine Vierjährige.« Das Mädchen verstand das Wort nicht, wusste aber, dass es nicht gut war, so zu sein. Sie antwortete nicht. Schweigen. »Willst du deine Mama wiedersehen?«

Das kleine Mädchen riss die Augen auf und starrte den Mann an. Fuhren sie etwa zu Mama? Sie spürte, wie allein bei dem Gedanken daran alles besser wurde. Eifrig nickte sie.

»Dachte ich mir«, sagte der Mann und glotzte auf die vor ihnen liegende Straße. »Du wirst sie wiedertreffen.«

Das Mädchen spürte vor Kälte seine Beine nicht mehr. Sie bogen in einen Weg, den sie genau kannte. Sie sah ihren Hof und lächelte das erste Mal seit langer Zeit. Jetzt würde alles wieder gut werden. Das Auto fuhr langsam auf den Hof zu und hielt an. Verzückt starrte das Mädchen das große, stattliche Haus an. Irgendwie wirkte es einsam und traurig. Kein Licht und kein Rauch über dem Schornstein. »Ist Mama hier?«, fragte sie ungläubig. Irgendetwas stimmte nicht. Als sie Mama zum letzten Mal gesehen hatte, lag sie im Bett, in einem Zimmer im Haus von diesem Mann. Krank. So wie Großvater. Krank, und niemand wollte Mama helfen, außer ihr. Ob Mama in der Nacht, als sie aus dem Bett verschwand, zurück nach Hause gegangen war? Aber warum hatte sie sie dann bei dem Mann zurückgelassen? Das hätte sie nie getan.

»Deine Mama ist nicht genau hier. Aber du wirst sie treffen. Von jetzt an könnt ihr immer zusammen sein.« Er grinste, und das dämpfte die Freude des Mädchens ein wenig. Trotzdem traute sie sich nicht, Fragen zu stellen. Der Mann stieß die Wagentür auf und stieg aus. Er ging um das Auto herum und hielt ihr die Tür auf. »Komm. Du musst eine kleine Reise machen, bevor du deine Mama wiedersiehst.« Vorsichtig stieg das Mädchen aus dem Wagen. Sie schaute nach allen Seiten und hoffte, jemanden oder etwas zu sehen, das sie ermutigen würde, konnte aber nichts entdecken.

Der Mann beugte sich hinunter und griff nach der behandschuhten Hand des Mädchens. »Komm, ich will dir was zeigen.« Er zog sie mit sich. Sie musste fast laufen, um mit seinen großen Schritten mithalten zu können. Sie gingen hinter das Haus in Richtung Stall. Ein grässlicher Gestank kam auf und wurde immer stärker, je näher sie dem Viehstall kamen. Sie hätte sich gerne die Nase zugehalten, traute sich aber nicht. Als sie den Stall erreicht hatten, trat der Mann an das Gebäude heran und schaute durchs Fenster. Das Mädchen war zu klein, es ihm gleichzutun.

Der Mann wich zurück und schlug sich die Hand vor den Mund. Sie hoffte, dass den Kühen nichts Schlimmes zugestoßen war. Aus dem Stall waren keine Geräusche zu hören. Wahrscheinlich schliefen die Tiere. Der Mann zog sie weiter.

»Verdammt ekelhaft«, sagte er. Sie entfernten sich ein kleines Stück vom Stall, bis der Mann stehen blieb und über die Schneedecke spähte. Er ließ die Hand des Mädchens los. »Wo zum Teufel war es nochmal?«, murmelte er ungeduldig. Mit den Schuhen schob er den Schnee beiseite.

Still stand sie da, während der Mann weiter im Schnee herumwühlte. Sie war nicht mehr froh. Mama war nicht hier. Sie konnte doch nicht unter dem Schnee sein. Sie war krank. Das Mädchen schluckte den Kloß im Hals hinunter und fragte leise: »Wo ist Mama?«

»Sie ist bei Gott«, antwortete er, ohne seine Suche zu unterbrechen.

»Bei Gott?«, fragte Kristín verwirrt. »Was macht sie da?«

Da schnaubte der Mann verächtlich. »Sie ist tot. Dann geht man zu Gott.«

Das Mädchen wusste nicht genau, was das bedeutete. Sie hatte noch nie jemanden getroffen, der tot war. »Gott ist gut, oder?« Sie war sich nicht sicher, warum sie den Mann danach fragte. Sie kannte die Antwort genau. Ihre Mama und Großvater hatten ihr das oft gesagt. Gott war gut. Sehr gut. »Kommt sie von Gott wieder zurück?«, fragte sie hoffnungsvoll.

Der Mann stieß einen Jubelschrei aus und hörte auf zu wühlen. »Hier ist es! Endlich.« Er beugte sich hinunter und begann, mit seinen behandschuhten Händen den Schnee von der Erde zu schaufeln. »Nein, von Gott kommt niemand zurück. Du musst zu ihm gehen, wenn du deine Mama wiedersehen willst.«

Das Mädchen erstarrte. Was meinte er? Sie beobachtete, wie der Mann eine eiserne Luke in der Wiese freilegte. Hier hatte Mama ihr verboten, zu spielen. Gott konnte doch nicht da drin sein?

Der Mann straffte seinen Rücken, bevor er sich wieder hinunterbeugte, um die schwere Falltür zu öffnen. Er warf dem Mädchen einen Blick zu und lächelte erneut. Sie wünschte, er würde damit aufhören. Er gab ihr ein Zeichen, zu ihm zu kommen. Zögernd ging sie auf den Mann und die große schwarze Öffnung zu, die unter der Falltür zum Vorschein gekommen war. »Ist Gott mit Mama da drin?«, fragte sie mit zitternder Stimme.

Der Mann lächelte immer noch. »Nein, ist er nicht, aber er holt dich da ab. Komm her.« Er umfasste die schmächtigen Schultern des Mädchens und zog es zu der Öffnung. »Es ist besser, wenn du getauft bist. Gott nimmt keine Ungetauften zu sich. Wir wollen hoffen, dass Gott sich an dich erinnert, denn er wird dich im Kirchenbuch nicht finden können.« Der Mann lachte leise.

Das Mädchen verstand nicht, was er meinte, und starrte wie hypnotisiert in den Abgrund. Alles schwarz und kalt und still. Wenn es irgendwo dort unten einmal ein Licht gegeben hat, muss es wohl längst erfroren sein, dachte sie. Ihre Mama würde niemals in ein solches Loch klettern. Sie hörte den Mann etwas Undeutliches über »Nottaufe« murmeln und schaute erst wieder auf, als er sie zu sich drehte, ihr eine Handvoll Schnee auf die Stirn legte, die Augen schloss und sagte: »Ich taufe dich im Namen des Vaters, des Sohnes und des Heiligen Geistes. Amen.« Er öffnete die Augen und stierte das Mädchen an. Obwohl ihr die Kälte auf der Stirn furchtbar wehtat, schmerzte sein Blick noch mehr. Sie schaute weg und steckte die Hände in ihre Jackentaschen. Inzwischen war ihr eiskalt, und die Wollfäustlinge halfen bei dem frostigen Wind nicht viel. Als ihre Hand in der rechten Jackentasche auf etwas stieß, fiel ihr der Umschlag wieder ein. Ein tiefer Schmerz durchfuhr sie und verdrängte einen Moment lang die Angst vor dem Mann. Sie hatte ihrer Mama versprochen, den Umschlag zu überbringen, und jetzt sah es so aus, als würde sie es nicht erfüllen können. Es war das Letzte gewesen, worüber sie gesprochen hatten, und das Mädchen konnte sich gut daran erinnern, wie wichtig es ihrer Mama gewesen war. Sie spürte, wie ihr eine Träne über die Wange lief. Dem Mann konnte sie den Umschlag nicht geben, denn Mama hatte ganz deutlich gesagt, dass sie das auf keinen Fall tun dürfe. Sie knabberte an der Unterlippe und wusste nicht, ob sie etwas sagen oder schweigen sollte. Deshalb schloss sie die Augen und wünschte sich, nicht länger dort zu stehen, sondern neben ihrer Mama zu liegen, und alles wäre so wie früher. Als sie die Augen wieder öffnete, standen sie immer noch an derselben Stelle, sie und der Mann. Hoffnungslosigkeit durchfuhr sie. Lautlos weinte das Mädchen, ließ die Tränen einfach die Wangen hinabströmen und in den Schal tropfen.

Der Mann packte sie an der Schulter. »Gott wird dich nun freundlich aufnehmen. Kennst du irgendwelche Gebete?« Das Mädchen nickte verunsichert. »Gut.« Er schaute in das Loch. »Ich setze dich jetzt da hinein, und Gott kommt dich holen. Am besten betest du, bis er da ist. Dir wird kalt werden, aber dann schläfst du ein, und bevor du es merkst, bist du schon bei deiner Mama im Himmel.«

Das zierliche Mädchen fing auf einmal heftig an zu schluchzen, obwohl es alles tat, um dagegen anzukämpfen. Das war nicht richtig. Warum konnte Gott sie nicht einfach sofort zu sich holen, wenn er doch so gut war? Warum musste sie in das schwarze Loch klettern? Sie fürchtete sich im Dunkeln, und das war ein böses Loch. Ihre Mama hatte ihr das erzählt. Als die Kleine den Mann anschaute, wusste sie, dass sie hineinklettern musste, ob sie wollte oder nicht. Sie war wie erstarrt. Der Mann griff unter ihre Arme und hob sie hoch. Er ließ sie in das Loch gleiten. Das Kind drehte den Kopf, um einen letzten Blick auf den Hof zu werfen. Verwundert schaute sie zum Mansardenfenster. Jemand stand dort und beobachtete sie. Das Fenster war zu schmutzig und zu weit entfernt, um erkennen zu können, wer es war. Als sie vollständig in dem Loch verschwunden war, konnte sie ihre Hand nicht mehr vor Augen sehen und versuchte, gegen die Panik anzukämpfen. Gott war gut. Das war kein Geist am Fenster. Gott war gut. Und das leise, klägliche Weinen, das plötzlich durch die

Öffnung hineindrang, stammte nicht von den toten Kindern. Gott war gut. Mama hatte es gesagt.

In dem Loch war es viel kälter als draußen. Das Mädchen versuchte, sich hinzusetzen, aber der Boden war noch kälter als zuvor der Autositz. Sie schlang die Arme um ihren Körper. Die Falltür neigte sich, und kurz bevor sie zuschlug, hörte sie den Mann sagen: »Alles Gute. Grüß deine Mama von mir. Und Gott. Und vergiss nicht, zu beten.«

Alles wurde schwarz. Das Mädchen versuchte, Luft zu holen, was ihm wegen des Schluchzens schwerfiel. Am schlimmsten fand sie, dass sie den Umschlag nicht übergeben hatte. Sie schloss die Augen und wurde ruhiger, als sie sich vorstellte, es wäre hell. Vielleicht würde jemand kommen und sie holen; die Person im Fenster würde sie bestimmt retten. Hoffentlich, hoffentlich, hoffentlich. Sie wollte nicht länger hier sein. Sie faltete die Hände:

Nun schließe ich die Augen,
oh, Gott, lass deine Gnade
mich schützen diese Nacht.
Ach, wenn du mich zu dir rufst,
lass deinen Engel wachen
über meinen Schlaf.

1. KAPITEL

DIENSTAG, 6. JUNI 2006

»Briefeinwurfklappe«, berichtigte Dóra und lächelte höflich. »In der Verordnung heißt das Briefeinwurfklappe.« Sie zeigte auf den Ausdruck auf dem Schreibtisch und drehte ihn so, dass das Ehepaar auf der anderen Seite des Tisches den Text lesen konnte. Ihre Gesichter verdunkelten sich, und Dóra beeilte sich, fortzufahren, bevor der Mann eine weitere Schimpftirade loslassen konnte. »Als Verordnung Nummer 505/1997 über den Grundpostdienst von Verordnung Nummer 364/2003 über den allgemeinen Dienst und die Durchführung des Postdienstes abgelöst wurde, fiel Paragraph 12 zu Briefkästen und Briefeinwurfklappen weg.«

»Na also!«, rief der Mann und warf seiner Frau einen triumphierenden Blick zu. »Hab ich doch gleich gesagt! Sie können sich also nicht einfach weigern, uns die Post zuzustellen.« Er drehte sich zu Dóra, setzte sich auf und verschränkte die Arme.

Dóra räusperte sich dezent. »Leider ist das nicht ganz so einfach. Die neue Verordnung verweist in Bezug auf Briefeinwurfklappen und deren Positionierung auf die Bauverordnung. Alle Briefeinwurfklappen sollen demnach so angebracht sein, dass der Abstand vom Boden bis zur unteren Kante der Briefeinwurfklappe nicht weniger als 1000 und nicht mehr als 1200 Millimeter beträgt.« Dóra hielt kurz inne, um Luft zu holen, achtete jedoch darauf, dem Mann nicht die Gelegenheit zu geben, ihr ins Wort zu fallen. »In der Gesetzesverordnung Nummer 12/2002 zum Postdienst heißt es, den Postdienstleistern sei es gestattet, Postsendungen zurückzuschicken, wenn die Briefeinwurfklappe nicht den Bauvorschriften entspricht.«

Weiter kam sie nicht, denn dem Mann riss der Geduldsfaden. »Willst du mir damit sagen, dass ich keine Post mehr bekomme und nichts tun kann, um mich vor diesem Vorschriftenunwesen zu schützen?« Er schnaubte und gestikulierte wild mit den Händen, so als wolle er einen Angriff unsichtbarer Bürokraten abwehren.

Dóra zuckte die Achseln. »Du kannst die Briefeinwurfklappe natürlich erhöhen.«

Der Mann warf ihr einen vernichtenden Blick zu. »Ich dachte, du könntest uns helfen. Immerhin hast du versprochen, dich vorher in die Sache einzuarbeiten!«

Anstatt die Verordnung zu nehmen und sie dem Mann in sein feuerrotes Gesicht zu schleudern, ließ Dóra es zähneknirschend dabei bewenden. »Was ich selbstverständlich getan habe«, sagte sie ruhig und setzte ein falsches Lächeln auf. Sie hatte damit gerechnet, dass das Ehepaar beeindruckt wäre, wie perfekt sie die Nummern der Verordnungen herunterleiern konnte. Im Grunde hätte sie sich denken können, dass das einer dieser nervtötenden Fälle war, bei denen man sich völlig sinnlos wie ein Hamster im Laufrad abmühen musste. Schon als der Mann vor zwei Tagen mit erregter Stimme in der Kanzlei angerufen hatte, hätten die Alarmglocken läuten müssen. Gehetzt hatte er nach rechtlichem Beistand verlangt wegen einer Auseinandersetzung mit dem Postboten und der Post. Seine Frau und er hatten soeben ein Fertighaus bezogen, das aus Amerika importiert und mit sämtlichem Zubehör angeliefert worden war – darunter auch eine Haustür mit einem unzulässigen Briefschlitz. Eines Tages war die Frau nach Hause gekommen und hatte einen handgeschriebenen Zettel an der Haustür vorgefunden, auf dem stand, dass sie keine Post mehr zugestellt bekämen, weil der Briefschlitz zu niedrig sei.

In Zukunft sollten sie ihre Sendungen bei der Post abholen. »Ich kann dir nur raten, das in dieser Situation Vernünftigste zu tun. Ein Prozess gegen die Isländische Post, wie du ihn in Erwägung ziehst, würde nur zusätzliche Kosten verursachen. Von einem Prozess gegen die Baubehörde rate ich dir ebenfalls ab.«

»Es kostet auch Geld, die Haustür austauschen zu lassen. Der Schlitz lässt sich nicht nach oben versetzen. Das habe ich dir doch schon gesagt.« Siegesgewiss schauten der Mann und die Frau einander an.

»Eine Haustür kostet jedenfalls weniger als irgendein Prozess.« Dóra reichte ihnen das letzte Dokument von dem Stapel, den sie vor dem Eintreffen des Ehepaars vorbereitet hatte. »Hier ist ein Brief, den ich in deinem Namen geschrieben habe.« Beide Eheleute griffen nach dem Papier, aber der Mann war schneller. »Die Post oder der Briefträger sind falsch vorgegangen. Ihr hättet ein förmliches Einschreiben bekommen sollen, in dem euch mitgeteilt wird, dass die Briefeinwurfklappe in einer unzulässigen Höhe angebracht ist. Des Weiteren hätte euch eine Korrekturfrist gesetzt werden müssen. Die Postzustellung hätte erst nach Ablauf dieser Frist eingestellt werden sollen.«

»Ein Einschreiben!«, tönte die Frau. »Wie sollen wir das denn kriegen, wenn uns nichts zugestellt wird!« Selbstzufrieden blickte sie zu ihrem Mann. Seine Reaktion war jedoch nicht so, wie sie erwartet hatte, und ihr Gesicht nahm schnell wieder einen beleidigten Ausdruck an.

»Ach, Liebes, verdreh doch nicht die Worte«, stieß der Mann hervor. »Einschreiben wirft man nicht in den Briefschlitz – die müssen bei Annahme quittiert werden.« Er wandte sich an Dóra. »Fahr bitte fort.«

»In dem Brief fordern wir ein korrektes Vorgehen der Post: dass ein Einschreiben geschickt, die Korrektur eingefordert und euch eine akzeptable Frist gesetzt wird. Wir setzen zwei Monate an.« Sie zeigte auf den Brief, den der Mann bereits gelesen hatte und nun an seine Frau weiterreichte. »Danach können wir nicht

mehr viel tun. Ich empfehle euch, die Höhe der Briefeinwurfklappe vor Ablauf der Frist zu korrigieren. Wenn das aber nicht
möglich ist, und ihr die Tür so belassen wollt, könnt ihr einen
Briefkasten aufstellen. Der Schlitz muss sich innerhalb derselben
Höhenangaben befinden, wie sie auch für die Einwurfklappe gel-
ten. Falls ihr euch dafür entscheidet, rate ich euch, zur Vermei-
dung weiteren Ärgers, den Briefkasten mit Hilfe eines Zollstocks
aufzustellen.« Sie lächelte dem Ehepaar trocken zu.

Der Mann sah sie scharf an und dachte nach. Plötzlich grinste
er schadenfroh. »Okay. Ich verstehe. Wir schicken den Brief, bekommen ein Einschreiben und haben dann zwei Monate, in denen der Briefträger uns die Post zustellen muss, unabhängig von
der Höhe der Luke, nicht wahr?« Dóra nickte. Mit triumphieren-
dem Gesicht stand der Mann auf. »Wer zuletzt lacht, lacht am
längsten. Ich schicke den Brief jetzt ab, und sobald ich die Frist
bekommen habe, werde ich den Briefschlitz runter zur Türschwelle verlegen. Nach Ablauf der Frist stelle ich dann einen
Briefkasten auf. Komm, Gerða!«

Dóra brachte die beiden zur Tür, wo sie sich bedankten und
verabschiedeten. Der Mann hatte es eilig, den Brief einzuwerfen,
damit die zweite Halbzeit seines Kleinkriegs mit dem Postboten
eingeläutet werden konnte. Auf dem Weg zurück zu ihrem
Schreibtisch schüttelte Dóra den Kopf, verwundert über das Wesen der Menschen. Auf was für Ideen die Leute kamen. Sie hoffte,
dass Briefträger gut bezahlt würden, bezweifelte es aber stark.

Dóra hatte sich gerade wieder hingesetzt, als Bragi, der Mitei-
gentümer ihrer kleinen Anwaltskanzlei, seinen Kopf durch die
Tür steckte. Er war ein älterer Herr, der sich auf Scheidungen
spezialisiert hatte. Dóra konnte sich nicht vorstellen, solche Fälle
zu bearbeiten. Ihre eigene Scheidung reichte ihr für den Rest
ihres Lebens. Bragi war auf diesem Gebiet jedoch ganz in seinem
Element und es gelang ihm hervorragend, die kompliziertesten
Fälle zu lösen und die Leute dazu zu bringen, ohne große Reibe-
reien miteinander zu reden. »Na, wie ist es mit dem Briefschlitz

gelaufen? Wird das ein Präzedenzfall vor dem Obersten Gerichtshof?«

Dóra lächelte ihm zu. »Nein, sie überlegen es sich nochmal. Wir müssen dran denken, die Rechnung mit einem Kurier zu schicken. Es ist völlig unklar, ob sie noch Post zugestellt bekommen.«

»Ich hoffe sehr, dass sie das kapieren«, sagte Bragi und rieb seine Handflächen gegeneinander. »Sonst hätten wir ein Verfahren, das sich gewaschen hat.« Er zog einen gelben Zettel hervor und reichte ihn Dóra. »Der hat angerufen, als die Postschlitz-Leute bei dir waren. Du sollst ihn zurückrufen, wenn du Zeit hast.«

Dóra schaute auf den Zettel und seufzte, als sie den Namen sah. Jónas Júlíusson. »Na super«, sagte sie und warf Bragi einen Blick zu. »Was wollte er denn?« Vor einem guten Jahr hatte Dóra diesen wohlhabenden Herrn mittleren Alters beim Abschluss eines Kaufvertrags unterstützt. Er hatte in ein Grundstück und einen Bauernhof in Snæfellsnes investiert. Jónas war im Ausland durch den Kauf insolventer Radiosender, die er wieder aufbaute und mit gewaltigem Gewinn verkaufte, schnell zu Geld gekommen. Dóra wusste nicht, ob er schon immer seltsam gewesen war oder ob es mit dem Geld zusammenhing. Zum damaligen Zeitpunkt war er fasziniert von Esoterik und wollte ein großes Zentrum mit Wellnesshotel errichten, zwecks ganzheitlicher Beseitigung aller möglichen körperlichen und seelischen Leiden durch alternative Behandlungsmethoden. Dóra schüttelte den Kopf bei dem Gedanken an Jónas' Pläne.

»Ein verdeckter Mangel, wenn ich ihn recht verstanden habe«, antwortete Bragi. »Er ist wohl irgendwie unzufrieden mit dem Anwesen.« Er lächelte ihr zu. »Ruf ihn an; mit mir wollte er nicht reden. Du bist für ihn aufsteigende Venus im Krebs und deshalb eine gute Rechtsanwältin.« Bragi zuckte mit den Schultern. »Ein aussagekräftiges Horoskop ist vielleicht auch keine schlechtere Empfehlung als gute Jura-Noten. Was weiß denn ich?«

»So ein Quatsch«, sagte Dóra und griff nach dem Telefon. Jónas hatte zu Beginn ihrer Zusammenarbeit ein Horoskop für sie anfertigen lassen, bei dem sie gut abgeschnitten hatte, und deshalb hatte er sie beauftragt. Dóra vermutete, dass die großen Kanzleien sich geweigert hatten, Informationen über die Geburtszeit ihrer Anwälte herauszugeben, und Jónas daraufhin nach kleineren Büros Ausschau gehalten hatte. Sonst ließe sich kaum erklären, warum sich ein Mann mit einem so großen Betrieb an eine Kanzlei mit nur vier Mitarbeitern wenden sollte. Sie wählte die Nummer, die Bragi auf den Zettel gekritzelt hatte, und schnitt eine Grimasse, während sie darauf wartete, dass abgenommen wurde.

»Hallo«, erklang eine sanfte Männerstimme, »Jónas.«

»Hallo Jónas, hier ist Dóra Guðmundsdóttir, Anwaltskanzlei Innenstadt. Ich sollte dich zurückrufen.«

»Ja, genau. Ich bin sehr froh, deine Stimme zu hören.« Der Mann seufzte.

»Bragi hat etwas von einem verdeckten Mangel erzählt. Worum geht es denn?«, fragte Dóra und schaute dabei den nickenden Bragi an.

»Ich kann dir sagen, es ist wirklich fürchterlich. Ein erheblicher verdeckter Mangel ist ans Licht gekommen, von dem der Käufer mit Sicherheit gewusst und den er mir verschwiegen hat. Ich glaube, das wird meine gesamte Planung hier in Gefahr bringen.«

»Worin besteht denn dieser verdeckte Mangel?«, fragte Dóra überrascht. Das Anwesen war vor dem Kauf von anerkannten Gutachtern sorgfältig geprüft worden, und sie hatte die Gutachten persönlich gegengelesen. Darin stand nichts, womit man nicht gerechnet hatte. Das Gelände war genauso groß, wie der Verkäufer angegeben hatte, und die beiden alten Höfe auf dem Grundstück waren so baufällig, dass man sie vollständig sanieren musste.

»Erinnerst du dich an das alte Gebäude, das ich in das Hotel integriert habe, den Kirkjustétt-Hof?«

»Ja, ich erinnere mich«, sagte Dóra und fügte hinzu: »Aber du weißt schon, dass sich der Mangel bei Immobilienkäufen auf mindestens zehn Prozent des Kaufpreises belaufen muss, um Schadenersatzforderungen geltend machen zu können? Ich kann mir nicht vorstellen, dass ein verdeckter Mangel bei einem so alten Haus diese Prozentzahl erreicht, selbst wenn er unbestreitbar erheblich ist. Außerdem muss ein solcher verdeckter Mangel ebendies sein – verdeckt. Aus den Gutachten geht deutlich hervor, dass die Gebäude von Grund auf sanierungsbedürftig sind.«

»Dieser Mangel macht den Hof für meine beruflichen Pläne so gut wie unbrauchbar«, sagte Jónas nachdrücklich. »Und es steht außer Frage, dass er verdeckt ist. Die Gutachter hätten ihn gar nicht erkennen können.«

»Und was hast du denn nun eigentlich überhaupt entdeckt?«

»Ich weiß, dass du für übernatürliche Phänomene nicht besonders empfänglich bist«, sagte Jónas ruhig. »Du wirst also wahrscheinlich verblüfft sein, wenn ich dir erzähle, was hier los ist, aber du musst mir bitte glauben.« Er schwieg einen Moment und ließ dann die Katze aus dem Sack. »Hier spukt es.«

Dóra schloss die Augen. Es spukte. Klar. »Ach so«, sagte sie in den Hörer, während sie sich mit dem Zeigefinger gegen die Stirn tippte, um Bragi zu signalisieren, dass Jónas' Anliegen höchst sonderbar war. Bragi rückte näher heran, in der Hoffnung, Jónas' Worte verstehen zu können.

»Ich wusste, dass du skeptisch sein würdest«, brummelte Jónas. »Aber es ist wahr und hier in der Gegend allgemein bekannt. Der Verkäufer hat es gewusst und beim Verkauf nichts darüber gesagt. Für mich ist das Betrug, vor allem, wenn man bedenkt, dass ihm meine Pläne für Hof und Grundstück bekannt waren. Ich habe hier sehr sensible Leute, und damit meine ich sowohl die Gäste als auch die Mitarbeiter. Sie fühlen sich unwohl.«

Dóra fiel ihm ins Wort. »Wie ... gestaltet sich dieser Spuk denn?«

»Es sind einfach schlechte Schwingungen im Haus. Zum Beispiel verschwinden Dinge, in der Nacht hört man unerklärliche Laute, und Leute haben plötzlich ein Kind auftauchen sehen.«

»Und?«, fragte Dóra. Das war ja nun wirklich nichts Besonderes. Bei ihr zu Hause verschwanden unentwegt Dinge, vor allem Autoschlüssel, tagsüber wie nachts waren Geräusche zu hören, und Kinder tauchten ziemlich oft plötzlich auf.

»Hier gibt es gar kein Kind, Dóra. Auch nicht irgendwo in der Nachbarschaft.« Er schwieg einen Moment. »Das Kind ist nicht von dieser Welt. Ich habe es hinter mir auftauchen sehen, als ich in den Spiegel geschaut hab. Man kann gar nicht beschreiben, wie unlebendig es ist.«

Dóra spürte, wie ihr ein leichter Schauer über den Rücken lief. Etwas in Jónas' Stimme sagte ihr, dass er wirklich daran glaubte, etwas Übersinnliches gesehen zu haben, wie unglaublich ihr das auch vorkommen mochte.

»Was soll ich tun? Willst du, dass ich mit den Verkäufern darüber spreche und versuche, den Kaufpreis zu drücken? Geht es darum? Eins ist jedenfalls klar – ich kann dich nicht von Geistern befreien oder die Schwingungen in dem Haus verbessern.«

»Komm übers Wochenende her«, schlug Jónas unvermittelt vor, »ich möchte dir ein paar Dinge zeigen, die wir hier gefunden haben, und mit dir besprechen, ob die in diesem Zusammenhang eine Rolle spielen. Die Suite ist frei, du kannst es dir richtig gut gehen lassen. Eine Hot-Stone-Massage nehmen und so. Du wirst rundum gestärkt wieder nach Hause fahren. Natürlich bezahle ich dich auch anständig.«

Dóra konnte eine Auszeit gut gebrauchen, auch wenn sie die von Jónas versprochene Erholung in Anbetracht des angeblichen Spuks etwas widersprüchlich fand. Momentan drehte sich ihr Leben vor allem um den angekündigten Enkel, den ihr Sohn mit noch nicht einmal 16 Jahren gezeugt hatte, und um das angespannte Verhältnis zu ihrem Ex-Mann, der sich in den Kopf gesetzt hatte, das Kind sei nur zustande gekommen, weil Dóra selbst als Mutter unfähig sei. Seiner Meinung nach hatten die Hormone ihres Sohnes am wenigsten Anteil an dem ganzen Dilemma; es war alles Dóras Schuld. Und diese Meinung teilte er mit den Eltern der zukünftigen 15-jährigen Mutter. Dóra seufzte. Um diese ganzen Sorgen aus ihrer ramponierten Seele zu massieren, bräuchte man ziemlich machtvolle heiße Steine.

»Was soll ich mir denn überhaupt anschauen, Jónas? Kannst du mir das nicht einfach in die Stadt schicken?«

Jónas lachte reserviert. »Nein, eigentlich nicht. Es ist eine Unmenge von Kisten mit alten Büchern, Zeichnungen, Bildern und allem möglichen Kram.«

»Warum glaubst du, dass das alte Zeug wichtig ist?«, fragte Dóra zweifelnd. »Und warum schaust du es nicht einfach selbst durch?«

»Ich schaffe es nicht. Ich hab's versucht, aber es ist mir unheimlich. Ich kann das Zeug nicht anfassen. Du bist viel erdverbundener als ich, du kannst das alles bestimmt durchsehen, ohne etwas zu spüren.«

Dóra konnte ihm nur beipflichten. Auren, Elfen, Geister und Derartiges hatten ihr bisher noch nicht allzu viele Probleme bereitet. Das Greifbare hatte ihr das Leben schon schwer genug gemacht, dafür musste sie die Grenzen der Realität gar nicht erst verlassen. »Gib mir ein kleines bisschen Bedenkzeit, Jónas. Ich kann dir nichts versprechen, aber ich schaue mal, ob ich Zeit habe zu kommen. Ich rufe dich morgen Nachmittag an, reicht das?«

»Ja, ja. Ruf auf jeden Fall an, ich bin den ganzen Tag zu erreichen.« Jónas zögerte kurz, bevor er weiterredete. »Du willst wissen, warum ich den alten Krempel für wichtig halte?«

Dóra bejahte.

»In der Kiste, die ich als erste durchgesehen habe, war ein altes Foto.«

»Und?«

»Auf dem Foto ist das Mädchen, das ich im Spiegel gesehen habe.«

2. KAPITEL

Die Akte mit den Unterlagen über den Grundstückskauf in Snæfellsnes war nicht sonderlich hilfreich, zumindest fand Dóra nichts, was auf diesen seltsamen »verdeckten Mangel« schließen ließ. Es handelte sich um ein ganz reguläres Immobiliengeschäft, abgesehen davon, dass Jónas Forderungen bezüglich diverser Datierungen gestellt hatte – beispielsweise musste der Kaufvertrag an einem Samstag unterschrieben werden. Dóra hatte nicht weiter nachgefragt, da sie einen langen Vortrag über den Stand der Himmelskörper fürchtete. Samstage bringen Glück, war das Einzige, was ihr dazu einfiel. Ansonsten war der Verkauf nichts Besonderes. Es ging um das Grundstück und alles, was dazugehörte, inklusive beweglicher Güter und Bodenerträge. Die Verkäufer waren ein Geschwisterpaar in den Fünfzigern, Börkur Þórðarson und Elín Þórðardóttir. Allerdings vertraten die beiden ihre Mutter, die das Land vor langer Zeit vom Vater geerbt hatte. Die Verkäufer hatten einen ziemlich guten Preis erzielt, und Dóra wusste noch genau, wie sehr sie die beiden damals um das Geld beneidet hatte.

Bei dem Gedanken, wie der Spuk finanziell beurteilt werden sollte, um den Wert des Anwesens um zehn Prozent zu mindern, musste Dóra lächeln. Doch dieses Lächeln verschwand sofort wieder, als sie sich vorzustellen versuchte, wie sie die Verkäufer davon überzeugen würde, wegen des Mangels nun Schadenersatz zu leisten. Der Bruder hatte sich maßgeblich um die Geschäfte seiner Mutter gekümmert; seine Schwester hatte Dóra nur einmal bei der Unterschrift des Kaufvertrages gesehen. Die Mutter selbst hatte sie nie getroffen. Laut Börkur war sie hochbetagt und bettlägerig. Auf Dóra wirkte der Bruder ziemlich anmaßend und selbstgefällig. Seine Schwester Elín hingegen schien still und zurückhaltend zu sein. Dóra hatte damals den Eindruck gehabt, dass sie nicht ganz so erpicht auf den Verkauf gewesen war wie ihr Bruder. Auch deswegen bezweifelte Dóra, dass er eine Schadenersatzforderung widerspruchslos hinnehmen würde. Dóra legte die Unterlagen beiseite, kreuzte die Finger und hoffte, Jónas würde seine Meinung ändern. Andernfalls müsste sie alles daransetzen, ihm die Sache auszureden.

Sie wandte sich ihren wenigen anderen, belanglosen Aufgaben zu. In der Kanzlei gab es leider nicht viel zu tun. Dóra stöhnte innerlich und verfluchte ihre Unfähigkeit in Geldangelegenheiten. Ende vergangenen Jahres hatte sie für eine wohlhabende deutsche Familie gearbeitet, die sie fürstlich bezahlt hatte. Wenn sie nur einen Funken Verstand besäße, hätte sie das Geld verwendet, um ihre Schulden abzuzahlen. Stattdessen hatte sie einen Wohnwagen und einen Jeep gekauft, ja sogar für den fehlenden Betrag einen Kredit aufgenommen und sich damit in noch größere Finanzschwierigkeiten gebracht. Dunkel erinnerte sich Dóra daran, dass sie von Reisen quer durchs Land bei sommerlicher Wärme geträumt hatte: die moderne Durchschnittsfamilie in den Ferien – eine geschiedene Mutter mit ihren zwei Kindern, in ihrem Fall eine sechsjährige Tochter und ein sechzehnjähriger Sohn, der allerdings selbst kurz davor war, Vater zu werden. Das Enkelkind hatte in diesem rosaroten Traum noch keinen Platz gehabt.

Als Dóra sämtliche Aufgaben erledigt hatte, ging sie ins Internet und suchte spaßeshalber nach Informationen über das Grundstück und die beiden alten Höfe. Sie probierte es mit den Namen der Höfe, wie sie im Kaufvertrag standen, Kirkjustétt und Kreppa, fand jedoch nichts – weder aus der Vergangenheit noch aus der Gegenwart. Schulterzuckend gab sie auf, checkte ihre E-Mails und sah zu ihrem Entsetzen, dass Matthias geschrieben hatte. Sie hatte den Deutschen bei der Untersuchung jenes Falls kennengelernt, der ihr am Ende den Wohnwagen und den Jeep und natürlich die Schulden beschert hatte. Sie hatte den Mann allerdings mehr als nur kennengelernt – sie hatte ihn »näher« kennengelernt, wie ihre Großmutter sagen würde –, und jetzt wollte er zu Besuch kommen, um ihre »nähere« Bekanntschaft zu vertiefen. Matthias wollte wissen, wann ihr ein kleiner Urlaub in Island am besten passen würde. Dóra wünschte sich seinen Besuch sehnlichst, wusste aber, dass ein günstiger Zeitpunkt dafür etwa im Jahr 2020 wäre, wenn ihre Tochter zwanzig würde. Sie war sich keineswegs sicher, ob Matthias so lange warten wollte. Deswegen schloss sie die E-Mail und entschied, mit der Beantwortung bis morgen zu warten.

Dóra erhob sich, räumte ihren Schreibtisch auf und seufzte. Sie überlegte kurz, ob ihr Seufzen mit der tiefen, unterdrückten Sehnsucht nach einem sorgenfreieren Leben ohne Schulden und verfrühte Enkelkinder zusammenhing, aber dann wurde ihr klar, dass es bei weitem nicht so kompliziert war. Sie stöhnte nur, weil sie auf dem Weg nach draußen an Bella vorbeigehen musste – Bella, die Sekretärin des Grauens, die Bragi und ihr bei der Gründung der Kanzlei zusammen mit dem Mietvertrag aufgenötigt worden war. Dóra riss sich zusammen und beeilte sich, hinauszukommen.

»Also dann, ich bin jetzt weg«, sagte Dóra, als sie am Empfangstresen vorbeiging. Sie dachte über die Möglichkeit nach, den Tresen zu erhöhen, sodass von der unattraktiven jungen Frau weniger zu sehen wäre, schämte sich jedoch umgehend und setzte ein scheinheiliges Lächeln auf. »Bis morgen!«

Bella hob die dunklen Augenbrauen und sah Dóra schräg an. Zur Vervollkommnung ihres unzufriedenen Gesichtsausdrucks zog sie einen Flunsch. »Du bist hier? Oh je.«

»Oh je? Was meinst du damit?«, fragte Dóra irritiert. »Wo

sollte ich denn sonst sein? Du hast mich doch nach der Mittagspause reinkommen und nicht wieder rausgehen sehen. Ich springe normalerweise nicht aus dem Fenster.«

»Nee, leider nicht«, glaubte Dóra Bella murmeln zu hören, war sich aber nicht sicher. Wesentlich lauter sagte die junge Frau: »Dein Mann, also dein Ex hat wegen irgendwas angerufen, aber ich hab ihm gesagt, du seist nicht da. Er wollte keine Nachricht hinterlassen.«

Dóra war ihr dankbar, denn Telefonate mit Hannes waren nur selten vergnüglich. Sie hatte nicht die geringste Lust, Bella die Gelegenheit zu geben, sich über die Misserfolge in ihrem Leben lustig zu machen. Dóra beschloss, es gut sein zu lassen, denn sie hatte sich schon längst damit abgefunden, dass es keinen Sinn hatte, mit dieser Vogelscheuche zu diskutieren. Daher schenkte sie Bella lediglich ein weiteres Lächeln und holte ihre Jacke aus der Garderobe. Als sie fast entkommen war und an der Tür zum Hausflur stand – sogar schon mit der rechten Hand an der Türklinke –, räusperte sich das Mädchen und wollte offenbar noch etwas sagen.

»Äh, und dann hat Lýsing noch angerufen. Du hast die Rate für den Wohnwagen noch nicht bezahlt.«

Dóra drehte sich nicht um. Ruhig trat sie hinaus auf den Flur und schloss die Tür hinter sich. In diesem Moment hätte sie die Massage, die Jónas ihr angeboten hatte, liebend gerne angenommen – ob mit oder ohne heiße Steine.

Birna ließ ihren Blick schweifen und atmete tief ein. Durch den dünnen Dunstschleier schaute sie aufs Meer und beobachtete, wie sich ein Möwenpaar im Kampf um Nahrung in die Tiefe stürzte. Es war Ebbe, und nasser Tang bedeckte den steinigen Küstenstreifen. Dies war ein ungewöhnlicher Strand, ohne Sand, nur mit abgerundeten Kieselsteinen verschiedener Größe und Struktur. Die ganze Umgebung war eindrucksvoll – eine kleine Bucht, eingerahmt von hohen Säulenbasalten, die der Allmächtige offenbar als Vogelbehausungen entworfen hatte. Jeder Felsvorsprung wurde genutzt, und der Lärm der Vögel war ohrenbetäubend. Birna ging bis zur schmalsten Stelle am äußersten Ende des Strandes, wo die Felsen eine Schlucht formten. Das Wasser flutete durch einen Steinbogen vom offenen Meer in die rundum von Stein eingeschlossene Bucht. Nur zwischen den hohen Felswänden hindurch konnte man in die Schlucht hineinschauen, aus der das Kreischen der Vögel über den ganzen Strand hinweg tönte.

Birna blieb stehen. Der Nebel war auf einmal dichter geworden und umhüllte ein eiskaltes Licht, sodass sie nur noch wenige Meter weit sehen konnte. Sie atmete tief ein, diesmal durch die Nase, und genoss den unverwechselbaren Strandgeruch. Am liebsten würde sie hier unter freiem Himmel schlafen, nur vom Nebel eingehüllt. Sie hatte überhaupt keine Lust, zurück zum Hotel zu gehen. Eigentlich sollte das anders sein. Eigentlich mochte sie das Gebäude, und es hatte sie stets mit kindlichem Stolz erfüllt, es zu betrachten, sogar, als es noch im Rohbau war. Das Gelände, auf dem das Hotel errichtet werden sollte, hatte sie sofort fasziniert, als sie zum ersten Mal herkam, um sich mit den Gegebenheiten vertraut zu machen. Das Grundstück lag am offenen Meer an der Südküste der Halbinsel Snæfellsnes und unterschied sich im Grunde nicht sehr von anderem Bauland in dieser Gegend, war allerdings etwas abgelegener; das Gehöft war erst zu erkennen, wenn man es fast erreicht hatte. Der Hof stand auf einem mit Gras bewachsenen Gelände, versteckt in einem schroffen, fast bis zum Meer hinunterreichenden Lavafeld.

Das Hotel war ihre weitaus beste Arbeit, viel besser als alles, was sie je entworfen hatte. Ihr wurde bewusst, dass sie jetzt endlich vorankommen würde. Gefragt sein würde. Endlich eine angesehene Architektin.

Birna sah auf die Uhr. Was war nur los mit dem Mann? War er bei dieser bescheuerten Séance hängen geblieben? Die Nachricht war doch eindeutig. Sie holte ihr Handy heraus und öffnete die SMS. Doch, es stimmte. *Triff mich um neun an der Schlucht.* So ein verdammter Unsinn. Bevor sie das Handy wieder in ihre Tasche steckte, überzeugte sie sich davon, dass sie keinen Empfang hatte. Das war das Unangenehmste an dieser Gegend, dass man sich nie auf den Handyempfang verlassen konnte.

Sie beschloss, noch einmal zur Schlucht zu gehen. Gut möglich, dass er schon da war. Die Schlucht befand sich zwar am höchsten Punkt des Strandes, aber die Sicht war inzwischen so schlecht, dass er vielleicht dort stand und wartete, ohne dass sie ihn sah. Hoffentlich hatte er endlich seine Meinung geändert und sich von ihren Argumenten überzeugen lassen. Sie hatte schon genug Energie für die Sache verpulvert. Allerdings bezweifelte sie es, da er so vehement dagegen gewesen war. Dennoch hoffte sie, er würde ihr beipflichten. Falls es so kommen würde, war es nur ihr selbst zu verdanken. Sie hatte nachgegeben und mit ihm geschlafen. Wenn es schon nicht besonders befriedigend für sie gewesen war, dann hätte es ihr somit wenigstens etwas gebracht. Es war wichtig, mehrere Eisen im Feuer zu haben, wenn der Wettbewerb losging. Obwohl sie den Sieg eigentlich schon in der Tasche hatte, durfte er keine Fragen aufwerfen. Deshalb hatte sie es über sich ergehen lassen müssen. Was spielte ein unbedeutender Geschlechtsverkehr schon für eine Rolle im Vergleich mit einem Sieg in dem Wettbewerb?

Birna seufzte. Es war kühl geworden, und sie zog ihren Anorak fester um sich. Was war das eigentlich für ein Sommer? Sie hatte die Schlucht erreicht, konnte aber niemanden sehen. Sie rief, falls er irgendwo in der Nähe war, aber niemand antwortete. Zehn Minuten. Sie würde ihm zehn Minuten geben und dann gehen. Nein, fünf.

Erneut tönte ungewöhnlich lauter und eindringlicher Vogellärm von der Felswand, an die Birna sich gelehnt hatte. Sie erschrak und trat zwei Schritte vor. Sie hatte ein beunruhigendes Gefühl und erschauderte. Nicht zum ersten Mal. Es lag an diesem Ort. Nicht nur wegen der unerträglichen Spinner, die im Hotel arbeiteten und sich als Seelenklempner der Hotelgäste ausgaben.

Und dann diese Gäste selbst – die waren genauso schräg. Aber nicht ganz so schlimm. Nein, es war noch etwas anderes. Etwas, das langsam, aber sicher stärker geworden war, sich schon bei der ersten Ortsbegehung bemerkbar gemacht hatte. Ausgerechnet sie, die bei ihren Freunden für ihre besonders ausgeprägte, wenn auch etwas langweilige Bodenhaftung bekannt war. Birna versuchte zu lächeln, als sie daran dachte, wie Eiríkur, der hoteleigene Hellseher sich aufgeführt hatte, als sie diese Woche angereist war. Er hatte sie fest am Handgelenk gepackt und geflüstert, ihre Aura sei schwarz. Sie solle vorsichtig sein. Der Tod sei ihr auf den Fersen. Bei dem Gedanken an seinen ekelerregenden Atem und Körpergeruch verzog sie das Gesicht.

Die fünf Minuten waren vergangen. Dem würde sie ihre Meinung sagen. Sie tastete sich vorsichtig über die Steine in Richtung des Kieswegs oberhalb vom Strand. Plötzlich blieb sie stehen und lauschte. Hinter ihr knirschte der steinige Boden. Sie wollte sich umdrehen, konnte es kaum erwarten, ihrem Ärger, der sich während des Wartens aufgestaut hatte, endlich Luft zu machen. Das wurde ja verdammt nochmal Zeit. Er war da. Birna schaffte es nicht mehr, sich ganz umzudrehen. Trotz des Getöses vom Vogelfelsen konnte sie das Zischen des Gegenstands, der sich durch die windstille Meeresluft auf ihren Kopf zubewegte, genau hören. Sie sah den grauen Stein im selben Moment, als er mit voller Wucht gegen ihre Stirn prallte. Dann sah sie in diesem Leben nichts mehr. Sie spürte jedoch einiges. Auf undeutliche, traumhafte Weise spürte sie, wie sie über den groben Erdboden gezogen wurde. Sie spürte die Gänsehaut, die der kalte Nebel auf ihrem nackten Körper auslöste, als ihr die Kleider vom Leib gerissen wurden, und sie spürte den eisenhaltigen Blutgeschmack im Mund und die anschließende Übelkeit. Die Socken wurden ihr von den Füßen gezogen, gefolgt von einem schrecklichen Schmerz unter den Fußsohlen. Was ...? Alles war wie in einem Traum, ungreifbar. Eine Stimme, die sie gut kannte, drang an ihr Ohr, aber in Anbetracht der Dinge, die geschahen, war das doch nicht möglich. Birna versuchte, etwas zu sagen, brachte jedoch kein Wort heraus. Ein merkwürdiges Stöhnen kam aus ihrer Kehle, aber sie hatte nicht gestöhnt. All das war höchst seltsam.

Dasselbe Möwenpaar, das Birna dabei beobachtet hatte, wie es sich auf seiner Jagd nach Nahrung ins Meer stürzte, verharrte weiter draußen am Strand und verfolgte geduldig durch den Dunst die Geschehnisse. Die Gezeiten und das Meer würden den Rest erledigen. Hier musste keiner hungern.

3. KAPITEL

»Ich verstehe nicht, wo Birna abgeblieben ist«, murmelte Jónas und reckte sich nach der geblümten Tasse mit dem Gesöff, das er Dóra soeben wortreich beschrieben hatte. Es war ein speziell hergestellter Tee aus Kräutern der Umgebung, der laut Jónas alle möglichen Krankheiten und Gebrechen heilte. Dóra hatte eine Tasse genommen, leicht gesüßt, und dem Geschmack nach zu urteilen, musste der Tee außerordentlich gesund sein. »Es wäre gut, wenn ihr euch kennenlernen würdet«, fügte er hinzu, nachdem er an der Brühe genippt und die Tasse vorsichtig auf die Untertasse gestellt hatte. Das Ganze hatte etwas Lächerliches an sich; Tasse und Untertasse waren sehr stilvoll, aus hauchdünnem Porzellan mit einem zierlichen Griff, der in Jónas' großen Händen noch fragiler wirkte. Jónas war alles andere als feingliedrig, von kräftiger Statur, jedoch nicht fett, und wettergegerbt; seine ganze Erscheinung ließ darauf schließen, dass es sich um einen Mann handelte, der an Bord eines Fischkutters Kaffee aus einem Becher hinunterkippt, anstatt nach der Yogastunde an einem Damentässchen mit ungenießbarem Kräutertee zu nippen.

Dóra rutschte auf ihrem Stuhl hin und her. Sie waren in Jónas' Büro im Hotel, und ihr Rücken schmerzte nach der langen Fahrt. An diesem Freitag war viel Verkehr gewesen, und zu allem Überfluss hatte sie auf dem Weg aus der Stadt auch noch die Kinder zu ihrem Vater nach Garðabær fahren müssen. Die Autos waren vorwärtsgekrochen, und es hatte ganz den Anschein, als führen alle Hauptstadtbewohner denselben Weg. Obwohl dies eigentlich kein Papa-Wochenende war, hatte Hannes sie gebeten, mit ihm zu tauschen, weil er nächstes Wochenende zu einem Ärztekongress ins Ausland fahren musste und die Kinder nicht nehmen konnte. Daher hatte Dóra beschlossen, Jónas beim Wort zu nehmen und das Wochenende in dem Esoterik-Hotel in Snæfellsnes zu verbringen. Sie wollte die Chance nutzen und sich erholen, eine Massage und die Entspannung genießen, die Jónas ihr versprochen hatte. Der Hauptzweck der Reise war jedoch, ihm die Schadenersatzansprüche wegen Spukerscheinungen auszureden. Dóra wollte das Gespräch so schnell wie möglich beenden, ihr Zimmer beziehen und ein Nickerchen machen. »Sie wird schon wieder auftauchen«, sagte sie ins Blaue hinein. Dóra kannte die Architektin überhaupt nicht; die Frau hätte ebenso gut eine hysterische Alkoholikerin sein können, die abgestürzt war und sich die nächsten Wochen nicht blicken lassen würde.

Jónas schnaubte. »Das sieht ihr gar nicht ähnlich. Wir wollten morgen die Entwürfe für das neue Gebäude durchsehen.« Er wühlte in irgendwelchen Papieren auf dem Tisch, offensichtlich verärgert über die Architektin.

»Vielleicht hatte sie in der Stadt was zu erledigen?«, fragte Dóra und hoffte, er würde aufhören, über diese Frau zu reden. Die Schmerzen im Rücken zogen langsam hoch zu den Schultern.

Jónas schüttelte den Kopf. »Ihr Auto steht vor dem Haus.« Er schlug mit beiden Händen gegen die Tischkante. »Aber was soll's. Du bist jedenfalls hier.« Er lächelte Dóra zu. »Ich brenne darauf, dir von dem Spuk zu erzählen, aber das muss leider warten«, er schaute auf seine Armbanduhr und stand auf, »ich muss die Runde machen. Es gehört zu meinen Prinzipien, am Ende des Tages mit meinen Leuten zu reden. Ich kriege ein besseres Gefühl für den Betrieb und die Stimmung, wenn ich Probleme von Anfang an mitbekomme. Dann kann man besser eingreifen.«

Dóra erhob sich erleichtert. »Ja, natürlich. Wir unterhalten uns dann morgen darüber. Mach dir keine Gedanken um mich. Ich bleibe das ganze Wochenende hier, und wir haben genug Zeit, die Sache zu besprechen.« Als Dóra sich ihre Handtasche über die Schulter hängte, bemerkte sie einen üblen Geruch und rümpfte die Nase. »Was ist das eigentlich für ein entsetzlicher Gestank?«, fragte sie Jónas. »Ich hab es schon draußen auf dem Parkplatz gerochen. Gibt's hier in der Nähe eine Lebertranfabrik?«

Jónas schnüffelte und atmete ein paar Mal rasch ein. Dann schaute er Dóra ausdruckslos an. »Ich rieche nichts. Wahrscheinlich habe ich mich schon an diesen Mief gewöhnt«, sagte er. »Unten am Strand ist ein Wal angespült worden. Je nachdem, wie der Wind steht, weht der Gestank hier rüber.«

»Und jetzt?«, sagte Dóra. »Wartest du einfach, bis der Kadaver verwest ist?« Sie verzog das Gesicht, als der Geruch sich wieder bemerkbar machte. Wenn an dem Grundstücksverkauf irgendetwas in diesem Stil zu bemängeln wäre, damit könnte man wenigstens arbeiten.

»Du gewöhnst dich dran«, sagte Jónas. Er nahm das Telefon und tippte eine Nummer ein. »Hi. Ich schicke Dóra zu dir. Zeig ihr das Zimmer und reservier ihr für heute Abend eine Massage.« Er verabschiedete sich und legte auf. »Komm mit zur Rezeption, ich habe dir eins der besseren Zimmer mit grandioser Aussicht geben lassen. Du wirst nicht enttäuscht sein.«

Ein junges Mädchen begleitete Dóra auf ihr Zimmer. Sie war ziemlich schmächtig und reichte Dóra gerade mal bis zur Schulter. Es widerstrebte Dóra beinahe, sich von der Kleinen den Koffer tragen zu lassen, aber ihr blieb nichts anderes übrig. Sie war froh, dass das Gepäck nicht schwer war, obwohl sie, wie immer, viel zu viel mitgenommen hatte. Dóra folgte dem Mädchen durch einen langen Flur, der aufgrund des durch die Dachfenster fallenden Lichts breiter wirkte, als er eigentlich war. Die Abendsonne beschien das dünne blonde Haar des Mädchens. »Ist bestimmt nett, hier zu arbeiten«, meinte Dóra, nur um etwas zu sagen.

»Nee«, antwortete das Mädchen, ohne aufzuschauen. »Ich bin auf der Suche nach einem neuen Job. Aber es gibt nichts.«

»Oh«, sagte Dóra. Sie hatte nicht mit einer so offenen Antwort gerechnet. »Liegt es an den Kollegen?«

Das Mädchen drehte sich kurz um, ohne seinen Schritt zu verlangsamen. »Ja und nein. Die meisten sind in Ordnung. Ein paar sind furchtbar langweilig.« Das Mädchen blieb vor einer Tür stehen, fischte eine Plastikkarte aus der Tasche und öffnete die Zimmertür. »Ich bin da vielleicht kein guter Maßstab. Ich hab nicht besonders viel übrig für diesen Mist, den sie den Gästen hier aufdrängen.«

Dieses Mädchen war nicht gerade die geborene Servicekraft. »Und deshalb willst du aufhören?«

»Nee, nicht direkt«, antwortete das Mädchen und ließ Dóra den Vortritt. »Es ist etwas anderes. Ich kann das nicht genau erklären. Das ist ein schlechter Ort.«

Dóra war schon über die Türschwelle getreten und konnte das Gesicht des Mädchens nicht sehen. Ihr war nicht klar, ob sie das ernst meinte, aber ihre Stimme klang so. Dóra schaute sich in dem hübschen Zimmer um und trat an die große Fensterfront mit Blick aufs Meer. Davor befand sich eine kleine Sonnenterrasse. »Inwiefern schlecht?«, fragte sie und drehte sich zu dem Mädchen. Der Ausblick jedenfalls – das Blitzen der sich kräuselnden Wellen und der idyllische Strand – war alles andere als schlecht.

Das Zimmermädchen zuckte die Achseln. »Einfach schlecht. Das war schon immer ein schlechter Ort. Das wissen alle.«

Dóra hob die Augenbrauen. »Das wissen alle? Wen meinst du damit?« Wenn der Ort einen schlechten Ruf hatte, von dem die Grundstücksverkäufer wussten, den sie aber nicht erwähnt hatten, hätte sie vielleicht eine Grundlage für ein Verfahren.

Das Mädchen schaute Dóra an, wie es nur genervte Teenager tun können. »Alle eben. Jedenfalls alle hier in der Gegend.«

Dóra musste lächeln. Sie hatte keine Ahnung, wie viele Einwohner es an der Südküste von Snæfellsnes gab, wusste jedoch, dass das Wort *alle* in diesem Zusammenhang maßlos übertrieben war. »Und *was* wissen alle?«

Das Mädchen wurde auf einmal unruhig. Sie steckte die Hände in die Taschen ihrer viel zu großen Jeans und musterte ihre Zehen. »Ich muss mich beeilen. Ich sollte nicht mit dir darüber reden.« Sie drehte sich auf dem Fuße um und wollte hinaus auf den Flur. »Später vielleicht.« Im Türrahmen blieb sie stehen und schaute Dóra flehend an. »Bitte sag Jónas nicht, dass ich darüber geredet hab. Er will nicht, dass ich mich mit den Gästen unterhalte.« Sie knetete ihre linke Hand zwischen Daumen und Zeigefinger der rechten. »Wenn ich einen neuen Job will, brauche ich ein gutes Zeugnis. Ich würde gerne in einem Hotel in Reykjavík arbeiten.«

»Mach dir keine Sorgen. Ich bin kein normaler Gast. Ich sage Jónas, dass du sehr hilfsbereit warst, und lasse mir von ihm die Erlaubnis geben, in aller Ruhe mit dir zu reden. Ich bin in Jónas' Auftrag hier, um Nachforschungen anzustellen. Ich glaube, du kannst mir – und damit auch ihm – dabei helfen.« Dóra blinzelte das Mädchen an, das ihr einen skeptischen Blick zuwarf. »Wie heißt du eigentlich?«, fragte Dóra.

»Sóldís«, antwortete das Mädchen. Einen Moment lang stand sie reglos in der Tür, so als wüsste sie nicht, was sie jetzt tun sollte, lächelte dann etwas traurig, grüßte und ging.

Bergur Ketilsson ließ sich Zeit. Obwohl er wusste, dass seine Frau mit dem Abendkaffee auf ihn wartete. Er wollte den Abend lieber draußen in der Natur verbringen, als mit ihr zu Hause bei beklemmendem Schweigen Eheglück zu heucheln. Er stöhnte bei dem Gedanken. Sie führten seit zwanzig Jahren eine Ehe, einigermaßen friedlich und einträchtig, aber nie sehr leidenschaftlich, noch nicht einmal während der kurzen Verlobungszeit. Sie waren beide nicht so; sie schon gar nicht. Er hatte hingegen vor kurzem entdeckt, dass er durchaus leidenschaftlich sein konnte. Ziemlich spät, mit vierzig. Sein Leben wäre sicher anders verlaufen, wenn er es entdeckt hätte, bevor er diese Transuse von Rósa geheiratet hatte. Dann wäre er vielleicht in die Stadt zum Studieren gegangen. Als junger Mann hatte er sich für die isländische Sprache interessiert, auch wenn er das nie jemandem erzählt hatte. Bei der einsamen Landarbeit hatten solche Wissenschaften nichts zu suchen. Mit trübseligem Blick spähte er über den Brutplatz der Eiderenten. Der letzte Kälteeinbruch hatte den Jungvögeln gerade schwer zu schaffen gemacht. Dieses Jahr würde es weniger Nester geben.

Er ging weiter. In der Ferne konnte er das Hoteldach oberhalb des Steinstrandes sehen. Ruhig und konzentriert betrachtete er es und versuchte, sich eine Meinung über die dortigen Geschehnisse zu bilden. Aber er konnte es nicht. Er zuckte mit den Schultern und lief weiter. Er war deprimiert und beschloss, den längeren Weg durch die Bucht zu nehmen. Das war noch nicht einmal ein Vorwand, denn er wollte wissen, wie die Brutplätze der Meeresvögel den Kälteeinbruch überstanden hatten. Er beschleunigte seinen Schritt und marschierte gedankenversunken weiter. Das Hotel war die Ursache für sein Gefühlschaos. Wenn es nicht gebaut worden wäre, hätte er, weder glücklich noch unglücklich, sein Leben zufrieden weitergelebt.

Bergur entdeckte ein Nest und ging langsam darauf zu. Zwei winzige Jungvögel lagen tot in der Mitte. Die Eiderente war nirgends zu sehen, vielleicht hatte die Kälte sie ebenfalls dahingerafft.

In der Bucht war die Lage ähnlich. Er sah nur wenige Jungvögel in den Nestern auf den Felsvorsprüngen. Vielleicht war das ein Trost. Den Füchsen würde es dieses Jahr genauso schlecht ergehen wie den Eiderenten. Er kehrte den Felsen den Rücken zu und ging in Richtung Hof. Seine Schritte waren schleppend; er wollte noch nicht nach Hause. Nicht einmal der Gestank des gestrandeten Wals störte ihn, er passte gut zu seiner momentanen Stimmung. Bergur beschleunigte seinen Schritt ein wenig. Vielleicht sollte er sich beeilen, nach Hause zu kommen, und Rósa sagen, dass er eine andere Frau kennengelernt hatte. Eine nettere Frau, gebildeter, schöner und jünger noch dazu. Für einen kurzen Moment erschien ihm dies vernünftig. Er würde Rósa alles überlassen, den Hof, das Vieh, die Pferde, die Brutplätze. In seiner neuen glücklichen Welt würde er damit sowieso nichts anfangen können. Doch dann verflüchtigte sich seine Vision wieder. Rósa würde den Hof nicht allein bewirtschaften können und die Neuigkeiten wohl kaum begrüßen. Genau genommen war sie nicht sehr angetan vom Landleben, hatte immer denselben teilnahmslosen Gesichtsausdruck, der an Desinteresse grenzte. Am meisten hatte sie noch für die Katze übrig. Niemals war sie richtig wütend oder richtig glücklich. Das Merkwürdige war, dass er ganz genauso empfunden hatte. Aber jetzt war er ein völlig neuer Mensch.

An der Strandkante stolperte er über etwas und schaute überrascht zu Boden. Er sah nach unten und erblickte etwas, das er am Strand noch nie zuvor gesehen hatte, auch wenn im Laufe der Jahre schon viel Kurioses an Land gespült worden war. Erstens war dies ein wesentlich größerer Tangteppich als in dieser Bucht üblich. Zweitens – und das war noch ungewöhnlicher – erkannte er unter dem Tang einen menschlichen Arm. Daran bestand gar kein Zweifel. Die Finger waren gekrümmt. Kein Puppen- oder Schaufensterfigurenhersteller käme auf die Idee, eine solche Hand anzufertigen. Bergur beugte sich hinunter und spürte, wie ihm ein scharfer Blutgeruch in die Nase stieg. Er schreckte zurück. Wahrscheinlich war der Geruch von dem Tang aufgestiegen, als Bergur den weichen Schlick mit dem Fuß angehoben hatte. Der eisenähnliche Blutgeruch war so stark, dass er den Gestank des gestrandeten Wals vollkommen überdeckte. Bergur hielt sich die Nase zu, um die Ausdünstung nicht einzuatmen. Er richtete sich wieder auf; für die Person unter dem Tang konnte er sowieso nicht mehr viel tun. Er sah die Umrisse eines Körpers mit weißer Haut durch den Tangteppich schimmern. Bergur wunderte sich darüber, dass er die Leiche nicht sofort bemerkt hatte, denn sie war sehr auffällig. Da er nie ein Handy dabeihatte, blieb ihm nichts anderes übrig, als sich auf den Nachhauseweg zu machen und von dort die Polizei anzurufen. Vielleicht sollte er auch den Rettungsdienst informieren. Die Jungs würden sich das bestimmt nicht entgehen lassen wollen. Er atmete durch die Nase in den Ärmel seines Anoraks und erstarrte plötzlich. Er glotzte die Hand an. Er kannte den Ring an dem aufgedunsenen Ringfinger.

Bergur fiel neben der Hand auf die Knie. Er nahm den Gestank nicht mehr wahr und griff nach der eiskalten Hand, um sich zu vergewissern. Doch, das war der Ring. Er schnappte nach Luft. Hektisch begann er, den Tang von der Stelle zu reißen, unter der er den Kopf der Leiche vermutete, hörte jedoch schnell wieder damit auf. Da war kein Gesicht. Aber er hatte genug von dem Haar gesehen, um zu realisieren, dass sein Traum von einem neuen, aufregenden und glücklichen Leben vorbei war.

Dóra ließ sich nichts anmerken. Sie lag auf dem Bauch und versuchte, sich zu entspannen, das heißt, sie versuchte, so auszusehen, als sei sie entspannt, denn sie wollte nicht, dass die Masseurin etwas anderes glaubte. Diese war eine durchtrainierte, drahtige Frau, etwas jünger als Dóra. Sie trug eine weiße Leinenhose und ein hellgrünes kurzärmeliges T-Shirt; ihre nackten Füße steckten in Sandalen mit Fußbett. Ihre Zehennägel hatte sie mit einem hellblauen Nagellack lackiert. Normalerweise schenkte Dóra diesen Körperteilen keine besondere Beachtung, aber die Zehen befanden sich die ganze Zeit in ihrem Blickfeld, während sie bäuchlings auf der Bank lag, das Gesicht in ein Loch geklemmt.

Das Schlimmste war vorüber; die Frau hatte aufgehört zu massieren und legte heiße Steine auf Dóras Wirbelsäule. »Jetzt wirst du spüren, wie die Kraft der Steine auf deinen Rücken übergeht. Anschließend dringt sie in alle Nervenbahnen, bis in alle Glieder und Poren.« Während sie redete, klang sphärische Musik von einer CD, die Dóra nach Aussage der Masseurin an der Rezeption kaufen konnte. Dóra war fest entschlossen, dort vorbeizuschauen und sich über den Namen der Band zu informieren, damit sie nicht aus Versehen irgendwann einmal eine CD von denen kaufte.

»Dauert es noch lange?«, fragte Dóra, voller Hoffnung, dass es nun bald vorüber wäre. »Ich glaube, die Kraft ist jetzt bis in jede einzelne Zelle vorgedrungen. Ich fühle mich großartig.«

»Was?« Die Masseurin konnte das offenbar kaum glauben. »Bist du sicher? Wir haben noch ziemlich viel Zeit.«

Dóra unterdrückte ein Stöhnen. »Ganz sicher. Das war wirklich toll. Ich spüre ganz deutlich, dass ich so weit bin.«

Die Masseurin wollte protestieren, ließ es aber bleiben, als irgendwo im Zimmer ein Telefon klingelte. »Warte mal kurz«, sagte sie zu Dóra, und die Zehen verschwanden.

»Hallo«, hörte Dóra sie in den Hörer sagen. »Ich habe gerade eine Kundin.« Eine lange Pause trat ein, und dann sagte die Frau mit erregter Stimme: »Was sagst du da? Soll das ein Witz sein?... Ach du lieber Gott ... – Ich komme.«

Die Frau nahm die Steine von Dóras Rücken. Diese versuchte zu überspielen, wie froh sie war, und erkundigte sich nach dem Telefongespräch. »Ist was passiert?«

Die Frau arbeitete mit schnellen Handgriffen. »Es ist was passiert. Eigentlich etwas Furchtbares. Wirklich furchtbar.«

»Aha?« Dóra setzte sich auf. Diesmal musste sie nicht so tun, als sei sie neugierig. »Hat es was mit diesem Spuk zu tun?«

Die Frau machte ein erschrockenes Gesicht und schlug sich die Hand vor den Mund. »Oh, so weit hatte ich noch gar nicht gedacht. Unten am Strand ist eine Leiche gefunden worden. Vigdís von der Rezeption glaubt, dass es jemand vom Hotel ist. Die Polizei spricht nämlich gerade mit Jónas.«

Dóra sprang nackt von der Bank, griff nach dem Bademantel und beeilte sich, ihn anzuziehen. »Geh ruhig, ich komme schon zurecht.« Sie band sich den Frotteegürtel um die Taille und machte einen Knoten. »War es ein Unfall?«

»Ich weiß es nicht«, antwortete die Masseurin und stand unschlüssig da. Offenbar konnte sie es kaum erwarten, weitere Neuigkeiten zu hören.

»Ich suche einfach meine Sachen zusammen und gehe«, sagte Dóra und winkte die Frau hinaus. »Ich verspreche auch, keine Steine zu klauen.«

Das ließ sich die Frau nicht zweimal sagen. Sie machte auf dem Absatz kehrt und verschwand im Flur. Dóra ging zu dem Vorhang, hinter dem sie sich entkleidet hatte, und begann, ihre Sachen anzuziehen. In ihrer Tasche klingelte das Handy, und sie fischte es heraus. »Hallo«, sagte sie, während sie versuchte, sich mit einer Hand einen Socken überzustreifen. Der Empfang war schrecklich, es rauschte und knackte in der Leitung.

»Hallo Dóra.« Es war Matthias. »Ich warte auf eine Antwort auf meine Mail.«

»Ach ja«, sagte sie und hörte auf, mit dem Socken zu kämpfen. »Ich wollte dir gerade antworten.«

»Sag mir einfach einen Zeitraum. Dann musst du dir keine weiteren Gedanken machen«, entgegnete Matthias. Er hatte sich offenbar fest vorgenommen, zu kommen, egal welche Einwände sie hatte. »Du gibst grünes Licht, und ich komme.«

»Im Moment ist es ein bisschen ungünstig«, antwortete Dóra zögernd. »Ich muss arbeiten, und es ist was passiert.«

»Was denn?«, fragte Matthias, der bestimmt glaubte, sie würde sich das ausdenken.

»Tja, es ist ziemlich merkwürdig«, sagte Dóra und suchte nach dem deutschen Wort für Geist. »Ich arbeite an einem Fall bezüglich eines Spuks, und es sieht ganz so aus, als würde es noch ein bisschen komplizierter werden. Die Polizei hat eine Leiche gefunden, und deshalb ist vielleicht Ärger im Anzug.«

»Wo bist du?«, fragte Matthias.

»Ich?«, fragte Dóra wie eine Idiotin. »Auf dem Land.«

»Bleib, wo du bist. Ich komme morgen Abend.« Matthias' Stimme nach zu urteilen, meinte er es ernst.

»Jetzt warte mal, es ist alles in Ordnung. Du kommst nicht

hierher«, sagte Dóra schnell. »Es ist kein Mord, nur eine Leiche.«
Sie zögerte einen Moment. »Jedenfalls bis jetzt.«

»Ich freue mich, dich morgen Abend zu sehen«, klang es vom anderen Ende der Leitung.

»Aber du weißt doch noch nicht mal, wo ich bin, und ich werde es dir nicht sagen. Warte ein paar Tage, bis es mir besser passt. Ich verspreche dir, mich zu melden. Ich möchte dich gerne wiedersehen. Nur nicht jetzt.«

»Du musst mir nicht sagen, wo du bist. Ich finde dich. Bis dann.«

Dóra konnte nicht weiter protestieren – Matthias hatte aufgelegt.

4. KAPITEL

Nachdem Dóra rasch ihre Klamotten übergestreift hatte, ging sie sofort zur Rezeption; sie hoffte auf weitere Informationen über den Leichenfund. Auf dem Weg nach draußen sah sie, dass die Masseurin in der Hektik ihren Schlüsselbund vergessen hatte. Dóra beschloss, ihn vorne abzugeben.

Im Foyer war die Masseurin nirgends zu sehen. Eine junge Frau beugte sich über den Tresen, in ein leises Gespräch mit ihrer Freundin an der Rezeption vertieft. Sie war furchtbar dünn, und der kurze schneeweiße Kittel, den sie über einer Hose im selben Stil trug, betonte ihre Figur noch mehr. Dóra stellte sich neben sie und lächelte den beiden zu, in der Hoffnung, mitreden zu dürfen. Die Reaktion der beiden Frauen war alles andere als entgegenkommend. Ihre Gesichter nahmen einen widerwilligen Ausdruck an, aber sie schafften es in Sekundenschnelle, ihn zu überspielen und zurückzulächeln. Dóra tat so, als betrachte sie das Plakat mit der Ankündigung einer spiritistischen Sitzung, die am vergangenen Abend mit einem bekannten Medium aus Reykjavík abgehalten worden war. Dann drehte sie sich zu den Frauen und lächelte.

»Hi«, sagte Dóra, um das Eis zu brechen. Ihre Neugier war so groß, dass sie den Vorwand mit dem Schlüsselbund vergessen hatte. »Ich hab gehört, am Strand wurde eine Leiche gefunden.«

Die Frauen wechselten einen Blick und verständigten sich darüber, Dóra einzuweihen. Die Dünne drehte sich zu ihr. »Entsetzlich«, sagte sie theatralisch und riss die Augen auf. »Weißt du schon, dass die Polizei hier ist?« Sie nahm ihre Ellbogen vom Tresen und reichte Dóra die Hand. »Ich heiße Kata und arbeite hier als Kosmetikerin.« Ihre weißen Zähne blitzten.

Dóra schlug ein und wunderte sich über den festen Händedruck dieser schlanken Frau. »Dóra – ich recherchiere etwas für Jónas. Ich bin kein richtiger Gast.«

Die Frau an der Rezeption nickte. »Ach ja, er hat mir davon erzählt. Ich heiße Vigdís, Empfangschefin. Du bist doch so eine Rechtsanwältin, oder?«

Ohne sich im Klaren darüber zu sein, was »so eine« in diesem Zusammenhang bedeuten sollte, nickte Dóra. »Stimmt genau.« Sie schaute sich um und sah durch die große Glastür im Foyer, dass draußen ein Streifenwagen stand. »Wo sind die Polizisten denn?«

Vigdís zeigte nach rechts und senkte verschwörerisch ihre Stimme, obwohl niemand in der Nähe war. »Sie wollten mit Jónas sprechen.« Sie lehnte sich in ihrem Stuhl zurück und hob nachdrücklich die Brauen. »Er hat sich gar nicht gewundert, als ich ihm das mitgeteilt habe.«

»Was hat die Polizei denn eigentlich gesagt?«, fragte Dóra. »Vielleicht war ihm nicht klar, worum es ging.«

Vigdís errötete leicht. »Äh, nein, nein«, sagte sie zögernd. »Sie haben mir gar nichts gesagt, nur nach Jónas gefragt.«

»Woher weißt du denn dann, dass es um eine Leiche geht?«, fragte Kata, die Kosmetikerin, die offensichtlich nicht eingeweiht war.

Die Röte auf Vigdís' Wangen verstärkte sich. »Ich hab gehört, wie sie's gesagt haben. Ich musste sie zu Jónas' Büro begleiten, und dann haben sie sich vorgestellt und ihm erklärt, worum's geht.«

Dóra war sich hundertprozentig sicher, dass die Frau an der Tür gelauscht hatte. »Haben sie was darüber gesagt, wie der Betreffende gestorben ist?«, fragte sie. »Wurde die Leiche an Land gespült?«

»Und ist es eine Frau oder ein Mann?«, warf die Kosmetikerin ein. »Haben sie das erwähnt?«

»Es ist wohl eine Frau«, antwortete Vigdís. Die Röte verflüchtigte sich langsam. Offensichtlich genoss sie es, über begehrte Informationen zu verfügen, und als sie weiterredete, zog sie jedes Wort in die Länge, um die Situation auszukosten. »Sie haben nicht direkt über die Todesursache gesprochen, aber ich könnte schwören, sie haben angedeutet, dass es sich um einen unnatürlichen Tod handelt.« Sie atmete dramatisch durch die Nase. Kata schlug sich die Hand vor den Mund; die übertriebene Show hatte offenbar ihren Zweck erfüllt.

»Wurde die Leiche hier bei euch am Strand gefunden?«, fragte Dóra.

Vigdís nickte langsam und zeigte zu einem Fenster mit Blick aufs offene Meer. »Ich weiß es nicht genau, aber es muss hier in der Nähe gewesen sein. Irgendwo da unten.« Dóra und Kata schauten aus dem Fenster. Es war relativ gutes Wetter und immer noch taghell, obwohl es schon recht spät war. Der eigentliche Strand war nicht zu sehen, da es einen Höhenunterschied zwischen der Wiese vor dem Fenster und dem Meer gab.

»Es kann ja wohl kaum direkt da unten gewesen sein«, meinte Dóra und wandte sich wieder vom Fenster ab. »Ihr hättet doch gemerkt, wenn die Polizei da mit irgendwelchen Geräten herumhantiert hätte.«

Vigdís zuckte die Achseln. »Zu dem alten Hof gehört ziemlich viel Land, und der Strand ist von hier überhaupt nicht komplett einsehbar. Das hängt vor allem mit der Landspitze da zusammen.« Sie zeigte durch das Fenster auf eine Anhöhe. »Das Gelände reicht auf der anderen Seite der Anhöhe weit nach Westen; das können wir von hier gar nicht sehen. Außerdem gibt es noch eine zweite Möglichkeit, da runterzufahren.«

Dóra und Kata starrten zu der Anhöhe, als wollten sie durch sie hindurchsehen. Dann nickte Dóra langsam. »Gab es hier nicht ursprünglich zwei Höfe?« Vigdís zuckte mit den Schultern. Dóra redete weiter: »Wenn ich mich recht erinnere, handelte es sich um zwei Höfe, die Besitzer waren zwei Brüder, aber der eine ist kinderlos verstorben, weshalb sein Land an den anderen überging. Der hat die Höfe dann zusammengefügt. Das würde den zweiten Zufahrtsweg erklären. Meistens gibt es ja zu jedem Grundstück nur eine Zufahrt. Die Grundstücksgrenze lag bestimmt bei dem Hügel da hinten.« Sie schaute auf und merkte, dass keine der beiden Frauen sich auch nur einen Deut dafür interessierte.

»Bestimmt«, sagte Kata und wandte sich rasch wieder ihrer Freundin zu. »Aber wer ist es? Haben die Polizisten darüber was gesagt?«

»Ich glaube, sie haben keinen blassen Schimmer. Als sie gekommen sind, haben sie mich nämlich gefragt, wie viele Gäste im Hotel sind und ob jemand vermisst wird.« Sie warf ihrer Gesprächspartnerin einen verschwörerischen Blick zu. »Ich hab gesagt, was ich sagen konnte – dass ich keine Ahnung habe. Das ist ein Hotel und kein Gefängnis.« Dann wandte sie sich an Dóra: »Die Gäste können ihre Schlüssel mitnehmen. Sie hinterlegen sie nicht bei mir. Es ist also reiner Zufall, wenn ich erfahre, wo sie sind. Sie erzählen mir das nur selten. Eigentlich nur, wenn sie wissen wollen, wo man am besten spazieren gehen kann.«

»Es ist bestimmt die Frau von dem versoffenen Ehepaar in Zimmer 18. Die haben sich seit zwei Tagen nicht blicken lassen«, ereiferte sich Kata.

Vigdís schüttelte den Kopf. »Nein, die Küche hat ihnen eben noch Essen bringen lassen. Und Getränke.« Die Betonung lag auf dem letzten Wort. »Die Frau hat angerufen und nach dem Zimmerservice gefragt. Sie meinte, sie seien krank und hätten den ganzen Tag geschlafen.«

Kata schnaubte. »Krank, pah! Die waren entweder noch verkatert oder schon wieder betrunken.«

Dóra merkte, dass von den beiden Frauen nicht viel mehr zu erfahren war. Sie hatte kein Interesse daran, über andere Leute herzuziehen. Vor allem nicht über Leute, die sie überhaupt nicht kannte. Also beschloss sie, sich zu verabschieden, steckte die Hand in ihre Tasche und zog den Schlüsselbund heraus. »Diese Schlüssel hat meine Masseurin vergessen.« Dóra hielt ihnen den Schlüsselbund mit einem Messingplättchen mit der isländischen Fahne hin.

»Du meinst Sibba«, entgegnete Vigdís und reckte sich über den Tresen nach dem Schlüsselbund. »Die ist manchmal total vergesslich.« Ihr Blick fiel auf einen Plastikanhänger an dem volkstümlichen Schlüsselbund. »Himmel, das ist sogar der Generalschlüssel. Die ist wirklich ...« Sie erfuhren nicht, worauf sich dieses »wirklich« bezog, denn das Telefon klingelte und Vigdís drehte sich zum Apparat.

Dóra nahm die Schlüssel schnell wieder an sich und schaute zu Kata. »Ich bringe ihr die Schlüssel einfach selbst zurück. Ich hab vergessen, einen neuen Termin auszumachen, deshalb muss ich sowieso nochmal mit ihr sprechen.« Sie lächelte die junge Frau unschuldig an. »Weißt du vielleicht, wo sie sein könnte?«

Die Kosmetikerin zuckte die Achseln. »Vielleicht in der Kaffeestube.« Sie zeigte zu einem nach rechts führenden Gang. »Neben der Küche.«

Dóra bedankte sich bei ihr: »Und weißt du zufällig, in welchem Zimmer Birna wohnt? Die Architektin? Ich wollte ihr kurz hallo sagen.«

Kata schüttelte den Kopf und reckte sich nach einem Buch hinter dem Tresen. Vigdís telefonierte immer noch und kümmerte sich nicht um die beiden. »Birna, Birna ...« Gepflegte Finger mit langen, weißlackierten Fingernägeln strichen über die Seite. »Ah, hier ist es.« Sie schlug das Buch wieder zu. »Zimmer 5. Daran kommst du vorbei. Sie muss hier sein; ihr Auto steht auf dem Parkplatz. Ziemlich schicker Wagen.«

»Oh, toll«, sagte Dóra, die sich für Autos nicht besonders interessierte. »Vielen Dank. Vielleicht schaue ich morgen mal bei dir im Kosmetiksalon vorbei. Ich könnte mir mal wieder die Augenbrauen zupfen lassen.« Die junge Frau nickte beflissen, eigentlich etwas zu eifrig, fand Dóra.

Auf dem Weg durch den Flur schossen ihr verschiedene Gedanken durch den Kopf. Was zum Teufel dachte sie sich nur dabei? Sie konnte schließlich nicht davon ausgehen, dass die tote Frau die Architektin war, über deren Verschwinden Jónas geklagt hatte. Aller Wahrscheinlichkeit nach handelte es sich um eine ganz andere Frau. Und wenn es doch diese Birna wäre? Das rechtfertigte noch lange nicht, in ihrem Zimmer herumzuschnüffeln. Dóra überlegte weiter, doch je näher sie Zimmer 5 kam, desto entschlossener war sie, einen Blick hineinzuwerfen, wahrscheinlich die letzte Gelegenheit, denn falls an Birnas Tod etwas verdächtig war, würde die Polizei es versiegeln. Sie versuchte, sich selbst einzureden, dass sie als Jónas' Anwältin diese Gelegenheit beim Schopf packen musste. Vielleicht stand er unter Verdacht? Sie würde nur ganz kurz den Kopf hineinstecken und sich umschauen. Mehr nicht.

Vor der Zimmertür blieb Dóra stehen. Sie warf einen schnellen Blick über ihre Schulter und sah, dass die Frauen an der Rezeption ins Gespräch vertieft waren und nicht zu ihr hinübersahen. Sie steckte die Plastikkarte ins Schloss, öffnete die Tür und huschte hinein.

Jónas versuchte, sich so zu verhalten, wie es ein unschuldiger Hoteldirektor vermutlich tun würde, merkte aber, dass ihm diese Rolle ziemlich schwerfiel. Er hatte die Polizei noch nie ausstehen können, und das schien auf Gegenseitigkeit zu beruhen, wie selten sich ihre Wege auch kreuzten. Diese Polizisten verstanden es besonders gut, ihm direkt in die Augen zu schauen, während sie ihn ausfragten, und Jónas hatte den Eindruck, als hätten sie einen Lehrgang absolviert, wie man den Leuten den Wahrheitsgehalt ihrer Antworten aus den Bewegungen ihrer Pupillen ablesen kann. Für einen Unschuldigen blinzelte er viel zu oft. Das würde sich bestimmt nicht gut machen. Er räusperte sich. »Wie gesagt, diese Beschreibung könnte auf Birna, die Architektin, zutreffen, aber sie ist viel zu allgemein, als dass man das mit Sicherheit sa-

gen könnte. Hatte die Frau keinen Ausweis bei sich, eine Geldbörse oder so?« Er reckte sich zum Fenster. »Findet ihr es nicht
warm hier drin? Soll ich das Fenster aufmachen?« Jónas fürchtete, Schweiß könne ihm über die Stirn laufen.

Die Beamten wechselten einen Blick. Ihnen schien es nicht zu
heiß zu sein, obwohl sie volle Kriegsmontur trugen, schwarze
Uniformen mit goldverzierten Schulterbändern. Sie hatten ihre
Jacken nicht ausgezogen, obwohl diese zweifellos warm waren,
hielten jedoch ihre Polizeimützen in den Händen. Sie reagierten
nicht auf Jónas' Bemerkungen, sondern fragten einfach weiter.
»Wann hast du diese Birna zuletzt gesehen?«

»Tja, ich weiß nicht genau«, antwortete Jónas und versuchte,
sich zu erinnern. »Gestern war sie auf jeden Fall hier. Das ist
klar.«

»Du hast sie also gestern getroffen?«, fragte der Jüngere. Er
sah streng aus. Jónas kam mit dem Älteren besser klar; er schien
wesentlich umgänglicher zu sein.

»Hä?«, fragte Jónas plump, fügte dann aber hastig hinzu: »Äh,
ja. Ich hab sie getroffen. Sogar mehrmals. Sie war mit Vorschlä-
gen für einen Anbau beschäftigt, der hier entstehen soll, und kam
öfter zu mir, um mir verschiedene Details zu zeigen.«

Die Polizeibeamten nickten im Takt. Der Ältere nagte eine
Weile an der Innenseite seiner Wange und fragte dann: »Und
heute? War sie heute auch bei dir?«

Jónas schüttelte energisch den Kopf. »Nein. Ganz sicher nicht.
Heute Morgen wollten wir uns treffen, aber sie ist nicht gekommen. Ich hab nach ihr gesucht, sie aber nirgendwo gesehen. Hab
mehrmals versucht, sie auf dem Handy anzurufen, das war aber
ausgeschaltet. Da war nur die Mailbox.«

»Was für ein Handy hatte sie? Kannst du es beschreiben?«,
fragte der jüngere Mann.

Jónas musste nicht lange nachdenken. Birnas Handy war sehr
auffällig. Er hatte sie oft damit gesehen. »Es ist feuerrot, so eins
zum Aufklappen. Glänzend. Ziemlich klein. Ich weiß allerdings

nicht, von welcher Marke. Auf dem Deckel war ein großes silbernes Friedenszeichen, aber ich glaube, das ist nicht die Marke, sondern nur eine Verzierung.« Die Beamten tauschten einen schnellen Blick und standen gleichzeitig auf. Jónas blieb sitzen. Er fühlte sich etwas sicherer, weil er endlich ohne Stocken eine Frage beantworten konnte. »Diese Frau, die gefunden wurde … war das … ein Unfall?«

Keiner der Beamten antwortete. »Würdest du uns bitte zu Birna Halldórsdóttirs Zimmer begleiten?«

Dóra schaute sich ein letztes Mal in Birnas Zimmer um. Sie hatte nichts Interessantes entdeckt. Es war zweifelsohne anders als die anderen Hotelzimmer, da die Architektin sich offenbar für einen längeren Aufenthalt eingerichtet hatte. Mit Haftgummi hatte sie Gebäudeskizzen an der Wand befestigt, offenbar Vorschläge für das neue Gebäude, von dessen Planung Jónas erzählt hatte. Auf den Zeichnungen standen alle möglichen Anmerkungen, einige auch für Laien verständlich, andere nicht. An den Rändern einiger Skizzen waren Berechnungen mit rot unterstrichenen Ergebnissen, ziemlich hohe Zahlen, und Dóra hoffte für Jónas, dass es sich nicht um die groben Kostenvoranschläge handelte.

Den Kleiderschrank hatte Dóra mehr aus Neugier geöffnet, sie rechnete nicht damit, dort etwas Bemerkenswertes zu finden. Sie hatte einen Bleistift durch den Türgriff gesteckt, da sie keine Fingerabdrücke hinterlassen wollte. Sie hätte es ebenso gut bleibenlassen können, denn der Kleiderschrank sagte ihr nicht viel mehr, als dass Birna sehr ordentlich war. Es gab nicht viele Kleidungsstücke; Blusen, schickere Hosen und Jacketts hingen auf Bügeln, die anderen Sachen waren sorgfältig in die Regale einsortiert. Die Frau musste in einer Modeboutique gearbeitet haben, so hübsch war alles zusammengelegt. Birna hatte einen guten Geschmack, die Sachen waren dezent, aber geschmackvoll und schienen eines gemeinsam zu haben: Sie waren teuer. Dóra versuchte, das Markenzeichen am Kragen eines zuoberst liegenden Pullovers zu erspähen, konnte es aber nicht lesen. Sie schloss den Schrank und ging zu dem Telefon, das auf einem der Nachttische stand. Probeweise drückte sie mit dem Fingernagel auf die Taste für die zuletzt gewählten Nummern. Von dem Notizblock neben dem Telefon riss sie ein leeres Blatt und notierte die Nummern. Es waren drei. Sie faltete das Blatt zusammen und steckte es in die Hosentasche.

Dann ließ sie ihren Blick durchs Zimmer schweifen, sah jedoch nichts, was sie näher hätte begutachten wollen, bis auf die Schreibtischschublade. Die Papiere auf dem Schreibtisch hatte sie leicht angehoben, was sie aber auch nicht weitergebracht hatte, überwiegend Prospekte aller möglichen Hersteller unterschiedlicher Baumaterialien. Dóra schob den Schreibtischstuhl mit dem Fuß beiseite, um an die Schublade zu gelangen. Jetzt benötigte sie ihre Hände, denn an der Schublade war kein Griff. Sie zog ihren Ärmel über die rechte Hand und öffnete die Schublade, indem sie von unten dagegendrückte. Darin befanden sich zwei Bücher, das Neue Testament und ein in Leder gebundener Terminkalender mit der Aufschrift Birna. Endlich etwas Brauchbares. Dóra fischte ihn aus der Lade. Sie wedelt einmal kurz mit dem Arm, sodass der Kalender aufschlug. Bingo. Dóra lächelte, was ihr jedoch sofort wieder verging. Draußen vom Gang waren Geräusche zu hören; sie schienen direkt vor der Tür zu sein. Dóra saß in der Falle. Es gab nicht viele Möglichkeiten, sie musste raus. Sie hätte auf keinen Fall erklären können, was sie in dem Zimmer zu suchen hatte – es fiel ihr sogar schwer, sich das selbst zu erklären. Sie hechtete zu den bodenlangen Gardinen und betete zu Gott, dass die Zimmer alle gleich wären. Glücklicherweise war es so. Zitternd entriegelte sie das Schloss der Terrassentür und sprang nach draußen. Dann lehnte sie die Tür so vorsichtig wie möglich an und ging mit schnellen Schritten davon.

Als sie an der Hausecke angekommen war, atmete Dóra tief durch. Ihr Herz hämmerte in der Brust. Was hatte sie sich nur dabei gedacht? Verdammt, das war knapp. Sie war sich sicher, Türöffnen gehört zu haben, im selben Augenblick, als sie hinausschlüpfte. Sie atmete noch einmal tief ein. Ihr Herzschlag verlangsamte sich wieder ... – die Schreibtischschublade! Sie hatte sie offen stehen lassen. Sie versuchte, sich zu beruhigen. Na und? Natürlich würde jeder glauben, Birna hätte sie so hinterlassen. Im selben Moment zuckte sie zusammen – sie erblickte den Kalender in ihrer Hand mit der Aufschrift Birna Halldórsdóttir, Mitglied im Isländischen Architektenverein.

5. KAPITEL

Der Streifenwagen fuhr langsam den Zufahrtsweg hinunter. Jónas hatte den Eindruck, dass die Gesetzeshüter versuchten, ihren Besuch so lange wie möglich auszudehnen. Sie mussten doch wissen, dass die Gäste nur umso aufmerksamer wurden, je länger die Polizei blieb. Und als der Wagen endlich aus dem Blickfeld verschwunden war, atmete Jónas erleichtert auf und hoffte, sie würden nicht wieder zurückkommen. Allerdings wusste er, dass das höchst unwahrscheinlich war. Nachdem die Polizisten einen kurzen Blick in Birnas Zimmer geworfen und sich vergewissert hatten, dass es leer war, hatten sie es versiegelt. Danach hatten sie Jónas instruiert, dafür zu sorgen, dass das Zimmer vor Abschluss der polizeilichen Untersuchungen nicht betreten würde und ihn gebeten, ihnen Birnas Auto auf dem Parkplatz zu zeigen. Es war ein kleiner dunkelblauer Audi-Sportwagen, den sie erst vor kurzem gekauft hatte. Er stand etwas abseits auf dem Parkplatz. Birna parkte immer in möglichst großem Abstand zu anderen Fahrzeugen, damit nicht irgendein gedankenloser Fahrer die Tür gegen ihren neuen Wagen schlug. Die Polizisten waren zu Birnas Wagen gegangen, und einer von ihnen hatte eine kleine Plastiktüte aus der Tasche gezogen. Er hatte sie hochgehalten und auf etwas darin gedrückt. Der Sportwagen hatte gepiept und die drei Männer angeblinkt. Daraufhin hatten die Beamten einen bedeutungsvollen Blick gewechselt.

Jónas seufzte. Das war eine mehr als unangenehme Situation. Sollte er sich Sorgen machen? Er war gut mit Birna ausgekommen, trotz ihrer Fehler, und wenn er den Tatsachen ins Auge sah, dann war er mehr als nur ein bisschen von ihr angetan gewesen, was allerdings nicht auf Gegenseitigkeit beruht hatte. Durfte er sich erlauben, pessimistisch zu sein? Die unschöne Angelegenheit machte ihm bei der Vergrößerung des Hotels einen gehörigen Strich durch die Rechnung. Sollte er die Mitarbeiter darüber informieren oder so tun, als sei nichts geschehen? Die Polizei hatte sich dazu nicht geäußert. Er musste vorsichtig sein. Sein Verhalten würde von jedem unter die Lupe genommen und so gedeutet, wie es sich für Klatschgeschichten am besten eignete. Dies war ein kleiner Ort, und seine Angestellten waren nicht gerade für ihre Diskretion bekannt. Er seufzte abermals. Vielleicht fand die Polizei heraus, dass es sich um einen Unfall handelte – ihr Verhalten wies jedoch keineswegs darauf hin. Jónas drehte sich um und ging ins Haus. Er eilte an der Rezeption vorbei, um nicht angesprochen zu werden, aber Kata, die am Tresen lehnte, stand ins Gesicht geschrieben, dass sie darauf brannte, zu erfahren, was die Polizei gesagt hatte. Die Kosmetikerin öffnete den Mund, schloss ihn aber wieder, als Jónas ihrem Blick auswich und seinen Schritt beschleunigte. Sie und Vigdís, die Empfangschefin, beobachteten enttäuscht, wie er ohne ein Wort zu sagen oder etwas zu fragen an ihnen vorbeieilte in sein Büro, wo er sich einschloss, das Telefon nahm und eine Nummer wählte.

Dóra saß in ihrem Zimmer auf der Bettkante. Birnas Kalender lag in ihrem Schoß. Sie schämte sich und war unentschlossen, ob sie ihn wieder in Birnas Zimmer schmuggeln oder an einem anderen Ort aufbewahren sollte, wo er keinen Verdacht wecken würde. Auch über den richtigen Zeitpunkt zerbrach sie sich den Kopf: sofort oder erst, wenn sie ihn durchgeblättert hatte? Röte schoss Dóra in die Wangen, als sie daran dachte, dass Birna ebenso gut noch unter den Lebenden weilen konnte. Hatte sie Briefschlitzklienten und andere Querulanten schon so satt, dass sie aufregendere Fälle heraufbeschwor, wo es gar keine gab? Sie war hergekommen, um einem leicht verstörten Hotelbesitzer einen hoffnungslosen Prozess auszureden, nicht um sich in eine polizeiliche Ermittlung einzumischen, die sie nichts anging. Dóras Telefon klingelte, und sie nahm ab, froh, an etwas anderes denken zu können.

»Könntest du mal kurz vorbeikommen?«, fragte Jónas mit schwerverständlicher Stimme. »Es ist was passiert. Ich habe das Gefühl, es hängt mit dem Spuk zusammen.«

»Wie bitte?«, fragte Dóra entgeistert.

»Ich erkläre es dir gleich, aber ich glaube, Birna, die Architektin, ist tot.«

»Ich bin in zehn Minuten bei dir.«

Also doch. Sie blickte von ihrem Telefon zu dem Kalender und entspannte sich. Zumindest hatte sie nicht den Kalender einer lebendigen Frau gestohlen. Dóra schlug das Buch mit ihrem Ärmel auf und blätterte mit dem Daumen die Seiten um. Jedenfalls handelte es sich um einen ungewöhnlichen Kalender. Anstatt vereinzelter Einträge waren die Seiten dicht beschrieben. Es gab etliche Skizzen von Häusern, Gebäuden und Gebäudeteilen. Einige schien Birna sich ausgedacht, andere nach echten Vorlagen gezeichnet zu haben. Offenbar hatte ihr eine Seite pro Tag nicht ausgereicht; die Seiten waren bis weit in den September hinein beschrieben – vier Monate in die Zukunft. Dóra schaute sich die letzten Einträge an, in der Hoffnung, Sätze zu finden wie: »X am Strand treffen – muss vorsichtig sein.« Aber vergeblich. Auf der letzten Seite stand »Bergur Geburtstag – nicht vergessen«, »Überweisung wg. April« sowie eine ganze Menge Firmennamen, die Dóra nicht kannte. Neben jedem Namen befanden sich eine Telefonnummer, irgendwelche Millimeterangaben und dahinter Kronenbeträge. Am Ende jeder Zeile waren unterschiedliche Reihen von Abkürzungen, die Dóra nicht verstand, »Schw, Wei, R, Gr, Sil, usw.«. Darüber stand das unterstrichene Wort: »Anstrich.«

An der Zeile mit dem niedrigsten Kronenbetrag war ein Häkchen. Anstriche hatten wohl kaum etwas mit dem Tod der Frau zu tun, weshalb Dóra bis zur vorletzten Seite blätterte. Dort befand sich ein Grundriss, der, soweit sie erkennen konnte, das Hotelgelände und den Standort des neuen Gebäudes zeigte. Die wichtigsten Maße und Entfernungen waren notiert, und ein hübsch verzierter Pfeil wies nach Norden. Um die Zeichnung herum hatte Birna Notizen gemacht, von denen die meisten Geländeneigung und Lichtverhältnisse betrafen. Eine Anmerkung weckte Dóras Interesse: » *Was ist mit dieser Stelle??? Alte Pläne???*«. Etwas weiter unten stand mit einem anderen Stift »*Kofen*«. Hinter dem Wort waren ebenfalls drei Fragezeichen. Das brachte sie auch nicht weiter.

Auch wenn Dóra den Kalender am liebsten ganz durchgesehen hätte, musste sie sich beeilen, zu Jónas zu kommen. Trotzdem blätterte sie weiter vor bis zu einer Skizze mit einem Gebäudegrundriss: zwei gleich große Vierecke nebeneinander, in Zimmer unterteilt. An derselben Stelle war jeweils eine Treppe eingezeichnet. Eindeutig ein Haus mit zwei Etagen. Die Zimmer waren beschriftet: Wohnzimmer, Esszimmer, Küche, Arbeitszimmer, Schlafzimmer, Bad und so weiter. Am Rand standen allerlei Notizen, beispielsweise »*Baujahr 1920?*«, »*Feuchtigkeit an Außenwand SZ*«, »*Fundament?*«. Eine Frage war Birna offenbar sehr wichtig, denn sie hatte sie eingerahmt und die Rahmenlinien mehrmals übermalt: » *Wer war Kristín?*« Dóra musterte den Grundriss näher. Drei Zimmer in der oberen Etage waren mit »*Schlafzimmer*« gekennzeichnet, aber in einem stand mit kleineren Buchstaben darunter »*Kristín?*«. Dóra suchte nach einem Hinweis, ob der Grundriss von einem Haus aus der Nachbarschaft stammte, fand aber nichts. Oben auf der Seite stand »*Kreppa*«, und wenn sie Glück hatte, war das der Name des Hofes. Sie klappte das Buch zu und stopfte es in ihre Reisetasche. Die Putzfrauen würden bestimmt nicht darin herumwühlen.

Jónas wirkte beunruhigt und nicht so jovial wie sonst. Er bot Dóra einen der unbequemen Gästestühle vor seinem Schreibtisch an und ließ sich anschließend selbst in den gepolsterten Ledersessel dahinter fallen. Diesmal gab es, zu Dóras Erleichterung, keinen Kräutertee.

»Was wollte die Polizei, Jónas?«, fragte Dóra, um das Eis zu brechen.

Jónas stöhnte. »Wissen etwa alle, dass die hier waren?«

»Tja, ich kann nicht für alle sprechen, aber es wissen bestimmt noch einige außer mir. Selbst Leute, von denen man es am wenigsten erwartet, wittern die Polizei sofort.«

Jónas stöhnte wieder, diesmal wesentlich lauter. Er schob einen silbernen Armreif mit einem großen braunen Stein aus seinem linken Ärmel und strich abwesend darüber, bevor er die Frage beantwortete. »Sie haben eine Leiche am Strand gefunden. Eine Frauenleiche, und sie glauben, dass es Birna ist. Die Architektin, von der ich dir gestern erzählt habe.« Er konzentrierte sich wieder auf seinen Armreif, strich konzentriert darüber, diesmal mit geschlossenen Augen.

»Aha«, entgegnete Dóra. »Haben sie etwas über die Todesursache gesagt? Für Tote am Strand kann es alle möglichen Gründe geben. Selbstmord ...«

»Ich glaube nicht, dass sie sich umgebracht hat«, sagte Jónas benommen. »Sie war nicht der Typ dafür.«

Dóra brachte es nicht fertig, ihm zu erklären, dass es keine typischen Selbstmord-Charaktere gab. »Jónas, was hat die Polizei gesagt? Über den Leichenfundort?«

Jónas blickte von seinem Armreif zu Dóra. »Nichts Konkretes. Ihr Verhalten und das, was sie nicht gesagt haben, war auffällig.« Er wandte sich wieder seinem Armreif zu. »Wenn sie zum Beispiel ertrunken wäre, auf einem Stein ausgerutscht oder irgendwas, das auf einen Unfall schließen lässt, dann hätten sie mich wahrscheinlich nach ihren Gewohnheiten gefragt. War sie viel draußen? Fuhr sie Kajak? Schwamm sie im Meer? Aber danach haben sie mich nicht gefragt. Das Einzige, was sie wissen wollten, war, ob hier jemand vermisst würde und ob ich eine gewisse Frau kennen würde, die sie mir dann oberflächlich beschrieben haben.« Jónas schaute Dóra plötzlich an. »Wenn ich jetzt darüber nachdenke, war es schon seltsam, dass sie ihre Gesichtszüge nicht beschrieben haben. Ob der Kopf fehlte?« Schnell fügte er hinzu, bevor Dóra antworten konnte: »Nein, wohl kaum, sie haben die Haarfarbe beschrieben.« Dann riss er die Augen auf. »Oder ist es möglich, dass jemand den Kopf abgetrennt, ihn skalpiert und die Haare auf die Leiche gelegt hat?«

Dóra machte seinen Hirngespinsten ein Ende. »Ich glaube, da geht deine Phantasie mit dir durch. Ich finde allerdings auch, dass es so klingt, als hätten sie einen Verdacht, der über einen Unfall hinausgeht.« Dóra formulierte ihre nächste Frage sehr zögerlich: »Hat die Polizei ihr Zimmer untersucht?«

»Einer von ihnen hat kurz reingeschaut. Der andere hat im Flur gewartet. Er war nur eine Minute oder so drinnen, kam dann wieder raus und hat nur den Kopf geschüttelt.«

»Er hat dich nicht gefragt, wer alles einen Schlüssel dazu hat?« Eine leichte Röte kroch über Dóras Wangen.

»Nein, aber sie haben strikt verboten, dass jemand das Zimmer betritt, bevor die Kripo ihre Untersuchung beendet hat. Dann wollten sie Birnas Wagen sehen. In einer kleinen Tüte hatten sie einen Schlüssel, der passte.«

Dóra nickte nachdenklich. Im Grunde gab es keinen Zweifel an der Identität der Toten. »Tja, also.« Sie schaute zu Jónas und musste sich sehr zurückhalten, ihn nicht zu bitten, die Spielerei an seinem dämlichen Armreif zu unterlassen. Es hatte bestimmt etwas mit alternativen Heilmethoden, Kraftquellen oder dergleichen zu tun. »Wer hätte Birna denn umbringen wollen? War sie in Schwierigkeiten?«

Jónas schüttelte langsam den Kopf. »Nein, sie war ganz normal.« Dóra konnte sich nicht vorstellen, was er als normal empfand, ging jedoch davon aus, dass sein Maßstab ein anderer war als ihrer. »Ein toller Mensch und eine hervorragende Architektin.« Jónas lächelte verlegen. »Allerdings ein echter Steinbock, unbeirrbar und hartnäckig. Aber anständig. Hochanständig.«

»Gab es denn niemanden, der schlecht mit ihr auskam?«, fragte Dóra. »Fällt dir jemand ein, der Differenzen mit ihr gehabt haben könnte?«

Jónas schob den Armreif wieder unter seinen Ärmel und konzentrierte sich jetzt ganz auf Dóra. »Also. Ich hab drüber nachgedacht, ob das vielleicht mit dem Spuk zusammenhängt.«

Dóra verzog keine Miene. »Willst du damit sagen, ein Geist hat den Mord begangen?«

Jónas zuckte die Achseln und machte eine abwehrende Handbewegung. »Was weiß denn ich, das kann doch alles kein Zufall sein! Hier spukt es. Birna wird ganz in der Nähe tot aufgefunden. Sie war mit Umgestaltungen beschäftigt. Geister wollen, dass ihre Umgebung so bleibt, wie sie sie verlassen haben. Sie wehren sich vehement gegen jede Art von Störung. Was soll man bitte davon halten?«

Dóra hatte so etwas noch nie gehört, sich aber auch noch nie besonders mit Geistern beschäftigt. »Jónas, ich glaube, es ist ausgeschlossen, dass wir es hier mit einem Geist zu tun haben.«

»Bist du sicher?«, fragte der Hotelbesitzer, »Birna hat sich sehr für die Geschichte dieses Orts interessiert. Sie wollte unbedingt mehr darüber wissen, um ein Gefühl für die Gegebenheiten zu bekommen. Es ist durchaus möglich, dass sie den schwelenden Zorn eines Verstorbenen aufgewühlt hat und ihr das zum Verhängnis wurde. Vielleicht nicht direkt – aber möglicherweise indirekt.« Als er sah, dass Dóra sprachlos war, fuhr er fort: »Es muss ja nicht unbedingt eine direkte Verbindung geben. Aber jetzt ist die Situation nun mal so. Hier spukt es, und die Verkäufer haben nichts darüber gesagt. Eine Frau ist auf schreckliche Weise gestorben – vielleicht hängt das mit dem Spuk zusammen. Es lässt sich nur schwerlich abstreiten, denn Mörder können immer von Kräften aus dem Jenseits beeinflusst sein. Verstehst du?«

Dóra konnte nur den Kopf schütteln.

»Na klar, liegt doch auf der Hand: Du erzählst den Verkäufern, hier sei eine Frau umgekommen und es gäbe Gerüchte, dass der Geist dabei eine maßgebliche Rolle gespielt hätte. Die ganze Geschichte würde vor Gericht noch einmal aufgerollt. Ich glaube nicht, dass diese Leute Interesse daran haben, mit einem Mordfall – wenn auch nur indirekt – in Verbindung gebracht zu werden. Würdest du gerne als Zeuge in einem Mordprozess aussagen, bei dem die Verteidigung durchblicken lässt, du hättest Informationen zurückgehalten, die zu dieser schrecklichen Tat geführt hätten?« Jónas schüttelte an Dóras Stelle den Kopf. »Nein, daran hättest du kein Interesse. Und sie auch nicht. Vielleicht führt das dazu, dass sie über Schadenersatz verhandeln.«

Dóra fiel ihm ins Wort. »Was spielt es eigentlich für eine Rolle für dich, Schadenersatz zu bekommen? Du hast das Hotel schließlich schon gebaut – du willst den Kauf doch wohl nicht rückgängig machen? Wenn du das mit diesem Geist wirklich ernst meinst, wirst du ihn kaum vertreiben können.«

Jónas lächelte. »Das kann ich natürlich nicht. Aber ich muss mich darauf einstellen, die Löhne meiner Angestellten zu erhöhen, damit sie nicht abhauen. Das sind spirituelle Menschen. Sensibel für übernatürliche Phänomene. Ich mache mir jetzt schon Sorgen, weil einige angedeutet haben, kündigen zu wollen. Meine Betriebspläne sind durcheinandergeraten, und es ist gut möglich, dass der kleine Gewinn, den ich mir erhofft habe, auf und davon ist. Auch die Gäste sind sensibel. Sie sind nicht gewillt, mit Wesen aus dem Jenseits konfrontiert zu werden. Zumindest nicht, wenn es sie das Leben kosten kann.«

Das musste Dóra erst mal verdauen. Es widerstrebte ihr, Leute durch alberne Drohungen in einen Mordfall zu verwickeln und zu Verhandlungen zu zwingen. Aber Jónas' Aussage über die Angestellten ließ sich nicht von der Hand weisen. »Lass mich darüber nachdenken.« Sie wollte aufstehen, hielt jedoch inne. »Du musst mir noch von dem Spuk erzählen. Wie äußert der sich eigentlich?«

Jónas seufzte. »Puh, ich weiß gar nicht, wo ich anfangen soll.«
»Am Anfang vielleicht?«, entgegnete Dóra leicht gereizt.

»Ja, das ist wohl am besten«, antwortete Jónas, der sich von Dóra nicht aus dem Konzept bringen ließ. »Wie gesagt, die meisten Mitarbeiter sind wesentlich sensibler als andere Menschen.«

Dóra nickte.

»Es begann damit, dass sie eine unangenehme Präsenz wahrgenommen haben. Ich glaube, der Hellseher Eiríkur war der Erste, der es gespürt hat. Dann haben andere es auch gespürt, und es machte die Runde. Ich war einer der Letzten, dachte zuerst, es wäre Einbildung.« Jónas schaute Dóra ernst an. »Eigentlich ist es unmöglich, Menschen, die kein Empfinden für Übersinnliches haben, so etwas zu beschreiben, aber ich kann dir jedenfalls versichern, dass es alles andere als angenehm ist. Es lässt sich wohl am ehesten mit dem Gefühl vergleichen, verfolgt zu werden. So als säße jemand in einer dunklen Ecke und würde dich beobachten. So ging es mir zumindest.«

Diese Beschreibung bestärkte Dóra nur in ihrer Annahme, dass es sich um Massenhysterie handelte. Jemand hatte mit einer vagen Geschichte angefangen, andere waren gefolgt, und irgendwann war die Einbildung zur Tatsache geworden. »Jónas«, sagte Dóra, »du musst schon etwas konkreter werden. Der Fall ist völlig hoffnungslos, wenn ich den Verkäufern erzählen soll, was du mir gerade gesagt hast. Wir brauchen etwas Handfestes, es reicht nicht, wenn einem ab und zu ein Schauer über den Rücken läuft.«

Jónas schaute sie verstimmt an. »Es ist viel mehr als das. Einen Schauer kann man abschütteln. Dieses Gefühl ist allgegenwärtig. Erdrückend ist vielleicht ein besseres Wort. Fast alle haben nachts ein Heulen gehört. Das Weinen eines Kindes.« Auf einmal triumphierte er. »Und ich hab einen echten Geist gesehen. Sogar mehrmals. Seine Anwesenheit hat sich in der letzten Zeit gemehrt.«

»Und wo hast du diesen Geist gesehen?«, fragte Dóra ungläubig.

»Überwiegend draußen. Hier draußen.« Jónas zeigte zum

Fenster, ohne sich umzudrehen. »Ich kann schlecht beschreiben, wo der Geist genau gestanden hat, es war immer neblig, wenn ich ihn gesehen habe. Manche Geister erscheinen nur bei bestimmten Wetterbedingungen, und dieser kommt bei Nebel.«

»Du kannst ihn also nicht detailliert beschreiben?«

»Nein, eigentlich nicht. Ich weiß nur, dass es ein Mädchen oder eine Frau ist. Das Wesen war viel zu zierlich für einen Mann.« Jónas lehnte sich zurück. »Und einmal hab ich sie in meinem Spiegel gesehen. Ganz eindeutig ein Mädchen. Es ging zwar alles ganz schnell, aber trotzdem.«

»Du hast gesagt, du hättest das Mädchen auf einem Foto wiedererkannt. So schnell kann es also nicht gegangen sein, wenn du dich an ihre Gesichtszüge erinnern kannst.«

»Tja, ich weiß nicht so recht, wie ich das beschreiben soll. Ich hab mir die Zähne geputzt und ein Rascheln gehört. Ich bin erstarrt, hab mich aufgerichtet und dann im Spiegel gesehen, wie das Wesen an der Tür vorbeigehuscht ist. Die Gesichtszüge müssen sich in meinem Unterbewusstsein festgesetzt haben, obwohl ich sie kaum beschreiben könnte, jedenfalls hab ich das Gesicht auf einem der Fotos wiedererkannt.« Jónas öffnete eine Schreibtischschublade und wühlte darin herum, während er weiterredete. »Ich konnte das Bild danach gar nicht mehr in die Hand nehmen. Ich hab's wieder in die Kiste geworfen und sie zugemacht. Du wirst damit keine Probleme haben, aber ich kann es einfach nicht.«

»Ich glaube nicht, dass es eine spezielle Wirkung auf mich hat«, sagte Dóra und lächelte ihm zu. »Ich würde gerne mit einigen deiner Angestellten über die Sache reden. Zum Beispiel mit diesem Eiríkur.«

»Kein Problem. Er ist im Moment nicht hier, müsste aber morgen zurückkommen.« Endlich fand Jónas den Gegenstand, den er in der Schublade gesucht hatte. Er reichte Dóra einen alten, schweren Schlüssel an einem großen Eisenring. »Das ist der Schlüssel zum alten Keller. Da stehen die Kisten, von denen ich dir erzählt habe. Schau sie dir an. Es gibt ein paar interessante Dinge, die den Spuk erklären könnten.«

Dóra nahm den Schlüssel entgegen. »Erinnere ich mich richtig, dass der andere alte Hof Kreppa heißt?«, fragte sie scheinheilig.

Jónas schaute sie verständnislos an. »Ja, stimmt. Ursprünglich waren es zwei Grundstücke, die zusammengelegt wurden. Der eine Hof hieß Kreppa, der andere Kirkjustétt. Birna hat viele Stunden wegen der geplanten Bautätigkeiten dort verbracht.«

»Ach ja? Warum das?«, fragte Dóra noch neugieriger. »Steht denn der alte Hof noch?«

»Ja, er steht noch an seinem Platz. Ursprünglich wollten wir das neue Gebäude daneben errichten, so ähnlich wie hier, aber Birna gefiel das nicht. Ihr war das Haus zu weit entfernt und in einem zu schlechten Zustand. Du kannst ihn dir morgen ansehen, wenn du willst. Die Schlüssel liegen unter einem Stein vor der Haustür. Es ist ganz nett, sich das Haus anzugucken; das ganze alte Mobiliar ist noch drin.«

»Wie kommt das?«, fragte Dóra. »Beim Verkauf war das Haus doch nicht mehr bewohnt.«

»Keine Ahnung«, antwortete Jónas. »Kann sein, dass inzwischen ein Teil des alten Krempels abgeholt wurde, weil die Schwester ...« Jónas suchte nach dem Namen der Frau. Er ließ seinen Zeigefinger kreisen, während er nachdachte.

»Meinst du Elín þórðardóttir? Die dir das Anwesen verkauft hat?«

»Ja, genau!« Jónas' Zeigefinger kam mitten in der Kreisbewegung zum Stillstand. »Elín, die Schwester. Sie hat vor zwei Monaten angerufen und ausrichten lassen, sie würden den Kram endlich durchforsten. Ich war in der Stadt, deshalb hab ich nicht selbst mit ihr gesprochen, sondern nur eine Nachricht von Vigdís bekommen. Kurz darauf kam dann ihre Tochter und hat gefragt, wo der Schlüssel versteckt sei. Ist vielleicht besser, dass ich die beiden nicht getroffen habe, sonst hätte ich bestimmt das eine oder andere Wort über den Spuk fallen lassen.«

Dóra wollte nicht länger über Geister reden. »Wann kam die Frage nach den alten Sachen denn auf?«, fragte sie. »Ich kann mich nicht erinnern, dass das während der Verkaufsverhandlungen thematisiert wurde.«

»Ach, das war alles mündlich«, sagte Jónas. »Sie haben mich irgendwann darauf angesprochen, und ich hab ihnen gesagt, sie könnten sich darum kümmern, wann es ihnen am besten passt.« Großspurig fügte er hinzu: »Allerdings habe ich sie darauf hingewiesen, dass sie sich beeilen sollen, für den Fall, dass ich das Haus nutzen oder abreißen lassen will.«

Dóra nickte. Sie schaute auf die Uhr. »Vielleicht schaue ich es mir am Wochenende mal an. Wer weiß, vielleicht treffe ich diese Elín oder ihren Bruder. Die Kisten nehme ich mir morgen vor. Es ist schon viel zu spät.«

Jónas nickte. »Dieses Zeug durchstöbert man besser nicht vor dem Zu-Bett-Gehen, kann ich dir sagen.« Er grinste schelmisch. »Ob man an Geister glaubt oder nicht.«

Das Bettzeug war das beste, in dem Dóra je geschlafen hatte. Sie gähnte und reckte sich, fest entschlossen, den Schlaf in vollen Zügen zu genießen. Das dicke Daunenkissen stützte perfekt ihren Nacken, und Dóra nahm sich vor, Jónas zu fragen, wo er das Bettzeug gekauft hatte. Sie griff nach der Fernbedienung auf dem Nachttisch und schaltete den Fernseher aus. Sobald sie die Augen geschlossen hatte, überkam sie der Schlaf, und kurz darauf atmete sie gleichmäßig, und ihre Gedanken drifteten ab. Sie rührte sich noch nicht einmal, als durch das offene Fenster leises Kinderweinen drang.

6. KAPITEL

Für Gauti gab es nichts Schlimmeres, als früh am Samstagmorgen eine Obduktion durchführen zu müssen, vor allem, wenn er sich schon am Abend vorher darauf vorbereiten musste. Freitagabende ließen sich viel besser verbringen, als in Gesellschaft Verstorbener bei Desinfektionsgeruch im Keller des Landeskrankenhauses. Da befände man sich lieber in Gesellschaft freigebiger Damen in einer Kneipe, umgeben vom dichten Nebel des Zigarettenrauchs. Gauti dachte darüber nach, ob er sich nicht endlich einen neuen Job suchen sollte. Momentan schien jeder einen gutbezahlten Job kriegen zu können. Mehr oder weniger. Er war sich nicht sicher, ob der Bankensektor scharf auf seine fünfjährige Erfahrung als Obduktionsassistent war, aber da schienen zumindest alle seine Freunde untergekommen zu sein. Er stellte sich vor, wie er in einem Anzug hinter einem Schreibtisch saß, als Investmentberater, der die Finanzen der Kunden sezierte und ihnen anschließend gute Ratschläge erteilte, die am Ende dazu führten, dass sich die Betreffenden noch mehr verschuldeten. Nein, die Gesellschaft der Toten war wesentlich abwechslungsreicher. Er ließ seinen Blick über das Instrumententablett wandern und sah, dass alles an seinem Platz war – auch die Tote, von einem weißen Laken verdeckt. Jetzt fehlte nur noch der Rechtsmediziner. Gauti schaute auf die Uhr an der hinter ihm liegenden Wand. Er stöhnte. Der Arzt war jetzt schon zu spät. Hrannar Pétursson. Schlimmer konnte es nicht mehr werden. Der Typ war ein arroganter Schnösel, der zu allem Überfluss auch noch fachliche Defizite hatte. Seine nachlässige Arbeitseinstellung war meistens nicht weiter tragisch, aber manchmal musste Gauti ihn auf Fehler hinweisen, die so auffällig waren, dass sogar er sie bemerkte. Hrannar war außerordentlich genervt, wenn Gauti ihn auf seine eigenen Fehler hinwies, wovon dieser sich jedoch nicht irritieren ließ – es machte ihm sogar Spaß, den Mann zu ärgern.

Die Tür des Obduktionssaals ging auf, und Hrannar betrat mit großem Getue den Raum. Er hatte einen Medizinstudenten dabei, den Gauti vom Sehen her kannte, an dessen Namen er sich aber nicht erinnerte. Er hatte sich letzte Woche schon im Institut herumgetrieben, aber noch nie an einer Obduktion teilgenommen. »Guten Tag«, sagte Hrannar herablassend und zeigte auf seinen Begleiter. »Das ist Sigurgeir, Medizinstudent im zehnten Semester. Er darf zuschauen. Eine solche Leiche haben wir schließlich nicht jeden Tag.«

Gauti nickte dem gespannt lächelnden Sigurgeir zu und zog das Laken von der Frau. Er beobachtete die Reaktion des Studenten. Der junge Mann schaffte es kaum, seine Abscheu zu verbergen. Hrannar merkte nichts davon und beugte sich so weit zum Kopf der Toten hinunter, dass seine Nase ihn fast berührte. Dann richtete er sich wieder auf, holte ein Diktiergerät hervor und begann mit seinem Vortrag. »Auf dem Tisch liegt eine unbekannte Frau. Sie wurde an der Südküste von Snæfellsnes tot aufgefunden. Gesichtszüge aufgrund schwerer Verletzungen und Misshandlung post mortem unkenntlich …«

»Papa ist gar nicht nett. Er schläft immer nur. Gylfi auch. Ich will zu dir.«

Dóra rieb sich den Schlaf aus den Augen und setzte sich auf. Sie hatte das Telefon vom Nachttisch genommen, obwohl sie noch nicht richtig wach war. Bevor sie ihrer Tochter antwortete, räusperte sie sich. Dóra erinnerte sich dunkel an einen Traum über Geister und weinende Säuglinge, aber die Erinnerung verflüchtigte sich und war sofort aus ihrem Gedächtnis verschwunden. »Hallo Sóley. Du bist schon wach?« Sie schaute auf die Uhr. Es war kurz vor acht. »Puh, es ist noch sehr früh, Liebling. Heute ist Samstag. Papa und Gylfi möchten noch ein bisschen schlafen, damit sie später ganz tolle Laune haben.«

»Hm.« Die dünne, piepsige Stimme klang sehr vorwurfsvoll. »Die haben nie tolle Laune. Ich find's nur bei dir schön. Du bist nett.« Der Empfang war sehr schlecht, es klang fast so, als säße Sóley in einer Tonne.

Schön, solange das noch so ist, dachte Dóra, die aus der Erfahrung durch die Erziehung ihres Sohnes wusste, dass diese Anbetung nicht mehr lange andauern würde. Aber Sóley war erst sechs Jahre alt, und auch wenn sie bald sieben wurde, hatte Dóra noch ein paar Jahre vor sich, in denen sie die Hauptrolle in Sóleys Leben spielen würde. »Ich komme morgen Abend nach Hause. Dann machen wir was Schönes. Wenn du willst, bringe ich dir Muscheln vom Strand mit.«

»Ein Strand! Ist da ein Strand?« Sóley seufzte. »Warum darf ich nicht bei dir sein? Ich will auch an den Strand.«

Dóra verfluchte sich selbst, den Strand erwähnt zu haben. In Anbetracht der Tatsache, dass sie selbst am Meer wohnten, war sie einfach nicht auf die Idee gekommen, dass ein Strand solche Begeisterung hervorrufen würde. »Ach, Liebling, du weißt doch, dass du dieses Wochenende bei Papa bleiben musst. Vielleicht können wir später im Sommer nochmal herkommen.«

»Mit dem Wohnwagen?«, fragte Sóley aufgeregt.

Dóra stöhnte innerlich. »Vielleicht. Mal sehen.« Sie konnte sich nichts Schlimmeres vorstellen, als diesen Klotz hinter sich herzuziehen und hatte noch nicht einmal gelernt, wie man damit zurücksetzte. Die wenigen Ausflüge mit dem Wohnwagen hatten unter der Bedingung stattgefunden, dass Dóra nicht rückwärts fahren musste. »Jetzt lauf und schalt den Fernseher ein, das Kinderprogramm fängt gleich an. Papa und Gylfi wachen bestimmt bald auf. Okay?«

»Okay«, sagte Sóley betrübt. »Tschüs«, fügte sie noch hinzu.

»Tschüs. Ich vermisse dich«, sagte Dóra und legte auf. Eine Weile betrachtete sie den Hörer, verwundert darüber, wie diese Situation zustande gekommen war. Ihre Ehe war in verhältnismäßig kurzer Zeit völlig vor die Hunde gegangen, und sie hatte sich nie wirklich die Zeit genommen, die Sache aufzuarbeiten. Elf Jahre lang war alles mehr oder weniger in Ordnung gewesen, aber dann ging es schnurstracks bergab. Hannes und sie hatten sich anderthalb Jahre später scheiden lassen. Sie hatte ein schlechtes Gewissen, weil die Kinder zwischen zwei Wohnsitzen hin- und hergerissen wurden. Aber daran ließ sich im Moment nicht viel ändern; sie würde nicht wieder mit Hannes zusammenziehen, selbst wenn er einen Weltrekord im Rückwärtsfahren mit dem Wohnwagen aufstellen würde. Sie sprang aus dem Bett, verdrängte die bedrückenden Gedanken und stellte sich unter die Dusche. Anschließend zog sie Jeans, Turnschuhe und einen Kapuzenpulli an. Nun war sie bereit, in einem staubigen Keller herumzustöbern. In dem großen Spiegel sah sie, dass nur noch eine Skimaske fehlte, dann hätte sie problemlos eine Bank ausrauben können.

Im Speisesaal erwartete sie ein gut bestücktes Frühstücksbüfett. Dóra frühstückte normalerweise nicht sehr ausgiebig, aber das Essen war so geschmackvoll präsentiert und lecker, dass sie zuschlug und einen großen Teller mit Rührei, Schinken und Toastbrot belud. Am Ende warf sie noch ein paar Früchte obendrauf, damit es besser aussah. Nachdem sie sich gesetzt hatte, schob sie das Gesunde jedoch schnell wieder beiseite. Etwa die Hälfte der Tische im Speisesaal war besetzt. Dóra hätte gern gewusst, welche Art Leute in einem solchen Hotel abstiegen. Es war sehr teuer und außerdem auf Esoterik ausgerichtet. Die Gäste schienen keine besonderen Merkmale zu haben. Sie waren jeden Alters und verschiedener Nationalität, die meisten jedoch Isländer.

An drei Tischen saßen Einzelpersonen wie Dóra; zwei Männer, ein älterer und ein jüngerer, sowie eine·Frau mittleren Alters. Dóra ging davon aus, dass sie alle Landsleute waren. Der ältere Herr kam ihr irgendwie bekannt vor. Dóra tippte auf Rechtsanwalt oder Wirtschaftsprüfer. Die Frau wirkte verträumt. Sie saß still und irgendwie traurig da, die Augen auf die Kaffeetasse vor sich auf dem Tisch geheftet. Ihr Teller war mit Essen beladen, das sie offenbar noch nicht angerührt hatte. Die Frau sah so deprimiert aus, dass sie Dóra instinktiv leid tat. Der junge Mann passte hingegen perfekt in diese Umgebung. Dóra musterte ihn ausgiebig: Er sah umwerfend aus, dunkelhaarig, braungebrannt, intensiv trainierter Körper ohne Anabolikazufuhr. Dóra lächelte sehnsüchtig, setzte aber sofort einen anderen Gesichtsausdruck auf, als der junge Mann in ihre Richtung schaute und zurücklächelte. Verlegen kippte sie ihren Kaffee hinunter und stand auf. Der Mann tat dasselbe. Er hatte einen Verband um den Fuß und nahm eine Krücke von dem neben ihm stehenden Stuhl. Dann humpelte er ihr nach in Richtung Flur.

»Bist du Isländerin?«, hörte Dóra ihn hinter sich sagen.

Sie drehte sich um und sah, dass der junge Mann von nahem keineswegs unattraktiver war. »Ich? Äh, ja«, sagte sie und hätte sich gewünscht, nicht ausgerechnet wie ein Bankräuber gekleidet zu sein. »Und du?«, fügte sie dann hinzu und lächelte.

Er erwiderte ihr Lächeln und reichte ihr die Hand. »Nein, ich bin Chinese und interessiere mich für die isländische Sprache. Teitur.«

»Dóra.« Sie ergriff seine ausgestreckte Hand.

»Du musst neu angereist sein«, sagte er und schaute ihr direkt in die Augen. »Ich hätte dich bestimmt bemerkt.«

So ist das also, dachte Dóra und ließ sich nichts anmerken. »Ich bin gestern angekommen. Und du? Bist du schon lange hier?«

Der junge Mann ließ seine Zähne blitzen. »Eine Woche.«

»Und, gefällt es dir?«, fragte Dóra wie ein Trottel. Sie war beim Kontakt mit dem anderen Geschlecht immer sehr schüchtern, wenn sich auch nur eine Winzigkeit anbahnte.

Amüsiert hob er die Augenbrauen. »Äh, ja. Ist prima hier. Ich mache eine Art Entspannungs- und Arbeitsurlaub, und konnte die beiden Dinge bisher ganz gut miteinander verbinden. Abgesehen davon.« Er stützte sich auf die Krücke und hob den verbundenen Fuß in die Höhe.

»Oh«, sagte Dóra. »Was ist passiert?«

»Bin vom Pferd gefallen. Total idiotisch«, erklärte er. »Ich kann dir hier alles empfehlen, nur keine Ausritte. Eigentlich bin ich nicht einfach runtergefallen; das Pferd hat gescheut und mich abgeschmissen. Dabei hab ich mir den Knöchel verstaucht. Lass bloß die Finger vom Pferdeverleih.«

Dóra lächelte. »Keine Sorge. Es ist sehr unwahrscheinlich, dass ich auf eine solche Idee kommen würde.« Dóra würde sich eher einen Schlitten mit Huskys mieten, als auf einem Pferd durch die Gegend zu reiten. »Und du arbeitest hier? Was machst du denn?«, fragte sie neugierig. Es schien ihr unwahrscheinlich, hier arbeiten zu können, es sei denn vielleicht als Schriftsteller.

»Ich bin Börsenmakler. Ziemlich stressiger Job, hat aber den großen Vorteil, dass man ihn so gut wie überall ausüben kann, man braucht nur einen Computer mit Internetzugang. Und du, was machst du?«

»Rechtsanwältin«, sagte Dóra und nickte, als wolle sie ihn davon überzeugen, dass sie die Wahrheit sagte. Oh Gott, wie lächerlich sie sich aufführen konnte.

»Sag bloß«, entgegnete Teitur. »Hör mal, was hältst du davon, wenn ich dir die Umgebung zeige? Die kenne ich nach einer Woche wie meine Westentasche.«

Dóra lächelte ihn an. Sie bezweifelte, dass er sich nach einer Woche perfekt auskannte. Außerdem war er mit seinem Fuß nicht sehr mobil. »Na ja, mal sehen.«

»Ich hab eigentlich immer Zeit«, sagte Teitur lächelnd. »Sag mir einfach Bescheid.«

Dóra lächelte zurück und verabschiedete sich. Es war wirklich verlockender, mit diesem gutaussehenden Mann durch die Gegend zu spazieren, als in einem staubigen Keller zu hocken und alte Fotos anzuschauen. Selbst wenn er sich nicht besonders schnell vorwärtsbewegen konnte. Hach ja.

Die meisten Organe der Verstorbenen lagen nun in den Stahlschüsseln. In einer das Gehirn, in einer größeren die Lungen, in einer dritten die Leber und so weiter. Das Todesbüfett, von dem sich Gauti schon lange nicht mehr aus der Ruhe bringen ließ. Allerdings musste er weit zurückdenken, um sich an eine Leiche erinnern zu können, die in einem noch schlechteren Zustand gewesen war als diese. Er hoffte, dass die Frau schnell gestorben war oder das Bewusstsein verloren hatte, bevor es zu Ende ging.

Hrannar trat ans Waschbecken und streifte die Handschuhe ab. »Also. Die Frau ist brutal vergewaltigt worden, aber der Tod wurde durch wiederholte schwere Schläge gegen Kopf und Gesicht verursacht. Aus diesem Grund sowie durch die Einwirkung von Tieren, vermutlich Füchsen, post mortem, sind ihre Gesichtszüge unkenntlich. Es ist nicht feststellbar, ob die Frau während der Vergewaltigung bei Bewusstsein war, an der Leiche sind jedoch keine Zeichen von Gegenwehr festzustellen. Wahrscheinlich wurde sie schon vor Beginn der Vergewaltigung geschlagen. Sie starb eindeutig vor Ende der Vergewaltigung. Möglicherweise wurde sie während der Vergewaltigung weiter geschlagen. Sperma, vermutlich vom Täter, in der Vagina. Untersuchungen des Spermas und der Haare, die beim Kämmen ihrer Schamhaare gefunden wurden, werden den Täter vermutlich identifizieren. Alles andere scheint mir unwahrscheinlich. Allerdings ungewöhnlich große Spermamenge. Daher Anlass, zu untersuchen, ob es sich um mehr als einen Täter handelt.« Er richtete seine Worte an den Medizinstudenten, der bleich und still neben Gauti stand. »Die Beschreibung der Stecknadeln muss im Obduktionsbericht noch näher ausgeführt werden. Wir bekommen nicht alle Tage Leichen mit derartigen Gegenständen in den Fußsohlen. Ich habe allerdings den Eindruck, dass der Mörder damit etwas mitteilen wollte. Kommt mir so vor, als sei er geisteskrank oder sadistisch veranlagt. Jedenfalls habe ich keine logische Erklärung für diese Vorgehensweise.« Er zeigte auf zehn blutige Stecknadeln, die er aus den Fußsohlen der Frau gezogen und in einen durchsichtigen Plastikbehälter getan hatte. Er zog seinen verschmutzten Kittel aus und fuhr sich mit den Fingern durchs Haar. »Achtet drauf, alles ordentlich zu beschriften und sofort ins Labor zu schicken. Die Polizei drängt auf die Ergebnisse.« Dann ging er in Richtung Tür.

»Man gewöhnt sich dran, mach dir keine Sorgen«, sagte Gauti zu dem Jungen und klopfte ihm aufmunternd auf die Schulter. Dabei hinterließ er einen blutigen Handabdruck auf dem weißen Plastikkittel. »Du hast das sehr gut gemacht.«

»Ekelhaft«, murmelte der Medizinstudent leise, sodass nur Gauti es hören konnte. »Wie konnte ich nur auf die Idee kommen, das hier der Kurklinik in Hveragerði vorzuziehen?«

Dóra starrte auf die Kistenstapel in dem schlecht beleuchteten Keller. Trübes Licht kam von dem russischen Kronleuchter in der Zimmermitte, und das winzige Fenster war so schmutzig, dass es nur einen bräunlichen Lichtschein hereinließ. Feuchter Geruch stieg ihr in die Nase. Igitt. Am liebsten hätte sie Jónas gebeten, die Kisten hinauf in ihr Zimmer bringen zu lassen. Zu allem Überfluss schienen die Holzpfeiler, die die Kellerdecke abstützten, mehr oder weniger durchgefault zu sein. Dóra verzog das Gesicht bei dem Gedanken an die Tierwelt, die dort vermutlich ansässig war, riss sich dann aber zusammen und ging zu dem niedrigsten Stapel. Insgesamt waren es etwa ein Dutzend große, uralte Holzkisten, aber es war schwierig, die genaue Anzahl zu schätzen, denn sie waren kreuz und quer aufeinandergestapelt. Dóra hob den Deckel der obersten Kiste an und lugte vorsichtig hinein.

Sie riss die Augen weit auf. Mit allem Möglichen hatte sie gerechnet. Aber nicht damit.

7. KAPITEL

Zuoberst in der Kiste lag eine zusammengefaltete Hakenkreuz-
fahne. Die weiße Fläche um das Kreuz herum war leicht ange-
gilbt, und der Stoff fühlte sich rau an. Dóra runzelte die Stirn, als
sie die Fahne vorsichtig herausholte und beiseite legte. Darunter
kam ein Stapel Zeitschriften zum Vorschein; die oberste war noch
vergilbter als die Fahne. Das Blatt hieß *Ísland* und trug in der
Mitte unter dem Titel ein Nazizeichen. Dies hatte Jónas bei seinem mysteriösen Bericht über Geister und die dunkle Vergangenheit des Hauses mit keinem Wort erwähnt. Dóra nahm die Zeit-
schrift heraus und sah, dass die darunterliegenden von derselben
Sorte waren. Herausgeber war eine nationalistische Gruppierung.
Dóra schüttelte den Kopf. Ihr war bekannt, dass es vor dem Krieg
eine sehr kleine Nazibewegung in Island gegeben hatte, aber sie
wusste nichts über deren Aktivitäten. Anscheinend hatte sie
Schriften herausgegeben, aber die Hefte waren dünn und den Ti-
telzeilen nach zu urteilen schlecht geschrieben. Beim Durchsehen
des Stapels fand sie auch ein paar Ausgaben des Studentenblatts
Mjölnir, dessen Herausgeber laut Titelseite der Verein Nationalis-
tischer Studenten war. Dóra hob den Zeitschriftenstapel aus dem
Karton und stieß darunter auf ein gefaltetes Hemd, eine Ober-
armbinde mit einem Hakenkreuz und einen Gürtel mit einem Le-
derriemen, der offenbar über die Schulter geführt werden musste.
Was es alles gab. Jetzt konnte sie den Boden der Kiste sehen, und

ihr Blick fiel auf einen Messinggegenstand. Sie holte ihn heraus – ein weiteres Hakenkreuz, dessen unterer Teil aus einer Art Hülse bestand. Dóra war nicht klar, welchem Zweck sie diente. Es gab noch ein paar Papierschnipsel mit Ankündigungen von Tanzveranstaltungen, Ausflügen und Nationalisten-Treffen sowie Dinge, die nichts mit Politik zu tun hatten: eine alte Brieftasche, Schuhe und Fotografien von Leuten, die allerdings keine Hakenkreuze trugen. Auf keinem der Fotos war ein Kind zu sehen. Die Motive ähnelten sich: Leute im besten Alter in Festtagskleidung, meist beim Picknick auf einer Decke sitzend oder vor einer Hauswand aufgereiht. Dóra konnte nicht erkennen, ob die Hauswand, die auf mehr als einem Foto zu sehen war, zu dem alten Hof gehörte, in dem sie sich gerade befand. Der Kleidung nach zu urteilen, stammten die Bilder aus der Kriegs- und Nachkriegszeit.

Dóra versuchte, die Gegenstände in derselben Reihenfolge wieder in die Kiste zurückzulegen. Sie war zwar gewiss schon sehr lange nicht mehr geöffnet worden, und niemand würde sagen können, wie die Gegenstände angeordnet gewesen waren, aber Dóra fand es angemessen, alles so zu hinterlassen, wie sie es vorgefunden hatte. In der nächsten Kiste war nicht viel Interessantes – ein paar alte, gehäkelte Tischdecken und eine altmodische Vase mit Blumenmuster und Goldrand –, in der dritten hingegen lag ein altes Fotoalbum. Dóras Großmutter hatte auch ein solches Album besessen, und vielleicht wurde Dóra deshalb ein bisschen wehmütig und dachte daran, wie kurz und vergänglich das Leben im Grunde war. Es wäre gewiss schwer, jemanden zu finden, der die Leute auf den Fotos kannte, und nicht mehr lange, dann wäre es schier unmöglich. Dóra setzte sich auf eine Kiste, um die Bilder in aller Ruhe anschauen zu können.

Sie hob den dicken Deckel des Albums. Auf der ersten Seite unter einer Art Deckblatt aus Durchschlagpapier kamen Fotos zum Vorschein, aufgenommen beim alten Hof. Das Haus sah auf den Bildern fast neu aus und hatte sich kaum verändert. Auf einem geschnitzten Holzschild über dem Eingang stand »Kirkjustétt«.

Dóra schob die Ecke des Fotos vorsichtig aus der kleinen Lasche. Auf der Rückseite war ein Stempel, der besagte, dass es im Jahr 1919 aufgenommen oder entwickelt worden war. In einer eleganten Handschrift, vermutlich von einer Frau, stand geschrieben: Bjarni þórólfsson und Aðalheiður Jónsdóttir. Dóra betrachtete das Bild genauer und sah, dass der Fotograf der Sonne den Rücken zugewandt haben musste, denn das Paar versuchte, die Gesichter nicht zu verziehen, obwohl es geblendet wurde. Beide sahen sehr gut aus: der Mann großgewachsen mit dichten Locken, die junge Frau schlank in einem wadenlangen Rock und Sonntagsschuhen mit leichtem Absatz sowie einem altmodischen Hut, der ihr Gesicht halb verdeckte. Unter dem Hut blitzte blondes Haar hervor. Er trug eine weite, helle Hose mit einer auffälligen Bügelfalte, Hemd und Hosenträger. Kerzengerade standen sie nebeneinander vor der Hauswand, die Arme flach am Körper. Grundbesitzer vergangener Zeiten.

Auf derselben Seite befand sich ein zweites Foto mit einem ähnlichen Motiv, nur dass diesmal ein zweites Paar dabei war. Dóra schob das erste Foto vorsichtig an seinen Platz und holte das zweite heraus. Mit derselben Schrift stand dort neben Bjarni und Aðalheiður: Grímur þórólfsson und Kristrún Valgeirsdóttir. Man musste nicht wissen, dass die beiden Männer denselben Vaternamen trugen, um zu erkennen, dass sie Brüder waren. Ihre Kleidung war ähnlich, wenn auch farblich voneinander abweichend. Dóra betrachtete das Bild, konnte aber die Gesichtsausdrücke wegen der Sonneneinstrahlung nicht richtig erkennen, da die Leute sehr stark von der Sonne geblendet wurden. Sie sah nur, dass die Frau, die sie für Grímurs Ehefrau hielt, ganz anders war als die blonde Aðalheiður. Sie wirkte älter und bäuerlicher, war fülliger und kleiner, trug einen gewöhnlichen Rock zu einem dicken Pullover und flachen Schuhen. Ihr dunkles Haar war schlicht zurückgebunden. Dóra überlegte, wie diese beiden unterschiedlichen Frauen wohl miteinander ausgekommen waren. Sie blätterte weiter.

Auf der nächsten Seite befanden sich drei Bilder des jungen Paares, Bjarni und Aðalheiður, alle draußen aufgenommen. Sie ähnelten dem ersten Foto, nur dass die Frau keinen Hut trug. Dóra blätterte weiter und betrachtete zwei Fotografien, auf denen der ältere Bruder und seine Frau gemeinsam mit dem jungen Paar abgelichtet waren. Nun war ein Kind hinzugekommen, ein kleines dunkelhaariges Mädchen, wie damals üblich gut genährt. Dóra sah auf der Rückseite des Fotos, dass sie Edda Grímsdóttir hieß, die Tochter des älteren Bruders. Das Bild war von 1922, und das Kind schien ein Jahr alt zu sein. Die folgenden Bilder waren in größeren zeitlichen Abständen aufgenommen worden. Auf einem von 1923 konnte Dóra erkennen, dass Aðalheiður, die jüngere Frau, guter Hoffnung war, aber auf den darauf folgenden Fotos war kein Kind zu sehen. Erst 1924 gab es ein Bild des jungen Paares mit einem mehrere Monate alten Kind im Arm. Es war in einem Fotostudio aufgenommen. Das Kind war in allerlei Rüschendecken gehüllt, und hinten auf dem Foto stand, dass es sich um ein Mädchen namens Guðný handelte. Ein weiteres, sehr merkwürdiges Bild von einem anderen Mädchen folgte. Es schien zu schlafen, trug eine gehäkelte Rüschenmütze, die den Kopf kaum bedeckte, und ein weißes Rüschenkleid. Für ein schlafendes Kind lag der Körper in einer sonderbaren Stellung. Keines von Dóras Kindern hatte je so geschlafen, mit auf dem Bauch gefalteten Händen und gestreckten Beinen. Dóra löste das Bild aus dem Album und drehte es um. Dort stand »Edda Grímsdóttir«, gefolgt von zwei Jahreszahlen mit einem schwarzen Kreuz dahinter. Sie war im selben Jahr gestorben, als Bjarni und Aðalheiður ihr kleines Mädchen bekommen hatten. Dóra legte das Foto wieder zurück und blähte die Nasenflügel. Sie wusste, dass es damals üblich war, Verstorbene zu fotografieren, aber sie hatte noch nie zuvor ein solches Foto gesehen. Ob dies das Bild war, das Jónas gemeint hatte, als er von dem Foto des Geistes sprach?

Als Dóra die letzten Seiten durchblätterte, waren ihr die Bewohner der Höfe schon richtig vertraut. Bis zum Jahr 1925 gab es keine Fotos des älteren Bruders. Er und seine Frau mussten weggezogen oder sonst wie aus dem Leben des jungen Paares verschwunden sein. Vielleicht hatte der Verlust ihrer Tochter Edda dazu geführt, dass sie den Hof aufgaben. Aðalheiður verschwand ebenfalls bis etwa 1927 von den Fotos. Auf dem letzten Foto von ihr war deutlich zu erkennen, dass sie schwanger war, 1926. Die Schrift auf den Rückseiten der Fotos änderte sich ab diesem Jahr und wurde gröber, eine Männerhandschrift. Dóra glaubte von nun an ein bekümmertes Gesicht bei Aðalheiðurs Mann Bjarni wahrzunehmen, obwohl er die kleine Guðný stets fürsorglich anlächelte. Den Fotos nach zu schließen, wuchs sie heran, ebenso hübsch wie ihre Mutter, obwohl sie eher nach der väterlichen Seite schlug.

Das Album war nicht ganz voll. Die beiden letzten Fotos zeigten Guðný vor der Hauswand – offenbar der Lieblingsort der Familie, um sich ablichten zu lassen. Sie war nun ein Teenager mit üppigen Formen und blondem, lockigem Haar. Dóra konnte sich gut vorstellen, dass sie als sehr hübsch galt – sie sah fast genauso aus wie die wenigen Filmstars aus jener Zeit. Beide Fotos waren von 1941 und wären hinreißend, wenn Guðný allein darauf zu sehen wäre. Aber das war nicht der Fall. Rechts und links von ihr hatte sich jeweils ein junger Mann postiert, mit kerzengeradem Rücken und ernstem Gesicht. Nicht die lächerlichen Posen der Burschen machten die Bilder sonderbar, sondern ihre Kleidung. Beide trugen sehr schlichte dunkle Hosen, weiße Hemden sowie Oberarmbinden mit Hakenkreuzen. Sie hatten merkwürdige Gürtel mit Schulterriemen an, und einer hielt eine Fahnenstange in der Hand. Die Fahne wehte nicht im Wind, sondern hing schlaff herunter, dennoch erkannte man sie als Naziflagge, denn oben auf der Stange thronte das Hakenkreuz, auf das Dóra in der ersten Kiste gestoßen war, und die Hülse diente offenbar zur Befestigung an der Stange. Die Namen der Männer standen nicht auf den Rückseiten der Fotos, nur die Jahreszahl und Guðnýs Name.

Weitere Bilder gab es nicht; am Ende des Albums waren drei Seiten leer geblieben. Von der Ersten war offenbar ein Foto entfernt worden, denn eine dunkle Stelle fiel ins Auge, und die kleinen Fotoecken klebten noch auf der Seite. Dóra schüttelte das Album ein wenig, falls jemand das Foto lose hineingesteckt hatte, aber vergeblich. Dóra legte das Album beiseite und stand auf. Das Licht in dem dunklen Keller war so trüb, dass sie die Fotos lieber in ihrem Zimmer genauer anschauen wollte. Außerdem musste sie Jónas fragen, ob es sich bei einem der Mädchen aus dem Album um den Geist handelte. Die Stufen der nach oben führenden Holztreppe knarrten so laut, dass Dóra froh war, nicht übergewichtig zu sein. Im Erdgeschoss angekommen, holte sie tief Luft, froh dem feuchten Geruch entflohen zu sein. Anschließend steuerte sie auf die Empfangshalle zu.

Draußen vor dem Flurfenster sah sie Sóldís, das Mädchen, das sie gestern zu ihrem Zimmer gebracht hatte. Sie lehnte an der Hauswand und rauchte. Dóra beschloss, einen Umweg zu machen und sie noch einmal auf die Geschichten anzusprechen, die sich angeblich um das Grundstück und das Haus rankten.

»Hallo! Sóldís!«

Das Mädchen drehte sich um. Ihr Gesicht war ausdruckslos, und Dóra konnte nicht ausmachen, ob sie froh oder genervt war, sie wiederzusehen. Immerhin suchte sie nicht das Weite. »Ja?«

»Hi, erinnerst du dich nicht an mich?«

»Doch, doch. Du bist Gast hier. Eine Bekannte von Jónas.«

»Genau.« Dóra lächelte freundlich. »Hör mal, du hast doch gestern alte Geschichten über diesen Ort erwähnt und gesagt, du könntest mir mehr darüber erzählen. Jetzt würde es mir gut passen.«

Das Mädchen runzelte die Stirn und vermied es, Dóra in die Augen zu schauen. »Ich muss weiterarbeiten.«

»Es wäre hilfreich für Jónas. Ich versuche, ihn zu unterstützen, und auch wenn das unwahrscheinlich klingt, könnten mir die Geschichten über diesen Ort dabei helfen.«

Das Mädchen zögerte und zuckte dann gleichgültig mit den Schultern. »Okay. Von mir aus.«

»Super«, sagte Dóra, »sollen wir reingehen?« Das Wetter war immer noch trüb, obwohl sich der Nebel gelichtet hatte. Er schien jedoch nur ein paar Meter gestiegen zu sein, sodass man den Fuß der nahe gelegenen Berge sehen konnte.

Sóldís ging los, und Dóra folgte ihr auf den Fersen. Sie betraten das Haus durch den Personaleingang, der in eine große Küche führte. Dort setzte sich Sóldís an einen kleinen Küchentisch für das Personal und bot Dóra einen Stuhl an. Anschließend griff sie nach einer monströsen Thermoskanne und nahm zwei Tassen aus der großen Bechersammlung.

»Weißt du, ich bin hier aufgewachsen, und meine Oma hat mir alle möglichen Geschichten von hier erzählt. Trolle und so, du weißt schon. Das meiste ist natürlich Unsinn, aber sie glaubt, dass einiges davon stimmt«, erklärte Sóldís und reichte Dóra eine Tasse mit dampfendem Kaffee.

Dóra nickte. »Was denn zum Beispiel?« Sie nahm eine kleine Packung H-Milch und kippte einen Schuss Milch in ihren Kaffee.

»Tja, zum Beispiel das mit dem Grundstück hier. Oma hat erzählt, dass ein Fluch darauf lastet.«

»Ein Fluch?« Dóra konnte ihre Augenbrauen kaum davon abhalten, bis zum Haaransatz hochzuzucken.

»In dem Lavafeld hier wurden früher Säuglinge ausgesetzt. Frauen aus der Umgebung, die für ihre Kinder nicht sorgen konnten, brachten sie hierher und setzten sie aus.« Sie blickte zu Dóra und schüttelte sich. »Grauenvoll. Man kann sie immer noch hören, weißt du. Sogar ich hab sie schon gehört.«

Dóra hätte sich fast an ihrem Kaffee verschluckt. Sie beugte sich vor. »Willst du mir sagen, du hast Säuglinge weinen hören, die vor Hunderten von Jahren hier ausgesetzt wurden?«

Sóldís schaute Dóra herablassend an. »Da bin ich nicht die Einzige, falls du das glaubst. Die meisten hier haben das Weinen schon gehört. In der letzten Zeit ist es sogar mehr geworden. Als ich angefangen hab, hier zu arbeiten, war's nie zu hören.«

»Und woran liegt das?«

»Weiß nicht. Oma meint, es würde kommen und gehen. Sie kann sich noch erinnern, dass irgendwann in den 40er Jahren ein herzzerreißendes Weinen zu hören gewesen sein soll. Ein Bauer kam her, um danach zu suchen, weil er dachte, es sei von einem echten Kind. Er hat direkt neben sich ein leises Weinen gehört, aber kein Kind gefunden. Da ist er nach Hause gerannt und nie wieder in die Nähe dieses Hofes gekommen. Oma hat erzählt, das war kurz vor Kriegsende. Vielleicht haben die Wiedergänger das gespürt und so ihre Freude darüber ausgedrückt. Oder ihren Zorn. Vielleicht ist jetzt auch was Übles im Anmarsch. Tja, oder was Gutes.«

Sich nach allen Seiten absichern, würde Dóra das nennen. Natürlich geschahen ständig Dinge, und es war immer irgendwas im Anmarsch. Unabhängig davon, ob es gute oder schlechte Neuigkeiten gab, konnte man sich immer hübsch auf sie berufen, wenn die ausgesetzten Kinder anfingen zu weinen. Kein Wunder, dass sich der Spuk wie ein Lauffeuer unter den Mitarbeitern herumgesprochen hatte, wenn man ihn mit allem Möglichen begründen konnte. »Hast du schon mal einen Wiedergänger gesehen?«, fragte Dóra. »Oder sonst jemand im Hotel?«

»Oh Gott, nein«, entgegnete Sóldís. »Zum Glück nicht. Die sind bestimmt total gruselig. Wahrscheinlich würde ich ... du weißt schon ... den Verstand verlieren.«

»Diese Geschichte, dass in dem Lavafeld Kinder ausgesetzt wurden – kennt die hier jeder?«

»Ja, absolut«, antwortete Sóldís. »Es heißt, hier würde kein Kind überleben. Das wissen alle.« Sie sah, dass es Dóra schwerfiel, das zu verdauen. »Geh auf den Friedhof und schau dir die Grabsteine an, dann siehst du, dass das kein Quatsch ist.«

Dóra musste an das Foto des kleinen toten Mädchens denken, Edda Grímsdóttir. »Angenommen der Spuk kommt von den ausgesetzten Kindern«, sagte sie. »Wie erklärst du dir dann den Geist, den Jónas und andere gesehen haben? Das war kein Kleinkind.«

»Dieser Geist ist kein ausgesetztes Kind«, entgegnete Sóldís. »Es könnte die Mutter eines Kindes sein, die dazu verurteilt ist, bis in alle Ewigkeit nach ihm zu suchen. Oder es ist der Geist des Strandweibs.«

»Der Geist des Strandweibs?«, wiederholte Dóra. Sie begriff überhaupt nichts mehr. »Es gibt also noch andere Geister hier in der Gegend?«

»Ja«, antwortete Sóldís, »jede Menge. Die ausgesetzten Kinder und der Wiedergänger des Strandweibs sind allerdings auf diesem Grundstück die Einzigen, von denen ich weiß. Diese Geschichte hat auch hier stattgefunden. Bevor die beiden Höfe gebaut wurden, war hier nämlich ein Fischerdorf.«

»Ein Fischerdorf?«

»Ja, solche Fischerbaracken. Sie sind zur See gefahren und so«, antwortete Sóldís. »Jede Menge Arbeiter, weißt du. Fischer eben.«

»Und was hat das mit dem Fluch zu tun?«, fragte Dóra argwöhnisch.

»Ziemlich viel«, antwortete das Mädchen abrupt. »Oma hat mir erzählt, die Fischer hätten ein Strandweib umgebracht und ihr Fleisch als Köder verwendet.«

»Als Köder?«, fragte Dóra und verzog das Gesicht.

»Ja, als Köder«, entgegnete das Mädchen, zufrieden über Dóras Reaktion. »Sie haben richtig gute Beute mir ihr gemacht und wollten deshalb nicht direkt zurück an Land, sondern sind noch bis in die Dämmerung hineingefahren. Als es dunkel war, ist das Boot gekentert. Nur ein Mann hat überlebt, und der war gegen die ganze Sache. Er hat erzählt, das Boot sei von unten umgeschmissen worden, weißt du. Etwas im Meer hat es zum Kentern gebracht, und der Mann hat behauptet, es sei der Wiedergänger der Frau gewesen.«

»Aha«, sagte Dóra verwundert, »und das soll der Geist sein? Die Frau, die als Köder ...«

Sóldís schüttelte den Kopf. »Könnte auch der Wiedergänger von einem der Fischer sein, die sie getötet hat. Ihre Leichen sind an Land gespült worden und spuken auch hier.« Verschwörerisch beugte sie sich zu Dóra. »Und weißt du was?«

»Nee, was?«

»Sie sind dort angespült worden, wo die Polizei alles abgesucht hat. Wo die Leiche gefunden wurde.« Sóldís richtete sich auf.

»Woher weißt du, dass die Polizei am Strand war?«

Sóldís schaute Dóra verstimmt an. »Ich kenne alle hier. Meine Tante hat mich angerufen und es mir erzählt. Glaubst du etwa, die Leute bemerken die Polizei nicht?«

»Doch, doch«, antwortete Dóra, »natürlich tun sie das.« Sie dachte kurz nach. »Aber diese Fischer waren doch bestimmt Männer. Gibt es keine Geschichte von einem Geist, der ein Kind war? Ein kleines Mädchen?«

Sóldís überlegte mit nachdenklichem Gesicht. »Du meinst den Geist, von dem die Leute hier im Hotel reden?«

»Ja, genau«, antwortete Dóra hoffnungsvoll. »Was denkst du darüber? Hat dir deine Oma über den was erzählt?«

»Hab sie gefragt, sie wusste nichts. Aber ich hab von einer anderen Frau gehört, dass es vielleicht die Tochter des Bauern sein könnte, der früher hier gelebt hat. Ich glaube, er hieß Bjarni.« Sóldís schwieg einen Moment. »Diese Frau hat mir erzählt, alle hätten davon geredet, dass dieser Bjarni seine Tochter missbraucht hätte. Inzest.«

»Was?«, entfuhr es Dóra. Sie rief sich die Fotos von Guðný und ihrem Vater Bjarni aus dem Album ins Gedächtnis. Auf diese Idee wäre sie nie gekommen.

Das Mädchen zuckte die Achseln. »Sie sind dann beide gestorben. An Tuberkulose.«

Dóra nickte langsam. »Tja, also, was glaubst du denn? Dass dieses Mädchen, das hier gelebt hat, der Geist ist?«

Sóldís schaute Dóra direkt in die Augen. »Ich habe zwar den Geist gesehen, aber nie das Mädchen. Woher soll ich es dann wissen?«

»Du hast den Geist gesehen?«, fragte Dóra verblüfft.

»Ja«, lautete die herablassende Antwort. Sóldís' Blick war provozierend, so als wolle sie Dóra herausfordern, den Wahrheitsgehalt ihrer Aussage anzuzweifeln.

»Verstehe«, entgegnete Dóra vorsichtig. »Wo hast du ihn denn gesehen, wenn ich fragen darf?«

»Hier draußen. Im Nebel. Ich hab ihn nicht genau gesehen, aber es war ganz sicher ein Mädchen.«

Dóra nickte. »Und es war kein Kind aus der Nachbarschaft?«

Sóldís lachte spöttisch. »Aus der Nachbarschaft? Welche Nachbarschaft? Das nächste Kind wohnt fünf Kilometer entfernt und ist ein Junge, verstehst du. Der würde wohl kaum hierherwandern und dann im Nebel rumirren. Wozu?«

Dóra musste zugeben, dass das unwahrscheinlich war. Sie überlegte, ob sie noch etwas fragen wollte, als ihr Handy klingelte.

»Hallo Dóra«, sagte Matthias' vertraute Stimme. »Kannst du dich dazu durchringen, mir zu sagen, wo du bist, oder soll ich einen Suchtrupp losschicken? Ich bin in Keflavík. Gerade gelandet.«

8. KAPITEL

»Ich sag doch – in mein Lager ist eingebrochen worden!«, verkündete Stefanía und stemmte wütend die Hände in die Hüften.
Sie versuchte, sich von Vigdís' gemeinem Kichern nicht irritieren
zu lassen. Aber sie hatte wirklich die Nase voll. Jemand hatte das
Schloss des kleinen Lagerraums, in dem sie ihre Waren aufbe-
wahrte, aufgebrochen, und auch wenn nichts abhanden gekommen war, war das eine ernste Sache. Stefanía hatte sich allerdings
schon längst daran gewöhnt, dass die Frauen oft nur begrenztes
Verständnis für sie aufbrachten. Sie wusste nicht, ob es an ihrem
guten Aussehen lag oder doch eher mit ihrem Arbeitsgebiet zusammenhing – Sexualberatung. Meistens hatte sie das Gefühl,
ihre Geschlechtsgenossinnen seien der Meinung, sie hätte diesen
Job nur gewählt, um die Chance zu haben, sich an bereits verge-
bene Männer heranzumachen, was völlig abwegig war. Sie
konnte schließlich auch nichts dafür, wenn die sich ab und zu an
sie heranmachten. Missbilligend runzelte sie die Stirn. »Das ist
nicht witzig. Das Schloss ist total kaputt. Du kannst gerne mitkommen und es dir anschauen, wenn du mir nicht glaubst.«

Vigdís hob die Brauen. »Völlig unnötig, sich so aufzuregen. Es
gibt überhaupt keinen Grund, wegen eines Einbruchs so ein
Theater zu machen, wenn überhaupt nichts gestohlen wurde.«
Vigdís drehte sich wieder zu ihrem Computer. Sie konnte Stefanía
und ihr Sexgerede nicht ausstehen. Immer musste sich alles um

diese Frau drehen, egal, wo sie auftauchte, und mit diesem Quatsch über den Einbruch wollte sie doch nur Aufmerksamkeit erregen. Aber es war ziemlich unwahrscheinlich, dass es ihr diesmal gelingen würde, denn sie musste sich mit einem Leichenfund messen. Vigdís blickte vom Bildschirm zu Stefanía und sah sie scharf an. »Was soll ich denn deiner Meinung nach tun?«

Stefanía würde es begrüßen, wenn sich diese Zicke von Vigdís in einen Teich mit Piranhas stürzen würde, aber das behielt sie lieber für sich. »Tun? Ich weiß es nicht. Sollte man nicht zumindest Jónas darüber informieren, dass ein Schloss zu einem verriegelten Lagerraum aufgebrochen wurde? Wer weiß, vielleicht war es ein Drogensüchtiger auf der Suche nach Stoff?«

»Stoff? Wer würde denn in deinem Lager nach Stoff suchen? Schließlich sind wir ein auf Naturheilkunde und seelische Angelegenheiten spezialisiertes Hotel. In ganz Snæfellsnes gibt es wohl kaum einen Ort, der weniger geeignet wäre, um nach Drogen oder Medikamenten zu suchen.«

Stefanía atmete heftig. »Entschuldige, aber wer tief im Drogensumpf steckt, ist vielleicht nicht unbedingt über die Spezialangebote von Hotels informiert. Abgesehen davon, dass es ein Gast gewesen sein könnte.« Mit honigsüßem Lächeln fügte sie hinzu: »Oder ein Mitarbeiter.«

Vigdís reagierte unwirsch: »Ein Mitarbeiter? Hast du noch alle Tassen im Schrank?«

»Ich meine ja nur. Wenn es kein Drogensüchtiger war, dann muss es wohl ein normaler Mitbürger gewesen sein. Oder jemand wollte unbedingt an die Sachen, die ich verkaufe, hat sich aber nicht getraut, mich einfach darauf anzusprechen? Wer weiß?« Stefanía riss mit gespieltem Staunen die Augen auf.

Vigdís wollte sich auf keinen Fall in ein Gespräch über Gleitcremes und andere Hilfsmittel für das Liebesleben verwickeln lassen. Stefanía wusste, dass ihr das Thema unangenehm war, und Vigdís wollte ihr nicht den Gefallen tun, rot zu werden. »Und warum wurde dann nichts gestohlen?«

Stefanía zögerte einen Moment. »Tja, weiß ich auch nicht. Ich hab natürlich noch nicht jeden Karton und jedes Teil kontrolliert. Vielleicht wurde doch was geklaut.« Sie kam mit ihren Vermutungen nicht weiter.

»Im Moment ist hier einfach zu viel los, als dass man um einen Einbruch, bei dem *vielleicht* etwas gestohlen wurde, viel Aufhebens machen würde.« Vigdís machte mit den Fingern ein Symbol für Gänsefüßchen, als sie »vielleicht« sagte.

»Ach?«, fragte Stefanía neugierig. »Was ist denn passiert?« Sie ärgerte sich darüber, wie häufig etwas passierte, wenn sie gerade nicht da war. Sie fuhr abends heim nach Hellnar und arbeitete nur selten am Wochenende, vielleicht kam sie deshalb so schlecht mit den Kollegen zurecht, denn die meisten wohnten in kleinen Häuschen, die Jónas beim Hotel gebaut hatte.

»Am Strand ist eine Leiche gefunden worden. Unten am Anlegeplatz, direkt bei der Schlucht.« Vigdís machte eine dramatische Pause, bevor sie weiterredete. »Vermutlich ist es Birna, die Architektin.« Wieder wartete sie einen Moment. »Ist wahrscheinlich ermordet worden.« Als Stefanía blass wurde und sich die Hand auf die Brust legte, jauchzte sie innerlich.

»Denkst du dir das gerade aus?«, stammelte Stefanía.

»Nö. Ist die reine Wahrheit. Tot, wahrscheinlich ermordet.« Vigdís wandte sich wieder ihrem Computer zu und wechselte das Thema, um Stefanía zu ärgern. »Kannst du der Rechtsanwältin vielleicht einen leeren Karton besorgen? Sie braucht eine große Kiste für irgendwelchen Kram.«

»Was? Ja, ja«, sagte Stefanía abwesend. Was zum Teufel war geschehen? Sie musste an die Ratschläge denken, die sie der armen Frau vor kurzem noch gegeben hatte. Hatten die womöglich dazu geführt, dass Birna nicht mehr am Leben war? Stefanía murmelte einen Abschiedsgruß und eilte davon. Sie wollte nicht, dass man sah, wie sehr ihr diese Neuigkeit zu schaffen machte. Aber eins musste sie unbedingt wissen. Sie machte kehrt. »War Sex mit im Spiel? Weißt du, ob sie vergewaltigt wurde oder so was?«

»Ja, ich glaube schon«, antwortete Vigdís, obwohl sie keinen blassen Schimmer hatte.

Feuerrot im Gesicht ging Stefanía zu ihrem Büro. Das sollten besser nicht noch mehr Leute sehen.

Dóra ließ den schweren Pappkarton auf das frisch gemachte Bett in ihrem Hotelzimmer fallen. Als sie den Karton an der Rezeption abgeholt hatte, hatte sie zuerst geglaubt, es handele sich um einen Witz – versteckte Kamera oder so. Der Karton trug auf allen Seiten mit großen schwarzen Lettern die Aufschrift: »*Vibrating Dildo – Genuine Rubber – New Aloe Vera Action!*« Für diejenigen, die des Englischen nicht so mächtig waren, gab es unter dem Text eine Abbildung des Inhalts. Dóra war puterrot geworden, als sie den Karton von Vigdís entgegengenommen hatte, die bei der Gelegenheit sagte: »Der hier war nicht ganz so schlimm wie der mit den künstlichen Vaginen.« Dann hatte sie gelächelt und hinzugefügt: »Die Einzige, die gerade einen leeren Karton hatte, war unsere Sexualratgeberin. Entschuldige bitte.«

Es hatte Dóra fast den ganzen Morgen gekostet, die restlichen Sachen aus dem Keller durchzusehen und das, was ihr bedeutsam erschien, mitzunehmen. Sie interessierte sich ausschließlich für alte Dokumente, Briefe und Fotografien und ließ alles andere zurück: Tassen, Uhren, Kerzenleuchter und ähnlichen Nippes. Dóra legte die Papiere, die nicht von Belang waren, wieder zurück in die dunklen Kisten, nahm aber sämtliche Fotos mit, egal wer darauf abgebildet war, denn man konnte nie wissen, was sich bei besserem Licht herausstellen würde. Es waren nicht viele. Eines weckte ihre besondere Aufmerksamkeit – ein Bild in einem hübschen, altmodischen Rahmen von einem jungen Mädchen, mit Sicherheit die Tochter von dem alten Hof, Guðný Bjarnadóttir. Das Mädchen saß mit angezogenen Beinen auf einem Grashügel und lächelte, jung und hübsch, in die Kamera. Sie trug eine weiße, dekolletierte Bluse, die mit einer langen Schleife am Ausschnitt zusammengebunden war. Die Bluse unterstrich auf unerklärliche

Weise, dass es sich um ein junges Mädchen handelte, nicht um eine junge Frau. Dóra war sich sicher, dass sie selbst in dieser Bluse einen ganz anderen Eindruck erweckt hätte. Sie stellte das Bild auf den Nachttisch neben ihrem Bett. Es dauerte lange, bis es richtig stehen blieb, denn der Ständer auf der Rückseite des Rahmens hatte im Keller offenbar ziemlich gelitten. Sie betrachtete das Mädchen lange und hoffte zutiefst, dass das, was Sóldís ihr über den Inzest auf dem Hof erzählt hatte, eine Erfindung wäre. Falls nicht, war Guðný aller Wahrscheinlichkeit nach das Opfer.

Dóras Magen knurrte. Sie schaute auf die Uhr; es war kurz vor eins. Dóra rief an der Rezeption an und erfuhr, dass die Küche bis halb zwei geöffnet war. Sie musste sich beeilen. Rasch wusch sie sich die Hände und kämmte ihr struppiges Haar. Der Aufenthalt im Keller hatte nicht gerade zu ihrer Attraktivität beigetragen, aber sie ließ sich durch die staubigen Klamotten nicht davon abhalten, in den Speisesaal zu gehen. Am Abend könnte sie sich immer noch schick machen und ihren jetzigen Aufzug ausgleichen.

Als Dóra den Speisesaal betrat, war nur ein einziger Gast anwesend. Es war der ältere Herr, den sie beim Frühstück für einen Wirtschaftsprüfer oder Rechtsanwalt gehalten hatte. Er schaute sie nicht an und machte keinerlei Anstalten, sie zu grüßen, blickte nur betrübt aus dem Fenster und schien nicht zu bemerken, dass sich die Zahl der Gäste im Speisesaal mit Dóras Eintreffen verdoppelt hatte. Woher kannte sie den Mann bloß? Dóra wählte einen Tisch in einigem Abstand zu ihm. Kaum hatte sie Platz genommen, als auch schon ein junger Mann mit Kellnerlächeln herbeieilte und ihr die Speisekarte reichte. Dóra bedankte sich, bestellte ein Glas Mineralwasser, überflog die Mittagskarte und entschied sich für Omelett mit grünem Salat, der Löwenzahn und Sauerampfer enthalten sollte. Dóra wählte das Gericht vor allem aus Neugier. Als sie gerade die Karte zugeschlagen hatte, erschien der Kellner mit dem Getränk und lobte ihre Speisenauswahl. Dóra vermutete, er hätte es auch getan, wenn sie rohes Schweinefleisch bestellt hätte, falls so etwas im Angebot wäre. Er wirkte nicht besonders vertrauenswürdig. »Gibt's was Neues über den Leichenfund?«, fragte sie, während er ihr Wasser einschenkte. Der Kellner zuckte zusammen und kleckerte ein wenig Wasser auf die Tischdecke.

»Oh, entschuldige. Wie ungeschickt von mir«, sagte er und holte eine Serviette vom Nachbartisch.

»Ist schon in Ordnung«, entgegnete Dóra lächelnd. »Ist ja nur Wasser.« Sie wartete, bis er den Tisch abgewischt hatte. »Und? Gibt's was Neues?«

Der Kellner knetete die nasse Serviette in seinen Händen und zögerte. »Gott, das ist alles so verwirrend. Ich weiß eigentlich nicht, was ich sagen darf und was nicht. Der Chef will sich nachher mit uns treffen und eine Sprachregelung festlegen, was wir den Gästen sagen sollen. Wir möchten keine Gerüchte verbreiten, die unnötige Aufregung verursachen könnten. Die Leute kommen schließlich her, um sich zu erholen.«

»Ich bin kein normaler Gast. Mir kannst du ruhig alles erzählen, ich arbeite für Jónas. Ich bin seine Rechtsanwältin und frage nicht aus persönlicher Neugier.«

Der Kellner war argwöhnisch. »Oh, verstehe.« Er verstand offenbar nicht ganz, denn er sagte nichts weiter.

»Du weißt also nichts Genaues darüber? Ist inzwischen klar, um wen es sich handelt?«

»Nein, nicht offiziell. Allerdings sind sich alle darüber einig, dass es Birna ist, die Architektin.« Er zuckte die Achseln. »Aber vielleicht stellt sich doch noch heraus, dass es jemand ganz anderes ist.«

»Kanntest du sie?«

»Ein bisschen«, antwortete der Kellner mit ausdrucksloser Miene. »Sie war sehr oft hier. Es ließ sich nicht vermeiden, mit ihr zu tun zu haben.«

»Das klingt ja nicht so, als seist du besonders gut mit ihr ausgekommen.« Dóra nahm einen Schluck Mineralwasser und spürte, wie der Kellerstaub durch ihre Kehle hinuntergespült wurde.

Der Kellner hatte offenbar genug von ihrer Unterhaltung. »Ich muss deine Bestellung in die Küche bringen. Der Koch wird sauer, wenn er länger als bis halb zwei bleiben muss.« Er lächelte ihr zu. »Unter uns gesagt, ich konnte sie nicht ausstehen. Ein richtiges Miststück war sie, auch wenn sie jetzt tot ist. Sie war trotzdem ein Miststück.« Er ging davon.

Dóra sah ihm nach, bis er mit der Bestellung in der Küche verschwunden war. Offensichtlich hatten nicht alle dieselbe Meinung über Birnas Redlichkeit wie Jónas. Falls es sich überhaupt um Birna handelte.

Nach dem Essen ging Dóra wieder in ihr Zimmer. Sie hatte von dem Kellner nichts Weiteres in Erfahrung bringen können, nur, dass er Jökull hieß. Am Ende hatte sie allein im Speisesaal gegessen, denn kurz nachdem der Kellner mit ihrer Bestellung gegangen war, hatte sich der ältere Herr erhoben und den Speisesaal verlassen, ohne sie eines Blickes zu würdigen. Dóra hatte ihn beobachtet und wurde das Gefühl nicht los, dass sie ihn irgendwoher kannte. Aber sie kam nicht darauf, wer er war. Er hätte auch ein Busfahrer aus ihrer Kindheit sein können, aber irgendwie kam er ihr vertraut vor.

Dóra war klar, dass es am vernünftigsten wäre, sich genauer mit dem Inhalt des Kartons zu beschäftigen oder Birnas Kalender durchzusehen, aber die Verlockung, unter die Dusche zu gehen, den Staub aus dem Keller abzuwaschen und sich einen Moment hinzulegen war zu groß. Mittagsschläfchen waren ein Luxus, den sie sich nur selten gönnte. Zu Hause gab es immer genug zu tun, und das Bett war dort auch nicht so einladend, weich, frisch bezogen und schön. Sie ließ sich hinreißen.

Dóra schreckte hoch. Sie hatte das Telefon so eingestellt, dass es sie nach einer Stunde wecken würde, aber es hatte keinen Laut von sich gegeben. Verwirrt schaute Dóra sich um. Als sie ein Klopfen an der Tür hörte, kam sie zu sich. Sie reckte sich nach dem Bademantel, den sie nach dem Duschen übergezogen hatte und rief heiser: »Wer ist da?« Niemand antwortete, aber es klopfte erneut. Sie zog den Bademantel an, eilte zur Tür, öffnete sie einen Spalt und schaute hinaus. »Hallo?«

»Hallo, meine Süße«, sagte Matthias. »Willst du mich nicht reinlassen?«

Dóra verfluchte sich selbst dafür, dass sie ungeschminkt war und auf ihrem nassen Haar geschlafen hatte. Sie versuchte erfolglos, ihre zerzauste Frisur zu bändigen. »Ach, hallo. Du hast es also gefunden.«

Matthias betrat lächelnd den Raum. »Selbstverständlich. So schwer war es nun auch wieder nicht.« Er sah sich um. »Schickes Zimmer.« Sein Blick fiel auf den Karton der Sexratgeberin.

Dóra schaffte es nicht mehr, ihn aus Matthias' Blickfeld zu schieben. Sie lächelte verlegen.

»Ich sehe schon – ich bin gerade noch rechtzeitig gekommen«, sagte der Deutsche.

9. KAPITEL

Dóra hatte die Gegenstände, die der Karton in seinem früheren Leben beherbergt hatte, noch nie ausprobiert. Sie war sich jedoch ziemlich sicher, dass derartige Geräte es genauso wenig mit den Originalen aufnehmen konnten wie andere Nachahmungen in dieser Welt. Sie lächelte und setzte sich halb auf. Der Bademantel lag zerknautscht neben dem Bett, und Dóra reckte sich träge danach. Schon seltsam, dass ich so etwas nicht öfter tue, dachte sie, als sie in den Bademantel schlüpfte und ihre Klamotten zusammensuchte. Matthias war nach draußen zu seinem Mietwagen gegangen, um das Gepäck zu holen und es in sein Zimmer zu bringen. Dóra vermutete, dass er sich dort wohl kaum viel aufhalten würde, schätzte jedoch die ihr entgegengebrachte Höflichkeit. Sie lächelte im Stillen, denn sie merkte, dass sie sehr glücklich war, ihn zu sehen, und sich freute, dass er trotz ihrer Einwände gekommen war. Eigentlich schade, dass ihre Beziehung überhaupt keine Zukunft hatte. Er war Ausländer, und es war unwahrscheinlich, dass er in Island Fuß fassen würde. Als er aufgetaucht war, hatte sie verlegen versucht, Smalltalk zu halten und ihn gefragt, wie ihm das Eurovision-Siegerlied gefallen habe. Er hatte sie verständnislos angeschaut und gefragt, ob sie ihn auf den Arm nehmen wolle. Wer sich nicht für den Eurovision Song Contest interessierte, würde in Island keine sieben Tage glücklich werden. Rasch kleidete sie sich an.

Matthias kam zurück, als sie gerade den zweiten Socken anzog. »Oh«, sagte er enttäuscht, »ich hatte ganz vergessen, dass du Weltrekordhalterin im Schnellankleiden bist.« Er lächelte ihr zu. »Was allerdings den Vorteil hat, dass du dich auch ziemlich schnell wieder ausziehst.«

»Sehr witzig«, sagte Dóra. »Und wie gefällt dir das Hotel?«

Matthias ließ seinen Blick schweifen und zuckte mit den Schultern. »Gut. Ein bisschen abgelegen. Was zum Teufel machst du hier eigentlich?« Er beeilte sich hinzuzufügen: »Ich will mich nicht beschweren. Überhaupt nicht.«

»Ich arbeite für den Eigentümer. Er denkt darüber nach, ein Verfahren gegen die Verkäufer des Grundstücks anzustrengen.«

»Aha. Betrug?«, fragte Matthias, ging zum Fenster und zog die Gardine zur Seite, um die Aussicht zu begutachten. »Schön«, sagte er und drehte sich wieder zu Dóra.

»Ach, das ist alles ziemlich albern. Er behauptet, hier würde es spuken und der ehemalige Besitzer hätte davon wissen müssen.«

»Es spukt, hm.« Matthias' Gesichtsausdruck war genauso, wie Dóra ihn sich bei dem Richter vorstellte, falls der Fall jemals so weit kommen würde. »So ist das also.«

»Der Hotelbetrieb reagiert sehr sensibel auf solche Dinge. Es ist also nicht ganz so bescheuert, wie es klingt.« Dóra grinste ihn an. »Das ist ein Esoterikhotel. Hier werden ganzheitliche Heilverfahren, Wahrsagen, organische Kost, Kristalltherapie, Magnetfeldtherapie, Aura-Lesen und so weiter angeboten. Die meisten Mitarbeiter haben übersinnliche Fähigkeiten und kommen nicht besonders gut mit Gespenstern aus.«

»Klar«, sagte Matthias und schnitt eine Grimasse. »Alles völlig normal natürlich.«

»Du meine Güte, nein«, antwortete Dóra schnell. »Obwohl das an diesem Ort gar nicht so abwegig ist. Hier befindet sich nämlich schon seit langem eine Hochburg des Glaubens an das Übernatürliche, wenn man das so sagen kann. Zum Beispiel gibt es eine Volkssage über einen Mann namens Bárður, der aus Verzweiflung darüber, dass seine Tochter auf einer Eisscholle nach Grönland gedriftet ist, in den Gletscher hineinging. Der Gletscher soll übernatürliche Kräfte haben. Ich weiß allerdings nicht, ob das mit diesem Bárður zusammenhängt oder vom Gletscher selbst ausgeht.«

»Ein Gletscher mit übernatürlichen Kräften?« Matthias schien solchen Phänomenen keinen großen Glauben zu schenken. »Du meinst doch so einen Berg mit ewigem Schnee, oder?«

»Ha, ha«, entgegnete Dóra. »Der Glaube an die Macht des Gletschers reicht weit über Island hinaus. Kurz vor der letzten Jahrhundertwende sind alle möglichen Leute hierhergekommen, um Außerirdische in Empfang zu nehmen.«

»Und sie wurden bestimmt nicht enttäuscht, was?«

Dóra zuckte die Achseln. »Darüber sind sie sich nicht einig. Der Sprecher der Gruppe hat gesagt, sie seien da gewesen. Allerdings nur im Geiste. Kein UFO oder so. Eine Art Erscheinung.«

»Oder vielleicht Einbildung?« Matthias grinste.

Dóra grinste zurück. »Ja, oder das. Der Berg ist natürlich sehr mächtig.«

»Und was hat das mit einer Leiche zu tun?«

»Ach ja. Die Leiche hat nichts mit diesem Esoterikkram zu tun. Glaube ich zumindest. Der Eigentümer ist allerdings nicht ganz meiner Meinung.« Sie lächelte verlegen. »Er ist ziemlich speziell.«

»Was du nicht sagst.« Matthias hob die Augenbrauen. »Wurde die Leiche hier im Hotel gefunden?«

Dóra erzählte Matthias, wo die Leiche gefunden worden war, dass es sich um eine Frau handelte, die für Jónas gearbeitet hatte, und dass sie vermutlich ermordet worden war.

»Und steht jemand unter Verdacht?«

»Nicht, dass ich wüsste«, antwortete Dóra. »Ich bezweifle, dass die Polizei überhaupt schon eine Theorie hat. Die Ermittlungen stehen noch ganz am Anfang.«

»Deinetwegen hoffe ich, dass es nicht dieser Jónas war.«

»Nein, bestimmt nicht«, sagte Dóra nachdenklich. Vorsichtig

fügte sie hinzu: »Ich habe hier was, das möglicherweise Licht auf die Sache werfen könnte.« Sie lächelte beschämt.

»Du hast da was? Was denn?« Er schaute sie forschend an.

»Tja, also, ich hab den Kalender der Frau, die höchstwahrscheinlich das Opfer ist. Mehr so eine Art Notizbuch«, antwortete Dóra, feuerrot im Gesicht, versuchte jedoch, so beiläufig wie möglich zu klingen.

»Was?«, fragte Matthias. »Hast du sie gekannt?«

»Hab sie nie gesehen.«

»Aber du hast ihr Notizbuch? Woher denn?«

»Bin zufällig darauf gestoßen«, sagte Dóra, fügte dann aber ehrlich hinzu: »Eigentlich hab ich's geklaut. Aus Versehen.«

Matthias schüttelte den Kopf. »Aus Versehen, hm.« Er faltete die Hände und blickte zum Himmel. »Lieber Gott, lass sie die Architektin nicht wegen des Kalenders umgebracht haben. Selbst wenn es nur aus Versehen gewesen sein sollte.«

Jónas stand im Foyer und beobachtete drei Polizeibeamte in Zivil, die sich bereit machten, Birnas Auto zu untersuchen. Sie waren mit einem speziell ausgerüsteten Lieferwagen gekommen, der etwas abseits parkte. Dort waren sie ausgestiegen und hatten, ohne sich im Hotel zu melden, begonnen, den kleinen Sportwagen und dessen direkte Umgebung zu fotografieren. Vigdís hatte Jónas telefonisch darüber informiert, und er war in die Halle geeilt.

»Was tun die da eigentlich?«, fragte Vigdís.

Jónas zuckte zusammen. Er hatte die Aktivitäten der Polizisten so konzentriert verfolgt, dass er Vigdís gar nicht bemerkt hatte. Er griff sich ans Herz und schaute sie an. Dann wandte er sich wieder den Geschehnissen vor der Tür zu. »Anscheinend untersuchen sie Birnas Auto. Gott weiß, warum.«

Vigdís kniff die Augen zusammen. »Vielleicht glauben sie, dass Birna im Auto umgebracht wurde.«

Jónas schüttelte den Kopf. »Der Wagen ist seit Tagen nicht bewegt worden. Ich glaube, das habe ich ihnen auch gesagt.«

»Welche Rolle spielt das denn?«, fragte Vigdís. »Ich meine, sie kann ja auch im Auto hier vor der Tür ermordet worden sein.«

Jónas drehte sich schnell zu ihr. »Was soll der Unsinn? Wir wissen überhaupt nicht, ob es sich um ein Verbrechen handelt, wie können wir dann darüber spekulieren, wo es verübt worden ist!«

Vigdís zuckte die Achseln. »Wer ertrinkt denn schon hier am Strand? Das Wasser ist nur so tief.« Der Zwischenraum zwischen ihrem Daumen und ihrem Zeigefinger betrug einen Zentimeter. »Sie kann nur ermordet worden sein.«

Jónas wollte Vigdís gerade entgegnen, sie solle nicht so übertreiben, als er sah, wie einer der Beamten sein Handy aus der Tasche holte. Schwaches Telefonklingeln drang zu ihnen. Der Polizist ging ran, und sie beobachteten, wie er mit jemandem sprach. Plötzlich schaute er auf und blickte zur Eingangshalle. Er fixierte Jónas, der mit einem mulmigen Gefühl im Magen hinter der Glasscheibe stand. Der Beamte beendete das Telefonat, ohne seinen Blick von Jónas abzuwenden, und kam auf den Hoteleingang zu.

»Wow!«, raunte Vigdís. »Hast du das gesehen? Der will bestimmt mit dir reden.«

Dóra eilte in Jónas Büro. Er hatte sie angerufen und ohne weitere Erklärungen um ihre Anwesenheit gebeten, denn die Polizei würde ihm etwas unterstellen, wovon er keine Ahnung hätte. Kein Wunder, dass sie das Gefühl hatte, Matthias' Aussage über Jónas sei ein schlechtes Omen gewesen. Ihr schoss durch den Kopf, dass der Gletscher am Ende vielleicht doch über wundersame Kräfte verfügte.

»Entschuldigung«, sagte sie, nachdem sie an Jónas' Bürotür geklopft und diese geöffnet hatte. Jónas saß mit rot angelaufenem Gesicht am Schreibtisch, ihm gegenüber ein Mann, der Dóra den Rücken zugewandt hatte, sich aber umdrehte, als sie aufmunternd sagte: »Ist hier irgendwas nicht in Ordnung?«

»Nein, hier ist alles in Ordnung«, polterte der Hotelbesitzer und stand auf, um einen dritten Stuhl zum Schreibtisch zu ziehen.

Der Polizeibeamte war mittleren Alters und wirkte unfreundlich. Er erhob sich fünf Zentimeter von seinem Stuhl und reichte Dóra die Hand. Dies genügte, um zu erkennen, dass er ungewöhnlich groß und breit war. »Guten Tag, ich heiße þórólfur Kjartansson. Kriminalpolizei.«

»Hallo. Dóra Guðmundsdóttir, Rechtsanwältin.« Sie schüttelten sich die Hände. »Was ist das Problem?«, fragte sie Jónas.

»Anscheinend denken sie, ich hätte irgendwas mit dem Tod dieser Frau zu tun«, platzte Jónas heraus. Er zeigte auf den Mann und fügte hinzu: »Erst darf er meinen Computer benutzen und den Drucker und dann behauptet er auf einmal, er sei befugt, mein Handy mitzunehmen.« Jónas war so brüskiert, dass ihm plötzlich die Worte fehlten und er þórólfur nur noch hasserfüllt anstarrte.

»Verstehe«, sagte Dóra ruhig. »Darf ich die Befugnis sehen? Ich bin Jónas' Rechtsanwältin, und er hat um meinen rechtlichen Beistand gebeten.«

þórólfur reichte ihr wortlos ein Papier. Dóra überflog den Text. Es handelte sich um eine Verfügung des Bezirksgerichts Westland zur Beschlagnahmung von Jónas Júlíussons Handy. Als Begründung waren Interessen im Zuge der Ermittlungen im Mordfall an Birna Halldórsdóttir angegeben. Dóras Herz machte einen Sprung. Hier stand es schwarz auf weiß. »Darf ich fragen, wozu das Handy benötigt wird?«, fragte sie gefasst.

»Wir vermuten, dass darin Daten gespeichert sind, die uns weiterhelfen können«, antwortete þórólfur ausdruckslos.

»In einem Handy sind alle möglichen Daten gespeichert«, entgegnete Dóra ruhig und versuchte, sich ins Gedächtnis zu rufen, was für ein Handy Jónas hatte. Einige Informationen erhielt man auch über den Netzbetreiber, also ging es anscheinend nicht darum, wen Jónas angerufen hatte. Entweder waren sie hinter dem Terminkalender oder hinter Fotos her, falls das Handy eine solche Funktion hatte. Ungewöhnlich an der Verfügung war, dass die Polizei sich ausschließlich für das Handy interessierte. Von einer normalen Hausdurchsuchung war nicht die Rede. »Hier steht zwar, dass ihr das Handy beschlagnahmen dürft, aber die SIM-Karte wird nicht erwähnt. Kann er die behalten?«, fragte Dóra in der vagen Hoffnung, das Objekt der Begierde möge auf der Karte und nicht im Handy gespeichert sein.

þórólfur riss Dóra die Verfügung aus der Hand. »Hier steht: Das Handy mit der Nummer ...« Er überflog das Schreiben, und als er die Nummer gefunden hatte, hielt er es Dóra triumphierend vor die Nase und tippte mit dem Finger darauf: »667–6767. Siehst du? Das ist Jónas' Nummer. Hier steht sogar, dass er der registrierte Benutzer ist. Wenn du mir das Handy ohne die Karte gibst, kommst du dem Bescheid nicht nach.« Zufrieden lehnte er sich in seinem Stuhl zurück und sagte zu Jónas: »Du musst mir das Handy übergeben.«

Dóra schaute Jónas an. »Hast du etwas dagegen, das Handy zu übergeben?«

Jónas prustete wie ein Wal. »Allerdings. Was soll ich ohne Handy machen? Das Netz ist hier zwar nicht besonders gut, aber das ist mir egal. Das ist mein Handy.«

»Ich empfehle dir, deinem Mandanten zu raten, das Gerät entsprechend der Verfügung auszuhändigen. Alles andere wäre sehr unklug.« þórólfur konnte nicht verhehlen, dass ihm dieses Gezänk auf die Nerven ging.

»Ich habe Birna nicht umgebracht.« Jónas schlug mit der Faust auf den Tisch. »Wie kommt ihr darauf?«

»Niemand hat das behauptet. Am allerwenigsten ich«, antwortete þórólfur wesentlich ruhiger als zuvor. »Allerdings wirft dein Verhalten einige Fragen auf.«

»Was sollen eigentlich diese Andeutungen?«, brüllte Jónas und schlug wieder mit der Faust auf den Tisch, diesmal so heftig, dass der Stiftehalter und andere lose Gegenstände auf der Tischplatte herumhüpften. »Ich habe nichts mit diesem Mord zu tun und ... bestehe darauf, zum Beweis an einen Lügendetektor angeschlossen zu werden. Ihr bekommt das Handy nicht.«

Dóra beugte sich kopfschüttelnd zu Jónas und umfasste sanft seine Hand. »Jónas, in Island werden keine Lügendetektoren benutzt. So etwas hat hierzulande keine Beweiskraft. Ich rate dir, das Handy zu übergeben. Vor allem, wenn du nichts verbrochen hast.«

»Kommt nicht in Frage!« Jónas verschränkte die Arme vor der Brust und lehnte sich im Stuhl zurück, um zu unterstreichen, wie ernst es ihm war. Dann beugte er sich zu Dóra und flüsterte ihr ins Ohr: »Sie dürfen auf keinen Fall das Handy mitnehmen. Glaub mir, das wäre wirklich katastrophal.« Er wandte sich wieder von ihr ab und lächelte dem Polizisten zu.

»Okay. Ich verstehe. Gib mir dein Handy.« Dóra blickte ihm fest in die Augen. »Vertrau mir.«

Jónas schaute sie misstrauisch an. »Nein. Du wirst es der Polizei nicht geben.«

»Jónas. Ich hab gesagt, vertrau mir.« Dóra streckte die Hand aus.

Jónas sah verunsichert aus. Nach kurzem Überlegen holte er das Handy aus der Tasche seiner Jacke, die über der Stuhllehne hing. Er hielt es Dóra hin, ließ es aber nicht los. »Ich wiederhole, du darfst es nicht der Polizei geben.«

Dóra nickte. »Ich weiß. Du kannst ruhig loslassen.« Als Jónas endlich losließ, atmete sie auf. Erleichtert sah sie, dass das Handy keine Fotofunktion hatte.

»Würdest du mir bitte das Handy übergeben«, sagte Þórólfur und hielt ihr das Schreiben unter die Nase.

»Augenblick«, sagte Dóra und legte ihr eigenes Handy auf den Tisch. Sie öffnete es und holte die SIM-Karte heraus. Dann tat sie dasselbe mit Jónas' Handy und tauschte die Karten aus. »Bitte sehr. Das Handy mit der Nummer 667–6767, rechtmäßiger Eigentümer Jónas Júlíusson.« Sie übergab dem Polizisten ihr Handy. »So wie es in der Verfügung verlangt wird, wenn ich den Text richtig verstanden habe.« Sie lächelte Þórólfur an.

»Großartig, super«, sagte Jónas, als sie in Dóras Zimmer stürmten. Sie waren mit dem Handy dorthin gerannt, nachdem þórólfur telefoniert und die Bestätigung erhalten hatte, dass die richterliche/polizeiliche Verfügung erfüllt sei. Eine neue mit einer eindeutigeren Wortwahl war jedoch zu erwarten. Daher hatte Dóra es eilig, zu erfahren, was Jónas partout vor der Polizei geheim halten wollte.

»Matthias – Jónas. Jónas – Matthias.« Dóra beließ es dabei, die beiden mit diesen knappen Worten vorzustellen, denn Jónas und sie hatten nicht viel Zeit. Matthias nickte nur, offenbar verwundert über das ganze Durcheinander, fragte jedoch nicht weiter nach. Dóra wandte sich an Jónas. »Warum verdammt nochmal wolltest du dem Mann das Handy nicht geben?«

»Da sind Nummern gespeichert, die er auf keinen Fall sehen darf. Und auch SMS-Nachrichten.« Jónas beugte sich zu Dóra und flüsterte: »Ich rauche manchmal was. Es gibt zwei Typen, bei denen ich einkaufe, und ihre Nummern sind in dem Handy. Und bestimmt auch ein paar SMS, die ich ihnen geschrieben habe, wenn sie nicht rangegangen sind. Eindeutige SMS.«

Dóra nickte, vollkommen entgeistert über Jónas' Naivität. Andererseits schien ihr das ein deutliches Zeichen seiner Unschuld zu sein. Wenn man seine Vorgehensweise beim Haschkaufen in Betracht zog, hätte er einen Zettel mit seinem Namen auf der Leiche hinterlassen müssen. Sie gab ihm das Handy. »Ich kann dich nicht dazu auffordern, etwas Ungesetzliches zu tun, aber hier ist dein Handy. Denk dran, dass die Zeit knapp ist. Meine PIN-Nummer ist 4036.«

Jónas schaltete das Handy ein und tippte die PIN-Nummer. Er öffnete sofort sein Adressbuch und löschte zwei Namen, die Dóra gar nicht sehen wollte. Dann ging er in den SMS-Ordner und löschte ein paar eingegangene Nachrichten. Als er die gesendeten Objekte durchsah, stutzte er und hielt das Handy von seinem Gesicht weg, um einen besseren Blickwinkel zu haben. »Was zum Teufel ist das denn?«

Dóra griff nach dem Handy. »Was? Was ist denn da?«

Jónas ließ das Handy los. »Das kann nicht sein.« Er war fassungslos.

Dóra las die Anfangsworte der obersten SMS, vermutlich die letzte: *treffpunkt strand* ... Mehr passte nicht auf das Display. Dóra öffnete die SMS. Als sie sie ganz gelesen hatte, stöhnte sie. *triff mich um 9 an der schlucht heute abend muessen ueber deine idee reden – jonas.* Die Nachricht war letzten Donnerstag um 19:25 Uhr geschickt worden, an dem Abend, bevor Birnas Leiche gefunden wurde. »Jetzt erzähl mir bitte nicht, dass das Birnas Nummer ist«, sagte Dóra zaghaft und reichte Jónas das Handy.

Er schaute auf das Display, anschließend zu Dóra und nickte dann langsam.

10. KAPITEL

»Stimmt was nicht?«, fragte Matthias auf Englisch und blickte abwechselnd zu Dóra und Jónas, die das Handy anstarrten.

Es dauerte eine Weile, bis die beiden ihre Sprache wiederfanden. Matthias hatte so gut wie gar nichts von dem begriffen, was sie gesagt hatten.

Jónas, der immer noch mit offenem Mund dastand, drehte sich zu ihm: »Wer bist du eigentlich?«, fragte er, offensichtlich erleichtert, sich mit etwas anderem als seinen eigenen Problemen beschäftigen zu können.

»Das ist mein Freund aus Deutschland. Matthias. Er war früher bei der Polizei und ist jetzt für Sicherheitsfragen bei einer deutschen Bank zuständig. Wir haben uns bei einem anderen Fall kennengelernt«, antwortete Dóra. »Du kannst ihm vertrauen, er wird nichts weitererzählen.«

»Das sagst du«, meinte Jónas zweifelnd. »Ich begreife das nicht. Ich hab diese SMS nicht verschickt, ich schwöre es.«

Dóra spielte nachdenklich mit dem Handy in der Hand herum. »Jemand muss es getan haben, Jónas, und es ist am wahrscheinlichsten, dass du es warst.« Sie drehte sich zu Matthias und erklärte ihm, was los war. Jónas stand schweigend und unschlüssig daneben. Als Dóra fertig war, ergriff er das Wort.

»Ich sag's nochmal. Ich habe diese SMS nicht geschrieben. Punkt.« Jónas wandte sich hilfesuchend an Matthias.

»Hast du das Handy irgendwo liegen lassen?«, fragte Matthias. »Wenn du die SMS nicht geschickt hast, dann muss jemand dein Handy dafür benutzt haben. Entweder um den Verdacht auf dich zu lenken oder um diese Birna zum Strand zu locken. Vielleicht war es jemand, den sie normalerweise nicht hätte treffen wollen.«

»So was macht nur ein kaltblütiger Mörder. Jemand, der Birna umbringen wollte und einen genauen Plan hatte«, sagte Dóra. »Allerdings ist das in Island sehr ungewöhnlich. Meistens werden Morde in der Küche verübt, wo irgendwelche Besoffenen in Streit geraten und einer zum Messer greift. Birna ist gelinde gesagt in eine sehr bizarre Situation geraten, falls es so war.«

Dóra und Matthias drehten sich zu Jónas. »Es ist sehr wichtig, dass du dich daran erinnerst, wo du warst, als die SMS geschickt wurde«, sagte Dóra. »Lässt du das Handy öfter irgendwo liegen?«

»Das ist das Problem«, antwortete Jónas. »Der Empfang ist hier in der Gegend sehr schlecht, deshalb ist es Quatsch, das Handy überallhin mitzunehmen.«

»Aber wo warst du? Kannst du dich daran nicht erinnern?«, fragte Matthias.

Jónas kratzte sich am Kopf. »Ich weiß es nicht mehr. Jedenfalls im Moment nicht. Ich muss in Ruhe darüber nachdenken. Im Augenblick weiß ich leider nicht, was ich wann genau getan habe. Das spielt ja normalerweise auch keine Rolle.«

»Kiffen ist schlecht fürs Gedächtnis, Jónas«, bemerkte Dóra. »Aber es ist doch erst zwei Tage her. War das nicht der Abend mit der spiritistischen Sitzung? Ich hab die Ankündigung an der Rezeption gesehen.«

Jónas schlug sich leicht gegen die Stirn. »Ja, ja. Natürlich! Donnerstagabend.« Dann schaute er Dóra genauso ratlos an wie zuvor. »Ich weiß trotzdem nicht mehr, was ich gemacht habe. Ich war jedenfalls nicht bei der Séance.«

»Na toll! Versuch bitte trotzdem, dich dran zu erinnern. Es ist wichtig.« Dóra nahm ihm das Handy aus der Hand und öffnete die SMS erneut. »Eine Sache kommt mir komisch vor«, sagte sie nachdenklich, nachdem sie die Mitteilung noch einmal gelesen hatte. »Warum sollte Birna auf diese Nachricht reagieren? Wenn ich eine SMS von dir bekommen würde, Jónas, dass ich dich unten am Strand treffen soll, dann würde ich dich anrufen und fragen, was du willst.«

»Darüber hat sie wohl nicht nachgedacht. Sie hatte mir vorgeschlagen, da unten ein kleines Lokal zu bauen, aber ich fand die Idee nicht besonders reizvoll. Sie muss runtergegangen sein, vielleicht hat sie gehofft, ich hätte meine Meinung geändert.«

»Und wussten alle davon?«, fragte Matthias.

»Bestimmt«, antwortete Jónas. »Birna hat ziemlich viel geredet. Verschwiegenheit gehörte nicht gerade zu ihren Vorzügen.«

Dóra schaute Jónas nachdenklich an. »Eine Frage: Wenn du sie nicht umgebracht hast – wer hätte es dann tun können? Du hast sie als korrekte Person beschrieben, mit der jeder gut auskam. Ich kann mir nicht vorstellen, dass jemand einen Grund haben sollte, eine ganz normale Architektin zu ermorden.«

Jónas blickte verlegen von Dóra zu Matthias. »Ähäm. Vielleicht war ich nicht ganz ehrlich. Sie war eine ganz schöne Zicke. Eigentlich konnte kein Mitarbeiter sie leiden. Sie war überheblich, hat sich über unsere Einstellung lustig gemacht und so weiter. Es gibt eine lange Liste von Leuten, die sie nicht ausstehen konnten. Aber ich weiß natürlich nicht, wer von ihnen sie hätte umbringen wollen.«

»Ich hoffe für dich, dass du etwas sehr Offensichtliches übersehen hast«, meinte Matthias. »Sonst wird sich die Polizei nämlich ausschließlich auf dich konzentrieren.«

»Jetzt geh und überleg dir, wo du am Donnerstagabend warst«, sagte Dóra. »Matthias und ich versuchen in der Zwischenzeit, mehr über Birna herauszufinden. Und bereite dich darauf vor, das Handy abgeben zu müssen. Wahrscheinlich haben sie die SMS schon in Birnas Handy entdeckt und wollen jetzt deins als Bestätigung. Lösch die SMS auf keinen Fall. Das würde dich nur noch verdächtiger machen.«

»Wirklich?«, sagte Jónas niedergeschlagen.

»Und gib mir meine SIM-Karte zurück. Die muss ja nicht auch noch bei der Polizei landen.«

»Ich bin mir ziemlich sicher, dass der Mord mit diesem Haus oder dem Grundstück zu tun hat«, meinte Dóra und pflückte gedankenversunken einen Grashalm.

»Warum glaubst du das?«, fragte Matthias. Er trank einen Schluck Kaffee. Sie saßen in Liegestühlen auf der Wiese hinter dem Hotel und genossen die Aussicht auf die Faxaflói-Bucht. »Es ist doch viel wahrscheinlicher, dass das Motiv mit der Gegenwart zu tun hat; Liebe, Geld, Geisteskrankheit. Vielleicht war der Mörder ja auch ein völlig Unbekannter, vielleicht hat er eine einsame Frau herumspazieren sehen und die Beherrschung verloren.«

Dóra steckte sich den Grashalm zwischen die Lippen. »Die SMS deutet aber auf etwas anderes hin.« Sie kaute auf dem Halm herum und fügte dann hinzu: »Ich spüre es einfach, dass die Sache irgendwie mit dem Hotel zusammenhängt. Es ist etwas an diesem Haus. Und dann der Kalender. Kein Wort über Geld oder Liebe. Birna schien ganz von ihrer Arbeit eingenommen zu sein.«

»Könnte es nicht nur ein beruflicher Kalender sein? Vielleicht hatte sie zusätzlich noch einen privaten?« Matthias beobachtete, wie sich der Grashalm in Dóras Mund auf und ab bewegte. »Ich wusste nicht, dass Isländerinnen Wiederkäuer sind.« Er schnitt eine Grimasse. »Schmeckt's?«

»Versuch's mal. Man kann klarer denken.« Dóra pflückte einen zweiten Grashalm, reichte ihn Matthias und grinste, als er das Gesicht verzog, es aber trotzdem probierte. »In diesem Kalender steht mit Sicherheit etwas, das uns hilft, den Mörder zu finden.« Sie beobachtete, wie Matthias auf dem Grashalm herumkaute. »Macht doch Spaß, oder? Jetzt brauchst du nur noch Gummistiefel, dann bist du ein echter isländischer Bauer.«

»Gummi ist für Autoreifen, Gummibänder und Flummis da.«
Matthias nahm den Halm vorsichtig aus dem Mund. »Sollen wir
uns den Kalender nochmal anschauen?«

Dóra setzte sich im Liegestuhl auf und verstellte die Rückenlehne. »Vielleicht sollten wir anders anfangen: In dem Buch war
eine Zeichnung von dem zweiten Hof hier auf dem Grundstück.
Da standen alle möglichen Anmerkungen, die wir vielleicht vor
Ort nachvollziehen können.«

Matthias setzte sich ebenfalls auf. »Wie du willst. Ich komme
mit und spiele den Leibwächter.« Er blinzelte ihr zu. »Ich hab das
Gefühl, deine Nachforschungen könnten dich auf alle möglichen
Irrwege führen. Du bist jetzt schon bei einer Verstorbenen eingebrochen, hast ihr Eigentum entwendet und polizeiliche Ermittlungen behindert, indem du Jónas die Möglichkeit gegeben hast,
fragwürdige Daten aus seinem Handy zu löschen. Ich kann's
kaum erwarten, wo das alles enden wird.«

»Hier steht *Kristín* und dahinter ein Fragezeichen. Sollen wir da
anfangen?« Dóra zeigte auf die Seite mit dem Grundriss des Hauses. Sie standen in einem Zimmer neben dem Flur und hatten die
Wahl, entweder die Treppe in die obere Etage zu nehmen oder
sich im Erdgeschoss umzuschauen. Dort sollte es laut Grundriss
zwei Stuben, eine Küche, eine Vorratskammer, ein Bad und ein
Arbeitszimmer geben.

»Sollen wir nicht erst mal hier unten durchgehen?«, schlug
Matthias vor und lugte linker Hand durch eine Tür.

»Okay«, sagte Dóra und klappte das Buch zu. Sie bemühte sich
nicht mehr, keine Fingerabdrücke darauf zu hinterlassen, denn
abgeben würde sie es sowieso nur, wenn die Lage sich zuspitzte.
»Puh, was für ein Mief.« Im Haus hing ein schwer definierbarer
Geruch – eine Mischung aus Moder, trockenem Staub und Mot-
tenkugeln. Zumindest war hier jahrzehntelang nicht mehr richtig
gelüftet worden. »Igitt«, sagte Dóra und hielt sich die Nase zu.

Matthias atmete tief ein. »An deiner Stelle würde ich versuchen, mich daran zu gewöhnen. Nach einer Weile riechst du's nicht mehr.« Trotz seiner hochtrabenden Worte rümpfte er gleichzeitig die Nase. »Puh, kann man hier kein Fenster aufmachen?«

Sie gingen in das Zimmer zur Linken, laut Birnas Grundriss das Lesezimmer. Die Türklinke war vorsintflutlich – ein dicker, kurzer Holzgriff, den man fest herunterdrücken musste. Die Tür war ein bisschen verzogen, und Dóra stellte fest, dass moderne Türen wesentlich dicker waren. Sie betrat hinter Matthias den Raum, und sie sahen sich schweigend um. »Hier gibt's nicht viel zu sehen«, murmelte Matthias, nachdem sie die leeren Regale an den Wänden gemustert und die Schubladen eines großen Schreibtischs unter dem schmutzigen Fenster herausgezogen hatten. Diese waren, bis auf einen uralten Bleistift, ebenso leer wie die Regale. Der Bleistift war mit einem Messer gespitzt worden, und an seinem einen Ende fehlte der Radiergummi.

»Aber sieh mal«, sagte Dóra, »scheint so, als hätten vor nicht allzu langer Zeit noch Bücher in den Regalen gestanden.« Sie zeigte auf den Staub. An den Rändern der Regalfächer war eine dicke Staubschicht, aber weiter hinten kaum noch etwas.

Matthias musterte die Regale. »Stimmt. Ob Birna die Bücher mitgenommen hat? Vielleicht waren sie wertvoll.«

Dóra zuckte die Achseln. »Kann ich mir kaum vorstellen. In ihren Notizen hat sie keine Bücher erwähnt. Obwohl sie das wohl auch kaum getan hätte, wenn sie sie hätte stehlen wollen. Die ehemaligen Eigentümer müssen sie mitgenommen haben. Jónas hat erzählt, dass sie das Inventar abholen wollten.«

Sie verließen das Zimmer, wanderten weiter durchs Haus und stießen auf zwei miteinander verbundene Zimmer mit altmodischen Möbeln: ein verschlissenes Sofa, das einstmals ein wahres Prachtexemplar gewesen sein musste, eine massive Anrichte und ein Esszimmertisch mit Stühlen aus dunklem Holz und einem gelb verfärbten Häkeldeckchen. Hier und dort standen kleine Beistelltischchen, aber es gab keine weiteren losen Gegenstände.

An den Wänden hingen zwei Gemälde, eins von einem Schiff und das andere vom Snæfellsgletscher. Beide waren so schmutzig, dass man die Namen der Künstler nicht mehr entziffern konnte. Die Anrichte und der Esszimmerschrank waren leer.

»Mach's dir doch auf dem Sofa bequem«, sagte Matthias und zeigte auf das verstaubte Polster. Durch den Schmutz schimmerte ein Blumenmuster in dumpfen Farben. »Ich würde gerne sehen, wie der Staub aufgewirbelt wird.«

»Nein, danke«, entgegnete Dóra. »Mach du's doch. Ich zahle dir auch einen Hunderter.«

Matthias griff nach ihrem Arm. »Es gibt aber noch ganz andere Zahlungsmittel als Bargeld.«

Dóra lächelte ihm zu. »Da lässt sich bestimmt eine Einigung erzielen.« Sie schaute wieder zum Sofa und verzog das Gesicht. »Ich glaube, du solltest es doch lieber lassen. Der Staub würde sich bestimmt erst heute Abend wieder legen, und dann finden wir vielleicht nicht mehr raus. Komm, lass uns die Küche inspizieren.«

Die Küche war nicht so leer wie die anderen Zimmer, aber ebenso primitiv – einfache, gestrichene Schränke, ein kleines, flaches Spülbecken. Im Vergleich zu einer modernen Küche gab es nicht viel Arbeitsfläche, aber der Platz für den Küchentisch war viel größer. Kochlöffel und ein stählerner Fischspaten hingen an Haken, eine altmodische Kaffeekanne aus Blech stand auf dem Herd. »Merkwürdig, die ganze Einrichtung zurückzulassen«, sagte Dóra und ließ ihren Blick schweifen.

Matthias öffnete einen der Küchenschränke und betrachtete die Sammlung aus kunterbunt zusammengewürfelten Tassen und Gläsern. »Ist das nicht typisch für eine langweilige Pflicht? Man schiebt sie vor sich her, und dann passiert nie was. Vielleicht sind die Leute verstorben, und keiner konnte die Sachen gebrauchen. Die Erben haben bestimmt Kaffeekannen und Möbel besessen und hatten keine Lust, das Zeug zu holen.« Er verstummte und zeigte auf einen Pappkarton auf einem der Schränke. »Guck mal, was ist das denn?«

Sie holten den Karton herunter und entdeckten in Zeitungspapier eingewickelte Gegenstände. Neben dem Karton lag ein Stapel Zeitungen. Dóra nahm eine und suchte nach dem Datum. »Die ist von Mai. Die ehemaligen Eigentümer haben das offenbar erst vor kurzem eingepackt. Und das da?«, sagte sie und zeigte auf eine Thermoskanne im Schatten des Kartons. »Die ist nicht alt.« Sie hob die Thermoskanne hoch und schüttelte sie leicht. Darin plätscherte etwas, und Dóra schraubte den Deckel ab. Vorsichtig roch sie an dem Inhalt. »Kaffee«, sagte sie. »Der muss von Elín und Börkur sein oder von jemandem, den sie hergeschickt haben, um die Sachen einzupacken.« Sie stellte die Thermoskanne wieder hin.

»Wer sind diese ehemaligen Eigentümer? Elín und Börkur? Haben die hier gewohnt?«

»Es sind Geschwister, die das Grundstück geerbt haben, eine Frau und ein Mann. Ich weiß nicht, ob sie hier gewohnt haben, kann ich mir aber nicht vorstellen, so altmodisch, wie das hier alles ist.« Dóra musterte die primitiven Einrichtungsgegenstände. »Die beiden sind höchstens fünfzig. Der Kram hier ist viel älter. Sie sind bestimmt nicht hier aufgewachsen.«

»Aber warum räumen sie das Haus auf einmal aus?«, fragte Matthias. »Der Verkauf muss doch schon vor einigen Jahren abgewickelt worden sein. Der neue Hoteltrakt ist schließlich nicht in ein paar Monaten entstanden.«

»Nein, nein. Das stimmt. Vermutlich haben Jónas' Pläne, an dieses Haus anzubauen, den Ausschlag gegeben, auch wenn daraus nichts geworden ist.« Dóra öffnete die Küchenschubladen eine nach der anderen und schaute hinein. Darin war nichts von Interesse.

Sie beendeten ihren Rundgang durchs Erdgeschoss, ohne etwas gefunden zu haben. In der Abstellkammer waren verschiedene Gegenstände, die bestimmt schon seit Jahrzehnten in den Regalen lagen, sowie ein paar neue Pappkartons mit alten, verstaubten Büchern. Sie öffneten nur zwei Kartons und nahmen an, dass die anderen die Sachen aus dem Wohnzimmer und die restlichen Bücher aus den Regalen enthielten. Dóra überließ Matthias die Untersuchung des Badezimmers. Seinem Gesichtsausdruck nach zu schließen, hatte sie nichts verpasst. »Gehen wir nach oben«, sagte er mit müdem Gesichtsausdruck und ging zur Treppe. Zunächst öffneten sie eine Tür, die hinunter in den Keller führte, aber es gab kein Licht, und Dóra war der Meinung, dass sie nicht unbedingt hinuntergehen müssten. Also stiegen sie nach oben. Vom Treppenabsatz gingen fünf geschlossene Türen ab. Die Erste war verriegelt. Die Hand an der Klinke der zweiten Tür, hielt Matthias inne und sagte: »Guck mal schnell auf den Grundriss und sag mir, hinter welcher Tür das Bad ist.«

Dóra schaute in Birnas Notizbuch und schlug vor, als Nächstes das Zimmer mit der Beschriftung *Kristín?* anzusehen. »Das scheint Birna am meisten interessiert zu haben«, sagte sie und zeigte Matthias die dazugehörige Tür.

»Ich verzeihe es dir nie, wenn du mich an der Nase herumführst und das zweite Bad dahinter liegt«, sagte Matthias, bevor er öffnete.

»Wart's ab«, entgegnete Dóra und stieß die Tür auf. Sie betraten ein Kinderzimmer, in dem ein kleines Mädchen gewohnt haben musste. Am Kopfende des Bettes saß ein plumper einäugiger Teddybär. Er war hellbraun und ganz mit Fell bedeckt, außer an dem mit grauem Stoff bezogenen Bauch. Seine Gliedmaßen waren an sichtbaren Scharnieren befestigt, und an Schultern und Hüften hatte der Bär schwarze Stahlknöpfe. Er trug eine verblichene rote Schleife um den Hals. Dóra zog sich das Herz zusammen, als sie sah, wie Newtons Gesetze der Schleife über die Jahre zugesetzt hatten – schlaff lag sie auf dem Bauch des Bären. Neben ihm saß eine schäbige Puppe und starrte mit aufgemalten Augen auf die gegenüberliegende Wand. »Wirklich sehr merkwürdig«, sagte Dóra betreten.

»Ja«, entgegnete Matthias. »Die Leute müssen in Eile aufgebrochen sein. Sieh mal.« Er ging zu einem Regal mit ein paar staubigen Büchern. Darunter stand ein weißgestrichener Schreibtisch mit einem Bogen Papier mit einer halbfertigen Zeichnung, einige Wachsstifte lagen auf dem Tisch verstreut. Matthias hob die Zeichnung hoch und betrachtete sie. Die Ecken waren umgeknickt, und eine gräuliche Staubschicht bedeckte den Bogen. Matthias pustete einmal kräftig, und der Staub wirbelte auf. Dann reichte er Dóra die Zeichnung. »Das Kind konnte noch nicht mal sein Bild zu Ende malen.«

Dóra betrachtete das Bild. Es musste von einem Kind stammen, das ein klein wenig älter war als Dóras sechsjährige Tochter Sóley. Das Bild zeigte ein brennendes Haus, unförmige Flammen züngelten aus dem Dach in den Himmel. Das Haus hatte eine große Tür und ein Fenster. Etwa die Hälfte des Bildes war farbig ausgemalt. »Seltsames Motiv«, sagte Dóra und legte die Zeichnung beiseite. »Soll das dieses Haus hier sein?«

Matthias schüttelte den Kopf. »Kann ich mir nicht vorstellen. Das Bild ist zwar von einem Kind, aber man kann genau sehen, dass das Haus nur eine Etage hat.« Er hob die Augenbrauen. »Und eine ungewöhnlich große Tür.«

Dóra zeigte auf das gemalte Fenster. »Sollen das etwa Augen sein?« Sie beugte sich über das Bild. »Um Himmels willen. Das Kind hat eine Person in das Haus gemalt. Guck mal, hier ist auch ein geöffneter Mund. Nur keine Nase.«

Matthias beugte sich hinab. »Kein schönes Motiv. Vielleicht war das Kind ein bisschen sonderbar.«

»Oder hat etwas Unheimliches gesehen«, meinte Dóra und wandte sich vom Schreibtisch ab. »Ich glaube, wir sollten versuchen, herauszufinden, welche Familie hier gewohnt hat und warum sie weggezogen ist. Ich weiß, dass der Mann Grímur hieß, aber er hatte nur eine Tochter, und die starb so jung, dass sie dieses Bild kaum gemalt haben kann. Gut möglich, dass nach ihm und seiner Frau eine andere Familie hier eingezogen ist.« Dóra trat zu einer kleinen Tür in der Wand. Sie öffnete sie vorsichtig. Es war ein Kleiderschrank mit einer Stange und zahlreichen Holzbügeln. An zweien hingen Kleidungsstücke: ein hübscher Pullover und ein dünnes, unförmiges Baumwollkleid. Beide Teile waren zu groß für die Edda, die laut Fotoalbum mit vier Jahren gestorben war.

»Was ist denn dahinter?«, fragte Matthias und zeigte in den Schrank.

Dóra steckte ihren Kopf tiefer hinein und erblickte in der hinteren Schrankwand eine Leiste um eine viereckige Fläche, die nicht ganz zu der sie umgebenden Wand passte. Als Dóra gegen die Fläche drückte, fiel sie herunter. »Hey, wow!«, stieß sie hervor. »Da ist eine kleine Tür. Guck mal, eine Treppe führt nach oben.« Abwechselnd schauten sie in die dunkle Öffnung, und Matthias zückte seinen Autoschlüssel. Daran war ein kleines Lämpchen, das wie eine Taschenlampe funktionierte. Er beleuchtete die Treppe. »Da«, er zeigte auf eine Stufe und leuchtete sie an, »Fußspuren im Staub. Jemand muss da raufgegangen sein.«

»Birna. Bestimmt Birna«, sagte Dóra mit Nachdruck. »In ihrem Kalender hat sie den Zustand der tragenden Elemente notiert. Sie wollte wissen, wie abgenutzt die Dachsparren sind. Hier muss es zum Dachboden gehen. Komm, lass uns raufklettern.« Sie schaute Matthias an, der ihr zulächelte.

»Okay, warte hier, ich gehe runter und hole ein Messer. Ich muss mir nur den Arm abschneiden und die Schulter wahrscheinlich auch.« Er zeigte auf die Öffnung. »Da passe ich niemals durch.«

»Dann gib mir den Schlüssel«, entgegnete Dóra. Sie schob ihn sich zwischen die Zähne, kletterte in den Schrank und zwängte sich durch die enge Öffnung. Bevor sie die Stufen hinaufstieg, drehte sie sich zu Matthias um und grinste breit. »Bis später. Wenn ich auf eine Ratte stoße, bringe ich dich um.« Sie trat auf die erste Stufe, hielt inne und ging rückwärts wieder zur Öffnung. »Oder eine Maus. Ich bringe dich auch um, wenn ich auf eine Maus trete.«

Der Dachboden war vollkommen leer. Dóra ließ den matten

Lichtschein über den Fußboden wandern und sah, dass Birna dort herumgelaufen war. Dóra war es nicht ganz geheuer, den Boden zu betreten. Sie hatte keine Ahnung, ob er sie tragen würde. Birna war wesentlich kleiner gewesen als sie, zumindest war ihre Kleidung viel zu kurz für Dóra. Deswegen hätte sie den Dachboden lieber von der Treppe aus betrachtet, aber als der Lichtschein auf etwas Glitzerndes an einem der Pfosten fiel, konnte sie der Versuchung nicht widerstehen. Vorsichtig tastete sie sich über den Boden. Es knackte und knarrte bei jedem Schritt, und Dóra hätte sich nicht gewundert, wenn sie plötzlich eingebrochen und auf Matthias in der darunterliegenden Etage gelandet wäre. Oder noch schlimmer – im Badezimmer. Sie ließ den Lichtschein über die Dielen wandern und sah, dass Birna – oder wer auch immer die Fußspuren hinterlassen hatte – auch dort entlanggegangen war. Als Dóra endlich bei dem Pfosten angekommen war, ging ihr Atem wieder ruhiger. Sie beugte sich hinunter und leuchtete den Boden ab.

Schmuck. Spielzeug besser gesagt. Dóra lächelte und hob eine geflügelte Anstecknadel hoch, eine Art Pilotennadel. Dóra betrachtete sie in dem trüben Licht, legte sie wieder an ihren Platz und hob eine gesprungene Porzellantasse auf. Dort lagen noch mehr Gegenstände: ein schwarz angelaufener Silberlöffel, zwei weiße Kinderzähnchen und eine Halskette mit einem Kreuz. Ein paar Schnappschüsse von Filmstars waren ordentlich aufeinandergestapelt. Sie beleuchtete den Holzpfosten und beugte sich ganz nah heran. In den Pfosten war etwas eingeritzt. Dóra hockte sich so hin, dass sie es lesen konnte.

»Matthias!«, rief sie. »Hier steht der Name Kristín!«

»Was?«, tönte es zurück.

Sie beugte sich wieder vor und las die Inschrift ein letztes Mal, um sie Matthias wiedergeben zu können. Offenbar konnte er sie nicht hören.

papa hat kristín getötet
ich hasse papa

11. KAPITEL

»Ja, wie gesagt, die Verkäufer wollten den Kram endlich abholen«, erklärte Jónas und lehnte sich im Stuhl zurück. Sie hatten es sich in einer Nische am Kamin neben der Bar, umgeben von alten Fotografien, gemütlich gemacht. »Ich hatte Birna gebeten, sie über die Anbaupläne am alten Hof zu informieren, damit sie die Dinge, die sie haben wollten, vor Baubeginn abholen konnten. Aus der Sache mit dem Anbau ist zwar nichts geworden, aber sie haben sich trotzdem dazu aufgerafft. Keine Ahnung, wie weit sie sind. Birna oder mir hat jedenfalls niemand mitgeteilt, dass sie fertig wären.«

Matthias trank einen Schluck Bier. »Haben sie hier übernachtet?«

»Nein, sie haben nie nach einem Zimmer gefragt. Allerdings waren sie ein paar Mal im Restaurant essen.«

»Waren beide Geschwister hier oder nur Elín?«, fragte Dóra.

»Keine Ahnung«, antwortete Jónas. »Einmal waren mehrere Leute da: der Bruder, seine Frau, die Schwester und zwei Jugendliche, sein Sohn und ihre Tochter. Ich weiß nicht, ob das nur ein Tagesausflug war oder ob sie in der Nachbarschaft gewohnt haben. Vigdís hat mir erzählt, das junge Mädchen ist ein- oder zweimal zu ihr gekommen und hat um Kartons gebeten. Wenn mich nicht alles täuscht, besitzen sie immer noch Land hier auf der Halbinsel. Ich glaube, sie haben auch ein Haus in Stykkishólmur oder Ólafsvík, das sie als Sommerhaus nutzen.«

»Könnte einer von ihnen eine Auseinandersetzung mit Birna gehabt haben?«, fragte Dóra.

»Nee, kann ich mir nicht vorstellen«, antwortete Jónas. »Birna hat mit dem Bruder etwas besprochen, aber soweit ich weiß verlief das sehr harmonisch. Sie brauchte Informationen über die Ortsverhältnisse, als die Höfe noch bewohnt waren. Ich glaube, sie hatte gehofft, er besäße alte Pläne oder so was.«

»Und hatte er welche?«, fragte Dóra.

»Nein, ich glaube nicht«, antwortete Jónas. »Er hat ihr erlaubt, die alten Sachen durchzusehen, den Kram hier im Keller in Kirkjustétt und das Zeug drüben in Kreppa.«

»Hat Birna jemals den Namen Kristín erwähnt?«, fragte Dóra. »Oder nach jemandem mit diesem Namen gefragt?«

Jónas schüttelte den Kopf. »Nein, nicht dass ich wüsste. Wer ist diese Kristín?«

»Keine Ahnung«, antwortete Dóra. »Wahrscheinlich hat sie nichts mit der Sache zu tun. Wir haben ihren Namen in …« Dóra konnte sich gerade noch davon abhalten, Birnas Kalender zu erwähnen, »… einen Balken auf dem Hof geritzt gesehen. Vielleicht ist es nur der Name eines Haustiers, einer Katze oder so. Wir glauben, dass ein Kind das geschrieben hat.«

»Kristín wäre aber ein ziemlich seltsamer Name für eine Katze«, gab Jónas zu bedenken. »Ich kann mich nicht erinnern, dass Birna jemals eine Kristín erwähnt hätte, weder eine Frau noch eine Katze.«

Sie schwiegen eine Weile. Dóra nippte an dem Weißwein, den Jónas ihr hatte bringen lassen, und nahm den Raum in Augenschein. Der Kamin war behaglich – altmodisch, aber dennoch Teil des modernen Anbaus. »Sind die von hier?«, fragte sie und zeigte auf die alten Fotografien an den Wänden.

»Nein, ich habe sie in Antiquitätenläden gekauft. Keine Ahnung, welche Leute das sind. Es war Birnas Idee.« Jónas schaute sich um. »Ist ihr gut gelungen.«

Matthias und Dóra nickten zustimmend. »Vielleicht solltest du die Familie fragen, ob du ein paar von den Fotos aus den Kisten im Keller benutzen darfst. Da sind einige Alben und ein gerahmtes Foto. Ich glaube, die Fotos sind von den ehemaligen Bewohnern. Das könnte hübsch aussehen. Ich hab allerdings die meisten mit auf mein Zimmer genommen. Du kannst sie dir dort ansehen, wenn du willst.«

Jónas schüttelte sich. »Nein, vielen Dank, kein Interesse. Von denen will ich gar nichts wissen.«

»Auf welchem Foto hast du den Geist denn eigentlich wiedererkannt?«, fragte Dóra. »Ich hab sie alle durchgesehen, es kommen mehrere in Frage.«

»Es war ein Bild in einem Rahmen von einem jungen Mädchen«, antwortete Jónas. »Blond. Ganz genau wie das Wesen, das in meinem Zimmer erschienen ist.«

»Es war also gar kein Kind«, entgegnete Dóra. »Ich dachte, es war ein Kind.« Das einzige gerahmte Foto, das Dóra gefunden hatte, war das von Guðný – das Porträt, das sie in ihrem Zimmer aufgestellt hatte. Darauf war Guðný kein Kind mehr, sondern ein halbwüchsiger Teenager.

»Kind und Kind«, sagte Jónas. »Ein junges Mädchen, viel jünger als ich. In meinen Augen ein Kind.«

»Und du bleibst dabei, dass das wirklich passiert ist?«, warf Matthias ein. Sein Gesichtsausdruck sprach Bände. »Du hast es nicht geträumt?«

»Nein«, antwortete Jónas bestimmt, »ausgeschlossen. Ich bin müde nach Hause gekommen, und das erklärt vieles. In einem solchen Zustand sind die Abwehrmechanismen des Verstandes geschwächt, und man lässt Dinge aus dem Jenseits eher an sich heran. Es ist passiert, das kann ich beschwören.«

»Okay«, sagte Dóra. »Lassen wir es erst mal gut sein. Und wie sieht es mit deiner Erinnerung an Donnerstagabend aus?«

»Tja«, sagte Jónas. »Ziemlich schlecht. Ich weiß noch, dass ich kurz vor Beginn der Séance hier war, dann aber doch nicht daran teilgenommen habe. Ich hatte ... Angst.«

»Angst?«, platzte Matthias heraus. »Wovor?«

»Vor dem, was geschehen würde. Das ist ein schlechter Ort. Ich will das nicht von Verstorbenen bestätigt bekommen«, sagte Jónas, so als gäbe es nichts Natürlicheres. »Deshalb habe ich beschlossen, einen Spaziergang zu machen und meine Energiepunkte zu reaktivieren. Draußen waren Nebelschwaden. Solches Wetter eignet sich immer gut dafür.«

Dóra ergriff rasch das Wort, bevor Matthias die Gelegenheit hatte, nach der Reaktivierung der Energiepunkte zu fragen. »Hast du bei diesem Spaziergang jemanden getroffen?«

»Nein«, antwortete Jónas. »Niemanden. Es war ziemlich schlechtes Wetter, und hier ist ja nicht viel los. Außer mir war kein Mensch unterwegs.«

»Du vergisst Birna«, sagte Dóra. »Und den Mörder. Sie müssen zur selben Zeit draußen gewesen sein.« Sie schaute Jónas flehend an. »Jetzt erzähl mir bitte nicht, du bist runter zu der Schlucht gegangen, wo Birna gefunden wurde.«

»Nein, nicht bis zur Schlucht«, sagte Jónas, »nur ein Stück in die Richtung, aber nicht den ganzen Weg. Ich war ziemlich entnervt und bin ziellos umhergewandert. Ich hatte einen Anruf von der Gemeinde bekommen, dass ein Abwasserkanal unter unserem Zufahrtsweg repariert werden müsste, und der Bauarbeiter hatte sich ausgerechnet diesen Tag ausgesucht, um die Straße aufzureißen, und ist dann einfach nach Hause gefahren, ohne die Arbeit zu Ende zu bringen. Die Besucher, die abends zu der Séance kommen wollten, mussten ihre Autos an der Hauptstraße stehen lassen und den Rest des Weges zu Fuß gehen. Zwei Kilometer! Ich bin mir sicher, dass viele deshalb nicht gekommen sind. Außerdem waren die Hotelgäste sauer, als sie gemerkt haben, dass ihre Autos festsaßen.«

»Wann war der Weg wieder befahrbar?«, fragte Matthias.

»Am nächsten Morgen«, antwortete Jónas, immer noch sauer auf den Straßenarbeiter. »Der Typ hätte sich auch nichts anderes getraut, nachdem ich ihn zusammengestaucht habe.«

»Es hätten also keine Autos vom Hotel runter zur Bucht fahren können, wo Birna wahrscheinlich ermordet wurde?«, fragte Dóra.

»Nein, völlig ausgeschlossen«, antwortete Jónas. »Da war ein Riesengraben.«

»Hattest du bei deinem Spaziergang dein Handy dabei?«, fragte Matthias.

Jónas musste nicht lange überlegen. »Nein, ganz sicher nicht. Die Handy-Strahlung hätte mich ja bei der Reaktivierung der Energiepunkte gestört.«

Matthias schnitt eine Grimasse und wollte Jónas gerade näher dazu befragen, als Vigdís mit einigen Ausdrucken in der Hand geradewegs auf sie zusteuerte. »Hier sind die Sachen, um die du gebeten hast«, sagte sie und reichte Jónas zwei Blätter. »Auf der ersten Seite stehen die Namen der Gäste, die am Donnerstag- und Freitagabend hier übernachtet haben und auf der zweiten die, die gebucht haben, aber nicht gekommen sind oder storniert haben.« Sie schenkte Dóra und Matthias ein aufgesetztes Lächeln. »Ich muss wieder zur Rezeption, wegen des Telefons.« Sie ging davon, und Jónas rief ihr ein Danke hinterher. Er überflog die Blätter und reichte sie anschließend Dóra.

»Das ist ein Ausdruck aus unserem Buchungssystem. Ist bestimmt nicht sehr hilfreich. Ich kann mir nicht vorstellen, dass Birna von einem Hotelgast ermordet worden ist. Das scheint mir doch sehr weit hergeholt.«

»Man kann nie wissen«, entgegnete Dóra und begann zu lesen. Die Liste war nicht lang. »Habt ihr immer so wenige Buchungen?«, fragte sie. »Das sind ja nicht besonders viele Namen.«

»Ja, leider«, antwortete Jónas leicht verbittert. »Wir können nur im Hochsommer mit voller Auslastung rechnen. Die Reisesaison ist so kurz, dass man kaum von *Saison* sprechen kann. Ich plane alle möglichen Aktivitäten für den Winter, um den Anreiz zu erhöhen. Sonst wird es hier ziemlich trostlos sein.«

Dóra nickte, ohne ihren Blick von der Liste abzuwenden.

»Hiernach waren am Donnerstag acht und am Freitag zehn Zimmer belegt.«

»Kommt hin«, entgegnete Jónas. Er hob sein Bierglas und nahm einen Schluck. »Das Bier ist aus kontrolliert biologischer Herstellung«, sagte er, als er das Glas wieder abstellte und sich den Schaum von der Oberlippe wischte.

Dóra sah, dass Matthias die Brauen zusammenzog. Argwöhnisch schnupperte er an seinem Glas. Sie redete schnell weiter, bevor er sich nach der biologischen Herstellung erkundigen würde. »Kennst du die Gäste, Jonas? Sind irgendwelche Stammkunden auf der Liste?«

»Es gibt uns ja noch nicht so lange, Stammgäste haben wir leider noch keine. Aber ich kann euch bestimmt sagen, wer die Gäste waren.« Jónas legte seinen Finger auf den ersten Namen. »Mal sehen, Herr und Frau Brietnes, nein, das ist ein älteres Ehepaar aus Norwegen, sehr unwahrscheinlich, dass sie etwas mit dem Fall zu tun haben. Sie sind immer noch hier, falls ihr mit ihnen sprechen wollt.« Er bewegte seinen Finger abwärts. »Karl Hermannsson. An den erinnere ich mich nicht, er scheint nur eine Nacht hier gewesen zu sein. Aber an dieses Paar kann ich mich erinnern, Arnar Friðriksson und Ásdís Henrýsdóttir, die waren schon mal hier, interessieren sich für unsere Angebote und nehmen rege daran teil. Die haben auf keinen Fall etwas mit der Sache zu tun. Moment mal, wer war das noch gleich? þröstur Laufeyjarson?« Jónas überlegte. »Ach ja, stimmt – der Kajakfahrer. Er ist schon länger hier und trainiert für einen Wettkampf. Hat bis Mittwoch reserviert. Sehr verschlossen und unfreundlich. Könnte vielleicht ein Mörder sein.«

»Oder auch nicht«, sagte Dóra. Ihr war nicht bekannt, dass Mörder verschlossener waren als andere Menschen. »Und diese Ausländer?« Sie zeigte auf die folgenden Namen.

»Herr Takahashi und sein Sohn.« Jónas blickte zu Dóra und lächelte. »Viel, viel zu höflich für Mörder. Beide sehr zurückhaltend. Der Vater erholt sich von einer Krebsbehandlung. Der Sohn weicht nicht von seiner Seite. Vergiss sie.« Er betrachtete die nächsten Namen. »Ich weiß nicht, wer die sind, Björn Einarsson und Guðný Sveinbjörnsdóttir. Aber den hier müsstest du kennen, Dóra. Magnús Baldvinsson, ein alter Politiker vom linken Flügel.«

Als Dóra den Namen hörte, kam ihr sofort das Gesicht des Mannes, den sie am Mittag im Speisesaal gesehen hatte, in den Sinn. »Ja, natürlich. Ich hab ihn heute Mittag gesehen und vor kurzem einen Artikel über ihn in der Zeitung gelesen. Er ist der Großvater von Baldvin Baldvinsson, diesem vielversprechenden Kommunalpolitiker aus Reykjavík. Was macht der Mann denn hier?«

»Sich erholen, glaube ich. Er ist nicht besonders gesprächig, hat mir aber erzählt, er stamme aus der Gegend. Im Alter zieht einen das Herz offenbar in die Heimat«, kommentierte Jónas. Er ging die Liste weiter durch. »An diese þórdís Eggertsdóttir kann ich mich nicht erinnern, keine Ahnung, wer das ist. Aber an den hier, Robin Kohman, Fotograf. Der macht Aufnahmen für einen Artikel in einem Reisemagazin über das Westland und die Westfjorde. Eine Zeit lang war ein Journalist mit ihm hier, aber der ist schon abgereist. Am Dienstag oder Mittwoch. Und dieser Teitur ist Börsenmakler. Ist schon seit ein paar Tagen hier, scheint ganz nett zu sein, ein bisschen versnobt vielleicht. Er hatte einen Reitunfall, und ich war mir sicher, dass er daraufhin abreisen würde, aber er ist immer noch da. Die restlichen Namen kenne ich nicht. Weder die, die am Freitag angekommen sind, noch die, die storniert haben.« Er legte die Blätter auf den Tisch, und Dóra nahm sie an sich.

»Ich darf doch bestimmt ein bisschen mit den Leuten plaudern, oder?«

»Ja, klar«, antwortete Jónas und erhob sich. »Aber bleib bitte immer zuvorkommend. Verschreck sie nicht.« Er warf Matthias einen schnellen Blick zu und fügte dann leise auf Isländisch hinzu: »Und dass der Typ mir ja niemanden verhört. Achte drauf, dass es wie Smalltalk wirkt.« Er straffte sich, klopfte sich auf die Schenkel und stand auf. »Ich schaue mal nach der Polizei. Sie inspizieren Birnas Zimmer, keine Ahnung, wonach sie da suchen.«

Matthias blinzelte Dóra zu und grinste. »Da finden sie ganz bestimmt nichts«, sagte er ruhig.

»Immerhin haben sie mein Handy«, sagte Jónas, »und können zum Zeitvertreib alle Daten daraus registrieren.«

Steini saß tief in Gedanken versunken da und starrte aus dem Fenster auf den Zufahrtsweg. Da hätte er ebenso gut allein auf der Welt sein können. Keine Autos, keine Menschen. Er hatte für den Rest seines Lebens bereits genug Fernsehen geguckt. Obwohl er erst 23 war. Wenn sein Leben sich in die richtige Richtung entwickelt hätte, lägen die Dinge jetzt anders.

Es hätte nicht geschehen dürfen. Das konnte einfach nicht sein. Im Grunde wartete er immer noch darauf, dass jemand kommen und ihm sagen würde, es sei alles ein Missverständnis. Es hätte nicht ihn, sondern jemand anders treffen sollen. Irgendwen, vollkommen gleichgültig, solange es nur jemand anders war. Verzeihung, mein Freund, dass du das versehentlich durchmachen musstest, aber so etwas passiert eben manchmal. Jetzt steh auf. Du kannst es. Es war alles ein Missverständnis. Dein Wagen ist kein Schrotthaufen. Er gehörte jemand anderem. Und du hast gar nicht dringesessen. Er stieß ein befremdliches, sonderbares Lachen aus. Sehr wahrscheinlich!

Steini setzte sich zurecht. Dabei erschien sein Spiegelbild im Fenster. Er schreckte zurück und zog die Mütze tiefer ins Gesicht, sodass so wenig wie möglich davon zu sehen war. Er würde sich nie daran gewöhnen. Niemals. Mit geübtem Griff packte er die Räder des Rollstuhls und entfernte sich vom Fenster. Wo Bertha nur blieb? Sie hatte versprochen, zu kommen, und sie stand immer zu ihrem Wort. Liebste, wundervolle Bertha. Ohne sie wüsste er nicht, was er tun sollte. Krankengymnasten, Ärzte, Psychologen und wie sie alle hießen drängten ihn, in die Stadt zu ziehen, sich an der Uni einzuschreiben und etwas aus seinem Leben zu machen. Es sei trotz seiner Blessuren noch nicht zu Ende. Durch die richtige Therapie könnte er auf den Rollstuhl fast ganz verzichten, auch wenn es mühselig und schmerzhaft sein würde. Diese Leute verstanden ihn nicht. Er musste hierbleiben. Dies war sein Zuhause, seine Heimat. Hier war nicht viel los, und die meisten kannten ihn. Niemand zuckte zurück, wenn er die schreckliche Fratze sah, die sein Gesicht sein sollte. In Reykjavík würde ihm das oftmals am Tag passieren. Er würde verkümmern und in kürzester Zeit sterben. Er war Bertha so unendlich dankbar. Sie trug am meisten dazu bei, dass er trotz seiner Unselbständigkeit bleiben konnte.

Hatte Bertha ihn jetzt etwa aufgegeben? Hatte sie genug von ihm? Ihm zum letzten Mal geholfen? Steini rollte zum Fernseher und reckte sich nach der Fernbedienung. Lieber wollte er das lausige Programm anschauen, als diesen Gedanken zu Ende denken. Er stellte den Ton lauter und glotzte auf den Bildschirm. Nicht dran denken. Nicht dran denken.

Dóra und Matthias stießen mit ihren Gläsern an. »Ich hoffe wirklich, dass der nicht aus biologischem Anbau ist«, sagte Matthias, bevor er einen Schluck nahm.

Dóra lächelte ihn an. »Nö, hoffentlich ist ein guter Schuss Insektenvernichtungsmittel und etwas quecksilberhaltiger Dünger drin.« Sie nippte an dem Wein. »Was auch immer der Winzer angestellt hat, das Ergebnis ist sehr gut.« Sie stellte ihr Glas auf die weiße Tischdecke und nahm ein Stück Brot. »Ich sterbe vor Hunger.«

»Hmm«, machte Matthias. »Ich bin wirklich froh, dass sich das nicht geändert hat. Und dass du dich nicht geändert hast.« Er blinzelte ihr zu. »Sogar dein Kleidungsstil ist immer noch so ... wie soll ich sagen ...«

Dóra sah an ihrem schlichten Pulli hinunter und streckte ihm die Zunge raus. »Hast du etwa geglaubt, ich würde mit einem

Abendkleid anreisen, für den Fall, dass mich jemand zum Essen einlädt?«

»Ich bezweifle, dass du mit einem Abendkleid angereist wärst, selbst wenn dich jemand zum Essen eingeladen hätte.« Demonstrativ rückte er seine Krawatte zurecht.

»Ha, ha«, sagte Dóra. »Ich bin zu hungrig für solche blöden Witze. Wo bleibt eigentlich das Essen?« Sie schaute auf die Uhr. »Mist. Ich muss zu Hause anrufen, bevor Sóley eingeschlafen ist.« Sie nahm ihre Tasche, aber bevor sie sie öffnete, fiel ihr ein, dass ihr Handy in Polizeigewahrsam war. »Ach ja, leihst du mir mal dein Handy?«

»Klar«, sagte Matthias und reichte ihr sein trendiges Mobiltelefon. »Ist mit deinen Kindern alles in Ordnung? Ich traue mich kaum zu fragen – aber bist du schon Oma geworden?«

Dóra nahm das Handy entgegen. »Keine Sorge, du sitzt immer noch mit einer jungen Dame beim Essen.« Dóra klappte den Deckel des Handys hoch. Auf dem Display erschien ein kleines, dunkelhäutiges Mädchen mit einer Unmenge von Zöpfen. »Wer ist denn das?«, fragte sie erstaunt und zeigte Matthias das Display. Er hatte nie erwähnt, dass er Vater war oder eine Beziehung hatte.

Er lächelte. »Das ist meine Tochter.«

»Was? Sieht dir nicht gerade ähnlich.« Sie musterte das Foto genauer. »Außer vielleicht ... die Frisur.« Sie wusste nicht, was sie weiter sagen sollte.

Matthias lachte und strich sich mit der Hand durch seinen adretten Herrenschnitt. »Nein, wir sind nicht miteinander verwandt. Ich habe sie über eine Hilfsorganisation adoptiert.«

»Oh, wie schön.« Dóra nahm einen Schluck, um ihre Erleichterung zu überspielen. »Ich dachte schon, du seist verheiratet oder würdest mit einer Frau zusammenleben. Für Männer in festen Händen hab ich besonders viel übrig. Auf einer Skala von null bis zehn haben sie einen Attraktivitätsgrad von minus zwei.«

»Frauen sind echt komisch«, entgegnete Matthias. »Ich finde dich attraktiv, ob du nun verheiratet bist oder nicht.«

»Dann hast du ja Glück, dass ich geschieden bin«, sagte Dóra und schaute wieder auf das Foto. »Aber sie wohnt nicht bei dir, oder?« Sie konnte sich Matthias wirklich nicht beim Kinderklamottenwaschen vorstellen, geschweige denn beim Frisieren dieser ordentlichen Reihen von dicht geflochtenen Zöpfen an dem kleinen Köpfchen.

»Nein, nein«, antwortete Matthias. »Sie lebt in Ruanda. Ich kenne eine Frau, die in ihrem Dorf für das Rote Kreuz arbeitet. Sie hat mich dazu gebracht.«

»Wie heißt sie?«, fragte Dóra.

»Die Frau oder das Mädchen?«, fragte Matthias zurück.

»Das Mädchen natürlich.«

»Laya.«

»Hübscher Name«, bemerkte Dóra und legte ihre Hand auf seine. »Ich rufe schnell an. Wenn das Essen kommt, breche ich bestimmt abrupt das Gespräch ab.« Sie wählte die Nummer ihres Sohnes. »Hi, Gylfi, wie geht's dir?«

»Bist du im Ausland?«, fragte ihr Sohn verwundert.

»Nein, ich hab von einem Ausländer hier im Hotel ein Handy geliehen, weil ich meins abgeben musste. Wie ist es denn so?«

»Urrgh. Total langweilig. Ich will nach Hause«, maulte Gylfi.

»Aber nicht doch«, entgegnete Dóra fürsorglich. »Es wird schon noch nett werden. Ist Sóley guter Dinge?«

»Sie ist immer guter Dinge, danach musst du gar nicht fragen«, antwortete Gylfi mürrisch. »Aber mich macht das hier echt fertig. Papa ist total phantastisch mit diesem 80s Sing-Star-Spiel von Sóley, und wenn er noch einmal *Eye of the Tiger* singt, dann bin ich weg. Das ist mein Ernst.«

»Aber Junge«, sagte Dóra, »es dauert ja nicht mehr lange. Lass mich kurz mit Sóley sprechen, Schatz.« Sie traute sich nicht, den Karaoke-Gesang seines Vaters zu verteidigen.

»Ja, aber telefonier nicht so lange mit ihr. Ich muss Sigga anrufen. Eben hat sie das Handy auf ihren Bauch gelegt, und das Baby hat mir eine SMS getreten.«

»Wirklich?« Dóra wunderte sich über gar nichts mehr. »Und was hat es geschrieben?«

»jt«, antwortete Gylfi stolz. Er reichte Sóley ohne weitere Kommentare das Handy, und eine piepsige, niedliche Stimme rief: »Mama, hallo Mama!«

»Hallo, meine Maus«, sagte Dóra. »Ist es schön bei euch?«

»Ja, ja. Prima. Ich freu mich aber trotzdem auf dich. Papa und Gylfi streiten sich die ganze Zeit.«

»Es dauert nicht mehr lange, Liebling. Ich freue mich darauf, euch wiederzusehen. Grüß Papa von mir, wir sehen uns morgen.« Dóra verabschiedete sich. Sie klappte das Handy zu und reichte es Matthias.

»Ich hab kein Wort verstanden«, sagte er und steckte das Handy in seine Jackentasche. »Würdest du nachher auch Isländisch mit mir sprechen? Im Bett?«

»Selbstverständlich, du Blödmann«, antwortete Dóra mit betörender Stimme.

Rósa stand am Herd und kochte auf altbewährte Art Kaffee. Die Handgriffe waren automatisch, und sie ließ ihre Gedanken schweifen. Leider verweilte alles Positive und Schöne nur ein paar Sekunden und wurde dann verdrängt von bedrückenden Gedanken an Dinge, die sich nicht ändern ließen. Sie versuchte, an Stubbur, das Flaschenlämmchen, zu denken, wie eifrig es am Morgen an der Flasche gesaugt hatte, aber das Bild verblasste sofort wieder. Stattdessen drängte sich die Erinnerung an Bergur auf, wie er am vorherigen Abend nach Hause gekommen war, und an seinen Gesichtsausdruck, als er ihr von der Leiche, die er am Strand entdeckt hatte, erzählte. Rósa versuchte, es zu verdrängen, indem sie sich zwang, an den bevorstehenden Besuch ihres Bruders zu denken. Das würde die Stimmung im Haus bestimmt auflockern; er lachte viel, war fröhlich und laut. Das konnten sie brauchen; das Haus war so still, dass Fremde meinen könnten, sie und ihr Mann seien stumm. Spöttisch lachte sie auf. Als ob Fremde zu Besuch kommen würden. Es kamen noch nicht einmal Bekannte. Niemand außer den engsten Verwandten wäre auf die Idee gekommen, vorbeizuschauen. Verständlicherweise. Die Leute drängte es nicht an Orte, wo sogar die Topfpflanzen vom Unglück der Eheleute zeugten.

Rósa seufzte. Sie hatte keine enge Freundin, die sie um Rat hätte fragen können, falls es überhaupt einen Rat gab. Bergur war unglücklich, weil er mit ihr zusammenlebte und sie nicht liebte. Und sie war unglücklich, weil sie mit ihm zusammenlebte und ihn liebte, ohne dass ihre Liebe erwidert wurde. Sie wusste nicht, wann er aufgehört hatte, sie zu lieben, falls es jemals Liebe gewesen war, aber sie wusste noch genau, wann sie angefangen hatte, ihn zu lieben. An dem Tag, als sie sich zum ersten Mal begegnet waren. Sie konnte sich auch daran erinnern, wie gut er ausgesehen hatte und wie anders als die anderen jungen Männer er gewesen war, mit denen sie bis dahin zu tun gehabt hatte. Er kam aus den Westfjorden, um im Frühjahr auf dem Hof mitzuhelfen, und hatte sie sofort betört. Seite an Seite hatten sie gearbeitet, blutverschmiert bis zu den Ellbogen beim Lammen, und ihre Schwärmerei verstärkte sich noch, als ihr im Laufe ihrer Gespräche allmählich klar wurde, wie belesen er war und wie gut er sich mit allen möglichen Themen auskannte. Außerdem war seine Ausdrucksweise viel kultivierter als allgemein üblich, und das bis zum heutigen Tag. Es verlieh ihm etwas Weltmännisches, selbst wenn er das Land noch nie verlassen hatte. Damals, und im Grunde noch heute, fühlte sie sich neben ihm wie ein Bauerntrampel. Sie hatte immer gewusst, dass sie ihm nicht ebenbürtig war. Eines Tages würde er sie verlassen. Der Gedanke hatte sie mit Schwermut und Trauer erfüllt, und dies wiederum erstickte ihre Ehe.

Puh. Sie schüttelte sich. Verdammte Feigheit und Selbstmitleid. Kaffeeduft stieg ihr in die Nase und munterte sie ein wenig auf. Vielleicht lag das Glück in der Zukunft. Sie holte den frisch gebackenen Sandkuchen und ein Messer, um ihn zu schneiden. Bergur musste bald zurück sein, und sie wollte alles fertig haben, wenn er müde von der abendlichen Plackerei ins Haus kam. Er reparierte das undichte Scheunendach, und sie wusste, dass ihn diese Arbeit langweilte und plagte. Er war handwerklich nicht sehr begabt, aber das war ihr egal. Es war nicht seine Geschicklichkeit, die sie faszinierte.

Sie hatte die letzte tiefgefrorene Blutwurst von der Herbstschlachtung gekocht, mit Kartoffeln. Im Nachhinein betrachtet war das keine besonders aufregende Mahlzeit, weshalb sie sich überlegt hatte, etwas Farbe in den Alltag zu bringen, indem sie ihrem Mann einen Sandkuchen zum Abendkaffee servierte. Sie schaute in den Topf und sah, dass er kurz vorm Überkochen war. Auf einmal rann ihr eine Träne über die Wange. Diese verfluchte Schlampe. Sie wischte die Träne weg, zog die Nase hoch und richtete das Messer aus. Verfluchte Schlampe. Er war vergeben, konnte sie das nicht akzeptieren? Der Topfdeckel klapperte, und Rósa zuckte zusammen. Plötzlich lächelte sie still vor sich hin, hob den Deckel und reduzierte die Temperatur der Herdplatte. Verfluchte tote Schlampe. Tote, tote, tote Schlampe. Rósa führte das Messer zufrieden über den Kuchen. Tot und bald unter der Erde. Sie hatte noch nie gehört, dass jemand wegen einer toten Schlampe seine Ehefrau verließ.

Matthias war durstig und überlegte, ob ihn der Durst oder ein Geräusch von draußen geweckt hatte. Als ihm klar wurde, dass durch das geöffnete Fenster nichts anderes drang als Stille, lächelte er über diesen Unsinn. Er gähnte und stand vorsichtig auf, wobei er darauf achtgab, Dóra nicht zu wecken. Dies gestaltete sich recht schwierig, da es ihr auf wundersame Weise gelungen war, sich so breit zu machen, dass es ihm schwerfiel, sie beim Aufstehen nicht anzustoßen. Matthias ging ins Badezimmer, drehte den Wasserhahn auf und nahm ein Glas. Als er es unter den Wasserstrahl hielt, hörte er ein merkwürdiges Geräusch. Sofort drehte er den Hahn zu und lauschte. Es war ein herzzerreißendes Kinderweinen. Matthias verließ misstrauisch das Bad und versuchte, herauszufinden, woher das Geräusch kam. Plötzlich hörte es auf. Verwundert hob er die Brauen. Vielleicht waren Gäste mit einem Baby im Hotel, das nicht schlafen wollte. So musste es sein. Er ging zum Fenster, um es etwas mehr zu schließen. Dóra wollte es weit offen stehen haben, aber inzwischen war es ziemlich kalt im Zimmer geworden. Er war es nicht gewohnt, bei solcher Kälte zu schlafen.

Als er die Fensterbefestigung verstellte, begann das Weinen erneut. Es kam zweifellos von draußen. Matthias zog die Gardine beiseite und spähte in die helle Nacht. Er konnte nichts entdecken, und das Geräusch verstummte wieder, genauso plötzlich wie beim letzten Mal. Er verharrte eine ganze Weile am Fenster, aber das Geräusch kam nicht wieder. Schließlich kroch er unter die Bettdecke, sicher, ein Weinen gehört zu haben. Aber es stammte gewiss nicht von einem Kind aus dem Jenseits.

12. KAPITEL

Der japanische Vater und sein Sohn
waren so übertrieben höflich, dass sich Dóra in ihrer Gegenwart
wie ein betrunkener Lkw-Fahrer vorkam. Sie gab sich die größte
Mühe, sprach bedächtig, bewegte sich langsam und vermied jeg-
liche unnötige Mimik, aber es nützte nicht viel. Matthias hielt
sich wesentlich besser, und Dóra hegte den Verdacht, dass ihm
seine Erfahrung aus der Bank in Deutschland dabei zugute kam.
Daher hielt sie sich bei dem Gespräch zurück und überließ ihm
das Feld. Dóra und Matthias hatten in der Hotellobby auf die beiden gewartet, denn sie machten nach Auskunft von Vigdís jeden
Morgen einen kurzen Spaziergang. Jetzt saßen sie alle auf Holz-
stühlen vor dem Hotel und genossen die seltene Sonne.

»Sie kannten sie also nicht?«, fragte Matthias mit leiser, deut-
licher Stimme. Er ärgerte sich immer noch ein wenig über Dóra,
die ihn wegen der Geschichte mit dem nächtlichen Kinderweinen
aufgezogen und ihm gesagt hatte, er müsse das wohl geträumt haben.

Der Sohn übersetzte seinem Vater die Frage ins Japanische.
Dann drehte er sich wieder zu ihnen. »Nein, leider nicht. Wir wissen nicht, wer gemeint ist.«

»Sie war Architektin und hat für den Hotelbesitzer gearbeitet.
Eine junge Frau, dunkelhaarig«, fügte Matthias hinzu.

Der ältere Mann legte dem Sohn seine schlanke Hand auf die

Schulter und sagte etwas Unverständliches. Der Sohn lauschte konzentriert und nickte dann. Er blickte von seinem Vater zu Matthias. »Es kann sein, dass mein Vater die beschriebene Frau gesehen hat. Sie hat sich hier auf dem Gelände mit einem Mann im Rollstuhl und einer jungen Frau unterhalten. Mein Vater sagt, sie hat eine Zeichnung in der Hand gehabt und darauf etwas notiert. Ist das möglich?«

Matthias warf Dóra einen Blick zu und machte ein fragendes Gesicht. »Hatte Birna etwas mit einem Rollstuhl zu tun?«

»Nicht, dass ich wüsste.«

Matthias bat den Sohn, seinen Vater zu fragen, ob er wüsste, um welche Leute es sich gehandelt habe.

Wieder gab es einen Wortwechsel zwischen Vater und Sohn, den der Sohn anschließend für Matthias und Dóra übersetzte. »Nein, mein Vater kannte die Leute nicht, hatte die Frau aber schon einmal hier im Hotel und die jungen Leute in der Gegend gesehen.« Er neigte den Kopf ein wenig, bevor er weiterredete. »Mein Vater sagt, er hätte das junge Paar bemerkt, weil das Mädchen so liebenswürdig mit dem behinderten Mann umgegangen sei. Aber sonst weiß er nichts über die Leute, und auch nicht über die Architektin. Ich selbst habe die Frau nicht gesehen, darum kann ich leider nicht helfen.«

Matthias und Dóra wechselten einen Blick. Da es keinen Grund gab, die Männer weiter zu behelligen, machten sie Anstalten, aufzustehen. »Herr Takahashi, wir bedanken uns recht herzlich«, sagte Matthias und verneigte sich leicht. Dóra tat es ihm gleich. »Wir wünschen Ihnen noch einen angenehmen Aufenthalt.«

»Vielen Dank«, sagte der Sohn und erhob sich. Er half seinem geschwächten Vater auf die Beine. »Es ist schön hier. Mein Vater war krank, aber die frische Luft tut ihm gut.«

»Ich hoffe, es geht ihm bald besser«, warf Dóra ein und lächelte dem alten Mann zu. Er lächelte zurück, und sie verabschiedeten sich noch einmal. Als sie wieder im Haus waren, sagte Dóra zu Matthias: »Das war ja leider nicht sehr aufschlussreich.«

Matthias zuckte mit den Schultern. »Du hast doch wohl nicht erwartet, dass sie wissen, wer der Mörder ist?« Er runzelte die Stirn. »Aber irgendwie kommt es mir komisch vor, dass der Sohn angeblich keine Ahnung hat, wer Birna war, obwohl sein Vater sie gesehen hat. Weißt du noch, was Vigdís über die beiden gesagt hat? Der Sohn würde seinem Vater auf Schritt und Tritt folgen. Wo war er denn dann, als der Vater Birna und das junge Paar beobachtet hat?«

»Vielleicht hat der Vater sie durchs Fenster gesehen«, meinte Dóra. »Der Sohn hätte uns bestimmt gesagt, wenn er sich an sie erinnern würde. Warum sollte er das verheimlichen?«

»Ich weiß es nicht«, antwortete Matthias nachdenklich. »Außerdem ist es komisch, wie lange die beiden miteinander geredet haben, wenn man bedenkt, wie kurz die Antworten waren, die der Sohn übersetzt hat. Ich fand es auch seltsam, dass sie nicht gefragt haben, warum wir uns überhaupt für Birna interessieren.«

»Hat das nicht mit der japanischen Höflichkeit zu tun? Vielleicht ist Neugier dort ein Verbrechen.« Dóra war hungrig und schaute auf die Uhr an der gegenüberliegenden Wand. »Komm, lass uns was essen, bevor das Frühstücksbüfett abgeräumt wird.«

Matthias blickte erst irritiert zu Dóra und dann auf seine Armbanduhr. »Der Speisesaal wird doch nicht schon um acht Uhr geschlossen, oder?«

»Na komm schon«, entgegnete Dóra und trat ungeduldig von einem Fuß auf den anderen, »ich sterbe, wenn ich nicht sofort einen Kaffee bekomme. Außerdem sind bestimmt ein paar andere Gäste da, mit denen wir uns unterhalten können.« Sie waren in aller Herrgottsfrühe aufgestanden, um so viele Hotelgäste wie möglich abzufangen, bevor die sich zu ihren Tagesaktivitäten begaben.

»Ich möchte nicht für deinen Tod verantwortlich sein«, sagte Matthias und folgte ihr. »Auch wenn du mir die Sache mit dem Weinen nicht glaubst.«

»Uuhuuhuu«, jaulte Dóra mit gespielt tiefer Stimme. »Ausgesetzte Kinder – uhuu.« Sie lachte schallend über Matthias' säuerliches Gesicht. »Stell dich doch nicht so an! Ein Kaffee wird uns aufmuntern.«

Im Speisesaal waren nur drei Tische besetzt. An einem saß ein älteres Paar, das Dóra noch nicht gesehen hatte, am zweiten Magnús Baldvinsson, der alternde Politiker, und am dritten ein tief in Gedanken versunkener junger Mann. Er war braungebrannt und schien kräftig zu sein, obwohl die jugendliche Kleidung seine Figur kaschierte. Dóra beschloss sofort, sich auf den jungen Mann zu konzentrieren. Sie stieß Matthias mit dem Ellbogen an und sagte leise und unauffällig: »Das ist bestimmt der Kajakfahrer, þröstur Laufeyjarson, den Jónas mit Birnas Tod in Verbindung gebracht hat. Siehst du, wie schlecht gelaunt er ist? Komm, wir setzen uns an den Nebentisch.« Sie gingen zum Büfett, und Dóra belud aufs Geratewohl ihren Teller. Matthias ließ sich Zeit, während er das Angebot begutachtete, indem er am Büfett entlangschlenderte. Wieder stieß sie ihn mit dem Ellbogen an. »Beeil dich. Er darf nicht gehen, bevor wir uns gesetzt haben.« Matthias schaute sie enttäuscht an, griff dann wahllos nach einem Joghurt und ging mit ihr zu dem Tisch neben dem Kajakfahrer. Dóra lächelte dem Mann zu, als sie sich setzte. »Guten Morgen, tolles Wetter heute!«

Der Mann schaute nicht auf und schien sich nicht angesprochen zu fühlen. Er gähnte und trank einen Schluck Orangensaft. Dóra versuchte es noch einmal. »Entschuldigung«, sagte sie laut, damit kein Zweifel daran aufkam, dass ihr Tischnachbar gemeint war, »weißt du, ob es hier einen Bootsverleih gibt? Wir möchten eventuell ein Boot mieten. Oder ein Kajak.«

Der Mann schluckte, schaute Dóra verwirrt an und antwortete auf Englisch: »Äh, meinen Sie mich? Ich spreche leider kein Isländisch.«

»Oh.« Dóra war leicht irritiert. Offensichtlich handelte es sich nicht um þröstur Laufeyjarson. Sie lächelte entschuldigend. »Verzeihung, ich habe Sie mit jemandem verwechselt.« Sie versuchte, ein anderes Thema anzuschneiden, damit ihr der Mann nicht durch die Lappen ging. »Sind Sie neu angekommen?«

Er schüttelte den Kopf. »Nein, ich bin schon länger hier. Allerdings mit Unterbrechungen, bin herumgereist.«

Dóra versuchte, Interesse für seine Reisen vorzutäuschen und gleichzeitig natürlich zu wirken. »Wo waren Sie denn? Hier gibt es ja so viel zu sehen!«

Der junge Mann schien nicht unglücklich über die Gesellschaft zu sein. Er drehte sich ein wenig auf seinem Stuhl, sodass er Dóra und Matthias besser sehen konnte. »Überwiegend in den Westfjorden. Ich arbeite für ein Reisemagazin. Es geht um sehenswerte Reiseziele und so.«

»Bestimmt ein interessanter Job – oder auch nicht«, sagte Dóra und trank den ersten Schluck Kaffee. Sie erinnerte sich nicht an den Namen des Mannes, aber es musste der Fotograf sein, den Jónas auf der Gästeliste gekannt hatte.

Der junge Mann lachte. »Ja, es kann ziemlich anstrengend sein. Ich bin Fotograf, und meine Tage sind manchmal sehr lang und hart.«

Dóra reichte ihm die Hand. »Wie unhöflich von mir. Ich heiße Dóra.« Sie nickte in Richtung Matthias. »Und das ist Matthias aus Deutschland.«

Der junge Mann reckte sich zum Grüßen über den Tisch. »Hallo. Ich heiße Robin. Robin Kohman. Aus den USA.«

Dóra machte ein überzeugend fragendes Gesicht. »Warten Sie, kann es sein, dass ich Sie mal mit Birna gesehen habe?«

Robin zuckte die Achseln. »Birna?«

»Ja, Birna, die Architektin, die hier ...« Sie schaute ihn erwartungsvoll an.

»Ach, die Architektin! Birna«, sagte Robin gut gelaunt. Er sprach den Namen völlig anders aus als Dóra. »Doch, die kenne ich, ich habe nur den Namen nicht richtig verstanden. Mir ist die Aussprache noch nicht so geläufig. Ihre Worte klingen alle gleich.«

Robin nahm den letzten Schluck Saft und tupfte sich mit der Serviette die Mundwinkel ab. »Ja, ich habe sie flüchtig kennengelernt. Habe ein paar Fotos für sie gemacht, und sie hat mir Orte hier in der Umgebung gezeigt, die als Fotomotive in Frage kommen.«

»Wissen Sie noch, wann Sie sie zuletzt gesehen haben?«, fragte Matthias. Er hatte seinen Joghurtbecher immer noch nicht geöffnet.

Robin überlegte kurz. »Nein, das muss ein paar Tage her sein. Ist was passiert?«

»Nein, ich glaube nicht«, log Dóra. »Wir wollten uns nur mit ihr treffen.« Aus dem Augenwinkel sah sie, dass Magnús Baldvinsson aufstand und hinausging.

»Falls Sie sie sehen, sagen Sie ihr doch bitte, dass ich ihre Fotos noch habe.« Robin erhob sich.

»Sollte dieser unwahrscheinliche Fall eintreten, dann tun wir das«, entgegnete Matthias mit einem zweideutigen Lächeln. Als Robin sich verabschiedet hatte, hob er den Joghurtbecher hoch und wedelte damit vor Dóras Gesicht herum. »Darf ich mir jetzt was Vernünftiges zu essen holen?«

Magnús Baldvinsson spazierte über das Hotelgelände und versuchte, mit seinem Handy Empfang zu bekommen. In seinem Zimmer gab es keinen, und er wollte nicht im Flur oder im Speisesaal, wo schwacher Empfang war, in Anwesenheit anderer telefonieren. Zweimal wäre er fast gestolpert. Es war schwierig, gleichzeitig auf das Display und auf den steinigen Untergrund zu achten. Als das Handy Empfang anzeigte, atmete er auf und tippte eilig die Nummer von zu Hause ein. Er stand auf dem Parkplatz und malte sich aus, dass die Gäste bald nach draußen strömen würden. Ungeduldig lauschte er dem Klingeln. Endlich wurde abgenommen.

»Fríða! Hab ich dich geweckt?«

»Magnús? Wie spät ist es eigentlich?« Magnús' Frau gähnte ausgiebig.

»Ungefähr acht Uhr«, antwortete er angespannt.

»Ist was passiert?«, fragte Fríða besorgt. Ihre Stimme klang jetzt nicht mehr schläfrig.

»Nein, nichts Besorgniserregendes. Ich wollte dir nur sagen, dass ich noch ein bisschen länger bleibe.« Magnús sah die Hoteltür aufgehen. Ein junger Mann im Trainingsanzug kam heraus. Als er sich vom Parkplatz wegbewegte und auf den Strand zusteuerte, atmete Magnús erleichtert auf. »Hier sind Leute, die sich nach Birna erkundigen.«

»Erkundigen? Wonach erkundigen sie sich denn? Haben sie mit dir gesprochen?« Die Angst in ihrer Stimme war fast greifbar. Fríða hätte immer weitergefragt, wenn Magnús ihr nicht ins Wort gefallen wäre.

»Fríða, bleib ganz ruhig.« Er holte tief Luft und versuchte, nicht die Beherrschung zu verlieren. Mit jedem Jahr wurde Fríða nervöser, und es bedurfte keines Mordes, um sie aus der Fassung zu bringen. Wenn er darüber nachdachte, hatte sie sich im Grunde jetzt, wo die Situation wirklich belastend war, unglaublich gut im Griff. »Ich weiß nicht, wieso diese Leute hier herumschnüffeln, und nein, sie haben mich noch nicht angesprochen. Ich rufe nur an, um dir zu sagen, dass ich noch ein paar Tage bleibe. Es würde bestimmt verdächtig wirken, wenn ich so plötzlich abreise. Die Polizei war schon zweimal hier, und ich möchte, dass sie hier mit mir reden.« Er seufzte. »Anscheinend wollen sie mit allen vor Ort sprechen.«

Fríða schwieg einen Moment und sagte dann leise: »Baldvin hat angerufen.«

»Was hat er gesagt?«, fragte Magnús vorsichtig. Wenn sein Enkel erwähnt wurde, konnte er seinen Stolz nie verhehlen, trotz der ganzen Aufregung in der letzten Zeit. Baldvin war ein junger, aussichtsreicher Politiker, genauso wie sein Großvater in jungen Jahren. Und außerdem waren sie sich wie aus dem Gesicht geschnitten. Eine Zeitung hatte sogar ein Foto des jungen Magnús neben einem Interview mit Baldvin abgedruckt, um darauf aufmerksam zu machen, wie ähnlich sie sich sahen. Magnús lächelte in sich hinein. Natürlich würde niemand sie verwechseln; er war ein alter Mann, und Baldvin war jung, rank und schlank.

»Er hat nach dir gefragt. Wann du nach Hause kommen würdest«, antwortete Fríða. »Ich glaube, er will zu dir fahren.«

»Nein!«, rief Magnús erzürnt, »er darf unter keinen Umständen herkommen! Das würde alles nur noch schlimmer machen. Er hätte neulich lieber zu Hause bleiben und nicht versuchen sollen, mir zu helfen.«

»Er meint es doch nur gut«, entgegnete seine Frau. »Vielleicht tut es auch gar nichts zur Sache. Wenn diese Birna mit jemandem gesprochen hätte, würdest du es jetzt bestimmt wissen. Vielleicht ist mit ihr alles gestorben.« Die Frau seufzte. »Sollen wir das nicht einfach hoffen und es gut sein lassen?«

Magnús seufzte. »Wir können nicht sicher sein, Fríða. Ich habe schon zu viel aufs Spiel gesetzt und kann jetzt so kurz vorm Ziel nicht einfach aufhören. Geschweige denn Baldvin. Ich bleibe hier und warte ab. In den nächsten Tagen wird sich alles klären. Ganz bestimmt.«

»Soll ich kommen? Nimmst du deine Medikamente?« Fríða war kurz davor, die Kontrolle zu verlieren.

»Komm nicht! Auf keinen Fall! Und halt um Himmels willen Baldvin davon ab, noch einmal herzukommen.« Magnús holte tief Luft. »Fríða, die Verbindung ist sehr schlecht; du kannst mich hier auf dem Handy nicht anrufen. Aber übers Hoteltelefon auch nicht. Man weiß nie, wer in der Leitung ist. Ich melde mich regelmäßig bei dir.«

Magnús beendete das Telefonat. Er betrachtete den malerischen Küstenstreifen, drehte sich dann um und sah zu den Bergen im Norden. Er wartete darauf, von Glück und Frieden erfüllt zu werden, aber nichts geschah. Plötzlich überkam ihn eine abgrundtiefe Wut. Mit ihren Intrigen und ihrer Boshaftigkeit hatte Birna alles zerstört, was ihm lieb war. Die Heimat. Nun weckte sie nur noch Furcht in seiner Brust. Er war zu alt, um mit dieser

Angst umgehen zu können; sein Selbstbewusstsein war wie weggewischt. Es würde schlecht ausgehen. Für ihn und für Baldvin. Seine Wut verflog ein wenig, und stattdessen überfiel ihn Traurigkeit. Vielleicht war Birna die Wurzel allen Übels gewesen, und der Mord an ihr der Anfang vom Ende. Aber im Grunde war er selbst schuld.

Magnús hatte einmal gelesen, dass die Schatten alter Sünden ewig währen und man sich nicht vor ihnen verstecken kann. Daran hätte er denken sollen, damals.

13. KAPITEL

Vigdís saß an der Rezeption und beobachtete, wie Dóra und Matthias zu Jónas' Büro gingen. Sie dachte kurz daran, ihnen mitzuteilen, dass Jónas nicht da war, drehte sich dann aber wieder zum Bildschirm und las weiter Nachrichten im Internet. Die Meldungen hatten allerdings wenig mit den üblichen Nachrichten gemein, denn Vigdís interessierte sich schon lange nicht mehr für die Nahostproblematik, Politik, Inflationsentwicklung und all die anderen Themen, auf denen die Journalisten herumritten. Die Nachrichten, die Vigdís las, waren eindeutig und hatten einen Anfang und ein Ende. Es gab immer einen Bösen und einen Guten, und es waren immer Fotos dabei, die man sich gerne anschaute. Gespannt wanderte ihr Blick über den Bildschirm. Inzwischen war ihr vollkommen klar, dass sowohl Nicole Ritchie als auch Keira Knightley an Magersucht litten. Sie inspizierte ein vergrößertes Foto der Letztgenannten, auf dem man ihre Rippen durch ein langes geschlitztes Kleid sehen konnte. Vigdís schüttelte traurig den Kopf.

»Entschuldigung.« Das Wort drang zu ihr und verdrängte einen Moment lang ihre Sorge um die junge Schauspielerin. Vigdís schaute auf. »Weißt du, wo Jónas ist?«, fragte Dóra.

Vigdís schloss das Fenster auf dem Bildschirm, sodass nur noch der Stand der Buchungen zu sehen war. »Jónas ist in die Stadt gefahren. Er kommt erst heute Nachmittag zurück.« Sie setzte ihr formelles Gesicht auf. »Kann ich euch behilflich sein?«

Dóra blickte erst zu Matthias, dann wieder zu Vigdís. »Wir haben gerade überlegt, wer wohl im Haus ist. Wir würden gerne alle treffen, die Birna möglicherweise gekannt haben. Den Kajakfahrer zum Beispiel.«

»þröstur Laufeyjarson?«

»Ja, genau«, antwortete Dóra. »Ist er im Haus?«

»Nein, der geht immer in aller Herrgottsfrühe raus zum Training. Gestern Abend hab ich sein Kajak noch gesehen. Vielleicht trainiert er gerade unten in der Hotelbucht. Wenn das Kajak nicht an dem kleinen Steg liegt, dann ist er auf dem Wasser.«

Dóra übersetzte für Matthias, und sie beschlossen, hinunter zum Meer zu gehen, in der Hoffnung, þröstur dort anzutreffen. Bevor sie sich verabschiedeten, sagte Dóra zu Vigdís: »Und Magnús Baldvinsson? Ist der im Haus?«

Vigdís zuckte die Achseln. »Das weiß ich nicht. Er ist eben da draußen rumgelaufen. Normalerweise geht er nicht weit. Er wandert ums Haus, ist aber nie länger als eine Stunde unterwegs. Er ist schon so alt.«

»Ist er Witwer?«, fragte Dóra. »Jónas meinte, er sei allein hier.«

»Nein, das glaube ich nicht«, antwortete Vigdís. »Seine Frau hat ein paar Mal angerufen.«

»Komisch, dass sie nicht gemeinsam hier sind.«

»Vielleicht ist sie krank«, entgegnete Vigdís. »Kann das Haus nicht verlassen oder so.«

»Vielleicht treffen wir ihn nachher«, meinte Dóra.

Vigdís nickte nachdrücklich. »Ja, das solltet ihr unbedingt versuchen.«

»Warum?«, fragte Dóra.

»Ach, nur so. Er kannte Birna«, antwortete Vigdís. Sie wartete einen kleinen Moment und fügte dann hinzu: »Zumindest glaube ich, dass er sie kannte. Er hat nämlich beim Einchecken ausdrücklich nach ihr gefragt.«

»Wirklich?«, fragte Dóra erstaunt. Jónas hatte keine Verbindung zwischen Magnús und Birna erwähnt. »Weißt du, woher sie sich kannten?«

Vigdís schüttelte den Kopf. »Keine Ahnung.«

Þröstur Laufeyjarson legte das Paddel auf dem Kajak ab und schaute auf die Stoppuhr an seinem Handgelenk. Trotz Intensivtraining schien er keine wirklichen Fortschritte zu machen. Das Boot schaukelte ruhig auf der Wasseroberfläche, während er überlegte, wie er seinen Trainingsplan optimieren könnte. Er atmete tief ein und seufzte. Der kleine Fitnessraum im Hotel war nicht besonders gut ausgestattet, und daher war es schwierig Muskelmasse aufzubauen. Þröstur ließ dreimal die Schultern kreisen, um Verspannungen zu lösen, und spürte, wie ihm ein Schweißtropfen unter dem Neoprenanzug den Rücken hinunterlief. In Gedanken schon bei einer heißen Dusche mit anschließender Massage, wendete er das Kajak in aller Ruhe Richtung Ufer. Es reichte. Er würde am Nachmittag noch einmal hinausfahren, und dann würde es besser klappen.

Er lockerte seinen Griff um das Paddel ein wenig und kniff die Augen zusammen. Was waren das für Leute am Ufer? Als er sah, dass sie ihm zuwinkten, stöhnte er. Touristen. Falls es etwas Langweiligeres gab als Touristen und deren dumme Fragen, dann hatte er es glücklicherweise noch nicht erlebt. *Gehst du auf Walfang? Bist du schon mal bis nach Grönland gefahren?* Er überdachte die Situation. Sollte er sich etwa damit abfinden, auf diese Idioten zu treffen oder lieber wegpaddeln und woanders an Land gehen? Dann hätte er seine Ruhe, wäre aber wesentlich weiter vom Hotel entfernt. Er befeuchtete seine spröden Lippen und schmeckte Salz auf der Zunge. Die Leute winkten wild, und Þröstur glaubte, die neu angereiste Frau zu erkennen. Dieselbe Frau, die an der Rezeption nach der Architektin gefragt hatte, als er gestern zurückgekommen war. Er hatte kein Interesse, mit ihr zu reden. Überhaupt kein Interesse. Wer weiß, was sie alles fragen würde. Ruhig wendete er das Kajak. Bevor er den Paddelschlag verstärkte, fiel sein

Blick unbeabsichtigt auf das Blatt, so als rechne er damit, immer noch Blut darauf zu sehen. Natürlich war es weg. Es musste weg sein, er hatte es selbst abgewaschen und er machte immer alles perfekt. Er paddelte los.

»Was ist denn?«, rief Dóra aufs Meer hinaus, als das Kajak auf einmal drehte und sich schnell von ihnen entfernte. Sie hatte wild gestikuliert, um den Kajakfahrer auf sich aufmerksam zu machen. Jetzt ließ sie die Arme fallen. »Er hat uns ganz bestimmt gesehen. Was hat er denn?«

Matthias schirmte mit der Hand die Sonne ab und beobachtete, wie der Kajakfahrer zielstrebig in westlicher Richtung am Ufer entlangpaddelte. »Ja, er hat uns auf jeden Fall gesehen.« Das Kajak verschwand hinter einem Riff aus ihrem Blickfeld. »Ich glaube, er wollte nicht mit uns reden. Vielleicht ist er schüchtern.«

»Sollen wir noch warten?«, fragte Dóra, die diesen Unsympathen unbedingt so schnell wie möglich treffen wollte. Man konnte viel über Jónas sagen, aber er hatte eine gute Menschenkenntnis, und þröstur war ihm verdächtig vorgekommen. »Ist doch klar, dass er Dreck am Stecken hat. Sonst würde er doch mit uns reden.«

»Nicht unbedingt«, entgegnete Matthias. »Vielleicht ist er einfach müde und hat keine Lust dazu. Er wird wohl kaum wissen, was wir von ihm wollen. Lass uns wieder reingehen. Wir treffen ihn bestimmt nachher. Komm, lass uns lieber den alten Mann, diesen Magnús, suchen.«

Dóra musste zugeben, dass das ein wesentlich vernünftigerer Plan war, als tatenlos am Strand zu stehen, daher marschierten sie wieder zum Hotel. Dort erzählte ihnen Vigdís, sie hätte Magnús nicht gesehen, wahrscheinlich sei er auf seinem Zimmer. Sie gingen in den ersten Stock. »Ich übernehme das Reden«, sagte Dóra leise, während sie kräftig an die Tür klopfte. Aus dem Zimmer drangen Geräusche. »Er ist so alt, dass ich mir nicht sicher bin, ob er andere Sprachen als Isländisch und vielleicht Dänisch beherrscht.« Die Tür öffnete sich einen Spalt, und Magnús Bald-vinsson spähte hinaus. »Guten Tag Magnús, ich heiße Dóra, und das ist Matthias. Dürften wir kurz mit dir reden?«

»Warum?«, entgegnete er heiser. »Ich meine, wer seid ihr?«

»Ach, entschuldige bitte, ich bin die Rechtsanwältin von Jónas, dem Eigentümer des Hotels, und das ist mein Assistent.« Dóra unterdrückte das Verlangen, ihren Fuß in den Türspalt zu stellen und die Tür aufzustoßen. »Es dauert nicht lange. Du könntest uns eventuell behilflich sein.«

Erst vergrößerte sich der Spalt ein wenig, dann öffnete Magnús die Tür ganz. »Bitte sehr. Kommt rein.«

»Vielen Dank«, sagte Dóra und setzte sich. »Wir versprechen auch, dich nicht lange aufzuhalten.«

Magnús schaute sie fest an. »Ich habe nicht viel zu tun, mach dir keine Gedanken. Aus Erfahrung weiß ich, dass Zeit nur kost-bar ist, solange man jung ist. Ihr werdet das noch erleben.«

»Ich weiß nicht, ob ich diese Erkenntnis teile«, entgegnete Dóra höflich. »Wir würden gerne mit dir über Birna sprechen, die Architektin, die tot am Strand gefunden wurde.« Sie beobachtete Magnús' Reaktion genau.

»Ja, davon habe ich gehört. Furchtbar«, sagte Magnús ziemlich emotionslos. »Mir wurde gesagt, es handele sich aller Wahr-scheinlichkeit nach um Mord, was das Ganze noch tragischer macht.«

»Ja«, Dóra lächelte Magnús an, »wir versuchen, herauszufin-den, wer ihr möglicherweise etwas hätte antun wollen.«

»Und ich gehöre zu dieser Gruppe?«, fragte Magnús trocken.

»Nein, keineswegs«, beeilte sich Dóra zu antworten. »Uns ist nur zu Ohren gekommen, dass du sie gekannt hast, und wir haben gehofft, du wüsstest vielleicht etwas, das uns weiterhelfen kann.«

»Gekannt?«, sagte Magnús verwundert, konnte aber seine Nervosität nicht verbergen. »Wer sagt denn, dass ich sie gekannt habe? Das stimmt doch gar nicht!«

»Vielleicht ist das zu viel gesagt«, entgegnete Dóra. »Du hast wohl an der Rezeption nach ihr gefragt. Daher bin ich davon ausgegangen, dass du sie gekannt hast.«

Magnús schwieg eine Weile. »Daran kann ich mich wirklich nicht erinnern, aber mein Gedächtnis ist auch nicht mehr das, was es einmal war. Falls ich nach ihr gefragt haben sollte, muss ich ihren Namen auf irgendeiner Liste gesehen haben. Meine Frau und ich suchen einen Architekten, vielleicht hat bei ihrem Namen etwas bei mir geklingelt. Seid ihr euch sicher, dass die Frau an der Rezeption mich gemeint hat?«

Dóra konnte sehen, dass er log. Sie überlegte, wie alt er eigentlich war. Vermutlich keinen Tag jünger als achtzig. Seit wann suchten Ehepaare über achtzig einen Architekten? Ihre eigenen Eltern waren gerade mal sechzig, und es war ihnen schon zu viel, ein neues Auto zu kaufen, geschweige denn irgendwelche Umbauten in Angriff zu nehmen. »Möchtest du bauen?«

»Was? Nein, nein«, antwortete Magnús und zögerte kurz. »Wir haben ein altes Sommerhaus in þingvellir, das wir umbauen möchten. Dafür brauchen wir Beratung.« Er schaute Dóra ausdruckslos an. »Es ist sehr schwierig, einen Architekten zu finden. Wir haben Hochkonjunktur.«

»Aber du bist doch wohl nicht hier, um nach einem Architekten zu suchen?«, fragte Dóra, entschlossen, den alten Mann nicht so leicht davonkommen zu lassen.

Magnús schaute sie missmutig an. »Nein, natürlich nicht. Der Grund für meinen Aufenthalt geht euch nichts an, und ich würde die Unterredung an diesem Punkt gerne beenden.« Er verstummte und wartete auf eine Reaktion. Die beiden saßen betreten da – Matthias, weil er kein einziges Wort verstanden hatte, und Dóra, weil sie den Mann nicht noch weiter bedrängen wollte. Als klar war, dass die beiden nichts sagen würden, ergriff Magnús erneut das Wort. Sein Ärger schien größtenteils verflogen zu sein. »Ich kann euch ebenso gut sagen, warum ich hier bin. Vielleicht lasst ihr mich dann in Ruhe. Ihr scheint zu glauben, ich hätte etwas zu verbergen, aber so ist es keineswegs.«

»Nein, das tun wir nicht«, sagte Dóra freundlich. »Wir versuchen nur, herauszufinden, was passiert ist. Nichts anderes.« Sie lächelte ihn an. »Verzeih bitte, wenn wir zu aufdringlich oder vorwurfsvoll waren, das wollten wir nicht. Wir versuchen nur, uns ein Bild von den Geschehnissen zu machen. Das ist unser einziges Anliegen.«

»Das sagst du so«, entgegnete Magnús skeptisch. »Ich bin einfach krank gewesen und wollte mich ganz allein erholen. Ich weiß aus Erfahrung, dass Einsamkeit der Seele am besten tut.«

»Warum hast du gerade dieses Hotel ausgewählt? Der Betrieb ist ja vor allem auf alternative Medizin und esoterische Aspekte ausgerichtet. Ich möchte dich nicht beleidigen, aber es scheint mir ungewöhnlich, dass sich ein Mann deiner Generation für so etwas begeistert.«

Magnús lächelte zum ersten Mal, seit er die Tür geöffnet hatte. »Sehr richtig. Ich glaube nicht an den ganzen Quatsch, den sie hier praktizieren. Ich bin nur hergekommen, weil hier meine Wurzeln sind. Ich bin auf einem Hof ganz in der Nähe aufgewachsen.«

Dóra riss die Augen auf. »Was? Kanntest du die Leute von dem Hof hier?«

Magnús zögerte einen Moment. »Ja, allerdings. Spielt das eine Rolle?«

»Wahrscheinlich nicht. Ich weiß nur, dass Birna sich sehr für die Geschichte des Hofs interessiert hat, und ich glaube, ihr Tod hat auf irgendeine Weise damit zu tun. Aber dafür habe ich natürlich keine Beweise.«

Magnús erblasste. »Ist das nicht ziemlich weit hergeholt?« Seine Stimme zitterte leicht.

Dóra tat so, als sei nichts geschehen. »Ja, ja, wahrscheinlich. Aber es ist toll, dass du dich hier auskennst. Vielleicht kannst du mir ein bisschen über die hiesige Geschichte erzählen? Kennst du auch irgendwelche Spuk- oder Geistergeschichten?«

Magnús wirkte unentschlossen. Er räusperte sich, so als versuche er, die Nerven zu behalten. »Ich habe nicht viel für Geister übrig, und diese Geschichten haben mich nur interessiert, als ich ein kleiner Junge war. Hier kursieren schon lange solche Geschichten, aber darüber müsst ihr euch bei anderen Leuten erkundigen.« Magnús war in seinem Stuhl zusammengesackt, richtete sich aber wieder auf, bevor er weitersprach: »Ich bin kein Historiker und habe mich nie besonders für Genealogie und Derartiges interessiert. Ich weiß nicht, was hier früher passiert ist.«

»Aber du kanntest doch die Bewohner, nicht wahr? Wie hieß er noch gleich …« Dóra versuchte, sich an die Namen zu erinnern, die auf den Rückseiten der Fotos in der Kiste gestanden hatten. »… Björn soundso.«

Magnús saß wie festgefroren da. »Bjarni. Bjarni Þórólfsson auf Kirkjustétt.«

»Genau«, sagte Dóra erfreut. »Wohnte sein Bruder nicht auf dem Nachbarhof?«

»Ja, Bjarni war der Bruder von Grímur auf Kreppa.« Magnús presste die Lippen aufeinander. »Grímur war Arzt und älter als Bjarni. Hatten ein sehr trauriges Schicksal, die beiden Brüder. Aber Glück und Unglück liegen nah beieinander.«

»Was?« Dóras Neugier war geweckt. Die Fotografien hatten in der Tat einen tragischen Anstrich, aber Dóra hatte gedacht, es läge daran, dass die Leute auf den Fotos schon längst nicht mehr im Diesseits weilten und sich niemand mehr an ihre Triumphe und Niederlagen erinnern konnte. Es war unangenehm, schwarz auf weiß vor sich zu sehen, wie schnell die Menschen in Vergessenheit gerieten. Aber vielleicht hatte dieses unglückselige Gefühl einen tieferen Grund. »Wie meinst du das?«

Magnús seufzte. »Der Vater der beiden war damals einer der größten Reeder hier auf der Halbinsel. Er betrieb gleichzeitig zwei Fischfangstationen und war sehr wohlhabend. Vielleicht nicht im Vergleich mit den heutigen Fangquotenkönigen und der neuen Generation von Bankern, aber für die damalige Zeit war er ziemlich gut gestellt. Ich weiß nicht mehr, wie viele Segelboote er besaß, aber es waren sehr viele. Die Reederei befand sich in Stykkishólmur.«

»Waren die Söhne im väterlichen Betrieb tätig?«

»Nein. Bevor sie auf die Welt kamen, hatte er die Reederei verkauft und stattdessen in Ländereien investiert. Er besaß einen Großteil der Ländereien hier an der Südküste der Halbinsel. Das war sehr vernünftig, denn die Fischerei veränderte sich stark. Die Zeit der Trawler begann, und mit den meisten alten Reedereien ging es bergab.«

»Hat er denn gewusst, dass es so kommen würde?«, fragte Dóra.

»Nein, er war kein Hellseher, falls du das meinst. Er wollte einfach nicht, dass seine Söhne zur See fahren. Hatte zu viele junge Männer auf dem Meer umkommen sehen. Er schickte seine Söhne in die Stadt zum Studieren. Grímur war sehr begabt und wurde wie gesagt Arzt, aber Bjarni war kein besonders fleißiger Schüler. Er war ein fröhlicher, netter Kamerad und stets zu einem Spaß aufgelegt. Nicht so ernst wie sein älterer Bruder. Im Grunde hätten sie kaum unterschiedlicher sein können. Man muss allerdings bedenken, dass ich sie als junge Männer nicht persönlich kannte, ich habe das von meinem Vater gehört.«

»Und Grímur wurde dann Arzt hier im Bezirk?«

»Ja, er zog hierher und baute den Hof Kreppa. Neben seiner Arzttätigkeit betrieb er auch Landwirtschaft, denn sonst hätte es hinten und vorne nicht gereicht. Damals wohnten hier auch nicht viel mehr Menschen als heute. Dann versuchte er es mit der Landwirtschaft als Haupteinnahmequelle, aber damit fuhr er nicht gut. Bjarni widmete sich hingegen ganz dem Hof. Und war sogar sehr erfolgreich. Später machte er mit verschiedenen Investitionen noch mehr Profit.«

»Und was ist das Tragische an der ganzen Geschichte?«, fragte Dóra. Bisher klang schließlich alles sehr positiv.

»Das Tragische, ja«, sagte Magnús ernst. »Das lag, wie so häufig, in der Liebe. Bjarni heiratete sehr jung eine wirklich prachtvolle Frau. Sie hieß Aðalheiður.« Magnús bekam ein verträumtes Gesicht. »Ich war ja noch ein kleiner Junge, aber ich werde sie nie vergessen. Vielleicht, weil sie sich so sehr von ihrer Umgebung abhob. Sie war die Schönste von allen, sanftmütig und freundlich. Auch tüchtig. Bjarni lernte sie in Reykjavík kennen, und als sie herzogen, war sie es überhaupt nicht gewohnt, zu arbeiten.

Aber Aðalheiður riss sich zusammen und lernte alles Notwendige. Kristrún, Grímurs Frau, war vollkommen anders. Sie stammte von hier, ein Arbeitstier wie Aðalheiður, aber auf ganz andere Weise. Sie verrichtete ihre Arbeit verdrossen, gewissenhaft und aufopferungsvoll, während Aðalheiður immer ein Lächeln auf den Lippen hatte und übermütig lachte, wenn ihr etwas missglückte. Sie passten jedenfalls gut zu ihren Männern. Bjarni fröhlich und sorglos, und Grímur stets so, als sei ihm eine Laus über die Leber gelaufen.«

»Ist Aðalheiður jung gestorben?«, fragte Dóra, weil die Frau auf den späteren Fotos nicht mehr zu sehen war.

»Ja«, sagte Magnús mit traurigem Gesicht. »Sie bekamen ein Kind, ein kleines Mädchen, das sie auf den Namen Guðný tauften. Ein sehr hübsches Mädchen, das lebende Abbild seiner Mutter. Grímur und seine Frau hatten kurz davor auch eine Tochter bekommen. Sie hieß Edda und starb im selben Jahr, als Guðný geboren wurde. Dieses Aufeinanderprallen von Trauer und Glück war die Ursache für den Streit zwischen den beiden Frauen. Grímurs Frau beschuldigte Aðalheiður, ihre Tochter vergiftet zu haben, was völlig abwegig war, aber die Frau war von Trauer überwältigt und wahrscheinlich nicht mehr ganz bei Trost, als sie das sagte. Im Zuge dessen verschlechterte sich auch das Verhältnis zwischen den Brüdern. Sie redeten nicht mehr miteinander, als das Unglück über sie kam.«

»Welches Unglück?«, fragte Dóra.

»Tja, Aðalheiður starb an einer Blutvergiftung, und Grímurs Frau drehte anscheinend durch. Sie wurde jahrelang nicht mehr gesehen, und die Brüder saßen da, der eine ein junger Witwer mit einer kleinen Tochter und der andere mit einer geisteskranken Frau und kinderlos. Trösten konnten sie einander aus Stolz nicht, und so haderte jeder mit seinem eigenen Schicksal. Allerdings bekamen Grímur und Kristrún kurz vor Kriegsbeginn ein weiteres Kind, Málfríður. Die Mutter starb im Kindsbett, obwohl Gerüchte kursierten, sie habe sich kurz nach der Geburt das Leben genommen und Grímur habe den Totenschein manipuliert. Er hatte ihn selbst ausgestellt. Ich glaube allerdings, dass das unbegründete Spekulationen sind.«

»Und die Brüder haben sich nie versöhnt?«, fragte Dóra.

»Nein, es gab nur wenig Kontakt zwischen den beiden Höfen, als Bjarni krank wurde.«

»War das nicht Tuberkulose?«

»Ja«, antwortete Magnús. »Er schottete sich ab, weigerte sich, nach Reykjavík in ein Sanatorium zu fahren und starb ein paar Jahre später.« Magnús holte tief Luft. »Allerdings nicht, bevor er seine Tochter Guðný, die ihn pflegte, angesteckt hatte. Sie überlebte ihren Vater nicht lange. Bjarnis Bruder kümmerte sich so gut er konnte um die Kranken, aber es reichte nicht. Wenn Bjarni in die Stadt gefahren wäre, um sich dort behandeln zu lassen, wäre alles anders gekommen.« Magnús schüttelte betrübt sein graues Haupt. »Grímur zog kurz darauf mit seiner Tochter Málfríður nach Reykjavík. Er beerbte seinen Bruder und musste daher die Ländereien und anderen Besitztümer hier auf der Halbinsel nicht verkaufen. Aber auch er wurde nicht alt; er starb nur wenige Jahre, nachdem sie weggezogen waren. Er hatte auch große psychische Probleme.«

»Und Kristín?«, fragte Dóra. »Wer war Kristín?« Magnús erstarrte. Er öffnete den Mund, so als wolle er etwas sagen, schloss ihn aber sofort wieder. »Wohnte auf einem der Höfe eine Kristín?«, wiederholte sie.

Magnús' Gesicht versteinerte. »Nein. Hier gab es keine Kristín.« Er räusperte sich. »Ich glaube, das genügt jetzt.«

»Weißt du vielleicht, ob jemand von den Höfen etwas mit einer nationalistischen Gruppierung zu tun hatte?«, beeilte sie sich zu fragen, bevor sie aufgefordert würden zu gehen.

»Ich habe meinen Worten nichts hinzuzufügen«, sagte Magnús und stand auf. Er schwankte ein wenig, und Dóra fürchtete einen Moment lang, er würde ohnmächtig werden, aber dann fand er sein Gleichgewicht wieder, stand kerzengerade da und zeigte auf die Zimmertür. »Auf Wiedersehen.«

Dóra wusste, dass es nichts bringen würde, den Mann weiter zu bedrängen. Aber was hatten die Nazis mit dem Schicksal der Höfe zu tun? Und Kristín? Wer war das eigentlich, diese Kristín?

14. KAPITEL

»Ich rate dir, sonstige Aufgaben in den kommenden Tagen ruhen zu lassen«, sagte Kriminalpolizist þórólfur eindringlich am anderen Ende der Leitung in Reykjavík. »Das heißt, falls du in Betracht ziehst, deinen Mandanten zu verteidigen.«

»Puh«, entfuhr es Dóra, »ich weiß wirklich nicht, ob sich das organisieren lässt. Ich müsste heute zurück in die Stadt fahren.«

»Tja, dann tu das«, entgegnete þórólfur missmutig. »Ich wollte dich lediglich darüber informieren, dass wir in den nächsten Tagen vor Ort sein und Aussagen der Leute protokollieren werden, vor allem von den Gästen, die wir später schlecht erreichen können. Ich gehe fest davon aus, dass wir auch ausgiebig mit Jónas sprechen werden. Du hast dich als seine Anwältin vorgestellt, daher wollten wir dir das mitteilen. Dir steht natürlich frei, zu tun, was du für richtig hältst.«

»Was du nicht sagst«, antwortete sie schnippisch. Wenn Dóra etwas gegen den Strich ging, dann war es, wenn man sie von oben herab behandelte. Andererseits musste sie wegen Jónas ein gutes Verhältnis zur Polizei pflegen, also mäßigte sie sich. »Vielen Dank für die Information. Ich werde sehen, was sich machen lässt.« Sie verabschiedeten sich, und Dóra wählte Vigdís' Nummer, denn Jónas hatte sich ihr Handy geliehen, da die Polizei seines inzwischen beschlagnahmt hatte. Jónas hatte Dóra ein uraltes Handy besorgt, das aussah wie eine Videokassette, und sie hatte ihre SIM-

Karte eingesetzt. Dóra hatte den berechtigten Verdacht, dass die Polizei es nach den jüngsten Vorkommnissen nicht eilig haben würde, ihr Handy zurückzugeben.

Nach mehrmaligem Klingeln antwortete Jónas. Er klang, als säße er im Auto. Dóra erzählte ihm, dass die Polizei vorhatte, nächste Woche mit ihm zu sprechen und auch die Aussagen der Gäste zu Protokoll zu nehmen.

»Mit mir sprechen?« Jónas klang wirklich erstaunt.

»Ja, mit dir«, antwortete Dóra. »Hast du die SMS schon vergessen? Du stehst natürlich unter Verdacht.«

»Aber ich hab sie nicht geschickt. Das hab ich dir doch gesagt.« Jónas klang verstimmt.

»Ich weiß genau, was du mir gesagt hast. Das ändert aber nichts an der Tatsache, dass du höchst verdächtig bist.« Dóra hörte eine Hupe im Hintergrund. »Möchtest du, dass ich bei deiner Aussage dabei bin oder kommst du allein zurecht?«

»Ich kann das nicht allein«, sagte Jónas. Seine Stimme klang verzweifelt. »Ich schaffe das nicht. Du musst mir helfen.« Etwas entspannter fügte er hinzu: »Am besten findest du den Mörder, damit sie mich nicht länger verdächtigen. Ich bezahle dich auch dafür.«

Dóra musste lächeln. »Die Polizei findet den Mörder, Jónas. Mach dir keine Sorgen. Wenn du unschuldig bist, dann wirst du nicht weiter behelligt.«

»Ich weiß nicht«, entgegnete Jónas skeptisch. »Jedenfalls möchte ich, dass du bei der Vernehmung dabei bist.«

»Gut«, sagte Dóra. »Dann muss ich wohl verlängern: Ist denn noch ein Zimmer frei?«

»Ja, ganz sicher. Wir sind erst im Juli ausgebucht.«

»Dann bleibe ich noch, falls ich die Kinder unterbringen kann«, erklärte Dóra. »Gerade war ein Papa-Wochenende, aber heute ist Sonntag, und sie sollen eigentlich wieder nach Hause fahren.«

»Aber meine Liebe, lass sie doch einfach nach Snæfellsnes

kommen«, sagte Jónas beschwingt, »Kinder lieben die Natur und können am Strand spielen.«

Dóra lächelte im Stillen. Gylfi könnte prima am Strand spielen, wenn es da einen Computer mit Internetzugang gäbe. »So weit muss es hoffentlich nicht kommen. Ich sage dir Bescheid.« Sie verabschiedeten sich, und Dóra drehte sich zu Matthias und stöhnte.

»Was?«, fragte er neugierig. »Dein Stöhnen lässt nichts Gutes vermuten.«

»Nein«, sagte Dóra und spielte mit dem schweren Handy. »Jónas möchte, dass ich ihm bei der bevorstehenden Vernehmung mit Rat und Tat zur Seite stehe.«

Matthias grinste über das ganze Gesicht. »Aber ist das nicht großartig? Ich habe es nicht eilig.«

Dóra erwiderte sein Lächeln nur halbherzig. »Doch, doch. Es wäre großartig, wenn ich keine Probleme mit den Kindern hätte. Sie sind bei ihrem Vater, aber ich muss sie heute abholen.«

»Aha. Kannst du ihn nicht anrufen und fragen, ob sie länger bleiben dürfen?«

»Doch, mir bleibt wohl nichts anderes übrig«, sagte Dóra griesgrämig. Sie konnte es nicht ausstehen, Hannes um einen Gefallen zu bitten, denn sie wusste nur zu gut, wie sehr er es genoss, sich bitten zu lassen – nur, weil sie sich bei solchen Gelegenheiten ihm gegenüber ganz genauso verhielt.

Nach großem Hin und Her am Telefon einigten sich Dóra und Hannes darauf, dass die Kinder noch eine weitere Nacht bei ihm bleiben würden. Aber nicht länger. Hannes musste ins Fitnessstudio und allerlei Dinge erledigen, die er wegen der Kinder aufgeschoben hatte. Dóra ließ es sich nicht nehmen, anzumerken, sie verstünde das gut, sie hätte auch schon darüber nachgedacht, ob er nicht ein wenig zugenommen hätte. Dann legte sie auf, wünschte sich, er würde auf dem Laufband explodieren und streckte dem Telefon die Zunge heraus, bevor sie es weglegte.

»Schön zu sehen, wie erwachsen du dich in Bezug auf deine

Scheidung verhältst«, sagte Matthias. »Nicht alle können sich glücklich schätzen, so tolle Exfrauen zu haben.«

Dóra schnitt eine Grimasse. »Sprichst du aus Erfahrung?«, sagte sie, fügte dann aber in einem versöhnlichen Ton hinzu: »Die Kinder dürfen noch eine Nacht bleiben. Danach muss ich was anderes organisieren oder nach Hause fahren.«

»Ich bin nicht geschieden – ich hatte immer Schwierigkeiten, eine Frau zu finden, die mir gefällt«, sagte Matthias. »Aber da hat sich inzwischen einiges geändert.« Er sah Dóra an, dass für solche Themen nicht der richtige Zeitpunkt war, und klatschte in die Hände. »Also dann. Wenn wir schon nicht viel Zeit haben, sollten wir versuchen, sie gut zu nutzen. Dieser Spaziergang dauert sowieso schon viel zu lange. Was möchtest du tun?«

»Wir sollten versuchen, noch mehr Gäste zu treffen, oder diesen Eiríkur, den Hellseher, aufzutreiben, der die Spukgeschichten losgetreten hat.«

Matthias machte ein enttäuschtes Gesicht. »Darauf wollte ich nicht unbedingt hinaus. Und andere Hotelgäste oder Hellseher möchte ich auch nicht dabeihaben.«

Dóra errötete, ignorierte seine Worte jedoch. »Komm, beeilen wir uns.«

Eiríkur starrte die Tarotkarten an, die er vor sich ausgelegt hatte. Geld – gut. Der Tod – schlecht. Er strich mit dem Zeigefinger am Rand der Karte mit dem Sensenmann entlang und ließ seine Gedanken schweifen. Er hatte dieselbe Karte schon zweimal gelegt, und obwohl er keineswegs Tarotspezialist war, wusste er, dass die Chance für eine solche Wiederholung sehr gering war. Was wollten die Karten ihm sagen? Er überlegte, ob er jemanden zu Rate ziehen sollte, der mehr über Tarot wusste, entschied dann aber, dass das zu umständlich wäre. Dann müsste er aus seinem gemütlichen Mitarbeiterhäuschen ins Hotel hinübergehen, und dazu hatte er einfach keine Lust. Hier gab es keinen Telefonanschluss, und der Handyempfang war wie überall schlecht. Allerdings benutzte Eiríkur sowieso kein Handy. Als Hellseher wusste er, dass die Wellen dieser Geräte einen schlechten Einfluss auf die Aura haben, daher war das für ihn kein Thema. Lieber würde er zum nächsten öffentlichen Fernsprecher wandern, als in ein Handy zu brüllen und dabei zu wissen, dass seine Aura mit jedem Wort mehr verblasste. Nein, er musste die Karten selbst deuten. Eiríkur stützte das Kinn in die Hand und schaute die Karten konzentriert an. Geld. Der Tod.

Er streckte seinen Rücken. Vielleicht wies die Karte gar nicht auf seinen eigenen Tod oder den eines Nahestehenden hin, sondern schlicht und ergreifend auf die Architektin. Eiríkur nickte. Natürlich. Es bedeutete, dass dieses Ereignis großen Einfluss auf sein Leben haben würde. Deshalb war die Karte zweimal aufgetaucht. Und das Geld? In welcher Verbindung stand das zum Tod der Architektin? War es möglich, dass er davon profitieren würde? Er hatte sie gewarnt. Ihre Aura war kohlrabenschwarz gewesen, was selbstverständlich nichts Gutes verhieß. Vielleicht könnte er diese Vorhersage als Werbung benutzen? Ärgerlich, dass er nur mit ihr darüber geredet hatte; bezeugen konnte es niemand.

Eiríkur sehnte sich nach einer Zigarette und seufzte. Jónas wollte nicht, dass die Angestellten rauchten, und Eiríkur hasste es, wie ein Teenager heimlich zu paffen. Wie am Donnerstagabend, als er sich von der Séance geschlichen hatte, um in einer dunklen Ecke eine zu rauchen. Jetzt verstand er, was er zu dem Zeitpunkt nicht verstanden hatte – womit die Person beschäftigt gewesen war. Er hatte an dem Abend den Mörder gesehen. Natürlich. Wer sagt denn, dass es sich nicht lohnt zu rauchen, dachte er selbstzufrieden.

Eiríkur sammelte die Karten zusammen und grinste. Na klar. Jetzt wusste er, was die Karten zu bedeuten hatten. Das Geld war für ihn bestimmt, denn eine Hand wäscht die andere. Die Bezahlung war Verhandlungssache, aber Verschwiegenheit hatte ihren Preis. Aber er war von Natur aus ein fairer Mensch und zweifelte nicht daran, dass sich ein zufriedenstellender Kompromiss finden ließe. Er musste nur kurz rüber zum Hotel und telefonieren. Außerdem musste er noch etwas mit seinem Chef Jónas besprechen. Es würde Spaß machen, mit dem Kerl zu diskutieren, ohne wie sonst derjenige zu sein, der klein beigeben musste, um seinen Job nicht zu verlieren. Nun erwartete ihn die langersehnte finanzielle Unabhängigkeit, und es gab keinen Grund, wie ein Sklave vor dem Mann zu kuschen.

Er stapelte die Karten aufeinander, stand auf und ging hinaus. Er hatte es so eilig, dass er sich nicht die Zeit nahm, in den kleinen Spiegel über der Garderobe im Flur zu schauen. Obwohl seine Aura dunkel und schwermütig aussah. Nahezu schwarz.

Dóra seufzte. »Alle ausgeflogen?«

Vigdís sah sie ungerührt an. »Ja, die meisten unternehmen etwas, wenn sie hier sind. Wir haben nur sehr wenige Gäste, die einchecken und dann auf dem Zimmer rumhängen und darauf warten, dass du mit ihnen reden willst.«

Matthias lächelte Vigdís freundlich an, denn er hatte kein Wort verstanden. »Schöner Tag heute«, warf er auf Englisch ein.

»Ja, sehr«, antwortete Vigdís. »Deshalb ist auch kaum jemand drinnen.« Sie sah Dóra an. »Ich meine das nicht böse, aber ich kann einfach nichts für euch tun. Leider. Die Leute treffen zum Abendessen nach und nach wieder ein.«

»Mist«, sagte Dóra. »Und von den Angestellten hat auch niemand Zeit für ein kurzes Gespräch?«

Vigdís schüttelte den Kopf. »Wir sind nicht viele, und alle sind beschäftigt. Bei uns wird es auch erst nach dem Abendessen wieder ruhiger.« Sie schaute die beiden argwöhnisch an. »Was wollt ihr eigentlich?«

»Ach«, sagte Dóra. »Wir interessieren uns nur für Birna. Was sie getan hat und mit wem sie zusammen war. Wir wollen rausfinden, ob jemand etwas weiß, das ihren Tod erklären könnte.«

»Den Mord an ihr, meinst du«, fiel ihr Vigdís ins Wort. »Wenn ihr völlig aufgeschmissen seid, könnt ihr ja rauf zur Kirche gehen. Ich weiß, dass Birna manchmal dort war. Sie hat bei mir den Schlüssel geholt.«

»Zur Kirche?«, fragte Dóra verwundert, »welche Kirche?«

»Na, die kleine Kirche hier ganz in der Nähe. Sie gehört zwar nicht zu unserem Grundstück, aber wir verwalten den Schlüssel. Manchmal kommen Busgruppen und wollen sie besichtigen. Ausländische Touristen finden sie hübsch.« Vigdís griff unter den Tresen und reichte ihnen einen alten Schlüssel. »Ihr müsst kräftig gegen die Tür stoßen, wenn ihr den Schlüssel im Schloss dreht.«

Matthias nahm ihn entgegen, und Vigdís erklärte ihnen den Weg. »Übrigens, ich weiß noch, dass Birna den Friedhof wahnsinnig interessant fand. Ich glaube, sie hat nach irgendeinem Grab gesucht.«

Im Zimmer herrschte heilloses Durcheinander. Er hatte alles durchwühlt, aber nichts gefunden. Was hatte dieses Miststück damit gemacht? Warum konnte er dieser jämmerlichen Geschichte nicht einfach ein Ende bereiten? Er legte sein Ohr an die Tür und lauschte. Im Flur schien alles ruhig zu sein. Es war sinnlos, weiterzusuchen. Er ging zurück zur Terrassentür und spähte vorsichtig durch die Gardinen. Niemand zu sehen. Behutsam öffnete er und schlüpfte hinaus. Anschließend lehnte er die Tür wieder an und machte sich davon. Unterwegs zog er die Handschuhe aus und steckte sie in die Hosentasche. Wo konnte es bloß sein?

15. KAPITEL

Die Kirche stand auf einer Wiese unweit vom Strand. Sie thronte auf einem flachen Hügel: Klein, tiefschwarz und aus Holz, erinnerte sie Dóra an die Kirchen, die sie in der Grundschule gemalt hatte – ein kleines Haus mit einem kleinen Turm und einem Kreuz obendrauf. Ihre Gotteshäuser waren zwar wesentlich bunter gewesen, aber die schwarze Farbe stand dem Bauwerk sehr gut zu Gesicht. Den Punkt auf dem i bildeten die weißgestrichenen Fenster und die Tür. Alles in allem war erkennbar, dass die Kirche so prächtig geworden war, wie es die Finanzen eben erlaubten. Dóra konnte sich nicht erinnern, jemals eine solche schwarze Kirche gesehen zu haben, und sie überlegte, ob man versucht hatte, das ursprüngliche Aussehen des Gotteshauses zu rekonstruieren. Die Wände schienen geteert zu sein, was vermutlich früher anstelle eines Anstrichs gemacht worden war. Sie beschloss im Stillen, dass dies die Erklärung sein musste, und teilte Matthias ihre Erkenntnis mit, als handele es sich um eine unwiderrufliche Tatsache. Er fiel darauf herein.

Um die Kirche war ein breiter, mit Gras und Moos überwucherter Garten angelegt, aus dem nur hier und dort ein paar Steinplatten herausragten. Gegenüber der Kirchentür führte ein hohes quietschendes Eisentor zunächst in den Garten.

»Sieh mal«, sagte Dóra. »Ein Friedhof.« Am Ende des Gartens waren ein paar Gräber zu sehen.

»Hier sind offenbar weniger Leute gestorben als erwartet«, sagte Matthias und betrachtete die leere Fläche zwischen der Kirche und den Grabsteinen.

»Ja«, pflichtete Dóra ihm bei. »Seltsam.« Matthias wandte sich dem Schloss an der Kirchentür zu. »Was sollte ich machen? Drücken oder ziehen?«

»Drücken, glaube ich. Oder ziehen. Eins von beidem«, antwortete Dóra gedankenversunken. Sie achtete nicht auf Matthias' Bemühungen, sondern ließ ihren Blick über den Friedhof und die Gräber schweifen. »Meinst du, wir finden das Grab von dieser Kristín?«, sagte sie zu Matthias, der wild an der Tür rüttelte. »Birna muss danach gesucht haben, als sie hier war.«

»Ich weiß es nicht«, antwortete er gereizt. »Was ist bloß mit dieser Tür?« Er warf sich mit der Schulter fest dagegen und drehte gleichzeitig den Schlüssel im Schloss. Ein leises Klicken ertönte. »Na endlich!«, rief er triumphierend auf Deutsch und stieß die Tür auf. »Nach Ihnen, Mylady.«

In den Vorraum passten höchstens vier Personen. Dahinter befand sich das eigentliche Kirchenschiff mit Altar, Bänken und einer Kanzel, alles aus Holz. Innen war die Kirche in gedämpften Farbtönen gestrichen und entlang der Decke und an den Seiten der Bänke durch ein Blumenmuster aufgefrischt. Das Ergebnis war hübsch und einladend, wenn man von der Altartafel mit dem leidenden Christus auf dem Berg Golgatha einmal absah.

»Warum sind die Bänke so niedrig?«, fragte Matthias und setzte sich. Er hatte Schwierigkeiten, seine Beine zwischen den Bankreihen unterzubringen.

»Vermutlich, damit man nicht einschläft«, antwortete Dóra. »Oder um Platz zu sparen. Das ist wohl wahrscheinlicher.«

»Entweder das, oder die Isländer waren alle Zwerge«, meinte Matthias und stand wieder auf. Er ging zu Dóra, die an der Treppe zur Empore stand. »Sollen wir mal nach oben gehen?«, fragte er. »Ich könnte schwören, dass wir nicht mehr als fünfzehn Sekunden brauchen, um hier unten alles abzuchecken.«

Sie stiegen die schmale Treppe hinauf. Oben war alles in denselben Farben gestrichen. Vom Geländer aus hatte man einen guten Blick in das Kirchenschiff, und erst jetzt bemerkte Dóra den mächtigen Messingkronleuchter an der Decke. Sie spähten umher, aber es gab nicht viel zu sehen; eine tadellose Orgel mit einem geöffneten Notenheft und eine Holztruhe, in der Dóra Gesangbücher und andere Chorutensilien entdeckte. Mehr gab es auf der Empore nicht. »Das ist ja sehr spartanisch hier«, sagte Dóra enttäuscht. »Ich hatte etwas Spektakuläreres erwartet.«

»Was denn?«, fragte Matthias. »Hier gibt's wohl kaum etwas, das mit dem Mord zusammenhängt. Birna hat sich nur als Architektin für die Kirche interessiert.«

Dóra machte ein skeptisches Gesicht. »Es muss doch eine Abstellkammer oder so was geben. Die Pfarrer können doch nicht immer alles mitschleppen, wenn sie zur Messe kommen.«

Matthias zuckte die Achseln. »Unten beim Altar lag eine Bibel. Die reicht ihnen vielleicht. Und Kerzenständer.«

»Und die Kirchenbücher? Ist nicht jede Kirche verpflichtet, ein Kirchenbuch zu führen?« Dóra trat wieder ans Geländer und musterte die Kirche genauer. Vielleicht war irgendwo ein praktischer Einbauschrank oder eine Kiste. Aber sie sah nichts dergleichen. »Es muss doch verzeichnet werden, was hier vor sich geht.«

Matthias schaute Dóra verständnislos an. »Was meinst du?«

»Hochzeiten, Taufen, Firmungen. Das wird alles in Kirchenbücher eingetragen.« Dóra ging zu der Wand im hinteren Teil der Empore nahe der Treppe in der Hoffnung, eine Tür zu finden. »Ich wusste es!«, rief sie aufgeregt, als ihr Blick auf eine viereckige Luke in der Decke fiel, direkt über der Wandmitte. »Da ist was!«

Matthias trat zu ihr und schaute nach oben. Die Decke war so niedrig, dass er die Tür problemlos öffnen konnte. Sie schauten beide in die schwarze Öffnung. »Sieht aus wie Stufen«, sagte er. »Man muss hier doch Licht machen können.«

Dóra drückte auf einen altmodischen Schalter beim Aufstieg. Daraufhin gingen einige Lampen an. »Besser so?«

»Jein«, antwortete Matthias. »Besser, weil ich jetzt was sehen kann, und schlechter, weil ich sehe, dass da nichts ist.«

»Nichts? Keine Bücher?«, fragte Dóra enttäuscht und versuchte, sich auf die Zehenspitzen zu stellen und hineinzuschauen.

»Nein«, antwortete Matthias. »Scheint nur ein Aufgang zum Kirchturm zu sein. Ich bezweifle, dass da Bücher aufbewahrt werden.« Er griff mit beiden Händen in die Seiten der Öffnung und stemmte sich hoch. »Nein. Eindeutig. Hier ist nichts.« Er ließ sich wieder auf den Boden fallen und schlug sich den Staub von den Händen. »Vielleicht weiß Vigdís, wo die Kirchenbücher aufbewahrt werden. Immerhin hat sie den Schlüssel, und vielleicht hat ja schon mal jemand danach gefragt.«

»Ich sehe mir den Altar näher an«, sagte Dóra, »die müssen hier irgendwo sein.« Sie ging vor Matthias her zu dem leidenden Jesus. Auf den ersten Blick schien es lediglich eine Bibel, zwei große, prächtige Kerzenständer und eine hübsch bestickte purpurfarbene Decke zu geben, die auf der Anrichte an der Wand unter der Altartafel lag. Dóra hob die Decke an und sah, dass die Anrichte Fächer hatte. »Guck mal, Matthias!« Sie beugte sich hinunter, packte mit jeder Hand einen eingefassten Griff, und die Türen öffneten sich mit einem leisen Knarren. Dóra drehte sich triumphierend um. Sie nahm drei große, in Leder gebundene Bücher heraus. Das oberste sah recht neu aus, und als Dóra es öffnete, konnte sie am Datum erkennen, dass es unnötig war, Zeit daran zu verschwenden. Die älteste Jahreszahl auf der letzten Seite war 1996. Dóra öffnete das nächste Buch und blätterte bis zu einem Datum im Jahr 1940. »Ich könnte mir vorstellen, dass Kristín während des Krieges gelebt hat«, sagte sie zu Matthias. »Die Fotos von den Filmstars, die ich auf dem Dachboden gefunden habe, waren aus dieser Zeit.« Sie blätterte alle Seiten aus der fraglichen Zeit durch, fand aber nichts. Geburten, Taufen, Hochzeiten und Beerdigungen, aber nirgendwo eine Kristín. Eine merkwürdige Lücke gab es 1941: Die Seite endete mit dem Namen einer Braut, und auf der gegenüberliegenden Seite war ein

Eintrag über eine Beerdigung. Dóra runzelte die Stirn. »Das ist merkwürdig«, sagte sie und öffnete das Buch in der Mitte so weit wie möglich. Sie reichte es Matthias. »Sieh mal, hier ist eine Seite rausgerissen worden. Vielleicht auch zwei.«

Matthias betrachtete das Buch und nickte. »Eindeutig. Wer sollte so was machen? Jemand, der seine eigene Hochzeit vertuschen will?«

»Oder jemand, der eine Kindstaufe unkenntlich machen wollte«, sagte Dóra. »Wenn man damals ein Kind aus dem Kirchenbuch gelöscht hat, dann hat man es mehr oder weniger aus der Geschichte getilgt. Ich weiß nicht, ob es damals schon ein Volksverzeichnis gab oder wie solche Register auf dem Land gehandhabt wurden. Es war bestimmt nicht schwierig, sich oder andere nicht registrieren zu lassen.«

Sie legten die Bücher zurück, nachdem Dóra sich davon überzeugt hatte, dass ein Begräbnis der geheimnisvollen Kristín nirgends verzeichnet war.

Matthias und Dóra gingen hinaus auf den Friedhof. Sie hatten erst wenige Gräber passiert, als sie feststellten, wie sehr sich die Zeiten geändert hatten. Die auffälligsten Inschriften auf den Kreuzen lauteten: *Knabe – tot geboren, Mädchen – ungetauft*. Häufig lagen mehrere Kinder aus derselben Familie Seite an Seite, oder die Namen verstorbener Geschwister standen auf ein und demselben Grabstein. Dóra las pflichtbewusst jede Inschrift, in der Hoffnung, auf bekannte Namen zu stoßen. Sie fand zwei Gräber, in denen eine Kristín bestattet war. Beide waren im hohen Alter verstorben. Unwahrscheinlich, dass diese Frauen mit dem eingeritzten Namen auf dem Dachboden zu tun hatten.

Am Ende gingen sie zu zwei zusammengehörigen Gräbern, die jedoch durch eine kleine Einzäunung voneinander abgegrenzt waren. Beide waren mit ungewöhnlich großen, prächtigen Grabsteinen geschmückt. Die Steine ähnelten einander, waren aus hellem Stein und etwa anderthalb Meter hoch. Orangefarbenes Moos und Gestrüpp überwucherte beide Grabsteine. In den einen waren eine sich nach oben windende Schlange und eine Öllampe gemeißelt. Dóra kannte die beiden Zeichen nicht, meinte aber, die Lampe auf dem Neuen Testament des Gideonbundes gesehen zu haben. Matthias kannte die Symbole ebenso wenig. Auf dem Stein standen die Namen der Bewohner von Kirkjustétt, das nun Teil von Jónas' Hotelgebäude war. Ganz oben war der Name des Hausherrn: *Bjarni Þórólfsson, Bauer auf Kirkjustétt, geb. 1896 – gest. 1944.* Darunter stand: *Seine Ehefrau Aðalheiður Jónsdóttir, geb. 1900 – gest. 1928.* Darunter waren noch zwei Namen: *Bjarni, geb. 1923 – gest. 1923* und *Guðný, geb. 1924 – gest. 1945.*

»Das sind die Leute auf den Fotos, von denen ich dir erzählt habe, die Leute, die Magnús Baldvinsson kannte. Laut Magnús starben der Bauer und seine Tochter an Tuberkulose und seine Frau sehr jung an Blutvergiftung.« Sie zeigte auf die Jahreszahlen unter Aðalheiðurs Namen. »Ein Mädchen, das bei Jónas arbeitet, hat behauptet, es hätte auf dem Hof einen Inzestfall gegeben. Dabei muss es um Bjarni und seine Tochter Guðný gehen.«

»Falls sie recht hat«, meinte Matthias. »Wie kann ein Mädchen heute etwas über einen Inzestfall von vor siebzig Jahren wissen?«

»Sie wusste es von ihrer Großmutter«, antwortete Dóra. »Großmütter lügen normalerweise nicht.«

»Großmütter können mit allen Wassern gewaschen sein«, entgegnete Matthias grinsend. »Ich wäre jedenfalls vorsichtig bei solchen Geschichten, auch wenn sie von einer alten Großmutter stammen.«

»Klar«, sagte Dóra. »Ich hoffe jedenfalls für Guðný, dass an der Sache nichts dran ist.« Sie zeigte auf die Inschrift mit dem Namen des Sohnes, der das erste Jahr nicht überlebt hatte. »Ich habe auf den Fotos gesehen, dass Aðalheiður schwanger war, aber keine Bilder von einem Kind entdeckt. Wahrscheinlich hat er nur ein paar Tage gelebt.«

»Er und die meisten anderen Kinder hier in der Gegend«, meinte Matthias und zeigte auf die umliegenden Gräber. »Mehr als die Hälfte der Verstorbenen sind Kinder, die nie groß geworden sind.«

»Scheint was Wahres dran zu sein, dass es schwer war, hier Kinder großzuziehen«, sagte Dóra und ließ ihren Blick über den Friedhof schweifen. »Es sei denn, früher Kindstod war im ganzen Land so verbreitet.« Sie schüttelte sich. »Das ist zum Glück Vergangenheit«, sagte sie und wandte sich dem zweiten, schlichteren Grabstein zu. »Merkwürdig.« Sie zeigte auf den nahezu leeren Stein. »Nur zwei Inschriften: *Seine Ehefrau Kristrún Valgeirsdóttir, geb. 1894 – gest. 1940*, und darunter *Edda Grímsdóttir, geb. 1921 – gest. 1924.*« Dóra sah Matthias an. »Der Mann fehlt.«

»Kann das nicht der Vater sein, der Kristín umgebracht hat?«, fragte Matthias. »Anscheinend lebt er noch. Zumindest ist er nicht hier begraben.«

Dóra schüttelte den Kopf. »Nein, das kann nicht sein. Magnús hat gesagt, dass Grímur ein paar Jahre, nachdem er in die Stadt gezogen war, gestorben ist –«

»Aber wo ist er dann?«, fragte Matthias. »Hier ist alles für ihn vorbereitet. Ein freier Platz für seinen Namen. Schon seltsam, dass der leer ist.«

Dóra blickte sich um. »Hier ist er bestimmt nicht begraben, wenn er schon nicht auf diesem Grabstein verzeichnet ist.« Sie gingen weiter und untersuchten den Rest des Friedhofs, fanden aber weder Grímurs noch Kristíns Grab. »Vielleicht ist diese Kristín am Ende doch nur eine Katze«, sagte Dóra ernüchtert, als sie den Friedhof durch das quietschende Tor verließen.

»Und was ist mit der fehlenden Seite im Kirchenbuch? Ich glaube, es wäre am vernünftigsten, sich mal mit den Geschwistern, die Jónas das Land verkauft haben, zu treffen«, schlug Matthias vor. »Du kannst ja diesen Gespensterunfug als Vorwand benutzen und ihnen etwas über die Geschichte des Orts aus der Nase ziehen, über Grímur und Kristín und so weiter.«

Dóra nickte nachdenklich. Keine schlechte Idee.

Elín Þórðardóttir legte auf, ohne die Hand vom Hörer zu nehmen. Sie atmete scharf aus und hob den Hörer erneut ans Ohr. Mit flinken Fingern wählte sie eine Nummer und wartete ungeduldig, dass abgenommen wurde. »Börkur«, sagte sie hastig. »Wie sieht's aus?«

»Ich weiß nicht, Elín. Schlecht.« Börkur war wie üblich mürrisch, wenn seine Schwester anrief. »Bei uns zu Hause gibt's ein kleines Problem.«

»Was denn?«, fragte Elín neugierig. Es musste mit Svava, Börkurs Frau, zu tun haben, die eine wandelnde Krise war und sich ständig über irgendetwas aufregte, das eigentlich nicht der Rede wert war.

»Nichts, was ich mit dir besprechen möchte«, antwortete Börkur noch mürrischer als zuvor. »Was willst du?«

Elín ließ sich von seinem abweisenden Tonfall nicht abschrecken; sie war einiges gewöhnt. Im Grunde freute sie sich darauf, im Leben ihres Bruders ein wenig Unruhe zu stiften. Sie war immer dagegen gewesen, das Grundstück zu verkaufen, musste aber am Ende nachgeben. Leider hatte sich ihre Mutter der Sache nicht entgegengestellt; sie war die alleinige Besitzerin, auch wenn das Geld letztendlich an die Geschwister ging. Börkur war es gelungen, sie zu überreden. Aber jetzt konnte Elín sich an ihrem dreisten Bruder rächen. »Dóra, die Rechtsanwältin von diesem Jónas, der Kirkjustétt und Kreppa gekauft hat, hat gerade angerufen.« Sie genoss es, einen Moment zu schweigen und sich von ihm bitten zu lassen, fortzufahren.

»Und?«, fragte Börkur irritiert, aber hellhörig. »Was wollte sie?«

»Das Boot ist leckgeschlagen, mein Lieber«, sagte Elín und grinste in sich hinein. »Sie will uns treffen, wegen eines verdeckten Mangels, den Jónas gefunden hat.«

Sind die denn völlig bekloppt? Was zum Teufel soll daran mangelhaft sein, Bodenverschmutzung oder was?«

Elín ließ ihn eine Weile toben und griff dann ein: »Wir haben nicht über Details gesprochen. Sie will uns treffen. In Snæfellsnes, wenn möglich.«

»In Snæfellsnes? Als ob man nichts Besseres zu tun hätte, als nach Snæfellsnes zu kutschieren!« Börkur schrie fast. »Ich bin im Stress! Total im Stress!«

»Ach, wie schade«, sagte Elín mit geheucheltem Mitleid. »Soll ich allein fahren?«

Börkur schwieg einen Moment und antwortete dann: »Nein. Ich komme mit. Wann will sie uns treffen?«

»Morgen«, antwortete Elín. »Wär's dann nicht am einfachsten, wenn wir heute Abend hochfahren? Dann haben wir morgen nicht mehr die Fahrerei vor uns.«

»Ich schaue mal, was sich machen lässt. Ruf mich später nochmal an. Vielleicht klappt es, wenn ich eine bestimmte Sache vor heute Abend in Ordnung bringen kann.«

»Börkur«, sagte Elín. »Noch was. Ich bin mir ziemlich sicher, dass dieser sogenannte verdeckte Mangel etwas Ungewöhnliches ist. Die Anwältin war total komisch am Telefon.«

»Wie denn?«, fragte Börkur.

»Einfach komisch«, antwortete Elín. »Da ist was im Busch, das spüre ich.«

»Glaubst du, es hat mit der Leiche zu tun, die aus den Nachrichten?«, fragte Börkur auf einmal mit dünner Stimme.

»Nein, daran habe ich jetzt nicht gedacht«, sagte Elín verwundert. Der veränderte Ton in der Stimme ihres Bruders sah ihm überhaupt nicht ähnlich.

Wenn sie nicht alles täuschte, war die Frauenleiche kurz vorm Wochenende gefunden worden. Elín runzelte die Stirn. Genau zu dem Zeitpunkt, als Börkur ganz plötzlich wegen irgendeines Blödsinns nach Snæfellsnes gefahren war. Merkwürdig.

16. KAPITEL

»Hier muss es sein.« Dóra ließ ihren Blick über den Strand schweifen. »Das bringt uns auch nicht wirklich weiter.« Die Steine unter ihren Füßen glitzerten, es war Ebbe, und die runden Kiesel noch feucht von der Flut. Nichts an der grandiosen Landschaft ließ darauf schließen, dass hier vor kurzem eine Leiche gefunden worden war.

Matthias schaute auf seine Armbanduhr. »Wir haben genau 35 Minuten vom Hotel bis zum Strand gebraucht.«

»Aber wir waren nicht besonders schnell«, sagte Dóra. »Wie schnell hätten wir es schaffen können?«

Matthias zuckte mit den Schultern. »Ich weiß es nicht. Vielleicht in 25 Minuten, weniger wohl kaum. Es sei dann, man rennt.«

»Es hätte also innerhalb von einer Stunde jemand vom Hotel hierherkommen, Birna ermorden und wieder zurückgehen können«, sagte Dóra nachdenklich.

Matthias lächelte. »Tja, dann bliebe dem Mörder aber nicht mehr viel Zeit, die Tat auszuführen. Dann hätte er im Grunde mit dem festen Vorsatz, die Frau zu ermorden, herkommen müssen.«

»Diese Vögel machen einen ohrenbetäubenden Lärm«, sagte Dóra und wandte sich zu den Klippen, »hier hätte niemand Rufe oder Schreien gehört.«

»Wer sollte denn auch etwas hören?«, meinte Matthias. »Hier ist wahrscheinlich kaum jemand unterwegs.«

Dóra sah in alle Richtungen und wollte ihm gerade beipflichten, als sie oben auf der Anhöhe zwei Personen erblickte. »Obwohl ...«, murmelte sie und nickte mit dem Kinn zu den Leuten. Sie beobachteten, wie sich das Paar langsam den Kieshang hinunterbewegte. Eine junge Frau schob einen Rollstuhl vor sich her, dessen Insasse nur schwer zu erkennen war, weil Kopf und Gesicht von einer großen Kapuze verdeckt waren. Die Frau hatte alle Hände voll zu tun, den Rollstuhl durch den losen Kies auf dem Pfad vorwärtszuschieben. »Das müssen die jungen Leute sein, die der alte Japaner erwähnt hat«, sagte Dóra. »Die er mit Birna hat reden sehen. Sollen wir sie ansprechen?« Sie schaute zu Matthias.

»Warum nicht?«, entgegnete er und lächelte. »Wäre auch nicht dümmer als andere Dinge bei deiner merkwürdigen Untersuchung.« Rasch fügte er hinzu: »Bitte versteh mich nicht falsch. Ich will mich überhaupt nicht beschweren. Ich find's prima, wenn ich keine Ahnung hab, wo's langgeht.«

Dóra stieß ihn mit dem Ellbogen an. »Komm!« Sie schritten langsam den Hang hinauf, dem Paar entgegen. Als sie näher kamen, dachte Dóra zuerst, sie hätte etwas im Auge. Sie konnte das verschwommene Gesicht unter der Kapuze überhaupt nicht fokussieren. Mit jedem Schritt wurde ihr jedoch klarer, dass das nichts mit ihrem Sehvermögen zu tun hatte. Ihr Magen krampfte sich instinktiv zusammen, und sie kämpfte gegen das Verlangen an, sich auf dem Fuß umzudrehen und wegzulaufen. Was war nur mit dem Gesicht ... – Dóra fiel es schwer, die entstellte Augenpartie, die kümmerlichen Nasenreste und die vernarbte plastikartige Haut, die sich vom Kinn bis zur von der Kapuze verdeckten Stirn zog, lange anzusehen. Sie wünschte, der arme, noch sehr jung wirkende Mann, wäre sich des Entsetzens, das er hervorrief, nicht bewusst, wusste jedoch tief im Inneren, dass ihre Hoffnung vergeblich war. Dóra traute sich nicht, Matthias anzusehen. »Guten Tag«, sagte sie an das Mädchen gerichtet und presste ein Lächeln hervor.

»Hallo«, antwortete das Mädchen freundlich. Sie war blond und hatte ihr dickes Haar zu einem Zopf zusammengebunden. Irgendwie kam sie Dóra vertraut vor. »Ich weiß nicht, ob wir's runter zum Strand schaffen«, fügte das Mädchen hinzu. »Zumindest werden wir nicht so leicht wieder raufkommen.«

»Es gibt sowieso nicht viel zu sehen«, antwortete Dóra. »Wenn ihr wollt, hilft Matthias euch runter.« Sie zeigte auf Matthias, ohne ihn anzusehen. »Und wieder rauf natürlich.«

»Hm, vielleicht«, antwortete das Mädchen und beugte sich über den Stuhl. »Was meinst du?«, fragte sie den Mann im Rollstuhl. »Sollen wir die Hilfe annehmen oder lieber umkehren? Es gibt nicht viel zu sehen.« Der junge Mann murmelte etwas, das Dóra nicht verstand, aber das Mädchen schien es zu begreifen. »Okay, wie du willst.« Sie blickte zu Dóra. »Ich glaube, wir drehen um. Kann er mir vielleicht helfen?« Matthias schob den Rollstuhl, und gemeinsam wanderten sie den Hügel hinauf.

»Solche Hilfe hätte ich letzten Donnerstag brauchen können«, sagte das Mädchen und lächelte.

»Ihr wart am Donnerstag hier?«, fragte Dóra erstaunt. »Abends oder wann?« Vielleicht hatten die beiden etwas Ungewöhnliches bemerkt, ohne dass es ihnen bewusst war? Oder waren sie etwa –

»Nein, hier waren wir nicht«, sagte das Mädchen, immer noch atemlos von der Anstrengung. »Wir wollten zusammen zu der spiritistischen Sitzung im Hotel, aber es endete damit, dass ich allein da war, weil ich den Rollstuhl nicht über diesen Riesengraben am Zufahrtsweg gekriegt hab. Das war ziemlich blöd. Hier ist ja nicht viel los, und Steini hatte sich darauf gefreut.« Sie schaute Dóra ins Gesicht und grinste. »Allerdings hat er nicht viel verpasst. Es war ziemlich bescheuert, und das Medium war glaube ich ein Fake.«

Dóra traute sich nicht zu fragen, ob andere Medien nicht dieselbe Bezeichnung verdienten. Sie sah zurück zur Bucht. »Wolltet ihr einen Strandspaziergang machen?«

»Wir wollten eigentlich nur sehen, wo die Leiche gefunden wurde«, antwortete das Mädchen, als sei das ganz natürlich. »Wir kannten die Frau, die gestorben ist.«

Dóra atmete innerlich auf. Nun musste sie nicht mehr wie die Katze um den heißen Brei herumschleichen, um auf das Thema Birna zu kommen. »Witzig«, sagte sie so beiläufig wie möglich, »wir waren aus demselben Grund hier. Wir wollten den Tatort mit eigenen Augen sehen.«

Das Mädchen riss die Augen auf. »Echt? Kanntet ihr sie auch?«

Dóra schüttelte den Kopf. »Nein, nicht direkt. Wir haben auf gewisse Weise mit ihr zu tun. Ich heiße übrigens Dóra.«

Das Mädchen reichte ihr die Hand. »Bertha.« Sie wandte sich von Dóra ab und ließ ihren Blick über den Strand schweifen. »Unfassbar«, sagte sie dumpf. »In den Nachrichten wurde gesagt, sie ist ermordet worden.« Sie blickte zu Dóra. »Warum sollte jemand sie umbringen?«

»Tja, ich weiß auch nicht«, antwortete Dóra ehrlich. »Vielleicht hatte es nichts mit ihr persönlich zu tun. Vielleicht ist sie fatalerweise einem Verbrecher über den Weg gelaufen.«

»Meinst du?«, fragte Bertha. Ihr Gesicht sah ängstlich aus. »Hier?«

»Wohl eher nicht«, sagte Dóra. »Das ist ziemlich unrealistisch. Aber realistischer, als dass ein Geist dahintersteckt.«

»Ein Geist«, sagte Bertha mit unbewegtem Gesicht. »Die Fischer vielleicht? Das ist genau der Strand, an dem sie angespült wurden.« Sie schüttelte sich. »Mir war dieser Ort schon immer unheimlich.«

Dóra schaute das Mädchen überrascht an. Sie hatte erwartet, dass sie lachen oder einen albernen Witz machen, aber nicht, dass sie das Gerede über Geister ernst nehmen würde. Offenbar sollte man sich in dieser Gegend nicht über Wiedergänger lustig machen. »Glaubst du an Geister?«, fragte sie vorsichtig.

»Ja«, antwortete Bertha, und ihr Gesicht sah so aus, als meine sie es ernst. »Hier spukt es. Ganz eindeutig. Ich hab im Dunkeln oft totale Angst.«

Dóra wusste nicht, was sie sagen sollte, behielt aber im Hinterkopf, dass es sich hier um eine mögliche Zeugin für einen eventuellen Prozess handelte, und beschloss, erst mal nicht weiter über Geister zu reden, sondern direkt zum Thema zu kommen. »Woher kanntest du die Architektin?«

»Sie war die Architektin des hiesigen Hotels. Das Hotelgrundstück gehörte meiner Mutter, und ich habe Birna ein bisschen geholfen.« Sie sah zu Dóra und warf dann einen Blick auf den Rollstuhl, den Matthias mühsam den Hügel hinaufschob. »Sie war sehr nett.«

Jetzt fiel Dóra auf, warum ihr das Mädchen bekannt vorkam: Sie glich einfach ihrer Mutter Elín, die Dóra bei der Vertragsunterzeichnung getroffen hatte. Es wäre wohl doch nicht angebracht, sie vor Gericht als Zeugin gegen ihre eigene Familie aussagen zu lassen, aber es war sehr gut, sie zu kennen. »Wobei konntest du Birna denn helfen?«

»Sie hat sich für die Geschichte des Ortes interessiert, und Mama und Onkel Börkur hatten keine Zeit oder Lust, sich mit ihr zu unterhalten. Ich hab ihr erzählt, was ich wusste und nach alten Plänen für sie gesucht. Gefunden habe ich zwar keine, ihr aber ein paar Fotos gegeben. Darüber war sie sehr froh.«

»Weißt du noch, was für Fotos das waren?«, fragte Dóra erstaunt. Merkwürdig, dass Birna die Fotos im Keller nicht gereicht hatten. Vielleicht waren ihr die Motive zu einseitig gewesen: dieselbe Hauswand – unterschiedliche Leute.

»Ja, vor allem Fotos vom alten Hof, von meinen Urgroßeltern. Und ein paar andere Bilder, aber ich weiß nicht, von wem.« Auf einmal verstummte das Mädchen und schaute Dóra besorgt an. »Ob ich die Bilder wiederbekomme? Mama und Börkur wissen nicht, dass ich sie verliehen hab.«

»Bestimmt«, sagte Dóra. »Sag einfach der Polizei Bescheid. Sie kommt wahrscheinlich morgen. Wohnst du in der Nähe?«

»Nein, nicht direkt. Wir haben ein Haus in Stykkishólmur, wo ich übernachten kann. Ich versuche, so oft wie möglich zu kommen.« Sie schaute Dóra an und fügte mit leiserer Stimme hinzu: »Wegen Steini. Er will nicht nach Reykjavík.«

Dóra nickte. »Seid ihr miteinander verwandt?« Sie waren ein Stück hinter den Männern zurückgeblieben, aber nicht genug, als dass sich Dóra trauen würde, zu fragen, was dem jungen Mann zugestoßen war. Sie wollte auf keinen Fall, dass er hörte, wie sie sich nach seinem Aussehen erkundigte.

»Ja, er ist mein Vetter. Väterlicherseits.«

Sie hatten den Hang erklommen. Matthias blieb stehen und drehte sich zu ihnen um; er sah erschöpft aus. Dóra wechselte rasch wieder das Thema. »Hast du eine Idee, wer Birna getötet haben könnte? Hatte sie Probleme oder Streit mit jemandem?«

Das Mädchen schüttelte den Kopf. »Mit niemandem, glaube ich. Zumindest hat sie nie davon gesprochen. Wir haben uns ja öfter getroffen; ich sortiere die Sachen von der Familie in dem alten Hof hier in der Nähe, Kreppa. Es war sehr nett, sich mit ihr zu unterhalten. Ich weiß nicht, ob das wichtig ist, aber sie hat erzählt, sie hätte einen Liebhaber oder so.«

»Einen Liebhaber?«, fragte Dóra neugierig.

Bertha machte ein unentschlossenes Gesicht und dachte kurz nach, bevor sie antwortete. »Ich weiß nicht, ob ich dir das erzählen darf. Er ist verheiratet, und sie haben es verheimlicht. Sie wollte wahrscheinlich mit jemandem darüber sprechen, aber ich will Birnas Vertrauen nicht missbrauchen, selbst wenn sie tot ist.«

Birna musste sehr einsam gewesen sein, wenn sie einem so jungen Mädchen ihre Geheimnisse anvertraut hatte. Bertha war gerade mal zwanzig. »Ich glaube, diese Dinge werden so oder so ans Licht kommen. Du willst doch nicht, dass der Täter davonkommt?«

Bertha schüttelte heftig den Kopf. »Oh Gott, nein.« Sie standen jetzt neben Matthias und Steini, und Bertha zögerte.

»Gehen wir«, tönte es barsch unter der Kapuze hervor. »Ich will weg.«

Bertha ging zu dem Rollstuhl und umfasste die Griffe. »Okay, Steini«, sagte sie und bedankte sich bei Matthias für die Hilfe. Dann drehte sie sich zu Dóra. »Vielleicht sehen wir uns ja nochmal. Habt ihr hier ein Sommerhaus?«

»Nein, wir wohnen im Hotel«, antwortete Dóra, enttäuscht, den Namen des Liebhabers nicht erfahren zu haben. Sie beobachtete, wie das Mädchen ihnen zum Abschied zuwinkte und dann den mühsamen Weg mit dem Rollstuhl fortsetzte.

Als Bertha ein paar Schritte gegangen war, blieb sie stehen und drehte sich abrupt um. »Er heißt Bergur. Der Bauer von Tunga.« Dann ging sie wortlos weiter.

Dóra und Matthias standen da und beobachteten, wie die junge Frau den Rollstuhl langsam über den holprigen Weg schob. Als die beiden weit genug entfernt waren, sagte Matthias zu Dóra: »Was ist um Himmels willen mit diesem Jungen passiert?«

Vigdís reckte sich über den Tresen und spähte in alle Richtungen. Niemand. Sie schaute auf die Uhr; die Gäste waren noch nicht zu erwarten. Trotz unterschiedlicher Nationalität und Interessen schienen die meisten nach dem Einchecken in dasselbe Muster zu verfallen – zwischen acht und neun Uhr aufstehen und nach dem Frühstück raus in die Natur. Die Neugier brachte Vigdís fast um. Seit sie und Jónas der Polizei versprochen hatten, dass niemand Birnas Zimmer betreten würde, hatte sie das starke Verlangen gehabt, dieses Verbot zu brechen. Jónas hatte ganz kurz ins Zimmer geschaut, als er es für die Polizei aufgeschlossen hatte, meinte jedoch, dort gäbe es nichts zu sehen. Aber Vigdís wollte es mit eigenen Augen sehen. Vielleicht war überall Blut oder irgendetwas Abstoßendes, das Jónas von seiner Position aus übersehen hatte. Oder etwas, worüber er nicht reden wollte oder durfte.

Vigdís stand auf und nahm den Hauptschlüssel. Sie warf einen Blick in den Flur und ging dann zielstrebig los. Vor der Zimmertür blieb sie stehen und steckte den Schlüssel unverzüglich ins Schloss. Hastig stieß sie die Tür auf, huschte hinein und schloss hinter sich. Im selben Augenblick, als sie die Tür ins Schloss fallen hörte, wurde ihr klar, dass sie einen Fehler gemacht hatte. Im Zimmer herrschte ein heilloses Durcheinander. Kein Blut, aber überall lagen Klamotten herum und dazwischen alle möglichen Unterlagen. Vigdís wurde klar, dass sie die Polizei schleunigst über den Einbruch informieren musste. Aber was sollte sie sagen? Was hatte sie dort zu suchen gehabt? Staub gewischt? Vielleicht könnte sie der Polizei vorschwindeln, sie hätte ein Geräusch gehört – aber das würde die Ermittlungen durcheinanderbringen, denn die Polizei würde glauben, der Einbruch sei just in diesem Moment passiert. Vigdís stöhnte und tastete mit der Hand nach dem Türgriff. Sie schlüpfte hinaus und versuchte verzweifelt, sich einen glaubwürdigen Grund für ihre Anwesenheit in dem Zimmer zu überlegen.

»Soll das ein Witz sein? Wer hat eigentlich die Tatortuntersuchung geleitet?« Þórólfur streckte den Rücken und wandte sich an seinen Assistenten. Er zeigte auf eine Reihe von Stahlbehältern mit den Tatortfunden aus Snæfellsnes. »Muscheln und tote Krebse!« Er schloss die Augen, massierte seine Schläfe und spürte, dass schlimme Kopfschmerzen im Anzug waren.

»Äh, das war Guðmundur. Er ist neu«, antwortete Lárus kleinlaut.

»Sieht aus, als hätten Zehnjährige mit der Schule einen Strandausflug gemacht.« Er ging um den Tisch herum und schaute in einige Behälter.

»Steine«, murmelte Lárus, bereute es aber sofort wieder, als Þórólfur ihm einen bösen Blick zuwarf. »Das ist ein Steinstrand – kein Sandstrand.«

»Steine, Sand, was spielt das für eine Rolle?«, stieß Þórólfur hervor und schaute weiter in die Behälter. »Dieser Guðmundur muss seine Aufgabe völlig missverstanden haben. Hat erstens offenbar ein viel zu großes Gebiet abgesucht und zweitens alles eingesammelt, was er tragen konnte.« þórólfur bohrte einen Bleistift in eine alte, verbeulte Bierdose. »Das hier zum Beispiel«, sagte er und hob die Dose hoch. »Jeder mit gesundem Menschenverstand sieht doch, dass diese Dose schon seit Monaten da rumliegt. Und das hier …« þórólfur ging zum nächsten Gefäß und schlug die Hände über dem Kopf zusammen. »Ein toter Seewolf!« Er drehte sich zu Lárus. »Hast du die Fotos von der Leiche gesehen? Was hat ein toter Seewolf mit der Verstorbenen zu tun? Glaubt dieser Guðmundur etwa, sie wäre auf einem schleimigen Fischkadaver ausgerutscht und auf die Steine geknallt? Würde das deiner Meinung nach die Verletzungen erklären?«

Lárus schüttelte nur den Kopf. þórólfur hatte angefangen zu schreien, und das verhieß nichts Gutes. Lárus zögerte und öffnete den Mund, im Begriff etwas zu sagen, aber bevor ihm etwas Schlaues einfiel, sprach sein Vorgesetzter weiter, diesmal wesentlich ruhiger. »Was ist das denn? Ein Märchenprinz?« Lárus ging zu þórólfur, stellte sich neben ihn und schaute in den Behälter. Tatsächlich. Unter dem schleimigen Maul des Seewolfs war ein beschädigter Plastikbolzen zu erkennen, der einem Dildo ähnelte.

17. KAPITEL

Dóra stieß Matthias mit dem Ellbogen an und deutete auf einen jungen Mann, der gerade an ihnen vorbeiging. »Das ist der Kellner, dieser Jökull, der so schlecht über Birna geredet hat«, sagte sie leise und stand auf. »Der weiß bestimmt was.« Sie saßen mit ihren Kaffeetassen in einer Nische neben der Hotellobby und diskutierten die anstehenden Schritte – ergebnislos, außer, dass sie Birnas Liebhaber kennenlernen wollten: Bergur, den Bauern von Tunga. Es war ihnen jedoch schleierhaft, unter welchem Vorwand sie ihn aufsuchen sollten, und Dóra hatte genug von den Grübeleien. Daher war sie froh über das Auftauchen des Kellners und ging ihm mit schnellen Schritten hinterher. Er steuerte auf den Speisesaal zu. Bevor er ihn erreicht hatte, tippte ihm Dóra auf die Schulter. »Hallo«, sagte sie und lächelte. »Erinnerst du dich an mich?«

Der junge Mann drehte sich verwundert um. »Äh, ja, doch. Du bist doch die Anwältin?«

»Genau, ich heiße Dóra. Hast du vielleicht fünf Minuten Zeit? Ich würde dich gerne noch etwas über Birna fragen.«

Der Kellner schaute auf seine Armbanduhr. »Ja, von mir aus. Ich weiß allerdings nicht viel. Ich hab dir meine Meinung über sie ja schon gesagt.«

»Man weiß ja nie«, entgegnete Dóra. »Sollen wir uns setzen?« Sie zeigte auf eine Sofaecke im Flur, die dort nur zu Dekorationszwecken stand. Wahrscheinlich wird sie jetzt zum ersten Mal benutzt, dachte Dóra und nahm Platz. Sie klopfte auf den Sessel neben sich. Eine kleine Staubwolke wirbelte aus dem Polster hoch.

»Woher kanntest du sie? Nur aus dem Speisesaal?«

Der Kellner setzte sich auf die Sesselkante. »Hier arbeiten so wenige, dass man nicht darum herumkommt, sich ein bisschen kennenzulernen. Ich arbeite allerdings noch nicht lange hier und bin ihr außerdem aus dem Weg gegangen, darum sind wir uns nicht sehr nahe gekommen. Da sprichst du besser mit den anderen.«

Dóra runzelte die Stirn. »Ich verstehe nicht ganz, warum du dir eine so klare Meinung über sie gebildet hast, wenn du sie so gut wie gar nicht kanntest. Eine sehr klare und negative Meinung. Dafür muss es doch einen Grund geben.«

Das Gesicht des Kellners verdunkelte sich. »Ich bin eben Menschenkenner«, sagte er ohne weitere Erklärungen.

Dóra beschloss, ihre Fragen in eine harmlosere Richtung zu lenken. »Du heißt doch Jökull, nicht wahr?«

»Ja«, antwortete Jökull, immer noch zurückhaltend. »Jökull Guðmundsson.«

»Passt ja gut zu dem Ort hier: Jökull – Gletscher«, sagte Dóra freundlich und lächelte ihm zu. »Stammst du hier aus der Gegend?«

»Ja, allerdings«, antwortete Jökull, »ich bin auf einem Hof in der Nähe aufgewachsen. Bin dann nach Reykjavík gegangen, um Kellner zu lernen, und da hängengeblieben. Als Jónas nach Mitarbeitern inseriert hat, hab ich die Gelegenheit genutzt, wieder herzuziehen.«

»Kann ich gut verstehen«, sagte Dóra, »es ist wunderschön hier, und ich kann mir vorstellen, dass es einen wieder zurückzieht, wenn man mal hier gelebt hat.«

»Ja, es ist ganz anders als in Reykjavík«, antwortete Jökull und lächelte zum ersten Mal.

»Und kennst du dich mit der Geschichte der Gegend aus?«,

fragte Dóra. »Weißt du vielleicht etwas über den Spuk, den es angeblich hier auf dem Hof geben soll?«

Jökull machte wieder ein abweisendes Gesicht. »Ich hab keine Lust, mit Leuten aus der Stadt über Geister zu reden«, sagte er. »Ihr versteht das nicht. Sobald ihr keine Asphaltstraßen mehr seht, bringt ihr alles durcheinander und macht euch über alles lustig.«

Dóra hob die Brauen. »Ich wollte mich nicht lustig machen. Ich arbeite an einem Auftrag für Jónas, bei dem es um Geister geht. Das ist alles. Jede Information darüber ist sehr hilfreich für mich.«

»Kann ja sein.« Jökull war skeptisch. »Aber die musst du dir woanders besorgen. Ich bin kein Spezialist für Geistergeschichten, auch wenn ich welche kenne, und ich glaube, die Welt ist komplizierter, als die Reykjavíker meinen.«

»Weißt du denn zum Beispiel etwas über die Leute, die hier gewohnt haben?«

Jökull schüttelte den Kopf. »Nein, gar nichts. Ich bin zu jung, um mich für die alten Geschichten zu interessieren.«

Da ist was dran, dachte Dóra und nahm sich vor, ältere Leute aus der Gegend ausfindig zu machen. »Hast du denn noch Verwandte hier?«

»Eine Schwester.«

»Dann sind deine Eltern in die Stadt gezogen?«

»Nein, sie sind tot«, antwortete Jökull noch abweisender als zuvor.

»Oh«, sagte Dóra, traute sich aber nicht, weiter nachzufragen. »Bitte entschuldige meine fixe Idee mit der Vergangenheit, aber weißt du, ob es hier mal eine Nazigruppierung oder so was gegeben hat?«

Jökull riss die Augen auf, und Dóra nahm ihm seine spontane Antwort ab: »Nee, daran könnte ich mich mit Sicherheit erinnern. Das ist bestimmt Quatsch.«

»Ja, wird wohl so sein«, entgegnete Dóra. »Aber weil du ja hier aus der Gegend kommst, kannst du mir bestimmt eine Sache erklären.«

»Was?«, fragte Jökull misstrauisch.

»Ich habe heute einen jungen Mann getroffen, der offenbar von hier stammt. Ich weiß nicht, wie alt er ist, aber er könnte in deinem Alter sein. Er saß im Rollstuhl und war schwerverletzt, wahrscheinlich Verbrennungen. Weißt du, was ihm zugestoßen ist?«

Jökull stand ohne ein Wort zu sagen auf. »Ich muss weiterarbeiten. Die fünf Minuten sind schon lange um.« Er presste die Lippen zusammen, wie um zu verhindern, dass sein Mund von alleine zu plappern beginnt.

»Du kennst ihn also nicht?«, fragte Dóra und stand ebenfalls auf.

»Ich muss mich beeilen. Tschüs«, sagte Jökull und drehte sich auf dem Fuß um. Dóra schaute ihm nachdenklich hinterher. Anscheinend hatte sie einen wunden Punkt getroffen.

»Er hat sich höchst merkwürdig verhalten«, meinte Dóra und stellte den Kaffee beiseite, der inzwischen eiskalt war.

»Glaubst du, er hat was mit dem Mord zu tun?«, fragte Matthias. »Oder war er nur komisch?«

»Keine Ahnung. Er konnte Birna offensichtlich nicht leiden, wollte mir aber nicht erzählen, warum, meinte nur, er sei Menschenkenner. Ob er ein ehemaliger Liebhaber ist, den sie für diesen Bauern hat fallenlassen?«

»Oder ein so guter Menschenkenner, wie er behauptet?« Matthias zuckte die Achseln. »Ich habe Riesenhunger, wie spät ist es eigentlich?«

Dóra ignorierte seine Frage vollkommen. »Nein, irgendwas ist mit ihm. Er hat total abweisend reagiert, als ich ihn nach dem jungen Mann im Rollstuhl gefragt habe.«

Matthias schaute sie pikiert an. »Du hast ihn danach gefragt? Wie bist du denn auf diese Idee gekommen?«

»Einfach so«, antwortete Dóra. »Ich bin einfach neugierig und habe überhaupt nicht mit solch einer Reaktion gerechnet. Jetzt ist mir zumindest klar, dass ich unbedingt rauskriegen muss, was da passiert ist.«

»Ich finde das wirklich taktlos«, sagte Matthias verstimmt. »Sich nach dem Schicksal eines völlig unbekannten Mannes zu erkundigen. Der auch noch behindert ist.«

»Na und? Darf man etwa nicht nach Behinderten fragen?«, meinte Dóra. »Du hast einfach Hunger, und deshalb bist du schlecht gelaunt. Lass uns was essen gehen.« Sie erhob sich vom Sofa.

Matthias' Gesicht hellte sich auf. »Wie wär's, wenn wir irgendwo anders essen?«, fragte er. »Gibt's hier in der Nähe nicht noch mehr Restaurants?«

»Doch«, antwortete Dóra. »Wir könnten nach Hellnar fahren. Wer weiß, vielleicht treffen wir da jemanden, der sich mit Geistern auskennt oder etwas über diesen Bergur von Tunga weiß.«

Matthias seufzte. »Ach, hoffentlich nicht.«

Eiríkur nahm all seine Kraft zusammen und öffnete die Augen. Der Aura-Experte hatte so schlimme Kopfschmerzen wie schon seit Jahren nicht mehr. Er versuchte, sich zu bewegen, gab es aber sofort wieder auf, denn ihm wurde speiübel. Er musste die Augen wieder fest schließen, bevor er sich orientieren konnte. Als das Schlimmste vorbei war, versuchte er, zu begreifen, was eigentlich mit ihm geschehen war. Was war passiert? Hatte er getrunken? Er konnte sich an nichts erinnern und hatte keinen Alkoholgeschmack auf der Zunge. Plötzlich fielen ihm die Tarotkarten in seinem Angestelltenhäuschen wieder ein; er hatte sich selbst die Karten gelegt. Oder für jemand anders? Er erinnerte sich dunkel daran, dass er sich mit Jónas gestritten hatte, wusste aber nicht mehr worüber. Über die Arbeit oder über die Tarotkarten? Seine Gedanken wirbelten durcheinander, und er verspürte einen heftigen Schmerz. Er ging von seinen Beinen aus und war so stark, dass Eiríkur den Ursprung zunächst nicht lokalisieren konnte, nicht wusste, ob einer oder beide Knöchel gebrochen waren. Dann ließ der Schmerz ein wenig nach, woraufhin er ein fürchterliches Brennen unter den Fußsohlen verspürte. Was war eigentlich geschehen? War er im Hotel?

Eiríkur hatte das Gefühl, auf etwas Lauwarmem, aber Hartem zu liegen. Er tastete mit der flachen Hand umher und meinte Gras oder Heu zu fühlen. Der ekelhafte Geruch, der ihm in die Nase stieg, ließ jedoch darauf schließen, dass er sich nicht in der freien Natur befand. Außerdem hörte er ein merkwürdiges Geräusch, das er nicht einordnen konnte. War es ein Atmen? War jemand bei ihm? Vorsichtig öffnete Eiríkur ein Auge und sah, dass er sich in einem Gebäude befand. Es war fast dunkel, nur ein schwacher Lichtschein drang irgendwo hinter ihm hinein. Keine menschliche Macht hätte ihn dazu bringen können, sich umzudrehen und nachzuschauen, woher das Licht kam. Im Augenblick fiel es ihm schon schwer genug, überhaupt zu atmen. Er bemühte sich, es ganz langsam zu tun – ein, aus, ein, aus – und kämpfte gegen die immer stärker werdende Übelkeit an.

Geld. Geld und Tod. Sein Herz hämmerte wild in seiner Brust. Plötzlich erinnerte er sich an etwas. Er drehte so langsam wie möglich den Kopf. Er befand sich in einem Pferdestall. Weit und breit kein Geld, jedoch beschlich ihn die Vermutung, dass der Tod ganz in der Nähe war. Er verlor die Kontrolle über seinen Atemrhythmus und über die Übelkeit, musste sich heftig übergeben und konnte eine Weile nichts anderes mehr wahrnehmen. Aber es ging schnell vorüber, und wieder packte ihn Entsetzen. Ein schrilles Wiehern ertönte, gefolgt von Hufstampfen. Woher kamen diese Geräusche? Auf welcher Seite von ihm befand sich das Tier? Eiríkur zwang sich dazu, sich halb aufzurichten und die Augen zu öffnen. Dabei musste er sich erneut übergeben, aber der erste Schwall war so heftig gewesen, dass kaum noch etwas kam. Als das Schlimmste vorbei war, schaffte er es, sich auf die Ellbogen zu stützen und sich vorsichtig umzuschauen. Sein Blick fiel auf seine Brust, und trotz seines absonderlichen Zustands wurde ihm sofort klar, woher der unerträgliche Gestank kam. Verzweifelt versuchte er, den Schrei zu unterdrücken, der sich in seinem Hals bildete; am Ende gelang es ihm. Er zwang sich, seinen Blick von dem blutigen Fell und dem weit geöffneten Maul an dem baumelnden Kopf abzuwenden und sich auf die Dinge über ihm zu konzentrieren. Der Drang zu überleben war stärker als der, sich dieses Scheusals zu entledigen, obwohl er es nicht erwarten konnte, das grobe Band, mit dem es an ihm festgebunden war, zu lösen. Langsam blickte er nach oben.

Beine. Vier schlanke Beine und kräftige Hufe. Was hatte man ihm gesagt? Dass das niemand begreifen würde, dass alle sagen würden, es sei ein Unfall gewesen. Ein sehr tragischer tödlicher Unfall, den er selbst verursacht hatte. Das durfte nicht geschehen. Die Leute mussten erfahren, dass es Mord war, und nicht seine eigene Dummheit. Eiríkur hatte in der letzten Zeit schon genug Spott wegen seiner Arbeit als Hellseher über sich ergehen lassen müssen. Er musste dafür sorgen, dass der Hohn ihn nicht bis ins Grab hinein verfolgte. Auf einmal war es ihm wichtiger, diese Botschaft zu übermitteln, als am Leben zu bleiben. Es war unsinnig, Strohhalme aneinanderzulegen; sie würden längst zertrampelt sein, wenn endlich jemand käme. Nein, er musste etwas an eine Stelle ritzen, die vor dem Vieh sicher war. Vorsichtig wanderten seine Augen umher. Die Wand war nicht weit entfernt. Mit einer Entschlossenheit, die er nie für möglich gehalten hätte, gelang es ihm, die Schmerzen auszuschalten und auf die Wand zuzukriechen. Dabei betete er zu Gott, dass es ihm gelänge, mit seinem Ring ein paar Buchstaben in die Wand zu ritzen, bevor es zu spät wäre. Der Atem des Biestes ging schneller, und Eiríkur erstarrte. Sobald er den Mann auf dem Boden bemerken würde, musste der Hengst vor Angst die Kontrolle verlieren und ihn zu Tode trampeln. Als der Atem wieder ruhiger ging, wartete Eiríkur sicherheitshalber noch einen Moment und schleifte sich dann ganz langsam zur Wand. Er konnte unmöglich aufstehen; der

Schmerz unter seinen Fußsohlen fühlte sich an, als hätte er sich verbrüht.

Eiríkur spürte, wie er mit der Schulter gegen die Wand stieß, und streckte seine Hand mit dem Ring nach oben. Er begann, in die Boxenwand zu ritzen. Der Hengst schnaubte wegen des kratzenden Geräuschs, das der schabende Ring auf der Wand verursachte. Entsetzt sah Eiríkur, dass das Tier plötzlich seine braunen Augen auf ihn richtete und wieherte. Hastig ritzte er weiter, traute sich jedoch nicht, die Augen von dem Kopf mit der weißen Blesse abzuwenden. Das Pferd scharrte mit den Vorderhufen, drehte Eiríkur dann die Hinterhand zu und keilte aus. Das Einzige, was dem Mann durch den Kopf ging, war, ob das Gekritzel ausreichen würde, um den Mörder zu entlarven. Wenn er nur etwas mehr Zeit gehabt hätte. Niemand würde das verstehen. Der Hengst gab ein grauenhaftes Geräusch von sich, und Eiríkur hob instinktiv seinen Arm vor den Kopf.

Aber das war im Grunde genauso zwecklos wie zu glauben, das Biest könne die Schrift an der Wand entziffern:

RER

18. KAPITEL

»Der Junghengst gehört meiner Frau. Ich interessiere mich nicht besonders für Pferde«, sagte Bergur und starrte auf den Boden.

þórólfur beugte sich über den alten Küchentisch, wobei er darauf achtete, mit dem Ärmel seiner Uniform nicht in den Kaffeefleck zu geraten, der sich gebildet hatte, als ihm Bergur mit zitternder Hand eingeschenkt hatte. »Und was hast du dann da drinnen gemacht, wenn du dich, wie du selbst sagst, nicht für Pferde interessierst?«

»Die Pferde werden abends gefüttert. Deswegen kümmere ich mich«, antwortete Bergur ohne aufzuschauen. »Dafür muss man sich nicht für sie interessieren.«

þórólfur hatte im Laufe seiner Jahre bei der Polizei einiges gelernt, beispielsweise sich bei Verhören auf seine Intuition zu verlassen. Er hatte das starke Gefühl, dass der in sich zusammengesunkene Mann ihm gegenüber etwas zu verbergen hatte. »Nein, muss man natürlich nicht«, sagte þórólfur und fragte gezielt weiter: »Wie kommt es, dass ihr immer noch Pferde im Stall habt? Soweit ich weiß, ist das im Juni nicht mehr üblich.«

»Wir haben einen Pferdeverleih«, antwortete Bergur. »Meine Frau organisiert das, und ich helfe bei Bedarf mit. Füttern und so.« Bergur knabberte an der Nagelhaut seiner linken Hand herum. »Der Hengst sollte eigentlich schon auf der Deckweide sein, wir sind nur etwas spät dran.«

þórólfur machte sich eine Notiz und schaute dann auf. »Wann hast du bemerkt, dass etwas nicht in Ordnung war?«

Bergur zuckte die Achseln. »Ich weiß nicht die genaue Uhrzeit, falls du darauf hinauswillst. Ich habe keine Armbanduhr und auch nicht so ein Telefon.« Er zeigte auf þórólfurs Handy, das zwischen ihnen auf dem Tisch lag. »Ich hab die Sache bemerkt, kurz nachdem ich in den Stall gekommen war.« Bergur verstummte und schluckte hörbar.

»Die Sache, hm?«, sagte þórólfur forsch. »Wie kommt es, dass du es direkt bemerkt hast? Der Ständer ist am hinteren Ende des Stalls. Gab es einen bestimmten Grund dafür, dass du geradewegs dorthin gegangen bist?«

Bergur schluckte wieder geräuschvoll. »Ich füttere den Hengst immer zuerst. Er ist kaum gezähmt, ziemlich aufsässig und immer total nervös, wenn ich im Stall bin. Sobald er was zu fressen hat, gibt er Ruhe, und ich kann mich um die anderen Pferde kümmern.«

»Verstehe«, sagte þórólfur. »Er steht in der größten Box mit dem höchsten Gitter, hab ich recht?« Bergur nickte stumm, und þórólfur sprach weiter. »Wie kommt das? Weil dieses Pferd so, tja, nervös und wild ist?«

»Nein, nicht direkt. Hengste werden immer besser gesichert. Damit sie nicht zu den anderen Pferden können – das könnte ein Unglück geben.«

»Dieser spezielle Hengst war also vielleicht gar nicht besonders schwierig?«, fragte þórólfur. »Ich meine, ist das immer so, dass Hengste für andere Pferde gefährlich werden können?«

»Ja, Hengste sind angriffslustiger als Wallache und Stuten«, antwortete Bergur leise. »Aber dieser Junghengst ist aggressiver als normalerweise üblich. Das könnte ich beschwören, obwohl ich kein Pferdekenner bin.«

»Gut«, sagte þórólfur, ohne etwas Besonderes damit zu meinen. »Du gehst also direkt zu diesem Ständer ...«

»Zur Box«, fiel ihm Bergur ins Wort.

»Dann eben zur Box«, sagte þórólfur unwirsch, »... und siehst sofort, dass da ein Mann liegt oder was?«

»Ja, eigentlich schon«, antwortete Bergur. »Mir kommt das alles so unwirklich vor. Es ist schwer, die Details zu beschreiben.«

»Versuch es trotzdem.«

»Ich glaube, ich hab zuerst den Fuchs gesehen, dann den Mann. Als Erstes hab ich Blut an der Boxenwand bemerkt und gedacht, das Pferd hätte sich verletzt. Dann hab ich den Fuchs gesehen und gedacht, das Blut wäre von ihm, aber dann...« Bergur atmete heftig, während er versuchte, sich wieder in den Griff zu bekommen. »Es war schrecklich. Er lag da, und ich hab überlegt, ob er noch lebt, und als ich mich runtergebeugt hab, um besser sehen zu können, ist mir schlagartig klar geworden, dass er tot ist.« Er schnappte nach Luft und wiederholte: »Es war schrecklich. Und dann seine Füße. Du lieber Gott.«

»Man gewöhnt sich also nicht daran?«, fragte þórólfur und trommelte leicht gegen die Tischkante.

Bergur schaute irritiert, mit ängstlichem Gesicht auf. »Wie meinst du das?«

»Das ist die zweite Leiche, die du innerhalb von ein paar Tagen zufällig findest. Ich dachte, beim zweiten Mal wäre es vielleicht weniger schlimm. Ein ziemlich merkwürdiger Zufall, findest du nicht?«

Bergur sah auf und schaute þórólfur in die Augen. »Ich habe nichts damit zu tun, falls du das glaubst.«

»Nein, nein. Vielleicht nicht. Trotzdem ist das bemerkenswert«, sagte þórólfur und erwiderte Bergurs Blick entschlossen.

»Es muss ein Unfall gewesen sein«, sagte Bergur betreten. »Oder zweifelt da etwa jemand dran?«

»Wie würdest du dir einen solchen Unfall erklären?«

»Tja, ich weiß nicht«, antwortete Bergur und dachte nach. »Vielleicht war er Jäger und hat den Fuchs bis in den Stall verfolgt. Oder ein Perverser.«

»Was meinst du damit?«

»Es gibt Geschichten von Männern, die in Ställen ihre Bedürf-
nisse befriedigen. Vielleicht hatte der Mann das vor«, antwortete
Bergur und errötete leicht.

»Aber dann hätte er vermutlich einen Hocker oder eine Kiste
oder so was zum Draufstellen mitgebracht, oder? Und was soll
der Fuchs damit zu tun haben? Und die Stecknadeln?«, fragte Þórólfur mit unbewegter Miene. »Deine Erklärungen sind ziemlich
weit hergeholt.«

Bergur richtete sich auf und saß kerzengerade da. »Ich untersu-
che den Fall ja auch nicht. Du hast mich gefragt, und ich hab geantwortet. Ich hab keine Ahnung, wie der Mann da hingekom-
men ist. Ich weiß nur, dass ich überhaupt nicht in der Nähe war.«

»Gut, aber das ist deine Scheune und ...«

»Pferdestall. In Scheunen wird Heu gelagert«, sagte Bergur
gereizt. Sofort beruhigte er sich wieder und fügte wesentlich
kleinlauter hinzu: »Ich bin mir nicht sicher, ob ich im Moment
weiter darüber sprechen möchte. Ich stehe immer noch unter
Schock.« Er ließ den Kopf hängen und starrte wieder auf die
Tischplatte.

»Wir sind gleich fertig.« Þórólfurs Stimme drückte nicht das
geringste Mitleid für sein Gegenüber aus. »Ich habe ein Gewehr
im Stall an der Wand lehnen sehen. Gehört das dir?«

»Ja«, antwortete Bergur. »Es gehört mir. Ich bezweifle, dass du
hier einen Bauern antreffen wirst, der kein Gewehr hat.« Wütend
schaute er auf. »Der Mann wurde nicht erschossen. Was soll
das?«

Þórólfur grinste unbarmherzig. »Nein, der Mann nicht, aber
der Fuchs, wenn mich nicht alles täuscht. Hast du diesen Fuchs
geschossen?«

Bergur knibbelte verlegen an der bunten Plastiktischdecke herum. »Nein. Oder ja. Ich weiß es nicht.«

»Wie bitte?«, fragte Þórólfur konsterniert. »Könntest du mir
das etwas genauer erklären? Ich weiß nicht, ob ich das richtig verstanden habe. Du weißt nicht, ob du den Fuchs geschossen hast?«

Bergur hörte auf, an der Decke herumzufummeln und schaute þórólfur an. »Ich schieße gelegentlich Füchse. Wir haben Eideren-Brutplätze, da darf kein Fuchs herumstreunen. Allerdings habe ich schon seit Monaten keinen mehr geschossen, außer letztens, aber der ist nochmal davongekommen. Ich muss ihn getroffen haben, denn ich habe Blut und kleine Fellstücke gefunden, nur der Kadaver war nirgends zu sehen. Ich dachte, er sei mit dem Leben davongekommen, aber wer weiß? Vielleicht ist es dieser Fuchs.«

»Tja, wer weiß«, entgegnete þórólfur, »du solltest uns vielleicht beschreiben, wo genau das war, und außerdem gibt es natürlich noch jede Menge andere Punkte, die wir genauer besprechen müssen.«

»Ich schaffe das jetzt nicht«, sagte Bergur völlig entkräftet. »Ich schaffe es einfach nicht.«

»Kein Problem«, sagte þórólfur und schlug sich mit den Handflächen auf die Schenkel. »Nur noch zwei Fragen, den Rest besprechen wir später: Erstens – ist der Pferdestall normalerweise offen oder abgeschlossen? Zweitens – kanntest du den Toten?«

Bergur schaute nicht auf. »Der Stall ist nie abgeschlossen. Das war bisher nicht nötig.« Dann blickte er hoch und starrte þórólfur verzweifelt an. »Ich habe keine Ahnung, ob ich den Mann gekannt habe. Das könnte jeder sein – du hast doch gesehen, wie er zugerichtet war.«

»Sehr richtig«, sagte þórólfur und machte Anstalten, aufzustehen. »Ach, entschuldige, noch eine allerletzte Frage.«

Bergur schaute den Mann entmutigt an. »Was?«

»Wir haben an der Boxenwand etwas Gekritzeltes, oder besser gesagt etwas Eingeritztes entdeckt. Es sind ein paar Buchstaben, und wir überlegen, ob die schon länger da sind.«

»Buchstaben?«, sagte Bergur verwundert. »Ich weiß nichts von Buchstaben. Was steht denn da?«

»Tja, es scheint mir R-E-R zu sein. Sagt dir das was?«

Bergur schüttelte den Kopf. »Nein. Ich hab das nie gesehen und weiß nicht, was es bedeutet.« Seinem Gesichtsausdruck nach zu schließen, antwortete er nach bestem Wissen und Gewissen. Dennoch wurde Þórólfur das Gefühl nicht los, dass Bergur etwas verheimlichte. Aber was?

»Wenn ich nicht solchen Hunger hätte, würde ich vorschlagen, dass wir woanders hingehen«, sagte Matthias, während er Dóra die Restauranttür aufhielt. Es handelte sich um ein auf vegetarische Speisen spezialisiertes Lokal, und trotz Dóras grober Übersetzung der lobenden Beurteilungen auf den zahlreichen eingerahmten Zeitungsausschnitten im Fenster war Matthias alles andere als begeistert.

»Bier ist auch Gemüse«, sagte Dóra und lächelte ihm zu. »Oder aus Gemüse zumindest.«

Matthias schüttelte pikiert den Kopf. »Ich weiß ja nicht, woher du dein Wissen über Bier hast, aber glaub mir, das stimmt nicht.« Er betrat nach ihr das Restaurant. »Bier besteht zum größten Teil aus Getreide.«

»Getreide – Gemüse«, sagte Dóra, während sie sich nach einer Bedienung umschaute, die ihnen einen Tisch zuweisen würde. »Da gibt's doch keinen Unterschied.« An der Bar sah sie eine Frau, die ihr bekannt vorkam, und stieß Matthias mit dem Ellbogen an. »Die Frau da arbeitet im Hotel. Vielleicht sollten wir uns kurz mit ihr unterhalten.«

»Ich setze mich da nur hin, wenn ich eine Speisekarte bekomme und an der Bar bestellen kann«, erwiderte Matthias. »Und unter der Bedingung, dass es Erdnüsse gibt.«

»Einverstanden«, sagte Dóra und lächelte der herbeieilenden Bedienung zu. »Wir setzen uns zuerst an die Bar, wenn das okay ist. Aber wir sind trotzdem ziemlich hungrig und hätten gerne direkt die Speisekarte.« Sie gingen zur Bar, und Dóra kletterte auf einen Hocker neben die Frau. Es gab nur vier Plätze. Matthias setzte sich neben Dóra, direkt vor eine kleine Schale mit Nüssen. »Hallo«, sagte Dóra und beugte sich vor, damit die Frau ihr Gesicht sehen konnte. »Kennen wir uns nicht zufällig aus dem Hotel? Bei Jónas?«

Die Frau hatte offensichtlich etwas zu viel getrunken. Vor ihr stand ein imposantes Glas mit einem giftgrünen Cocktail. Daneben lagen mehrere rote Plastikzahnstocher mit aufgespießten Cocktailkirschen. Es dauerte eine Weile, bis die Frau die Frage registriert und ihre Augen unter Kontrolle hatte, die inmitten von starker Augenschminke zu schwimmen schienen. Als sie anfing zu sprechen, klang sie jedoch keineswegs so betrunken, wie Dóra vermutet hatte. »Äh, kenne ich dich?«, fragte sie mit ziemlich tiefer Stimme.

»Nein, wir kennen uns nicht, aber ich habe dich gesehen. Ich heiße Dóra und arbeite für Jónas.« Dóra reichte ihr die Hand.

Der Handschlag der Frau war kraftlos. »Ach ja, stimmt. Jetzt erinnere ich mich an dich. Ich bin Stefanía, Sexualberaterin.«

Dóra war verblüfft, versuchte aber, sich nichts anmerken zu lassen. Die Frau wäre mit ziemlicher Sicherheit von einer übertriebenen Reaktion wenig begeistert. »Ah ja, hast du viel zu tun?«

Die Frau zuckte mit den Schultern und nippte an ihrem Cocktail. »Manchmal. Manchmal nicht.« Sie stellte das Glas ab und leckte sich über die rotgeschminkten Lippen. »Jónas meint, es würde alles besser werden. Aber ehrlich gesagt ist wirklich nicht viel los.«

»Wie schade«, sagte Dóra mitfühlend. »Aber ansonsten ist das doch bestimmt ein toller Arbeitsplatz, oder? Ein wunderschöner Ort.«

Die Frau schnaubte und verzog das Gesicht. »Nein, es ist gar nicht toll.« Sie bemühte sich, Dóras Augen zu fixieren.

»Meinst du ... wegen des Spuks?«, fragte Dóra. »Ist es deshalb unangenehm?«

Stefanía schüttelte energisch den Kopf. »Nee, zum Glück bin ich abends nie dort. Ich meine, ich hab keine Geister bemerkt, aber die kommen ja auch nur nachts. Hab noch nie von einem

Geist gehört, der die Leute tagsüber heimsucht.« Sie strich eine Haarsträhne zurück, die ihr ins Gesicht gefallen war. »Nein, mein Problem an diesem tollen Arbeitsplatz sind die Frauen.« Sie seufzte. »Frauen machen immer Ärger. Es wäre super, wenn nur Männer da arbeiten würden.« Sie zögerte. »Und ich natürlich.«

»Ja, klar«, entgegnete Dóra. »Welche Frauen meinst du denn? Ich hab noch nicht so viele getroffen und mich bisher nur mit Vigdís von der Rezeption unterhalten.«

»Vigdís, Pigdís«, murmelte Stefanía. »Sie ist eine totale Zicke.«

»Oh«, sagte Dóra verwundert. »Ich kenne sie natürlich nicht gut, aber sie schien ganz nett zu sein. Vielleicht hab ich sie falsch eingeschätzt.«

»Und ob«, sagte Stefanía erbost. »Mich kann sie jedenfalls nicht ausstehen, obwohl ich ihr nie was getan hab.« Sie schaute Dóra ernst an und fügte hinzu: »Ich hab das allerdings analysiert und weiß, was ihr Problem ist.« Sie machte eine kurze dramatische Pause. »Sie hat Angst vor mir – sexuelle Angst.« Sie schaute Dóra triumphierend an.

»Inwiefern?«, fragte Dóra verständnislos. »Hat sie Angst, dass du sie vergewaltigst?«

Stefanía lachte. Ihr Lachen war leicht und ungekünstelt, ganz anders als der Rest der Frau. »Nee, du Dummerchen. Als Frau hat sie eine Urangst vor anderen Frauen, die attraktiver sind als sie.« Sie lächelte schmeichlerisch. »Man braucht keinen Röntgenblick, um zu sehen, dass ich sexuell wesentlich attraktiver bin als sie.« Sie nahm einen Schluck. »Das passiert mir ständig. Ich kenne die Anzeichen in- und auswendig.«

Matthias zupfte an Dóras Ärmel. »Können wir jetzt bestellen?«

Dóra betrachtete die leere Erdnussschale. »Kein Problem, ruf einfach die Bedienung.« Sie wollte sich wieder Stefanía zuwenden, aber Matthias hielt sie zurück.

»Und du? Was möchtest du essen?« Matthias zeigte auf die vor Dóra liegende Speisekarte, die sie bisher keines Blickes gewürdigt hatte.

»Irgendwas«, antwortete Dora. »Bestell einfach irgendwas.«
Sie wandte sich wieder an Stefanía, während Matthias die Bedienung heranwinkte. »Apropos Frauen«, sagte sie. »Kanntest du eigentlich Birna? Die Architektin?«

Stefanías Gesicht veränderte sich schlagartig. Es erschlaffte, und eine Sekunde lang hatte Dóra den Eindruck, es würde schmelzen. »Oh mein Gott«, sagte Stefanía. Sie schien einen Kloß im Hals zu haben. »Das ist alles so entsetzlich.«

»Das ist es«, bestätigte Dóra. »Sie gehörte also nicht zu den unangenehmen Frauen?«

»Nein, auf keinen Fall. Sie war hinreißend.« Stefanía leerte ihr Glas in einem Zug. Anschließend nahm sie den kleinen Zahnstocher mit der Kirsche, steckte ihn in den Mund und sog eine Weile daran. Dann legte sie ihn feierlich neben die anderen Zahnstocher auf den Tresen. »Die ganze Geschichte hat mich so durcheinandergebracht, dass ich gar nicht mehr weiß, wo mir der Kopf steht.« Sie sah Dóra an. »Normalerweise komme ich sonntagabends nicht hierher. Obwohl ich in der Nähe wohne.«

»Verstehe«, sagte Dóra, die überhaupt nichts verstand. »Du scheinst Birna ja ganz gut gekannt zu haben. Hast du eine Ahnung, wer möglicherweise schlecht auf sie zu sprechen war?«

Stefanía hob das leere Glas und drehte es in kleinen Kreisen. Ein paar übrig gebliebene Tropfen schwenkten am Boden des Glases umher. »Ja, habe ich«, sagte sie ruhig.

»Aha?« Dóra konnte ihren Eifer nicht verbergen. »Wer denn?«

Stefanía schaute Dóra an. »Ich habe Schweigepflicht. Sexualtherapeuten haben diesbezüglich die gleiche Stellung wie Ärzte. Und Anwälte.«

Dóra hätte bei dem Vergleich fast laut aufgelacht. Obwohl das gar nicht so abwegig war. Ihr Kanzleipartner Bragi könnte bei seinen Scheidungsfällen durchaus mal mit einem Sexualtherapeuten konfrontiert sein. »Als Rechtsanwältin weiß ich, dass es da Ausnahmen gibt – das Allgemeinwohl zum Beispiel.«

Stefanía überlegte und gab dann nach. »Wenn du Anwältin

bist, kann ich dir ja wahrscheinlich davon erzählen, oder? Es sind nur Namen, und du sagst sie keinem weiter. Das Allgemeinwohl spielt dabei allerdings keine Rolle.«

Dóra traute ihren eigenen Ohren nicht, wie gut die Sache lief. Sie hatte sich schon auf ein langes Gespräch an der Bar eingestellt, bei dem Stefanía irgendwann zu betrunken sein würde, um sich noch an ihre Schweigepflicht erinnern zu können. »Ich erzähle es niemanden. Ganz bestimmt nicht.«

»Gut«, sagte Stefanía. »Mir schlägt das schon die ganze Zeit auf den Magen, weil ich es niemandem erzählen kann. Vielleicht geht's mir danach besser.« Sie blickte Dóra ins Gesicht. »Versprochen?«

»Versprochen«, sagte Dóra. Hinter ihrem Rücken kreuzte sie die Finger, denn sie würde nicht umhinkommen, es Matthias zu erzählen. »Wer war schlecht auf Birna zu sprechen?«

Stefanías Behauptung, sich jemandem anvertrauen zu müssen, entsprach offenbar der Wahrheit, denn sie redete dreimal so schnell wie zuvor. »Sie hatte was mit einem verheirateten Bauern aus der Nachbarschaft. Er heißt Bergur und wohnt auf dem Hof Tunga. Sie hatten ziemlich ungehemmten Sex, und sie hat mich um Rat gefragt. Sie fand, es würde etwas zu weit gehen.«

»Und konntest du ihr helfen? Hast du ihr geraten, ihn nicht mehr zu treffen?« Eine Trennung wäre für einen wütenden Mann vielleicht Grund genug, einen Mord zu begehen.

Stefanía stellte ihr Glas ab. »Nein.« Sie steckte sich einen rot-lackierten Fingernagel in den Mund, biss fest darauf und zog ihn wieder heraus. An der Spitze war ein weißer Fleck zu sehen; der Lack war bereits abgesprungen. »Nein, das habe ich nicht.« Zerstreut starrte sie in ihr Glas. »Ich habe ihr geraten, es einfach zuzulassen. Grober Sex sei meistens völlig harmlos.«

»Oh«, sagte Dóra. »Ich verstehe, dass es dir damit nicht gutgeht.«

Stefanía nickte langsam. Sie schaute Dóra an und bemerkte dabei Matthias. Bis dahin war sie so mit sich selbst beschäftigt gewesen, dass sie ihn gar nicht richtig wahrgenommen hatte. Sie lächelte und machte ein Gesicht, das Dóra überhaupt nicht gefiel. »Wer ist denn das? Dein Freund?«, fragte sie schmeichelnd.

Dóra beschloss, sich ihren Alleinanspruch im Schutze der isländischen Sprache zu sichern. »Er ist Ausländer. Ist zur Erholung hier.« Sie beugte sich zu Stefanía und senkte die Stimme. »Aids.« Anschließend nickte sie verschwörerisch und setzte sich wieder gerade hin.

Stefanía riss die Augen auf. »Schlimm«, sagte sie enttäuscht. »Wenn ihr wollt, kann ich euch ein paar Ratschläge geben. Beim Sex gibt es viele Möglichkeiten, sich auch ohne Geschlechtsverkehr zu …«

»Nein, danke«, unterbrach Dóra und lächelte höflich. »Nicht nötig.« Sie drehte sich zu Matthias. »Komm«, sagte sie, »das Essen ist bestimmt bald fertig.«

Stefanía lächelte Matthias zu. »Es ist sehr wichtig, dass du gesund isst und keine Mahlzeiten auslässt«, sagte sie freundlich auf Englisch.

»Stimmt genau«, entgegnete Matthias verblüfft.

Dóra legte Stefanía hastig den Arm um die Schulter. »Vielen Dank. Wir sehen uns bestimmt noch, ich arbeite ja noch weiter für Jónas.«

Stefanía schaute sie irritiert an. »Möchtest du nicht wissen, wer der andere ist?«

»Welcher andere?«, fragte Dóra ahnungslos.

»Äh, der andere Mann, der nicht gut auf Birna zu sprechen war«, sagte Stefanía leicht irritiert.

Dóra nickte eifrig. »Ja, doch unbedingt.«

Stefanía beugte sich an ihr Ohr. Als sie Dóra so nah war, dass sie sie bestimmt schon mit Lippenstift beschmiert hatte, flüsterte Stefanía: »Jónas.«

Dóra beobachtete die vorfahrenden Streifenwagen. Drei Fahrzeuge – dafür musste es einen triftigen Grund geben. Langsam rollten sie auf den asphaltierten Platz vor dem Hotel und parkten Seite an Seite in einer Ecke. Türenknallen schallte durch die Stille, und sechs Polizeibeamte stiegen aus, darunter eine Frau. »Was kommt jetzt?«, fragte Dóra. Sie schaute Matthias erwartungsvoll an. »Die wollten doch erst morgen kommen.« Anschließend beobachtete sie schweigend, wie der Trupp auf die Eingangshalle zumarschiert kam, vor der Matthias und sie in der Abendsonne mit ihren Weingläsern saßen. Dóra war immer noch hungrig, denn Matthias hatte sich für ihre Rücksichtslosigkeit gerächt, indem er ihr nur einen grünen Salat bestellt hatte. Ihm war es mit seiner Gemüselasagne allerdings auch nicht besser ergangen. Es war eine sehr überschaubare Portion gewesen. Sie mussten zweimal um einen neuen Brotkorb bitten, aber auch das hatte nicht gereicht.

Dóra kannte zwei Polizisten vom Sehen – die beiden, die mit Jónas gesprochen und sein Handy beschlagnahmt hatten. Sie erinnerte sich dunkel daran, dass der Ältere þórólfur hieß. »Guten Abend«, grüßte sie ihn.

»N'abend«, war die trockene Antwort.

»Ich dachte, ihr wolltet erst morgen kommen. Ist irgendwas passiert?«

»Alles in der Welt ist vergänglich.« Daraufhin verschwand er mit seinem Trupp im Haus.

19. KAPITEL

Dóra räusperte sich. »Eine Sache verstehe ich bei der ganzen Geschichte nicht.« Sie blickte zu Jónas, der bleich neben ihr saß, und sprach dann weiter. »Warum wollt ihr mit meinem Mandanten sprechen? Er ist nicht der Besitzer des Pferdestalls, und ich kann mir nicht vorstellen, dass sich bei euren Ermittlungen etwas herausgestellt hat, was ihn mit den Vorfällen in Verbindung bringen würde.« Sie schaute Þórólfur direkt in die Augen. »Oder?«

Jetzt war Þórólfur mit Räuspern an der Reihe, und er tat es ausgiebig. »Das ist doch offensichtlich. Die tote Architektin hat für deinen Mandanten gearbeitet. In Anbetracht der Tatsache, dass das erst ein paar Tage her ist, liegt es nahe, zu überprüfen, ob hier jemand vermisst wird. Wir haben einen begründeten Verdacht, dass derselbe Täter am Werk war.«

Jónas beugte sich auf seinem Stuhl vor. »Würdet ihr mich freundlicherweise mit meinem Namen ansprechen. Ich möchte nicht Mandant genannt werden.«

Dóra stöhnte innerlich, schaute zu Jónas und nickte. Dann wandte sie sich wieder an Þórólfur. »Ihr seid also nur hier, um Jónas zu fragen, ob der Tote ein Gast oder Angestellter des Hotels sein könnte? Nicht, weil ihr glaubt, dass er anderweitig in den Fall verwickelt ist?«

Þórólfur faltete die Hände. »Das habe ich nicht gesagt, zumal sich die Ermittlungen bekanntermaßen noch im Anfangsstadium befinden. Andererseits versuchen wir zum momentanen Zeitpunkt natürlich erst einmal herauszufinden, wer der Tote ist. Die nächsten Schritte sind noch völlig unklar.«

»Dieser Pferdestall«, sagte Dóra, »darf ich fragen, wo sich der befindet?«

»Du kannst fragen, so viel du willst«, entgegnete þórólfur grimmig. »Ich antworte, wenn ich es für angemessen halte.« Er knackte mit den Fingerknöcheln. »Es ist allerdings kein Geheimnis, dass der besagte Pferdestall zum Hof Tunga gehört.«

Dóra zuckte zusammen. »Ist das hier in der Nähe?«

»Es ist der nächste Hof westlich von uns«, antwortete Jónas, froh, etwas zum Gespräch beisteuern zu können.

»Verstehe«, sagte Dóra. »Er muss also ganz in der Nähe des Strandes sein, an dem Birna gefunden wurde, nicht wahr?« Sie richtete ihre Frage an þórólfur. Da er keine Anstalten machte, zu antworten, fügte sie hinzu: »Solltet ihr nicht lieber mit den Leuten von dem Hof reden als mit uns?« Sie beschloss, der Polizei erst von Birnas Verhältnis mit dem Bauern zu erzählen, nachdem sie ihn selbst getroffen hatte. Gleich am nächsten Morgen wollte sie mit Bergur sprechen. Die Sache würde bestimmt bald ans Licht kommen, und dann bekäme sie keine Gelegenheit mehr, mit ihm zu reden.

»Kommen wir zurück zum Thema«, sagte þórólfur verärgert zu Jónas. »Dir ist der besagte Pferdestall gewiss bekannt, nicht wahr?«

»Ja, doch«, antwortete Jónas. »Ich weiß, wo er ist, und war auch schon drin.«

»Bist du Reiter?«, fragte þórólfur.

»Nein, keineswegs«, antwortete Jónas. »Ich interessiere mich nur für Pferde. Ich würde mich in Zukunft gerne näher damit beschäftigen, aber im Moment habe ich genug mit dem Aufbau des Hotelbetriebs zu tun.«

»Und was wolltest du dann in dem Pferdestall?«

»Rósa war so nett, mir die Pferde zu zeigen«, antwortete Jónas und beeilte sich, hinzuzufügen: »Rósa ist die Frau. Bergurs Frau. Die paar Mal, die wir uns begegnet sind, haben wir uns über Pferde unterhalten, und sie wollte mir einen Junghengst zeigen, den sie gekauft haben. Das ist schon eine Weile her, mindestens ein halbes Jahr.«

»Weißt du noch, wie dieser Hengst hieß?«, fragte þórólfur.

»Ja«, antwortete Jónas. »Ich glaube, er hieß Freri.« Er lächelte. »Sie hätten ihn besser Eldur genannt; Feuer passt besser zu ihm als Frost, ich hab nämlich noch nie so ein temperamentvolles Pferd gesehen.«

þórólfur ließ sich viel Zeit, bevor er die nächste Frage stellte, und kritzelte in der Zwischenzeit in sein Notizbuch. Dóra wurde unruhig. Diese Fragen nach dem Pferd ließen darauf schließen, dass mehr hinter der Sache steckte als allgemeiner Informationsaustausch. Endlich schaute þórólfur von seinem Notizbuch hoch und sah Jónas scharf an. »Du weißt also schon seit sechs Monaten, dass sich in dem besagten Pferdestall ein Pferd befindet, das ziemlich temperamentvoll oder schwierig ist? Habe ich das richtig verstanden?«

»Ja«, antwortete Jónas und zog die Brauen zusammen. »Warum fragst du?«

»Nur so«, sagte þórólfur und machte sich eine Notiz. »Und Füchse? Kannst du mir was über Füchse hier in der Gegend erzählen?«

Jónas schaute verwirrt von þórólfur zu Dóra. »Soll ich das beantworten?«, fragte er ratlos. Dóra nickte. Sie brannte darauf, zu erfahren, worauf der Polizist hinauswollte. Jónas wandte sich wieder an þórólfur. »Ich verstehe die Frage nicht ganz. Möchtest du etwas über Füchse im Allgemeinen wissen, oder geht es darum, ob es hier Füchse gibt?«

»Tja«, sagte þórólfur, »es wäre beispielsweise gut zu wissen, ob es hier in der Gegend Füchse gibt. Falls du welche hast, wäre das ebenfalls gut zu wissen.«

Jónas lehnte sich im Stuhl zurück und runzelte die Stirn. »Ich habe keine Füchse. Warum sollte ich Füchse halten? Wir haben keine Käfige.« Er richtete seine Worte an Dóra, die mit den Schultern zuckte und ihn bat, fortzufahren. »Aber hier gibt es Füchse. Ich weiß das, weil sie sich über die Vogelbrutplätze hermachen, und die Bauern viel darüber klagen. Aber ehrlich gesagt ist das auch schon alles, was ich über Füchse weiß.« Jónas verstummte und dachte kurz nach, bevor er weitersprach. »Tja, außer vielleicht noch, dass sie die einzigen Säugetiere waren, die zur Landnahmezeit in Island lebten.«

þórólfurs Lächeln drang nicht bis zu seinen Augen. »Ich habe nicht um einen naturkundlichen Vortrag gebeten.« Er fuhr sich mit der Hand durchs Haar. »Eine andere Frage: Sagen dir die Buchstaben R-E-R etwas?«

Jónas schüttelte den Kopf. »Nein, eigentlich nicht.« Er sah Dóra an. »Was soll das bedeuten?«

»Keine Ahnung«, entgegnete sie und blickte zu þórólfur. »Was soll das heißen?«

»Das tut nichts zur Sache«, sagte er, ohne weiter darauf einzugehen. »Gibt es hier im Hotel eine Nähstube?«

»Nein«, antwortete Jónas. »Hast du einen losen Knopf oder eine geplatzte Naht?«, fragte er aufrichtig.

þórólfur antwortete nicht, sondern fragte weiter. »Bietest du Heilmethoden durch Akupunktur an?«

»Nicht persönlich, aber wir haben schon überlegt, für einen begrenzten Zeitraum einen Spezialisten einzustellen«, antwortete Jónas verwundert. »Mit dieser alten Methode lassen sich bei vielen Krankheiten unglaubliche Erfolge erzielen. Ich kenne einen Mann, der dreißig Jahre lang eine ganze Packung Camel ohne Filter geraucht hat ...« Weiter kam er nicht.

»Dir scheint nicht ganz klar zu sein, dass wir hier nicht beim Kaffeeklatsch sitzen«, sagte þórólfur barsch. »Ich frage, und du antwortest. Am besten mit Ja oder Nein.« Er massierte seine Schulter, während er redete, und Dóra betete zu Gott, dass Jónas ihm keine Hot-Stone-Massage anbieten würde. »Die Frage lautet: Gibt es hier eine Nähstube oder wird Akupunktur angeboten oder eine andere Dienstleistung, für die man Nadeln benötigt?«

Jónas überlegte und antwortete dann nach Þórólfurs Anweisung. »Ja«, sagte er und schwieg.

Þórólfur stöhnte. »Ja, was? Welche Dienstleistung ist es?«

Dóra gab Jónas ein Zeichen, zu antworten. »In jedem Zimmer liegt ein kleines Nähset in der Größe einer Streichholzschachtel. Für Gäste, die an ihrer Kleidung etwas ausbessern müssen. Ich kann eins holen, wenn ihr wollt. Darin sind verschiedenfarbiges Garn, eine Nähnadel, zwei oder drei Knöpfe und eine Sicherheitsnadel, falls ich mich recht erinnere. Mehr nicht.«

»Keine Stecknadeln?«

»Nein«, sagte Jónas und schüttelte den Kopf. »Ganz bestimmt nicht.«

»Ich würde gerne ein solches Nähset mitnehmen«, sagte Þórólfur. »Und sehen, wo derartige Vorräte aufbewahrt werden.« Er machte eine kurze Pause und schaute Jónas fest in die Augen. »Noch eine Frage. Mir wurde mitgeteilt, dass in Birnas Zimmer eingebrochen wurde.«

»Was?«, sagte Jónas erstaunt. »Davon hatte ich keine Ahnung. Wer hat dir das gesagt?«

»Das geht dich nichts an. Ich frage dich nur, ob du weißt, wer es war und wann es passiert ist.« Þórólfur starrte weiter in Jónas' Augen.

»Ich weiß gar nichts. Ich bin da nicht mehr reingegangen, seit das Zimmer am Freitagabend abgeschlossen und jeglicher Zutritt untersagt wurde. Ich schwöre, ich war es nicht.« Jónas sprach schnell. »Ich hab da nichts zu suchen.«

»Du sagst es«, entgegnete Þórólfur und blickte von Jónas in sein Notizbuch. »Jemand hat aber eindeutig geglaubt, er hätte da was zu suchen. Wenn nicht du – wer dann?« Er heftete seinen Blick wieder auf Jónas.

»Tja, ich weiß nicht. Der Mörder vielleicht?!«, antwortete Jónas unwirsch.

»Sind wir jetzt fertig?«, griff Dóra ein. »Du hast gesagt, noch eine Frage, und Jónas hat dir geantwortet. Können wir jetzt gehen?«

þórólfur machte eine ausladende Handbewegung. »Bitte sehr. Ich muss wahrscheinlich morgen nochmal mit dir reden«, sagte er zu Jónas. »Fahr nicht weg.«

Jónas riss die Augen auf, und Dóra antwortete an seiner Stelle. »Nein, nein. Das tun wir nicht. Aber ich möchte noch einmal daran erinnern, dass ich bei Jónas' Vernehmungen immer anwesend sein möchte. Ich gehe davon aus, dass das kein Problem ist.«

»Nein, nein«, entgegnete þórólfur. »Warum sollte es das sein?«

Dóra und Jónas verließen das Arbeitszimmer, das Jónas den Polizisten zur Verfügung gestellt hatte. Falls man es als Arbeitszimmer bezeichnen konnte. Darin waren Putzmittel und ein Schreibtisch untergebracht, für den nirgendwo anders Platz war. Stühle waren herbeigeschafft und so aufgestellt worden, wie es der begrenzte Platz erlaubte. Das Ergebnis war alles andere als gewöhnlich. Als sie den Raum betreten hatten, war Dóra schlagartig klar geworden, wie wenig furchteinflößend er war, und sie hatte überlegt, ob das der Polizei bei ihren improvisierten Vernehmungen im Weg stehen würde. Nachdem sie eine gewisse Zeit in dem Raum verbracht hatte, fand sie den Geruch der Reinigungsmittel jedoch so unerträglich, dass das harmlose Aussehen des Zimmers völlig in den Hintergrund trat. Dóra war unbeschreiblich froh, als sie es wieder verlassen konnte. Füchse?, grübelte sie. Stecknadeln? R-E-R?

Jónas trank mehr Cognac als ratsam gewesen wäre. Als Dóra nach der Vernehmung mit ihm sprechen wollte, hatte er Dóra und Matthias in seine Wohnung eingeladen. Sie befand sich im Hotelgebäude und war klein und gemütlich. Dóra saß mit einem Glas Wasser in der Hand neben Matthias auf dem weichen Ledersofa. Von dort hatte man einen großartigen Blick auf den Gletscher im Westen. Jónas saß neben ihnen auf einem Stuhl. »Sie glauben, ich hätte Birna umgebracht, und diesen Unbekannten«, sagte Jónas und nippte wieder an seinem Cognac. »Seid ihr sicher, dass ihr nichts wollt? Das beruhigt wirklich sehr.«

»Weißt du mehr, als du der Polizei eben gesagt hast?«, fragte Dóra. »Was sollte das mit den Füchsen und den Nadeln? Und den Buchstaben?«

»Ich habe keinen blassen Schimmer. Ich schwöre es«, antwortete Jónas. »Ich weiß weder etwas über den Mann noch über Füchse, Stecknadeln oder Buchstaben. Ich wäre fast ausgerastet. Ich dachte, es sei eine Falle.«

»Nein, glaube ich nicht«, entgegnete Dóra, »allerdings war es sehr merkwürdig.« Sie wartete, bis Jónas sein Glas ausgetrunken und nach der Flasche gegriffen hatte, um sich nachzuschenken. »Eine Frage, Jónas.« Er schaute sie an. »Wusstest du, dass Birna ein Verhältnis mit einem Bauern aus der Nachbarschaft hatte? Ein verheirateter Bauer?«

Jónas wurde rot. »Ja, hab ich mir gedacht«, sagte er mit einem eigentümlichen Gesichtsausdruck.

»Und dir war vermutlich ebenfalls klar, dass diesem fraglichen Bauern der von der Polizei erwähnte Pferdestall gehört?«

»Ja, das war mir klar«, antwortete Jónas. »Aber ich wollte es ihnen nicht sagen.«

»Warum nicht?«

»Ach, nur so«, sagte Jónas und nahm einen großen Schluck.

»Vielleicht, weil du selbst was mit ihr hattest und nicht Gefahr laufen wolltest, noch weiter in die Sache hineingezogen zu werden?«

»Vielleicht«, antwortete Jónas trotzig wie ein kleines Kind.

»Warum hast du mir nicht erzählt, dass ihr zusammen wart?«, fragte Dóra sauer.

»Da war nicht viel zwischen uns«, antwortete Jónas. »Jedenfalls kein Grund, ihr irgendwas anzutun.«

»Ihr habt euch im Guten getrennt?«, fragte Dóra. Sie warf dem unauffällig gähnenden Matthias einen Blick zu. Sie sprachen Isländisch, denn Dóra wollte, dass Jónas möglichst natürlich reagierte. Daher saß Matthias wie das fünfte Rad am Wagen neben ihnen und betrachtete den Gletscher. Sie bewunderte ihn dafür, dass er bei der ganzen Sache so ruhig blieb.

»Tja, kann man so sagen«, antwortete Jónas. Seine Augen waren schon leicht glasig, aber Dóra wusste nicht, ob aus Müdigkeit – es war schon nach Mitternacht – oder vom Alkohol. »Ich wollte durchaus weiter mit ihr zusammen sein, aber sie hatte andere Vorstellungen. Sie meinte, ich sei zu alt für sie.«

»Das klingt aber, als wärst du nicht sehr glücklich darüber gewesen«, sagte Dóra. »Und anschließend hat sie sich direkt in Bergurs Arme geworfen?«

»Ja«, sagte Jónas mit gerunzelter Stirn. »Könnte man sagen.«

»Du musst ziemlich unglücklich mit der Situation gewesen sein«, meinte Dóra. »Vielleicht habe ich Unrecht, aber ich finde es sonderbar, dass du weiter mit ihr zusammenarbeiten wolltest, nachdem es so gekommen war.«

»Was blieb mir denn anderes übrig? Sie wollte mich nicht mehr, so what? So ist das eben manchmal im Leben. Sie war eine gute Architektin und hat meine Vorstellungen für die weitere Bebauung des Grundstücks verstanden. Ich bin Manns genug, Geschäft und Privatleben voneinander trennen zu können.«

»Schön für dich«, entgegnete Dóra. »Dann wollen wir mal hoffen, dass sich bei den Zeugenvernehmungen nichts Gegenteiliges herausstellt.« Sie schaute Jónas ins Gesicht. »Sonst sähe es nämlich schlecht für dich aus.«

»Warum?«, fragte Jónas verständnislos. »Darf ich etwa nichts mit einer Frau haben?«

»Natürlich«, sagte Dóra entnervt. »Du weißt genau, was ich meine. Und dann ist da noch diese andere Geschichte. Wer ist der Tote im Pferdestall? Vielleicht dieser Bergur? Was dann??«

Jónas wurde blass. »Tja, ich weiß nicht.«

Matthias hatte den Arm um Dóras Schulter gelegt, während sie am Ufer standen und den plätschernden Wellen zusahen. Sie hatte ihn gebeten, vor dem Schlafengehen noch einmal kurz mit nach draußen zu kommen, da sie immer noch den Putzmittelgeruch in der Nase hatte und Kopfschmerzen im Anzug waren. Dóra schloss die Augen und wollte gerade etwas Nettes sagen, als ihr Handy klingelte.

»Man könnte meinen, das Hotelgebäude ist der einzige Ort hier, an dem man keinen Empfang hat«, sagte Matthias und seufzte.

Dóra ging schnell ran.

»Hi Dóra, entschuldige, dass ich so spät anrufe«, sagte eine Frauenstimme. »Hier ist Dísa, von nebenan.«

»Ja, hallo«, sagte Dóra verwundert. Stand ihr Haus in Brand?

»Ich hab schon öfter versucht, dich zu erreichen, aber dein Handy war wahrscheinlich ausgeschaltet«, sagte Dísa entschuldigend.

»Nein, ich bin in Snæfellsnes, und hier ist sehr schlechter Empfang«, entgegnete Dóra und hoffte, die Frau würde zum Thema kommen. »Mal klappt's, mal nicht.«

»Ja, ich wusste, dass du auf dem Land bist. Deshalb rufe ich dich an. Ich hab nämlich gesehen, wie gegen elf Uhr jemand mit deinem Jeep samt Wohnwagen weggefahren ist. Das kam mir irgendwo komisch vor. Hast du ihn verliehen?«

»Nein«, sagte Dóra verwirrt. »Hör zu, Dísa, vielen Dank, ich checke, ob ihn jemand ausgeliehen hat, sonst muss ich die Polizei anrufen. Danke nochmal.«

Sie legte auf und sah, dass sechs SMS-Nachrichten auf sie warteten. Sie öffnete die Letzte. Darin stand: *ruf mich sofort an – gylfi ist abgehauen und hat soley mitgenommen.*

Dóra stöhnte laut und tief. Entgeistert sah sie Matthias an, atmete tief durch, besann sich auf die sprichwörtliche isländische Gelassenheit und sagte bekümmert: »Schaff dir bloß keine Kinder an.«

20. KAPITEL

Dóra wanderte auf dem Parkplatz umher und versuchte, Empfang zu bekommen. Matthias beobachtete sie verwundert. »Warum benutzt du nicht das Telefon im Zimmer?«, fragte er und schüttelte sich vor Kälte. Es war ziemlich diesig, und Dóra war sich nicht sicher, ob sie mitten in einer Nebelbank standen oder ob es schlichtweg stark bewölkt war. Am vorherigen Abend hatte sie vergeblich versucht, ihren Sohn Gylfi zu erreichen. Nun wollte sie den Tag damit beginnen, ihn und den Wohnwagen ausfindig zu machen. Der Junge hatte zwar schon Fahrstunden absolviert, aber noch keinen Führerschein. Dóra machte sich große Sorgen, dass etwas passiert sein könnte, andererseits hätte sie nicht gewusst, wo sie die Kinder mitten in der Nacht suchen sollte. Und mit der Polizei hatte sie ohnehin schon zu tun. Die Kurznachrichten in ihrem Handy hatten ein gutes Bild von der Vorgeschichte vermittelt. Die ersten drei waren von Gylfi. In der Ersten äußerte er seine Unzufriedenheit darüber, nicht wie geplant nach Hause fahren zu können, in der Zweiten, dass er bei seinem Vater durchdrehen würde, und in der Dritten stand nur: *Eye of the Tiger – ich bin weg.* Anschließend waren mehrere SMS von ihrem Ex-Mann eingegangen, in denen dieser schrieb, Gylfi sei unerzogen und unbelehrbar und es sei alles Dóras Schuld. Dóra löschte die Mitteilungen. Gylfi war in der Regel eher zurückhaltend, ein fleißiger Schüler und weit entfernt von dem Flegel, den sein Vater schilderte. Aber er war jung und stand sich manchmal selbst im Weg, beispielsweise, wenn man ihn zwang, den lächerlichen Gesang seines Vaters zu ertragen. *Eye of the Tiger* war offensichtlich der Tropfen gewesen, der das Fass zum Überlaufen gebracht hatte. Dóra konnte sich nicht entsinnen, dass ihr Sohn jemals mit Begeisterung zu seinem Vater gefahren wäre – ob Sóleys Spielecomputer samt Sing Star nun mitgenommen wurde oder nicht. Nach der Trennung hatte Hannes eine pferdebegeisterte Frau kennengelernt und daraufhin ebenfalls diesen Fimmel bekommen. Weder Gylfi noch Sóley teilten sein Hobby. Zu allem Überfluss hatte Gylfi von seiner Mutter die Angst vor Pferden geerbt. Er fühlte sich bei seinem Vater nie wohl, denn jederzeit drohte ein Ausritt. Hannes konnte das nicht verstehen, wie sehr Dóra auch versuchte, ihm die Situation zu erklären. Er sagte immer nur, der Junge würde sich »schon noch entwickeln«.

Dóra überlegte, ob sie die Eltern von Gylfis Freundin anrufen sollte, schob den Gedanken aber sofort wieder beiseite. Anscheinend hatte Gylfi Sigga im Wohnwagen mitgenommen. Dóra hatte ebenfalls eine SMS von der Mutter des Mädchens erhalten und wollte sich deren Kraftausdrücke nicht noch einmal ins Gedächtnis rufen. Obwohl sie verstehen konnte, dass die Frau aufgebracht war. Dóra wäre auch nicht begeistert, wenn Sóley mit sechzehn und hochschwanger mit einem nicht viel älteren Jungen in einem Jeep mit Wohnwagen abgehauen wäre. Sie war froh, dass Siggas Eltern nicht wussten, dass Gylfi noch gar keinen Führerschein besaß.

Endlich wurde abgenommen. Gylfis schläfrige Stimme drang durch die Leitung. »Hallo?«

»Wo bist du?«, blaffte Dóra, obwohl sie sich vorgenommen hatte, Ruhe zu bewahren.

»Was? Ich?«, fragte Gylfi wie ein Idiot.

»Ja, natürlich du. Wo bist du?«

Gylfi gähnte. »Irgendwo bei Hveragerði, glaube ich. Da sind wir gestern dran vorbeigefahren.«

Dóra wusste aus Erfahrung, dass »bei Hveragerði« in Gylfis Augen die gesamte Südküste umfasste, genauso wie das gesamte Nordland »bei Akureyri« war. »Bist du im Wohnwagen?«, fragte Dóra und beeilte sich, hinzuzufügen: »Und wer ist *wir*?«

»Oh, *wir* sind Sigga und ich«, sagte Gylfi. »Äh, und Sóley.«

»Sóley!«, rief Dóra. »Wie konntest du sie nur mitnehmen? Du hast noch nicht mal deinen Führerschein, und selbst wenn, dürftest du damit bestimmt keinen Wohnwagen ziehen. Und dann auch noch mit deiner schwangeren Freundin und deiner sechsjährigen Schwester im Auto!«

»Das Fahren ist kein Problem«, antwortete Gylfi mit männlicher Überzeugung. »Und damit du es weißt: Sóley ist hier, weil sie mir nur verraten wollte, wo du die Schlüssel vom Jeep versteckt hast, wenn ich sie mitnehme. Sogar sie hatte von Papas Gejaule die Nase voll. Sie durfte ihr eigenes Computerspiel nicht mehr spielen.«

»Gylfi«, sagte Dóra so ruhig wie möglich, »beweg den Wohnwagen nicht von der Stelle. Ich komme euch heute Abend holen. Ihr seid doch bestimmt auf einem Campingplatz?«

»Äh, nee«, antwortete Gylfi. »Ich glaube nicht. Wir sind einfach da, wo ich angehalten hab.«

»Verstehe«, sagte Dóra. Sie schloss die Augen und schüttelte den Kopf, um das Verlangen, laut zu schreien, zu unterdrücken. »Du findest jetzt raus, wo ihr genau seid, und sagst mir Bescheid. Schick mir eine SMS, hier ist so schlechter Empfang. Fahr nicht weiter. Kapiert?«

Nachdem Gylfi zugestimmt hatte, verabschiedeten sie sich. Dóra konnte nur hoffen, dass er sich an ihre Anweisungen hielt. Sie steckte das Handy in die Tasche, drehte sich zu Matthias und sagte leise. »Verdammt, hoffentlich geht das gut. Und übrigens: Schaff dir bloß keine Kinder an!«

Dóra trommelte mit dem Stift, den sie zwischen Daumen und Zeigefinger hielt, unablässig gegen die Tischkante. »Hilft dir das beim Denken?«, fragte Matthias. »Ich hoffe es zumindest; ich kann nämlich bei diesem Hämmern keinen vernünftigen Gedanken fassen.«

Dóra legte den Stift weg, drehte sich zu Matthias und schnitt eine Grimasse. »Das ist wichtig. Ich versuche, mich zu konzentrieren, aber die Kinder im Wohnwagen gehen mir nicht aus dem Kopf.« Sie schloss die Augen und atmete tief ein. »Wie konnte ich nur auf die Idee kommen, dieses Ungetüm zu kaufen?«

»Weil du in finanziellen Dingen so weitsichtig bist wie ein Goldfisch«, antwortete Matthias und lächelte sie an. Sie saßen im Hotelzimmer, Dóra am Schreibtisch und Matthias auf dem Bett. Er hatte es sich am Kopfende gemütlich gemacht. Dóra saß auf einem neumodischen Stuhl, der offenbar wegen seines Designs und nicht wegen seiner Bequemlichkeit ausgewählt worden war. »Schreib einfach mal auf, was du sicher weißt«, sagte er und setzte sich auf dem Bett zurecht. »Alles andere kommt dann ganz von selbst.«

»Okay«, sagte sie und begann zu schreiben.

Als sie wieder aufschaute, hatte sie drei DIN-A4-Seiten vollgeschrieben. Zufrieden drehte sie sich zum Bett. »Wach auf«, sagte sie laut, als sie sah, dass Matthias eingenickt war.

Matthias fuhr abrupt hoch. »Ich bin hellwach«, sagte er sofort. »Bist du fertig?«

»Ja.« Dóra nahm die Seiten zur Hand. »Zumindest fällt mir im Moment nicht mehr ein.«

»Lies vor«, sagte Matthias und setzte sich auf. Beim Schlafen war er ein Stück am Kopfende hinuntergerutscht.

»Das Erste ist der Spuk. Ich habe mit ein paar Leuten gesprochen, und sie sind alle der Meinung, dass es hier spukt. Die meisten sind zwar sehr leichtgläubig, aber ich tendiere trotzdem dazu, dass etwas vorgefallen sein muss ...«

Matthias fiel ihr ins Wort. »Soll das ein Witz sein? Glaubst du etwa, diese Spukgeschichte ist real?«

»Nein, natürlich nicht«, antwortete Dóra gereizt. »Du hast mich nicht aussprechen lassen. Ich wollte sagen, dass es vermutlich eine natürliche Erklärung dafür gibt. Die meisten Leute hier glauben an das Übernatürliche, und vielleicht deuten sie ungewöhnliche Vorkommnisse auf diese Weise – Vorkommnisse, für die es bestimmt andere, natürliche Erklärungen gibt. Wir sollten herausfinden, welche das sind. Gespenster draußen auf der Wiese, Heulen in der Nacht, Wiedergänger in den Zimmern.«

»Der Geist ist aber nur in Jónas' Zimmer erschienen«, sagte Matthias, wie immer sehr präzise. »Obwohl das keine so große Rolle spielt. Wie willst du diese Vorkommnisse erklären? Stecken vielleicht Außerirdische dahinter?«

»Ha, ha«, entgegnete Dóra. »Ich dachte, es könnten vielleicht Birna und Bergur draußen beim Sex gewesen sein. Die Sexberaterin meinte, sie hätten sehr heftigen Sex gehabt. Wer weiß, vielleicht kam das Heulen von ihnen, und die umherirrenden Geister waren niemand anders als die beiden auf der Suche nach einem passenden Ort.«

»Ich habe dieses Heulen gehört. Das hatte nichts mit irgendeiner Art von Geschlechtsverkehr zu tun«, erwiderte Matthias und errötete leicht, da er wusste, dass Dóra sein nächtliches Erlebnis für Einbildung hielt. »Außerdem war Birna schon tot, als ich es gehört habe.«

Dóra schaute ihn mit undurchdringlichem Gesicht an. »Wahrscheinlich hast du das nur geträumt.« Als sie sah, dass Matthias protestieren wollte, beeilte sie sich, weiterzureden. »Wie dem auch sei, ich glaube, der Grund wird schon noch ans Licht kommen, und ich will ihn unbedingt wissen, denn er steht möglicherweise mit den Morden in Verbindung.«

»Würdest du Jónas damit nicht seinen Prozess wegen des verdeckten Mangels vermasseln?«, fragte Matthias und fügte hinzu: »Wenn du den Spuk erklären kannst, hat er keinen Grund mehr für eine Schadenersatzforderung.«

»Ja, damit würde ich ihm natürlich einen Strich durch die Rechnung machen«, antwortete Dóra. »Andererseits glaube ich Jónas, dass dieser Geist tatsächlich negativen Einfluss auf die Angestellten und somit aufs Geschäft hat. Wenn ich den Spuk erklären und beweisen kann, dass nichts Übernatürliches dahintersteckt, dann ist das Ziel erreicht. Das Personal ist wieder zufrieden, und Jónas muss sich keine Sorgen mehr über Kündigungen und höhere Gehaltsforderungen machen.«

»Falls sie dir glauben«, gab Matthias zu bedenken. »Selbst wenn dir die Leute zuhören, heißt das nicht, dass sie auch hören, was du sagst.«

Dóra legte das Blatt beiseite und nahm das nächste. »Wie dem auch sei. Ich glaube jedenfalls, dass sich das alles noch herausstellen wird.« Sie überflog den Text und schaute dann auf. »Dann haben wir den Mord an Birna. Da gibt es einiges, was wir näher beleuchten sollten. Gut möglich, dass Jónas mehr mit der Sache zu tun hat, als er behauptet. Beispielsweise hat er mir nicht die Wahrheit über seine Beziehung zu Birna gesagt. Es wäre gut, von einem Außenstehenden etwas über das Verhältnis und die Trennung zu erfahren.«

»Was ist mit der SMS, die von seinem Handy an Birna geschickt wurde?«, fragte Matthias. »Glaubst du, er wusste davon?«

Dóra zuckte die Achseln. »Ich weiß es wirklich nicht. Allerdings kommt es mir sehr unwahrscheinlich vor, dass Jónas Birnas Mörder ist, ob er die SMS nun geschrieben hat oder nicht. Er will auf keinen Fall davon gewusst haben. Und er muss Birna ja nicht getroffen haben, selbst wenn er die SMS geschrieben hat. Vielleicht ist etwas dazwischengekommen.« Sie schwieg einen Moment. »Vielleicht hat Jónas dem Mörder zufällig von dem geplanten Treffen erzählt. Und der hat die Situation dann ausgenutzt.«

»Wer denn zum Beispiel?«

»Ich weiß es nicht, aber vielleicht kann uns Jónas da weiterhelfen.« Dóra schüttelte den Kopf. »Na ja, er wird es uns nicht erzählen, denn dann müsste er ja zugeben, dass er die SMS geschrieben hat. Es wäre nicht leicht, ihn dazu zu bringen.«

»Die andere Möglichkeit«, wandte Matthias ein, »ist natürlich, dass der Mörder das Handy entwendet und die SMS in Jónas' Namen geschrieben hat. Jónas meinte, er würde das Handy überall rumliegen lassen. Es gibt einige Personen, die die Gelegenheit dazu gehabt hätten. Hotelgäste, Angestellte und die Besucher der Séance. Das Problem bei dieser These ist, dass die Leute vom Hotel, zumindest die, die bei der Séance waren, es nie geschafft hätten, runter zum Strand zu laufen und Birna zu töten. Nicht, wenn der Mord gegen neun Uhr geschehen ist, was die SMS vermuten lässt.«

»Sehe ich auch so«, sagte Dóra und schaute wieder auf ihr Blatt. »Dann haben wir diesen Bauern, Bergur. Er ist durch den Toten in seinem Pferdestall noch tiefer in die Sache verstrickt.« Sie warf Matthias einen Blick zu. »Ein sehr merkwürdiger Zufall. Zwei Leichen in drei Tagen, erst seine Geliebte, und dann eine zweite Leiche auf seinem Hof. Ich würde wirklich verdammt nochmal gerne wissen, wer der Tote ist.«

Matthias sah sie scharf an. »Hast du schon mal an die Frau von diesem Bergur gedacht? Sie hatte einen triftigen Grund, Birna loswerden zu wollen, vorausgesetzt ihre Ehe hat nicht nur auf dem Papier existiert.«

Dóra nickte langsam. »Das ist natürlich absolut richtig. Vielleicht sollten wir ihr mal einen Besuch abstatten. Aber unter welchem Vorwand?«

»Wir können ihr Hilfe beim Stallausmisten anbieten«, schlug Matthias grinsend vor. »Die kann sie bestimmt gut gebrauchen.«

Dóra grinste zurück. »Könnte funktionieren, wenn sie blind und dumm ist. Niemand würde dir abnehmen, dass du ausmisten willst. Da könntest du ebenso gut Isländischunterricht anbieten.« Sie ließ ihren Blick über seine sorgfältig gebügelte Hose und sein helles Hemd wandern. »Du könntest dich vielleicht als mormonischer Missionar ausgeben, dann müsstest du nicht mal die Klamotten wechseln.«

Matthias ignorierte sie. »Und wie wär's einfach mit der Wahrheit?«, schlug er vor. »Wenn wir die beiden getrennt voneinander ohne Vorwand aufsuchen?«

»Und was ist die Wahrheit?«, unterbrach Dóra. »Dass wir sie des Mordes verdächtigen?« Sie schüttelte den Kopf. »Nein, danke. Das geht nicht.«

»Die Wahrheit hat viele Seiten«, entgegnete Matthias. »Du sagst einfach, du würdest den Spuk untersuchen. Das ist keine Lüge.«

Dóra überlegte. »Hmm, stimmt. Vielleicht kennen sie sich sogar mit der Geschichte des Hofs und der Gegend aus. Das ist nicht so abwegig.«

»Was hast du noch aufgeschrieben? Es kommen bestimmt nicht nur drei Verdächtige in Frage, oder?«

Dóra überflog rasch das Blatt. »Nein, ich finde auch diesen Kajakfahrer, þröstur Laufeyjarson, sehr mysteriös.« Sie schaute Matthias an. »Wir müssen mit ihm reden.«

Matthias zuckte die Achseln. »Meinst du, weil er weggepaddelt ist, als er uns am Strand gesehen hat?«

»Unter anderem, ja«, antwortete Dóra. »Außerdem fand ich Vater und Sohn aus Japan ziemlich seltsam, aber das ist wahrscheinlich nur so ein Gefühl.« Sie blickte auf den Zettel. »Der Kellner, dieser Jökull, war auch sehr schlecht auf Birna zu sprechen.« Sie überflog den weiteren Text. »Dann der alte Politiker, Magnús. Er hatte eindeutig etwas zu verbergen. Warum wollte er zum Beispiel nicht zugeben, dass er beim Einchecken nach Birna gefragt hat?«

»Du machst Witze«, entgegnete Matthias. »Der Mann ist so uralt, dass er noch nicht mal einer Topfpflanze was zuleide tun könnte. Vielleicht hat er wirklich was zu verbergen, aber ich kann mir nicht vorstellen, dass er die SMS geschrieben hat und mit dem Vorsatz, die Frau umzubringen, runter zum Strand gerannt ist. Warum konzentrierst du dich eigentlich nur auf die Männer? Der Mörder könnte ebenso gut eine Frau sein.«

»Wer denn?«, fragte Dóra. »Vigdís von der Rezeption? Oder die betrunkene Sexberaterin, Stefanía?«

»Ja, warum nicht«, antwortete Matthias. »Oder, wie gesagt, Bergurs Frau. Ich will dich nur darauf hinweisen, dass du noch viel zu wenig weißt, um irgendjemanden ausschließen zu können.«

Dóra seufzte. »Ich weiß. Leider.« Sie nahm das letzte Blatt zur Hand. »Dann gibt es ein paar Dinge, die vielleicht nichts mit dem Mord an Birna zu tun haben, die ich mir aber trotzdem genauer anschauen möchte.«

»Lass hören«, sagte Matthias. »Es fängt langsam an, Spaß zu machen.«

»Ich möchte wissen, wer Kristín war«, erklärte Dóra. »Ihr Name steht in Birnas Notizbuch, also könnte sie vielleicht etwas mit dem Mord zu tun haben.«

Matthias lachte, hörte aber sofort wieder auf, als Dóra ihn scharf ansah. »Sprich weiter.«

»Außerdem möchte ich Birnas Büro sehen. Ich war in ihrem Hotelzimmer, und auch wenn ich keine Architektin bin, war mir klar, dass sie da nur sporadisch gearbeitet hat. Es gab zum Beispiel keinen Computer.«

»Hast du Jónas danach gefragt?«

»Nein, noch nicht. Ist mir erst eben beim Aufschreiben eingefallen. Aber ich werde ihn auf jeden Fall danach fragen. Wenn schon jemand ihr Zimmer durchsucht, dann muss da auch irgendwas zu holen sein.«

»Sehe ich genauso«, meinte Matthias. »Aber wenn ihr Büro in Reykjavík ist, hat die Polizei es bestimmt versiegelt.«

»Ich bin mir eigentlich sicher, dass sie auch irgendwo hier in Snæfellsnes ein Büro hatte. Jónas hat das zumindest durchblicken lassen«, sagte Dóra und nahm das nächste Blatt. »Und hier ist noch was.« Sie las die letzten Notizen vor. »Ich würde gerne rausfinden, wo Grímur beerdigt ist.« Sie blickte von dem Blatt zu Matthias. »Außerdem möchte ich unbedingt wissen, was dem Mann im Rollstuhl zugestoßen ist.«

»Großer Gott«, sagte Matthias. »Fang bloß nicht wieder damit an.«

»Doch, ich muss es wissen«, sagte Dóra bestimmt. »Und wenn

es nur deshalb ist, weil der Kellner so abweisend reagiert hat, als ich den Jungen erwähnt habe. Das kam mir sehr merkwürdig vor.« Sie schaute wieder auf das Blatt. »Natürlich müssen wir auch noch rauskriegen, warum die Polizei Jónas nach Füchsen und Stecknadeln und natürlich nach R-E-R gefragt hat. Und ich will mehr über den Toten in Erfahrung bringen.«

»Es ist stets von Vorteil, zu wissen, was man möchte«, bemerkte Matthias süffisant. »Damit können sich manche stundenlang beschäftigen.«

Dóra hörte ihm nicht zu. »Und ich müsste wahrscheinlich ein bisschen über Nazis in Island recherchieren«, sagte sie und faltete die Blätter zusammen.

Matthias stöhnte so laut auf, dass es nach einem akuten Blinddarmdurchbruch klang. »Nazis«, sagte er bitter. »Klar, dass die auch noch auftauchen mussten.«

21. KAPITEL

Dóra hatte den Eindruck, fünfzig Jahre in die Vergangenheit zurückgereist zu sein. Sie saß in einem mit polierten Möbeln überfrachteten Wohnzimmer. »Wie gesagt, Jónas ist ziemlich verärgert, dass bei Vertragsabschluss nicht darauf hingewiesen wurde«, sagte sie und lehnte sich zurück, sodass die Federn des alten Sofas knarrten. Es handelte sich um ein riesiges Möbelstück mit ungewöhnlich weichen Polstern. Als sie endlich die Rückenlehne des Sofas spürte, befand sie sich schon fast in Schräglage und setzte sich schnell wieder aufrecht hin. Zum Glück war sie groß genug, um gerade auf dem Sofa sitzen zu können, ohne dass ihre Beine in der Luft baumelten, aber das hätte wohl auch keinen großen Unterschied gemacht. Die Geschwister Börkur Þórðarson und Elín Þórðardóttir hatten sie am Morgen angerufen und in ihr Haus in Stykkishólmur eingeladen. Dóra hatte es vorgezogen, diese Einladung anzunehmen, anstatt sie ihrerseits ins Hotel zu bitten. Sie hatte sich über die Abwechslung gefreut – ein Umgebungswechsel, um einen klaren Kopf zu bekommen.

Das Haus war eines der stattlichsten im ganzen Ort, hochaufragend und gut erhalten, dokumentierte es den Wohlstand seiner Erbauer. Dóra ging davon aus, dass es sich um das Haus des Urgroßvaters der Geschwister handelte. Er hatte mit traditionellem Fischfang viel Geld verdient und war so schlau gewesen, sich aus dem Geschäft zurückzuziehen, bevor die Segelboote von Trawlern abgelöst wurden. Matthias war von dem wellblechverkleideten Haus entzückt. Es war hübsch gestrichen und zog alle Blicke auf seine weißgestrichenen Giebel, Fensterrahmen und Dachkanten. Da das Gespräch auf Isländisch stattfinden sollte, hatte Matthias beschlossen, draußen zu bleiben und sich lieber im Ort umzusehen. Dóra war den wachsamen Blicken von Börkur und Elín, die ihr auf prachtvollen Stühlen gegenübersaßen, allein ausgeliefert.

»Das sind alte überlieferte Geschichten. Ich wäre nie auf die Idee gekommen, dass sie etwas mit der Gegenwart zu tun haben. Wiedergänger! Unfassbar!«, sagte Börkur unfreundlich. »Und man muss sich fragen, ob das irgendetwas geändert hätte! Der Mann wollte den Kaufvertrag doch unbedingt abschließen. Er hat sich noch nicht mal für das Lachsaufkommen im Fluss interessiert.«

»In Anbetracht der Dienstleistungen, die das Hotel anbietet, bin ich mir sicher, dass diese Geschichten für Jónas wichtig gewesen wären«, sagte Dóra und lächelte höflich. »Sehr wichtig. Lachse und Derartiges sind für das Hotel nebensächlich, aber das Übernatürliche ist es gewiss nicht.«

Börkur schnaubte. »Und was will er mit diesem Unsinn erreichen? Den Kaufpreis zu drücken?«

»Zum Beispiel«, antwortete Dóra. »Das wäre eine Möglichkeit.«

»So einen Quatsch habe ich noch nie gehört«, sagte Börkur mit polternder Stimme. »Dann ist es wohl an der Zeit, dass wir uns einen Anwalt nehmen?« Erzürnt blickte er zu seiner Schwester.

Elín saß ausdruckslos neben ihm. »Lass uns doch erst mal darüber reden. Es muss doch möglich sein, eine Lösung zu finden.« Sie wandte sich an Dóra. »Oder? Hat Börkur etwa recht?«

»Wenn ich eine Kaufpreisminderung oder Schadenersatz für die einzige Lösung halten würde, hätte ich euch einfach einen entsprechenden Brief geschickt«, antwortete Dóra. »Ich bin hier, um über die Sache zu reden und zu sehen, ob man sie nicht auf andere Weise lösen kann.«

»Schadenersatz«, brummte Börkur. »Ich sollte derjenige sein, der Schadenersatzansprüche stellt. Ich müsste bei der Arbeit sein, anstatt hier rumzusitzen.«

»Aber mein Lieber«, sagte seine Schwester Elín gereizt, »deine Angestellten sind wahrscheinlich gottfroh, dich los zu sein. Vielleicht tun sie sich ja zusammen und bezahlen dich für deine Abwesenheit?«

Börkur wurde feuerrot im Gesicht, entgegnete aber nichts. Stattdessen drehte er sich wieder zu Dóra. »Ich habe einen Vorschlag«, bellte er. »Sag diesem Jónas, dass wir auf solchen Unsinn pfeifen und dass andere das auch tun werden. Ich glaube nicht, dass moderne Gerichte auf Schadenersatzforderungen wegen Spuk eingehen.« Er atmete eine Weile schwer und fügte dann hinzu: »Nach Anwälten wie dir, die solche Fälle annehmen, muss man bestimmt lange suchen.«

Dóra wusste aus eigener Erfahrung, dass derjenige, der bei einem Disput die Kontrolle verlor, am Ende der Unterlegene war. »Selbstverständlich liegt die Entscheidung bei euch«, sagte sie seelenruhig. »Ich möchte allerdings darauf hinweisen, dass Richter es ungern sehen, wenn man im Vorfeld nicht alles versucht hat, um die Probleme aus dem Weg zu räumen.«

Elín legte ihrem Bruder die Hand auf die Finger, die sich in die geschnitzte Stuhllehne krallten. »Ich verstehe«, sagte sie zu Dóra, ohne ihren Bruder anzuschauen. »Und wie lässt sich das auf andere Weise lösen? Hast du irgendwelche Vorschläge?« Sie schaute zu ihrem Bruder und lächelte ihn ruhig an. »Grundsätzlich sind wir für alles offen.«

»Ein Teufelsaustreiber vielleicht?«, schnaubte Börkur. »Das wäre doch was!«

Dóra überhörte seine Bemerkung und richtete sich an Elín. »Vielleicht sollten wir uns zunächst darüber unterhalten, ob ihr selbst bemerkt habt, dass es dort spukt.«

»Ja, warum nicht?«, entgegnete Elín und verstärkte den Griff um die Finger ihres Bruders ein wenig. »Das lässt sich nämlich leicht beantworten. Mir ist dort noch nie etwas Merkwürdiges aufgefallen, aber ich war auch nicht oft da. Unsere Mutter ist auf Kreppa aufgewachsen, bei Großvater Grímur. Seinem Bruder Bjarni gehörte Kirkjustétt, wo das Hotel gebaut wurde, aber er ist früh verstorben. Falls es irgendwelche Geschichten über die Höfe gibt, müssen sie uns nicht unbedingt zu Ohren gekommen sein.«

»Und du?«, fragte Dóra Börkur. »Hast du etwas bemerkt oder von einem Spuk auf einem der beiden Höfe oder auf dem Grundstück gehört?«

Er schüttelte den Kopf. »Natürlich nicht. Dafür gibt es keinen Anlass. Ich gebe nichts auf solchen Quatsch.« Verdrossen fügte er hinzu: »Außerdem war ich noch seltener da als Elín.«

Dóra wandte sich wieder an die Schwester. »Wie kommt es denn, dass die Höfe so gut erhalten sind? Ich habe Kirkjustétt zwar nicht gesehen, bevor das Hotel gebaut wurde, aber wir haben uns Kreppa angeschaut, und ich nehme an, dass das Haus in Kirkjustétt in einem ähnlichen Zustand war.«

»Ja, das stimmt«, antwortete Elín ruhig. »Wir haben die Häuser instand halten lassen. Dieses Haus hier ist in Familienbesitz, seit mein Urgroßvater es gebaut hat. Wir übernachten immer hier, wenn es uns nach Snæfellsnes zieht. Es ist viel größer und nicht so abgelegen wie die beiden Höfe. Mein Bruder und ich sind nicht sehr oft hier und teilen es uns.«

»Und warum habt ihr euch auch um die Höfe gekümmert? War das nicht unnötige Arbeit?«

»Tja«, entgegnete Elín. »Unsere Mutter hat großen Wert darauf gelegt, als sie noch gesund und kräftig war. Sie wollte nichts verändern und im Alter wieder aufs Land ziehen. Sie wollte alles mehr oder weniger so vorfinden, wie es einmal war. Aber dazu ist es nie gekommen. Für ältere Menschen gibt es hier im Vergleich zur Stadt kaum Betreuungsmöglichkeiten.« Sie warf den Kopf in den Nacken. »Als Mutter krank wurde, haben wir uns trotzdem weiter um die Häuser gekümmert, weil unsere Kinder mit der Zeit jeweils einen der Höfe bekommen sollten, wenn sie irgendwann mit ihren eigenen Familien herkommen würden.«

»Aber warum habt ihr denn dann verkauft?«, fragte Dóra. »Ihr haltet die Höfe jahrzehntelang für eure Kinder instand, und wenn sie erwachsen sind, verkauft ihr einfach?«

Elín meinte teilnahmslos: »Tja, so ist es nun mal. Ich habe nur diese eine Tochter, und Börkur hat zwei Söhne. Die beiden interessieren sich nicht für Snæfellsnes, daher war es Unsinn, das Grundstück zu behalten.«

»Und deine Tochter Bertha?«, fragte Dóra. »Ich habe sie ja hier getroffen. Sie kommt bestimmt öfter her.«

»Bertha ist oft hier, das stimmt. Börkur und ich haben uns darauf geeinigt, dass ich ihm seinen Teil dieses Hauses abkaufe.« Elín lächelte auf dieselbe kalte Weise. »Deswegen ist es für mich und meine Tochter überflüssig, noch zwei weitere Häuser hier in Snæfellsnes zu besitzen. Als Kapitalanlage reichen uns die vielen Ländereien der Familie. Allerdings werden wir sie nach und nach veräußern.«

»Ihr besitzt immer noch Ländereien auf der Halbinsel?«

»Ja«, antwortete Börkur mit geschwollener Brust, »so einige.«

Dóra runzelte die Stirn. »Aber warum habt ihr Jónas dann nicht irgendein anderes Grundstück verkauft?«, fragte sie verwundert.

»Jónas hat nach einem Grundstück mit einem alten Wohnhaus gesucht«, antwortete Börkur genauso mürrisch wie zuvor. »Er war total scharf auf das Grundstück, als er gehört hat, dass sogar zwei Höfe darauf stehen.«

»Er hat uns, wie dir bekannt sein sollte, ein sehr gutes Angebot gemacht«, fügte Elín hinzu. »Es war einfach an der Zeit, eine Entscheidung zu treffen, und so kam es dazu.«

Dóra kam das alles ziemlich unglaubwürdig vor, nicht zuletzt, weil Elín so kühl reagierte. Aus Furcht, die Frau mit weiteren Fragen noch mehr zu verschrecken, beschloss Dóra, das Thema zu wechseln. »Ihr kennt euch doch bestimmt gut mit der Geschichte der beiden Höfe aus, oder?«

»Gut?«, sagte Elín. »Wir kennen sie natürlich, aber leider bin ich sehr schlecht in Genealogie und Geschichte. Dasselbe gilt für meinen Bruder, leider.«

Börkur streckte seinen Rücken und räusperte sich. »Ich wollte mich immer näher damit beschäftigen, aber es ist ständig so viel zu tun, dass ich nie Zeit dazu habe.«

»Aber ihr habt doch bestimmt im Laufe der Jahre Geschichten von eurer Mutter gehört«, drängte Dóra. »Erinnert ihr euch an irgendetwas über die Höfe?«

»Mutter hat nicht viel über ihr Leben hier erzählt«, antwortete Elín. »Sie ist mit Großvater nach Reykjavík gezogen, als sie noch sehr jung war.« Elín starrte in ihren Schoß. »Natürlich ist es kein Geheimnis, dass ihr Leben kein Tanz auf Rosen war. Großmutter Kristrún ist gestorben, als Mutter noch ein Säugling war, und soweit wir wissen, war Großvater Grímur alles andere als ein vorbildlicher Vater. Er hatte gewisse Schwierigkeiten und kam nach Großmutters Tod nie wieder richtig auf die Beine.« Elín sah auf und schaute Dóra in die Augen. »Ich kann mich leider nicht an ihn erinnern oder ein Urteil über ihn fällen, aber er war bestimmt kein schlechter Mensch.«

Dóra hob die Augenbrauen. »Warum betonst du das? Hat er deiner Mutter etwas angetan?«

»Auf seine Weise, ja«, antwortete Elín. »Er hat sich umgebracht. Meine Mutter war erst neunzehn, und ich kann nur sagen, dass ich es nie zulassen würde, dass mein eigenes Kind eine solche Tat entdeckt. Deshalb war er für mich kein guter Vater, was man auch sonst über ihn sagen mag.«

»Hör doch auf«, fuhr ihr Börkur barsch über den Mund. »Du weißt sehr gut, dass der Mann krank war. Du kannst nicht davon ausgehen, dass ein krankhaft depressiver Mensch sich immerzu nach der gesellschaftlichen Moral richtet. Das sind nichts anderes als Vorurteile.«

Elín schaute ihn wütend an, entgegnete aber nichts. Sie drehte sich zu Dóra. »Mein Bruder hat natürlich nicht ganz unrecht.« Sie ließ ihren Blick durch den Raum schweifen. »Ich bin mir ziemlich sicher, dass Mutter die Ländereien hier auf der Halbinsel so wichtig waren, weil sie hier glücklich war. Großvater wurde erst krank, als sie in die Stadt zogen.«

»Ich verstehe«, sagte Dóra. »Das muss schwer gewesen sein.« Sie lächelte den Geschwistern mitfühlend zu und sprach dann weiter: »Ich habe auf dem Friedhof den Grabstein eurer Großmutter gesehen, aber euer Großvater Grímur scheint nicht neben ihr beerdigt zu sein. Darf ich fragen, warum?«

Elín presste die Lippen aufeinander. »Er hat keinen Wunsch hinterlassen, wo er beerdigt werden wollte, und Mutter wollte nicht, dass er hier in Snæfellsnes begraben wird. Ich könnte mir vorstellen, dass sie ihn in ihrer Nähe haben wollte, und sie lebten damals in Reykjavík.«

Diese Erklärung kam Dóra seltsam vor. Sie setzte sich auf dem Sofa zurecht. »Wie ist das, wisst ihr etwas über die Geschichte seines Bruders Bjarni, der auf Kirkjustétt gelebt hat?«

»Er ist jung an Tuberkulose gestorben«, antwortete Börkur. »Er hat seine Frau ebenfalls früh verloren, daher ist die Geschichte der beiden Brüder recht ähnlich. Beide wurden früh Witwer, und beide hatten Töchter.«

»Sie starb auch«, sagte Dóra, »... ich meine seine Tochter Guðný. An Tuberkulose, nicht wahr?«

»Ja«, beeilte sich Elín zu sagen. Ihrem Gesicht nach zu urteilen, gefiel es ihr gar nicht, von ihrem Bruder unterbrochen zu werden. »Sie wurden beide krank und wollten nicht in die Stadt in ein Sanatorium. Schwer zu sagen, ob das etwas geändert hätte. Ich weiß nicht viel über Tuberkulose. Eigentlich gar nichts. Ich weiß nur, dass Großvater sie so gut wie möglich behandelt hat; er war Arzt. Aber es hat leider nicht gereicht.«

Dóra beugte sich ein wenig vor. »Ich weiß, dass euch die nächste Frage vielleicht unangenehm ist, aber ich muss sie stellen.« Sie machte eine kurze Pause. Die Geschwister saßen wie angewurzelt da. »Ich habe von einem Inzestfall auf dem Hof gehört; Bjarni soll seine Tochter missbraucht haben. Kann das stimmen?«

»Nein«, sagte Elín mit harter Stimme. »Das ist Quatsch und zeigt nur, wie wenig hier früher los war. Die Leute hatten nichts anderes zu tun, als sich Lügengeschichten über ehrenhafte Leute auszudenken, vor allem über Tote, die sich nicht mehr vor Verleumdungen schützen konnten.« Elín verstummte, das Gesicht gerötet. Sie hatte das offenbar nicht zum ersten Mal gehört.

»Wie kannst du so sicher sein?«, fragte Dóra vorsichtig. »Deine Mutter war doch wahrscheinlich zu jung, um davon erzählen zu können, und du hast selbst gesagt, du hättest deinen Großvater nicht gekannt.«

Elín starrte Dóra wütend an. »Mutter hat die Geschichte so vehement abgestritten, dass ich nicht daran zweifle, dass sie frei erfunden ist.« Sie kniff die Lippen zusammen. »Außerdem sehe ich keinen Sinn in diesem Gespräch. Wenn du keine klügeren Fragen hast, sollten wir es hier und jetzt beenden.«

»Entschuldige bitte«, sagte Dóra sanft. »Ich muss nicht weiter über dieses Thema sprechen.« Verzweifelt versuchte sie, sich etwas anderes einfallen zu lassen, bevor sie hinausgeschmissen würde. »Wisst ihr, warum die Brüder sich überworfen haben?«, fragte sie schnell, »soweit ich weiß, haben sie jahrelang nicht miteinander geredet.«

Elín war noch zu erregt, um antworten zu können, daher ergriff Börkur das Wort. »Es ging um die Ehefrauen. Sie gerieten aneinander, und anschließend auch die Brüder. Ich glaube, niemand weiß genau, worum es bei dem Streit zwischen Großmutter und ihrer Schwägerin ging, aber er war ernst genug, dass sich die Brüder selbst nach dem Tod der Frauen nicht mehr richtig verstanden haben. Die Familie ist allerdings bekannt dafür, starrköpfig und nachtragend zu sein.«

Elín griff ein. »Mutter hat mir erzählt, Großmutter Kristrún hätte ein Kind verloren und in ihrer Verzweiflung ihrer Schwägerin Aðalheiður die Schuld daran gegeben. Diese Anschuldigung war vollkommen unbegründet, das Kind war krank und starb, und Großmutters psychischer Zustand verschlechterte sich zunehmend. Bjarni nahm es Großvater übel, dass seine Frau beschuldigt wurde, und sie stritten sich heftig, versöhnten sich jedoch vor Bjarnis Tod wieder. Soweit ich weiß, hat sich Großvater gut um Bjarni gekümmert, ihn gepflegt, als er krank war und andere sich aus Angst vor der Ansteckungsgefahr nicht in seine Nähe getraut haben.«

Dóra nickte. »Wisst ihr etwas über einen Brand auf einem der Höfe?«, fragte sie, die Zeichnung von dem brennenden Haus vor Augen, die auf dem Schreibtisch im Kinderzimmer in Kreppa gelegen hatte.

»Ein Brand?«, fragten die Geschwister im Chor. Elín schüttelte den Kopf. »Nein, davon habe ich noch nie etwas gehört. Die Häuser sind unverändert.«

Dóra nickte. »Habt ihr im Zusammenhang mit den Höfen schon mal den Namen Kristín gehört?«

»Ich kenne keine Kristín«, sagte Börkur, der sich von der Frage nicht aus der Ruhe bringen ließ. »In der Nachbarschaft muss es bestimmt ein paar Kristíns gegeben haben. Daran kann ich mich aber nicht erinnern.« Elín schüttelte nur den Kopf.

Dóra gab sich bei ihrer nächsten Frage große Mühe, denn sie vermutete, dass es die letzte war. »Wisst ihr, ob einer der Brüder oder beide während des Krieges etwas mit den Nationalisten zu tun hatten?«

»Nationalisten?«, wiederholte Börkur mit rotem Gesicht. »Meinst du etwa Nazis?«

»Ja.«

»Jetzt reicht's«, rief Elín, schlug fest mit den Händen auf die Stuhllehnen und erhob sich. »Ich habe keine Lust, meine Zeit mit diesem Unsinn zu vergeuden.«

Dóra stand ebenfalls auf. »Nur noch eine letzte Frage. Ihr habt bestimmt von der Frau gehört, die Ende letzter Woche in der Nähe des Hotels ermordet wurde. Es wurde ein weiterer Mord begangen. Aller Wahrscheinlichkeit nach gestern Abend. Wart ihr … hier in der Gegend?«

Die Geschwister sahen sich sehr ähnlich. Durch den wütenden Gesichtsausdruck, den beide fast gleichzeitig annahmen, waren sie sich wie aus dem Gesicht geschnitten. »Die einzige höfliche Antwort auf diese zweideutige Frage lautet nein – wir haben nichts mit diesen Morden zu tun. Am besten gehst du jetzt«, sagte Elín abweisend. »Geister, Inzest, Nazis und Mord. Ich lasse mir dieses Gewäsch nicht länger bieten!«

Matthias stand draußen und wartete. Er hatte sich an einen Laternenpfahl gelehnt und streckte sich, als Dóra in der Haustür erschien. Im selben Moment, als sie den Treppenabsatz betrat, fiel die Tür knallend ins Schloss, was ein Lächeln auf Matthias' Gesicht zauberte. »Hast du nach dem entstellten Jungen gefragt?«, sagte er, während er ihr entgegenlief.

»Nein«, antwortete Dóra enttäuscht. »So weit bin ich leider nicht gekommen.«

»Macht nichts.« Matthias grinste noch breiter. »Komm mit. Ich muss dir was zeigen.«

22. KAPITEL

»Was soll denn da sein?«, fragte Dóra und löste ihren Blick von dem kleinen Schaufenster. Sie verstand Matthias' aufrichtige Freude über den Plunder in den verstaubten, weißen Holzregalen überhaupt nicht. »Lauter alte Tassen, na und?«

»Guck doch mal genauer«, sagte er enttäuscht und zeigte auf einen kleinen Gegenstand zwischen einem ausgestopften Schneehuhn und einer verblichenen Rose.

Dóra spähte durch die Fensterscheibe und sah ein silbernes Amulett mit einem Helm und zwei Schwertern. Da das Amulett in dem Regal lag, konnte Dóra es nur erkennen, wenn sie sich auf die Zehenspitzen stellte. »Was ist das?«

»Ein deutscher Orden aus dem Zweiten Weltkrieg«, sagte Matthias selbstzufrieden.

»Und?«, entgegnete Dóra. »Möchtest du ihn kaufen?«

Matthias lachte. »Lieber nicht«, sagte er und zeigte auf die Ladentür. »Aber ich habe eben den Kaufmann gesehen. Er scheint noch älter zu sein als der ganze Kram, den er anbietet. Ich dachte, wir könnten reingehen und ihn über Nazis in Snæfellsnes befragen. Er weiß bestimmt eine ganze Menge.«

»Aha«, sagte Dóra. »Jetzt verstehe ich.«

Als sie das Geschäft betraten, schellte die Glocke an der Tür lautstark. Dóra fand sie ziemlich überflüssig, denn der Laden war so klein, dass es gar nicht zu übersehen war, wenn jemand eintrat.

Auf jedem freien Fleck stand Krempel herum, wodurch der Laden noch kleiner wirkte. Die übervollen Regale an den Wänden reichten fast bis zur Decke. An einem lehnte eine Leiter. Die Gegenstände waren verstaubt, was nicht gerade auf gute Geschäfte schließen ließ. Ganz hinten im Laden stand ein weißhaariger Mann hinter einem abgegriffenen Tisch mit einer altmodischen Kasse, die gewiss nicht die strengen Auflagen der Steuerbehörden erfüllte. Nachdem sie sich umgeschaut hatten, schlängelten sie sich an allerlei alten Kleinmöbeln vorbei, die dicht beisammen auf der winzigen Bodenfläche des Ladens standen, zum Verkaufstresen.

»Guten Tag«, sagte Dóra lächelnd, als sie endlich beim Tresen angelangt waren, ohne etwas kaputt gemacht zu haben.

»Tag«, antwortete der Mann ruhig, ohne zu lächeln. »Was kann ich für euch tun?«

»Mein Freund aus Deutschland hat die Brosche im Fenster gesehen«, sagte Dóra. »Könnten wir uns die mal näher anschauen?«

Der alte Mann nickte und quetschte sich an dem Gerümpel vorbei zum Schaufenster. »Ja, die habe ich schon lange, kann ich euch sagen«, erklärte er, während er sich nach dem Gegenstand reckte. »Es ist allerdings ein Orden, keine Brosche.« Er kam mit dem Silberamulett zurück und legte es auf den Tresen. »Ein Orden für die Verwundeten.«

»Oh«, sagte Dóra und nahm den Gegenstand in die Hand. Der Orden war, wie sie vermutet hatte, mit einem Helm und zwei Schwertern verziert, aber erst jetzt sah sie das Hakenkreuz auf dem Helm. Lorbeer umkränzte den Orden. »Ist er im Krieg verletzten Soldaten verliehen worden? Dann gibt es doch bestimmt viele davon, oder?«

Der alte Mann machte ein verdrossenes Gesicht, und Dóra bereute ihre letzte Frage. Er glaubte bestimmt, sie wolle ihn runterhandeln. Er nahm ihr den Orden ab. »Es wurden sogar ziemlich viele verliehen. Als der Krieg seinen Höhepunkt erreicht hatte, wurden nämlich auch bei Luftangriffen verletzte Zivilisten damit ausgezeichnet. Dieser hier ist deshalb interessant, weil er aus Silber ist. Es gab drei verschiedene Orden, je nachdem, wie schwer die Verletzungen waren. Einfach, Silber und Gold. Der einfache Orden wurde meist an der Front verwundeten Soldaten verliehen. Er war am weitesten verbreitet.«

»Wie schwer musste man verletzt sein, um Silber zu bekommen?«, fragte Dóra.

»Da gab es Verschiedenes, zum Beispiel der Verlust von Gliedmaßen. Und leichte Hirnverletzungen.« Der Mann hob den Orden in die Höhe und ließ das trübe Tageslicht darauf scheinen. »Das war kein Orden, nach dem man strebte, kann ich dir sagen.«

»Geschweige denn nach Gold«, fügte Dóra hinzu. »Mein Freund jedenfalls würde ihn sehr gerne kaufen.« Sie zeigte auf Matthias. »Weißt du etwas über die Herkunft?«

Der alte Mann lächelte. »Nein, leider nicht. Ich habe ihn vor vielen Jahren mit einer Hinterlassenschaft bekommen. Es ist unklar, wie er dahingekommen ist.«

»Ich dachte, er hätte vielleicht einem Isländer gehört«, sagte Dóra. »Das wäre sehr interessant.«

»Nicht, dass ich wüsste«, entgegnete der alte Mann. »Könnte schon sein, aber ich bezweifle es. Ich glaube, den konnten nur Deutsche bekommen, zumindest als Zivilisten.«

»Haben nicht auch Isländer mit den Deutschen gekämpft?«, meinte Dóra und hoffte, das Gespräch auf Nazis in Snæfellsnes lenken zu können.

»Ich glaube, das waren nur sehr wenige. Ein paar Dummköpfe haben sich mit den Deutschen in Norwegen und auch in Dänemark verbündet, aber ich glaube, keiner von denen ist jemals an der Front gewesen.« Der Mann legte den Orden auf den Tisch. »Wer sich hier bei uns mit diesem Unfug abgegeben hat, war kein Held, sondern ein furchtbarer Idiot. Ich glaube, die haben sich vor allem für die Uniformen begeistert.«

»Ach, wirklich?«, fragte Dóra. »Ich muss gestehen, dass ich gar nichts darüber weiß, wie das hier in Island war. Gab es denn hier eine echte Nazibewegung?«

»Ja, ja«, sagte der alte Mann. »Das waren Nationalisten, vor allem junge Burschen fanden es toll, mit Fahnen umherzumarschieren und sich mit den Sozis zu prügeln. Ich glaube, mehr aus jugendlichem Leichtsinn als aus Überzeugung.«

»War diese Bewegung hier in Snæfellsnes weit verbreitet?«, fragte Dóra unschuldig.

Der alte Mann kratzte sich am Kopf. Dóra bemerkte, dass er für einen so alten Mann außergewöhnlich dichtes Haar hatte, das jedoch vollkommen weiß war. »Zum Glück konnte dieser Unsinn hier nie richtig Fuß fassen«, sagte er und schaute Dóra mit seinen farblosen, wässerigen Augen an.

»An der Südküste der Halbinsel gab es einen Mann, der diese Ideologie verbreitet und Gleichgesinnte um sich geschart hat, aber bevor er viel Schaden anrichten konnte, wurde er krank. Und die jungen Männer aus der Gegend, die er für die Sache der Nationalisten gewonnen hatte, verloren bald das Interesse. Es wurde also nie was draus.«

Dóra hätte am liebsten laut hurra gerufen, beließ es aber dabei, beiläufig zu sagen: »Ach ja, stimmt. War das nicht Grímur Þórólfsson, der Bauer von Kreppa?« Sie kreuzte die Finger und hoffte, recht zu behalten. Wenn es Börkurs und Elíns Großvater gewesen war, würde das die Nazidevotionalien in der Kiste erklären.

Der alte Mann kniff die Augen zusammen und schaute Dóra misstrauisch an. »Ich dachte, du wüsstest nichts darüber. Ich finde, dafür triffst du aber ziemlich ins Schwarze.«

»Äh, ich kenne nur die Familie«, beeilte sich Dóra zu entgegnen. Sie drehte sich zu Matthias und blinzelte ihm zu. »Also, willst du die Brosche jetzt kaufen?«

»Den Orden«, korrigierte er und zog widerwillig seine Geldbörse hervor. »Was kostet er?«

Sie einigten sich über den Preis, und während der Mann den Orden einpackte, fragte Matthias Dóra: »Wann hast du eigentlich Geburtstag? Ich hab schon ein Geschenk für dich.«

Dóra streckte ihm die Zunge heraus und drehte sich dann zu dem Mann. »Vielen Dank«, sagte sie. Im Zickzack gingen sie zum Ausgang. Als sie bei der Tür angekommen waren, blieb Dóra noch einmal stehen, entschlossen, einen letzten Versuch zu wagen, den Namen des Bauern in Erfahrung zu bringen. Aber sie musste gar nichts mehr sagen.

Der alte Mann stand an seinem Platz hinter dem Tresen, die Hände auf den Tisch gestützt. Er schaute Dóra mit undurchdringlichem Gesicht scharf an, ergriff dann aber das Wort, bevor sie ihre Frage stellen konnte. »Bjarni«, sagte der alte Mann laut und deutlich. »Grímurs Bruder. Bjarni þórólfsson von Kirkjustétt.«

»Dieser Bjarni muss ja ein höchst sympathischer Zeitgenosse gewesen sein«, bemerkte Matthias und legte den Orden auf den Tisch. »Missbraucht seine Tochter und verbreitet Nazipropaganda.« Er drehte den Orden so, dass der Helm und die Schwerter von Dóra wegzeigten. »Ich glaube, der steht dir richtig gut.«

Dóra schob den Orden weg. »Bist du noch ganz dicht?«, sagte sie, »so was würde ich nie tragen. Der bringt bestimmt Pech. Könnte auch auf eine leichte Hirnverletzung hindeuten.« Sie zeigte auf den vor Matthias stehenden Teller. »Iss jetzt lieber, es kommt nicht oft vor, dass ich jemanden zum Essen ausführe.« Sie saßen in einem kleinen Restaurant, in das Dóra Matthias als Entschädigung für den Kauf eingeladen hatte. »Das ist für den Orden, weißt du.«

Sie häufte Pasta auf ihre Gabel und schob sie in den Mund. Als sie den Happen hinuntergeschluckt hatte, schaute sie auf und sagte: »Trotzdem bin ich der Frage, ob das mit Birna zusammenhängt, nicht näher gekommen. Eigentlich weiß ich genauso viel wie vorher.«

»Glaub mir, aus einem Bild von einem Hakenkreuz, das jemand in ein Notizbuch gezeichnet hat, lässt sich wirklich nicht viel schließen.«

»Nein, vielleicht nicht«, entgegnete Dóra. »Ich hab nur so ein Gefühl, dass es wichtig ist.«

»Manchmal sollte man auf seine Gefühle hören«, sagte Matthias. »Aber leider stimmen sie nicht immer.« Er trank einen Schluck Mineralwasser. »Am besten wäre es, wenn du deine Gefühle mit Argumenten untermauern könntest. Am allerbesten mit plausiblen.«

Dóra stocherte mit ihrer Gabel in den Nudeln herum. Mit zufriedener Miene schaute sie auf. »Weißt du, was ich tun sollte?«

»Hm, aufhören, dir den Kopf darüber zu zerbrechen und der Polizei die Ermittlungen überlassen?«, antwortete Matthias hoffnungsvoll.

»Nein«, entgegnete Dóra, »ich müsste mal kurz ins Internet und außerdem Birnas Kalender genauer unter die Lupe nehmen. Ich hab ihn mir nicht so genau angeschaut, weil ich ein schlechtes Gewissen hatte. Gut möglich, dass ich was übersehen habe.« Sie stieß mit ihrem Limoglas gegen Matthias' Mineralwasser. »Darauf trinken wir!«

Dóra saß an der Rezeption an einem Computer mit Internetzugang für die Gäste. In ihrem Zimmer, wo angeblich drahtloser Empfang sein sollte, lag ihr Laptop, aber nach zehn erfolglosen Versuchen hatte sie es aufgegeben und Matthias mit in die Lobby geschleppt. Dóra zeigte auf den Bildschirm. »Das muss er sein. Grímur þórólfsson wurde im Jahr 1890 in Stykkishólmur geboren und starb 1957 in Reykjavík.« Sie hatte im Grabstättenverzeichnis der Reykjavíker Friedhöfe Grímurs Namen gefunden. Sie klickte ihn an und las vom Bildschirm: »Fossvogur Friedhof. Grab H-36–0077.« Triumphierend schaute sie zu Matthias.

»Ich will dir deine Genugtuung wirklich nicht nehmen, Dóra, aber was haben wir davon?«

»Ich würde gerne wissen, was auf dem Grabstein steht. Wer weiß, vielleicht liegt Kristín neben ihm? Leider lässt sich das über die Grabnummern nicht feststellen, also bin ich gezwungen, jemanden zum Friedhof zu schicken.«

»Wen denn?«, fragte Matthias.

»Den rettenden Engel«, antwortete Dóra, »unsere Bella.«

»Doch, Bella. Ich möchte, dass du zum Fossvogur Friedhof fährst und ein Grab für mich suchst.« Dóra stöhnte leise und verdrehte die Augen. »Ja, und sag mir, was auf dem Grabstein steht und ob neben ihm oder in der Nähe eine gewisse Kristín liegt.« Sie schwieg eine Weile, lauschte den Einwänden der Sekretärin, fiel ihr aber am Ende ins Wort. »Natürlich ist mir klar, dass du nicht gleichzeitig im Büro und auf dem Friedhof sein kannst. Es dauert nicht lange. Du kannst die Anrufe auf dein Handy umleiten, und ruckzuck sitzt du wieder an deinem Platz.« Dóra fasste sich beim Zuhören an die Stirn. »Gut. Und sag mir Bescheid, was du rausgefunden hast.« Sie legte auf. »Puh. Warum kann ich nicht einfach eine normale Sekretärin haben, die sich darüber freut, mal an die frische Luft zu kommen?«

Matthias lächelte. »Sie ist schon in Ordnung. Du musst ihr nur eine kleine Chance geben.« Er lag im Bett, zufrieden mit Gott, der Welt und Bella. Ihr hatte er es zu verdanken, dass Dóra und er einen Moment für sich hatten und er die Richtung bestimmen konnte. Bella war beim ersten Mal nicht ans Telefon gegangen. Auch nicht beim zweiten und dritten Versuch. Daher hatte Dóra beschlossen, ihr eine halbe Stunde Zeit zu geben, bevor sie einen vierten Versuch startete.

Dóra nippte im Bademantel an ihrem Kaffee, den sie in der winzigen Kaffeemaschine auf dem Zimmer zubereitet hatte. Vor ihr auf dem kleinen Beistelltisch lag Birnas Kalender. Eifrig tippte sie mit dem Finger auf eine Seite. »Das ist merkwürdig.« Sie schaute zu Matthias, der halb schlummernd unter der Decke in dem großen Bett lag.

»Willst du sichergehen, dass deine Fingerabdrücke auch ganz bestimmt in dem Buch sind, falls es der Polizei in die Hände fällt?«, fragte er schläfrig.

»Nein, hör zu«, sagte Dóra eindringlich, »hier auf der Seite vor dem Hakenkreuz beschreibt sie die Kisten, die ich unten im Keller durchgesehen habe.« Sie hob das Buch hoch und zeigte Matthias die geöffnete Seite. »Guck mal, hier ist eine Liste über den Inhalt. Sie muss auf dieselben Dinge gestoßen sein wie ich, also auch auf die Nazifahne.«

»Und?«, fragte Matthias. »Was hat deine großartige Entdeckung zu bedeuten?«

Dóra legte den Kalender beiseite. »Ich weiß es nicht genau«, sagte sie und blätterte weiter zu der Seite mit dem Hakenkreuz. »Es ist doch offensichtlich, dass sie das wichtig fand, wenn man bedenkt, wie sorgfältig sie das Symbol gezeichnet und wie oft sie die Linien nachgezogen hat. Sieh nur.« Wieder hob sie das Notizbuch für Matthias in die Höhe.

Er kniff die Augen ein wenig zusammen und ließ sich dann wieder aufs Kissen fallen. »Ja, die Skizze ist tatsächlich sehr detailliert. Was hat sie danebengeschrieben?«

»Alles Mögliche«, sagte Dóra, »manches ist nicht lesbar, weil sie es wieder durchgestrichen hat, aber ich kann *Hakenkreuz??* lesen, und hier steht *Wo war er damals??* Dann sind da irgendwelche Telefonnummern, die ich leider nicht richtig entziffern kann, weil sie durchgestrichen sind.«

»Vielleicht nachdem Birna sie durchtelefoniert hatte?«, meinte Matthias.

»Fünf, acht irgendwas«, sagte Dóra, die Nase im Buch. Sie richtete sich auf und stemmte die Hände in die Hüften. »Warte mal, ich hab doch die Nummern notiert, die Birna von dem Telefon in ihrem Zimmer aus angerufen hat. Die könnte ich mal testen.« Dóra zog einen Zettel aus der Tasche, stand auf und ging zum Telefon. Sie wählte die erste Nummer und wartete, während es klingelte. Endlich wurde abgenommen. *KB Bank, guten Tag!*

tönte es vom anderen Ende der Leitung. Dóra legte auf. »Fehlanzeige«, sagte sie zu Matthias und probierte die nächste Nummer. Als endlich abgenommen wurde, legte sie den Finger auf die Lippen, um Matthias zu bedeuten, er solle ruhig sein.

»Rehazentrum Reykjalundur, guten Tag«, sagte eine sanfte Frauenstimme.

Darauf war Dóra nicht vorbereitet. Sie hatte gehofft, es handele sich um Privatanschlüsse von Leuten, die sich sofort an Birna erinnerten. Da Dóra nicht wusste, wie sie am besten reagieren sollte, kam sie direkt zum Thema. »Guten Tag, ich heiße Dóra.«

»Hallo, womit kann ich behilflich sein?«, fragte die Frau.

»Ich brauche Informationen über die Architektin Birna Halldórsdóttir. Sie hat sich diese Nummer notiert, und ich dachte, du wüsstest vielleicht oder könntest nachschauen, wen sie im Haus gekannt hat?« Dóra fluchte im Stillen darüber, wie unwahrscheinlich es war, damit Erfolg zu haben.

Die Frau am anderen Ende der Leitung reagierte sehr förmlich. »Leider führen wir keine Liste über die Besucher oder Telefonate unserer Patienten. Wir haben sehr viele Patienten und können das nicht registrieren.«

»Es muss nicht unbedingt ein Patient sein«, sagte Dóra, in der vagen Hoffnung, Birna hätte versucht, einen Angestellten zu kontaktieren.

»Das registrieren wir ebenso wenig«, entgegnete die Frau. »Leider kann ich dir nicht behilflich sein. Entschuldige bitte, ich muss ein anderes Gespräch entgegennehmen. Auf Wiederhören.«

»Reykjalundur«, sagte sie zu Matthias und seufzte. »Das Rehazentrum. Keine Ahnung, wen sie da angerufen hat.« Sie nahm den Zettel erneut zur Hand. »Dann also die dritte und letzte Nummer. Wenn ich nur nicht so schlampig geschrieben hätte. Ist das eine Fünf oder eine Sechs?« Sie nahm den Hörer ab und wählte wieder. »Vier, Eins, Eins ...« Sie wählte zu Ende und wartete. Als es fast zehnmal geklingelt hatte, war sie kurz davor, aufzugeben. Im selben Augenblick erklang eine Computerstimme und sagte, der Anruf würde weitergeleitet. Nach nochmaligem Klingeln wurde abgenommen.

»Rathaus, guten Tag.«

»Guten Tag«, sagte Dóra. »Verzeihung, mit wem bin ich denn verbunden? Das Rathaus in Reykjavík?«

»Ja«, sagte das Mädchen, »hast du versucht, Baldvin zu erreichen?« Als Dóra zögerte, fügte das Mädchen hinzu: »Ich kann sehen, dass du seine Durchwahl gewählt hast. Er hat mittwochs zwischen vier und sechs Telefonsprechstunde. Versuch es am besten dann noch einmal.« Sie verabschiedete sich freundlich.

Dóra drehte sich zu Matthias. »Das war die Nummer von Baldvin Baldvinsson im Rathaus. Er ist Stadtrat und scheint da ein Büro zu haben.«

»Und wer ist dieser Baldvin?«, fragte Matthias desinteressiert.

»Der Enkel des alten Magnús«, antwortete Dóra und griff nach dem Notizbuch. Sie musterte die durchgestrichenen Nummern. »Er ist derzeit einer der vielversprechendsten Politiker. Ich bezweifle, dass Birna ihn angerufen hat, um mit ihm über die Umbauten am Sommerhaus seines Großvaters zu diskutieren. Außerdem bin ich mir sicher, dass diese Nummer auch in Birnas Notizbuch steht.« Sie blätterte weiter in dem Kalender. »Ich glaube, ich habe irgendwo eine E-Mail-Adresse gesehen, die von ihm sein könnte.« Rasch blätterte sie durch das Buch, bis sie auf eine Seite mit einer Notiz am Rand stieß: baldvin.baldvinsson@reykjavik.is. »Hier ist es. Das muss er sein.«

»Was glaubst du, was sie von ihm wollte?«

»Ich weiß es nicht, aber wir müssen uns den Alten nochmal vornehmen«, sagte Dóra. Dann nahm sie das Buch wieder zur Hand und blätterte es hastig durch. »Hier stehen bestimmt jede Menge wichtige Informationen. Ich müsste nur die Spreu vom Weizen trennen können.«

»Kannst du dir vorstellen, wie froh die Polizei wäre, wenn sie diesen Kalender hätte?«, fragte Matthias. »Dann wäre der Mörder vielleicht schon hinter Schloss und Riegel.«

»Worauf willst du hinaus?«, fragte Dóra, »meinst du, die Polizei ist schlauer als ich?«

»Nein, nein«, lenkte Matthias ein. »Du hast nur weniger Personal und eine schlechtere Ausrüstung für solche Ermittlungen.«

Da ihr keine passende Entgegnung einfiel, vertiefte Dóra sich in eine zufällig aufgeschlagene Seite. Es war die mit dem geplanten Bauland und Birnas Bemerkungen dazu. *Was ist mit dieser Stelle??? Alte Pläne???* Sie musterte jede Ecke und jeden Winkel der Seite, und als sie nichts Neues entdeckte, blätterte sie weiter. Auf der nächsten Seite stand: *Vielleicht der Stein?* Und dahinter: *Es muss Pläne geben – mit Jónas sprechen.*

Dóra stand auf und trat ans Fenster. Von dort überblickte man die Stelle, für die Birna sich so brennend interessiert hatte. Dóra wollte überprüfen, ob ihr etwas daran auffiel. Sie zog die Gardine zur Seite und ließ ihren Blick über die saftige Wiese schweifen. Das Land war ziemlich flach, und nach Dóras Eindruck perfekt zur Bebauung geeignet. Sie betrachtete die vorherige Seite und versuchte, den genauen Standort des neuen Gebäudes auszumachen. Er befand sich am östlichen Ende der Wiese, weit genug entfernt, um den bereits bestehenden Zimmern nicht den Blick aufs Meer zu nehmen. »Diese Stelle ist ganz normal«, sagte sie mehr zu sich selbst als zu Matthias. »Eine ganz normale Wiese. Allerdings schlecht gemäht.« Sie kniff die Augen zusammen. Das Einzige, das sich von der grünen windgebeutelten Fläche abhob, war ein grauer Stein. »Komm mit«, sagte sie zu Matthias und langte nach dem Zipfel der Bettdecke, »zieh dich an. Wir müssen einen Stein begutachten.«

23. KAPITEL

»Das kann doch nicht wahr sein, dass du mich hierherzitierst, um mir das zu zeigen?«, sagte Matthias und blickte nach allen Seiten. Sie standen im hohen Gras auf der Wiese hinter dem Hotel. »Das ist Gras«, sagte er und ging ein paar Schritte weiter.

»Ich gucke mir nicht das Gras an«, entgegnete Dóra und beugte sich zu dem Stein hinunter. »Sondern das hier.«

»Na, dann sieht die Sache natürlich ganz anders aus«, entgegnete Matthias und trat zu ihr. Er schüttelte den Kopf. »Dóra, das ist ein grauer Stein. Du musst ihn nicht anfassen, um sicherzugehen.«

»Ja, aber er gehört nicht hierher«, erwiderte Dóra und begann, das Gras um den Stein beiseitezuschieben. Er sah aus wie eine Miniaturausgabe des Toblerone-Bergs – oder wie eine Vergrößerung der gleichnamigen Schokolade. »Schau dich doch mal um, siehst du noch andere Steine auf dieser Wiese?«

»Nein«, antwortete Matthias, nachdem er sich schnell umgedreht hatte. »Sehr geheimnisvoll«, fügte er dann ironisch hinzu.

»Nee, im Ernst«, sagte Dóra und blickte aus ihrer Hockstellung zu ihm hoch. »Die Leute haben ihre Wiesen früher immer von Steinen bereinigt. Warum sollten sie einen Riesenbrocken mitten auf der Wiese zurücklassen?«

»Weil er zu schwer war?«, schlug Matthias vor und beugte sich dann zu ihr hinunter. »Oder ist es vielleicht ein Elfenstein?«

Dóra schüttelte den Kopf. »Nein, die sind viel größer, wie Felsen.« Sie stand auf und ging auf die andere Seite des Steins. »Ich bin zwar keine Spezialistin, aber ich habe den Eindruck, dass diese Seite geschliffen wurde. Guck mal.« Matthias sah, dass sie recht hatte. Auf der einen Seite war die Oberfläche rau und uneben, aber auf der anderen Seite sah der Stein so aus, als sei er zersägt oder gespalten und anschließend poliert worden. Dóra strich mit der Hand darüber. »Das gibt's doch nicht!«, rief sie und schaute Matthias aufgeregt an. »Da ist was eingeritzt.« Sie schob das hohe Gras zur Seite. In der Mitte des Steins erblickten sie eine verwitterte Inschrift.

Füllen sollt ich Kufen
errichten Haus und Hof
zum Menschsein war ich bestimmt
so wie du

»Was heißt das?«, fragte Matthias gespannt. »Ist es etwas Besonderes?«

Dóra richtete sich auf. »Ich weiß es nicht genau«, sagte sie. »Scheint ein Vers zu sein, aber ich verstehe ihn nicht ganz. Da ist ein Wort, das ich nicht kenne.« Dóra beugte sich wieder über den Stein, um sich zu vergewissern, dass sie das Wort *Kufen* richtig gelesen hatte. Sie setzte sich auf und schaute Matthias an. »Ob es das war, was Birna an diesem Platz gestört hat?«

»Der Stein?«, fragte er und lachte auf. »Kann ich mir nicht vorstellen. Man könnte ihn leicht entfernen. Mir ist nicht klar, warum der irgendwelchen Bautätigkeiten an dieser Stelle im Weg sein sollte.« Er schaute wieder über die Wiese. »Das ist eine völlig normale Grasfläche mit einem Stein. Vielleicht hielt sich der einstige Hausherr für einen großen Dichter. Oder hier war mal ein Blumenbeet oder ein Tiergrab. Hat der Vers etwas mit Tieren zu tun?«

»Nein«, sagte Dóra und stand auf. »*Kufen*«, sagte sie nachdenklich. »Ob das Wort *Kofen* in Birnas Notizbuch dieses Wort sein sollte?«

»Tja, weiß ich auch nicht«, sagte Matthias. »Warum ist hier eigentlich nicht gemäht?«, fragte er auf einmal und musterte den Boden. Das Gras war so dicht, dass seine Schuhe nicht mehr zu sehen waren.

»Was?«, sagte Dóra. »Warum? Ist doch prima so. Naturbelassen.«

»Dann schau dir mal die Wiese am anderen Ende des Hotels an; die ist gemäht«, sagte Matthias und zeigte in die entsprechende Richtung.

»Da hast du allerdings recht.« Dóra wies auf einen kleinen braunen Erdhügel nicht weit von ihnen. »Was ist das denn?«, fragte sie und ging darauf zu.

»Deine großartigen Entdeckungen nehmen ja gar kein Ende«, sagte Matthias und starrte auf den niedrigen Hügel. »Du hast Erde gefunden.«

»Ich weiß, dass es Erde ist«, entgegnete Dóra. »Fragt sich nur, was sie auf dem Gras zu suchen hat!«

Matthias ließ seinen Blick schweifen. »Jemand scheint in der Wiese gegraben zu haben. Da sind noch mehr solche Hügel.«

»Was soll das? Hat das mit dem neuen Gebäude zu tun?« Sie ging weiter. »Vielleicht kennt Vigdís den Grund dafür und weiß, warum die Wiese nicht gemäht ist.«

»Dann kannst du sie gleich fragen, ob Birna außer ihrem Zimmer noch einen anderen Arbeitsplatz hier hatte«, schlug Matthias vor.

Dóra drehte sich um. »Glaubst du, dass ich auf eine Fährte gestoßen bin?«, fragte sie lächelnd.

Matthias lächelte zweideutig zurück. »Du bist so weit von einer Fährte entfernt wie ein Beinamputierter vom Wiener Walzer.«

Vigdís saß mit geröteten Wangen an ihrem Platz an der Rezeption. Sie sah aus, als hätte sie Fieber. Ihre Augen waren glasig, und ihre Finger zitterten. Obendrein war sie so durcheinander, dass sie die beiden erst bemerkte, als sie sich ausgiebig räusperten. Daraufhin schaute Vigdís mit geöffnetem Mund hoch, hörte auf, den Hörer in ihrer Hand anzustarren und knallte ihn aufs Telefon. »Allmächtiger«, sagte sie und schüttelte sich leicht.

»Stimmt was nicht?«, fragte Dóra.

Vigdís schaute sie mit großen Augen an. »Kann man wohl sagen«, antwortete sie verwirrt. »Ich weiß gar nicht, was ich sagen soll.«

»Was ist passiert?«, fragte Dóra besorgt. »Etwa schon wieder eine Leiche?«

»Nein, zum Glück nicht«, antwortete Vigdís. »Ich hab nur gerade gehört, wer der Tote im Pferdestall ist.« Die Röte ihrer Wangen intensivierte sich. »Es ist Eiríkur«, sagte sie und schüttelte trübsinnig den Kopf.

»Eiríkur?«, sagte Dóra fragend. »Wer ist das?«

»War«, berichtigte Vigdís. »Jetzt muss man sich dran gewöhnen, in der Vergangenheit über ihn zu reden. Herrgott, wie merkwürdig. Erst Birna und jetzt Eiríkur.«

»Und der ist?«, wiederholte Dóra und korrigierte sich rasch selbst: »War, meine ich.«

»Er war der Auraseher hier im Hotel«, antwortete Vigdís. »Schlank, groß, mit Halbglatze.« Sie stöhnte. »Das ist unglaublich.«

Dóra teilte Matthias die Neuigkeiten mit. Sie hatte keine Ahnung, was Aura auf Deutsch hieß, und versuchte, das Wort mit Händen und Füßen zu beschreiben, was Matthias als Heiligenschein interpretierte. Ungeduldig sagte Dóra, sie würde ihm diesen Beruf später erklären und wandte sich wieder an Vigdís. »Woher weißt du das? Hat dich jemand angerufen?«

»Ja«, sagte Vigdís kurz angebunden. »Seine Schwester. Sie haben einen Kreditkartenbeleg in seiner Hosentasche gefunden und dadurch den Namen rausgekriegt. Sie haben seine Schwester angerufen und sie gebeten, die Leiche zu identifizieren. Die Leiche ist inzwischen bestimmt in Reykjavík.« Sie seufzte, so als sei dies das Schlimmste von allem. »Seine Schwester war total fertig; sie meinte, er sei zu Tode getrampelt worden.«

»Von einem Pferd?«, fragte Dóra. Die Polizisten hatten bei ihrem Gespräch mit Jónas nichts darüber verlauten lassen, wie der Mann gestorben war.

»Das hat sie nicht gesagt. Ich war so sprachlos, dass ich noch nicht mal danach gefragt hab.« Vigdís schaute Dóra mit Entsetzen im Gesicht an. »Glaubst du, dass es gefährlich ist, hierzubleiben? Was ist eigentlich los?«

»Das muss natürlich jeder für sich entscheiden«, antwortete Dóra und fügte dann aufmunternd hinzu: »Ich glaube nicht, dass hier ein durchgeknallter Serienmörder rumläuft, falls du das meinst. Es ist doch noch nicht mal bekannt, ob der Mann durch einen Unfall oder auf andere Weise gestorben ist. Vielleicht ist das nur ein Zufall.« Dóra dachte kurz nach. »Hat seine Schwester etwas darüber gesagt, was die Polizei glaubt?«

»Nein, dazu hat sie nichts gesagt.« Vigdís zögerte. »Aber da war noch was. Sie hat mir zum Abschied gesagt, ich soll vorsichtig sein. Als wollte sie damit andeuten, dass irgendwas nicht stimmt.« Vigdís machte plötzlich ein fragendes Gesicht. »Aber wer hätte Eiríkur etwas antun wollen? Er war nicht gerade eine Stimmungskanone, aber auch kein schlechter Mensch. Puh, der arme Kerl.« Sie blinzelte, und Dóra hatte das Gefühl, als versuche sie, Tränen hervorzupressen. »Vielleicht hätte man netter zu ihm sein sollen. Aber er war echt komisch und hatte eine merkwürdige Art, immer auf mich zuzukommen, wenn ich total im Stress war.«

Dóra hatte keine Lust auf Schauspielerei und wollte ihre Zeit nicht damit vergeuden, Vigdís zu trösten. »War er Reiter?«, fragte sie.

»Oh Gott, nein, das kann ich mir nicht vorstellen«, antwortete

Vigdís. »Er war so blass und zurückhaltend. Ich kann mir kaum vorstellen, dass er viel an der frischen Luft war, außer zum Rauchen.« Energisch fügte sie hinzu: »Er war ganz sicher kein Reiter.«

»Hat er sich für Füchse interessiert?«, fragte Dóra und versuchte, nicht darüber nachzudenken, wie dämlich ihre Frage klang.

»Füchse?«, fragte Vigdís verwundert. »Wie meinst du das?«

»Ach, nur so«, sagte Dóra. Sie schob noch eine weitere Fuchsfrage hinterher, wo sie schon einmal angefangen hatte: »Seine Schwester hat keine Füchse erwähnt, oder?«

»Nein«, sagte Vigdís, die Dóra jetzt mit einem argwöhnischen Gesichtsausdruck musterte. »Ich hab dir schon alles erzählt, was sie mir gesagt hat.«

»Glaubst du, Eiríkur wollte etwas Bestimmtes in dem Pferdestall?«, fragte Dóra, entschlossen, nicht weiter über Füchse zu reden. »Waren er und der Bauer, dieser Bergur, befreundet?«

Vigdís hob eine Braue. »Er war nicht mit Bergur befreundet«, sagte sie und fügte mit arglistiger Miene hinzu: »Ich will ja nicht tratschen, aber Birna ... Birna und Bergur waren *eng* befreundet.«

»Ja, hab ich schon gehört«, entgegnete Dóra und sah, wie sich Vigdís' Genugtuung über das Geheimnis in Luft auflöste. »Hat Eiríkur viel mit Birna oder über sie geredet? Waren sie Freunde oder Bekannte?«

»Auf keinen Fall«, sagte Vigdís überzeugt. »Es gab kaum gegensätzlichere Typen als die beiden. Er war ziemlich, tja, wie soll ich sagen ...« Sie überlegte.

»Die Wahrheit«, warf Dóra ein. »Du tust niemandem einen Gefallen damit, wenn du ein falsches Bild von Verstorbenen vermittelst.«

Dies schien Vigdís zu erfreuen. »Da hast du vollkommen recht«, sagte sie. »Wenn ich ganz ehrlich bin, war Eiríkur total schlampig. Er war ungepflegt und meistens schlecht rasiert. Wenn man seine Klamotten angesehen hat, hätte man meinen können, er hatte kein Geld für saubere Unterwäsche. Er war ziemlich aufdringlich und wirkte habgierig.« Offenbar musste man Vigdís nicht zweimal bitten, ihre Beschreibungen nicht zu beschönigen. »Birna war dagegen total ordentlich, rein äußerlich immer chic und adrett. Aber hinter der Fassade war sie ganz anders. Supernett, wenn sie dich für etwas brauchte, aber wenn du das nicht erfüllen konntest, hat sie andere Saiten aufgezogen. Sie hat Jónas total um den Finger gewickelt.« Vigdís verstummte, um Luft zu holen. »Allerdings wirkte sie genauso habgierig wie Eiríkur. Ansonsten waren sie wie Schwarz und Weiß.«

Dóra nickte ernst und achtete darauf, Vigdís nicht merken zu lassen, wie verwundert sie über diese gehässige Litanei war. »Sie hatten also nichts miteinander zu tun? Eiríkur hätte nicht mehr als andere darüber wissen können, womit sie gerade beschäftigt war?«

»Nein, ausgeschlossen«, antwortete Vigdís prompt. »Birna hätte sich Eiríkur noch nicht mal anvertraut, wenn die beiden zusammen auf einer einsamen Insel gestrandet wären.«

»Verstehe«, sagte Dóra. »Noch was, haben sich Eiríkur und Birna kurz vor ihrem Tod irgendwie anders verhalten als sonst? Kannst du dich daran erinnern, dass sie etwas Ungewöhnliches getan oder gesagt haben?«

Vigdís dachte nach und schüttelte dann den Kopf. »Nein, nicht dass ich wüsste. Ich weiß allerdings nicht mehr, wann ich Birna zuletzt gesehen habe, aber wenn etwas komisch gewesen wäre, würde ich mich bestimmt daran erinnern. Mit Eiríkur habe ich zuletzt gesprochen, als er reinkam und Jónas gesucht hat.« Sie schlug sich die Hand vor den Mund. »Oh, das muss kurz vor seinem Tod gewesen sein!«

Dóra holte tief Luft. »Und hat er Jónas gefunden?«, fragte sie ruhig.

»Tja, ich weiß nicht«, antwortete Vigdís. »Ich hab ihm gesagt, er soll im Büro nachsehen. Ich hab aber nicht mitverfolgt, ob sie sich getroffen haben.«

Dóra wusste nicht, was sie weiter über Eiríkur fragen sollte, daher kam sie auf ihr ursprüngliches Anliegen zurück. »Wie ist das eigentlich«, sagte sie, »hinter dem Haus ist die Wiese auf der westlichen Seite gemäht und auf der östlichen nicht. Weißt du vielleicht, warum?«

Vigdís machte große Augen. »Nee, keine Ahnung.« Sie kniff die Lider zusammen. »Warum fragst du?«

»Nur so«, antwortete Dóra. »Pure Neugier.« Sie beeilte sich, hinzuzufügen: »Weißt du, ob Jónas auf der Wiese kleine Probelöcher hat graben lassen? Oder Birna vielleicht?«

Vigdís schaute sie misstrauisch an. »Probelöcher?«

Dóra nickte. »Einfach kleine Löcher, nur an der Oberfläche. Die wurden bestimmt nicht mit irgendwelchen Maschinen ausgehoben.«

Vigdís schüttelte heftig den Kopf. »Davon weiß ich überhaupt nichts. Wenn jemand den Auftrag bekommen hätte, da draußen zu graben, hätte ich davon erfahren. Ich kriege hier alles mit. Jónas ist manchmal so zerstreut, dass ich für ihn mitdenken muss.«

»Hatte Birna hier irgendwo einen Arbeitsplatz?«, warf Matthias ein. »Außer in ihrem Hotelzimmer?«

»Ich weiß es nicht, aber das kommt mir nicht unwahrscheinlich vor«, antwortete Vigdís. »Sie hat oft morgens oder nachmittags das Haus verlassen, und da sie sich nicht hier vor der Tür rumgetrieben hat, muss es einen solchen Ort gegeben haben.« Vigdís schaute Dóra verschwörerisch an. »Vielleicht ist sie zu Bergur gegangen.«

»Wer weiß?«, sagte Dóra und lächelte gewieft zurück. Dann schaute sie auf die Uhr. »Eine allerletzte Frage, und dann stören wir dich nicht länger: Wer mäht normalerweise die Wiese?«

Vigdís zuckte mit den Schultern und antwortete ohne nachzudenken: »Jökull. Der arbeitet hier auch als Kellner.«

»Willst du mich verarschen?«, fragte Jökull und schaute in alle Richtungen, so als erwarte er irgendwo eine versteckte Kamera. »Du möchtest wissen, warum das Stück Wiese nicht gemäht ist?«

»Ja«, entgegnete Dóra und lächelte. »Ich hab gehört, du bist dafür zuständig.«

Jökull machte ein beleidigtes Gesicht, das schlecht zu seiner ehrwürdigen Kellnerkluft passte. »Ja, ich verdiene mir was dazu. Zwischen den Essenszeiten gibt's nichts zu tun, deshalb konnte ich das noch übernehmen.«

»Tüchtiger Junge«, sagte Dóra. »Aber gibt es dafür einen Grund? Ist es wegen des großen Steins?«

»Nein, der stört nicht«, murmelte Jökull. »Aber in der Wiese ist irgendwas, womit die Mähmaschine nicht zurande kommt. Irgendwelche Unebenheiten. Sie bleibt ständig stecken, und ich hab Probleme, sie vorwärtszuschieben. Deswegen habe ich das Stück einfach ausgelassen. Ist niemandem aufgefallen. Hat sich Jónas beschwert?«

»Nein, überhaupt nicht«, sagte Dóra und lächelte. Sie wollte gerade gehen, hielt aber plötzlich inne. »Du hast nicht zufällig eine Schaufel, die du uns leihen könntest?«

»Im Ernst«, sagte Matthias und schleuderte Erde über seine Schulter. »Du bist wirklich eine einzigartige Frau. Ich bin mir sicher, dass ich nicht für viele deiner Geschlechtsgenossinnen eine Schaufel in die Hand nehmen würde.«

»Psst«, sagte Dóra. »Weniger schwätzen. Mehr graben.« Sie befanden sich wieder auf der Wiese, und Dóra hatte so lange umhergetastet, bis sie auf eine deutliche Erhöhung gestoßen war, die Matthias nun abtrug. »Da steckt bestimmt was Interessantes dahinter.«

Matthias stöhnte. »Wie du meinst.« Er stieß die Schaufel kräftig in die Erde und stützte die Hände in die Hüften. »Bitte sehr.«

Dóra trat dicht an ihn heran und lugte in die flache Vertiefung. »Da ist eine Art Mauer.«

Matthias kratzte sich an der Stirn. »Ist das nicht ein Fundament? Ob hier ein Haus gestanden hat?« Er nahm die Schaufel und grub auf beiden Seiten weiter. »Das gibt's doch gar nicht!«

»Siehst du das, was ich sehe?«, fragte Dóra und beugte sich hinunter. Sie richtete sich wieder auf und zeigte ihm ihre Handfläche. »Asche.« Sie warf Matthias einen Blick zu. »Das Haus ist abgebrannt.«

»Wie auf der Zeichnung«, sagte Matthias. Er schwieg einen Moment. »Waren auf dem Bild von dem brennenden Haus nicht Augen eingezeichnet?«

24. KAPITEL

»Sie hat aufgelegt.« Irritiert betrachtete Dóra das Display ihres Handys. »Oder der Empfang war weg.« Sie schaute auf und schüttelte den Kopf. »Nee, sie hat aufgelegt.«

»Hast du was anderes erwartet?«, fragte Matthias. »Die Geschwister haben dich heute Morgen fast aus dem Haus geworfen. Ziemlich unwahrscheinlich, dass sie sich über einen Anruf von dir freut.«

»Tja, vielleicht hast du recht«, entgegnete Dóra enttäuscht und steckte das Handy wieder in ihre Tasche. »Es hätte aber so gut gepasst, wenn die beiden gewusst hätten, was für ein Haus hier gestanden hat.« Matthias und sie waren immer noch auf der Wiese. »Ob ihre Tochter Bertha etwas darüber weiß?«, fügte Dóra nachdenklich hinzu. »Hoffentlich ist sie nicht auch sauer auf mich.«

»Warum sollte sie?«, meinte Matthias. »Sie wird dir aber bestimmt sehr schnell die kalte Schulter zeigen, wenn du sie über ihren Freund im Rollstuhl ausfragst.«

»Nein, nein«, sagte Dóra. »Das lasse ich erst mal. Im Moment möchte ich lieber etwas über das Haus wissen.« Sie gingen in Richtung Hotel. Als sie an der Stelle vorbeikamen, an der Matthias gegraben hatte, blieb Dóra stehen. »Wie kann es sein, dass Birna das nicht entdeckt hat? Wenn man ihr Notizbuch ansieht, dann muss sie sich über diesen Platz doch den Kopf zerbrochen haben.«

»Ist das nicht eindeutig?«, entgegnete Matthias. »Dieser Jökull, der sich ums Mähen kümmert, scheint der Einzige zu sein, der von den Unebenheiten wusste. Er hat dir gegenüber mit seiner Meinung über Birna ja nicht hinterm Berg gehalten. Er hätte ihr bestimmt nichts davon erzählt, falls sie überhaupt mit ihm geredet hat.«

»Aber jemand muss auf der Wiese nach etwas gesucht haben. Wenn diese Person versucht hat, das Fundament zu finden, ist sie ziemlich chaotisch vorgegangen. Keines der Löcher war in der Nähe der Unebenheiten.«

»Man kann das kaum als Löcher bezeichnen«, sagte Matthias. »Aber du hast recht: Wenn dieser unbekannte Gräber das abgebrannte Haus gesucht hat, dann ist er nicht besonders geschickt vorgegangen.«

»Ich muss nochmal in den Keller und mir die Kisten genauer ansehen«, murmelte Dóra gedankenverloren, »vielleicht findet sich da etwas, das uns erklärt, was hier gestanden hat. Ein Foto oder so.«

Matthias schaute auf seine Uhr. »Ich weiß wirklich nicht, ob das schlau ist. Musst du nicht los und deine Kinder im Wohnwagen abholen?«

»Das hat bis heute Abend Zeit«, antwortete Dóra. »Ich hab eben mit Gylfi telefoniert, und im Moment ist alles in Ordnung. Sie sind zu Fuß unterwegs zu einem Laden in der Nähe des Autos. Ansonsten kann ich nur hoffen, dass seine Freundin Sigga ihre Eltern anruft. Ich tu's jedenfalls bestimmt nicht. Die können es einfach nicht bleiben lassen, sich darüber zu beklagen, in welche Schwierigkeiten Gylfi ihre arme Tochter gebracht hat. Und dann rasten sie aus und behaupten, es sei alles meine Schuld.«

»Was ist mit deinem Ex-Mann?«, fragte Matthias. »Glaubst du, Gylfi sagt ihm Bescheid?«

»Hoffentlich nicht«, sagte Dóra. »Hannes kann sich meinetwegen ruhig Sorgen machen. Schließlich ist es seine Schuld, dass sie abgehauen sind.« Sie klopfte gegen die Tasche mit ihrem Handy und grinste. »Ich hab ungefähr hundert SMS von ihm gekriegt. Ich schaue sie mir bei Gelegenheit mal an, oder wenn ...« Ihr Handy klingelte. Sie verstummte und kramte es aus ihrer Tasche hervor. Es war Bella.

»Hallo«, sagte Dóra. »Wie ist es gelaufen?« Während sie mit der Sekretärin sprach, fischte sie einen Stift und einen Schnipsel Papier aus ihrer Jackentasche. »Keine Kristín, sagst du?« Sie lauschte und notierte sich das, was Bella herunterleierte. Dann verabschiedete sie sich und drehte sich wieder zu Matthias. »Er ist dort allein begraben. Keine Kristín in den umliegenden Gräbern.« Sie seufzte enttäuscht. »Auf dem Grabstein stehen sein Name, Geburts- und Todestag und ein kurzer Vers.«

»Wie schön«, kommentierte Matthias. »Noch mehr Verse. Lass hören.«

Dóra las die Worte, die Bella ihr diktiert hatte, von dem Papierschnipsel ab:

Eigen Haus, ob eng, geht vor.
Daheim bist du Herr.
Das Herz blutet jedem,
der erbitten muss
sein Mahl alle Mittag.

Sie blickte von dem Zettel zu Matthias. »Das kommt mir allerdings im Gegensatz zu dem anderen Vers, den ich noch nie gehört habe, ziemlich bekannt vor. Vielleicht kann ich die Quelle im Internet finden. Gut möglich, dass der Vers aus der Hávamál stammt.«

Matthias tippte Dóra auf die Schulter und zeigte auf das Hotel. »Die Polizei scheint Verstärkung angefordert zu haben«, sagte er und deutete auf einen Polizeiwagen, der auf das Hotel zufuhr. »In dieser Situation wirst du vermutlich nicht im Keller verschwinden.«

»Warum willst du nicht mit rauskommen?«, fragte Bertha verwundert und zog die Gardine vom Fenster. Augenblicklich erhellte sich der düstere Raum. »Es ist super Wetter draußen.« Sie schaute einen Moment hinaus und wandte sich dann vom Fenster ab. »Komm, das wird dir guttun.«

»Geh allein«, sagte Steini kurz angebunden und knibbelte mit der heilen Hand an einem kleinen Gumminippel herum, der sich am Reifen des Rollstuhls gebildet hatte. »Ich hab keine Lust.«

»Stell dich nicht so an«, sagte Bertha und ging zu ihm. Sie hockte sich hin, sodass ihre Gesichter auf derselben Höhe waren. Sie konnte ihn meistens besser dazu bringen, sich ihr zu öffnen, wenn sie einander in die Augen sahen. »Ich verspreche dir, dass es dir besser geht, wenn du mit an die frische Luft kommst. Irgendwas plagt dich doch, und wer weiß, vielleicht verschwindet es, wenn du an etwas anderes denkst.«

»Es wird nicht verschwinden«, sagte Steini, immer noch niedergeschlagen.

Bertha war an seine kurzen Antworten gewöhnt. Wegen der Brandnarben um den Mundwinkel fiel ihm das Sprechen schwer. Es war, als sei sein Mund an der einen Seite zusammengeschmolzen, und Bertha fragte sich immer noch, ob die Ärzte das nicht besser hätten machen können. Allerdings vermutete sie, dass Steini sich geweigert hatte, weiteren Operationen zuzustimmen; zumindest wollte er nie mit ihr darüber reden, wenn sie nachfragte. Es war kaum möglich, dass er immer noch auf der Warteliste stand, wie er ihr seinerzeit erklärt hatte. Wahrscheinlich hatte er sich immer noch nicht von den Schmerzen und Unannehmlichkeiten der ersten Operationen erholt und traute sich keine weitere mehr zu. Letzte Woche hatte sie die Nachricht eines Krankengymnasten auf seinem Anrufbeantworter gehört. Der Mann hatte Steini um Rückruf gebeten und ihn angespornt, wieder mit den Übungen zu beginnen. Als Bertha Steini gebeten hatte, den Mann anzurufen, hatte er sich geweigert, mit ihr darüber zu sprechen. Er bräuchte mehr Zeit, um wieder ins Gleichgewicht zu kommen, seelisch wie körperlich. »Wir können auch eine Spritztour mit dem Auto machen, wenn du willst«, schlug Bertha vor und lächelte. »Ich bin zu allem bereit, solange wir rausgehen.«

»Zu allem?«, sagte Steini und starrte ihr in die Augen, ohne zu blinzeln.

»Fast allem«, sagte Bertha mit gespielter Fröhlichkeit und stand auf. Sie wusste genau, worauf er abzielte, wollte sich aber nicht auf eine solche Diskussion einlassen. Jetzt nicht und am liebsten niemals. »Du weißt, was ich meine.« Sie legte ihre Hand auf sein Knie. »Komm. Tu es.«

Steini riss den Plastiknippel mit einem Ruck ab. »Hast du nie Angst?«

»Angst?«, fragte Bertha irritiert. »Warum sollte ich Angst haben?« Sie lächelte. »Es ist Sommer.«

Er schaute sie eine Weile schweigend an. Dann ließ er den Kopf hängen. »Ich fühle mich scheiße.«

Bertha spürte einen Stich in der Magengegend. Sie konnte es nicht ertragen, ihn so zu sehen. Es reichte einfach. Alles war so ungerecht. Warum war er bei dem Unfall nicht besser davongekommen? Viele Leute verunglückten, mussten aber nicht unter solchen Folgen leiden. Wenn sie ihn nur nicht angerufen hätte. Sie bemühte sich, weiterzulächeln. »Ich weiß«, sagte sie fröhlich. »Lass uns nach Kreppa fahren. Ich muss noch jede Menge Sachen einpacken, und wer weiß, vielleicht finden wir was Interessantes. Weißt du noch, wie viel Spaß es dir beim letzten Mal gemacht hat?«

Steini lachte kühl. »Hast du Spaß gesagt?«, entgegnete er und seufzte. »Ist mir egal. Dann gehen wir eben.«

»Super«, sagte Bertha. »Ich verspreche dir, dass du es nicht bereuen wirst.« Sie atmete innerlich auf. Sobald sie losgefahren wären, würde sich seine Laune bessern. So war es immer. Sie erschrak, als er plötzlich seine gesunde Hand ausstreckte und sie am Handgelenk packte.

»Kannst du mir verzeihen?«, fragte er mit belegter Stimme.

»Dir verzeihen?«, fragte Bertha zerstreut. »Was soll ich dir verzeihen?«

»Nur so«, sagte er. »Wenn das Schlimmste eintrifft, wirst du mir dann noch verzeihen können?«

Bertha schüttelte verständnislos den Kopf. Das war der längste Satz, den sie ihn seit Monaten hatte sagen hören. »Wovon sprichst du eigentlich?« Sanft löste sie ihr Handgelenk aus seinem Griff und trat hinter den Rollstuhl. »Ich soll dir verzeihen ...« sagte sie und schob den Stuhl an. »Dummkopf«, fügte sie liebevoll hinzu. »Was hast du mir denn getan?«

»Hoffentlich nichts«, sagte Steini und zog sich die Kapuze seines Pullis über den Kopf, während Bertha die Haustür öffnete und den Rollstuhl über die Türschwelle schob. »Hoffentlich.«

Þórólfur runzelte die Stirn und lehnte sich gegen die Tür des provisorischen Büros im Hotel. »Wir sind ziemlich gut vorangekommen. Mehr sage ich dazu im Moment nicht.«

Dóra stand ihm mit verschränkten Armen im Flur gegenüber. Sie sprach leise, damit Jónas, der hinter der Tür saß und auf sie wartete, nichts von dem Gespräch mitbekam. Jónas hatte um Dóras Anwesenheit gebeten, als Þórólfur ihn zur Vernehmung bestellt hatte. Þórólfur hatte Jónas auf seine Wahrheitspflicht aufmerksam gemacht und ihn darüber informiert, dass er als Angeklagter nicht verpflichtet sei, sich zu den Anschuldigungen zu äußern. Im selben Moment, als Þórólfur den Satz zu Ende gesprochen hatte, war Dóra aufgesprungen und hatte um eine Unterredung unter vier Augen gebeten. Nun stand sie da und stritt sich mit dem Polizisten. »Du hast meine Frage nicht beantwortet. Warum steht Jónas auf einmal unter Verdacht?«, fragte sie. »Was hat sich geändert?«

Þórólfur verschränkte mit strengem Gesichtsausdruck ebenfalls die Arme. »Wir haben gestern und heute mit vielen Zeugen gesprochen. Ihre Aussagen werfen kein gutes Licht auf deinen Mandanten.«

Dóra atmete tief ein. »Und was heißt das? Willst du ihn verhaften?«

»Kommt drauf an, was er bei der Vernehmung sagt«, antwortete þórólfur und zuckte die Achseln. »Wer weiß, vielleicht hat er ja Erklärungen parat.«

»Erklärungen?«, fragte Dóra. »Erklärungen wofür? Hat er denn nicht schon genug Erklärungen abgegeben?«

»Wie gesagt, heute und gestern ist einiges ans Licht gekommen, was wir beim letzten Gespräch noch nicht wussten. Außerdem finde ich seine Erklärungen bis jetzt nicht sehr überzeugend«, antwortete þórólfur. »Sollen wir nicht einfach anfangen? Dann wirst du schon erfahren, welche Fragen wir haben.«

»Lass mich zwei Minuten mit ihm allein«, bat sie. »Ich muss ihm die veränderte Situation erklären.«

þórólfur wirkte alles andere als einverstanden, gab aber trotzdem nach. Er zitierte seinen Assistenten aus dem Büro, und Dóra ging stattdessen hinein. Rasch setzte sie sich neben Jónas, der sie verwirrt anschaute. »Was ist?«, fragte er besorgt. »Warum bist du rausgegangen?«

Dóra legte ihm beschwichtigend die Hand aufs Knie. »Jónas, die Lage hat sich verändert. Bisher bist du als Zeuge befragt und zu Beginn der Vernehmungen entsprechend darauf hingewiesen worden. Jetzt hast du den Status eines Verdächtigen oder Angeklagten.«

»Was?«, blaffte Jónas, »ich?«

»Ja, du«, antwortete Dóra. »Wir haben nicht viel Zeit, also lass uns zur Sache kommen. Hör mir jetzt mal zu.« Sie schaute Jónas in die Augen. »þórólfur hat mir gesagt, bei den Zeugenvernehmungen sei einiges ans Licht gekommen, was dazu geführt hätte, dass du unter Verdacht stehst.«

»Wie bitte? Ich hab nichts getan, das hab ich ihnen doch gesagt!« Jónas schrie fast. »Die Zeugen müssen gelogen haben.« Dóra spürte, dass sein Bein zitterte.

»Es ist gut möglich, dass die Zeugen nicht die Wahrheit sagen,

Jónas«, entgegnete Dóra und verstärkte den Griff um sein Knie, um ihn zu beruhigen. »Es ist jetzt sehr wichtig, dass du erklären kannst, wo du warst, und dass du þórólfurs Fragen glaubwürdig beantworten kannst. Wenn er sich mit deinen Antworten nicht zufriedengibt, läufst du Gefahr, festgenommen zu werden.«

Jónas' Bein verkrampfte sich. Er wurde blass. »Festgenommen? Wie jetzt?«

»Verhaftet, Jónas«, sagte Dóra und beugte sich näher zu ihm. »Du wirst in einem Streifenwagen auf die Wache gebracht und morgen früh dem Haftrichter vorgeführt, der eine Untersuchungshaft anordnen soll.« Dóra hatte bisher erst drei Fälle gehabt, bei denen es zu einer kurzen U-Haft gekommen war, und kannte sich nicht genau mit den Formalitäten aus. Die besagten Fälle waren alles andere als gut verlaufen, und Dóra beschloss, dass dies nicht der richtige Zeitpunkt war, Jónas auf ihre diesbezügliche Unerfahrenheit hinzuweisen.

»Ich kann nicht ins Gefängnis«, sagte Jónas. Er war so aufgelöst, dass Dóra seine Worte nicht anzweifelte. »Ich kann das einfach nicht. Heute ist Montag.«

Dóras Braue zuckte. »Montag? Ist das schlechter als irgendein anderer Tag?«

»Nein, nein«, sagte Jónas geistesabwesend. »Ich will das nur nicht. Montage sind meine Unglückstage.«

Dóra unterbrach ihn, bevor er anfangen konnte, über Sterne und Auren zu lamentieren. »Jetzt hör mir gut zu. Wir lassen die Polizisten jetzt wieder rein, und sie werden dich verhören. Ich hoffe, du kannst alles entkräften, was ihrer Meinung nach für deine Schuld spricht. Dann verspreche ich dir auch, dass du dieses Zimmer mit mir zusammen wieder verlassen wirst.«

»Und wenn ich es nicht kann?«, fragte Jónas und griff nach Dóras Hand, »was dann?«

»Dann müssen wir den Tatsachen ins Auge schauen.« Dóra klopfte ihm auf die Schulter. »Reiß dich zusammen und versuch, ganz natürlich zu sein.« Sie stand auf und ging zur Tür. »Bist du bereit?«, fragte sie mit der Hand an der Türklinke. Jónas nickte. Er sah keineswegs so aus, als sei er auf die Dinge, die ihn erwarteten, vorbereitet.

»Ähm, ich weiß es nicht«, sagte Jónas und warf Dóra, die neben ihm saß, einen hektischen Blick zu.

Þórólfur machte ein übertrieben verwundertes Gesicht. »Warum denn nicht? Wenn ich gefragt würde, ob ich letzten Donnerstag mit einer hübschen jungen Frau Geschlechtsverkehr gehabt hätte, würde es mir keine Schwierigkeiten bereiten, mich daran zu erinnern. Oder bist du so unermüdlich?«

Dóra stöhnte innerlich. »Er möchte die Frage nicht beantworten«, sagte sie mit unbewegter Miene.

»In Ordnung«, entgegnete Þórólfur, »er muss sowieso eine Speichelprobe für einen DNA-Test abgeben.«

Für die Beantwortung der Frage war kein DNA-Test nötig. Jónas saß nervös neben ihr, die Schuld stand ihm ins Gesicht geschrieben. Es lag auf der Hand, dass er am Donnerstag mit Birna Verkehr gehabt hatte – was leider auch der Tag war, an dem ihr Schicksal besiegelt wurde. »Hat man in Birnas Vagina Sperma gefunden?«, fragte Dóra. »Ich weise darauf hin, dass mir im Falle einer Untersuchungshaft alle Unterlagen vorgelegt werden müssen. Wir werden mit Sicherheit gegen eine solche Entscheidung vor dem Obersten Gerichtshof Einspruch erheben.« Sie hörte Jónas verhalten stöhnen.

»Darf ich fragen, ob ihr bei euren Ermittlungen darauf gestoßen seid, dass Birna ein Verhältnis mit einem Bauern aus der Nachbarschaft hatte?«, fragte Dóra, in der Hoffnung, die Polizei wäre noch nicht dahintergekommen. »Das erwähnte Sperma könnte möglicherweise von ihm sein.«

»Wir wissen alles über den Mann«, entgegnete Þórólfur mit einem merkwürdigen Gesichtsausdruck.

»Aha?«, sagte Dóra. »Wäre es da nicht naheliegend, ihn anstelle von Jónas zu verhören?«

»Das tun wir bereits«, sagte Þórólfur und drehte geschickt einen Bleistift zwischen den Fingern. »Ungeachtet des Ergebnisses seines DNA-Tests, müssen wir auch deinen Mandanten einem solchen Test unterziehen.«

»Warum denn das?«, fragte Dóra. »Wenn das Sperma von dem Bauern stammt, kann es wohl kaum von Jónas sein?« Þórólfur grinste fies, und bei Dóra fiel der Groschen. »In Birnas Vagina befand sich Sperma von zwei Männern?«

Þórólfur hörte unvermittelt auf, mit dem Bleistift zu spielen. »Vielleicht«, antwortete er nach kurzem Zögern.

Dóra brauchte keine weiteren Beweise. Birna hatte am Tag ihres Todes mit zwei Männern geschlafen. Der eine war Jónas und der andere Bergur – oder der Mörder, oder es handelte sich dabei um ein und dieselbe Person. Dóra spürte, wie Jónas neben ihr erstarrte. Ihr war klar, worüber er sich Gedanken machte. Sie beugte sich zu ihm und flüsterte ihm ins Ohr, sodass die Polizisten es nicht hören konnten: »Du warst bestimmt der Erste.« Sie konnten es sich nicht leisten, dass Jónas noch nervöser wurde. Sie spürte, wie er sich ein wenig entspannte. »Mit einer Frau zu schlafen bedeutet nicht unbedingt, sie gleich umzubringen, oder?«, sagte sie zu Þórólfur und fügte hinzu: »Jónas ist zum jetzigen Zeitpunkt nichts Derartiges nachzuweisen.«

»Nein, nicht unbedingt«, antwortete Þórólfur. »Wenn aber die Ermordete Verletzungen an den inneren und äußeren Geschlechtsorganen hat, die darauf schließen lassen, dass sie vergewaltigt wurde, sieht die Sache ganz anders aus. Oder?«

Dóra beschloss, darauf nicht einzugehen. »Gibt es noch weitere unklare Punkte, oder ist Jónas' angebliches Sperma das Einzige, wofür ihr noch keine Erklärung habt?«

»Es gibt noch mehr«, sagte Þórólfur. »Wir sollten uns nochmal über die SMS unterhalten, die von deinem Handy geschickt wurde, Jónas. Kannst du uns das etwas näher erläutern als beim letzten Mal? Zum Beispiel, wo du an dem fraglichen Abend zwischen neun und zehn gewesen bist?«

Jónas drehte sich verzweifelt zu Dóra. Sie nickte ihm aufmunternd zu und zwinkerte kurz. »Ich kann die SMS nicht näher erläutern. Ich hab sie nicht geschickt, also muss jemand mein Handy geklaut und es dafür benutzt haben. Ich bin gegen sieben spazieren gegangen und hab das Handy hiergelassen. In der Zwischenzeit muss es jemand gestohlen haben.«

»Gestohlen, hm«, sagte þórólfur spöttisch. »Gestohlen und wieder zurückgegeben, was?«

»Ja«, sagte Jónas nachdrücklich. »Ich hab es nicht immer bei mir, lasse es hier und da liegen, es ist also gar nicht schwer.« Angespannt massierte er seine Schläfe. »Im Hotel waren jede Menge Leute, wir hatten eine Séance. So gut wie jeder hätte es tun können.«

»Seltsam, dass du das gerade jetzt erwähnst«, sagte þórólfur nachdenklich. »Wir haben uns nämlich just mit dieser Veranstaltung näher beschäftigt. Wie du gesagt hast, war es hier proppenvoll, aber trotzdem kann sich niemand daran erinnern, dich an dem fraglichen Abend gesehen zu haben. Wohin ging denn dein Spaziergang? Runter zum Strand?«

»Nein!«, sagte Jónas laut und schlug mit der flachen Hand auf die Tischplatte. »Ich bin einfach durch die Gegend gewandert, erst den Zufahrtsweg hoch, um zu kontrollieren, wie weit sie mit dem Abwasserkanal waren, und dann bin ich vielleicht noch eine Stunde spazieren gegangen. Als ich zurückkam, war ich kurz in meinem Büro und bin dann in meine Wohnung gegangen. Es hat mich bestimmt jemand im Hotel gesehen. Ich hab mich nicht versteckt. War um kurz vor zehn wieder hier. Die Séance war noch nicht zu Ende, wenn ich mich recht erinnere.«

»Es will dich aber trotzdem niemand gesehen haben. Weder drinnen noch draußen. Um halb zehn gab es eine Pause, ungefähr bis zehn. In der Pause spazierten die Teilnehmer überall herum, gingen nach draußen zum Rauchen, holten sich Kaffee, aber niemand hat dich gesehen. Obwohl du genau zu der Zeit wiedergekommen bist«, sagte þórólfur. »Aber jetzt etwas anderes. Gestern

Abend wurde eine zweite Leiche in einem Pferdestall ganz hier in der Nähe gefunden. Kannst du mir sagen, wo du am gestrigen Sonntag gegen Abend warst?«

»Ich? Ich war in Reykjavík«, antwortete Jónas.

»Wann bist du dahin gefahren?«

»Ich bin gegen zwei Uhr losgefahren.« Jónas' Stimme zitterte ein wenig.

»Du bist doch bestimmt durch den Tunnel gefahren, oder?«

»Ja«, sagte Jónas, bevor Dóra ihn davon abhalten konnte. Irgendetwas gefiel ihr an der Sache nicht.

»Mit deinem eigenen Wagen?«, fragte Þórólfur daraufhin mit einem Gesicht wie ein Kind vor einer großen Schale mit Süßigkeiten.

»Er möchte diese Frage nicht beantworten«, beeilte sich Dóra zu sagen. Sie legte ihre Hand auf Jónas' Oberschenkel und drückte fest zu.

»In Ordnung«, sagte Þórólfur und grinste ironisch. »Du bist also durch den Tunnel nach Reykjavík gefahren. Es ist streng untersagt, durch den Tunnel zu reiten, zu Fuß zu gehen oder Fahrrad zu fahren, daher gehen wir davon aus, dass du mit einem PKW unterwegs warst.«

»Ich war mit meinem Wagen unterwegs«, sagte Jónas wie ein Esel, trotz des Drucks, mit dem Dóra seinen Schenkel traktierte. Sie konnte sich nicht beherrschen und bohrte ihm für diese Dummheit ihre Fingernägel ins Fleisch. Jónas stöhnte kurz auf und schaute Dóra, die so tat, als sei nichts geschehen, gekränkt an.

Þórólfur grinste jetzt breit. Sein Gesicht nahm einen verächtlichen Ausdruck an. Er wedelte mit ein paar zusammengehefteten Blättern herum und knallte sie vor Jónas auf den Schreibtisch. »Das ist eine Liste über alle Fahrzeuge, die gestern durch den Hvalfjörður-Tunnel gefahren sind. Dein Kennzeichen ist nicht dabei.« Er verstummte und schaute Jónas in die Augen. »Wie erklärst du dir das?«

Endlich war Jónas so schlau, den Mund zu halten. »Er beantwortet die Frage nicht«, sagte Dóra. »Ich gebe zu bedenken, dass Jónas sehr aufgewühlt ist und sich möglicherweise nicht richtig erinnern kann.«

»Das war erst gestern«, erwiderte Þórólfur. Da Dóra und Jónas nicht auf seine Worte reagierten, zuckte er mit den Schultern. »Aber was soll's, sprechen wir über andere Dinge.«

Andere Dinge? Dóra versuchte krampfhaft, sich nichts anmerken zu lassen, obwohl die Angst um Jónas sie packte. Was zum Teufel hatten sie denn noch gegen ihn in der Hand?

»Und dann hatte er sich auch noch mit diesem Eiríkur, der tot im Pferdestall gefunden wurde, gestritten«, erzählte Dóra Matthias. »Kurz bevor Eiríkur das Hotel verlassen hat. Und außerdem hatte Eiríkur jede Menge Schlaftabletten im Blut. Dieselben Tabletten, die auf Jónas' Nachttisch liegen.« Sie atmete tief durch. »Sie hatten einen Durchsuchungsbefehl, verdammt nochmal.«

Matthias stieß einen scharfen Pfiff aus. »Ist er schuldig?«

»Ich weiß es wirklich nicht«, antwortete Dóra. »Seine Fingerabdrücke waren auf Birnas Gürtel, und er hatte wahrscheinlich an dem Tag, an dem sie ermordet wurde, vielleicht sogar am Abend, Geschlechtsverkehr mit ihr, obwohl er das bestreitet. Dann hat er noch behauptet, er wäre gestern nach Reykjavík gefahren.« Sie stöhnte und reichte Matthias die Liste mit den Autokennzeichen. »Sie haben die Kennzeichen aller Autos registrieren lassen, die durch den Tunnel gefahren sind. Irgendein armes Schwein muss die ganze Nacht über den Aufnahmen der Sicherheitskameras gebrütet haben.«

»Und?«, fragte Matthias. »Wohin haben sie ihn gebracht?«

»Nach Borgarnes«, antwortete Dóra. »Er kommt morgen früh vor das Amtsgericht Westland. Sie fordern einen Haftbefehl.« Sie strich sich mit den Fingern durchs Haar. »Und das kriegen sie durch, es sei denn, der Richter ist besoffen.«

»Ist er dafür bekannt?«, fragte Matthias bestürzt.

»Nee, das hab ich nur so gesagt.« Dóra setzte sich im Sessel auf. »Wäre aber wünschenswert.«

»Oh, ich hab ganz vergessen, dir zu erzählen, was mir passiert ist, während du weg warst«, sagte Matthias auf einmal. »Ich habe an der Bar einen Kaffee bestellt, und als ich in meinen Taschen nach Geld gesucht hab, hatte ich auf einmal den Orden aus Stykkishólmur in der Hand. Ich habe ihn mit dem Kleingeld zusammen auf die Theke gelegt, und daraufhin ist der Mann neben mir ausgerastet. Es war der alte Herr, Magnús Baldvinsson.«

»Was?«, sagte Dóra verblüfft. »Was hat er gesagt?«

»Keine Ahnung«, antwortete Matthias. »Es war Isländisch und klang nicht freundlich. Am Ende hat er den Orden genommen und durch die Bar geschleudert. Dann ist er aufgestanden und weggegangen. Der Kellner war total perplex und meinte, der Mann hätte etwas von Provokation gewettert. Er hat mir den Orden wiedergegeben und war genauso entsetzt wie ich.«

»Tja«, meinte Dóra verdutzt. »Magnús hat sich ja auch sehr merkwürdig verhalten, als wir ihn auf die Nazis angesprochen haben, weißt du noch? Das ist in Island keine normale Reaktion«, fügte sie hinzu. »Sollen wir nochmal mit ihm reden?« Sie griff nach dem Telefon auf dem Tisch. »Allerdings muss ich als Allererstes meine Kinder in die Stadt verfrachten. Sieht so aus, als sei ich doch noch nicht ganz auf dem Heimweg. Wenigstens ist dieses bescheuerte Abenteuer glimpflich ausgegangen. Ich habe ein schlechtes Gewissen, weil ich mich in einen seltsamen Fall verbeiße und nicht sofort losrase, wenn ... – Aber mein feiner Exgatte, dem ist das natürlich ... – Ach, verdammt, das hätte einfach nicht passieren dürfen.« Sie wählte die Nummer ihres Sohnes.

»Hallo, Gylfi, hier ist Mama. Ist bestimmt toll in Selfoss, oder?«

25. KAPITEL

»Geh du vor«, sagte Dóra und stieß Matthias leicht an. »Tu einfach so, als wärst du Pferdenarr. Das glauben sie bestimmt, schließlich bist du Deutscher.« Sie standen auf dem Hofplatz von Tunga, und Dóra hoffte, dort den Bauern Bergur anzutreffen. Er schien ihr am ehesten an den Morden beteiligt zu sein, bei denen Jónas nun Hauptverdächtiger wurde. Sie waren fast bei dem äußerst zweckmäßig gebauten Wohnhaus angelangt. Es sah so aus wie viele kleine, um 1970 erbaute Einfamilienhäuser, war jedoch in schlechtem Zustand. Der Anstrich des wellblechverkleideten Dachs blätterte großflächig ab; Roststreifen zogen sich an den überall durchscheinenden Stahlträgern entlang die schmutzige gelblich weiße Außenwand hinunter. »Mach schon, sei nicht so schüchtern«, säuselte Dóra.

»Kommt nicht in Frage, meine Liebe«, erwiderte Matthias und rümpfte die Nase. »Schrecklicher Gestank hier«, fügte er hinzu und sah in alle Richtungen, um die Ursache ausfindig zu machen.

»Ist das nicht einfach nur Landluft?«, meinte Dóra und atmete tief durch die Nase ein. »Es sei denn, der Wind kommt aus der Richtung des gestrandeten Wals. Komm mit«, sagte sie. »Ich übernehme das Reden. Wahrscheinlich ist es sowieso besser, ihnen nichts vorzumachen.« Sie klopfte leicht an die ramponierte Haustür. Daran war ein Holzschild mit den Namen der Bewohner in schnörkeliger Schrift befestigt: *Bergur und Rósa*. Dóra hoffte inständig, dass die Dame des Hauses nicht zur Tür kommen würde. Sie wollten zu Bergur, und Dóra war nicht bekannt, ob die Ehefrau von seinem Verhältnis mit Birna wusste. Sie wollte nicht diejenige sein, die ihr die Nachricht überbrachte, und es würde nicht viel bringen, mit Bergur zu sprechen, ohne es zu erwähnen.

Die Tür ging auf. Vor ihnen stand ein Mann zwischen dreißig und vierzig. Er war schlank, wirkte aber dennoch muskulös, mit breiten Schultern und kräftigen Unterarmen. Dóra konnte gut verstehen, dass Birna den Mann anziehend gefunden hatte. Etwas an seinen markanten Gesichtszügen und seinem dunklen lockigen Haar machte ihn sehr attraktiv. »Guten Tag«, sagte Dóra. »Bist du Bergur?«

»Ja«, antwortete der Mann und schaute die Gäste fragend an.

Dóra lächelte. »Ich heiße Dóra und bin die Anwältin von Jónas vom Hotel. Das ist Matthias aus Deutschland, der zu meiner Unterstützung hier ist, wenn man das so sagen kann.« Sie zeigte auf den höflich nickenden Matthias. »Wir würden gerne kurz mit dir reden.« Sie schaute ihm in die Augen. »Über den Mord an Birna und den neuesten Leichenfund.«

Bergur sah sie scharf an. Dóra hatte den Eindruck, dass er über den Besuch alles andere als erfreut war. »Ich bin mir nicht sicher, ob ich was mit euch zu besprechen habe«, sagte er unwirsch. »Ich bin stundenlang von der Polizei verhört worden und vollkommen ausgelaugt. Könnt ihr euch nicht einfach die Zeugenaussage besorgen?«

Dóra lächelte weiter. »Ich spreche lieber mit den Leuten persönlich, als mir ihre Aussagen durchzulesen. Die Fragen, die mich interessieren, werden nicht immer gestellt.« Sie seufzte leicht. »Aber wenn du nicht mit uns reden willst, versuchen wir einfach, morgen deine Frau zu erreichen. Sie ist bestimmt nicht so ausgelaugt wie du.«

Bergur schwankte. »Sie ist mit Sicherheit genauso wenig daran interessiert, mit euch zu reden wie ich.«

»Das wird sich ja dann herausstellen, nicht wahr?«, entgegnete Dóra. »Ich rufe an und erkläre ihr unser Anliegen. Ich bin mir sicher, dass sie mich dann treffen will.« Dóra hoffte, dass das genügen würde. Sie setzte ihr coolstes Pokerface auf, damit er nicht auf die Idee kam, dass sie ihm etwas vorspielte.

Bergur warf einen Blick über die Schulter zurück ins Haus. Dann drehte er sich wieder um und schaute Dóra wütend an. Matthias ignorierte er. »In Ordnung«, meinte er griesgrämig. »Ich rede kurz mit euch, aber nicht hier. Draußen im Pferdestall ist eine kleine Kaffeestube. Da können wir uns hinsetzen.« Er ging wieder in den Flur, zog seine Schuhe an und rief laut: »Rósa! Ich bin draußen!« Dann schloss er wortlos die Tür hinter sich, obwohl seine Frau etwas zurückrief, was Dóra nicht verstehen konnte. Schweigend ging er los.

»Dieser Pferdestall ...« rief Dóra ihm hinterher, während er vor ihnen her zu einem neueren wellblechverkleideten Gebäude marschierte, »... ist das der Stall, in dem Eiríkurs Leiche gefunden wurde?« Bergur antwortete nicht. Dóra warf Matthias einen Blick zu und signalisierte ihm, dass es nicht besonders gut lief. Sie wedelte mit der Hand vor ihrem Mund herum und zeigte dann auf Matthias. Sie wollte ihn dazu bringen, sich am Gespräch zu beteiligen. Er schüttelte nur den Kopf.

Sie folgten Bergur zu einer mächtigen Tür, die er mit großer Anstrengung öffnete. »Kommt rein«, sagte er.

»Danke«, sagte Dóra und musste über Matthias' Gesichtsausdruck lachen. Der Gestank des Pferdemists traf ihn wie ein Donnerschlag. »Gut, dieser Pferdegeruch«, sagte sie zu ihm, ohne dass Bergur sie hören konnte, und blinzelte. Matthias hatte die Lippen so fest zusammengepresst, dass ein Lächeln nicht mehr möglich war. In der Kaffeestube entspannte sich sein Gesicht ein wenig.

»Ihr könnt euch da hinsetzen«, sagte Bergur und zeigte auf drei gepolsterte, um einen alten Küchentisch gruppierte Stühle. Er lehnte sich an einen kleinen Waschtisch mit einer schmutzigen Kaffeemaschine und einer Kiste Gewehrpatronen.

»Vielen Dank«, sagte Dóra und nahm Platz. Sie sah, dass Bergur angewidert beobachtete, wie Matthias sich erst auf den Stuhl setzte, nachdem er mit der flachen Hand darübergewischt hatte. »Ich weiß nicht, ob du mich eben gehört hast«, sagte Dóra, »aber ist das der Pferdestall, in dem Eiríkurs Leiche gefunden wurde?«

Bergur nickte. »Ja.«

»Und du hast ihn gefunden, oder?«, fragte Dóra. Wieder nickte er schweigend. »Und du hast auch Birnas Leiche entdeckt. Seltsam«, fügte sie hinzu und machte ein verwundertes Gesicht.

Bergur antwortete nicht direkt, sondern starrte sie intensiv unter seinen schwarzen, dichten Augenbrauen an, bis Dóra seinem Blick ausweichen musste. Endlich ergriff er das Wort. »Willst du damit irgendwas andeuten?«, fragte er trocken. »Falls das so ist, kann ich dir nur sagen, was ich auch der Polizei gesagt habe – ich habe nichts mit diesen Todesfällen zu tun.«

»Mordfälle«, korrigierte ihn Dóra. »Sie wurden beide ermordet. Wie dem auch sei, wir wissen, dass du mit Birna eine Affäre hattest. War zwischen euch noch alles okay?«

Bergur errötete leicht. Dóra war sich nicht sicher, ob aus Wut oder aus Scham darüber, mit Unbekannten über seinen Ehebruch zu sprechen. Seine Stimme ließ eher auf Letzteres schließen. »Es lief gut«, sagte er und presste die Lippen zusammen.

»Wusste deine Frau davon? Wie heißt sie nochmal?«, sagte Dóra und fügte dann hinzu: »Ach ja, Rósa. Wusste Rósa davon?«

Seine Röte verstärkte sich. »Nein«, antwortete Bergur. »Sie wusste es nicht und ist immer noch nicht dahintergekommen, glaube ich. Jedenfalls hat sie es von mir nicht erfahren.«

»Es war also nichts Ernstes?«, fragte Dóra. »Ich frage nur, weil du es vor deiner Frau verheimlicht hast.«

»Hätte mehr draus werden können«, antwortete Bergur nervös. »Ich wollte mich von Rósa trennen. Es war nur noch eine Frage der Zeit.«

»Verstehe«, sagte Dóra. »Dann ist es jetzt vielleicht nicht mehr nötig, mit ihr darüber zu reden, oder wie?«

»Das geht dich nichts an«, antwortete Bergur mit feuerrotem Gesicht.

»Nein, natürlich nicht«, sagte Dóra. Sie setzte sich auf ihrem Stuhl zurecht, der dabei fast zusammenbrach. »Ich habe heute etwas über Birna gehört, das mir merkwürdig vorkommt.« Sie verstummte, so als überlege sie, ob sie Bergur etwas anvertrauen konnte.

»Was denn?«, fragte Bergur neugierig.

»Ach, vielleicht ist es nur dummes Zeug«, sagte Dóra und musterte ihre Fingernägel. Dann sah sie auf und schaute Bergur direkt in die Augen. »An dem Tag, an dem Birna ermordet wurde, hatte sie mit zwei Männern Geschlechtsverkehr. Mit dir, nehme ich an, und mit einem anderen. Vielleicht mit dem Mörder – vielleicht auch nicht. Ist es möglich, dass euer Verhältnis in ihren Augen nur ein Zeitvertreib war?«

Bergur richtete sich auf und stieß kräftig Luft aus. »Ich weiß ja nicht, woher du deine Informationen hast, aber mir wurde gesagt, sie sei vergewaltigt worden. Ich denke, man muss kein Genie sein, um zu erkennen, dass dieser Verkehr gegen ihren Willen stattgefunden hat«, stieß er hervor.

»Du warst also einer der beiden?«

Bergur lehnte sich wieder an den Waschtisch. »Ja«, sagte er. »Mit ihrem vollen Einverständnis und lange bevor sie umgebracht wurde. Nachmittags.«

Dóra überlegte kurz. »Was glaubst du, wer Birna getötet hat?«, fragte sie.

»Jónas«, platzte Bergur heraus, »wer denn sonst?«

Dóra zuckte mit den Schultern. »Er behauptet, unschuldig zu sein. Genau wie du. Und warum sollte er ihr etwas antun wollen? Sie hat an einem Projekt gearbeitet, das ihm viel bedeutet hat. Das wird jetzt den Bach runtergehen oder sich zumindest stark verzögern. Soweit ich weiß, hatte er sich mit der Trennung von ihr abgefunden, Eifersucht war also nicht im Spiel. Oder was meinst du?«

»Sie hatten keine Liebesbeziehung«, sagte Bergur wütend. »Sie waren zusammen, aber sie hatten keine Beziehung.« Er schnappte nach Luft. »Aber er hat ihr nachgeweint. Es ist eine Lüge, dass er sich damit abgefunden hätte, dass sie ihn hat fallenlassen.«

»Woher weißt du das?«, fragte Dóra.

»Birna hat es mir erzählt«, antwortete Bergur naiv. »Er hat ihr ständig nachgestellt. Deswegen hat sie nicht mehr im Hotel gearbeitet. Er hat sie einfach nicht in Ruhe gelassen.«

Dóra horchte auf. »Wo hat sie denn gearbeitet«, fragte sie, »irgendwo hier in der Nachbarschaft?«

Bergur registrierte Dóras Interesse sofort. Er kostete es aus, sie ein wenig zappeln zu lassen, gab aber schließlich nach. »In Kreppa«, sagte er, »der Hof gehört zum Hotelgelände, steht aber leer. Da hat sie sich eingerichtet.«

»Ich weiß, welcher Hof das ist«, antwortete Dóra. »Ich war sogar schon dort, hab aber nichts gesehen, was darauf hindeuten würde, dass dort kürzlich jemand gearbeitet hätte«, meinte sie skeptisch. »Weißt du, welches Zimmer sie benutzt hat?«

»Eins der Zimmer in der oberen Etage«, antwortete Bergur.

»Verstehe.« Dóra war entschlossen, so bald wie möglich noch einmal dorthin zu gehen. Es mussten noch Dinge dort sein, die Birna gehört hatten, hoffentlich etwas, das Licht auf ihren Tod werfen würde. »Sag mir eins: Kennst du dich zufällig mit der Geschichte der beiden Höfe aus, Kreppa und Kirkjustétt?«

Bergur schüttelte den Kopf. »Nein«, sagte er. »Ich bin aus den Westfjorden. Bin erst mit zwanzig hergezogen.«

»Hast du schon mal was von einem Brand bei Kirkjustétt gehört?«, fragte sie mit vager Hoffnung.

»Nein, noch nie«, antwortete Bergur. »Die Höfe standen schon immer so da; es könnte nur kurz nach ihrem Bau gebrannt haben, dann hätte man die Schäden sofort beseitigt. Aber ich bezweifle es, denn Birna hat sich sehr für die Geschichte der beiden Höfe interessiert und mir gegenüber nie so etwas erwähnt.«

»Hat sie mit dir über die Geschichte der Höfe gesprochen?«,

fragte Dóra hoffnungsvoll, »und hat sie in diesem Zusammenhang jemals von Nazis gesprochen?«

Bergur hob die Brauen. »Ja, doch«, sagte er. »Sie hat mir zwar nichts erzählt, aber sie hat mich gefragt, ob ich etwas über Nazis hier in der Gegend weiß. Natürlich wusste ich nichts darüber, und als ich nachgefragt hab, hat sie nur gemeint, es sei nicht so wichtig. Komisch, dass du das erwähnst.

»Und Kristín?«, fragte sie. »Hat sie jemals den Namen Kristín erwähnt?«

Bergur lachte höhnisch auf und grinste. »Zeig mir einen Isländer, der noch nie den Namen Kristín erwähnt hat.«

»In Ordnung«, sagte Dóra. »Ich würde dich gerne noch nach dem Hellseher, Eiríkur, fragen. Hast du ihn gekannt?«

»Nein«, antwortete Bergur. »Ich wusste, wer er war. Das ist alles. Hab nie mit ihm geredet.«

»Kannst du mir erzählen, wie du ihn gefunden hast, und vielleicht auch, wie die Sache passiert ist?«

»Wollt ihr es nicht lieber mit eigenen Augen sehen?«

Matthias und Dóra standen auf und folgten ihm in den eigentlichen Stalltrakt. Dóra hatte sich an den Geruch gewöhnt, aber Matthias verzog beim Verlassen der Kaffeestube leicht das Gesicht. Sie gingen zu einer Box mit höheren Wänden als die anderen. »Hier lag er«, sagte Bergur, bleich im Gesicht. »Der Hengst hat ihn in der Box totgetreten. So sah es jedenfalls aus.« Er öffnete die Boxentür. »Das Pferd ist im Moment nicht hier.«

Dóra lugte hinein. Es gab nicht viel zu sehen, der Boden war freigeschaufelt. »Die Polizei hat den Tatort bestimmt gründlich untersucht«, meinte sie.

»Ja, sie waren die ganze Nacht hier«, entgegnete Bergur. »Der Anblick war lange nicht so schön wie jetzt.«

»Das kann ich mir vorstellen«, sagte Dóra. »Was wolltest du im Stall?«

»Füttern«, antwortete er kurz angebunden. »Leider Gottes.«

»Leider Gottes?«, fragte Dóra. »Was meinst du?«

»Ich wünschte, ich hätte es nicht sehen müssen«, antwortete Bergur gerade heraus. »Der Anblick war entsetzlich. Der Fuchs, die Nadeln, das Blut und der arme Mann erst.«

»Der Fuchs?«, fragte Dóra neugierig. »War da ein Fuchs drin?«

»Ja«, antwortete Bergur. »Der Leiche auf die Brust gebunden. Zuerst dachte ich, das wäre eine Perücke, aber dann wurde mir klar, worum es sich handelte. Ich stand längere Zeit wie angewurzelt davor, konnte nicht rausgehen. Musste ihn einfach anstarren.« Er schloss die Box.

»Warum bindet man jemandem einen Fuchs auf die Brust?«, dachte Dóra laut. »Haben Füchse hier in der Gegend eine bestimmte Bedeutung?«

»Nein, nicht, dass ich wüsste«, antwortete Bergur. »Ich habe keine Ahnung, was das bedeuten sollte. Vielleicht, um das Ganze noch abscheulicher zu machen. Der Geruch des Fuchses war ekelhaft. Er war schon viel länger tot als Eiríkur.«

Dóra nickte nachdenklich. Ihr fiel keine logische Erklärung ein. »Und welche Nadeln meinst du? Hatte sich der Mann eine Spritze gesetzt?« Vielleicht war das der Grund für þórólfurs merkwürdige Fragen nach Akupunktur und Nähsets.

Bergur sah sie scharf an, offenbar nicht sehr erfreut, die Geschichte noch einmal aufrollen zu müssen. Er schluckte hörbar, bevor er wieder das Wort ergriff. »Die Leiche hatte Nadeln in den Fußsohlen.« Er zögerte, fügte dann aber hinzu: »Genau wie bei Birna.« Er schüttelte sich. »Wer auch immer ihnen die in die Füße gesteckt hat, muss völlig gefühlskalt sein.«

»Nadeln?«, fragte Dóra fassungslos. »Stecknadeln?«

»Ja«, sagte Bergur und presste wieder die Lippen zusammen. »Ich möchte lieber nicht darüber reden. Es ist nicht so leicht, das alles detailliert zu wiederholen.«

Dóra beließ es dabei, zumal sie so verblüfft war, dass sie keine Ahnung hatte, was sie als Nächstes fragen sollte. Was brachte einen Mörder dazu, seinen Opfern Stecknadeln in die Fußsohlen zu stechen? Waren Birna und Eiríkur gefoltert worden, um ihnen Informationen zu entlocken? Dóra überlegte nicht weiter, sondern wandte sich einem anderen Thema zu. »Darf ich fragen, ob du erklären konntest, wo du warst, als Birna und Eiríkur ermordet wurden?«

»Jein«, antwortete Bergur. »Ich konnte erklären, wo ich war, aber wie meistens war ich alleine, daher kann niemand außer meiner Frau es bezeugen.« Er schaute Dóra an, als wolle er sie beschwören, seine Worte nicht anzuzweifeln. Dóra kam gar nicht auf die Idee, denn sie hielt ihn für vernünftiger als Jónas, der sich ein Alibi ausgedacht hatte, das sich mühelos widerlegen ließ. »Sie würde die Polizei nie anlügen«, fügte er verdrossen hinzu, als handele es sich dabei um einen großen Nachteil.

»Eine Frage noch«, beeilte sich Dóra zu sagen. »Was bedeutet RER?«

Bergur packte den Griff der Boxentür und öffnete sie erneut. »Ich habe keine Ahnung.« Er zeigte auf die hintere Boxenwand. »Eiríkur hat es in die Wand geritzt, bevor er starb.«

Dóra ging in die Box, und Matthias folgte ihr. Sie erklärte ihm, was Bergur gesagt hatte, und sie beugten sich beide über die Stelle. Matthias nahm sein Handy und machte ein Foto. »RER«, sagte Dóra, als sie hinter ihm wieder die Box verließ. »Was könnte das bedeuten?«

Bergur zuckte mit den Schultern. »Wie gesagt – ich habe keine Ahnung, was es bedeuten soll.« Er schloss die Boxentür. »Ich muss wieder rein. Reicht euch das?«

Ein leises Knarren ertönte, und die Tür des Pferdestalls ging auf. Zögernd trat eine Frau in Bergurs Alter ein. Dóra erschrak bei ihrem Anblick. Sie war nicht hässlich oder entstellt, aber etwas an ihrer Haltung und Kleidung machte sie furchtbar abstoßend. Ihr Haar wirkte tot und farblos und war mit einem Band zusammengebunden, das schon bessere Tage gesehen hatte. Ihre kurzen Wimpern trugen nicht einen Hauch von Wimperntusche. Es wäre schwierig, diese Frau fünf Minuten nachdem man sie gesehen hatte, zu beschreiben, und das schien ihr bewusst zu sein; offenbar wäre sie am liebsten im Boden versunken. Dóra versuchte, ihr aufmunternd zuzulächeln. Die Frau stand unsicher im Türrahmen, räusperte sich und sagte dann mit leiser Stimme zu Bergur: »Kommst du rein?« Dóra und Matthias ignorierte sie.

»Ja«, antwortete Bergur. In seiner Stimme lag nicht eine Spur von Wärme. »Geh rein. Ich komme.«

»Also dann«, sagte Dóra fröhlich. »Wir beeilen uns besser.« Sie drehte sich zu Bergur. »Vielen Dank. Es war gut, den Tatort sehen zu können.« Ihr Blick wanderte von Bergur zu der Frau, die Rósa sein musste. »Dein Mann war so freundlich, uns die Box zu zeigen, in der die Leiche gefunden wurde. Ich bin Anwältin und durch meinen Mandanten in den Fall verwickelt.«

Rósa nickte gleichgültig. »Hallo. Rósa.« Sie reichte Dóra nicht die Hand, als sie sich vorstellte. Ihre Augen verweilten für den Bruchteil einer Sekunde auf Dóra, dann drehte sie sich sofort zu ihrem Mann. »Kommst du dann jetzt?«, wiederholte sie. Bergur antwortete nicht.

Dóra versuchte, die heikle Situation mit einer abschließenden Frage zu überspielen, die Matthias glücklicherweise nicht verstand. »Ich habe einen jungen Mann im Rollstuhl beim Hotel gesehen. Ich glaube, er stammt aus der Gegend. Wisst ihr vielleicht, wie er verunglückt ist?« Bergur und Rósa starrten sie regungslos an. »Ihr wisst schon, der mit den schlimmen Brandwunden«, fügte sie erklärend hinzu. Mehr musste sie nicht sagen, denn die Schimpfworte, die Rósa ausspuckte, ließen keinen Zweifel daran, dass sie wusste, um wen es sich handelte. Dóra war wie vor den Kopf gestoßen und beobachtete wortlos, wie Bergur seine Frau am Arm packte und mit sich hinauszog.

Matthias legte Dóra die Hand auf die Schulter. »Ich kann dir mit Worten gar nicht sagen, wie gerne ich diesen schlecht riechenden Ort verlassen möchte. Trotzdem muss ich gestehen, dass ich noch lieber wüsste, was du um Himmels willen zu der armen Frau gesagt hast!«

Magnús Baldvinsson lächelte still in sich hinein. Auch wenn er alt und müde war, gab es Momente, in denen er seine gebrechliche Hülle vergaß und sich so fühlte wie in jungen Jahren. Jetzt war einer dieser Momente. Er wählte seine eigene Nummer und wartete beschwingt darauf, dass seine Frau abhob. Er nahm einen großen Schluck von dem Cognac, den er an der Bar gekauft hatte, und genoss das Gefühl, wie die goldene Flüssigkeit seine Mundhöhle erwärmte, bevor er sie hinunterschluckte. »Hallo Fríða«, sagte er. »Es ist vorbei.«

»Was?«, hörte er seine Frau sagen. »Kommst du nach Hause? Was ist passiert?«

»Die Polizei hat einen Mann wegen des Mordes an Birna festgenommen«, antwortete Magnús und schwenkte das Glas vor seinen Augen hin und her. »Du kannst Baldvin sagen, er soll mich abholen, wenn es ihm passt.«

»Er ist im Ostland und bereitet den Parteitag vor. Wenn ich mich recht erinnere, kommt er heute Abend erst spät nach Hause«, antwortete seine Frau mit ängstlicher Stimme. »Soll ich jemand anderen bitten, dich abzuholen?«

»Nein, nein«, antwortete Magnús unbekümmert. Zu seiner Freude über die nachlassende Anspannung und Beklemmung der vergangenen Tage gesellte sich der altbekannte Stolz auf seinen Enkel. »Ich würde gerne mit ihm fahren. Möchte hören, was er vom Parteitag zu berichten hat.«

»Seit er dich nach Snæfellsnes gebracht hat, fragt er ständig, ob es Neuigkeiten von dir gibt«, erklärte seine Frau.

Sie verabschiedeten sich, und Magnús legte auf. Er ließ seine Hand einen Moment auf dem Hörer ruhen und zog sie dann weg. Er wusste nicht, ob es die alte Pranke war, die ihn wieder in die Gegenwart riss, oder der Alkohol, aber er fühlte sich wieder wie ein alter Mann. Verwundert spürte er, wie ihm eine Träne über die raue Wange lief; er sah sie auf sein Hosenbein tropfen. Als er den Fleck anstarrte, wurde er von Schuldgefühlen und Übelkeit gepackt. *Kristín.*

Dóra massierte ihre Schläfen. »Ich weiß nicht, ob uns das weiter-bringt, aber der Vers auf Grímur Þórólfssons Grabstein ist aus der Hávamál«, erklärte sie und lehnte sich in ihrem Stuhl vor dem Computer zurück. Stolz schaute sie zu Matthias, wobei sie merkte, dass er gar nicht wusste, worüber sie sprach. »Die Háva-mál, des Hohen Lied, ist ein altes, Odin in den Mund gelegtes Sit-tengedicht. Vieles davon klingt noch heute sehr vernünftig.« Dóra kannte Matthias' desinteressierten Gesichtsausdruck aus ihrer eigenen Schulzeit, als sie zum ersten Mal ernsthaft mit der Hávamál konfrontiert worden war. »Wie dem auch sei«, fuhr sie fort, »hier steht, dass der Vers beschreibt, wie unwohl man sich fühlt, wenn man von anderen abhängig ist.«

»Was uns nicht wirklich viel sagt«, entgegnete Matthias. »Das weiß doch jedes Kind.«

»Ich finde, es sagt eine ganze Menge«, erwiderte Dóra. »Der Vers wurde doch bestimmt nicht grundlos in Grímurs Grabstein eingraviert. Jedenfalls ist er nicht einfach aus der Luft gegriffen.« Sie widmete sich wieder dem Internet und versuchte, den Vers auf dem Stein hinter dem Hotel zu finden, was nicht einfach war. Dóra entdeckte lediglich einen Hinweis auf eine Stelle in den Volksmärchen von Jón Árnason, in der es um ausgesetzte Kinder ging. Trotz mehrmaliger Versuche gelang es ihr nicht, den voll-ständigen Text der Märchensammlung im Internet zu finden. »Dieser Vers hat mit ausgesetzten Kindern zu tun«, sagte Dóra und beschrieb, was sie gefunden hatte. »Hier steht: Wenn man ungetaufte Kinder aussetzte, wurden sie zu Wiedergängern. Ihr Heulen, das Wiedergängerheulen, ist zu hören, wenn der Wind über ihre Ruhestatt bläst, also über den Ort, an dem sie zurück-gelassen wurden. Dann steht hier noch, dass Wiedergänger sich fortbewegen, indem sie sich auf ein Knie stützen und sich mit der Hand vorwärtsziehen.« Sie blickte vom Bildschirm zu Matthias. »Hast du so was durchs Fenster gesehen?« Matthias warf ihr einen vernichtenden Blick zu. Dóra drehte sich wieder zum Mo-nitor und starrte darauf. »Wenn du das nächste Mal einen Wiedergänger siehst, musst du aufpassen, dass er sich nicht dreimal im Kreis um dich herumbewegt, sonst verlierst du den Verstand. Versuch lieber, den Wiedergänger zu verscheuchen, denn dann weicht er zurück und findet am Ende seine Mutter.« Sie schaute erneut zu Matthias und grinste breit.

»Du bist wirklich sehr lustig«, sagte er sauer. »Das war kein Witz mit dem Geräusch, ich hab es wirklich gehört!«

»Ich müsste in der Märchensammlung nachsehen.« Dóra gähnte. »Aber das kann warten.«

»Sehe ich auch so, das eilt nicht«, meinte Matthias. »Mein Gefühl sagt mir, dass dich das nicht zu dem Mörder führen wird.«

»Man weiß nie, mein Lieber«, entgegnete Dóra und startete eine letzte Suche, diesmal nach »Tuberkulose«. Sie überflog die wenigen Seiten, die sie zu dem Thema fand. »Was für ein Pech«, sagte sie. »Ein Antibiotikum gegen Tuberkulosebakterien kam 1946 auf den Markt. Ein Jahr nach Guðnýs Tod.« Sie las noch etwas weiter, schloss dann die Suchmaschine und stand auf. »Ich kann verstehen, warum Guðný und ihr Vater Bjarni nicht in ein Sanatorium wollten. Nach dem, was ich gelesen habe, waren die Versuche, Tuberkulose in den Griff zu bekommen und die Leute zu behandeln, alles andere als angenehm. Künstlich ausgelöstes Kollabieren eines Lungenflügels, Entfernung von Rippen und so weiter, was aber nicht half und den Patienten in den meisten Fällen zum Krüppel machte.«

Matthias tippte ihr sanft auf die Schulter. »Das ist ja alles wahnsinnig interessant, aber ich glaube, du solltest dich mal umdrehen und gucken, wer gerade reingekommen ist.«

Dóra schaute zum Foyer, wandte ihren Blick aber sofort wieder ab. »Was will die denn hier? Glaubst du, sie hat mich gesehen?«

»Ob sie dich zusammenschlagen will?«, flüsterte Matthias ihr ins Ohr. »Aber ich glaube, du bist ihr überlegen.«

Dóra reagierte nicht darauf, sondern schaute sich verstohlen um. Sie beobachtete, wie Jökull, Kellner und Rasenmäher, auf die

Bäuerin von Tunga zuging, die unschlüssig vor der verlassenen Rezeption stand. Er trug Anorak und feste Schuhe und umarmte Rósa herzlich, bevor sie zusammen hinausgingen. Beide schienen Matthias und Dóra nicht weiter zu beachten. »Was zum Teufel haben die denn miteinander zu tun?«

26. KAPITEL

»Ich weiß, dass du gleich Feierabend hast, Bella«, sagte Dóra beschwichtigend in den Hörer. »Ich bitte dich ja auch nicht darum, das heute Nacht für mich zu erledigen. Du kannst es morgen früh tun.« Demonstrativ schüttelte Dóra den Kopf, während sie dem Jammern der Sekretärin lauschte. »Bella, ich dachte doch nur, das wäre für dich als Pferdenärrin eine perfekte Aufgabe.« Dóra wunderte sich schon lange darüber, wie Bella mit ihrem gewaltigen Körperumfang auf ein Pferd steigen konnte. »Du musst nur rausfinden, ob es irgendeine Verbindung zwischen Pferden und Füchsen oder zwischen Füchsen und Morden gibt.« Sie seufzte und schloss die Augen, als Bella ihr ins Wort fiel. »Bella, ich weiß nicht, wonach du suchen musst. Versuch einfach, rauszukriegen, ob Füchse und Pferde, besonders Hengste, irgendwelche Gemeinsamkeiten haben.« Dóra merkte, dass sie die Sache näher erläutern musste. »Also, es ist so: In einem Pferdestall wurde ein Mann gefunden, von einem Hengst zu Tode getreten. An der Leiche war ein toter Fuchs festgebunden. Ich gehe davon aus, dass das einem bestimmten Zweck dienen sollte.«

Matthias zwinkerte Dóra zu und grinste. Er genoss es, das Gespräch mitzuverfolgen, obwohl er kein Wort verstand. »Bestell ihr viele Grüße von mir«, warf er ein.

Dóra schnitt eine Grimasse. »Ja, ja, Bella. Du wirst es schon rausfinden. Mit dem Friedhof ist es ja hervorragend gelaufen, und ich bin mir sicher, dass es diesmal auch nicht anders sein wird. Matthias lässt grüßen.« Sie warf Matthias einen Blick zu und grinste. »Er würde gerne mal mit dir zu den Pferden fahren, wenn wir wieder in der Stadt sind. Wir waren eben auf einem Pferdehof, und er war total begeistert. Sein größter Traum ist es, mal zum Füttern und Ausmisten mitzukommen. Du weißt ja, wie verrückt die Deutschen nach Islandpferden sind.« Sie verabschiedete sich. »Bella würde dich gerne mal mit zum Stall nehmen, wenn wir wieder in der Stadt sind«, sagte sie mit breitem Grinsen zu Matthias. »Sie grüßt herzlich zurück.«

»Ha, ha«, sagte Matthias. »Witzig. Hast du ihr auch erzählt, wie freudig du eben im Pferdestall aufgenommen wurdest? Du konntest ganze drei Worte sagen, bevor Rósa ausgerastet ist.«

»Du musst zugeben, dass sie sehr merkwürdig reagiert hat. Ob die Frage nun geschmacklos war oder nicht. Ich muss unbedingt rauskriegen, in welcher Verbindung sie zu Jökull steht.«

»Ihre Reaktion im Stall war wirklich ein wenig übertrieben«, sagte Matthias. »Aber ich hab dich gewarnt, in der Geschichte herumzuschnüffeln.«

»Das Komische ist, dass ich nur versucht habe, nett zu ihr zu sein, weil ich fand, dass Bergur sie schlecht behandelt hat«, erklärte Dóra. »Das mit dem jungen Mann im Rollstuhl war das Einzige, was mir eingefallen ist.«

»Bedauerlicherweise«, sagte Matthias. »Lassen sich darüber keine Infos im Internet finden? Er ist schwerverletzt und bestimmt nicht so auf die Welt gekommen. Er muss in einen Brand geraten sein, und über Brandunglücke wird doch oft in den Nachrichten berichtet. Vor allem, wenn es Verletzte gab«, fügte er hinzu. »Ältere Meldungen stehen doch bestimmt im elektronischen Archiv, auf den Websites der Zeitungen.«

»Ja, wahrscheinlich«, meinte Dóra. »Es wäre nur viel einfacher, wenn ich hier jemanden auftreiben würde, der es mir erzählen könnte. Ich wüsste nicht, wonach ich im Internet suchen sollte. Ich weiß ja noch nicht mal, ob es vor zehn Jahren oder vor einem Monat passiert ist. Die Zeitungen berichten nur selten detailliert über die Unfallfolgen, sondern schreiben nur, der Betreffende sei stark geschädigt, schwerverletzt, es gehe ihm den Umständen entsprechend und so weiter. Und außerdem weiß ich immer noch nicht, ob es ein Hausbrand war oder ob der Junge einfach nur in eine heiße Quelle gefallen ist.« Sie ächzte. »Vielleicht sollte ich mich lieber darauf konzentrieren, den armen Jónas von den Anschuldigungen zu befreien.«

Matthias brummelte. »Falls das möglich ist. Du musst zugeben, dass er durchaus der Schuldige sein könnte.«

»Ja, leider«, entgegnete Dóra. »Aber ich bin mir trotzdem ziemlich sicher, dass er diese Morde nicht begangen hat.«

»Aber wer dann?«, fragte Matthias. »Es wäre wirklich leichter, wenn sonst noch jemand in Frage kommen würde.«

Dóra dachte nach. »Am ehesten Bergur, aber ich habe keinen blassen Schimmer, warum er Eiríkur hätte umbringen sollen.« Sie knabberte an ihrer Unterlippe. Sie lehnten nebeneinander an Matthias' Mietwagen auf dem Parkplatz vor dem Hotel, von wo aus Dóra Bella angerufen hatte. »Können wir nicht alle Teilnehmer der spiritistischen Sitzung ausschließen?«, fragte Dóra. »Sie fand genau zur selben Zeit statt, als Birna laut Aussage der Polizei ermordet wurde.«

»Gibt es eine genauere Angabe über die Todeszeit?«

»Þórólfur nannte eine Zeit zwischen neun und zehn letzten Donnerstag«, antwortete Dóra. »Das muss er aus den Ergebnissen der Obduktion geschlossen haben. Und es stimmt auch mit der SMS überein, in der sie zu einem Treffen um neun Uhr gebeten wird.« Dóra stöhnte. »Die Sitzung fing um acht an. Wir haben ungefähr eine halbe Stunde vom Strand zum Hotel gebraucht. Wenn der Mörder heimlich die Sitzung verlassen hat, hätte er niemals vor der Pause um halb zehn zurück sein können. Der Zufahrtsweg war nicht befahrbar, also konnte auch von dort niemand kommen – es würde viel zu lange dauern, bis zur Hauptstraße hinaufzulaufen.«

»Weißt du, wer alles bei der Séance war?«, fragte Matthias. »Es bringt nichts, eine ganze Gruppe von Menschen auszuschließen, wenn du noch nicht mal weißt, wer daran teilgenommen hat.«

»Nein, aber Vigdís weiß sicherlich ungefähr, wer dort war. Sie hat den Eintritt kassiert«, sagte Dóra. »Und es haben bestimmt viele mit Kreditkarte gezahlt, sodass wir schon mal ein paar Namen hätten.«

»Aber solltest du dich nicht lieber darauf konzentrieren, *wer* in Frage kommt, als *wer nicht* in Frage kommt?«, meinte Matthias.

»Doch, aber auf diese Weise kann ich ziemlich viele ausschließen. Und habe ich eine Liste über alle, die Jónas möglicherweise in der Pause gesehen haben, und könnte ihm somit ein Alibi verschaffen.« Dóra beobachtete eine Möwe, die über sie hinwegflog. »Es sei denn, der Mörder ist zum Strand geflogen«, sagte sie nachdenklich und stieß sich dann abrupt vom Wagen ab. »Was ist mit dem Seeweg? Hätte der Mörder mit einem Motorboot in die Bucht fahren können?«

Matthias wirkte nicht halb so enthusiastisch wie sie. »Ist das nicht ziemlich unwahrscheinlich?«, gab er zu bedenken. »Wir waren doch in der Bucht, und ich hatte nicht den Eindruck, dass man dort am Strand anlegen konnte. Ein Boot würde sofort auf Grund laufen.« Dann fügte er nachdenklich hinzu: »Aber da war ein Betonpier. Das wäre vielleicht eine Möglichkeit.« Er grübelte weiter. »Das Boot hätte dann vor der Séance hier am Hotelsteg liegen müssen. Vielleicht erinnert sich da jemand daran. Lass uns hingehen und die Stelle ansehen.«

Sie gingen am Hotel entlang hinunter zum kleinen Steg. Dort drehte Matthias sich um und schaute zurück zum Hotel. »Hier kann man uns vom Hotel aus kaum sehen«, sagte er. Das Hoteldach war von ihrem Standpunkt auszumachen, aber die darunterliegenden Fenster und Türen nicht. »Hier könnte man sich in aller Ruhe zu schaffen machen.« Er sah sich um. »Außerdem wirkt es so, als würde dieser Steg nicht oft benutzt. Nirgendwo Pfähle, an denen man Boote vertäuen kann.«

Dóra schaute an den Seiten des Stegs hinunter ins Wasser, sah jedoch keine Reifen oder andere Utensilien, die darauf schließen ließen, dass der Steg benutzt wurde. »Stimmt«, sagte sie. »Aber ich frage Vigdís trotzdem, ob sie an dem Abend ein Boot gesehen hat.« Der Wind hatte gedreht, und der Geruch des gestrandeten Wals stieg ihnen in die Nasen. »Pfui«, sagte Dóra und überblickte den Küstenstreifen in die Richtung, aus der der Wind kam. »Da ist der Kadaver, guck mal!« Sie zeigte auf einen großen schwarzen Haufen in beträchtlicher Entfernung.

Matthias hielt sich die Nase zu. »Was ist das eigentlich? Das scheint der schlimmste Gestank auf der ganzen Welt zu sein.«

»Sollen wir mal nachsehen?«, schlug Dóra vor. »Ein Umweg durch die kleine Bucht dauert nicht lange.«

Matthias blickte von dem Küstenstreifen zu Dóra. »Ich könnte schwören, dass du das wirklich ernst meinst. Du willst dahingehen und dir einen Riesenhaufen verwestes Fleisch angucken.«

»Ja, klar. Es ist nicht weit«, entgegnete Dóra, aber im selben Moment klingelte ihr Handy. Als sie die Nummer sah, seufzte sie. »Hallo.«

»Hast du mal dran gedacht, meine unzähligen SMS zu beantworten oder ignorierst du die einfach?«, sagte ihr Ex-Mann wütend. »Ich weiß ja nicht, wo du dich rumtreibst, aber es ist ziemlich ätzend, dass du nie Empfang hast. Ich bin doch nicht blöd, ich weiß genau, dass du dein Handy ausgeschaltet hast, damit du dich mit irgendeinem Typen amüsieren kannst.«

Dóra bemühte sich zwar, konnte sich aber bei einer solchen Standpauke nicht beherrschen. »Jetzt halt mal die Luft an, Hannes«, sagte sie. »Ich arbeite hier, und wenn du jemals die Nationalstraße verlassen hättest, wüsstest du sehr genau, dass nicht überall Empfang ist.« Ihre Worte waren eiskalt, obwohl sie selbst erst vor wenigen Tagen hinter diese Tatsache gekommen war. »Ich habe dir nur mitzuteilen, dass Gylfi und Sóley sich in unmittelbarer Nähe von Selfoss befinden und dort abgeholt werden müssen. Sigga ist auch dabei.«

»Und was soll ich tun?«, brüllte Hannes zurück. »Ich gehöre auch zur arbeitenden Bevölkerung und kann nicht kommen und gehen, wie es dir passt!«

»Kannst du sie abholen, ja oder nein?«, fragte Dóra. »Wenn nicht, rufe ich meine Eltern an und frage sie. Ich möchte dich aber daran erinnern, dass das alles deine Schuld ist.«

Am Ende erklärte sich Hannes bereit, zu fahren, und Dóra legte auf, wütend, weil sie sich hatte nerven lassen. Sie hob das Handy wieder ans Ohr und rief Gylfi an, um ihm mitzuteilen, dass sein Vater sie abholen würde. Anschließend schüttelte sie sich kurz, um wieder zu sich zu kommen. »Ein Familiendrama«, sagte sie zu Matthias, der sie neugierig anschaute. »Lass uns nach Kreppa gehen und nachsehen, wo Birnas Arbeitszimmer ist.«

»Gern«, sagte Matthias. »Ich bin zu allem bereit, nur nicht, diesen gestrandeten Wal zu begutachten. Und wer weiß? Vielleicht finden wir in dem Haus noch mehr eingeritzte Namen von Ermordeten.«

Sie verließen den Steg und gingen in Richtung Hotel, wo Dóra auf einmal einen Mann erblickte, der ihnen zuwinkte. Es war der Fotograf vom Reisemagazin, Robin Kohman.

»Hi!«, rief er, »ich habe Sie schon überall gesucht.«

»Ja?«, rief Dóra zurück und beschleunigte ihren Schritt. »Wir waren ziemlich beschäftigt.«

»Ich reise heute Abend ab«, sagte der Fotograf, als sie einander begrüßt hatten, »und wollte Ihnen Birnas Fotos geben.« Dann fügte er mit belegter Stimme hinzu: »Ich hab gehört, was passiert ist, und möchte die Bilder unbedingt jemandem geben, der Birna gekannt hat.« Betrübt schüttelte er den Kopf. »So plötzlich. Das hätte man hierzulande wirklich nicht erwartet.«

»Ja, es ist schrecklich«, sagte Dóra. »Man kann nur hoffen, dass der Täter erwischt wird.«

»Hat die Polizei mit Ihnen gesprochen?«, fragte Matthias.

Robin nickte. »Ja, heute Morgen, aber ich konnte ihnen nicht helfen.«

»Wollten Sie die Fotos nicht der Polizei geben?«, fragte Dóra.

»Natürlich können wir sie auch ans uns nehmen.«

»Nein, ich fand, es sind völlig harmlose Fotos.« Robin lächelte freundlich. »Außer vielleicht eins von einem toten Fuchs.«

Matthias legte das Bild beiseite. Sie saßen mit Robin an der Bar. Vor ihnen lag ein Stapel Fotos, die Robin aus einem großen, mit Birnas Namen versehenen Umschlag gezogen hatte. »Wo ist das aufgenommen worden?«, fragte Matthias und zeigte auf den toten Fuchs in der Mitte des Fotos. Die abgemagerte Kreatur lag auf der Seite im Gras. Die Zunge hing ihm aus dem Maul, und das hübsche rote Fell war an der Seite aufgerissen und blutig.

»Er lag neben dem Weg, der zu dem alten Hof hier in der Nähe führt«, antwortete Robin. »Birna hat mich gebeten, zum Fotografieren mit ihr dorthin zu gehen, und da sind wir an dem armen Tier vorbeigekommen. Birna wollte, dass ich es fotografiere; sie fand es sehr traurig. Man sieht das auf dem Foto nicht, aber die Spuren sahen so aus, als hätte sich der Fuchs schwerverletzt zu der Stelle geschleppt.« Robin zeigte auf die Wunde an der Seite des Tiers. »Er ist dem Jäger zwar entkommen, aber der Schuss hat ihn trotzdem getötet.«

»Haben Sie den Fuchs mitgenommen?«, fragte Dóra.

»Nein, wie kommen Sie darauf?«, sagte Robin. »Wir haben ihn nicht angefasst. Er roch ziemlich übel, und wir hatten wirklich keine Lust, den Kadaver zu beseitigen.«

»Glauben Sie, dass ihn jemand anders mitgenommen haben könnte?«, fragte Dóra.

Robin schaute irritiert von einem zum anderen. »Ich verstehe nicht ganz, worauf Sie hinauswollen, aber das ist natürlich denkbar.« Er verzog das Gesicht. »Aber ich kann mir nicht vorstellen, dass jemand den Kadaver hätte mitnehmen wollen. Es sei denn, das Fell wäre wertvoll.« Er schaute Dóra an. »Haben Isländer denn so viel für Füchse übrig?«

Dóra lächelte. »Nein, sie horten keine Kadaver. Matthias und ich interessieren uns aus einem anderen Grund dafür, aber das würde jetzt zu weit führen.« Sie nahm den Fotostapel und begann, ihn durchzublättern. »Und Birna hat Ihnen nicht gesagt, warum sie diese Motive haben wollte?«, fragte sie Robin. »Die meisten Fotos sind von dem alten Hof und dem Gelände hinter dem Hotel, und hier ist auch eins von einer Stahltür und eins von einer Innenwand, wie es aussieht. Hat sie das näher erläutert?« Sie reichte Robin die betreffenden Bilder.

Robin betrachtete seine Aufnahmen und schüttelte den Kopf. »Wenn ich mich recht erinnere, befindet sich diese Falltür auf der Wiese beim alten Hof drüben an der Landspitze«, sagte er. »Das Foto von der Wand wurde allerdings hier im Keller gemacht, im alten Teil des Hotels. Nach unserem ersten Fototag hat sie mich noch gebeten, diese Bilder zu machen. Warum sie sich für diese Tür und die Wand interessierte, hat sie mir aber nicht erklärt. Ich dachte, es hätte etwas mit Architektur zu tun, habe aber nicht ganz begriffen, was es damit auf sich hat.«

»Hat sie etwas über diesen Stein gesagt?«, fragte Matthias und zeigte auf drei Fotos von dem Felsbrocken mit der Inschrift, den sie hinter dem Hotel entdeckt hatten.

Robin musterte die Bilder. »Ja, komisch. Nach diesem Stein hab ich sie auch gefragt, als wir ihn von allen Seiten fotografiert haben. Sie hat mir den Vers übersetzt, und da mir das ziemlich ungewöhnlich vorkam, habe ich sie gefragt, ob es eine isländische Sitte ist, Verse in Steine zu ritzen.« Er legte die Fotos auf den Tisch. »Sie verneinte es und war selbst ziemlich erstaunt, dort einen beschrifteten Stein zu finden.«

»Hatte sie eine Erklärung dafür?«, fragte Dóra.

»Nicht direkt«, antwortete Robin. »Sie hat überlegt, ob der Vers von den Hofbewohnern stammen könnte oder ob hier mal ein Künstler gelebt hat. Dann kam sie auf die Idee, es könnte ein Tiergrabstein sein, obwohl der Vers nicht dazu passen würde. Soweit ich weiß, kam sie zu keinem Ergebnis.«

Matthias stieß Dóra an. »Hier ist eine interessante Aufnahme«, sagte er und reichte Dóra ein Foto von Birna im Gespräch mit einem alten Mann auf dem Platz vor dem Hoteleingang. Dóra entriss es ihm. »Vielleicht haben sie über Sommerhäuser diskutiert«, sagte Matthias und grinste.

Robin beugte sich zu Dóra. »Ach, das Foto«, sagte er. »Das habe ich nur aus Spaß gemacht. Wir wollten gerade zum alten Hof gehen, als dieser Mann aus dem Hotel kam und anfing, sich mit Birna zu unterhalten. Ich weiß, dass er hier Gast ist; ich hab ihn ein paar Mal im Speisesaal gesehen.«

Dóra nickte. »Wissen Sie, worüber sie geredet haben?«

»Nein, keine Ahnung«, antwortete Robin. »Sie haben Isländisch gesprochen. Aber man musste nicht viel verstehen, um zu begreifen, dass es kein besonders freundliches Gespräch war. Ich hab nur dieses eine Foto gemacht, weil sie ziemlich schnell angefangen haben, sich zu streiten, und da war es wohl nicht mehr angebracht, zu fotografieren.«

»Hat sie Ihnen erzählt, worüber sie sich gestritten haben?«, fragte Matthias.

»Tja, sie hat so sinngemäß gesagt, man sollte sich darüber im Klaren sein, dass man für seine Taten verantwortlich ist«, antwortete Robin. »Sie war ziemlich erregt, deswegen habe ich nicht weiter nachgefragt.« Er überlegte. »Dann hat sie noch gesagt, alte Sünden holen einen ein, so wie andere Verstöße auch. Ich hab das nicht verstanden und einfach das Thema gewechselt.«

Dóra und Matthias tauschten einen Blick. Magnús Baldvinsson. *Alte Sünden?*

Die Krankenschwester trat ans Bett der alten Frau und berührte sanft ihre Schulter, denn sie schlief fest. »Malla«, sagte sie leise. »Wach auf. Du musst deine Tabletten nehmen.«

Wortlos öffnete die Frau die Augen. Sie schaute an die Zimmerdecke, blinzelte ein paar Mal und hustete schwach. Die Krankenschwester musterte sie schweigend. Sie wusste, dass es manchmal eine Weile dauern konnte, bis die alte Frau zu sich kam. Sie stand einfach ruhig neben ihr, eine Hand auf ihrer schmalen Schulter und in der anderen einen kleinen Plastikbecher mit weißen und roten Pillen, die sie der Frau geben wollte. »Na komm«, sagte sie behutsam. »Du kannst dich gleich wieder hinlegen.«

»Sie war da«, sagte die alte Frau unvermittelt und starrte fortwährend an die Decke.

»Wer war da?«, fragte die Krankenschwester beiläufig. Sie war das unzusammenhängende Gerede der alten Leute schon lange gewöhnt, vor allem, wenn sie zwischen Schlaf und Wachsein taumelten. Es war, als reisten sie zurück in längst vergangene Tage.

»Sie war da«, wiederholte die Alte und lächelte. »Sie hat mir verziehen.« Sie schaute ihrem Gegenüber zum ersten Mal ins Gesicht, immer noch lächelnd. »Sie war nicht wütend. Immer so lieb.«

»Wie schön«, antwortete die Krankenschwester sanft. »Es ist ja nicht schön, wütend zu sein.« Sie schüttelte den Behälter mit den Pillen. »Also dann, jetzt setz dich mal auf und nimm deine Tabletten.«

Die alte Frau ignorierte den Pillenbehälter und sah der jungen Schwester weiter ins Gesicht. »Ich habe sie gefragt, ob sie wütend ist. Sie fragte nur, warum sie denn wütend sein sollte.« Mühevoll stützte sie sich auf die Ellbogen. »Immer so lieb.«

»Soll ich das Wasser halten oder schaffst du es alleine?« Die Krankenschwester langte nach der Schnabeltasse auf dem Nachttisch und reichte der alten Frau das Wasser.

»Natürlich habe ich ihr gesagt, warum sie wütend sein sollte«, sagte die Frau, gänzlich desinteressiert an Wasser und Medikamenten. »Und ich dachte immer, sie wüsste über mich Bescheid.« Verwundert schüttelte sie den Kopf; ihr weißes Haar schwang hin und her. »Aber so war es anscheinend nicht«, sagte sie dann und schloss die Augen. »Zum Glück hat sie mir dennoch verziehen.«

»Das ist ja wirklich schön«, sagte die Krankenschwester und stellte den Pillenbecher und die Schnabeltasse ab. »Na komm«, sagte sie und packte die alte Frau unter den Armen. »Du musst dich weiter aufsetzen.« Sie hob die Frau ein wenig an. Ihr Rücken war gekrümmt; sie konnte sich keinesfalls gerade hinsetzen, aber das würde reichen. »Jetzt nehmen wir unsere Tabletten.« Sie nahm die Pillen. »Die anderen warten schon, also müssen wir uns beeilen.« Sie hob die Tasse an die dünnen, farblosen Lippen der Frau.

Die alte Frau öffnete den Mund und erlaubte der Krankenschwester, ihr die Pillen in den Mund zu schieben. Sie kannte die Prozedur und wartete mit dem Schlucken, bis sie das Wasser bekommen hatte. Die Pillen glitten geräuschvoll ihre Kehle hinunter. Anschließend wischte sie sich mit dem Handrücken über den Mund und schaute die Krankenschwester an. »Freundlich war sie und lieb. Denk nur.«

»Was meinst du, meine Liebe?«, fragte die Krankenschwester höflich, obwohl sie nicht wusste, ob die alte Frau bei klarem Verstand war.

»Sie hat mir verziehen. Und ich habe nichts für sie getan.«

»Bist du dir da sicher, meine Liebe?«, sagte die Krankenschwester und lächelte. »Du hast bestimmt eine ganze Menge für sie getan. Du kannst dich nur nicht daran erinnern.«

Die alte Frau machte ein gereiztes Gesicht. »Selbstverständlich erinnere ich mich daran. Sie starb. Wie kann man das vergessen?«

Die Krankenschwester lächelte in sich hinein und strich liebevoll über das graue Haar. Es war, wie sie vermutet hatte: Die arme alte Frau war verwirrt. Eine tote Besucherin? Sie achtete darauf, nicht zu grinsen, und bettete die Frau wieder in eine bequeme Lage. »Ist ja gut, Malla. Jetzt versuch wieder zu schlafen.«

Als ihr Kopf wieder auf dem Kissen lag, schloss die alte Frau augenblicklich die Augen. »Ermordet. Das Böse ist überall.« Sie schmatzte ein wenig und murmelte dann schläfrig: »Meine liebe, liebe Kristín.«

27. KAPITEL

»Es war bestimmt das Tier, das auf Eiríkurs Brust gebunden war«, sagte Matthias. »Zumindest sehe ich nirgendwo einen Fuchs.« Dóra und er waren auf Birnas und Robins Spuren nach Kreppa gewandert und standen an der Stelle, an der diese den Fuchs gefunden hatten. Er war nirgends zu sehen.

»Ein anderes Tier könnte seine Überreste gefressen haben, aber wahrscheinlich hast du recht«, meinte Dóra. »Wir haben hier bisher nur Schafe gesehen, und ich bezweifle, dass die Füchse fressen.« Sie schaute zum Himmel. »Vielleicht Vögel, aber dann wären die Knochen noch da.«

»Der Mörder muss also hier gewesen sein«, folgerte Matthias. Er schlug mit einem Zweig, den er auf der Suche nach dem Kadaver aufgehoben hatte, leicht ins hohe Gras.

»Oder er hat den Fuchs geschossen und ist ihm hierher gefolgt, nachdem Birna und Robin wieder weg waren«, überlegte Dóra. »Ich würde wirklich gerne wissen, welchen Zweck dieser Fuchs haben sollte.«

»Vielleicht kommt der rettende Engel Bella dahinter«, meinte Matthias. »Vielleicht sollte der Fuchs etwas symbolisieren.«

»Du meinst eine Botschaft?«, sagte Dóra skeptisch. »Vom Tierschutzverein oder so?«

»Nein, vom Mörder«, entgegnete Matthias. »Vielleicht steckt eine verstörte Person dahinter, die dadurch etwas mitteilen möchte. Ist denn vollkommen auszuschließen, dass etwas Derartiges auch an Birna festgebunden war?«

»Nicht, dass ich wüsste«, antwortete Dóra. »Zumindest war davon nie die Rede. Beide hatten Nadeln in den Fußsohlen, aber niemand hat im Zusammenhang mit Birna einen Fuchs oder ein anderes Tier erwähnt.«

Sie blieben auf dem Platz vor dem alten Hof stehen. »Wem gehört das Auto?«, fragte Matthias und zeigte auf einen geparkten Renault Mégane, ein ziemlich neues Modell.

Dóra zuckte die Achseln. »Keine Ahnung. Hier sollte niemand sein.« Sie betrachtete die Fenster des Hauses und sah, dass Licht eingeschaltet war. »Vielleicht packen die Geschwister den Rest der Sachen ein. Ich hoffe es.« Sie zog die Hausschlüssel hervor, und sie gingen zur Tür, die unverschlossen war. Dóra öffnete und steckte den Kopf hinein. »Hallo!«, rief sie. »Ist da wer?«

»Hallo!«, wurde zurückgerufen. Schritte näherten sich. »Ach, hi«, ertönte eine freundliche Stimme, und Elíns Tochter Bertha erschien. Sie hatte ihr Haar mit einem Band aus dem Gesicht gebunden und ein schmutziges Staubtuch in der Hand. »Ich hab mich total erschreckt«, sagte sie. »Kommt rein; ich packe für Mama und Onkel Börkur die alten Sachen ein.« Sie wedelte mit dem Staubtuch. »Hier ist so viel Staub, dass ich jedes Teil abwischen muss, bevor ich es einpacke, auch wenn mich das aufhält.«

Matthias erwiderte ihr Lächeln, froh, jemanden anzutreffen, der sich daran erinnerte, dass er Ausländer war, und Englisch mit ihnen sprach. »Hallo.« Er reichte ihr die Hand. »Nett, dich wiederzusehen.«

»Gleichfalls«, sagte Bertha. »Ich war so schlau, eine Thermoskanne mitzubringen, und hab gerade Kaffee gemacht. Eigentlich kommt ihr wie gerufen. Steini möchte nämlich keinen Kaffee, und ich hab zu viel gemacht.«

Sie folgten ihr in die Küche, wo der junge Mann in seinem Rollstuhl saß. Wie beim letzten Mal verdeckte er sein Gesicht mit einer tief heruntergezogenen Kapuze, aber als sie eintraten, spähte er sie darunter an. Er sagte jedoch nichts. »Gäste, Steini«, rief Bertha, woraufhin dieser etwas Schwerverständliches murmelte. »Bitte sehr«, sagte sie und zeigte auf die neben der Spüle aufgereihten Porzellantassen. »Ich hab sie gespült«, fügte sie lächelnd hinzu.

»Vielen Dank«, entgegnete Dóra. »Mir fällt jetzt erst auf, was für einen Kaffeedurst ich habe.« Sie schenkte sich eine Tasse ein und anschließend eine Zweite für Matthias. »Ist das nicht verdammt viel Arbeit?«, fragte sie, nachdem sie einen Schluck getrunken hatte.

»Doch«, sagte Bertha energisch. »Ich weiß auch nicht, was ich mir dabei gedacht habe, meine Hilfe anzubieten.« Dann fügte sie hinzu: »Obwohl mir das eigentlich Spaß macht. Es ist eigenartig, mit den Dingen zu hantieren, die Urgroßvater Grímur und Urgroßmutter Kristrún gehört haben.«

»Das kann ich mir vorstellen«, sagte Dóra. »Wir sind hergekommen, um einen Blick auf Birnas Arbeitszimmer zu werfen. Soweit wir informiert sind, hatte sie im ersten Stock einen Arbeitsplatz. Stimmt das?«

»Ja«, antwortete Bertha. »Soll ich ihn euch zeigen? Allerdings ist da nicht viel drin, nur Zeichnungen und so, aber kein Computer. Sie hatte einen Laptop, den wollte sie hier nicht anschließen.« Sie zeigte auf das Kabel der Kaffeemaschine. »Die Steckdosen sind so alt, dass man einen speziellen Adapter braucht, und Birna befürchtete, die Spannung wäre ungleichmäßig. Sie wollte nicht riskieren, den Computer kaputt zu machen. Sie hat ihn immer im Hotel aufgeladen, bevor sie herkam.«

»Das macht nichts«, sagte Matthias. »Wir suchen nicht unbedingt nach einem Computer, wir möchten nur wissen, womit sie beschäftigt war.«

Bertha kniff die Augen zusammen. »Glaubt ihr, der Mord hat mit dem Haus zu tun, das sie entworfen hat?« Ihre Stimme ließ Zweifel erkennen. »Ist doch klar, dass der Mörder ein völlig durchgeknallter Sexualtäter war, oder?«

»Nein, das ist keineswegs klar«, erwiderte Dóra, beschloss jedoch, Jónas' Festnahme noch nicht zu erwähnen. Das Mädchen könnte Dóra und Matthias sonst für Komplizen des Mörders halten, einen Rückzieher machen und ihnen ihre Hilfe verweigern. »Aber es ist unwahrscheinlich, dass Birnas Entwurf etwas mit dem Mord zu tun hat. Wir wollen nur abchecken, ob dort etwas ist, was zur Aufklärung des Falls beitragen könnte.«

»Verstehe«, antwortete Bertha. »Also, seit sie ermordet wurde, war ich nicht mehr dort. Ich dachte, die Polizei würde das Zimmer untersuchen, deshalb wollte ich nichts durcheinanderbringen. Aber sie war noch nicht hier; vielleicht ist das Zimmer nicht wichtig.« Sie wandte sich an Dóra. »Du bist doch Rechtsanwältin, oder? Die Anwältin von Jónas vom Hotel?«

»Ja«, antwortete Dóra und betete, dass das Mädchen nicht nach dem Befinden ihres Mandanten fragen würde.

»Dann darfst du bestimmt rein«, sagte sie. »Du bringst doch nichts durcheinander, oder?«

»Oh Gott, nein«, log Dóra unbeeindruckt. »Das würde ich nie tun. Wir nehmen nichts weg. Wollen nur mal kurz gucken.« Sie trank einen Schluck. »Der Kaffee ist sehr gut«, sagte sie und lächelte.

»Danke«, antwortete Bertha. »Manche finden ihn zu stark.« Sie wies mit dem Kinn in Richtung Steini.

»Er ist zu stark«, klang es unter der Kapuze hervor. »Viel zu stark.«

Matthias war offenbar in solchen Situationen weniger unsicher als Dóra, denn er antwortete Steini prompt: »Tu Milch rein. Das ist das Geheimnis«, sagte er ganz natürlich. »Solltest du mal probieren. Sahne ist noch besser.«

»Vielleicht«, sagte Steini. »Ich mag lieber Limo.«

Bertha lächelte Matthias dankbar zu, und Dóra wünschte, ihr würde etwas einfallen, was sie zu dem jungen Mann sagen könnte. Es hatte etwas Rührendes, wie liebevoll sich das Mädchen um ihn kümmerte. »Soll ich euch das Zimmer zeigen?«, fragte Bertha plötzlich. »Steini und ich wollten nämlich für heute Schluss machen.« Sie ging zur Tür, die in den Flur führte.

»Sehr gerne«, antwortete Dóra und stellte die Tasse ab. Matthias tat es ihr gleich. »Ihr könnt ruhig gehen, wenn ihr wollt«, sagte Dóra und folgte Bertha. »Wir nehmen nichts und machen nichts kaputt.«

»Ist schon okay«, entgegnete Bertha. »Ich muss sowieso noch kurz zusammenpacken.«

Die drei stiegen im Gänsemarsch die Treppe hinauf zur Tür von Birnas Zimmer. Es war der Raum, den Dóra und Matthias bei ihrem letzten Besuch nicht hatten öffnen können. »Als ich von dem Mord gehört hab, habe ich abgeschlossen«, erklärte Bertha, während sie sich mit dem im Schloss klemmenden Schlüssel abplagte. Am Ende gelang es ihr, ihn geschickt zu drehen, und sie stieß die Tür auf. Auf dem Schreibtisch stand eine Getränkedose, auf der Fensterbank ein Aschenbecher, und verschiedene andere Alltagsgegenstände waren im Zimmer verteilt. An der Wand hingen, wie im Hotelzimmer, Birnas Skizzen, überwiegend Zeichnungen, aber auch einige Computerentwürfe.

Dóra betrachtete die Zeichnungen von dem geplanten Standort des neuen Gebäudes sowie einige Hausentwürfe. »Was ist denn das?« Sie zeigte auf den Entwurf eines Hauses mit einem Tannenwald im Hintergrund. Vor dem Haus fuhren Busse und spazierten Menschen. »Das ist doch keine Idee für Jónas' neues Gebäude?« Das Haus bestand aus einer einzigen Glasfassade, und es war schwer denkbar, dass sich hinter einer solchen Fensterfront Gästezimmer befinden sollten.

Bertha trat zu ihr. »Nein, wohl kaum. Birna hat mir ihre Ideen für das Haus gezeigt, und die waren ganz anders als das hier.« Sie beugte sich über eine Ecke der Zeichnung. »Es ist vor einer Woche datiert«, sagte sie und richtete sich wieder auf. »Es war also noch nicht hier, als Birna mich zuletzt reingebeten hat.«

»Aber es war hier, als du abgeschlossen hast, oder?«, fragte Matthias. »Es wurde doch nicht erst nach ihrem Tod aufgehängt?«

Bertha runzelte die Stirn, während sie versuchte, sich zu erinnern. »Ich weiß es einfach nicht«, sagte sie. »Ich hab vor dem Abschließen nur kurz den Kopf zur Tür reingesteckt, ich weiß nicht mehr, ob diese Zeichnung an der Wand hing.« Sie schaute die beiden betroffen an, so als sei das eine sträfliche Nachlässigkeit gewesen. »Aber es kann auf keinen Fall jemand hier gewesen sein, nachdem ich abgesperrt habe.«

»Wann war das genau?«, fragte Dóra.

»Am Samstag«, antwortete Bertha. »Ich weiß nicht, wie spät es war, aber es war nachmittags. Ist das wichtig?«, fragte sie mit besorgtem Gesichtsausdruck. »Glaubt ihr, der Mörder war hier?«

»Nein«, antwortete Dóra. »Bestimmt nicht. Es scheinen nicht viele von diesem Arbeitsplatz gewusst zu haben.« Sie ging zum Schreibtisch. Darauf lagen weitere Skizzen verstreut sowie einige Kreditkartenquittungen. Sie bewiesen lediglich, dass Birna bei Esso und Spöl eingekauft hatte. Dóra musste sich sehr anstrengen, um die verzogenen Schreibtischschubladen zu öffnen. Zwei waren gähnend leer, in einer befanden sich Schreibzeug und eine Heftmaschine, in der vierten war ein Schlüssel an einem Schlüsselbund mit einem kleinen Metallplättchen mit eingestanztem Label, das Dóra nicht kannte. Sie nahm den Schlüssel in die Hand. Er war klein und gehörte nicht zu einer Tür oder einem Auto oder irgendetwas anderem. »Weißt du, wofür der ist?«, fragte Dóra Bertha.

Bertha schüttelte den Kopf. »Keine Ahnung. Aber der gehörte bestimmt Birna. So ein Schlüssel war hier nicht drin, als sie das Zimmer bezogen hat. Ich hab es leergeräumt, bevor sie mit ihren Sachen herkam.«

Dóra nahm den Schlüssel an sich. »Ich leihe ihn mir mal«, sagte sie zu Bertha. »Mach dir keine Sorgen wegen der Polizei. Ich gebe ihn sofort zurück, wenn sie ihn haben wollen.«

»Ach, ist mir egal«, sagte Bertha. »Ich will nur, dass der Mörder gefunden wird. Hauptsache, jemand findet ihn.«

»Ich denke, wir haben genug gesehen«, sagte Matthias, nachdem sie das Zimmer inspiziert hatten. »Gibt es hier im Haus noch andere Dinge, die ihr gehörten?«

»Unten könnte noch ein Glas sein«, sagte Bertha. »Ach ja, und Stiefel in der Garderobe. Wollt ihr die haben?«

Dóra lächelte. »Nein, nein. Aber eine Frage noch«, sagte sie. »Birna hat sich speziell für eine Falltür hier beim Haus interessiert. Weißt du vielleicht, warum?«

Bertha schüttelte bedächtig den Kopf. »Nein, aber ich könnte mir vorstellen, weil sie überlegt hat, an das Haus anzubauen. Das war ungefähr zwei Monate, bevor ich sie zum ersten Mal getroffen habe.«

»Nein, sie hat sich auch später noch dafür interessiert«, erwiderte Matthias. »Weißt du, von welcher Falltür wir sprechen?«

»Ja«, sagte Bertha. »Oder besser gesagt, ich glaube es. Es gibt beim Haus nur eine Falltür. Wollt ihr sie sehen?«

Dóra warf Matthias einen Blick zu und zuckte mit den Schultern. »Warum nicht«, sagte sie. Sie folgten Bertha aus dem Zimmer und warteten, während sie gewissenhaft die Tür abschloss. Auf dem Weg nach draußen nutzte Dóra die Gelegenheit, das Mädchen zu fragen, ob es beim Einpacken auf alte Nazidevotionalien gestoßen war oder ob Birna etwas Derartiges erwähnt hätte.

Bertha drehte sich auf dem Treppenabsatz vor der Haustür um und schaute Dóra verwundert an. »Nein, wie kommst du darauf?«

»Ach, nur so. Solches Zeug befindet sich in den Kisten im Hotelkeller.«

»Was?«, sagte Bertha und versuchte, ihre Überraschung zu überspielen. »Das kommt mir komisch vor. Kann es sein, dass das von jemandem ist, der nicht zur Familie gehört?«

»Kann sein«, entgegnete Dóra, obwohl sie es besser wusste. »Noch was«, sagte sie dann, »sagt dir der Name Kristín etwas?«

»Kristín Sveinsdóttir?«, sagte Bertha, ohne aufzuschauen. Dóras Herz machte einen Sprung. »Die war jahrelang mit mir in einer Klasse. Hab sie lange nicht mehr gesehen.« Sie drehte sich mit verwundertem Gesicht zu Dóra. »Kennst du sie?«

Dóra verbarg ihre Enttäuschung. »Nein, ich hab an eine andere Kristín gedacht. Eine, die möglicherweise vor langer Zeit hier oder in der Nachbarschaft gewohnt hat.«

Bertha schüttelte den Kopf. »Nein, ich kann mich an niemanden mit dem Namen erinnern. Aber ich bin auch nicht die richtige Adresse für Fragen nach Leuten von früher. Mama könnte dir vielleicht helfen.«

Sehr unwahrscheinlich, dachte Dóra. »Ist das die Falltür?« Sie zeigte auf eine Stahlplatte mit einem angeschweißten Griff, bei der Bertha stehen geblieben war. Sie befanden sich etwa zwanzig Meter hinter dem Haus.

»Ja«, sagte Bertha. »Es ist nichts Besonderes. Wollt ihr sie öffnen?«, fragte sie und signalisierte Matthias, dass er das gerne tun könne. Er beugte sich hinunter und versuchte, die schwere Platte anzuheben. Die alten Angeln knirschten, aber vergeblich. »Was ist da unten?«, fragte er.

»Nichts«, antwortete Bertha. »Wenn ich mich recht erinnere, ist das eine Vorratskammer. Sie ist vom Keller aus zugänglich. Ich glaube, hier wurden Kohlen gelagert, um das Haus zu heizen. Die Tür ist Gott weiß wie lange nicht mehr geöffnet worden. Solange ich denken kann, wurde das Haus mit Strom beheizt.«

»Dürfen wir vielleicht einen Blick in den Keller werfen?«, fragte Matthias, während er seine schmutzigen Hände am Gras abwischte.

Bertha nickte, betonte aber umgehend, dass dort nichts zu sehen sei. Sie brachte sie nach unten, und nachdem sie den Keller durch eine kleine Tür betreten hatten und durch einen kurzen Gang gelaufen waren, der aussah wie ein Tunnel, kamen sie zu einer Stahltür. Bertha stieß sie weit auf. Dahinter war alles dunkel. In dem schwachen Lichtschein aus dem Keller konnte man jedoch schwarzen Ruß und ein paar schwarze Klumpen auf dem Boden der Kohlenkammer erkennen.

»Ziemlich eklig«, sagte Bertha und schloss die Tür wieder. »Birna war nicht gerade der Typ, der sich für so was interessiert hat.« Sie stieg die Treppe hinauf. »Sie war natürlich oft alleine hier und es ist gut möglich, dass sie hier reingeschaut hat, aber ich wüsste nicht, warum.«

Oben angekommen, beschlossen Dóra und Matthias, es gut sein zu lassen. Sie verabschiedeten sich von Bertha und bedankten sich für ihre Hilfe. Matthias bat sie, Steini zu grüßen, und Dóra rutschte die Frage heraus: »Bertha, was ist eigentlich mit deinem Freund passiert?« Immerhin sprach sie so leise, dass es in der Küche nicht zu hören war.

Bertha stieß einen tiefen Seufzer aus. »Er hatte einen Autounfall. Er wurde angefahren, sein Wagen ging in Flammen auf. Steini hatte im Wagen geraucht«, antwortete sie ebenso leise.

»Oh Gott! Wie schrecklich. Ist er gelähmt?«

»Nein«, antwortete Bertha. »Zumindest nicht querschnittsgelähmt. Aber seine Beine sind so schwer verletzt, dass er nicht richtig laufen kann. Einige Muskeln sind verbrannt, und die Hauttransplantation macht ihm noch zu schaffen. Hoffentlich kriege ich ihn dazu, bald wieder mit der Krankengymnastik anzufangen. Es dauert eben seine Zeit.« Sie lugte schnell um die Ecke, um sich zu vergewissern, dass Steini nicht in der Nähe war. »Das Schlimmste ist, dass der Mann, der ihn angefahren hat, betrunken war. Steini war vollkommen nüchtern.«

»Was ist mit dem Mann geschehen?«, fragte Dóra. »Wurde er verurteilt?«

Bertha lächelte kühl. »Doch, man könnte sagen, er hat seine gerechte Strafe schon bekommen. Er ist bei dem Unfall gestorben. Seine Frau auch.« Sie schwieg einen Moment, als sei sie sich nicht schlüssig, ob sie weiterreden sollte, sagte aber dann: »Es waren Bauern hier aus der Gegend. Die Eltern von Rósa, Bergurs Frau.«

So ist das also, dachte Dóra. Offensichtlich führten alle Wege zu dem Bauern von Tunga.

28. KAPITEL

Dóra saß mit dem Telefonhörer am Ohr in Jónas' Büro vor dem Computer. »Die Polizei wird dem Richter Indizien vorlegen, die auf deine Schuld hindeuten, und ich werde versuchen, sie zu entkräften oder nachzuweisen, dass sie nicht ausreichen. Anschließend wird der Richter dir einige Fragen stellen, und du hast die Möglichkeit zu antworten. Du musst es nicht, aber ich rate dir, die Antwort nur in absoluten Ausnahmefällen zu verweigern.«

»Bekomme ich denn keine Gelegenheit, meine Unschuld zu beteuern?«, fragte Jónas ängstlich. »Der Richter wird doch bestimmt spüren, dass ich die Wahrheit sage. Richter sollten für so etwas besonders sensibel sein.«

Dóra musste laut auflachen und legte die Hand über den Hörer. »Jónas, Richter sind ganz normale Menschen, die genauso falsche Schlüsse ziehen können wie jeder andere. Außerdem muss der Richter die Indizien berücksichtigen. Wenn sie darauf hinweisen, dass du etwas zu verbergen hast, dann muss er seine Entscheidung nach der Indizienlage richten, egal, wie glaubwürdig du deine Unschuld darlegst.«

»Ich hab totale Angst«, sagte Jónas aus tiefstem Herzen.

»Denk dran, dass ich morgen früh bei dir bin. Hoffen wir, dass alles gut läuft.«

»Was wirst du sagen?«, fragte Jónas. »Hast du was Neues?«

»Nur, wenn heute Abend irgendetwas Bahnbrechendes passiert. Du wirst um neun Uhr dem Richter vorgeführt, und ich bezweifle, dass ich bis dahin etwas Neues herausgefunden haben werde.« Enttäuschung klang aus der Stille am anderen Ende der Leitung. »Aber ich tue, was ich kann. Das verspreche ich.«

»Sag mal, kannst du nicht den Mörder oder eine Person finden, die vorgibt, der Mörder zu sein?«

»Es wird mir wohl kaum gelingen, einen Schauspieler aus dem Ärmel zu schütteln, der sich vor dem Richter falscher Taten bezichtigt.« Dóra bewegte die Maus, und der Computerbildschirm leuchtete auf. »Was ist dein Passwort für den Computer, Jónas? Ich hab ihn hochgefahren, komme aber ohne Passwort nicht rein.«

»Hasch«, sagte Jónas. »Mit kleinen Buchstaben.«

Dóra stöhnte. »Bist du noch ganz bei Trost? Ich ändere es. Wenn die Polizei deinen Computer beschlagnahmt, ist das kein Passwort, das wir ihnen mitteilen möchten. Ich nehme was Harmloseres.«

Sie verabschiedeten sich, und Dóra änderte umgehend das Passwort. »Amnesty«, sagte sie zu sich selbst. »Kleingeschrieben.«

»Mit wem sprichst du?«, fragte Matthias, als er den Raum betrat. »Mit dem Geist?«

Dóra blickte vom Monitor auf und grinste. »Ja, warum nicht? Vielleicht kann der mir bis morgen früh den Mörder verraten.«

Matthias nahm umständlich auf einem Stuhl gegenüber von Dóra Platz. Er knallte einen Stapel Papier auf den Tisch. »Ich hab ein paar Autos gefunden.«

Dóra nahm die Blätter zur Hand. Matthias hatte auf dem Parkplatz anhand der Liste mit den Kfz-Kennzeichen überprüft, ob Fahrzeuge der Gäste oder des Personals an dem Tag, an dem Eiríkur zu Tode getrampelt worden war, den Tunnel passiert hatten.

»Wie hast du es geschafft, diese Unmenge an Nummern und Namen durchzusehen?«, fragte Dóra. »Wie viele sind es eigentlich?«

»Etwa fünftausend, aber die Polizei ist die Liste netterweise schon durchgegangen und hat ein paar Autos angekreuzt, die mit dem Mord in Verbindung stehen könnten. Darunter auch einige Fahrzeuge der Angestellten«, erklärte Matthias. »Problematisch sind die Mietwagen. Bei denen sind die Firmen als Eigentümer eingetragen, da bringt die Liste alleine nicht viel. Aber Vigdís hat mir geholfen«, sagte Matthias. »Sie ist mit rausgekommen und hat mir gesagt, wem welcher Wagen gehört. Sie wusste genau Bescheid.« Er nahm den Stapel und blätterte darin herum. »Leider hat's nicht viel gebracht. Die Leute mit den Mietwagen sind natürlich alle Ausländer, und keiner von ihnen steht unter Verdacht. Allerdings hat weder der Wagen der Japaner noch der von Robin, dem Fotografen, am fraglichen Tag den Tunnel passiert.«

»Robin meinte, er sei in den Westfjorden gewesen«, entgegnete Dóra. »Dann passt es ja, dass er nicht durch den Tunnel gefahren ist. Und die Japaner fahren laut Vigdís nie irgendwohin. Was ist mit den anderen?«

»Ich weiß nicht, ob uns das weiterhilft, aber unter den von der Polizei gekennzeichneten Fahrzeugen ist das von Bergur. Er ist vormittags hin- und zurückgefahren – er ist also noch im Rennen«, sagte Matthias und blätterte weiter. »Der verletzte Börsenmakler ist nicht weggefahren, zumindest stand sein Name nicht auf der Liste. Ich bezweifle allerdings, dass er in seinem Zustand überhaupt Auto fahren kann. þröstur, der Kajakfahrer, ist abends um sechs weggefahren. Der Mord wurde um die Abendbrotzeit herum begangen, er scheint also nicht in Frage zu kommen. Er ist erst viel später zurückgekommen.«

»Wie viel Zeit liegt zwischen seiner Hin- und Rückfahrt?«, fragte Dóra. »Man kann nämlich auch am Fjord entlangfahren, das heißt, er hätte durch den Tunnel Richtung Reykjavík fahren, den Rückweg über den Hvalfjörður nehmen, Eiríkur umbringen, wieder am Fjord entlang und dann in entgegengesetzter Richtung durch den Tunnel zurückfahren können.« Sie schaute skeptisch drein. »Das ist allerdings ziemlich weit hergeholt. Wenn er eine halbe bis eine Stunde vor dem Mord durch den Tunnel fährt, ist es ziemlich unwahrscheinlich, dass er es schafft, hierher zurückzukommen, Eiríkur in den Pferdestall zu schleppen, ihn zu töten und dieselbe Strecke noch einmal zu fahren. Ich kenne den genauen Todeszeitpunkt. ›Zur Abendbrotzeit‹ – das ist alles andere als präzise.«

Matthias verglich þrösturs Hin- und Rückfahrtzeiten. »Er ist zweieinhalb Stunden nach dem Hinweg wieder durch den Tunnel zurückgekommen.«

»Dann ist es im Grunde ausgeschlossen«, sagte Dóra. »Er hätte verdammt Gas geben müssen. Ich finde, wir sollten trotzdem mit ihm reden. Vielleicht weiß er etwas. Wen hast du da noch?«

»Die Angestellten scheinen größtenteils hier gewesen zu sein, zumindest stehen kaum Fahrzeuge von ihnen auf der Liste. Jökulls Wagen ist gegen zwei Uhr Richtung Reykjavík gefahren und zwei Stunden später wieder zurückgekommen, das heißt, er ist noch mit im Spiel. Dann gab's da noch einen Wagen, der laut Vigdís der Masseurin gehört. Sie ist gegen Mittag gefahren und nicht zurückgekommen. Und die Polizei hat auch noch den Wagen einer Frau markiert, die hier arbeitet. Sie heißt Sóldís und ist laut Vigdís in erster Linie Zimmermädchen. Kurz nach dem Mord ist sie durch den Tunnel gefahren. Vigdís meinte, Sóldís wollte ihren Wagen am Sonntag in Reykjavík in die Werkstatt bringen und zurücktrampen. Ich kenne die Frau nicht, aber sie könnte im Grunde jederzeit zurückgekehrt sein. Wir wissen ja nicht, wer sie mitgenommen hat.«

»Diese Sóldís ist blutjung. Unwahrscheinlich, dass sie mit der Sache zu tun hat«, erklärte Dóra. »Ich hab mich ein bisschen mit ihr unterhalten, bevor du gekommen bist. Scheint eine ehrliche Haut zu sein. Außerdem glaube ich sowieso nicht, dass Frauen in Frage kommen. Nicht, wenn wir davon ausgehen, dass beide Male derselbe Mörder am Werk war. Weil Birna immerhin vergewaltigt wurde.«

»Ja, ja, aber die Polizei hat Fahrzeuge von Männern und

Frauen aussortiert«, erwiderte Matthias. »Und es ist nicht gesagt, dass der Eigentümer auch der Fahrer sein muss. Vielleicht hat eine Frau ihr Auto verliehen, und der Mörder war gar nicht in seinem eigenen Wagen unterwegs. Der Eigentümer muss ja nicht unbedingt am Steuer sitzen.«

»Nein, das stimmt natürlich«, gab Dóra zu. »Das Ganze ist also nicht sehr hilfreich, oder?«

»Nein«, entgegnete Matthias. »Ich hab die Namen auf der Liste allerdings etwas genauer unter die Lupe genommen, man weiß ja nie, wonach die Polizei sucht.« Er blätterte weiter durch den Stapel. »Dabei habe ich gesehen, dass die beiden Geschwister, die Jónas das Land verkauft und die wir in Stykkishólmur getroffen haben, Börkur und Elín, einige Zeit vor dem Mord durch den Tunnel in unsere Richtung gefahren sind. Sie sind nicht wieder umgekehrt. Dann ist da dieses Mädchen, Bertha, sie ist eine Stunde vor dem Mord in die Stadt gefahren und an diesem Tag nicht mehr zurück.«

»Ob die Geschwister die Mörder sein könnten?« Dóras Mundwinkel zuckten. »Auf die Idee bin ich noch gar nicht gekommen. Ist allerdings schwierig, sich ein Mordmotiv vorzustellen.«

»Man kann nie wissen«, sagte Matthias. »Ah, und dann habe ich Vigdís noch nach dem alten Baldvinsson gefragt, und sie meinte, er hätte kein Auto, sein Enkel hat ihn gebracht.«

»Dann ist da noch Bergurs Frau«, sagte Dóra nachdenklich. »Merkwürdig, dass das alles bei ihnen vor der Haustür passiert ist, ohne dass die Eheleute irgendetwas mit der Sache zu tun haben. Er ist Birnas Liebhaber, entdeckt ihre Leiche, und dann wird Eiríkur in ihrem Pferdestall umgebracht. Rósa hatte genügend Gründe, Birna zu töten, aber warum hätte sie Eiríkur ermorden wollen?« Dóra blickte zu Matthias. »Ob sie nur Birna umgebracht hat? Könnte sie einen Komplizen für die Vergewaltigung gehabt haben?«

Matthias zuckte die Achseln. »Ja, klar, fragt sich nur, wen. Jökull vielleicht?«

Dóra seufzte und drehte sich zum Computer. »Ich sterbe vor Hunger.« Sie schaute auf die Uhr in der Bildschirmecke. »Sollen wir mal sehen, ob wir was zu essen kriegen? Ich fürchte, wenn wir noch länger warten, hat die Küche geschlossen. Der Computer läuft uns ja nicht weg.«

Sie standen auf und verließen das Büro. Matthias ließ den Papierstapel zurück, und Dóra schloss sorgfältig ab. Sie war sich keineswegs sicher, ob die Polizei ihr eine Kopie der Liste aushändigen würde, falls diese verschwand – beziehungsweise ob sie ein markiertes Exemplar bekäme, und es wäre unglaublich viel Arbeit, noch einmal von vorne anfangen zu müssen. »Oh, hoffentlich haben sie Muscheln.« Dóras Magen knurrte. »Oder Frikadellen.«

»Ich hätte nichts gegen ein leckeres Sandwich und ein Bier«, meinte Matthias. »Auf gar keinen Fall Walfleisch, und du brauchst mir auch nichts von deinen Muscheln abzugeben.« Als Dóra ihn leicht am Ärmel zupfte, verstummte er. Sie nickte in Richtung eines schlanken Mädchens, das in Begleitung einer alten Dame zum Ausgang ging.

»Das da ist Sóldís«, flüsterte Dóra. »Die von der Liste, die du nicht kanntest.« Sie näherten sich, und Dóra grüßte das Mädchen freundlich. »Hallo Sóldís«, sagte sie und blieb stehen.

Sóldís und die Frau blieben ebenfalls stehen, und das Mädchen presste etwas hervor, das einem Lächeln ähnelte. »Ach, hallo.«

Dóra stellte sich der alten Dame vor und reichte ihr die Hand. »Ich bin Anwältin«, fügte sie hinzu, »und arbeite für den Hotelbesitzer. Sóldís war mir bei einigen Dingen behilflich.« Die Frau stellte sich als Lára vor. Dóra lächelte dem Mädchen zu. »Ich wollte dich noch etwas fragen, falls ihr es nicht eilig habt.«

»Ich jedenfalls nicht«, sagte die alte Frau. »Ich bin nur hier, um sie abzuholen.«

»Hm, von mir aus«, brummte Sóldís mit einem so desinteressierten Gesicht, wie es nur Jugendliche aufsetzen können. Sie kaute Kaugummi, offensichtlich einen recht großen, denn sie nuschelte ein wenig. »Was willst du denn wissen?«

»Ach, nichts Besonderes«, antwortete Dóra. »Es gibt eine Liste der Fahrzeuge, die am Sonntag den Hvalfjörður-Tunnel passiert haben, und du bist offenbar mit deinem Wagen in die Stadt zur Werkstatt gefahren.«

»Stimmt«, entgegnete Sóldís. Sie zeigte mit dem Daumen auf die alte Dame. »Ich kriege ihn erst am Mittwoch zurück, deshalb holt Oma mich ab.«

»Die Frage ist«, sagte Dóra, »mit wem bist du zurückgefahren? Wir versuchen herauszufinden, wo die Leute sich an diesem Tag aufgehalten haben, wer auf dem Grundstück war und so weiter.«

Sóldís' Gesichtsaudruck deutete darauf hin, dass sie die Frage sonderbar fand. »Ich bin mit þröstur gefahren.«

»Mit dem Kajakfahrer?«

»Ja, ich hab ihn sagen hören, er müsste kurz nach Reykjavík, und ich hatte echt ein Problem, also hab ich ihn gefragt, ob er mich mitnehmen könnte. Er hatte nichts dagegen.« Sie formte mit dem Kaugummi eine große Blase und ließ sie platzen. Die Enden des Kaugummis beförderte sie dann geschickt mit der Zunge wieder in ihren Mund. »Steini hatte abgesagt, deshalb hatte ich Glück, dass þröstur mir geholfen hat.«

»Steini?«, fragte Dóra. »Wer ist Steini?«

»Mein Freund«, antwortete Sóldís. »Oder ein Freund. Er wollte mich abholen, hat dann aber im letzten Moment einen Rückzieher gemacht. Er ist ein bisschen komisch. Früher war er nicht so, aber dann hatte er einen Unfall und ...« Sie tippte sich mit dem Zeigefinger an die Schläfe.

»Meinst du den Jungen im Rollstuhl mit den schlimmen Verbrennungen?«, fragte Dóra erstaunt. »Kann er Auto fahren?«

»Ja, ja«, antwortete Sóldís. »Seine rechte Körperhälfte ist zwar verbrannt, aber seine eine Hand ist völlig in Ordnung. Die Beine sind allerdings irgendwie verletzt, aber er hat ein Gerät im Auto, das ihm hilft, die Pedale zu treten. Es ist ein Automatikwagen.«

»Das erleichtert ihm bestimmt einiges.« Dóra versuchte ihre Verwunderung zu verbergen. Sie wäre nie auf die Idee gekommen, dass der Junge Auto fahren könnte. »Woher kennt ihr euch denn?«

»Wir waren schon mit sechs in derselben Klasse«, antwortete Sóldís. »Es gab nur eine Klasse in unserem Jahrgang, weißt du, und nach dem Unfall ist er dann in ein Haus hier in der Nähe gezogen, und ich hab ihn besucht. Erst, weil ich Mitleid mit ihm hatte, du weißt schon, und dann einfach zum Quatschen.«

»Er ist also ein guter Freund?«, hakte Dóra nach: »Die beiden Male, die ich ihn getroffen habe, wirkte er sehr verschlossen.«

»Doch, er ist klasse. Er kommt nur nicht so gut mit Fremden klar«, antwortete Sóldís und ließ den Kaugummi knallen. »Ich glaube, es ist ihm unangenehm, wenn die Leute ihn anstarren und so. Eigentlich gibt es nur zwei Personen, die ihn besuchen. Ich und seine Cousine Bertha.«

»Die habe ich kennengelernt«, entgegnete Dóra. »Seid ihr auch befreundet?«

»Ja, könnte man sagen. Ich kannte sie vorher nicht; sie ist aus Reykjavík. Hab sie bei Steini getroffen, weißt du. Sie ist sehr nett zu ihm und scheint echt in Ordnung zu sein.«

»Das war alles sehr tragisch«, warf Lára, Sóldís' Großmutter, unvermittelt ein. »Hier in der Gegend wohnen nicht viele Leute, und alle wissen von dem Unfall mit zwei Toten und einem Schwerverletzten.«

»Ich hab gehört, es war ein älteres Ehepaar von einem Hof hier in der Nähe.«

»Ja, schrecklich«, sagte die alte Frau. »Das Schlimmste war eigentlich, dass Gvendur am Steuer alkoholisiert war. Seine Tochter Rósa hat das schwer mitgenommen. Sie ist wegen der ganzen Geschichte ziemlich isoliert. Sehr gesellig war sie nie, aber nach dem Unfall hat sie sich ganz zurückgezogen. Was Unsinn ist, denn die Leute würden sie nie dafür verantwortlich machen.«

Dóra nickte. »Du bist aus der Gegend, nicht wahr?«, fragte sie Lára.

»Ja, ich bin hier geboren und aufgewachsen«, antwortete sie lächelnd. Dóra bemerkte, dass Sóldís ihr ziemlich ähnlich sah. Trotz sechzig Jahren Altersunterschieds hatten sie dieselben Gesichtszüge. »Als ich jung war, habe ich ein paar Jahre in Reykjavík gewohnt, aber schnell gemerkt, dass ich mich hier wohler fühle. Es hat mich nie wirklich woanders hingezogen.«

Dóra lächelte. »Ich bin hier auf alle möglichen Dinge gestoßen, die mich neugierig gemacht haben. Kanntest du zufällig die Leute von den beiden Höfen hier auf dem Grundstück?«

»Die Familien von Kreppa und Kirkjustétt? Aber selbstverständlich«, sagte Lára stolz. »Wir waren beste Freundinnen, ich und Guðný, die Tochter von Kirkjustétt.«

»Erinnerst du dich gut an diese Zeit?«, fragte Dóra, während sie fieberhaft versuchte, sich die wichtigsten Fragen ins Bewusstsein zu rufen.

»Tja, natürlich lässt das Gedächtnis langsam nach, aber die ältesten Erinnerungen währen scheinbar am längsten. Die Brüder Grímur und Bjarni waren übrigens immer etwas Besonderes, insofern wundert es mich nicht, wenn du Fragen hast. Das Leben hier auf dem Hof war schon eigenartig.«

Dóra hätte Sóldís' Großmutter küssen können. Sie holte tief Luft und legte los. »Weißt du, ob der Hof irgendwas mit Nazis zu tun hatte? Ich habe eine Fahne und anderes Zeugs gefunden. Weißt du etwas darüber?«

Lára seufzte betrübt. »Ja, leider. Bjarni hatte eine Vorliebe dafür. Man muss allerdings bedenken, dass er nach dem Tod seiner Frau Aðalheiður, so um 1930 nicht mehr derselbe war. Sie bedeutete alles für ihn. Man könnte sogar sagen, dass ihm durch den Verlust sein Verstand und sein Urteilsvermögen abhanden kamen.« Die alte Dame lächelte verschmitzt. »Allerdings hat er auch profitiert von seinen Marotten. Ungefähr gegen Kriegsbeginn begann Bjarni, in abenteuerliche Dinge zu investieren, und das Glück war mit ihm. Es war ja nur Zufall, dass sich die wirtschaftlichen Verhältnisse im Land durch den Krieg schlagartig besserten, durch die Besatzung und den Bevölkerungszuwachs.

Grímur hatte hingegen nie so viel Glück, er vertrat immer die Stimme der Vernunft.«

»Ist er bankrottgegangen?«, fragte Dóra.

»Nein, so schlimm kam es nicht, aber ich glaube, es hätte nicht viel gefehlt. Er war Arzt, aber da es hier in der Gegend einen Gemeindearzt gab, hatte er nicht genug zu tun und verlegte sich immer mehr auf die Landwirtschaft. Am Ende gab er den Arztberuf auf und versuchte, den Hof zu vergrößern, aber dann fand er keine Arbeitskräfte. Alle waren nach Reykjavík gegangen, wo man bessere Löhne bei den Besatzern bekam. Bjarni hat seinen Bruder schließlich vor dem Bankrott gerettet, seine Ländereien aufgekauft, ihm aber trotzdem erlaubt, weiter zu wirtschaften, so als hätten sich die Besitzverhältnisse gar nicht geändert. Bjarni hat das getan, obwohl die Brüder kein gutes Verhältnis mehr hatten, und Grímur ist es sicherlich schwergefallen, die Hilfe anzunehmen. Zu allem Überfluss starb dann auch noch Grímurs Frau Kristrún bei der Geburt ihrer kleinen Tochter. Kristrún war gemütskrank, daher kannte ich sie kaum. Sie ging nicht viel unter Leute.« Die alte Frau machte eine Pause. »Was die Nazis angeht, da bekam Bjarni Besuch von Leuten aus Reykjavík, die ihn unbedingt zu einer Art Anführer der isländischen Nationalbewegung im Westland machen wollten. Er sollte junge Männer für eine politische Bewegung hier im Bezirk anwerben. So etwas gab es schon im Südland und ich glaube auch im Norden, obwohl sie nie richtig Rückenwind hatten.«

»Und hat er es gemacht?«, fragte Dóra. »Ist er ihnen beigetreten und hat Leute angeworben?«

»Er hat damit angefangen. Sogar ziemlich erfolgreich.« Lára lächelte erneut. »Allerdings interessierten sich die jungen Burschen weniger für die Ideologie, für die Bewegung oder für das Hakenkreuz als für Bjarnis Tochter Guðný.«

Die alte Dame schaute verträumt vor sich hin. »Sie war so hübsch. Ein hübsches kleines Mädchen und eine hübsche junge Frau. Genau wie ihre Mutter. Die jungen Burschen aus dem Bezirk konnten ihre Augen nicht von ihr abwenden, als sie ins Teenageralter kam. Sie haben wirklich jede Gelegenheit ergriffen, zu ihr nach Hause zu kommen, selbst wenn sie dafür den einen oder anderen Abend so tun mussten, als seien sie Nationalisten. Ich weiß nicht, ob sie auch nur die geringste Ahnung hatten, was Nationalsozialismus war. Sie wollten einfach in Guðnýs Nähe sein.«

»Hat sie denn an diesen Treffen teilgenommen?«

»Nein, meine Liebe«, antwortete die Alte. »Sie hat Kaffee gekocht und die Gäste bedient. Ich musste ihr manchmal helfen. Wir haben die jungen Burschen ausgiebig gemustert und heimlich über sie gekichert.« Láras Gesicht nahm einen traurigen Ausdruck an, und sie schüttelte den Kopf. »Ich weiß nicht, wie es geendet hätte, aber der liebe Gott griff ein, und es kam, wie es kam.«

»Meinst du die Tuberkulose?«, fragte Dóra.

»Ja, unter anderem«, sagte sie. »Bjarni wurde krank und zog sich zurück – und somit auch Guðný.« Sie seufzte. »Ich bin ungefähr zur selben Zeit mit meiner Tante in die Stadt gezogen und habe deshalb, bis auf ein paar Briefe, den Kontakt zu ihr verloren. Das ganze Nazigetue fiel in sich zusammen.«

»Was hältst du von den Gerüchten, Bjarni hätte Guðný missbraucht?«

Lára schaute Dóra in die Augen. Sie holte tief Luft und löste ihren Blick wieder. »Gott, wie lange das her ist. Aber ich habe in der letzten Zeit viel an Guðný gedacht.« Sie zeigte auf Sóldís, die neben ihnen wild auf ihrem Kaugummi herumkaute und sie aufmerksam beobachtete. »Als Sóldís anfing, hier zu arbeiten, ist mir das alles wieder eingefallen.« Sie zögerte, sah Dóra dann aber scharf an. »Ich glaube, dass Bjarni seine Tochter nie angerührt hat. Er war ein guter, wenn auch seltsamer Mann, und aus ihren Briefen konnte man lesen, wie gern sie ihn hatte.« Sie schaute zu Boden. »Aber es ist trotzdem etwas passiert. Nachdem Guðný erkrankt war, wurden die Briefe kürzer, aber sie vertraute mir dennoch in ihrem letzten Brief ein Geheimnis an. Sie schrieb, sie hätte ein Kind bekommen. Diesen Brief schrieb sie kurz nachdem ihr Vater gestorben und das Kind vier Jahre alt war. Sie schrieb, sie hätte sich nicht getraut, es mir früher anzuvertrauen. Damals galt so etwas als furchtbare Schande. Sie war erst sechzehn, als das Kind gezeugt wurde. Den Vater des Kindes erwähnte sie mit keinem Wort, schrieb nur, sie würde mir die ganze Geschichte später erzählen. Aber dazu kam es nie, denn als Nächstes hörte ich, sie sei gestorben.«

»Wer hätte der Vater sein können?«, fragte Dóra.

»Da kommen nicht viele in Frage«, antwortete Lára. »Bei Tuberkulose waren die Leute sehr vorsichtig, da die Krankheit hochansteckend ist und es damals keine Heilungsmöglichkeit gab. Die beiden lebten völlig isoliert, nachdem ihr Vater beschlossen hatte, zu Hause zu bleiben und nicht in die Stadt zu gehen. Sie wollte ihn nicht allein lassen, und so kam es, wie es kommen musste. Der einzige Mensch, der die beiden besuchte, war Bjarnis Bruder Grímur. Ich hatte ihn immer in Verdacht, Guðný missbraucht zu haben, obwohl man so was nicht sagen soll, wenn man keine triftigen Beweise hat. Außer vielleicht, dass er kein guter Mensch war.«

»Was wurde aus dem Kind?«, fragte Dóra. »War es ein Mädchen oder ein Junge?«

»Ein Mädchen. Ich weiß nicht, was aus ihr geworden ist. Als ich wieder herzog, schien niemand sie gekannt zu haben. Der Pastor, der sie höchstwahrscheinlich getauft hat, war gerade verstorben, und alle Leute, die ich fragte, hatten nie ein Kind gesehen. Obwohl einige wussten, dass Guðný Waren bestellt hatte, die nur damit zu erklären waren, dass ein Kind auf dem Hof lebte. Es hieß, das Kind sei gestorben, ausgesetzt worden oder an Tuberkulose erkrankt, wie seine Mutter. Der Klatsch über Inzest ging erst los, als beide, Guðný und Bjarni, tot waren. Vielleicht haben meine Bemühungen, dieses Kind ausfindig zu machen, den Klatsch sogar losgetreten.«

»Hast du mit Grímur darüber gesprochen?«

»Ich hab's versucht, aber er wollte nicht mit mir reden. Kurz nachdem ich wieder hier war, ist er nach Reykjavík gezogen. Niemand wollte mir helfen, etwas herauszufinden; über Inzest sprach man einfach nicht – es galt als große Schande.«

»Wie hieß das Mädchen? Weißt du das?«, fragte Dóra.

»Kristín. In dem Brief nannte sie die Kleine Kristín«, antwortete Lára. »Ich habe überall nach einem Grabstein mit diesem Namen gesucht, aber keinen gefunden. Ich weiß nicht, was mit ihr passiert ist.«

»Kristín«, sagte Dóra. »Dann gab es sie also doch.«

»Gab?«, sagte Lára. »Ich habe immer noch die Hoffnung, dass sie lebt. Ich habe immer geglaubt, dass Guðný sie heimlich bei guten Leuten untergebracht hat. Weil sie nicht wollte, dass die Leute Kristín wegen der Ansteckungsgefahr aus dem Weg gehen. Möglicherweise hatte sie das schon seit der Geburt des Kindes beabsichtigt und Grímur darum gebeten, die Geburtsurkunde nicht an die Behörden zu schicken oder sie irgendwie zu fälschen. Ich gehe davon aus, dass das Kind in Grímurs Obhut kam, denn als es geboren wurde, war jeglicher Kontakt zu Guðný und ihrem Vater gefährlich.« Láras Gesicht nahm einen entschlossenen Ausdruck an. »Guðný war gottesfürchtig. Für sie wäre nie etwas anderes in Frage gekommen, als dass ihr Kind auf einem Friedhof beerdigt wird und zwar auf dem da hinten. Deshalb glaube ich, dass das Kind überlebt hat.«

Dóra nickte. Keine Mutter, die noch bei Verstand ist, würde ihr Kind im freien Gelände begraben, wenn ein Friedhof in der Nähe war. Kristín musste ihre Mutter überlebt haben. Sie wollte der Frau nicht von den in den Balken eingeritzten Worten erzählen – dass Kristín ermordet worden war. Für die alte Frau war es besser, zu glauben, Kristín sei noch am Leben. Daher wechselte Dóra das Thema. »Weißt du, was für ein Haus hinter diesem hier stand? Es muss vor sehr langer Zeit abgebrannt sein.«

»Ein Haus?«, sagte Lára verdutzt. »Hier stand nur ein Haus, und das existiert immer noch, es ist nur in das neue Hotel integriert worden.« Nachdenklich runzelte sie die Stirn. »Es sei denn, du meinst die Scheune«, sagte sie plötzlich. Sie drehte den Kopf und suchte an der Rückseite des Hotels nach einem Fenster, fand aber keins. »Hinter dem Haus standen die Scheune und der Stall. Vielleicht sind die abgebrannt, aber das muss passiert sein, bevor ich zurückgekommen bin, ich kann mich nämlich nicht an einen Brand erinnern. Ich könnte auch nicht mehr sagen, ob die Gebäude noch standen, als ich wieder hier war.«

»Ich weiß, dass das vielleicht merkwürdig klingt, aber erinnerst du dich an den Kohlenkeller in Kreppa?«, fragte Dóra. »Er ist in den Boden gegraben, und man gelangt durch den Keller im Haus und durch eine Falltür in der Wiese hinein.«

Lára grübelte. »Nein, daran kann ich mich nicht erinnern. Ist das wichtig?«

»Was sind denn das für Typen?«, platzte Sóldís auf einmal heraus, bevor Dóra antworten konnte. »Wissen die etwa nicht, dass man hier nicht campen darf? Das steht auf dem großen Schild am Abzweig. Hier ist Naturschutzgebiet!« Sie zeigte nach draußen.

»Oh, nein«, entfuhr es Dóra. Durch die Glastür sah sie ihren Jeep samt Wohnwagen über den Parkplatz ruckeln.

29. KAPITEL

Der Wohnwagen stand quer auf dem Parkplatz. Dóra beobachtete, wie Gylfi aus dem Geländewagen stieg und seiner kleinen Schwester und Sigga, die auf dem Rücksitz saßen, die Tür aufhielt. Offenbar hatte er verhindern wollen, dass seinem ungeborenen Erben im Falle einer Kollision durch den Airbag Schaden zugefügt würde. Wenn es um Sicherheitsfragen ging, ließ Gylfi nichts auf sich kommen – abgesehen davon, dass er ohne Führerschein fuhr. Sigga reckte sich beim Aussteigen, und der Babybauch wirkte dabei an ihrem zierlichen Körper noch grotesker. Sie überlegte, wie sie die drei wieder in die Stadt verfrachten könnte, bis ihr einfiel, dass es kurz vor zehn Uhr abends war und somit zu spät, einen Chauffeur zu organisieren. »Warum seid ihr nicht mit eurem Vater gefahren?«, rief sie Gylfi zu, während sie ihnen über den Parkplatz entgegenmarschierte. »Er sollte euch in Selfoss abholen.«

»Nur so«, sagte Gylfi und verriegelte gewissenhaft den Wagen. »Wir wollten alle nicht zu ihm nach Hause oder zu Siggas Eltern, deshalb haben wir beschlossen, weiter zu campen. Ich hab's Papa erzählt, damit er nicht ausflippt, falls du deswegen irgendwie sauer auf ihn bist.«

Darum machte sich Dóra die geringsten Sorgen. Hannes konnte so eingeschnappt sein, wie er wollte, ohne dass sie das in irgendeiner Form störte. Allerdings machte sie sich Sorgen darüber, wie sie sich um Jónas, Matthias, ihre beiden Kinder und ihre hochschwangere Schwiegertochter kümmern sollte, ohne etwas zu vermasseln – oder alles zu vermasseln. »Wie geht's dir denn, Sigga?«, sagte sie zu dem schwangeren Mädchen, während sie Sóley in den Arm nahm, die sich glücklich lächelnd an ihre Mama schmiegte.

»Ach, geht so«, antwortete Sigga. »Mein Rücken tut weh.«

Dóra spürte, wie sich ihr Gesicht vor Entsetzen verzog. »Glaubst du, das Kind kommt schon?«, fragte sie. »Dann könnt ihr nicht hierbleiben.«

»Nein, Mama«, sagte Gylfi empört. »Sie ist noch nicht am Ende des neunten Monats.«

Von Frühgeburten hatte Gylfi offenbar noch nie etwas gehört. »Kommt rein«, sagte Dóra und schob die Schar zum Eingang. »Über deine Autofahrt reden wir noch, Gylfi, aber das muss warten«, flüsterte sie ihrem Sohn ins Ohr. »Ich bin total sauer auf dich.« Dann fügte sie laut hinzu: »Ich schaue mal, ob ich ein Zimmer für euch bekomme. Genug gecampt.« Matthias stand lächelnd im Türrahmen. Dóra schnitt eine Grimasse, die nur er sehen konnte. »Kinder, ihr erinnert euch bestimmt an Matthias. Er hilft mir bei einem Fall, der mit dem Hotel zu tun hat. Ihr müsst ganz brav sein, ich muss arbeiten. Ihr rührt euch nicht von der Stelle und macht nichts kaputt.« Sie war kurz davor, hinzuzufügen »und bringt nichts zur Welt«, schluckte es aber im letzten Moment hinunter. Die beiden ersten Punkte waren schon schwierig genug.

»Mach dir keine Gedanken«, sagte Matthias, nachdem sie sich in Jónas' Büro vor den Computer gesetzt hatten. »Es ist alles in Ordnung. Ich mag deine Kinder. Ich habe mir meinen Urlaub zwar etwas anders vorgestellt, aber er wird bestimmt unvergesslich.« Er zwinkerte ihr verschwörerisch zu. »Vielleicht findest du ja in Reykjavík einen Babysitter, damit wir mal in ein Restaurant gehen können, wo nicht nur biologisch angebaute Produkte angeboten werden.«

Dóra löste ihren Blick vom Bildschirm. »Warum sind die Volksmärchen von Jón Árnason bloß nicht im Internet zugänglich?«, nörgelte sie.

»Darf ich das als Ja interpretieren?«, fragte Matthias.

»Was?«, geistesabwesend scrollte Dóra weiter über die Homepage. »Ja, ja«, fügte sie hinzu, obwohl sie keine Ahnung hatte, worauf sie sich gerade einließ. »Egal wo ich suche, ich finde nie die eigentliche Geschichte, nur den Vers. Ich müsste in eine Bibliothek.«

Matthias schaute auf die Uhr. »Das wirst du kaum mehr schaffen. Glaubst du wirklich, dass die Inschrift auf dem Stein eine Rolle spielt?«

Dóra blickte vom Bildschirm zu ihm. »Nein«, antwortete sie knapp. »Ich brauche einfach einen Strohhalm für morgen und weiß nicht, wo ich suchen soll.«

»Falls Bergur oder seine Frau die Morde begangen hat, dann glaube ich nicht, dass dieser Stein irgendwas mit der Sache zu tun hat«, meinte Matthias. »Es wäre vernünftiger, sich mit Dingen zu beschäftigen, die nicht ganz so lange her sind.« Matthias trat ans Fenster und beobachtete ein Auto, das sich dem Hotel näherte. Es rollte bis ans Haus und hielt direkt unterhalb des Fensters an. Die Scheinwerfer gingen aus, und der Motor erstarb. »Die Autonummer kenne ich doch!«, rief Matthias und ließ die Gardine los. »Wo ist die Liste?«

Dóra schaute ihn ungläubig an. »Willst du etwa behaupten, du würdest eine Nummer von Tausenden wiedererkennen?«, fragte sie und reckte sich nach der Liste mit den Kennzeichen.

»Es ist ein persönliches Kennzeichen«, antwortete Matthias. »Davon gab es nicht viele, deshalb ist es mir aufgefallen.« Er blätterte durch die Liste. »Hier ist es. Eine Stunde, bevor Eiríkur ermordet wurde, ist dieser Wagen von Reykjavík aus durch den Tunnel gefahren.« Er gab Dóra die Liste zurück und zeigte auf einen Eintrag. »Da! VERITAS«, sagte er. »Ich erinnere mich genau daran, weil es in Deutschland nur standardmäßige Städtekennzeichen gibt, keine individuellen wie bei euch, und weil ich über den Beruf des Besitzers nachgedacht habe. Das Einzige, was mir in Verbindung mit der Wahrheit eingefallen ist, war Mathematik.«

Dóra nahm die Liste entgegen und las den Namen des Eigentümers. »Knapp daneben«, sagte sie und legte das Blatt beiseite, »es ist ein Politiker. Baldvin Baldvinsson, der Enkel des alten Magnús, mit dem wir gesprochen haben.« Dóra stand auf. »Was will der denn schon wieder hier?«

»Vielleicht seinen Großvater besuchen?«, schlug Matthias vor. »Oder er ist auf Stimmenfang?«

»Wir fragen ihn einfach«, sagte Dóra. »Dem Nummernschild nach zu urteilen, wird er uns nichts als die Wahrheit sagen.«

Baldvin stand an der Rezeption und trommelte beim Warten auf den Tresen. Vigdís drehte ihm den Rücken zu und schaute in den Computer. Dóra wünschte ihr ein anständiges Gehalt, da sie Tag und Nacht zu arbeiten schien. »Löst dich niemand ab?«, fragte sie, als sie mit Matthias neben Baldvin trat. Dóra wollte nicht direkt auf den Mann einreden und zog es vor, ein Gespräch mit Vigdís anzufangen. Er schien auf etwas zu warten und würde bestimmt nicht direkt wieder gehen.

Vigdís drehte sich zu Dóra um. »Doch, doch. Jónas wollte diese Schicht eigentlich übernehmen, aber ...« Sie zögerte. »... du weißt schon. Er wollte schon längst eine Kollegin für mich einstellen, aber das hat sich hingezogen.« Sie tippte etwas in den Computer und wandte sich anschließend an Baldvin. »Du kannst Zimmer 14 nehmen. Direkt neben deinem Großvater.« Sie griff nach dem Schlüssel und reichte ihn dem jungen Mann.

Dóra musterte den Gast. »Du bist doch der Enkel von Magnús, oder? Der Abgeordnete?«

Baldvin schaute Dóra irritiert an. Er sah müde aus, was nichts daran änderte, dass er seinem Großvater unglaublich ähnelte. Dóra erinnerte sich an Fotos von Magnús in jungen Jahren und überlegte, was für ein Gefühl es war, haargenau zu wissen, wie man im Alter aussehen würde. »Äh, ja«, antwortete er. »Kennen wir uns?«

Dóra reichte ihm die Hand. »Nein, aber ich kenne deinen Großvater. Ich war eine Freundin von Birna.« Sie entließ seine Hand nicht wieder aus ihrem festen Griff und fragte gerade heraus: »Ihr kanntet euch doch, oder?«

Baldvin sah aus, als hätte er eine Fliege verschluckt. Er würgte kurz und fasste sich wieder. »Birna, sagst du? Ich kenne leider keine Birna.«

»Nein?«, Dóra blieb hartnäckig. Sie hatte Baldvins Hand immer noch nicht freigegeben und spürte, wie seine Handfläche feucht wurde. »Sag mal, warst du nicht am Sonntag hier?«

Baldvin zögerte, ob wegen des langen Händedrucks oder wegen der Frage. »Ich? Nein, das muss ein Missverständnis sein«, sagte er und lächelte anbiedernd.

»Wirklich?«, sagte Dóra mit gespieltem Erstaunen. »Ich dachte, ich sei auf dem Weg hierher hinter dir durch den Tunnel gefahren. Vielleicht täusche ich mich ja auch.« Sie lockerte ihren Griff, und Baldvin zog seine Hand zurück, so als hätte er es mit einer Aussätzigen zu tun.

»Ja, muss wohl so sein. Ich war jedenfalls woanders.« Er blickte von Dóra zu Vigdís. »Vielen Dank«, sagte er und wandte sich vom Tresen ab. »Nett, dich kennenzulernen«, sagte er zu Dóra und bleckte die Zähne. Ein echter Politiker.

»Gleichfalls«, entgegnete Dóra und lächelte zurück. »Er lügt wie gedruckt«, sagte sie leise zu Matthias, und fragte dann an Vigdís gewandt: »Kannst du dich erinnern, dass er am Sonntag hier war?«

Vigdís schüttelte den Kopf und gähnte. »Nein, ich hab ihn erst zweimal getroffen. An dem Tag, als er seinen Großvater gebracht hat und dann an dem Abend, als wir die Séance hatten.«

Dóra stützte sich auf den Empfangstresen. »Da war er hier?«

»Ja, hab ich doch gesagt. Er kam und hat mit seinem Großvater zu Abend gegessen, und dann sind sie zu der Séance gegangen. Ich glaube, sie haben ziemlich schnell gemerkt, dass das nichts für sie ist – in der Pause waren sie nämlich verschwunden.«

Dóra starrte Matthias mit aufgerissenen Augen an. Er reagierte mit einem Fingerzeig in Vigdís' Richtung, die offenbar im Begriff war, zu gehen. Dóra sah sofort, worauf Matthias hinauswollte. Vigdís hielt einen Schlüssel in der Hand, der genauso aussah wie der, den sie in der Schublade in Kreppa gefunden hatten. »Ist was?«, fragte Vigdís, irritiert, dass die beiden noch nicht gegangen waren. »Ist was mit dem Zimmer für die Kinder nicht in Ordnung?«

»Äh, nein, nein«, antwortete Dóra und starrte den Schlüssel an. »Dürfte ich wohl mal den Schlüssel da sehen?« Sie zog den anderen Schlüssel heraus. »Ich habe nämlich auch so einen und wüsste gerne, worauf er passt.«

»Das ist der Schlüssel für meinen Mitarbeiterschrank«, sagte Vigdís und reichte ihn Dóra widerwillig. »Wenn du so einen Schlüssel gefunden hast, gehört er vermutlich einem Kollegen. Kommt vor, dass sie verloren gehen.«

Dóra nahm ihn in die Hand und verglich die beiden Schlüssel. Sie waren fast identisch. Sie gab Vigdís ihren Schlüssel zurück. »Ich glaube, dieser gehört keinem Mitarbeiter«, sagte sie. »Weißt du, ob Birna Zugang zu den Schränken hatte?«

Vigdís dachte nach. »Nicht, dass ich wüsste, ist aber durchaus möglich. Die Schränke sind erst vor kurzem aufgestellt worden. Birna hat sie ausgesucht und bestellt. Vielleicht hat sie einen für sich reserviert.« Sie ging um den Tresen herum. »Kommt mit«, sagte sie und marschierte los. »Es sind nicht sehr viele Schränke, ihr könnt den Schlüssel einfach ausprobieren.«

Dóra und Matthias folgten Vigdís in einen Mitarbeiterraum mit an der Wand aufgereihten Stahlspinden. »Darf ich einfach probieren?«, fragte Dóra mit dem Schlüssel in der Hand.

»Bitte sehr«, antwortete Vigdís. »Nummer sieben kannst du auslassen, das ist meiner.«

Dóra testete die Schlösser. Es dauerte nicht lange, denn der Schlüssel passte zum dritten Schrank. Als er sich im Schloss drehte, hörte sie ein leises Klicken. Vorsichtig packte sie den Stahlgriff und öffnete. Dann holte sie tief Luft, warf Matthias einen Blick zu und spähte in den Schrank. Fast umgehend drehte sie sich wieder um und schaute ihn enttäuscht an. »Leer. So ein Mist.« Sie gab Matthias den Blick frei. Als er sich nicht direkt wieder umdrehte, sondern seinen Kopf tiefer in den Schrank steckte, klopfte sie ihm ungeduldig auf den Rücken. »Was ist denn? Siehst du was?«

»Da klebt was«, tönte seine Stimme dumpf aus dem Stahlschrank. »Habt ihr eine Pinzette?«, fragte er, als er sich wieder aufrichtete. »Falls dieser Zettel wichtig ist, sollten wir keine Fingerabdrücke darauf hinterlassen.«

Dóra schaute zu Vigdís. »Gibt's hier einen Verbandskasten?« Sie steckte ihren Kopf in den Schrank und sah ein kleines weißes Viereck, das mit Klebeband an der Decke befestigt war. Die Ränder des Papiers waren nicht gerade, sondern leicht gezackt. »Was ist das bloß?« Sie nahm die Pinzette von Vigdís entgegen. Matthias und Vigdís beobachteten, wie Dóra versuchte, das Klebeband zu lösen, sahen aber nicht viel mehr als ihren Rücken.

»Bingo!«, rief Dóra und kletterte mit dem weißen Viereck in der Pinzette aus dem Schrank, »ein Foto!« Sie drehte das Foto um. »Oh!«, war das Einzige, was sie sagen konnte. Dann zeigte sie Vigdís und Matthias das Bild.

»Oh mein Gott!«, stieß Vigdís hervor. »Baldvin Baldvinsson! Ich wusste gar nicht, dass er Neonazi ist.«

»Das ist nicht Baldvin«, erklärte Dóra und legte das Foto auf den Küchentisch. »Es ist sein Großvater Magnús. Ein verdammt altes Bild.«

»Wie ähnlich sie sich sehen!«, rief Vigdís. »Ich hätte das Foto weggeschmissen, wenn ich Magnús wäre. Oder Baldvin.«

»Ob sie die Gelegenheit dazu hatten?«, meinte Dóra. Sie drehte sich zu Vigdís. »Bitte sprich mit niemandem darüber, okay?«

»Himmel, nein«, entgegnete Vigdís. »Das tue ich nicht.« In ihrem Kopf hatte sie bereits die Telefonnummer ihrer Freundin Gulla abgespult und überlegt, wann Kata morgen früh in den Kosmetiksalon kommen würde. Denen konnte man selbstverständlich vertrauen. Das wusste ja jeder, dass die besten Freundinnen nicht unter die Bezeichnung »niemand« fielen. Sie trat an ihren Schrank, holte ihre Handtasche heraus und machte sich wieder auf den Weg zur Rezeption. Als sie an Matthias vorbeikam, legte sie ihm die Hand auf die Schulter und sagte freundlich, in Island seien alle aufgeklärt und er müsse sich keine Sorgen über Vorurteile machen. Matthias schaute ihr verwundert hinterher.

»Was meinte sie damit?«, fragte er Dóra befremdet.

Dóra wurde schlagartig klar, dass es um das Schweigegelübde der Sexberaterin lange nicht so gut bestellt war, wie Stefanía hatte durchblicken lassen. Dóra zuckte die Schultern. »Die sind hier alle etwas merkwürdig«, sagte sie, machte ein unschuldiges Gesicht und lächelte verhalten. »Ich sollte jetzt Sóley ins Bett bringen. Wie es aussieht, gehe ich bestimmt noch nicht schlafen.«

»Es passt alles zusammen.« Dóra saß wieder an Jónas' Computer, wo sie die Ergebnisse der Suche nach *Baldvin Baldvinsson* hinunterscrollte. Sie öffnete einige Links, aber das meiste davon war unerheblich.

»Inwiefern?«, fragte Matthias. »Okay, das Foto im Schrank lässt darauf schließen, dass Birna verhindern wollte, dass jemand es findet. Aber der Einzige, der davon profitieren würde, das Foto in die Hände zu bekommen, ist Magnús, und der ist zu alt, um jemanden umzubringen. Und warum sollte er Birna ermorden, selbst wenn er wüsste, dass sie das Foto hat.«

»Ich glaube nicht, dass er der Einzige ist«, erwiderte Dóra. »Sein Enkel Baldvin hat viel mehr zu verlieren. Hier steht, bald sind Testwahlen für die Parlamentswahlen im Frühjahr, und neulich haben sie in einem Zeitungsartikel erörtert, wie ähnlich er seinem Großvater in Worten und Taten sei. Und dann ein Foto des Großvaters in Naziuniform, das ebenso gut Baldvin zeigen könnte ...« Sie schaute vom Bildschirm zu Matthias. »Mensch, der Mann fährt mit einem Wagen mit dem Kennzeichen VERITAS durch die Gegend, da kannst du dir doch denken, welches Bild er den Leuten von sich vermitteln will. Da passen Nazis nicht besonders gut rein. Sein schneller Aufstieg in der Politik lässt sich ein Stück weit durch die Popularität seines Großvaters erklären. Wenn der Alte sein Ansehen verliert, überträgt sich das auf Baldvin, selbst wenn der damals noch nicht mal als Samenzelle existiert hat.«

»Aber was hatte Birna vor?«, fragte Matthias. »Warum hat sie das Foto nicht einfach aus der Hand gegeben? Wollte sie die beiden erpressen? Sie scheinen nicht übermäßig wohlhabend zu sein. Der VERITAS-Wagen ist ein alter Jeep.«

»Als sie das Bild entdeckt hat – vermutlich in dem alten Album im Keller, in dem ein Foto fehlte –, wollte sie es sich vielleicht nur genauer anschauen und hat es deshalb rausgenommen. Natürlich hat sie einen Schreck gekriegt; es handelt sich schließlich um ein bekanntes Gesicht. Dann ist ihr wahrscheinlich auf einmal klar geworden, dass sie etwas gefunden hatte, was sie für sich nutzen konnte, aber ich habe den dumpfen Verdacht, dass sie etwas anderes als Geld von den beiden wollte«, sagte Dóra und klickte auf einen weiteren Link. Sie las eine Weile und schaute dann auf. »Das ist interessant. Baldvin sitzt als städtischer Vertreter in einer Jury für den geplanten Busbahnhof am Öskjuhlíð.« Sie wandte ihren Blick vom Bildschirm ab. »Erinnerst du dich an die Zeichnung mit dem Glasgebäude an der Wand in Kreppa? Es gibt in Island nicht viele bewaldete Stellen. Eine davon ist der Hügel Öskjuhlíð. Auf dem Entwurf waren Busse.« Sie gestikulierte mit den Händen. »Anscheinend wollte sie unbedingt diesen Auftrag haben. Das würde auch das Telefonat mit Baldvin erklären.«

Matthias war skeptisch. »Willst du damit sagen, sie wollte ihn unter Druck setzen, damit er die Jury dazu überredet, ihr den Auftrag zu geben?« Er schüttelte den Kopf. »Da würde ich aber ein großes Fragezeichen hintersetzen.«

»Für einen isländischen Architekten ist ein solcher Auftrag wie ein Lottogewinn«, erklärte Dóra. »Es handelt sich um ein großes Gebäude an einer vielbefahrenen Straße; wer es entwerfen darf, wird auf einen Schlag bekannt. Und kriegt anschließend einen Auftrag nach dem anderen. So läuft das bei uns und anderswo wahrscheinlich auch.«

»Aber wie kann ein einzelner Mann in einer kompletten Jury die Entscheidung fällen?«, fragte Matthias. »Die anderen haben doch auch etwas zu sagen.«

»Klar«, entgegnete Dóra, »aber er hat Zugang zu Informationen, die den Bewerbern nicht vorliegen, und er könnte die anderen Jurymitglieder befragen, worauf sie am meisten Wert legen. Auch wenn bei solchen Ausschreibungen alle Anforderungen vorliegen sollten, wird sehr oft die Bewerbung ausgewählt, die ein kleines bisschen vom ursprünglich gesetzten Rahmen abweicht. Wenn der Architekt zum Beispiel weiß, dass die Jury im Grunde ein größeres Gebäude bevorzugt, als ausgeschrieben war ...«, Dóra zuckte die Achseln, »... dann hat er einen gewissen Vorteil. Außerdem bin ich mir sicher, dass Baldvin eine große Überzeugungskraft besitzt.«

»Und was willst du jetzt tun?«, fragte Matthias. »Das ist ja wohl kaum schon wasserdicht genug, um den Mord an Eiríkur zu erklären.«

»Erinnerst du dich an Baldvins E-Mail-Adresse in Birnas Notizbuch?«

»Ja«, antwortete Matthias. »Willst du ihm eine Mail schicken?«

»Nein. Ich würde gerne einen kleinen Test machen.« Sie reckte sich nach dem Telefon. »Ich bitte die Polizei, in Birnas Computer nach Mails an Baldvin zu suchen. Sie müssen den Computer haben, und es ist keinesfalls gesagt, dass sie den Mails sonderlich viel Beachtung geschenkt haben.«

Sie ließ sich mit Þórólfur Kjartansson verbinden und pfiff das alberne Lied mit, das in der Warteschleife leierte. Nach einer ganzen Weile verstummte es, und þórólfurs müde Stimme sagte: »Ja?«

Dóra lag, ihre kleine Tochter im Arm, auf dem Bett. Sie hatte das fest schlafende Kind aus Gylfis und Siggas Zimmer herübergetragen, in erster Linie aus Sorge, Sigga könnte vor Sóleys Augen das Baby zur Welt bringen. Matthias hatte sich ohne langes Murren in sein eigenes Zimmer zurückgezogen. Er verstand ihre Lage und beklagte sich überhaupt nicht darüber. Dóra war ihm unendlich dankbar, denn sie musste über einiges nachdenken. Sie hatte Angst vor dem morgigen Tag. Sie fürchtete, þórólfur würde nicht anbeißen, und sie könnte nicht viel mehr für Jónas tun als eine routinemäßige Verteidigung. Eine deprimierende Vorstellung.

Aber sie hatte noch mehr Sorgen. Wenn Magnús und Baldvin Birna ermordet hatten, gab es keinen einzigen Hinweis, warum sie auch Eiríkur etwas hätten antun sollen und wie sie mit ihm in Verbindung standen. Vielleicht war er Birnas Komplize? Welchen Zweck hatte dann der Fuchs, und was bedeutete RER? Falls die Buchstaben überhaupt eine Rolle spielten.

Zu guter Letzt plagte sie die Sache mit Kristín. Sie hatte herausgefunden, dass sie Guðný Bjarnadóttirs Tochter war, aber gleichzeitig schien sie nichts mit dem Fall zu tun zu haben. Dóra gingen noch mehr Dinge durch den Kopf, aber sie war zu müde, um sich darauf zu konzentrieren, und schon bald vermischte sich alles zu einem Wirrwarr: Kohle, Wände, Pferde, Kaufverträge, Verjährungen, Beinbrüche …

Sie schreckte aus ihren traumähnlichen Grübeleien hoch, als sie Kinderweinen hörte. Konfus schob sie den Kopf ihrer schlafenden Tochter von ihrem Arm und setzte sich auf. Das Geräusch ertönte erneut. Sie stieg aus dem Bett und trat ans Fenster, konnte aber in der Dämmerung nichts erkennen. Abermals erklang, irgendwo da draußen, das seltsame Weinen. Genauso plötzlich, wie es eingesetzt hatte, hörte es wieder auf. Dóra schloss das Fenster und zog die Gardinen sorgfältig zu, damit man auch ganz bestimmt nicht hinausschauen konnte. Ein noch feuchter Säugling, der sich in ein blutiges Tuch gehüllt mit einem Arm über den Erdboden zog, schien auf einmal kein so irrealer Anblick mehr zu sein, obwohl sie Matthias damit aufgezogen hatte. Dóra schlüpfte wieder zu ihrer Tochter ins Bett, entschlossen, keinem Menschen davon zu erzählen. Sie musste sich das alles eingebildet haben. Durch das geschlossene Fenster hörte sie undeutlich, wie das erbärmliche Heulen aufs Neue einsetzte.

30. KAPITEL

Der Richter saß in einer dunklen Robe mit Samtvolants da und sah Dóra durchdringend an. Seine Hände waren vor dem Mund gefaltet, sodass er ihr ebenso gut die Zunge hätte herausstrecken oder gelangweilt das Gesicht verziehen können. »Die Verteidigung möge bitte fortfahren«, sagte er mit tiefer Stimme. »Das ist bemerkenswert.«

Dóra lächelte ihm höflich zu. »Wie ich bereits sagte, bin ich völlig zufällig auf dieses Indiz gestoßen und habe die Polizei sofort darüber informiert. Ich stimme nicht mit der Ansicht der Ermittlungsbehörden überein, dass ich sie vor Ablösen des Fotos hätte kontaktieren sollen. Dessen Bedeutung für die Ermittlungen konnte ich erst einschätzen, nachdem ich das Motiv gesehen hatte. Dafür musste ich es ablösen. Ich habe penibel darauf geachtet, nichts unnötig zu beschädigen, und das Foto lediglich mit einer Pinzette berührt.«

»Wie im *CSI Miami*?«, fragte der Richter und nahm die Hände vom Gesicht. Er lächelte Dóra zu.

»Ja, kann man sagen.« Sie erwiderte sein Lächeln.

Der Richter wandte sich an den Bezirksanwalt, der die Untersuchungshaft beantragt hatte. »Die Behörden scheinen noch nicht ausreichend in dem Fall ermittelt zu haben. Anstatt den Argumenten der Verteidigung zu widersprechen, wäre es angebracht, ihr für die Unterstützung zu danken. Es ist gänzlich unklar, ob das betreffende Foto sonst überhaupt den Behörden in die Hände gefallen wäre.«

Der Bezirksanwalt bat darum, auf die Sache eingehen zu dürfen und stand auf. »In der Tat begrüßen wir das Auftauchen dieses Beweismittels, und selbstverständlich wird die neue Sachlage untersucht. Die Kriminalpolizei hat trotz der fortgeschrittenen Uhrzeit gestern Abend umgehend einen Beamten zum Hotel geschickt, und das Foto wird in diesem Augenblick begutachtet.« Er räusperte sich. »Wir sehen jedoch keinen Anlass, warum der Antrag auf Untersuchungshaft allein aus diesem Grund abgelehnt werden sollte. Der Angeklagte hat seine Position keineswegs ausreichend dargestellt und ist immer noch der Hauptverdächtige dieser entsetzlichen Taten. Das Foto allein ändert daran nichts.«

»Was hat die Gegenseite dazu zu sagen?«, fragte der Richter.

»Das Foto ist bei weitem nicht das einzige Indiz. Baldvin Baldvinssons Auto fuhr am Sonntag um 17:51 Uhr durch den Hvalfjörður-Tunnel. Das heißt, er war früh genug in Snæfellsnes, um den zweiten Mord begehen zu können, auch wenn er sich meines Wissens nicht an diese Fahrt erinnern kann. Die Polizei verfügt bestimmt über eine ebensolche Liste des Tunnelverkehrs von dem Tag, an dem Birna ermordet wurde, und nach meinen Informationen befand sich besagter Baldvin an jenem Tag ebenfalls vor Ort. Er nahm gegen Abend an einer spiritistischen Sitzung teil, die er in der Pause wieder verließ, was bedeutet, dass er ausreichend Gelegenheit hatte, Birna zu töten. Des Weiteren verfügt die Polizei gewiss über den E-Mail-Verkehr zwischen Baldvin und Birna, den ich bisher noch nicht einsehen durfte, was übrigens – bis auf eine Aufstellung über die Tunneldurchfahrten am Sonntag, die die Polizei mir freundlicherweise zur Verfügung gestellt hat – auch für weitere Beweismittel gilt.« Dóra sah aus dem Augenwinkel, wie Þórólfur auf seinem Stuhl im Gerichtssaal herumrutschte. Augenscheinlich konnte er es nicht erwarten, diese Verdrehung der Tatsachen richtigzustellen, aber die einzige Möglichkeit bestünde darin, zuzugeben, dass er die Liste schlicht und ergreifend auf dem Tisch im Hotel vergessen hatte. Daher hielt er sich zurück. Dóra fuhr fort: »Des Weiteren weise ich darauf hin, dass das Opfer im Stall möglicherweise die gängige Abkürzung für Reykjavík, REK, auf die Wand schreiben wollte, wobei es ihm aber nicht gelang, den letzten Buchstaben korrekt einzuritzen. Aus dem K kann versehentlich ein R geworden sein. Dabei sollte man berücksichtigen, dass im selben Augenblick ein wilder Hengst auf ihn eintrat. REK könnte etwa ein Hinweis auf Baldvins Tätigkeit als städtischer Abgeordneter sein.«

Der Richter nickte langsam. »Ich denke, dass wir hier nicht voreilig handeln sollten. Baldvin Baldvinsson ist städtischer Abgeordneter, und sein Großvater Magnús ehemaliger Minister. Es muss sorgfältig darauf geachtet werden, keine vagen Behauptungen in die Welt zu setzen und die beiden schwerwiegender Gesetzesverstöße zu bezichtigen. Ich muss wohl nicht viele Worte darüber verlieren, welche Auswirkungen es hätte, wenn solche Diskussionen unbegründet losgetreten würden.«

»Für meinen Mandanten ist ein solcher Verdacht nicht weniger gravierend«, sagte Dóra. »Er hat ebenfalls einen Ruf zu verlieren.« Sie dankte Gott dafür, dass Jónas' Passwort für den Computer nicht allen bekannt war. »Mein Mandant hat zugegeben, am fraglichen Donnerstag mit der Verstorbenen Verkehr gehabt zu haben, allerdings lange vor der mutmaßlichen Tatzeit. Dies erklärt seine Fingerabdrücke auf ihrem Gürtel, denn sie hat sich an dem fraglichen Tag nicht umgezogen, zumindest ist mir nichts Gegenteiliges bekannt. Zudem hat mein Mandant dargelegt, wo er sich an den beiden Tagen aufgehalten hat, auch wenn noch nicht genügend Zeit war, seine Aussage zu untermauern. Er hat sich bei der polizeilichen Vernehmung bezüglich seiner Fahrt nach Reykjavík am vergangenen Sonntag vertan, aber das kann jedem passieren.«

Der Richter gab dem Bezirksanwalt das Wort. »Das einzige Ergebnis der Diskussion ist«, sagte dieser, »dass die Ermittlungen vor Ort längst noch nicht abgeschlossen sind, wenn immer noch

Indizien gefunden werden. Aber es gibt zum jetzigen Zeitpunkt keinen Anlass, den Verdächtigen auf freien Fuß zu setzen. Wir können nicht wissen, ob er möglicherweise versuchen wird, weitere Indizien zu beseitigen. Die Theorie über Baldvin ist natürlich beachtenswert, aber doch sehr weit hergeholt, und keineswegs räumt sie die Vorwürfe gegen Jónas aus. Beispielsweise wurde keinerlei Verbindung zwischen Baldvin und Eiríkur aufgezeigt. Daher halten wir an unserer Forderung einer 14-tägigen Untersuchungshaft fest.«

»Mit Verweis auf Paragraph 103, Absatz eins der Strafprozessordnung«, sagte Dóra, »gehen wir davon aus, dass meinem Mandanten die Vorwürfe keineswegs ausreichend bewiesen wurden, zumal die Grundlagen des genannten Paragraphen nicht erfüllt sind. Bezüglich der Diskussion über die fahrlässigen polizeilichen Ermittlungen möchte ich nachdrücklich darauf hinweisen, dass es vollkommen abwegig ist, anzunehmen, der Angeklagte könne diese durch die Beseitigung von Indizien behindern. Falls mein Mandant Kenntnis von dem fraglichen Foto gehabt hätte, hätte er ausreichend Gelegenheit gehabt, es zu entfernen oder öffentlich zu machen. Es ist unwahrscheinlich, dass er Indizien oder Ähnliches beschädigt, denn das hätte er in den vergangenen Tagen bereits tun können. Dies hat er jedoch, wie das Foto beweist, nicht getan, und daher fordern wir, dem Antrag nicht stattzugeben, beziehungsweise die Untersuchungshaft auf einen kürzeren Zeitraum zu beschränken. Sollte das Hohe Gericht zu diesem Entschluss kommen, fordere ich des Weiteren unverzügliche Einsicht in sämtliche polizeilichen Ermittlungsunterlagen.«

»Wenn ich hinzufügen darf, Hohes Gericht«, ergriff der Bezirksanwalt das Wort, »wir haben es eindeutig mit zwei Opfern ein und desselben Mörders zu tun, und es gibt triftige Gründe für die Schuld des Angeklagten. Derartige Verbrechen verstoßen eindeutig gegen das Gemeinwohl. Es ist völlig unklar, ob der Mörder seine Opfer nicht nach reiner Willkür auswählt. Jeder könnte der Nächste sein. Sollten die Grundlagen von Absatz eins als nicht erfüllt angesehen werden, fordern wir, den Angeklagten auf Grundlage von Absatz zwei bezüglich des Gemeinwohls in Untersuchungshaft zu nehmen.«

Der Richter verkündete, das Gericht würde sich bis zum Mittag zur Beratung zurückziehen und anschließend das Urteil verkünden; es solle sich also niemand entfernen. Er erklärte die Verhandlung für beendet und erhob sich. Mit dem Gerichtsschreiber im Schlepptau verließ er den Saal. Dóra drehte sich zu Jónas. »Jetzt heißt es nur noch hoffen und warten«, sagte sie leise zu ihm.

»Was glaubst du, was er sagen wird?«, flüsterte Jónas zurück. »Ich finde, du hast dich großartig geschlagen, und die Position der Gestirne ist vorsichtig ausgedrückt günstig. Ich kann mir nichts anderes vorstellen, als dass er diese absurde Forderung nach Untersuchungshaft ablehnt.« Stolz schaute er sie an. »Toll, wie du die Nummern der Paragraphen aufgesagt hast!«

Dóra lächelte Jónas zu. Endlich jemand, der das Auswendiglernen zu schätzen wusste. Darauf hatte sie lange gewartet. Das Einzige, was ihre Freude trübte, war, dass derjenige, der sie so hoch lobte, im selben Atemzug von der Position der Gestirne sprach und zu allem Überfluss unter Mordverdacht stand. »Das war noch gar nichts«, sagte sie, »du solltest mal hören, wie ich die Nummern der Verordnungen und Paragraphen über Briefeinwurfklappen runterleiern kann.«

Dóra ließ sich auf einen der Holzstühle vor dem Hoteleingang plumpsen, legte die schwere Mappe mit den Ermittlungsakten vor sich auf den Tisch und seufzte. Sie hatte die Mappe in einer Hagkaup-Plastiktüte vom Bezirksgericht ausgehändigt bekommen. »Hat leider nicht geklappt«, sagte sie zu Matthias, der neben ihr Platz nahm. »Er ist zu sieben Tagen Untersuchungshaft verurteilt worden.« Sie schaute in alle Richtungen. »Wo sind eigentlich die Kinder?«

»Die gucken sich den gestrandeten Wal an«, sagte Matthias.

»Ich bin mir allerdings nicht sicher, ob sie meine Beschreibungen richtig verstanden haben; vielleicht erleben sie eine böse Überraschung.«

Dóra zweifelte nicht daran. »Sie haben dich ganz bestimmt nicht richtig verstanden«, sagte sie. Sie kannte ihre Kinder gut genug, um zu wissen, dass keines von ihnen einen Umweg machen würde, um sich ein verwesendes Tier anzuschauen – und ganz gewiss keinen riesengroßen Wal. Dóra klopfte auf die orangene Plastiktüte. »Immerhin hab ich die Unterlagen bekommen«, sagte sie. »Þórólfur hat versucht, die Herausgabe zu verzögern. Er hat vorgeschlagen, bei nächster Gelegenheit jemanden in Reykjavík an die Abschrift zu setzen, aber dann hat mir der Richter die Hilfe seiner Sekretärin angeboten, ihm die Mappe abgenommen und eine Kopie anfertigen lassen. Der Ankläger hatte sein Exemplar natürlich schon dabei.« Sie grinste über ihren kleinen, aber süßen Sieg. »Ich muss das umgehend durchsehen und kann nur hoffen, dass ich auf irgendetwas Neues stoße.«

»Und wo ist dein Mandant jetzt?«

»In Polizeibegleitung auf dem Weg ins Gefängnis nach Litla-Hraun. Es ist verdammt unpraktisch, dass sie Untersuchungshäftlinge auch dorthin bringen. Man ist aus der Stadt furchtbar lange unterwegs«, sagte Dóra. »Und von hier erst.«

»Musst du nicht langsam zurück in die Stadt?«

»Hier bin ich im Moment besser aufgehoben«, antwortete Dóra. »Þórólfur meinte, sie würden Jónas in den kommenden zwei Tagen nicht verhören. Sie wollen sich auf die Ermittlungen vor Ort konzentrieren und die übrigen Zeugen, die bisher noch nicht greifbar waren, befragen. Er war nicht sehr erfreut über die Beurteilung der Ermittlungsergebnisse.«

»Es war absolutes Glück, dass wir den Schlüssel in der Schreibtischschublade gefunden haben. So was gelingt uns bestimmt nicht nochmal.«

»Ich weiß nicht. Irgendetwas stört mich. Und damit meine ich nicht die ganzen offenen Fragen.« Dóra erhob sich und nahm die

Tüte in den Arm. »Ich blättere das schnell durch und schaue, ob ich etwas finde, das ein anderes Licht auf den Fall wirft. Übrigens war ich auch in der Bücherei und hab mir die Volksmärchen ausgeliehen, für den Fall, dass die Geschichte mit dem Vers uns weiterbringt«, sagte sie. »Es wird nicht lange dauern. Wäre toll, wenn du meine Kinder auf eine weitere Expedition schicken könntest, falls sie wiederauftauchen.«

Zwei Stunden später verließ Dóra Jónas' Büro. Im Grunde war sie keinen Schritt weitergekommen. Sie hatte jedes Dokument in der Mappe gelesen: zahlreiche Zeugenaussagen, mehrere Zusammenfassungen der Spurensicherung, zwei Obduktionsberichte sowie die Ergebnisse von Blut- und Sekretanalysen der beiden Toten. Die Ergebnisse der DNA-Untersuchung des Spermas aus Birnas Vagina befanden sich noch nicht in der Mappe, aber ein entsprechender Antrag war dabei. Des Weiteren gab es Ergebnisse der Blutgruppenbestimmung des Spermagebers, woraus hervorging, dass es sich um zwei Männer handelte. Dóra konnte nicht feststellen, ob diese Entdeckung auf Zufall beruhte oder ob es einen Verdacht gegeben hatte. Sie überlegte, wie oft es wohl vorkam, dass eine Frau am selben Tag mit zwei Männern Verkehr hatte. Ein Detail verstand sie nicht ganz. Aus dem Bericht ging hervor, dass außer dem Sperma noch eine weitere organische Substanz in Birnas Vagina gefunden worden war – sie wurde als *A. barbadensis Mill., A. vulgaris Lam.* bezeichnet. Dóra notierte den Begriff. Vielleicht kannte Matthias ihn, aber sie machte sich keine großen Hoffnungen. Vermutlich handelte es sich um etwas, das Birna sich selbst eingeführt hatte – aber zu welchem Zweck?

Matthias saß an der Bar und trank Bier. Dóra legte die Akte auf den Tresen und setzte sich neben ihn. »Sind die Kinder noch zu dritt?«

»Na ja, so gerade«, antwortete Matthias. »Dein Sohn und deine Tochter waren ziemlich grün im Gesicht, als sie von dem Strandspaziergang zurückkamen. Das schwangere Mädchen war die Einzige, die gesund aussah. Ich hab ihnen an der Bar eine Cola spendiert. Sie sind damit aufs Zimmer gegangen und wollten sich einen Film angucken.«

»Ich meinte, ob noch ein Kind dazugekommen ist«, erklärte Dóra, winkte dem Kellner und bestellte ein Glas Wasser.

»Nein, du bist immer noch nicht Oma geworden, also genieß das Leben«, entgegnete Matthias. Er stieß mit seinem Bier gegen ihr Wasserglas. »Hast du was gefunden?«, fragte er und zeigte mit dem Glas auf die Mappe, bevor er einen Schluck trank.

»Nein, nicht wirklich. Beiden Leichen wurden Nadeln in die Fußsohlen gesteckt, und an Eiríkur war ein Fuchs festgebunden. Aus dem Obduktionsbericht des Tiers geht hervor, dass es schon länger tot war. Mit einem Gewehr erschossen. Leider keine Erklärung, was es mit dem Fuchs auf sich hat.«

»Hast du denn noch nichts von der charmanten Bella gehört?«, fragte Matthias.

»Mist, die hab ich total vergessen.« Dóra kramte ihr Handy hervor und wählte eilig die Nummer der Kanzlei.

»Hallo«, ertönte Bellas Stimme am anderen Ende der Leitung. Kein *Anwaltskanzlei Innenstadt, guten Tag* oder etwas Ähnliches, das dem Anrufer zu erkennen gab, dass er mit einer seriösen Kanzlei und nicht mit einem Privatanschluss verbunden war.

»Hallo Bella, hier ist Dóra. Hast du etwas über Füchse und Pferde rausgekriegt?«

»Hä?«, klang es dümmlich aus dem Hörer. »Ach das.« Sie verstummte. Dóra meinte, ein saugendes Geräusch und ein anschließendes hektisches Pusten zu hören.

»Bella, rauchst du etwa im Büro?«, fragte Dóra gereizt. »Du weißt doch, dass das verboten ist.«

»Nee«, antwortete Bella, »spinnst du?« Dóra war sich sicher, das Knistern brennenden Tabaks zu hören. War es möglich, dass das Mädchen auf Pfeife umgestiegen war? »Also, die Pferdeleute, mit denen ich gesprochen hab, hatten noch nie was von einem solchen Zusammenhang gehört. Ich hab dann noch einen befreundeten Jäger gefragt, und der hat gesagt, Pferde könnten vor Angst durchdrehen, wenn sie einen Fuchskadaver wittern. Vor allem, wenn er aufgeschlitzt ist.«

»Ist das nur in Jägerkreisen bekannt?«, fragte Dóra gespannt. »Wissen Pferdekenner das nicht, oder glaubst du, diejenigen, mit denen du gesprochen hast, haben einfach keine Ahnung?«

»Keine Ahnung von Füchsen?«, fragte Bella ironisch. »Was weiß denn ich. Ich denke, im Allgemeinen wissen die so was nicht. Wann begegnet man denn verdammt nochmal einem Fuchs?«

»Danke, Bella, du kannst dir für den Rest des Tages freinehmen.« Das war nicht übermäßig großzügig in Anbetracht der Tatsache, dass die Abwesenheit der Sekretärin keine Veränderung des Arbeitsalltags darstellen würde. Dóra legte auf und wiederholte das Gespräch für Matthias.

»Dann hat der Mörder den Fuchs also an Eiríkur festgebunden, um das Pferd verrückt zu machen. Damit der Mann nicht nur schwere Verletzungen davontragen, sondern ganz bestimmt sterben würde.« Matthias hob die Brauen. »Vollkommen kaltblütig.«

»Reiter wissen angeblich im Allgemeinen nicht, wie Pferde auf einen Fuchskadaver reagieren«, ergänzte Dóra gedankenversunken, »Jäger schon eher.« Sie überlegte und fügte dann hinzu: »Ob Bergur Jäger ist? Er hat Eiderenten-Brutplätze.« Sie sah Matthias in die Augen. »In der Kaffeestube im Pferdestall stand doch eine Kiste mit Munition!«

Matthias starrte ihr ebenfalls direkt in die Augen. »Kann es sein, dass RER eigentlich BER sein sollte, oder besser gesagt BERGUR, aber Eiríkur es in der Situation nicht besser hingekriegt hat?« Matthias holte sein Handy und rief das Bild auf, das er von dem Gekritzel an der Wand gemacht hatte. Es dauerte eine Weile, bis er das Foto vergrößert und die Buchstaben in die Mitte des Displays geschoben hatte. »Unfassbar«, sagte er nach ausgiebigem Studieren des Bildes. Er reichte Dóra das Handy. »Der

Schrägstrich beim ersten R ist bei weitem nicht so gerade wie beim zweiten.«

»Und?« Ungeduldig sah Matthias Dóra an, die gerade aufgelegt hatte. »Þórólfur hat die Neuigkeit gar nicht so schlecht aufgenommen. Er hat zwar versucht, ganz cool zu bleiben, aber ich hab gemerkt, wie erfreut er war. Bergur wird bestimmt sehr bald Besuch von der Polizei bekommen.«

»Tja, oder seine Frau«, sagte Matthias. »Man weiß ja nie.«

»Doch«, entgegnete Dóra. »Manches weiß man. Aus dem Obduktionsbericht ging hervor, dass Birna ziemlich brutal vergewaltigt wurde. Insofern kommen Frauen nicht in Frage, es sei denn als Komplizinnen. Schon möglich, dass Rósa mit dem Mord zu tun hat, aber nicht gemeinsam mit ihrem Ehemann. Ich bezweifle, dass sie sich überhaupt über die Uhrzeit einigen können, geschweige denn darüber, wie man gemeinsam einen Mord durchführt.« In diesem Moment kam Sóldís auf sie zu.

»Oma möchte mit dir sprechen«, sagte sie verlegen. »Sie fragt, ob du sie anrufen kannst. Es ist wegen eures Gesprächs gestern.« Sóldís musterte ihre Zehen. »Du musst nicht, wenn du nicht willst, weißt du. Hier ist ihre Nummer.« Sie reichte Dóra einen kleinen gelben Zettel. Dóra bedankte sich herzlich und nahm sofort das Telefon zur Hand. Sóldís drehte sich auf dem Absatz um und verließ mit schnellen Schritten die Bar. Bereits nach dem ersten Klingeln wurde abgenommen.

»Guten Tag, Lára, hier ist Dóra. Die Anwältin aus dem Hotel. Sóldís hat mir gesagt, du wolltest mich sprechen.«

»Ja, grüß dich. Ich bin sehr froh, dass du anrufst. Seit wir uns gestern unterhalten haben, musste ich ununterbrochen an Guðný denken. Ich glaube, das Schicksal des Kindes wird durch deine Hilfe endlich ans Licht kommen.« Dóra kam die Frau ganz aufgelöst vor, obwohl sie ihre Stimme gut im Griff hatte. »Ich habe Guðnýs Brief in der Hand, von dem ich dir gestern erzählt habe«, sagte die Frau. Ein leises Schniefen war zu hören. »Ich hab überall danach gesucht und ihn am Ende mit ein paar anderen Dingen von früher in der Abstellkammer gefunden. Ich hab ihn mir wieder und wieder angeschaut, und ich glaube, es ist mir gelungen, zwischen den Zeilen zu lesen.«

»Was meinst du?«

»An einer Stelle schreibt sie, das Kind ähnelt seinem Vater und ich würde es sofort erkennen«, erklärte Lára. »Damals, als das ganze Gerede über Inzest losging, hab ich es fast geglaubt und gedacht, sie meinte ihren Vater oder ihren Onkel. Aber keine Frau würde so über ihr Kind reden, wenn es unter derartigen Umständen zur Welt gekommen wäre. An einer anderen Stelle fragt sie nach einem Jungen, in den sie vor meinem Umzug ein wenig verliebt war, ob ich wüsste, wohin es ihn verschlagen hätte. Sie wollte ihm gerne ein paar Zeilen schreiben.« Lára verstummte und holte tief Luft. »Ich glaube, der junge Mann war der Vater des Kindes. Er zog kurze Zeit nach mir nach Reykjavík, und ich weiß noch, dass er sehr merkwürdig war, als ich ihn etwa ein Jahr später zufällig traf. Er hat nur widerwillig mit mir geredet. Das habe ich damals nicht verstanden und tue es im Grunde heute noch nicht. Durch ein Kind wäre seine Reaktion möglicherweise verständlich. Vielleicht dachte er, ich wüsste von dem Kind oder von Guðnýs Schwangerschaft, und darüber wollte er nicht reden. Er hatte eine junge Frau am Arm.«

»Wer war es?«, fragte Dóra, »lebt er noch?«

»Allerdings«, antwortete Lára, »wenn er stirbt, wird es in der Zeitung stehen. Er war jahrelang Minister.«

Dóra spürte, wie sich ihre Finger um den Hörer krallten. »Magnús Baldvinsson?«, fragte sie so gefasst wie möglich.

»Ja, woher wusstest du das?«, Lára schien völlig perplex. »Kennst du ihn?«

»Er ist Hotelgast«, antwortete Dóra. »Vielleicht ist er auch schon abgereist, sein Enkel ist gestern Abend gekommen, um ihn abzuholen.«

»Seltsam«, sagte Lára. »Seit er damals nach Reykjavík gezogen ist, hat er hier höchstens mal einen kurzen Zwischenstopp gemacht.«

»Hm.« Mehr fiel Dóra nicht ein. »Ist es denkbar, dass er so sehr gegen das Kind war, dass er ...« Dóra zögerte und suchte nach dem richtigen Wort. Erwachsene – das war schon schlimm genug, aber Kinder? »... dass er es nach Guðnýs Tod in Pflege gegeben oder ... – dass er es schlicht getötet hat?«

»Ich weiß es nicht.« Láras alte Stimme wurde wieder brüchig. »Oh Gott, man glaubt einfach nicht, dass jemand in der Lage ist, so etwas zu tun. Magnús war charakterschwach, aber war er auch gewalttätig? Ich weiß es einfach nicht. Aber ich kann mir nicht vorstellen, dass irgendjemand so bösartig ist. Unsere Gesellschaft würde das kaum dulden. Weder damals noch heute.« Lára verstummte und schnäuzte sich. »Dann war da noch die andere Sache, nach der du gefragt hast. Das mit den Kohlen. Ich habe darüber nachgedacht, und mir ist wieder eingefallen, dass beide Höfe auf Elektroheizung umgestellt wurden, bevor ich in die Stadt zog. Bjarni ließ an einem der Wasserfälle am Hang nördlich der Hauptstraße einen Generator aufstellen, und die Kohlenkeller wurden von da an nicht mehr benutzt.« Láras Stimme war bei dem bodenständigen Thema Heizen wieder kräftiger geworden und klang nicht mehr ganz so bedrückt. »In der Kiste mit dem Brief habe ich ein altes Foto von Guðný und mir hinter dem Hof gefunden, und da ist es mir wieder eingefallen. Auf dem Bild ist nämlich die Kohlenluke zu sehen, und da sind alle Erinnerungen wieder hochgekommen.«

Dóra fiel Lára ins Wort. »Du sagst hinter dem Hof – welchen Hof meinst du denn?«

»Kirkjustétt natürlich«, antwortete Lára. »Wir waren seinerzeit nicht oft drüben in Kreppa. Bjarni und Grímur sprachen kaum miteinander, und ich glaube, ich kann mit ziemlicher Gewissheit sagen, dass der einzige Kontakt zwischen den Brüdern mit diesem Generator zu tun hatte, den sie beide genutzt haben.«

»Es gab also genauso eine Kohlenkammer in Kirkjustétt?«,

fragte Dóra. »Hinter dem Hotel ist nichts davon zu sehen. Könnte die Kammer unter dem Anbau gelandet sein?«

»Nein, das kann nicht sein«, sagte Lára. »Wenn ich mich recht erinnere, befand sie sich weit vom Haus entfernt, auf gar keinen Fall da, wo der Anbau errichtet wurde. Die Falltür müsste auf der Wiese hinter dem Hotel sein. Das war auf beiden Höfen gleich. Es galt als sehr modern, die Kohlenkammer weit vom Haus entfernt zu haben, aber es war natürlich auch teurer, als die Kohlen einfach in den normalen Keller zu schmeißen. Besonders chic war ein Zugang vom Keller zur Kohlenkammer.«

Dóra schaute Matthias mit aufgerissenen Augen an. Sie konnte es kaum erwarten, in den Keller zu kommen und die Tür zur Kohlenkammer zu suchen. Bevor sie sich verabschiedete, versprach Dóra, Lára zu informieren, falls etwas über das Schicksal des geheimnisvollen Kindes ans Licht kommen sollte.

»Ich muss nochmal kurz telefonieren«, sagte Dóra zu Matthias und wählte die Nummer von Litla-Hraun. »Ich erkläre dir alles, versprochen.« Als Jónas endlich am Apparat war, kam sie sofort zum Thema. »Jónas, es kann sein, dass ich ein Loch in deine Kellerwand unter dem alten Teil des Hotels schlagen muss. Ich wollte es dich nur wissen lassen. Sonst alles in Ordnung bei dir?«

Dóra, Matthias und Gylfi standen vor der Kellerwand, die nach ihren Berechnungen an die Wiese hinter dem Hotel grenzte. Es hatte unglaublich lange gedauert, bis sie sich einig gewesen waren. Sie hatten Sóley hochgehoben und durch das schmutzige Fenster spähen lassen und somit die Bestätigung erhalten, dass die Wand, die derjenigen auf Birnas Foto ähnelte, auch die richtige war. Matthias legte das Foto beiseite und nahm den Vorschlaghammer.

Gylfi hatte darauf bestanden, mitzukommen, und so waren sie mit Schaufeln hinaus auf die Wiese gegangen, um sich zu vergewissern, dass die Luke wirklich da war, bevor sie im Haus zur Tat schritten. Auch die Mädchen hatten unbedingt mitkommen wollen, froh über die Abwechslung. Die Falltür befand sich in etwa 30 Zentimetern Tiefe direkt hinter dem Stein mit der Inschrift, aber anstatt Zeit damit zu vergeuden, sie vollständig auszugraben, waren sie in den Keller gegangen, um die verborgene Tür zu suchen. Matthias war der Meinung, es sei genauso schwierig, diese jahrzehntelang vom Erdboden bedeckte Falltür zu öffnen wie die andere Luke in Kreppa.

»Was glaubt ihr eigentlich, was ihr dahinter findet?«, fragte Gylfi.

»Ehrlich gesagt, ich habe keine Ahnung«, antwortete Dóra. »Die Vorkehrungen hier unten lassen allerdings darauf schließen, dass jemand die Leute fernhalten wollte. Es gibt keinen Grund, eine Tür zu einem Kellerloch so zuzumauern. Man hätte sie auch anders versperren können, ohne sie zu verstecken.«

»Und wenn da nichts ist«, hakte Gylfi nach, »wie reagiert dann der Typ, dem das alles hier gehört?«

»Gar nicht«, sagte Dóra. »Ich hab ihn informiert, und schlimmstenfalls hat er anschließend ein paar Quadratmeter mehr.« Sie machte eine ungeduldige Handbewegung. »Nun mach schon!«

Gylfi und Matthias ließen sich das nicht zweimal sagen und begannen, gegen die Wand zu hämmern. Dóra und die Mädchen standen dabei und beobachteten sie erwartungsvoll, aber bald wurde klar, dass es so schnell nichts zu sehen geben würde. Eine gute halbe Stunde später war das Loch durch Mörtel, Holz und Steinmauer groß genug, um hindurchzuklettern. Schwitzend und schmutzig standen Matthias und Gylfi mit hochgekrempelten Ärmeln davor und schnappten nach Luft.

»Ich gehe zuerst rein«, erklärte Dóra. »Da drinnen ist aber schon furchtbar schlechte Luft. Ist das Brandgeruch?«

»Ich gehe«, erwiderte Gylfi. Dóra kannte ihn gut genug, um zu wissen, dass er das nicht ernst meinte.

»Matthias, geh du vor!« Dóra schob ihn zu dem Durchgang. »Wo ist die Taschenlampe?«

Nachdem sich alle drei durch das Loch gequetscht hatten, folgten Dóra und Gylfi Matthias durch den düsteren Gang. Vom schwachen Schein der Taschenlampe profitierte nur Matthias, und Mutter und Sohn prallten gegen ihn, als er am Ende des Gangs vor einer Tür stehen blieb. Er drehte sich zu ihnen um und beleuchtete die Tür. »Soll ich aufmachen?«

Sie hätten besser nein gesagt.

31. KAPITEL

»Und das war natürlich purer Zufall, genauso wie mit dem Foto?« Þórólfur runzelte die Stirn. »Ihr wart zufällig mit Vorschlaghämmern bewaffnet im Keller und hattet den Eindruck, es sähe besser aus, wenn da unten eine Wand weniger wäre?«

Dóra pflückte einen Holzsplitter aus ihrem Haar. »Nein, ich dachte, ich hätte mich einigermaßen klar ausgedrückt. Wir wollten sichergehen und euch nicht mit irgendwelchem Quatsch belästigen und Steuergelder verpulvern. Es gab keinen anderen Weg, um festzustellen, was sich da unten befindet. Ich muss gestehen, dass ich damit nicht gerechnet habe.« Sie schüttelte sich, als zwei Kripo-Männer mit Schubladen voller Knochen an ihnen vorbeikamen. Ein intensiver Brandgeruch folgte ihnen. Im Hotel wimmelte es von Polizisten, die aus den benachbarten Bezirken beordert worden waren, sowie von speziell ausgebildeten Fachleuten aus Reykjavík. Dóra hatte den Eindruck, dass die wenigsten wirklich etwas zu tun hatten und die meisten nur aus Neugier gekommen waren. Sie verzog das Gesicht. »Wie gesagt, ich hab nicht damit gerechnet, das Skelett eines Kindes zu finden. Und auch nicht, in einem mannshohen Berg von Knochen zu landen.«

»War dir denn nicht klar, dass es sich um Tierknochen handelt?«, fragte Þórólfur. »In der Dunkelheit da unten war das vielleicht nicht so ganz einfach.«

»Die Knochen, die ich als Erstes gesehen habe, waren nicht von einem Tier«, sagte Dóra entschieden. »Bevor der Berg eingestürzt ist, hat der Schein der Taschenlampe einen kleinen Wollhandschuh beleuchtet. Direkt unter dem Bündchen war ein Knochen zu sehen – da muss ein totes Kind liegen. Es war definitiv eine Hand in einem Handschuh. Sie ragte aus dem Berg heraus, bevor er zusammenfiel, also wird sie zum Vorschein kommen, wenn die anderen Knochen abgetragen sind. An deiner Stelle würde ich die Männer bitten, vorsichtig zu sein, denn da unten ...« Sie beendete den Satz nicht.

»Wie du vielleicht siehst, arbeiten wir sehr sorgfältig«, entgegnete þórólfur und sah sich um. »Egal, ob wir nun Menschenknochen finden oder nicht. Wir müssen herausfinden, was da vor sich gegangen ist. Es ist völlig unüblich, halbverbrannte Tierkadaver auf diese Weise zu verscharren. Du brauchst dir also keine Sorgen zu machen, dass wir irgendwelche Beweise zerstören. Du solltest dir lieber Sorgen um Jónas machen, denn das Ganze ändert nichts an seiner möglichen Schuld.«

»Und wenn ich dir sage, dass da unten seit der Zeit des Zweiten Weltkriegs das uneheliche Kind von Magnús Baldvinsson liegt?«

»Ändert das was?«, fragte þórólfur beiläufig, obwohl sein Interesse zweifellos geweckt war. »Oder meinst du etwa, er hat sein eigenes Kind umgebracht und anschließend Dutzende von Tieren getötet und drübergeschmissen?« Er grinste. »Und dann kommt er sechzig Jahre später zurück und macht da weiter, wo er aufgehört hat?«

»Du musst selbst wissen, wie du das interpretierst, aber die Vaterschaft wird sich doch wohl beweisen lassen durch eine DNA-Untersuchung. Und ich glaube, Magnús Baldvinsson wird am Ende schlecht dastehen.«

»Du vertrittst also immer noch die Theorie, Magnús oder Baldvin hätten Birna und Eiríkur umgebracht?«, fragte þórólfur.

Dóra entfernte noch mehr Schmutz aus ihrem Haar. »Es könnte auch Bergur gewesen sein – oder seine Frau, gemeinsam mit ihm oder jemand anderem«, sagte Dóra und erzählte, was

Matthias und sie zuvor über das Gewehr, den Fuchs und Eiríkurs sonderbare RER-Inschrift besprochen hatten. »Wir haben gesehen, wie sie mit einem Kellner, der hier arbeitet, das Hotel verlassen hat. Es wirkte sehr innig«, sagte Dóra. »Wir dachten, Rósa könnte ihn verführt und dazu gebracht haben, Birna zu töten. Aus Rache für den Seitensprung ihres Mannes.«

þórólfurs Brauen zuckten hoch bis unter den Haaransatz. »Du hast Bergurs Ehefrau doch kennengelernt. Hältst du sie für eine unwiderstehliche Verführerin?«

»Nein, nicht unbedingt«, erwiderte Dóra. »Aber die Geschmäcker sind verschieden, also kann man nie wissen.«

þórólfur grinste süffisant. »Heißt dieser Kellner vielleicht Jökull Guðmundsson?«

»Ja«, antwortete Dóra verwundert. »Ich kenne seinen Nachnamen nicht, aber er heißt Jökull. Wusstest du, dass sie was miteinander haben?«

þórólfur grinste. »Sie sind Geschwister. Das erklärt vermutlich die vertraute Umgangsweise.«

Dóra sagte nichts. Jetzt verstand sie Jökulls Abneigung gegen Birna. Sie beruhte ausschließlich darauf, dass sein Schwager seine Schwester mit ihr betrog. Und es erklärte auch seine Reaktion auf ihre Frage nach Steini. Sein Vater hatte den Unfall verursacht, und er reagierte offenbar genauso empfindlich auf dieses Thema wie seine Schwester. »Aha«, sagte sie. »Das ändert das Bild ein wenig.«

»Ja, findest du nicht?«, entgegnete þórólfur. »Andererseits kann ich dir versichern, dass wir eine mögliche Beteiligung Bergurs an dem Fall überprüfen«, fügte er hinzu, ohne anklingen zu lassen, ob Bergur seiner Meinung nach tatsächlich verdächtig war oder nach wie vor nur Jónas in Frage kam. »Ich will dir nicht verschweigen, dass wir sein Gewehr mit der Kugel aus dem Fuchs abgleichen. Wir haben hierzulande keine Möglichkeit dazu, aber es wurde ins Ausland geschickt. Dauert leider ein paar Tage, bis die Ergebnisse da sind, aber währenddessen ermitteln wir weiter.« Er schloss mit den Worten, er würde nun in den Keller gehen und die Lage peilen.

Dóra ging zu Matthias und musterte ihn von oben bis unten. »Wann warst du das letzte Mal so schmutzig?« Sie zupfte etwas von seinem Pullover, das sich als Knochensplitter entpuppte.

»Vor einer Ewigkeit«, antwortete er. »In der Bank werden sehr selten Wände eingerissen. Und Knochenberge, wie den da unten, gibt's da auch nicht.«

Dóra erschauerte. Sie erzählte ihm von der Verbindung zwischen Rósa und Jökull, und dass sie kein blutrünstiges Paar waren, wie sie vermutet hatten. »Weißt du«, sagte sie dann, »ich wage zu behaupten, dass derjenige, der den Stein mit der Inschrift neben der Luke aufgestellt hat, wusste, was sich darunter befindet. Es muss eine Art Grabstein sein. Ein geheimer Grabstein.«

»Das bedeutet dann vermutlich, dass das Kind keines natürlichen Todes gestorben ist. Warum sollte man sonst heimlich einen solchen Grabstein aufstellen?« Matthias wartete, bis Dóra die Tür zu ihrem Zimmer aufgeschlossen hatte. »Abgesehen davon, dass nur jemand, der etwas zu verbergen hat, ein totes Kind so beerdigen würde.«

»Ich habe den alten Magnús in Verdacht«, erklärte Dóra, als sich die Tür öffnete. Sie ging geradewegs zum Nachttisch mit dem Telefon. »Ich rufe Elín an und frage sie, ob sie etwas über den Stein weiß. Vielleicht erinnern sich die Geschwister, wann und von wem er aufgestellt wurde.«

»Denkst du, sie will mit dir reden?«

»Ich glaube nicht, dass sie diesmal einfach auflegt«, meinte Dóra. »Nicht, wenn auf dem Grundstück, auf dem ihr Großvater und ihr Urgroßvater und ihre gesamte Familie jahrzehntelang gewohnt haben, ein Kinderskelett gefunden wurde.« Sie schlug Elíns Handynummer nach. »Außerdem benutze ich ja das Hoteltelefon – für den Fall, dass sie meine Handynummer kennt.« Sie wählte Elíns Nummer. »Hallo, Dóra hier«, sagte sie, als abgenommen wurde.

»Was willst du?«, fragte Elín griesgrämig. Man hörte, dass sie im Auto unterwegs war.

»Erstens wollte ich dich wissen lassen, dass eben ein ganzer Berg von Knochen hier auf Kirkjustétt gefunden wurde. Die meisten stammen von Tieren, aber aller Wahrscheinlichkeit nach ist auch ein Menschenskelett dabei. Von einem Kind.«

»Was sagst du da?«, kreischte Elín. »Kinderknochen?« Sie schien wirklich entsetzt zu sein und überhaupt nichts zu begreifen. »Was für ein Kind?«

»Das wird sich noch herausstellen«, erklärte Dóra. Sie wartete, aber Elín sagte kein Wort. »Hinter dem Haus, in östlicher Richtung, steht ein großer Stein mit einem eingemeißelten Vers aus den Volksmärchen, soweit ich weiß. Jemand hat ihn da hingestellt, er kann nicht von Anfang an da gewesen sein.«

»Der Stein«, sagte Elín verwundert. »Was hat der mit der Sache zu tun?«

»Vielleicht gar nichts«, antwortete Dóra entgegen ihrer Vermutung.

»Ich schwöre«, sagte Elín nachdrücklich, »meine Mutter hat den Stein vor vielen Jahren aufgestellt. Es war ein Hochzeitsgeschenk, das sie sich selbst gemacht hat. Frag mich nicht, warum.«

Dóra verbarg ihre Verwirrung darüber, dass Málfríður, Grímurs Tochter, den Stein aufgestellt haben sollte. »Noch eine allerletzte Frage«, sagte sie. »Was haben du und dein Bruder Börkur am Sonntagabend hier in Snæfellsnes gemacht? Ich habe einen Ausdruck von der Polizei über den Tunnelverkehr an dem Tag, und ihr wart beide unterwegs.«

»Wir wollten dich treffen«, antwortete Elín mürrisch. »Weißt du das nicht mehr? Du bist am Montag zu uns gekommen, und wir wollten den morgendlichen Berufsverkehr umgehen und sind schon am Abend vorher nach Stykkishólmur gefahren.«

Dóra verneinte kleinlaut. »Das war nur ein Detail, das ich abhaken wollte«, fügte sie hinzu.

»Du kannst ebenfalls abhaken, dass Börkur am Donnerstagabend nicht nach Snæfellsnes gefahren ist, um jemanden umzubringen«, sagte Elín barsch.

Dóra schwieg einen Moment. Sie wollte nicht zugeben, dass sie keine Ahnung von dieser Fahrt gehabt hatte. »Ach, und was wollte er da?«, fragte sie vorsichtig.

»Er wird sich bestimmt nicht bei mir dafür bedanken, wenn ich dir das sage«, antwortete Elín. »Ich habe es ja selbst kaum aus ihm rausgekriegt.« Elín wurde von lautem Hupen unterbrochen, und als sie wieder zu hören war, fluchte sie. »Diese verdammten alten Säcke, warum wird denen nicht der Führerschein abgenommen, bevor sie am Steuer verrecken?«, schimpfte sie jetzt. »Dóra, ich erzähle dir das jetzt nur, damit du Börkur und mich nicht mehr unnötig verdächtigst.«

»Es ist mir ziemlich egal, warum du es mir erzählst«, antwortete Dóra unfreundlich. »Was hat er gemacht?«

»Er hat einen Immobilienmakler getroffen, der sich unbedingt die Grundstücke ansehen wollte, die eventuell noch zum Verkauf stehen«, erklärte Elín. »Der Makler kann das bestätigen, falls du es anzweifelst.«

Dóra verabschiedete sich und legte auf. »Ihre Mutter hat den Stein aufstellen lassen«, erklärte sie Matthias. »Das sind wirklich merkwürdige Leute, aber sie stammen ja auch aus einer kranken Familie; sowohl ihr Großvater als auch ihre Großmutter hatten mit seelischen Problemen zu kämpfen.« Dóra stand auf. »Aber mit den Morden haben sie wahrscheinlich nichts zu tun, zumindest hat sie mir eine vernünftige Erklärung für ihre Fahrten gegeben.« Dóra holte die Plastiktüte mit den Volksmärchen von Jón Árnason. »Wenn ich den Vers finde, erschließt sich mir durch das dazugehörige Märchen vielleicht, warum ihre Mutter ihn in den Stein hat meißeln und diesen aufstellen lassen.« Sie stellte die Tüte auf den Schreibtisch.

»Du willst doch wohl nicht alle Bände durchsehen?«, fragte Matthias und beobachtete, wie Dóra eine Schwarte nach der anderen aus der Tüte holte.

Dóra überflog das Inhaltsverzeichnis des ersten Bandes und suchte nach Wiedergängern. »Hier ist es«, sagte sie zufrieden und schaute von dem Buch auf, »eine Geschichte mit dem Titel *Zum Menschsein war ich bestimmt*. Das muss sie sein.« Dóra las die kurze Geschichte und legte dann das aufgeschlagene Buch in ihren Schoß.

»Und?«, fragte Matthias. »Ich bin mir nicht sicher, ob dein Gesichtsausdruck etwas Gutes oder Schlechtes bedeutet.«

»Ich auch nicht«, entgegnete Dóra. »Die Geschichte handelt von einer Mutter, die ihr Kind ausgesetzt hat. Ein paar Jahre später bekam sie ein zweites Mädchen, das sie großzog. Die Tochter kam ins heiratsfähige Alter, ein junger Mann hielt um ihre Hand an, und die beiden heirateten. Als die Hochzeitsfeier ihren Höhepunkt erreicht hatte, wurde ans Fenster geklopft und folgender Vers aufgesagt: *Füllen sollt ich Kufen, errichten Haus und Hof, zum Menschsein war ich bestimmt, so wie du.*« Sie blickte zu Matthias. »Es heißt, das ausgesetzte Kind habe den Vers für die Schwester aufgesagt.«

»Der Vers ist also ein Hinweis darauf, dass der Schwester all das zuteil wurde, was normalerweise dem ausgesetzten Kind zugestanden hätte?«, fragte Matthias.

»Ja, anders kann man den Vers nicht verstehen«, antwortete Dóra. »Ob Guðný noch ein zweites Kind hatte?« Sie schüttelte den Kopf. »Nein, wohl kaum.«

»Aber wer hat all das bekommen, was gerechterweise Guðnýs Tochter zugestanden hätte?«, fragte Matthias. »Hätte sie ihre Mutter nicht beerben müssen?«

Dóra blähte die Wangen und ließ die Luft langsam entweichen. »Das kommt natürlich drauf an, wann Guðný gestorben ist. Falls ihre Tochter Kristín noch gelebt hat, hat sie ihre Mutter beerbt. Guðný war Alleinerbin, als ihr verwitweter Vater starb. Kristín hätte also den gesamten Familienbesitz geerbt.«

»Wenn das der Fall ist, dann hat jemand von Kristíns Tod profitiert«, sagte Matthias, »und Guðnýs Erbe erhalten, das korrekterweise ihrer kleinen Tochter zugestanden hätte. Wer wäre das in diesem Fall gewesen?«

»Tja, das heißt … – der nächste Verwandte der Mutter«, grübelte Dóra. »Grímur, Guðnýs Onkel.« Sie klappte das Buch zu. »Sóldís' Großmutter hat gesagt, Grímur hat finanziell schlecht dagestanden. Vielleicht hat er Guðnýs Tochter umgebracht, bevor sie ins heiratsfähige Alter kam. Sobald sie geheiratet oder ein Kind bekommen hätte, hätte Grímur als Onkel sofort den Anspruch auf das Erbe verloren.«

»Vollkommen kaltblütig«, sagte Matthias. »Aber er hat den Grabstein nicht aufgestellt, das heißt, falls er das Kind ermordet hat, wusste zumindest seine Tochter Málfríður, Elíns und Börkurs Mutter, von der Leiche da unten. Es wäre ein zu großer Zufall, dass sie einen Stein mit dieser Inschrift ausgerechnet an der Stelle aufgestellt hat.«

»Málfríður«, sagte Dóra nachdenklich. »Málfríður hat alles geerbt, was dem ermordeten Kind zugestanden hätte. Falls da unten überhaupt ein Kind ist und zwar Guðnýs.«

»Ziemlich viel Wenn und Aber«, gab Matthias zu bedenken. »Aber ich gebe zu, dass das logisch klingt. Könnte Málfríður anstelle ihres Vaters Grímur die Mörderin gewesen sein?«

»Kaum. Sie war in den Kriegsjahren ein kleines Mädchen. Als Lára nach dem Krieg wieder nach Snæfellsnes kam, war Guðnýs Kind wie vom Erdboden verschluckt. Man könnte daraus folgern, dass Kristín, Guðnýs Tochter, die Kristín ist, deren Name an dem Pfeiler auf dem Dachboden steht. Dann ist es am wahrscheinlichsten, dass Málfríður ihn in den Pfeiler geritzt hat: *Papa hat Kristín getötet. Ich hasse Papa.* Vielleicht ist sie dahintergekommen.«

»Du hast die alte Geschichte fast enträtselt«, meinte Matthias und ging ins Badezimmer, um sich die Hände zu waschen. Von dort rief er, wobei er versuchte, das Geräusch des fließendes Wassers zu übertönen: »Nur blöd, dass das Jónas das nicht weiterhilft! Birna und Eiríkur sind bestimmt nicht deshalb umgebracht worden.«

»Tja, ich weiß nicht«, rief Dóra zurück. »Vielleicht hat Birna von der Geschichte Wind bekommen und sollte deshalb zum Schweigen gebracht werden. Jemand wollte verhindern, dass die Geschichte aufgedeckt wird. Sie hat die alten Sachen durchwühlt, was das Foto von Magnús beweist. Vielleicht hat sie etwas entdeckt und ist auf die richtige Fährte gekommen.«

Matthias erschien mit einem Handtuch in der Türöffnung und trocknete seine Hände ab. »Aber wer würde Birna deshalb umbringen wollen? Elín und Börkur?«

»Nee«, meinte Dóra, »die hätten doch das Land nicht verkauft, wenn sie die Geschichte geheim halten wollten.«

»Vielleicht wussten sie gar nichts darüber«, meinte Matthias und verschwand wieder mit dem Handtuch im Badezimmer. »Birna hat ihnen möglicherweise davon erzählt und sie erpresst. Sie hat ja wahrscheinlich auch versucht, Magnús und Baldvin zu erpressen, also war das für sie kein Kunststück.«

»Könnte sein. Aber mein Gefühl sagt mir, dass Birna es nicht gewusst hat. Laut Notizbuch hat sie zwar vermutet, dass etwas mit dem Haus nicht stimmt, aber es gibt keine Hinweise darauf, dass sie der Sache auf die Spur gekommen ist.« Dóra nahm das Notizbuch zur Hand und blätterte es in aller Ruhe durch. »Weißt du noch, wo das neue Gebäude auf den Entwürfen an der Wand in Kreppa eingezeichnet war?«, fragte sie.

Matthias versuchte, es sich ins Gedächtnis zu rufen. »Warum fragst du?«

»Könnte Birna umgebracht worden sein, damit die Bautätigkeiten gestoppt werden?«, schlug Dóra vor. »Mit Beginn der Bauarbeiten wäre der verborgene Teil des Kellers ausgegraben worden. Vielleicht wollte jemand vor Baubeginn die Falltür finden und die Überreste des Kindes beseitigen, aber es ist ihm nicht gelungen – und deshalb hat er den letzten Ausweg gewählt und Birna getötet.«

»Dann stellt sich wiederum die Frage, wer die Geschichte hätte verheimlichen wollen«, entgegnete Matthias. »Die Geschwister wären logischerweise am wenigsten daran interessiert, dass die Sache wieder aufgewärmt wird. Niemand möchte die Tatsache, dass der eigene Großvater ein Kindsmörder war, an die Öffentlichkeit zerren. Aber es ist schon sehr ungewöhnlich, dass jemand seinerseits gleich einen Mord begeht, um das zu verhindern.«

Dóra schloss die Augen. »Ich übersehe irgendwas. Etwas ganz Eindeutiges, aber ich kriege es einfach nicht zu fassen.« Sie reckte sich nach der Mappe mit den polizeilichen Ermittlungsunterlagen und blätterte darin herum. »Ich habe keinen blassen Schimmer, wonach ich suchen soll«, sagte sie und stöhnte.

Matthias trat neben sie. Er hielt die Liste der Autos, die durch den Hvalfjörður-Tunnel gefahren waren, in der Hand. »Was, wenn der Mörder gar nicht direkt mit der alten Geschichte in Verbindung steht? Wenn es jemand ist, der die Familie schützen will?«

Dóra schaute von der Mappe auf. »Wer denn?«

Matthias reichte ihr die Liste und zeigte auf ein Autokennzeichen. »Als du heute Morgen weg warst, habe ich Sóldís gefragt, ob sie wüsste, wie Steini mit vollem Namen heißt. Wenn er schon Auto fahren kann, wollte ich überprüfen, ob er vielleicht auf der Liste steht. Und das tut er.« Er zeigte auf ein Kennzeichen und den Namen þorsteinn Kjartansson. »Du erinnerst dich, er hat gesagt, er könnte Sóldís nicht abholen, weil er nicht nach Reykjavík fahren würde. Trotzdem ist er gefahren und etwa eine Stunde vor dem Mord an Birna durch den Tunnel zurückgekommen.«

»Glaubst du, er hat Birna ermordet, um zu verhindern, dass Bertha wegen des Skandals einen Schock erleidet?«, fragte Dóra. »Das ist Schwachsinn. Außerdem ist er behindert. Wie hätte er das tun sollen?«

»Ich habe den Eindruck, dass er gar nicht so schwerbehindert ist, wie wir dachten«, erklärte Matthias. »Wenn du dir den Verkehr von hier nach Reykjavík anschaust, dann siehst du, dass Berthas Wagen ungefähr zur selben Zeit hier losgefahren ist. Vielleicht wollte Steini krampfhaft verhindern, dass Bertha unter Verdacht geraten könnte, und hat den Mord nach ihrer Abfahrt begangen. Es würde schließlich wenig Sinn machen, Birna und Eiríkur umzubringen und Bertha damit am Ende in noch größere Schwierigkeiten zu bringen.«

Dóra runzelte die Stirn. »Ich kann mir echt nicht vorstellen, wie Steini einen Mann in einen Pferdestall schleppt und ihn in eine Box mit einem wilden Hengst sperrt.«

»Vielleicht war Eiríkur noch bei Bewusstsein«, sagte Matthias. »Vielleicht haben die Medikamente ihn nur schläfrig gemacht. Schläfrig genug, um ihn zu überwältigen. Vielleicht wollte sich Steini für den Unfall rächen, indem er Eiríkur ausgerechnet in den Pferdestall von Bergur und Rósa gesperrt hat. Sich dafür rächen, dass Rósas Vater ihn in betrunkenem Zustand angefahren hat. Vielleicht glaubte er, der Verdacht würde auf Bergur und Rósa fallen.«

Dóra nickte nachdenklich. »Und die Vergewaltigung?«, fragte sie dann. »Steini hätte Birna auch vergewaltigen müssen, und sie stand nicht unter Medikamenteneinfluss.« Sie blätterte durch den Obduktionsbericht. »Allerdings geht man davon aus, dass sie von hinten überfallen wurde und mit dem Kopf auf einen Stein geprallt ist. Vielleicht war sie während der Vergewaltigung bewusstlos.« Sie las ein Stück weiter. »Weißt du zufällig, was *A. barbadensis Mill., A. vulgaris Lam.* ist?«, fragte sie.

»Damit kann ich leider nicht dienen«, sagte Matthias feixend. »Vulgaris heißt glaube ich *vulgär*, aber das ist nicht sehr hilfreich. Kannst du das nicht im Internet finden?«

»Doch, klar«, entgegnete Dóra, »ich hatte nur noch keine Zeit. Vielleicht bitte ich Gylfi, danach zu suchen. Es täte ihm gut, nach dem Knochenfund auf andere Gedanken zu kommen.« Sie rief in Gylfis Zimmer an und bat ihn, zum Gästecomputer an der Rezeption zu gehen. »Er macht es nachher«, sagte Dóra und legte auf. Sie schaute in Matthias' Richtung und lächelte. »Wenn Kinder das Alter von zwölf Jahren erreicht haben, können sie die Dinge nicht mehr sofort tun. Es muss immer nachher sein.«

»Sollen wir versuchen, Steini oder Bertha abzufangen?«, fragte Matthias. »Vielleicht weiß Bertha irgendetwas, das meine Vermutung untermauert. Selbst wenn sie mit ihm befreundet ist und ihn anscheinend sehr mag, muss sie nicht unbedingt ihre schützende Hand über ihn halten, wenn sich die Sache als richtig herausstellt.«

»Da hast du wahrscheinlich recht«, sagte Dóra und wollte aufstehen. »Ich bin bereit. Du hast eine Wand für mich eingerissen, und das mindeste, womit ich das vergelten kann, ist, abzuchecken, ob deine verrückte Hypothese genauso gut ist wie meine.«

»Es steht dir vollkommen frei, es anderweitig gutzumachen«, sagte Matthias und grinste.

Dóra antwortete nicht. Sie stand mit der aufgeschlagenen Ausgabe der Volksmärchen in der Hand da und las. »Warte mal«, sagte sie gespannt. »Was ist das denn?«

32. KAPITEL

Dóra zeigte aufgeregt auf eine Textstelle. Matthias musterte sie, verstand aber kein Wort. »Auf der Seite vor der Geschichte von dem Wiedergänger bei der Hochzeitsfeier steht: Will man verhindern, dass ein Verstorbener zum Wiedergänger wird, muss man ihm Nadeln in die Fußsohlen stechen.« Sie schlug das Buch zu. »Der Mörder wollte sichergehen, dass seine Opfer nicht zu Wiedergängern werden.«

Matthias schaute sie skeptisch an. »Und warum nicht?«

»Wir verstehen das vielleicht nicht, aber vermutlich glaubt er an Geister«, sagte Dóra und errötete leicht bei dem Gedanken an das Heulen, das sie gehört hatte. Sie hatte sich an ihren Vorsatz gehalten, niemandem davon zu erzählen, am allerwenigsten Matthias.

»Warum wirst du rot?«, fragte er. »Fängst du etwa in deinem Alter noch an, an Geister zu glauben?« Er bohrte seinen Zeigefinger in ihren Arm. »Hast du das Weinen auch gehört?«

Dóra war es immer schwergefallen, Menschen, die sie gut kannte, anzulügen. »Ja, ich hab was gehört«, sagte sie widerwillig. »Es war natürlich kein Wiedergänger, aber ein Weinen, wie von einem Baby.«

»Großartig«, sagte Matthias, hochzufrieden über die Entwicklung der Dinge.

Dóra streckte ihm die Zunge heraus. »Komm«, sagte sie. »Wir

haben Wichtigeres zu tun, als über Geister zu diskutieren. Lass uns Bertha und Steini suchen.«

Dóra konnte es kaum erwarten, die Hotellobby zu verlassen. Der Brandgeruch, der mit dem endlosen Abtransport verbrannter Tierkadaver aus dem Keller einherging, hing in der Luft. Am liebsten hätte sich Dóra die Nase zugehalten, als sie an Vigdís vorbeiging. Stattdessen beschleunigte sie ihren Schritt und hielt die Luft an. Bei ihrem fluchtartigen Abgang lief sie þröstur Laufeyjarson direkt in die Arme.

»Verzeihung«, sagte sie und versuchte, ihr Gleichgewicht wiederzufinden. »Ich hab dich gar nicht gesehen.«

»Schon in Ordnung«, entgegnete der Kajakfahrer schlecht gelaunt. Er trug einen wasserdichten Anzug und hatte nasses Haar. »Nichts passiert«, sagte er. »Anders als bei meinem Kajak«, fügte er verärgert hinzu.

»Was?«, fragte Dóra. »Ist es kaputt?« Als sie þrösturs Gesichtsausdruck sah, rutschte ihr heraus: »Ich hab's nicht angerührt.«

»Nee, weiß ich«, sagte þröstur und wollte weitergehen.

»Warte mal, ich wollte dich was fragen.« Dóra packte ihn am Arm und erschrak, als sie spürte, wie muskulös der Mann war. »Ich hab schon vergeblich versucht, mit dir zu reden.«

»Was wolltest du mich denn fragen?«, blaffte þröstur. Dóra ließ verschreckt seinen Arm los. »Ob ich beim Kajakfahren schon mal kopfüber unter Wasser steckengeblieben bin?«

»Äh, nein«, sagte Dóra irritiert. »Auf die Idee wäre ich gar nicht gekommen. Es geht mir um die beiden Morde, die hier begangen wurden, wie du bestimmt weißt.«

þrösturs Gesicht nahm einen wütenden und zugleich ängstlichen Ausdruck an. Die Hoteltür ging auf, und seine Aufmerksamkeit wurde auf den Knochentransport gelenkt. Verwunderung zog sich über sein Gesicht. »Was ist denn hier los?«

»So einiges«, sagte Dóra. »Aber nichts Gutes. Hast du einen Moment Zeit?«

»Ja, ja«, sagte er plötzlich. »Ich wollte sowieso gerade zur Polizei. Seit das Kajak kaputt ist, gibt es keinen Grund mehr, zu schweigen.«

»Wie bitte?«, sagte Dóra. Sie zeigte auf die Gartenstühle vor dem Haus. »Sollen wir uns nicht setzen?« Sie gingen zu dem Tisch und nahmen Platz. Dóra nutzte die Gelegenheit und stellte Matthias vor. »Was wolltest du der Polizei denn sagen?«, fragte sie dann.

þröstur machte ein gewichtiges Gesicht. »Am Freitagmorgen wollte ich zum Training rausfahren, und da war mein Kajak voller Blut. Blut auf dem Paddel, Blut auf dem Sitz und überall Spritzer.«

Dóra fielen fast die Augen aus dem Kopf. »Heute ist Dienstag«, sagte sie. »Warum zum Teufel hast du das noch niemandem erzählt?«

»Ich hab erst am Samstag von der Frau an der Rezeption von dem Mord erfahren. Da hatte ich das meiste schon abgewischt«, antwortete þröstur mürrisch.

»Es ist also noch ein Rest Blut da?«, fragte Dóra hoffnungsvoll. Vielleicht hatte der Mörder Fingerabdrücke darin hinterlassen.

»Äh, nee«, erwiderte þröstur kläglich, fügte dann aber in rechtfertigendem Tonfall hinzu: »Ich nehme in zwei Wochen an den Weltmeisterschaften teil. Ich hätte das Kajak nicht an irgendein Labor abgeben können, deshalb hab ich den Rest auch weggewischt und einfach nichts gesagt.«

Dóra beneidete þröstur nicht darum, þórólfur seine Geschichte erzählen zu müssen. »Und warum hast du deine Meinung jetzt geändert?«

»Wer auch immer dieser Idiot war, er hat das Boot über den Grund gezogen, und jetzt ist der Boden beschädigt. Ich hab nicht kapiert, warum ich so schlechte Zeiten hatte, und dann ist mir das aufgefallen. Der Boden war Anfang letzter Woche noch in Ordnung, also hat mir dieser dämliche Mörder den Schaden eingebrockt.« Er lehnte sich zurück und verschränkte die Arme vor der Brust. »Die Bullen können das Kajak von mir aus haben. Damit kann ich sowieso nicht mehr an der WM teilnehmen.«

»Bist du dir eigentlich darüber im Klaren, dass du den Mord am Sonntagabend vielleicht verhindert hättest, wenn du am Samstag sofort zur Polizei gegangen wärst?«

»Und wenn schon«, schnaubte þröstur, »es war nicht mehr viel Blut übrig, hab ich doch schon gesagt.« Er blickte unterstützungsheischend zu Matthias und versuchte dann, das Thema zu wechseln. »Ich werde diesen Typen verklagen, wenn er erwischt wird, und mir den Schaden ersetzen lassen. Ich hätte mit ziemlicher Sicherheit auf dem Treppchen gestanden.«

»Ein furchtbarer Verlust«, sagte Dóra, verkniff sich aber, es allzu spöttisch klingen zu lassen. »Noch eine Frage. Du bist doch am Sonntagabend durch den Hvalfjörður-Tunnel gefahren, oder?«

»Ja«, sagte þröstur trotzig. »Mir waren die Proteindrinks ausgegangen und ich musste in eine vernünftige Apotheke.« Er schaute Dóra herausfordernd an. »Glaubst du mir etwa nicht? Ich hab eine Quittung von Lyfja in Lágmúli.«

»Äh, doch, doch.« Dóra dachte an etwas ganz anderes, nämlich daran, dass sie weder die Besucher der Séance noch die Hotelmitarbeiter ausschließen konnten. »Wie lange braucht man, um von hier zum Strand zu paddeln, wo die Architektin ermordet wurde?«

»Pff, nicht lange«, sagte þröstur. »Übers Meer geht es blitzschnell. Man spart die ganzen Zickzackwege an Land. Bei ruhiger See würde ich etwa fünf Minuten brauchen. Jemand, der untrainiert ist, vielleicht zehn Minuten.«

»Kann man problemlos ein Kajak fahren, wenn man es noch nie gemacht hat?«, fragte Matthias, der bisher nur zugehört hatte.

»Ja, wenn man sich nicht total ungeschickt anstellt«, antwortete þröstur. »Man muss üben, um es gut zu beherrschen. Aber um bei ruhiger See von A nach B zu kommen, muss man nichts können. Nur Kraft haben.« Er stand auf. »Am besten gehe ich erst mal unter die Dusche, bevor ich die Bullen treffe.« Er schob den schweren Holzstuhl unter den Tisch und wollte gehen. Auf einmal fiel ihm etwas ein und er drehte sich wieder zu ihnen. »Ach, und außerdem erinnert sich der Junge im Auto bestimmt an mich. Es sollte nicht schwer sein, ihn ausfindig zu machen.«

»Welcher Junge? Was meinst du?«, fragte Dóra.

»Als ich aus dem Tunnel gefahren bin, hab ich am Straßenrand ein Auto stehen sehen und gedacht, es ist was passiert. Ich hab angehalten und wollte dem Fahrer anbieten, ihn mitzunehmen. Das war ein total entstellter Junge. Er wollte nicht mitgenommen werden. Wollte einfach nur eine Weile im Wagen sitzen. Es wäre alles okay. Dann hat er die Scheibe hochgekurbelt und wollte nicht weiter mit mir reden.«

»Wann war das ungefähr?«, fragte Matthias.

»Gegen sechs, glaube ich«, antwortete Þröstur. »Als ich am späteren Abend wieder zurückfuhr, war er verschwunden. Wahrscheinlich hatte er die Schnauze voll, den Leuten zu sagen, es wäre alles in Ordnung. Ich war nämlich nicht der Einzige, der geglaubt hat, es könnte was passiert sein. Ein anderer Wagen hat neben ihm angehalten, als ich weitergefahren bin«, fügte er hinzu und marschierte ins Hotel.

Matthias trat Dóra unter dem Tisch leicht auf den Fuß. »Ich bin mir sicher, dass Steini hinter Bertha durch den Tunnel gefahren ist, um sich zu vergewissern, dass sie auch bestimmt weg ist. Anschließend ist er an den Rand gefahren, hat ihr hinterhergeschaut, dann kehrtgemacht und Eiríkur erledigt. Þröstur hat ihn beim Warten getroffen. Das könnte alles passen.«

»Ist aber ziemlich haarig«, meinte Dóra. »Wenn er gegen sechs am Tunnel war, musste er den ganzen Weg hierher zurückfahren, und das ist kein Katzensprung.«

»Eiríkurs Todeszeitpunkt ist nicht sehr präzise«, erwiderte Matthias. »Zur Abendbrotzeit. Die Leute essen zu unterschiedlichen Zeiten zu Abend.« Er stand auf. »Ich hole schnell die Liste. Ich möchte sehen, wann er Richtung Stadt gefahren ist, das hab ich mir noch nicht angeschaut.«

Dóra wollte nicht noch einmal durch den Gestank in der Lobby gehen und zog es vor, draußen zu warten. Matthias kam geradewegs mit dem Papierstapel zurückgeeilt. »Er ist fünf Wagen hinter Bertha durch den Tunnel Richtung Reykjavík gefahren. Es stimmt alles mit meiner Theorie überein. Er wollte sichergehen, dass sie weg war.« Er knallte den Stapel vor Dóra auf den Tisch. »Ich glaube, wir sind gezwungen, mit Bertha zu reden. Bleibt zu hoffen, dass sie etwas weiß.«

»Bleibt zu hoffen, dass sie etwas weiß und es uns auch mitteilen möchte«, ergänzte Dóra und stand auf. »Wir sollten uns keine Hoffnungen machen, dass sie uns um den Hals fällt, wenn wir ihr zu verstehen geben, dass ihr Freund und Cousin ein Mörder ist. Es könnte länger dauern, bis sie begreift, was für eine abscheuliche Tat er begangen hat.« Sie lächelte. »Falls er sie begangen hat. Ich bin mir da überhaupt nicht so sicher.«

»Jetzt weiß ich, was mich stört!« Dóra schlug sich gegen die Stirn. »Die Erbfolge! Wenn das Kind seine Mutter und seinen Großvater überlebt hat, dann ist sein gesamter Besitz in falschen Händen. Grímur hätte das Kind normalerweise natürlich nicht beerbt.« Sie saßen im Wagen auf dem Zufahrtsweg nach Kreppa, wo sie hofften, Bertha anzutreffen. Ihr Auto stand nicht da, das Haus war verlassen.

»Was meinst du?«, fragte Matthias. »War Grímur nach dem Tod der Mutter und des Großvaters nicht der nächste Verwandte?«

Dóra schüttelte den Kopf. »Nein, der Vater natürlich! Der Vater des Kindes hätte nach dessen Tod alles bekommen.«

»Und das ist aller Wahrscheinlichkeit nach Magnús«, stellte Matthias fest. »So weit hatte ich nicht gedacht. Grímur hätte natürlich nie etwas bekommen dürfen. Deshalb hat er die Kleine versteckt und versucht, alle Hinweise auf ihr kurzes Leben zu beseitigen.«

Dóra schnappte nach Luft. »Und außerdem: Wenn Grímurs Tochter Málfríður von dem Mord gewusst hat, hat sie ihr Erbe ebenfalls unter falschen Voraussetzungen erschlichen.«

»Logisch.« Matthias nickte. »Wenn ihr Vater es unrechtmäßig erhalten hat, dann hat sie ebenso wenig ein Anrecht darauf.«

»Ich bin mir nicht hundertprozentig sicher, aber soweit ich weiß, sieht die Sache anders aus, wenn sie ahnungslos war. Aber falls meine Vermutung stimmt, war sie das nicht. Sie lebt sogar noch. Als das Grundstück an Jónas verkauft wurde, hatten ihre Kinder, Börkur und Elín, ihre Unterschriftsvollmacht. Offiziell haben sie noch nichts geerbt. Aus der Vollmacht ging hervor, dass ihre Mutter noch keine Erbteilung festgelegt hat.«

»Da gibt's ganz schön viel zu verlieren«, sagte Matthias. »Und gleichzeitig für den Kindsvater, den alten Magnús, ganz schön viel zu gewinnen.«

»Ja, es hätte ihm nichts gebracht, Birna umzubringen, und dadurch den Fund des Kindes zu verhindern. Im Gegenteil.« Dóra betrachtete den alten Hof durch die Frontscheibe. »Bei Elín und ihrer Familie sieht die Sache allerdings ganz anders aus. Bertha hätte beispielsweise keinen Zufluchtsort mehr hier in Snæfellsnes. Nachdem Grímurs Existenzgrundlage ins Wanken geraten war, ging das Haus in Stykkishólmur in Bjarnis Besitz über, ebenso wie sein Hof«, erklärte Dóra. »Wenn Bertha kein Haus mehr hier im Bezirk hätte, wäre Steini ziemlich einsam.« Sie schaute zu Matthias. »Sollen wir nicht einfach direkt mit ihm reden?«, schlug sie vor. »Wir haben keine Ahnung, wann und wo wir Bertha finden. Sóldís weiß bestimmt, wo Steini wohnt, das wäre also kein Problem.«

»Und Þórólfur? Sollten wir ihn nicht lieber informieren, damit er selbst hingehen kann?«

Dóra überlegte kurz. »Nein, nein. Das ist wie mit der Wand. Wir müssen sicher sein, dass wir recht haben, bevor wir die Polizei damit behelligen. Die haben im Moment sowieso genug zu tun.«

Matthias und Dóra standen vor Steinis Haustür und warteten. Es war plötzlich kühler geworden. Die Luft war so frisch, dass einem die Kälte durch Mark und Bein kroch. »Bist du sicher, dass wir Juni haben?«

Bevor Dóra antworten konnte, öffnete sich die Tür einen Spalt. »Was ist?«, erklang die Stimme unter der altbekannten Kapuze.

»Hallo«, sagte Dóra so freundlich wie möglich. »Erinnerst du dich nicht an uns? Wir waren gestern in Kreppa und haben dich und Bertha getroffen. Wir haben uns auch unten in der Bucht gesehen.«

»Ja, was wollt ihr?« Man hätte meinen können, Steini redet mit vollem Mund, so undeutlich war seine Aussprache. Wahrscheinlich konnte er den Mund nicht richtig öffnen. Dóra hoffte, dass ihm das Sprechen keine Schmerzen bereitete. Unabhängig davon, was er anderen möglicherweise angetan hatte, tat er ihr unendlich leid.

»Wir wollten kurz mit dir reden«, sagte Dóra, in der Hoffnung, eingelassen zu werden. »Es geht um den Sonntagabend.«

Der Rollstuhl fuhr ein Stück zurück, und die Tür wurde weit geöffnet. »Kommt rein«, sagte Steini. Aufgrund seiner bizarren Stimme war nicht festzustellen, ob ihm die Unterredung unangenehm war. Dóra und Matthias wechselten beim Eintreten einen Blick, sagten aber nichts.

»Wohnst du schon lange hier?«, fragte Dóra freundlich, nachdem sie das schlichte Wohnzimmer betreten hatten. Auf den ersten Blick wirkte das Haus ziemlich deprimierend. Alles war sehr ordentlich, aber es gab keine Anzeichen, dass wirklich jemand dort wohnte, keine Bilder an den Wänden, nirgends persönliche Gegenstände, außer Krücken, die in der Türöffnung zu dem kleinen Wohnzimmer lehnten. Dieses war etwas einladender als der Flur, mit einer Blumenvase mit Wildblumen aus der Umgebung.

Dóra vermutete, dass Bertha den Strauß mitgebracht hatte. Undenkbar, dass der junge, in seinem Rollstuhl kauernde Mann ihn gepflückt und arrangiert hatte.

»Ja, schon lange«, antwortete Steini, ohne näher darauf einzugehen.

»Verstehe.« Dóra lächelte. »Am besten komme ich gleich zum Thema. Wir haben überlegt, ob du am Sonntag durch den Tunnel gefahren bist. Ein auf deinen Namen gemeldetes Auto hat ihn am Abend passiert.«

Steini schwieg und ließ den Kopf noch mehr hängen. Dann ergriff er das Wort. »Ja, das war ich«, sagte er. Wie zuvor war seiner Stimme nicht anzuhören, wie er sich fühlte.

»Darf ich fragen, was du in Reykjavík gemacht hast?«, fragte Dóra.

»Nein«, antwortete Steini. Er warf ihr unter der Kapuze einen raschen Blick zu, und Dóra musste sich beherrschen, nicht erschreckt zu reagieren. »Glaubt ihr etwa, ich hätte diesen Mann umgebracht?«, rief er. Er war plötzlich rasend vor Zorn. »Glaubt ihr das?« Er wuchtete sich aus dem Rollstuhl hoch und umkrallte die Lehnen, um das Gleichgewicht halten zu können. Sein Bein war gekrümmt und kaum belastbar.

»Nein«, beeilte sich Dóra zu sagen. »Das glauben wir ganz bestimmt nicht.« Sie ergänzte ihren Satz mit einer weiteren Notlüge, damit er ihr weniger peinlich war. »Wir dachten, du hättest deinen Wagen vielleicht verliehen. Wir wollen rausfinden, wer zum Zeitpunkt des Mordes an Eiríkur wo war.«

»Ich war nicht in der Nähe. Auch nicht, als Birna umgebracht wurde«, sagte Steini und ließ sich wieder in den Rollstuhl plumpsen. Er schien immer noch wütend zu sein und atmete röchelnd. Dóra hoffte, dass er keinen Schock oder epileptischen Anfall bekam.

»Auf dem Hof am Hotel wurde ein altes Grab entdeckt«, sagte sie, in der Hoffnung, ihn zu verunsichern und dazu zu bringen, klein beizugeben.

»Raus«, sagte er auf einmal. »Ich will euch nicht hier haben.«
Er rollte mit seinem Stuhl ein wenig in Dóras Richtung.

Matthias, der den Wortwechsel nicht verstanden hatte, war sofort klar, dass das Gespräch beendet war. Er stand auf und trat neben sie. »Also dann«, sagte er. »Wir müssen uns beeilen.« Er nahm Dóras Hand und zog sie hoch. Anschließend drehte er sich zu Steini und bedankte sich. Dann ging er hinaus, wobei er darauf achtete, dass Dóra vor ihm herging. »Bisschen merkwürdig, kann aber schwerlich einen Mord begehen«, sagte er schließlich, nachdem sie die Tür hinter sich geschlossen hatten.

»Trotzdem stimmt da was nicht«, erwiderte Dóra. »Seine Reaktion auf die Neuigkeit mit dem Grab war wirklich nicht ganz normal. Und auch nicht das mit dem Tunnel, wenn man's genau nimmt. Kann es sein, dass er den Mörder deckt?«

»Das bezweifle ich.« Matthias hielt ihr die Wagentür auf. »Wenn er nicht der Mörder ist, dann ist es wahrscheinlich Bergur oder dieser Baldvin. Nach deiner Theorie über den Unfall kann Steini Bergur nicht ausstehen, wegen dessen Verbindung mit dem Unfallverursacher. Und wir haben keine Ahnung, ob er Baldvin überhaupt kennt. Die beiden würde er kaum decken.«

»So ein Mist«, grummelte Dóra. »Es hätte so schön gepasst.« Sie stieg ins Auto und wartete, bis Matthias hinterm Steuer saß. »Trotzdem bin ich vollkommen deiner Meinung, dass er es nicht gemacht haben kann. Was Bergur angeht, habe ich auch so meine Zweifel. Er hätte durchaus zu Fuß zum Hotel kommen, das Kajak nehmen und rüber zur Bucht paddeln können, um Birna umzubringen, aber das ist irgendwie unlogisch. Warum ist er nicht einfach hingefahren? Und wann hätte er Jónas' Handy entwenden sollen, um Birna die SMS zu schicken?« Sie schüttelte den Kopf. »Baldvin dagegen war im Hotel und hätte leicht das Handy an sich nehmen können. Er war bei der Séance, ist aber vor der Pause verschwunden. Also hätte er runter zum Steg laufen, das Kajak stehlen, zur Bucht fahren und Birna überfallen können. Genug Gründe hatte er ja.« Dóras Handy klingelte.

»Hi. Ich hab das Zeug für dich gefunden«, sagte Gylfi. »Es ist der lateinische Begriff für die Aloe-vera-Pflanze.«

Dóra bedankte sich und legte auf. Sie warf Matthias, der vollauf damit beschäftigt war, sich anzuschnallen, einen Blick zu. »Was ist?«, sagte er, als ihm klar wurde, dass sie ihn anstarrte.

»Warum sollte eine Frau sich Aloe vera in die Vagina einführen? Wird das als Gleitmittel verwendet?«

Matthias lachte. »Entschuldige bitte, aber warum fragst du mich danach? Sehe ich so erfahren aus? Frag doch deine Freundin, die Sexberaterin. Nicht mich.« Er setzte zurück. »Der VERITAS-Wagen stand noch vor dem Hotel, als wir losgefahren sind. Sollen wir mit dem Mann sprechen?«

»Warum nicht?«, entgegnete Dóra und grinste. »Er muss ja wohl die Wahrheit sagen, oder?«

Matthias wendete den Wagen und rollte über den Kiesweg. »Keine Frage. Immerhin ist er Politiker.«

33. KAPITEL

Matthias klopfte energisch gegen die Tür von Magnús' Hotelzimmer. In Baldvins Zimmer hatten Matthias und Dóra niemanden angetroffen, und nun hofften sie, Baldvin wäre bei seinem Großvater. Der VERITAS-Jeep stand noch an seinem Platz, die Männer mussten also da sein. Als ein leises Rascheln von drinnen zu hören war, klatschte Dóra erfreut in die Hände. Anschließend wurde die Tür geöffnet, und Magnús stand vor ihnen. Als er die Gäste erkannte, machte er ein erbostes Gesicht. Aber seine Gesichtszüge waren schon zu schlaff und farblos, als dass er bedrohlich gewirkt hätte. Das Ergebnis wirkte eher wie schlechte Theaterschminke. »Was wollt ihr«, knurrte er.

»Eigentlich suchen wir Baldvin«, sagte Dóra höflich. »Ist er vielleicht hier?«

»Wer fragt?«, wurde aus dem Zimmer gerufen.

»Die Anwältin und dieser Deutsche«, antwortete Magnús augenblicklich, die faltige Pranke immer noch auf der Türklinke.

»Lass sie rein«, rief Baldvin. »Wir haben nichts zu verbergen.« Magnús öffnete, und Dóra und Matthias betraten das Zimmer. »Nehmt Platz.« Baldvin wies auf zwei Stühle und setzte sich in den dritten, während sein Großvater mit der Bettkante vorliebnehmen musste. »Was führt euch zu uns?«, fragte er und legte seine Hände auf den vor ihm stehenden Tisch. Dóra musste sie anstarren, weil sie so groß und kräftig waren und sie an þrösturs

Worte erinnerten, dass man stark sein müsste, um mit einem Kajak aufs Meer hinauszufahren. Baldvin würde das selbst bei unruhiger See leichtfallen.

»Ich hätte nur gern ein paar Fragen beantwortet«, sagte Dóra und setzte sich zurecht. »Wie ihr vermutlich wisst, bin ich die Anwältin von Jónas, dem das Hotel gehört und der meiner Meinung nach unschuldig in Untersuchungshaft sitzt.«

»Das wissen wir«, entgegnete Magnús gereizt. »Falls du hier bist, um einem von uns die Morde in die Schuhe zu schieben, dann bist du auf dem Holzweg. Weder Baldvin noch ich sind auch nur in der Nähe gewesen. Es passiert gar nicht so selten, dass der richtige Mann in Untersuchungshaft kommt, meine Liebe. Du solltest dich vielleicht damit abfinden, anstatt uns mit deiner Anwesenheit zu belästigen.«

»Lass uns nicht überreagieren«, sagte Baldvin beschwichtigend zu seinem Großvater und lächelte Dóra entschuldigend zu. Das Lächeln drang nicht bis zu seinen Augen. »Wir sind beide etwas gereizt, weil wir nicht nach Hause kommen. Die Polizei hat uns gebeten, zu warten, weil sie noch kurz mit uns beiden sprechen muss. Ich bin nicht in der Lage, über die Schuld oder Unschuld von diesem Jónas zu urteilen, aber ich kann euch, wie mein Großvater, guten Gewissens versichern, dass wir nichts damit zu tun haben. Stell einfach deine Fragen, vielleicht kann ich dich dann überzeugen.«

»Was wolltest du am Sonntagabend hier?«, fragte Dóra geradeheraus. »Dein Wagen hat den Hvalfjörður-Tunnel passiert.«

Baldvin lehnte sich in seinem Stuhl zurück und nahm die Hände vom Tisch. »Ich bin nicht hergekommen, um diesen Unglücksraben umzubringen, falls du das meinst.«

»Sondern?«, fragte Dóra scharf. »Du bist ja wohl nicht den langen Weg gefahren, um deinen Großvater zu besuchen?«

»Nein«, erwiderte Baldvin, »ich kann es dir sagen. Ich habe beschlossen, reinen Tisch zu machen. Mit einer solchen Sache sollte man sich zwar nicht brüsten, aber ich werde sie nicht verheimlichen.« Er streckte seinen Rücken. »Ihr habt ja offenbar das Foto gefunden, und wenn ich die Polizei richtig verstanden habe, wisst ihr von Birnas Versuch, mich zu zwingen, dass ich ihr den Sieg bei der Ausschreibung für den neuen Busbahnhof verschaffe.« Dóra nickte nur. »Diese Frau war ungeheuer habgierig«, beeilte sich Baldvin hinzuzufügen. »Damit möchte ich nicht den Mord an ihr rechtfertigen. Mitnichten. Sie hat mich angerufen, mir geschrieben und mich einfach nicht in Ruhe gelassen. Dasselbe hat sie mit Großvater getan, der schließlich sogar die Reha in Reykjalundur abgebrochen hat und hergekommen ist, um sie zur Vernunft zu bringen. Er hat sehr darunter gelitten, dass seine Vergangenheit Schatten auf meine Existenz werfen könnte.«

»Wie tragisch«, bemerkte Dóra ironisch. »Aber du hast immer noch nicht deine Fahrt hierher am Sonntag erklärt.«

»Ich war hier, um in Birnas Zimmer einzubrechen«, gab Baldvin zu. »Großvater hatte erfahren, dass die Polizei es noch genauer untersuchen wollte, und ich hab gehofft, das Foto dort zu finden. Aber es war nicht da.«

»Und am Donnerstag? Da habt ihr die spiritistische Sitzung kurz nach Beginn wieder verlassen und seid nicht wiedergekommen. Warum?«

Baldvin lächelte und zeigte auf seinen Großvater. »Großvater war schwindelig. Er fühlte sich unwohl, deshalb bin ich mit ihm rausgegangen. Außerdem war die Séance nichts für uns. Wir sind nur hingegangen, weil wir Birna treffen wollten.«

»Kann das jemand bezeugen?«

»Ja, selbstverständlich«, antwortete Baldvin gelassen. »Ich habe Großvater auf sein Zimmer begleitet und seinen Arzt angerufen. Der hat mir die Nummer eines Kollegen hier in Snæfellsnes gegeben, und der ist hergekommen. Das muss gegen neun Uhr gewesen sein, und um zehn ist er wieder gegangen.«

Dóra war sofort klar, dass die beiden nicht mehr als Täter in Frage kamen. Sie hatte keine Lust, nach dem Namen des Arztes zu fragen, darum konnte sich þórólfur kümmern. Sie schaute zu

Matthias. »Ich glaube, das war's.« Sie stand auf. »Es gibt allerdings noch eine Sache, auf die ich dich hinweisen möchte, Magnús. Die Polizei ist kurz davor, das Skelett eines Kindes zu finden. Ich glaube, es ist Kristín, die Tochter von dir und Guðný Bjarnadóttir.«

»Was meinst du damit?«, fragte der alte Mann mit brüchiger Stimme. »Meine Tochter?«

»Ja, Guðný hat dir von ihr geschrieben«, sagte Dóra auf das Risiko hin, dass das gar nicht stimmte. »Ich glaube, Bjarnis Bruder Grímur, der auf dem Nachbarhof wohnte, hat sie getötet, um sich das Erbe seines Bruders unter den Nagel zu reißen – damit du es nicht bekommst.«

»Ich?« Magnús wurde immer bleicher. Dóra registrierte, dass er den Brief nicht abgestritten hatte.

»Allerdings glaube ich«, fuhr Dóra fort, bevor er weitere Fragen stellen konnte, »dass du dein Erbrecht durch dein Desinteresse verwirkt hast. Du wusstest von dem Mädchen und hättest seinerzeit Anspruch auf das Erbe erheben müssen. Allerdings hättest du noch einiges mehr tun müssen, zum Beispiel dich nach dem Schicksal des Kindes erkundigen oder dich seinerzeit um deine Tochter kümmern.« Sie ging zur Tür; Matthias folgte ihr auf den Fersen. »Ich nehme an, wenn du deine Pflicht erfüllt hättest, gäbe es jetzt kein Skelett im Keller.«

»Aber …«, setzte der alte Mann an. Baldvin sagte nichts, schaute seinen Großvater nur mit undurchdringlichem Gesicht an. »Wie kannst du das behaupten?«, brachte der Alte hervor.

Dóra war an der Tür angelangt und drehte sich noch einmal um. »Wenn Grímur gewusst hätte, dass Kristín einen Vater hatte, hätte er sie nicht verschwinden lassen.« Sie lächelte den beiden Herren zu. »Auf Wiedersehen. War nett euch kennenzulernen.« Sie gingen hinaus und schlugen den Männern, die wie angegossen dasaßen, die Tür vorm Gesicht zu.

»Dann bleibt nur Bergur«, sagte Dóra und ächzte. »Genau genommen ist er der Unwahrscheinlichste. Ich kann mir einfach nicht vorstellen, wie er mit einem Kajak hantiert, das er gar nicht zu benutzen bräuchte, und noch weniger kann ich mir vorstellen, dass er sich so große Sorgen um potenzielle Wiedergänger macht, dass er Leuten Nadeln in die Fußsohlen steckt.«

»Das Leben hält viele Überraschungen bereit«, meinte Matthias und legte ihr die Hand auf die Schulter. »Wer hätte zum Beispiel geglaubt, dass ich mich in eine Frau mit schmutzigen Turnschuhen verlieben würde?«

Dóra betrachtete ihre Füße und grinste. Ihre Treter sahen im Vergleich zu Matthias' frischgeputzten Schuhen ziemlich mitgenommen aus. »Oder dass ich was für einen Mann in Lackschühchen übrig haben würde.«

Dóra stapfte neben dem Bett auf und ab, während Matthias seelenruhig mit einem Bier im Sessel am Fenster saß. »Es muss Bergur sein. Er ist der Einzige, der übrig bleibt«, meinte er. »Neben Jónas.«

Dóra seufzte. »Wäre wirklich nicht schön, wenn er's doch wäre. Kommt sonst wirklich niemand in Frage?«

»Offenbar leider nicht – uns gehen langsam die Männer aus. Nur noch Bergur und Jónas.«

»Mist, dass der Mörder keine Frau sein kann«, sagte Dóra. »Mir haben Rósa und Jökull als Bonnie und Clyde so gut gefallen. Aber wenn sie Geschwister sind, ist der Reiz weg.« Sie blieb stehen und schaute Matthias an. »Oder hast du schon mal von kriminellen Geschwistern gehört?«

Er schüttelte den Kopf. »Nein, noch nie. Nur von Brüdern. Die Dalton-Brüder zum Beispiel.«

»Ist es eigentlich vollkommen abwegig, dass Rósa Birna nach der Vergewaltigung entdeckt und getötet haben könnte?«, überlegte Dóra, ohne ihren Worten besonders große Bedeutung beizumessen. »Nein, das passt nicht.« Es klopfte an der Tür. Dóra rechnete mit einem ihrer Kinder und war ziemlich verwundert, Stefanía im Flur stehen zu sehen.

»Hallo«, sagte die Sexualberaterin und lächelte verlegen. »Ich wollte euch was geben. Ich hatte gehofft, ihr würdet aus eigenem Antrieb zu mir kommen, aber das scheint ja nicht der Fall zu sein.« Sie zauderte, die Hände hinter dem Rücken versteckt. Dóra zerbrach sich den Kopf darüber, was Stefanía wohl in der Hand hielt. »Ich kann euch helfen«, fügte diese hinzu und lächelte wieder.

Dóra verspürte einen Knoten im Magen. Die Frau war da, um Matthias und ihr Ratschläge für Safer Sex zu geben. Sie schluckte die Spucke, die sich in ihrem Mund angesammelt hatte, hinunter. Diesmal würde es schwierig sein, Sprachprobleme und Missverständnisse vorzuschieben. »Vielen Dank«, war das Einzige, was ihr in den Sinn kam. Sie wich nicht von der Tür, aus Angst, Stefanía könnte reinkommen und Matthias ansprechen.

»Tja, also«, sagte Stefanía. »Wie ich sehe, bist du beschäftigt. Dann gebe ich dir das einfach.« Sie reichte Dóra einen kleinen Karton. »Du kannst mich jederzeit anrufen. In dem Karton ist meine Visitenkarte. Das Gerät erklärt sich von selbst. Es ist ein Dildo, aber kein gewöhnlicher. Bei heftigen Bewegungen spritzt ein Gel heraus. Das macht die ganze Sache viel realistischer. Ein vollkommen neues Modell.« Sie lächelte.

Dóra stand da und glotzte den Karton an. »Gel, hm«, sagte sie und schaute verlegen auf. Auf einmal fiel der Groschen. Sie drückte Stefanía den Karton in die Hand und lief wieder ins Zimmer. »Warte«, sagte sie zu der Frau, die sie entgeistert anstarrte. Dann kam sie mit der Kiste zurück, die sie an der Rezeption für die Sachen aus dem Keller bekommen hatte. »Ist das dasselbe?«, fragte sie und zeigte auf den Aufdruck: *Aloe vera Action*.

Stefanía sah Dóra an, als hätte die eine Schraube locker. »Äh, nein«, sagte sie und verfolgte verwundert, wie Dóras Eifer in Enttäuschung umschlug. »Das war das ältere Modell. Deins ist neuer«, erklärte sie und schaute Dóra forschend an. »Die anderen sind kürzlich ausgegangen. War ein durchschlagender Erfolg. Der Letzte wurde sogar geklaut. In der letzten Woche wurde eingebrochen, und ich hab endlich festgestellt, was gestohlen wurde. Ich wollte euch nämlich den Letzten geben. Aber der da ist auch prima. Der einzige Unterschied ist, dass das Gel kein Aloe vera Gel ist.«

»Ein Einbruch«, sagte Dóra atemlos. »Wann war das?«

»Letzte Woche«, antwortete Stefanía. »Lass mal überlegen, ich bin am Dienstag gefahren, und als ich am Freitag zurückkam, hab ich's entdeckt. Das Schloss war aufgebrochen, aber der Mord an Birna hat dieses kleine Delikt natürlich überschattet. Zumal ich am Anfang dachte, es sei nichts gestohlen worden. Hab's eben erst gemerkt, als ich den Märchenprinzen für euch holen wollte.«

Dóra ging, die Kiste immer noch im Arm, ins Zimmer. »Matthias, rate mal, was passiert ist? Rósa steht wieder auf der Liste. Ganz oben sogar.«

Matthias sah sie trotz der Aufregung ruhig an. »Wie kommt's?«

»Birnas Mörder ist kein Mann, sondern eine Frau. Die Vergewaltigung wurde vorgetäuscht, um die Polizei auf eine falsche Fährte zu locken.« Dóra stellte die Kiste auf den Fußboden. »Wer würde so etwas tun?« Sie antwortete sich selbst: »Eine Frau natürlich. Eine Frau, die nichts von der Aloe vera Funktion wusste.«

Matthias starrte Dóra an. »Ich glaube, das musst du mir genauer erklären«, sagte er ruhig und holte sich noch ein Bier.

Dóra nahm die Mappe mit den Ermittlungsunterlagen, blätterte darin herum und reichte sie Matthias. Sie zeigte ihm ein kopiertes Foto von einem Dildo auf einem Stahltablett. »Der wurde am Strand gefunden, zusammen mit allen möglichen anderen Dingen – der Polizei muss nicht unbedingt ein Licht aufgegangen sein.« Dóra blickte zu der Kiste mit den Sachen aus dem Keller. »So ein Gerät war auch in dieser Kiste, falls du dir Gedanken darüber machen solltest, warum ich mich so gut mit Hilfsmitteln des Liebeslebens auskenne.«

Matthias betrachtete die Kiste und grinste. »Verstehe. Aber ich kapiere den Zusammenhang nicht ganz.«

»Laut Beschreibung auf der Kiste spritzt aus diesem Apparat Aloe vera Gel«, erläuterte Dóra und errötete leicht. »Frag mich nicht, warum.« Sie zeigte wieder auf das Foto. »Es ist gut möglich, dass das Sperma von zwei Männern in Birnas Vagina gefunden wurde, aber es rührte nicht von einer Vergewaltigung her.«

»Und woher willst du das wissen? Selbst wenn zwei Männer zugeben, Verkehr mit ihr gehabt zu haben, ist damit nicht gesagt, dass das mit ihrem Einverständnis stattgefunden hat.«

»Ich glaube, der Mörder wollte eine Vergewaltigung vortäuschen«, erklärte Dóra. »Mit einem solchen Gerät. Das ist die einzige vernünftige Erklärung für dieses Aloe vera. Eine Frau, die innerhalb kürzester Zeit mit zwei Männern geschlafen hat, wandert nicht mit einem Sexspielzeug am Strand entlang.« Sie zeigte noch einmal auf das Foto. »Und warum sollte jemand eine Vergewaltigung vortäuschen? Na? Um die Polizei zu verwirren natürlich. Das kann nur bedeuten, dass der Mörder eine Frau ist. Frauen vergewaltigen keine Frauen.«

»Nein«, sagte Matthias, »das stimmt wohl. Aber es gibt noch jede Menge andere Frauen, die sie ermordet haben könnten. Es muss nicht unbedingt Rósa gewesen sein.«

»Klar«, entgegnete Dóra. »Aber es muss eine Frau sein, die einen triftigen Grund hatte. Und den hatte Rósa.«

»Stimmt«, sagte Matthias, verstummte aber dann. Irritiert blickte er zu Stefanía, die um die Ecke ins Zimmer kam. Sie lächelte den beiden zu und hielt immer noch den Karton in der Hand, den sie Matthias nun reichte. Dóra hatte die Sexberaterin bei der ganzen Aufregung vollkommen vergessen.

»Bitte sehr, das ist für dich. Du darfst ihn behalten. Glaub mir, das hat schon vielen in deiner Situation geholfen«, sagte sie in gebrochenem Englisch zu Matthias, verabschiedete sich und ging.

Matthias saß reglos in seinem Sessel. In der einen Hand hielt er ein Bierglas und in der anderen einen Karton mit einem Sexspielzeug. Er war zu perplex, um etwas sagen zu können, aber sobald sich die Tür hinter Stefanía geschlossen hatte, sah er Dóra an.

»Du hast der Frau doch wohl nicht erzählt, ich wär schwul?«

»Nein, bist du verrückt?«, entgegnete Dóra aus tiefstem Herzen. »Das würde ich nie tun! Komm, lass uns Þórólfur suchen. Der hat's vielleicht noch nicht begriffen.«

»Es sei denn, diese eigenartige Dame drückt jedem so ein Wundergerät in die Hand.«

In der Eingangshalle erzählte ihnen Vigdís, dass Þórólfur und ein anderer Polizist mit Þröstur nach draußen gegangen seien, um das Kajak zu inspizieren und abtransportieren zu lassen. Vermutlich schickten sie es ins Labor, in der Hoffnung, dass es Þröstur nicht gelungen war, sämtliche Beweismittel zu beseitigen. Nach Þrösturs Beschreibung war es jedoch unwahrscheinlich, dass von dem Blut noch etwas übrig war. Während Matthias und Dóra bei Vigdís standen und überlegten, ob sie warten oder einen anderen Polizisten aufsuchen sollten, sah Dóra den verletzten Börsenmakler zur Rezeption humpeln. Umständlich zog er eine Reisetasche hinter sich her. »Ich helfe ihm«, sagte Dóra zu Matthias und sprang auf Teitur zu. »Hallo! Ich mache das schon«, rief sie. Als Teitur Dóra kommen sah, belohnte er sie mit einem Lächeln.

»Vielen Dank«, sagte er erfreut und überließ Dóra die Tasche. »Ich hab immer noch tierische Schmerzen, aber ich muss nach Hause.«

»Holt dich jemand ab?«, fragte Dóra. Der Gedanke, dass er in diesem Zustand Auto fahren würde, gefiel ihr gar nicht.

»Ja, mein Bruder«, antwortete Teitur kurzatmig. »Den Wagen lasse ich später abholen. Brauchst du vielleicht zufällig ein Auto, um nach Hause zu kommen?«

Dóra lachte. »Nee, eigentlich nicht«, antwortete sie und dachte an den Jeep, den sie irgendwie in die Stadt schaffen musste. Gylfi würde ihn jedenfalls nicht fahren.

Teitur jammerte. »Dieser verfluchte Gaul«, sagte er. »Ich lasse mich nie wieder zum Reiten überreden.«

»Du hast noch Glück gehabt«, entgegnete Dóra. »Ich verstehe nicht, warum sie dir bei dem Reiterhof kein sicheres Pferd gegeben haben. Welcher Verleih war das eigentlich?«

»Ach, ein Hof oberhalb von hier; Tunga heißt er, wenn ich mich recht erinnere. Aber es war nicht deren Schuld«, erklärte Teitur.

»Tunga?« Das war bei Bergur und Rósa. Dóra war sich mittlerweile sicher, dass die beiden etwas vertuschten. »Dort hast du ein Pferd geliehen? War das zufällig ein durchgeknallter Hengst?«

Teitur lachte. »Nein, so blöd bin ich auch wieder nicht. Es war ein ganz normales Pferd. Ich hatte einfach Pech. Ich meine, wie oft trifft man schon auf einen toten Fuchs? Das Pferd war noch lange nach meinem Sturz furchtbar nervös.«

Dóra blieb stehen. »War das hier in der Nähe? Lag der Kadaver neben dem Weg zum alten Hof?«

Teitur nickte. »Genau. Ein toter Fuchs. Ich hatte keine Ahnung, dass Pferde solche Angst davor haben.«

»Hast du den Leuten vom Pferdeverleih davon erzählt?« Dóra versuchte, ruhig zu bleiben.

»Ja klar.« Teitur schien verwundert über Dóras Neugier. »Ich musste zurückfahren und ihnen beichten, dass das Pferd weggelaufen war.«

»Und du hast ihnen natürlich erzählt, wie und wo es passiert ist? Das mit dem Fuchs?«

»Ja doch«, antwortete Teitur. »Die Frau war natürlich total schockiert. Weil das Pferd weg war und ich mich verletzt hatte.«

»Diese Frau«, hakte Dóra nach, »hieß die Rósa?« Teitur nickte lächelnd. »War jemand bei ihr, der die Geschichte von dem Fuchs auch gehört hat?«, fragte sie. »Ihr Mann vielleicht?«

»Nein, sie war allein zu Hause. Ich hab keine Ahnung, ob sie ihm davon erzählt hat, aber ich glaube nicht.« Teitur schaute Dóra forschend an. »Warum fragst du?«

»Ach, nur so«, sagte Dóra gedankenversunken. »Also, ich

hoffe, du kommst unversehrt nach Hause und erholst dich gut.«
Sie stellte die Tasche neben der Rezeption ab.

»Mache ich«, entgegnete Teitur. Er fingerte in der Tasche seines
Jacketts nach seinem Portemonnaie. Einen Augenblick dachte
Dóra, er wolle ihr Trinkgeld geben, aber dann reichte er ihr seine
Visitenkarte. »Du musst mich unbedingt anrufen, wenn du mal
nicht weißt, was du mit deinem Geld machen sollst«, sagte er und
lächelte, »ich habe ziemlich gute Anlagetipps.«

Dóra nahm die Karte, las sie höflichkeitshalber und steckte sie
in die Tasche. Es würde noch viel in ihrem Leben passieren müssen, bis sie genügend Geld zusammengekratzt hätte, um es anlegen zu können. »Vielen Dank«, sagte sie. »Man weiß ja nie.«

»Eine Sache passt nicht«, meinte Matthias. »Niemand hat erzählt, dass Rósa an dem Abend der spiritistischen Sitzung hier
war. Wie soll dann die Sache mit Jónas' Handy und dem Kajak
gelaufen sein?«

Dóra beobachtete, wie sich die Eingangstür öffnete, und hoffte,
þórólfur würde endlich auftauchen. »Vielleicht hat Jökull das
Handy für sie geklaut und die SMS geschickt.«

»Das erklärt nicht das Kajak«, erwiderte Matthias. »Sie muss
hier gewesen sein, wenn der Weg übers Wasser Sinn machen soll.«

»Vielleicht war sie hier«, entgegnete Dóra. »Sie muss ja nicht
zwangsläufig bei der Séance gewesen sein.«

Matthias wirkte skeptisch. »Der einzige Grund, das Kajak zu
benutzen, ist meiner Meinung nach, sich unbemerkt von der Sitzung schleichen und rechtzeitig vor der Pause zurück sein zu können. Vielleicht gibt es noch eine andere Erklärung, aber ich sehe
keine.«

Dóra stand auf. Sie hatten auf den Stühlen in der Eingangshalle
Platz genommen, damit sie þórólfur nicht verpassten. »Ich rede
mal mit Vigdís.« Dóra ging zur Rezeption. »Sag mal, Vigdís,
kennst du eigentlich Jökulls Schwester?«

Vigdís nahm ein Blatt aus dem Drucker, der vor ihr auf dem

Tisch stand, und griff nach dem Locher. »Meinst du Fjóla, oder wie sie heißt? Doch, doch«, sagte sie und lochte das Blatt. »Warum fragst du? Suchst du sie?«

»Sie heißt Rósa«, sagte Dóra. »Nein, ich suche sie nicht. Ich wollte nur fragen, ob du weißt, ob sie letzten Donnerstag bei der Séance war?«

»Nein«, antwortete Vigdís ohne Zögern, »sie war nicht da.« Sie öffnete eine Mappe und heftete das Blatt ein. Mittendrin hielt sie inne und schaute Dóra an. »Ach ja, sie war aber trotzdem hier.«

»Ja?«, sagte Dóra und versuchte, ihre Ungeduld zu überspielen.

»Ja, ich weiß noch, dass ich sie fast bemitleidet habe. Sie hatte einen Blumenstrauß für den Mann mit dem Reitunfall dabei. Dieser Teitur, der eben ausgecheckt hat.« Dóra nickte. »Sie musste den ganzen Weg von der Abzweigung mit dem Blumenstrauß zu Fuß gehen, weil der Weg nicht befahrbar war; der Strauß sah ziemlich mitgenommen aus.«

»Und das war ganz sicher am Donnerstagabend?«

»Hundertprozentig«, antwortete Vigdís. »Ich hatte überhaupt keine Zeit, mit ihr zu reden, weil ich so mit Kassieren beschäftigt war – alle kamen gleichzeitig. Ich hab nur den Strauß entgegengenommen und ihr versprochen, ihn zu übergeben. Sie hat sich bedankt und wollte noch kurz in die Küche zu ihrem Bruder.«

»Hast du gesehen, wann sie wieder gegangen ist?«

»Nee, ich glaube nicht«, antwortete Vigdís. »Ich wollte unbedingt zu der Séance, deshalb habe ich einen Zettel an die Rezeption gehängt, dass die Leute in den Saal kommen sollten, wenn sie Hilfe bräuchten. Wegen der Straßenverhältnisse war es unwahrscheinlich, dass neue Gäste kommen würden. Außerdem hatte ich das schnurlose Telefon dabei, falls jemand anruft.«

»Weißt du vielleicht, ob Rósa etwas mit dem Hellseher, Eiríkur, zu tun hatte?«

Vigdís schüttelte langsam den Kopf. »Nein«, sagte sie, »glaube ich nicht. Übrigens kam Eiríkur zu mir, bevor er zu Jónas ging, um sich mit ihm über Gehälter und Arbeitsbedingungen zu streiten. Er wollte irgendwelche Infos über benachbarte Grundstücksbesitzer. Brauchte die Telefonnummer der Geschwister, dieser Elín und wie heißt er nochmal …«

»Börkur«, warf Dóra ein. »Wozu brauchte er die?«

»Das weiß ich nicht«, sagte Vigdís. »Ich glaube, es hatte mit dem Spuk zu tun, er war von der Sache wie besessen. Ich wusste die Nummer natürlich nicht, aber ich hatte Berthas Nummer – das Mädchen, das den alten Hof ausräumt. Ich hab ihm gesagt, er soll sie anrufen und nach der Nummer fragen.« Sie schloss die Mappe und stellte sie an ihren Platz. »Eiríkur hat versucht, sie vom Telefon an der Rezeption anzurufen, aber es ist niemand rangegangen. Ich hab ihm dann noch eine weitere Nummer eines Landbesitzers in der Nachbarschaft gegeben, die Einzige, die ich außer der Nummer des Mädchens hatte.«

»Welche war das?«

»Die Nummer von dieser Rósa«, antwortete Vigdís. Sie nahm ein DIN-A4-Blatt von einem Stapel und reichte es Dóra. »Das ist Werbung für den Pferdeverleih. Jökull hat mich gebeten, es aufzuhängen. Da stehen ihr Name und ihre Telefonnummer drauf.« Vigdís nahm das Blatt wieder an sich. »Nach dem Unfall des Börsenmaklers hab ich's wieder abgehängt. Wollte nicht noch weitere Gäste zu Krüppeln machen.« Vigdís spürte Dóras Interesse. »Ich hab der Polizei davon erzählt, weil das kurz vor dem Mord an Eiríkur im Pferdestall gewesen ist.«

»Weißt du, ob Eiríkur bei Rósa angerufen hat?«, fragte Dóra gespannt.

»Keine Ahnung. Ich hab ihm beide Nummern auf einen Zettel geschrieben.« Sie reckte sich über den Tresen und zeigte auf etwas. »Er ist gegangen und hat telefoniert. Von dem Apparat da hinten. Ich glaube, es war das erste und letzte Mal, dass der überhaupt benutzt wurde. Er steht an einer blöden Stelle.« Sie richtete sich wieder auf. »Ich hab Eiríkur ziemlich lange reden hören, er muss also jemanden erreicht haben.« Sie kritzelte etwas auf einen gelben Zettel und reichte ihn Dóra. »Hier sind die Nummern, falls du Rósa und Bertha danach fragen willst.«

Das Telefon stand weiter hinten auf einem Beistelltisch unter einem riesigen ausgestopften Elchkopf, der für seine Größe viel zu niedrig hing. Dóra nahm den Hörer, wobei sie aufpassen musste, das Elchgeweih nicht ins Auge zu bekommen. Sie drückte auf die Rufnummeranzeige. Die erste Angabe passte zu keiner der beiden Nummern auf dem Zettel, aber dann erschienen Rósas Festnetzanschluss und anschließend Berthas Handynummer. Dóra ging davon aus, dass die erste Nummer die zuletzt gewählte war und nichts mit Eiríkur zu tun hatte. Er hatte ein zweites Mal versucht, Bertha anzurufen, sie war nicht rangegangen, und dann hatte er Rósa kontaktiert.

Alles fügte sich ineinander.

Dóra ließ sich auf den Stuhl fallen. »Wie du siehst, passt alles zusammen«, bemerkte sie zufrieden.

»Wäre es nicht an der Zeit, Þórólfur zu suchen?« Matthias schaute auf seine Uhr. »Ich habe das dumpfe Gefühl, er ist gar nicht mehr da. Es ist schon ziemlich spät.«

»Vielleicht hat der Nebel ihn aufgehalten«, sagte Dóra und zeigte zum Ausgang. Draußen war sehr schlechte Sicht. Sie drehte sich zur Kellertür, die mit großem Lärm aufgerissen wurde. »Was ist denn jetzt los? Sind die immer noch nicht fertig?« Sie beobachteten, wie sich die Spannung um die Untersuchung im Keller weiter hochschaukelte. Der Knochentransport schien abgeschlossen zu sein; die Männer kamen nun mit leeren Händen nach oben. Sie gingen an Dóra und Matthias vorbei nach draußen, ohne die beiden eines Blickes zu würdigen, und kamen dann mit diversen Ausrüstungsgegenständen, Fotoapparaten, Staubsaugern, Spaten und so weiter umgehend wieder zurück.

»Ich würde sagen, das Skelett des Kindes ist aufgetaucht«, meinte Matthias.

»Puh« Dóra schüttelte sich. »Wie sehr ich es auch versuche, ich kann mir nicht vorstellen, wie man einem kleinen Kind so etwas antun kann. Es wegen irgendeiner Erbschaft in einen Kohlenkeller sperren.«

»Dieser Grímur war natürlich nicht ganz normal. Man kann unmöglich begreifen, was er getan hat«, sagte Matthias und sah einem Mann hinterher, der mit einem großen Scheinwerfer durch die Kellertür verschwand.

Plötzlich warf sich þórólfur auf den Stuhl ihnen gegenüber. Für einen so großen Mann hatte er sich unglaublich leise genähert. »Also, liebe Leute, ich hab gehört, ihr wollt mit mir sprechen.« Er zeigte mit dem Daumen auf die Kellertür. »Ich hab nicht viel Zeit. Eigentlich müsste ich da unten sein. Was gibt's denn?«

Dóra reichte ihm die Mappe mit den Ermittlungsunterlagen. »Ich glaube, ich weiß, wer Birna und Eiríkur ermordet hat«, begann sie. »Wir brauchen allerdings mehr als ein paar Minuten, um es zu erklären, aber ich denke, du wirst das nicht für Zeitverschwendung halten.«

þórólfur grummelte. »Sei dir da mal nicht so sicher«, sagte er und lehnte sich in seinem Stuhl zurück. »Lass hören! Aber mach's nicht zu lang.«

Als Dóra geendet und þórólfur von Rósa, dem Fuchs, dem Aloe vera Gel, Eiríkurs Telefonat und anderen Dingen erzählt hatte, schaute sie ihn verzagt an. »Rósa ist ganz bestimmt die Mörderin, und ihr Bruder ihr Komplize, wenn nicht gar mehr als das. Du kannst das genauer recherchieren als ich.«

þórólfur sah Dóra nachdenklich an. »Ich habe schon mit ihr über das Telefonat mit Eiríkur gesprochen«, sagte er. »Sie sagt, er hätte nach dem Pferdeverleih gefragt, ob er direkt auf dem Hof oder woanders sei.«

Dóra verzog das Gesicht. »Wozu?«

þórólfur zuckte mit den Schultern. »Ich weiß es nicht, ich fand das alles ziemlich sonderbar. Das mit dem Blumenstrauß und dem Gerät mit dem Gel ist sehr interessant.« Er stand auf und gähnte.

»Und ich dachte, der Tag sei bald zu Ende. Ich werde wohl nochmal bei dem Ehepaar vorbeischauen müssen.« Er blickte in Richtung Kellertür. »Die Entdeckung da unten wartet schon seit Jahrzehnten. Da kann sie ruhig noch eine halbe Stunde länger warten.«

Dóra konnte ihre Freude nicht verhehlen. Þórólfur schien ihre Theorie ernst zu nehmen. »Vielen Dank, Þórólfur. Vielleicht hältst du mich auf dem Laufenden.« Sie erhob sich.

Þórólfur winkte einen Polizisten mit nach draußen. Er warf Dóra einen Blick zu. »Das habe ich nicht gesagt.« Dann ging er grußlos von dannen.

Dóra hatte soeben die Kartoffeln und den Fisch für ihre Tochter zermatscht, die genau mitverfolgte, ob die Butter auch gleichmäßig auf dem Brei verteilt wurde. Der Koch hatte das beim kunstvollen Dekorieren des Tellers gewiss nicht geahnt. Im Speisesaal saßen nur wenige Gäste, und das Essen war schnell auf den Tisch gekommen.

»Ich weiß nicht, ob ich das essen darf«, sagte Sigga und starrte den Muschelberg vor sich an. »Ich dachte, ich hätte Pasta bestellt.« Gylfi, der Pasta bekommen hatte, betrachtete ihren Teller, offenbar in einem inneren Kampf, ob er der zukünftigen Mutter seines Kindes anbieten sollte, mit ihm zu tauschen. Schließlich bot er ihr die Hälfte von seinem Essen an, und die Muscheln landeten bei Matthias als eine Art Beilage zu dem großen Steak, das er bereits angeschnitten hatte.

Dóra stellte den Teller mit dem Kartoffel-Fisch-Brei vor ihre Tochter, die sofort zulangte. Danach zog sie ihren eigenen Teller heran. Sie freute sich auf das Essen; lange genug hatte sie sich den Kopf darüber zerbrochen, wer was warum getan hatte. Dóra dankte Gott dafür, den Börsenmakler in der Lobby getroffen zu haben. Das hatte sie auf der Suche nach dem Mörder weiter gebracht als vieles andere, was sie in den letzten Tagen angegangen waren. Dóra legte das Besteck wieder hin. »Wie ist er nach dem Sturz zurück zum Pferdeverleih gekommen?«, fragte sie konfus.

»Wer?«, fragte Matthias und legte eine leere Muschelschale auf den Teller.

»Teitur, der Börsenmakler. Er war verletzt und fahrunfähig. Er ist ja wohl kaum zu Fuß gegangen. Jemand muss ihn gefahren haben.«

»Ja«, sagte Matthias, »na und?« Sigga und Gylfi verfolgten das Gespräch verständnislos. Sóley ließ sich hingegen nicht ablenken; sie war vollauf damit beschäftigt, die Limomenge in den Gläsern der Geschwister zu vergleichen.

»Wenn ihn jemand gefahren oder ihm sonst wie geholfen hat, dann wusste derjenige auch, welchen Einfluss tote Füchse auf Pferde haben und wo der Kadaver lag.« Sie nahm das Handy und kramte Teiturs Visitenkarte aus ihrer Tasche hervor. »Hallo, hier ist Dóra, die Anwältin aus dem Hotel. Wer hat dich eigentlich vom Unfallort zurück zum Pferdeverleih gebracht?«

»Ach, hallo«, sagte Teitur. »Ich hatte schon gehofft, du hättest eine Investitionsentscheidung getroffen. Die Branche boomt.«

»Nee, noch nicht«, antwortete Dóra, »im Augenblick interessiere ich mich mehr für deinen Unfall.«

»Okay«, sagte Teitur ein klein wenig enttäuscht. »Ein Mädchen hat mich gesehen. Ich dachte, ich hätte es dir gesagt, als du mich nach dem Unfall gefragt hast. Sie hat mich echt gerettet, hat mich weggezogen, bevor das Pferd mich erledigt hätte. Es war total durchgedreht.«

»Welches Mädchen war das?«, fragte Dóra ruhig. »Hast du nach ihrem Namen gefragt?«

»Ja«, antwortete er. »Ich weiß ihn nur nicht mehr. Sie war zum Glück direkt in der Nähe, hat Kisten in das alte Haus am Ende des Wegs geschleppt. Sie war dann so nett und hat mich zum Pferdeverleih und anschließend zurück zum Hotel gefahren.«

»Hieß sie Bertha?«, fragte Dóra, immer noch mit besonnener Stimme, obwohl sie innerlich bebte.

»Ja!«, sagte Teitur froh. »Stimmt. Sie hieß Bertha.«

34. KAPITEL

R-E-R. B-E-R. Bertha. Dóra legte das Handy auf den Tisch und starrte vor sich hin.

Matthias, Gylfi und Sigga warteten schweigend mit erhobenem Besteck auf eine Erklärung für ihre Reaktion. »Es ist nicht Rósa«, verkündete Dóra in die Stille hinein. »Bertha hat von dem Fuchs gewusst.«

»Du weißt, dass man nicht gleich schuldig ist, wenn man davon wusste«, entgegnete Matthias. Gylfi und Sigga verfolgten die Situation gespannt, obwohl sie nichts begriffen.

»Es ist nicht nur das«, erwiderte Dóra, »erstens hat sie neben ihrer Mutter Elín und ihrem Onkel Börkur am meisten zu verlieren. Sie war hier bei der Séance und sie hat Angst vor Geistern. Es ist ihr zuzutrauen, dass sie Nadeln in die Fußsohlen ihrer Opfer sticht, damit sie nicht zu Wiedergängern werden.«

»Aber vergisst du da nicht, dass Bertha nicht vor Ort war, als Eiríkur getötet wurde?«, gab Matthias zu bedenken. »Sie war in Reykjavík. Die Liste aus dem Tunnel beweist es. Oder glaubst du, es gibt zwei Mörder?«

»Nein, auf keinen Fall«, sagte Dóra. »Wenn man genauer darüber nachdenkt, dann ist sie vermutlich gar nicht nach Reykjavík gefahren.«

Matthias hob die Brauen. »Du meinst, sie hat jemandem ihr Auto geliehen?«

»Nein, ich glaube, sie hat ihr Auto mit Steini getauscht«, antwortete Dóra. »Es ist ein viel zu großer Zufall, dass sie beide in entgegengesetzter Richtung durch den Tunnel gefahren sind. Er hat nicht beobachtet, wie sie wegfuhr, wie wir gedacht haben, sondern er ist durchgefahren, hat am anderen Ende des Tunnels auf Bertha gewartet, mit ihr den Wagen getauscht, und dann ist sie hergekommen und hat Eiríkur getötet. Er hat am Straßenrand gewartet, während sie gewendet hat, und im selben Augenblick kam der Kajakfahrer vorbei. Vielleicht war sie sogar in dem Fahrzeug, das laut seiner Aussage anhielt, als er weiterfuhr. Auf diese Weise hat sie ein Alibi.«

»Und Steini?«, fragte Matthias. »Er muss stattdessen die Suppe auslöffeln.«

Dóra schüttelte den Kopf. »Wer würde denn glauben, dass er Eiríkur in die Box zu dem Hengst hätte sperren können? Du hast ihn doch gesehen. Unmöglich. Aber sie ist baumstark, schließlich hat sie ihn im Rollstuhl überall durch die Gegend geschoben.« Dóra fasste sich an die Stirn. »Erinnerst du dich an das Foto von ihrer Tante Guðný in dem Rahmen auf meinem Nachttisch?« Matthias nickte. »Wenn man es genauer anschaut, sehen sie und Bertha sich ziemlich ähnlich. Vor allem, wenn man sich Guðný mit einer anderen Frisur vorstellt.«

Matthias lächelte. »So genau kann ich mich auch wieder nicht an das Gesicht erinnern, geschweige denn an die Frisur. Spielt das eine Rolle?«

»Es war das Foto, das Jónas so aufgewühlt hat«, erklärte Dóra. »Er meinte, er hätte einen Geist gesehen, der genauso aussah wie die Frau auf diesem Foto. Zuletzt hat er den Geist in seiner Wohnung gesehen.« Sie schloss die Augen und rief sich das Bild von Guðnýs hübschem Gesicht in Erinnerung. »Ich vermute, der Geist war Bertha, die die Schlaftabletten geklaut hat. Vielleicht hat sie nach etwas gesucht, was Aufschluss über Jónas' Pläne für das neue Gebäude gibt. Er hat sie überrascht, und mein Gefühl sagt mir, dass er völlig verwirrt war, nicht mehr wusste, ob er einen lebendigen Menschen oder einen Wiedergänger sieht. Vielleicht wollte sie Birna die Schlaftabletten verabreichen, hat sich aber nicht mehr getraut, weil Jónas sie gesehen hatte. Als sie schließlich Eiríkur umbringen wollte, hielt sie es für ungefährlich oder musste die Tabletten einfach verwenden, weil sie das einzig verfügbare Betäubungsmittel waren. Wahrscheinlich war sie auch der Geist, der draußen hinter dem Hotel im Nebel gesehen wurde. Ich vermute, sie hat dort mit einer Schaufel nach der Falltür gesucht. Vielleicht hat sie gehofft, Kristíns Knochen beseitigen zu können, bevor sie gefunden werden.«

»Was willst du jetzt tun?«, fragte Matthias. »Ich bin mir ziemlich sicher, dass diese Mutmaßungen nicht ausreichen. Warum hat sie beispielsweise Eiríkur umgebracht?«

Dóra stieß kräftig Luft durch die Nase aus. »Ich weiß es auch nicht. Vielleicht steckte er mit ihr unter einer Decke, oder er hat sie beobachtet. So wie es aussieht, ist Bertha die Einzige, die den Grund kennt.«

»Sollten wir das nicht der Polizei erzählen, Dóra? Dieser Þórólfur scheint ja ganz in Ordnung zu sein. Er wird bestimmt nicht allzu sauer, wenn du ihn noch einmal auf eine neue Spur bringst. Wobei er vermutlich gerade mit Rósa redet, die du vor einer knappen Stunde für schuldig befunden hast.«

Dóra stöhnte und stand auf. »Ich muss hinfahren und ihn informieren. Je eher desto besser.«

»Cat«, sagte die einzige Person, die sich nicht über die veränderte Situation den Kopf zu zerbrechen schien. Sóley lächelte Matthias an und schaute dann zu ihrer Mama. »Sag ihm, dass ich Englisch kann«, forderte sie hochzufrieden.

»Toll, Liebling«, sagte Dóra und strich über den blonden Schopf. »Du kannst weiterüben, ich muss nämlich mal eben weg. Matthias bleibt bei euch.«

»Dog«, hörte sie Sóley stolz sagen, als sie aus dem Speisesaal huschte und zu ihrem Auto lief.

Lára setzte sich auf dem harten Stuhl zurecht und achtete darauf, ihren Mantel, den sie im Arm hielt, nicht zu zerknautschen. Die mitgebrachten Blumen schienen sich im Wasser nicht zu erholen und hingen schlaff in der Edelstahlvase auf dem Nachttisch. Lára begrüßte die alte Málfríður Grímsdóttir. Sie räusperte sich und nahm die vertrocknete Hand der alten Frau. »Ich konnte an nichts anderes mehr denken. Die Erinnerungen holen mich ein, seit meine Enkelin Sóldís angefangen hat, in dem Hotel zu arbeiten, das inzwischen bei uns in Snæfellsnes steht. Du kennst die Wahrheit, und ich habe gehofft, du würdest mir jetzt alles erzählen wollen. Bevor es zu spät ist.« Sie betrachtete das kränkliche Gesicht der Frau im Bett. Seltsam, wie unterschiedlich das Alter den Menschen doch mitspielte. Málfríður war viel jünger als sie, und dennoch war sie bettlägerig und schien kaum den Kopf hochhalten zu können, während Lára mit geradem Rücken bei ihr saß. Sie hoffte, es schnell hinter sich zu bringen, wenn es bei ihr so weit wäre. Sie wollte auf keinen Fall, dass ihr Leben auf diese Weise verebbte.

Im Augenwinkel der alten Frau bildete sich eine Träne. »Gott möge mir vergeben«, sagte sie und schloss die Augen. Dabei löste sich die Träne und tropfte aufs Kissen. »Ich war so jung. Ich habe mich nicht getraut, Papa zu verletzen, und dann wurde er krank, und ich hatte andere Sorgen.«

»Ich will dich nicht tadeln, Málfríður«, sagte Lára mitfühlend und drückte die Hand der Frau. »Ich weiß, dass du damals nicht mit mir darüber sprechen konntest, aber jetzt haben wir beide nicht mehr viel Zeit, und ich möchte diese Welt nicht verlassen, ohne erfahren zu haben, was mit dem Kind geschehen ist. Das bin ich Guðný schuldig.«

Die Tränen flossen nun unaufhörlich, während Málfríður mit geschlossenen Augen dalag. »Sie ist tot«, sagte sie mit brüchiger Stimme. »Papa hat es getan.« Sie schluchzte, und Lára wartete geduldig darauf, dass sie sich wieder beruhigte. »Er hat sie in den Kohlenkeller gesperrt. Sie war die ganze Nacht über da draußen.

Ich war drüben in Kirkjustétt, um ihre Puppe zu holen, die sie so vermisste, und da hab ich es durchs Fenster gesehen. Oh mein Gott«, sagte Málfríður und verstummte bei der Erinnerung. Sie fasste sich wieder und sprach weiter: »Er hat die Stallgebäude abgebrannt, dann hat er die Tierkadaver in die Kohlenkammer geworfen und die Falltür im Frühjahr mit Grassoden abgedeckt. Er hat die Tür, die von der Kammer in den Gang führt, fest verschlossen, und später hat er das andere Ende des Ganges im Keller so verdeckt, dass niemand sehen konnte, dass da mal eine Tür war.«

»Warum?«, fragte Lára, den Tränen nahe.

»Kristín ...–«, schluchzte Málfríður. Sie öffnete die Augen und starrte an die weiße Decke. »Papa hasste sie. Ich habe es am Anfang nicht verstanden. Sie war so brav und nett, sehr still, aber stets lieb. Sie war ein paar Jahre jünger als ich, und die wenigen Tage, die sie bei uns war, hat sie sich fast nur um ihre Mutter gekümmert. Papa wollte nicht zu Guðný ins Zimmer, weil er Angst hatte, sich anzustecken, aber das kleine Mädchen saß bei ihr, fütterte sie und achtete darauf, dass Guðný es so gut wie nur irgend möglich hatte. Bis ihre Mutter eines Nachts starb. Kristín war etwas Besonderes, aber Papa sah es nicht. Ich war so froh, dass sie da war, und habe in meiner Einfalt geglaubt, sie würde nach dem Tod ihrer Mutter bei uns bleiben. Aber es kam anders.« Málfríður machte eine kurze Pause. »Anstatt sie bei uns wohnen zu lassen, hat er sie getötet und alle Merkmale beseitigt, so als habe sie nie existiert. Als Kristín geboren wurde, hatte er gehofft, sie würde sich bei ihrem Großvater mit Tuberkulose anstecken und nie erwachsen werden. Er schrieb nie eine Geburtsurkunde für sie, weil er uneheliche Kinder für eine Familienschande hielt. Das kam ihm später zugute.«

»Wie konnte er nur!«, schluchzte Lára. »Ich hätte Guðnýs Kind gerne zu mir genommen und es geliebt wie mein eigenes. Er hätte sie nicht töten dürfen!«

Málfríður drehte ihren Kopf zu Lára. »Er war sehr erzürnt darüber, dass er sich um sie kümmern musste. Papa hatte alles verloren. Sein Bruder Bjarni hatte ihm geholfen, indem er unseren Hof kaufte und alle Schulden übernahm, aber anstatt sich über die Großzügigkeit zu freuen, begann der Samen in Papa zu reifen, der seinem Leben schließlich ein Ende setzte. Er brachte sich um, voller Hass und Scham über das, was er wegen des Geldes getan hatte. Bevor er sich das Leben nahm, hat er mir alles erzählt. Ich glaube, er wollte seinen Seelenfrieden, aber den konnte ich ihm nicht geben.« Málfríður starrte wieder an die Decke. »Ich habe seine Grabinschrift in Übereinstimmung mit seiner Lebensweise gewählt. Das Herz blutet.« Sie verstummte und hustete schwach.

»Ich werde Kristín ausgraben lassen«, sagte Lára, die das Gespräch beenden wollte. Sie hatte genug. »Und neben ihrer Mutter beerdigen lassen. Ich kann nicht darüber schweigen.«

Málfríður richtete sich zum ersten Mal, seit Lára gekommen war, ein wenig auf. »Das brauchst du nicht. Ich habe schon dafür gesorgt, dass es getan wird«, sagte die Alte. »Ich habe meiner Enkelin, Elíns kleiner Bertha, davon erzählt, und sie hat gesagt, es würde alles gut werden. Sie hat versprochen, sich darum zu kümmern.« Málfríður lächelte Lára geschwächt an. »Merkwürdig, dass ich meinen eigenen Kindern nicht davon erzählen konnte, aber dann kam Bertha zu mir, und etwas an dem Mädchen erinnert mich so sehr an Guðný und Kristín. Bertha ist ein guter Mensch. Sie wird das Richtige tun.«

Lára schaute Málfríður an und stand auf. Plötzlich packte sie die Wut. »Es würde mich nicht wundern, wenn sich herausstellte, dass sie deinem Vater ähnlicher ist als Guðný und Kristín.«

»Man kann nur hoffen, dass Málfríður sich auch noch an die Wahrheit hält, wenn sie mit dem konfrontiert wird, was ihrer Enkelin bevorsteht«, sagte Dóra und legte auf. Sie brauchte keine weiteren Zeugen; das Telefonat mit Lára räumte sämtliche Zweifel an Berthas Schuld aus. Dóra hatte am Straßenrand angehalten, als die Frau anrief. Nun fuhr sie ganz langsam durch den dichten

Nebel weiter nach Tunga. Streckenweise schien sich der Nebel zu lichten, und alle möglichen Phantasiegestalten erschienen in der moosbewachsenen Lava auf beiden Seiten der Straße. Als der Nebel wieder dichter wurde und die wundersamen Erscheinungen verschluckte, lief Dóra unvermutet ein Schauer über den Rücken. Sie hoffte, nicht vom richtigen Weg abgekommen zu sein. Die Strecke war nicht lang, aber wegen der schlechten Sicht fuhr sie langsam und hatte Schwierigkeiten, sich zu orientieren. Plötzlich meinte sie, einen Mann mit ausgestrecktem Arm am Straßenrand stehen zu sehen, aber es war nur das Schild zum Hof Tunga. Sie bog in den Zufahrtsweg und beschleunigte ein wenig. Kurz darauf sah sie die Umrisse des Gehöfts. Auf dem Vorplatz stand þórólfurs Wagen; Dóra hielt neben ihm an. Der Wagen war leer. Sie stieg aus und ging zur Haustür, aber nach wenigen Schritten erstarrte sie. Durch den Nebel klang leises Kinderweinen. Dóra drehte sich um und versuchte, auszumachen, woher das Geräusch kam, aber es war zwecklos. Das Weinen hörte genauso plötzlich auf, wie es gekommen war. Dóra massierte ihren Arm, um die Gänsehaut zu vertreiben. Was zum Teufel war das? Sie kniff die Augen zusammen. Als sie eine Bewegung in der Nähe des Pferdestalls wahrzunehmen glaubte, zuckte sie zurück. Von Neugier getrieben ging sie in Richtung Stall. Sie trat vorsichtig auf, damit ihre Schritte auf dem Kies nicht zu hören waren.

Als sie beim Pferdestall angekommen war, begann das Weinen von neuem. Dóra drehte sich um, konnte aber nichts sehen. Sie erschrak fast zu Tode, als vor ihr ein lauter Knall ertönte. Die Stalltür war unverschlossen und schlug gegen die Wand. Anscheinend hatte jemand die Tür offen stehen lassen. Als Dóra von drinnen Geräusche hörte, sprang sie schnell zur Seite. Sie drückte sich dicht an die Hauswand und hoffte, im Nebel nicht gesehen zu werden. Aus dem Augenwinkel sah sie die Umrisse eines Menschen in der Türöffnung erscheinen, ihn hinauskommen und die Tür schließen. Dóra war sofort klar, dass das kein gutes Versteck war. »Hallo Bertha«, sagte sie. »Was machst du denn hier?«

Das junge Mädchen erschrak. Es drehte sich um und starrte Dóra entgeistert an. »Ich? Nichts.«

»Ich hab dich aus dem Stall kommen sehen«, entgegnete Dóra. »Kennst du die Leute hier auf dem Hof?«

Das Kinderweinen erklang erneut, und Bertha spähte angestrengt in den Nebel. »Ich hab das Weinen gehört und wollte nachsehen, woher es kommt«, erklärte sie zögernd.

»Im Pferdestall?«, fragte Dóra. »Das Geräusch kommt doch eindeutig von draußen.« Sie musterte das Mädchen, das begonnen hatte, an seiner Unterlippe zu knabbern. »Weißt du, Bertha, Kristíns sterbliche Überreste wurden entdeckt, und du ... – Willst du nicht einfach mitkommen und mit der Polizei reden? Sie ist hier auf dem Hof.« Dóra zeigte in die Richtung, in der sie das Wohnhaus vermutete. Sie konnte jetzt kaum mehr die eigene Hand vor Augen erkennen.

»Was meinst du?«, fragte Bertha. Ihr ungezwungenes Gehabe war zwecklos, denn ihre Stimme zitterte. »Was ist das?«, fragte sie, als das Weinen lauter wurde.

»Wird wohl ein Wiedergänger sein«, antwortete Dóra ruhig. »Oder Kristín. Mir scheint, sie hat auch schon deine Großmutter heimgesucht. Komm, gehen wir lieber rein, als hier draußen rumzustehen und darauf zu warten, bis der Geist dreimal um uns herumgelaufen ist. Ich glaube, einmal hat er schon hinter sich.«

Bertha sah Dóra fast besinnungslos an, leichenblass und mit geröteten Augen. »Wie haben sie Kristín gefunden?«, stammelte sie.

»Das spielt keine Rolle. Es musste so kommen. Zum Glück ist es vorbei.«

»Mama und ich werden alles verlieren«, sagte Bertha plötzlich, und Dóra war sich nicht sicher, ob sie mit sich selbst sprach. »Steini auch. Er wohnt in einem unserer Häuser. Seine Eltern haben ihr Land verkauft und sind nach Reykjavík gegangen. Er muss zu ihnen ziehen.« Sie blickte hinaus in den Nebel und atmete tief ein. Dóra sah, dass sich winzige Schweißperlen auf ihrer

Stirn und ihren Schläfen gebildet hatten. Das Heulen wurde schwächer und hörte dann ganz auf. Bertha schien ein wenig ruhiger zu werden.

»Es gibt weitaus Schlimmeres, als seinen Besitz zu verlieren, Bertha. Zum Beispiel sein Leben.«

Da erst schaute Bertha sie an. »Eiríkur und Birna hatten es nicht verdient, zu leben. Sie waren schlechte Menschen. Sie hat einen alten Mann erpresst, und Eiríkur hat versucht, mich zu erpressen. Er hat mich angerufen und behauptet, er hätte mich die Séance verlassen sehen. Er wollte Mama davon erzählen und sie sollte ihn für sein Schweigen bezahlen. Er dachte, wir wären furchtbar reich wegen unserer Ländereien hier in Snæfellsnes. Ich hab ihm gesagt, wir sollten uns hier beim Pferdeverleih treffen und dann ... – du weißt.«

»Ja, leider.« Dóra überlegte, warum das Mädchen so unkompliziert und natürlich wirkte, obwohl es ganz offensichtlich völlig in seiner eigenen Wahnwelt lebte. »Ich habe Birnas Obduktionsbericht gelesen. Daraus geht hervor, dass sie mehrmals mit einem Stein ins Gesicht geschlagen wurde. Hast du gehofft, man würde sie nicht wiedererkennen?«

»Nein«, antwortete Bertha kurzatmig. »Ich wollte sie am Hinterkopf treffen, aber sie hat sich genau im selben Moment umgedreht, und der Stein hat sie im Gesicht getroffen. Wahrscheinlich hat sie mich kommen hören. Ich wollte es so aussehen lassen, als habe sie sich bei der Vergewaltigung den Kopf auf dem Kies aufgeschlagen, aber ich hab's vermasselt. Es sollte alles perfekt sein. Ich habe extra darauf geachtet, dass die Leute mich im Hotel sehen. Ich hab mich bei der Séance ganz nach hinten gesetzt und mich rausgeschlichen, als alle auf das Medium gestarrt haben. Dann hab ich das Kajak genommen, um die Sache so schnell wie möglich zu erledigen. Sóldís hatte mir von dem Kajak erzählt und dass sein Besitzer nicht mehr lange bleiben würde. Deshalb musste ich mich beeilen.« Bertha knirschte mit den Zähnen. »Sóldís redet viel. Über sie habe ich von Jónas' Medikamenten erfahren und dass er sein Handy überall rumliegen lässt. Sie hat mir auch erzählt, was die Sexberaterin verkauft, und andere nützliche Dinge.« Bertha seufzte, ihre Augen wurden feucht. »Es sollte alles so perfekt sein und ist trotzdem schiefgegangen. Birna war nicht sofort tot, also musste ich sie wieder und wieder schlagen. Und wieder.« Bertha musterte ihre Zehen. »Als die Möwen kamen, dachte ich, ich müsste kotzen.«

»Warum hast du ihnen die Nadeln in die Fußsohlen gesteckt?«

»Ich wollte verhindern, dass sie zu Wiedergängern werden. Damit tut man niemandem einen Gefallen, weder den Toten noch den Lebendigen.« Bertha war jetzt kurz davor, zusammenzubrechen.

»Was hast du eigentlich da drinnen gemacht?«

»Ich habe die Medikamente versteckt«, antwortete Bertha mit klangloser Stimme. »Ich hab gehofft, der Verdacht würde auf Bergur und Rósa fallen, wenn Jónas freigelassen wird. Als die Polizei entdeckt hat, dass jemand anders die SMS an Birna geschickt hat, war ich beunruhigt.« Sie seufzte und blickte in Dóras Augen. »Ich hab sein Handy geklaut. Es war alles so leicht, nachdem ich entschieden hatte, wie man am besten vorgeht. Birna musste aufgehalten werden. Sie hat nicht auf mich gehört, als ich ihr gesagt habe, dass das ein schlechter Bauplatz ist. Wenn sie nur auf mich gehört hätte, wäre alles in Ordnung gewesen.« Bertha zögerte. »Aber ich hab's gemacht, um Steini zu retten«, sagte sie. Dóra war sich nicht sicher, ob Bertha versuchte, sich vor ihr und vor ihrem eigenen Gewissen zu rechtfertigen. »Das war das mindeste, was ich tun konnte. Es ist meine Schuld, was mit ihm passiert ist. Ich hab ihn an dem Abend, als der Unfall passiert ist, angerufen und gebeten, mich abzuholen. Er kann nicht in Reykjavík leben. Jetzt geht es ihm noch schlechter, weil er glaubt, was ich getan habe, wäre seine Schuld. Er bittet mich ständig, ihm zu verzeihen. Aber ich habe selbst entschieden, mich für ihn einzusetzen, also gibt's nichts zu entschuldigen. Ich hab es nur für ihn getan.« Ihre Knie gaben nach.

»Ist ja gut«, sagte Dóra ruhig und half dem Mädchen rasch wieder auf die Beine, »ist ja gut.« Sie gingen auf den Hof zu, wobei Dóra Bertha stützte, damit sie nicht noch einmal hinfiel. Das Heulen begann erneut, hörte aber schnell wieder auf. Dóra war froh, als sie die Stufen erreicht hatten. Das Mädchen zitterte wie Espenlaub. Dóra warf einen Blick zurück über die Schulter, drückte die Klingel und hoffte, dass schnell jemand zur Tür käme. Als sie endlich aufging, stand Rósa im Türrahmen. Sie sagte kein Wort, starrte nur auf etwas hinter ihnen. Dóra drehte sich um, nahezu sicher, einen Wiedergänger zu erblicken, der sich mit einem Arm die Stufen hinaufschleppte.

»Gulli!«, rief Rósa. »Da bist du ja, du ungezogener Kater. Wo warst du nur?« Das Weinen hörte sofort auf. »Feine Miezekatze!«, sagte sie mit schmeichelnder Fistelstimme. »Komm her, du Bengel.« Der braungestreifte Kater stolzierte in aller Ruhe miauend die Stufen hinauf.

35. KAPITEL

Die Getränke aus der Minibar waren teuer, aber Dóra fand, sie waren jede Krone wert. Sie stellte die Dose ab und schmiegte sich in den dicken, weißen Bademantel. Anschließend trat sie ans Hotelfenster, zog die Gardinen ein Stück zur Seite und schaute über den Austurvöllur-Platz. Es waren kaum Passanten unterwegs, und die wenigen Gestalten, die schon auf den Beinen waren, wirkten wie Gestrandete des vergangenen Abends. Dóra lächelte still. Sie ließ die Gardine los und ging wieder zum Bett mit dem schlafenden Matthias. Wenn sie endlich einmal jemanden kennenlernte, der weder geschieden noch Säufer, kein Wichtigtuer und kein Sportfanatiker war, dann musste es ausgerechnet ein Ausländer sein, der kaum dazu zu bringen sein dürfte, nach Island zu ziehen.

Aber vielleicht war genau das der Grund dafür, warum er ihr so gut gefiel.

Irgendwo im Zimmer erklang das dumpfe Klingeln ihres Handys. Dóra lokalisierte es in ihrer Handtasche, die über einem Stuhl am Fußende des Bettes hing. Sie beeilte sich, ranzugehen. »Hallo«, flüsterte sie und ging ins Badezimmer, um Matthias nicht zu wecken.

»Mama!«, kreischte Gylfi, »Sigga stirbt!«

Dóra schloss die Augen und fasste sich an die Stirn. Sie hatte Gylfi und Sigga alleine mit Sóldís zu Hause gelassen – damit Matthias und sie in seiner letzten Nacht in Island ihre Ruhe hätten. Ihr Sohn und seine Freundin mussten sich schließlich bald um ein Baby kümmern, da sollten sie durchaus in der Lage sein, eine Nacht auf ein siebenjähriges Mädchen aufzupassen. »Gylfi«, sagte Dóra, »sie stirbt nicht. Sie bekommt nur ein Baby.« Ein Schmerzensschrei von Sigga drang durch die Leitung. »Geht es ihr sehr schlecht?«

»Mama, sie stirbt!«, protestierte Gylfi. »Ich meine es ernst. Hör doch!« Die Schreie wurden lauter, hörten dann aber plötzlich auf. »Es kommt und geht.«

»Das sind die Wehen, Schatz«, sagte Dóra ruhig, obwohl sie sich keineswegs so fühlte. »Ich komme. Zieh dich und deine Schwester an, und wenn Sigga sich anziehen kann, gut und schön, sonst kommt sie einfach so mit, wie sie ist.« Dóra öffnete die Badezimmertür und trat ins Zimmer. »Hat Sigga ihre Mutter schon angerufen? Ist die unterwegs?«, fragte sie, während sie ihre Klamotten zusammensuchte.

»Nein«, sagte Gylfi düster, »Sigga möchte, dass ich sie anrufe, aber ich bringe es nicht fertig. Sie ist so ätzend.«

Dóra konnte nicht widersprechen, forderte ihren Sohn aber dennoch auf, anzurufen. Siggas Eltern würden ihrer Tochter mit Sicherheit beistehen wollen. Es würde das Fass zum Überlaufen bringen, wenn Gylfi seine Schwiegereltern nicht informierte. »Ich komme so schnell ich kann«, sagte Dóra. »Haltet euch bereit. Wenn sie Sigga abholen wollen, dann sollen sie das tun. Du entscheidest, ob du mit ihnen oder mit mir fährst, aber Sóley kommt mit mir.« Sie legte auf und zog ihren Rock an. Entgegen ihrer Gewohnheit hatte sie sich chic gemacht, mit hochhackigen Schuhen und allem Drum und Dran. Sie hatte am gestrigen Abend Lust auf etwas Besonderes gehabt, um die Lösung des Falls zu feiern und ihr Zusammensein mit Matthias zu genießen, bevor er wieder nach Hause fuhr. Dóra betrachtete die Nylonstrumpfhose über dem Fernseher und beschloss, sich lieber hineinzuquälen, als ihre schneeweißen Beine zu zeigen.

»Matthias«, flüsterte Dóra und stieß ihn sanft an, »ich muss los, Sigga bekommt ihr Baby.«

Matthias, der auf dem Bauch lag, hob sein Gesicht vom Kopfkissen und schaute sie schlaftrunken an. »Was?«

»Ich muss ins Krankenhaus«, wiederholte sie. »Ich rufe dich an.«

Dóra fuhr schneller nach Hause als üblich. Als sie in die Einfahrt bog, schmunzelte sie im Stillen darüber, mit welcher Ahnungslosigkeit Gylfi und Sigga über die Geburt gesprochen hatten. Sigga hätte demnach wahlweise in der Badewanne, stehend in freier Natur oder stumm, wie die Frau von Tom Cruise, gebären sollen, je nachdem, welchen Artikel sie gerade im Internet gelesen hatten. Nach der ersten Stunde hatten sich die beiden geweigert, weiter an dem Schwangerschaftskurs teilzunehmen. Die Hebamme hatte sich sehr aufgeregt, als Sigga gefragt hatte, ob im Kreißsaal MTV laufen würde. »Ich bin da!«, rief Dóra beim Eintreten, wurde aber von Siggas Schmerzensschreien übertönt. So würde sie bestimmt nicht bei Scientology aufgenommen werden.

»Es stimmt was nicht!«, schrie Gylfi, als er seine Mutter erblickte. »Das Kind liegt wahrscheinlich auf der Seite.«

»Das ist nicht das Problem«, entgegnete Dóra. »So ist das nun mal. Leider.« Sie ging zu Sigga, die schmerzverkrümmt am Esstisch saß.

»Es ist bestimmt wegen ihrer schmalen Hüften«, sagte Gylfi voller Panik. »Alle sagen, dass es total schwer ist, so zu gebären.«

»Die Hüften bilden bei der Sache nicht den Flaschenhals, Gylfi. Der liegt weiter unten.« Sie beugte sich zu Sigga. »Versuch, ruhig zu atmen, Liebes«, sagte sie. »Komm, wir gehen zum Auto. Hast du schon Wasser verloren?«

Sigga hob den Kopf und schaute Dóra verständnislos an. »Welches Wasser?«

»Gehen wir!« Dóra klatschte in die Hände. »Ihr werdet das alles gleich erfahren.« Sie stützte Sigga auf dem Weg nach draußen, während Gylfi vor ihnen herlief und die Wagentür öffnete. Sóley folgte ihnen schläfrig, ohne sich richtig darüber im Klaren zu sein, was eigentlich los war. »Wenn sie dir eine PDA anbieten, Sigga, dann sagst du einfach ja. Das ist in Mode«, erklärte Dóra und half ihr, sich auf den Rücksitz des Jeeps zu legen. Sie hatte zwar entschieden, den Jeep und den Wohnwagen zu verkaufen, um ihre Schulden loszuwerden, aber der Jeep war größer und geräumiger als ihre alte Karre. Dóra sprang hinters Steuer und drehte den Zündschlüssel. Als sie gerade rückwärts die Einfahrt verlassen hatten, stieß Sigga einen so lauten Schrei aus, dass Dóra abrupt bremste. Gylfi und sie schauten nach hinten.

Dóra seufzte. Sie würde mit dem Preis des Jeeps runtergehen müssen; der Rücksitz war mit Fruchtwasser durchtränkt.

Sóley ließ die Füße baumeln. Im Wartezimmer gab es nicht viel, womit sie sich beschäftigen konnte. Dóra wunderte sich darüber, wie geduldig und brav sie war, vor allem, wenn man bedachte, dass sie seit fast drei Stunden in dem kleinen Raum warteten. Die Warterei wurde auch dadurch nicht amüsanter, dass Siggas Vater bei ihnen saß. Er redete nicht viel, aber sein Mienenspiel sagte alles. Daher war Dóra froh, als ihr Handy die Stille durchbrach. Sie ging damit hinaus auf den Flur.

»Hallo Dóra, hier ist Lára aus Snæfellsnes. Die Oma von Sóldís«, erklang die gesetzte, angenehme Stimme der alten Dame. »Hoffentlich störe ich dich nicht.«

»Nein, überhaupt nicht«, sagte Dóra. »Schön, von dir zu hören. Ich wollte dich auch anrufen. Leider habe ich es nicht mehr geschafft, dich vor meiner Abreise zu treffen.« Es war fünf Tage her, seit die Polizei Bertha und Steini festgenommen hatte, und Dóra war vollauf damit beschäftigt gewesen, den Fall abzuschließen und die liegengebliebenen Sachen im Büro abzuarbeiten. Jónas hatte zum Glück von einer Klage gegen die Geschwister abgesehen, nachdem sich herausgestellt hatte, dass Bertha der angebliche Geist war. »Du weißt doch bestimmt, dass Kristín gefunden wurde.«

»Ja, deshalb rufe ich dich an«, sagte Lára. »Es geht um zwei Dinge. Ich kümmere mich gerade darum, dass sie neben ihrer Mutter beerdigt wird, und ich hatte gehofft, du würdest zur Beisetzung kommen. Von ihren Verwandten sind nicht mehr viele übrig, und es ist mir wichtig, nicht mit dem Pastor allein dazustehen.«

»Das wäre mir eine große Ehre«, sagte Dóra mitfühlend.

»Gut«, entgegnete Lára. »Ich sage dir Bescheid, sobald der Termin feststeht.« Sie räusperte sich höflich. »Dann wäre da noch die andere Sache. Der Polizist, der die Ermittlungen geleitet hat, war eben bei mir.«

»þórólfur?«, sagte Dóra erstaunt. »Was wollte er?«

»Er hat mir einen Brief gebracht, oder besser gesagt, die Kopie eines Briefes«, erklärte Lára. »Ein Brief, der sechzig Jahre lang unterwegs war. Er ist von Guðný.«

»Wo hat man den denn gefunden?«, fragte Dóra verdutzt. »In der Kohlenkammer?«

»In Kristíns Jackentasche.« Dóra meinte, Lára schluchzen zu hören, aber als sie weitersprach, klang ihre Stimme gefasst.

»Als Guðný den Brief schrieb, lag sie im Sterben. Sie wusste, dass es die letzte Möglichkeit war, ihre Geschichte zu erzählen. Zuerst bittet sie mich um Entschuldigung, dass sie mir in ihren früheren Briefen nicht die Wahrheit gesagt hat, sie hat sich nicht getraut, aus Angst, ich würde nach Snæfellsnes kommen und mich bei ihr oder ihrem Vater anstecken. Ich hätte schließlich ein neues Leben in Reykjavík begonnen, das sie nicht zerstören wollte.« Lára zögerte, und Dóra hatte den Eindruck, sie würde den Brief auf der Suche nach einer bestimmten Stelle überfliegen. »Guðný schreibt hier, dass Magnús Baldvinsson Kristíns Vater ist«, erzählte Lára. »Sie sind sich einmal sehr nahegekommen, als er zu einem Treffen ihres Vaters im Zusammenhang mit der nationalistischen Gruppierung kam; da ist sie schwach geworden. Sie schreibt, sie habe mit keinem anderen Mann geschlafen, weder vorher noch nachher, und sie scherzt, es würden wohl auch kaum mehr werden.«

»Geht aus dem Brief hervor, ob er von dem Kind wusste?«, fragte Dóra. Wenn dem so war, hatte er unmöglich ein Anrecht auf das Erbe.

»Sie schreibt, er sei zum Studium nach Reykjavík gezogen, bevor sie sich über ihren Zustand bewusst war, aber sie hat ihm nach Kristíns Geburt einen Brief geschrieben. Er hat ihr aber nie darauf geantwortet.« Lára seufzte. »Beim Lesen merkt man, dass sie das sehr verletzt hat, vor allem wegen ihrer Tochter. Falls sie ihn irgendwann einmal geliebt hat, dann war das verständlicherweise vorbei.«

»Tja, manches kann man nicht wiedergutmachen«, seufzte Dóra, »selbst weniger tragische Dinge, als sein eigenes Kind nicht anzuerkennen.«

»Guðnýs Anliegen war es, mir ihre Tochter anzuvertrauen«, erklärte Lára. »Als sie den Brief schrieb, war ihr Vater schon tot, und sie wohnte mit ihrer Tochter bei ihrem Onkel Grímur. Guðný wollte Kristín auf keinen Fall in seiner Obhut lassen.«

»Hm, ob Grímur wusste, dass Guðný versucht hat, Kristín in deine Obhut zu bringen?«, fragte Dóra. »Mit Kristín wäre natürlich auch sein gesamter Besitz gegangen.«

»Ich weiß es nicht«, sagte Lára. »Da steht nur, sie sei sich nicht sicher, wann ich den Brief bekommen würde. Sie wollte ihn Grímur nicht für die Post anvertrauen. Sie schreibt, sie würde ihn Kristín mitgeben und hoffen, dass sie ihn jemandem überbringen kann. Sie habe mit Kristín gesprochen und ihr von mir erzählt, wie nett ich sei und dass sie mich vielleicht bald treffen würde. Sie fügt noch hinzu, man könne Kristín den Brief trotz ihres jungen Alters ruhig anvertrauen. Sie sei außergewöhnlich zuverlässig und tüchtig.«

»Zumindest hat sie es geschafft, den Brief zu verstecken.«

»Ja«, klang es vom anderen Ende der Leitung, und nun ließ es sich nicht mehr verhehlen, dass die alte Frau weinte. »Lass uns bei der Beerdigung weiter darüber reden«, sagte Lára mit brüchiger Stimme.

»Natürlich«, sagte Dóra. »Ich komme. Du kannst dich auf mich verlassen.« Sie grüßte die alte Frau und legte auf.

Dóra war während des Gesprächs in dem kurzen Flur auf und ab gegangen, ohne ihre Umgebung wahrzunehmen. Erst jetzt wurde ihr klar, dass hinter den meisten Türen Frauen damit beschäftigt waren, die Menschheit zu vermehren. Die Schreie aus Kreißsaal C kamen ihr bekannt vor, und sie lauschte, in der Hoffnung, Babygeschrei zu hören. Aber sie konnte nichts Derartiges hören, zumal es für eine so kleine Lunge schwierig wäre, den Lärm der werdenden Mutter zu übertönen. Dóra konnte einen Satz zwischen dem Schreien verstehen: »*Das kann doch nicht richtig sein!*« Dóra stimmte Sigga im Geiste zu und lächelte. Offenbar war die Geburt in vollem Gang. Sie wartete mit dem Ohr an der Tür, und nach mehrmaligem lauten Stöhnen und weiteren Schreien war das herzzerreißende Weinen eines Babys zu hören. Dóra schossen die Tränen in die Augen, und sie entfernte sich von der Tür. Von Gylfi war nichts zu hören gewesen. Dóra hoffte, dass er nicht ohnmächtig geworden war. Sie atmete auf, als sie seine Stimme hörte: »*Igitt, tu das weg!*« Dóra erschrak, beruhigte sich jedoch wieder, als sie Siggas Mutter sagen hörte: »*Stell dich nicht so an, Junge. Sie zeigt euch nur die Nachgeburt. Manche trocknen sie und machen daraus einen Lampenschirm.*« Dóra konnte nur hoffen, dass sie dieses Jahr keinen solchen Schirm zu Weihnachten bekäme.

Die Tür ging auf, Gylfi kam heraus und fiel seiner Mutter um den Hals. Er glühte wie Sonnenschein auf der Heide. »Es war ekelhaft, aber ich bin Vater! Es ist ein Junge!«

Dóra küsste ihn mehrmals auf beide Wangen. »Mein lieber, lieber Gylfi«, sagte sie zwischen den Küssen, »herzlichen Glückwunsch, mein lieber Junge. Ist er süß?«

»Sieh ihn dir selbst an«, sagte er und ging wieder hinein.

Dóra wollte nicht in den Raum platzen und steckte nur ihren Kopf durch die Tür. Undeutlich erkannte sie Sigga und die Hebamme am Ende der Geburtsliege, ganz gebannt von dem Baby im Arm der frischgebackenen Mutter.

Wie hypnotisiert betrat Dóra den Raum. Sie war Oma. Nachdem sie ihren Enkel eine Weile betrachtet hatte, wurde sie von dem unerfindlichen Bedürfnis gepackt, zu Matthias ins Hotel zu fahren.

EPILOG

Dóra trat an das offene Grab. »Von der Erde bist du genommen, und zur Erde kehrst du zurück«, sagte sie leise und ließ die Erde aus ihrer Hand auf den kleinen Sarg rieseln. Sie bekreuzigte sich und trat zurück. Es nieselte auf die überschaubare Gruppe herab, die sich in der kleinen Kirche versammelt hatte und schweigend hinter dem Sarg über den Friedhof gegangen war. Dóra hatte auf dem kurzen Weg Láras Hand gehalten. Sie und ein älterer Mann schienen die Einzigen in der Gruppe zu sein, denen das Ganze naheging. Er sah furchtbar aus. Es war Magnús Baldvinsson. Er war zu Beginn der Messe erschienen und hatte sich leise ganz hinten in die Kirche gesetzt. Beim Leichenzug hatte er darauf geachtet, ein paar Schritte hinter den anderen zu gehen. Er krallte sich mit beiden Händen an seinem Hut fest und starrte auf den Boden, wann immer Dóra zu ihm hinübersah. Er tat ihr leid.

Dóra verfolgte, wie der Pastor mit geschlossenen Augen eine Strophe aus einem alten Psalm aufsagte. Sie tat es ihm nach und hatte das Gefühl, dass Kristín der Vers gefallen hätte:

Nun schließe ich die Augen,
oh, Gott, lass deine Gnade
mich schützen diese Nacht.
Ach, wenn du mich zu dir rufst,

lass deinen Engel wachen
über meinen Schlaf.

Anschließend sang die Gruppe leise *Gleichwie die eine Blume*, und einer nach dem anderen nahm zum Abschluss den Segen des Pfarrers entgegen.

Am Ende blieben nur noch drei übrig: Lára, Dóra und Magnús. Mit hängendem Kopf stand Magnús etwas abseits.

»Komm«, flüsterte Lára. »Ich koche uns einen Kaffee.« Sie krallte ihre Hand in Dóras Arm. »Ich möchte dir den Brief zeigen. Hast du es eilig?«

»Nein.« Sie verließen den Friedhof und Magnús Baldvinsson, der allein vor dem Grab seiner längst verstorbenen kleinen Tochter verharrte.

Dóra lächelte im Stillen, als sie ein leises Kinderweinen aus der Lava neben dem Friedhof hörte. Der ungezogene Kater, dachte sie, aber dann fiel ihr ein, dass sie den besagten Kater gesehen hatte, als sie an Tunga vorbei zum Friedhof gefahren war. Er hätte in so kurzer Zeit niemals bis hierher laufen können. Das Weinen wurde immer klagender, und Dóra verstärkte ihren Griff um das schmale, zerbrechliche Handgelenk der alten Frau. »Sollen wir ein bisschen schneller gehen?«, fragte sie. »Mir ist irgendwie unheimlich.«

Yrsa Sigurdardóttir

Das letzte Ritual
Thriller

384 Seiten, btb 71440

**Der erste Fall der Erfolgs-Serie um
Rechtsanwältin Dóra Guðmundsdóttir.**

In der Universität von Reykjavík wird die Leiche eines
jungen Deutschen gefunden. Der Geschichtsstudent war
fasziniert von alten Hexenkulten, und sein Mörder hat
ihm ein merkwürdiges Zeichen in die Haut geritzt. Aber
die isländische Polizei glaubt an einen Drogendelikt und
verhaftet einen Dealer. Die Eltern des Opfers misstrauen den
Ermittlungen: Sie beauftragen die junge Anwältin
Dóra Guðmundsdóttir, den Fall noch einmal aufzurollen.
Und auf der Suche nach dem wahren Mörder findet Dóra
über dunkle Rituale mehr heraus, als ihr lieb ist ...

»Yrsa Sigurdadóttir ist eine der besten
Kriminalschriftstellerinnen der Welt.«
Times Literary Supplement

btb